LAS VEGAS

ANA K.

2ª EDIÇÃO, 2024

EDITORA EUPHORIA

UNION
Plaza
CASINO
HAMBURGERS

LAS VEGAS CLUB
Sassy Sally's
FREE EVERYDAY
1000 BASEBALL HATS
DOUBLE JACKPO
EVERY 5 MINUTES
Sassy Sally's
FREE EVERYDAY
1000 BASEBALL HATS
Ace

CAPA E ILUSTRAÇÕES:
Júlia Vilela
FOTO LAS VEGAS:
Jean Beaufort
GUARDAS:
Maldição Art & Design
REVISÃO:
Clarissa Rachid
DIAGRAMAÇÃO:
Nathalia Brandão

[2024]

LAS VEGAS, 2ª EDIÇÃO, EDITORA EUPHORIA, 2024
CNPJ: 39.317.627/0001-06
Contato: editoraeuphoria@gmail.com
Site: www.editoraeuphoria.com.br
Rio de Janeiro — RJ

Dados Internacionais de Catalogação na Publicação (CIP)
(Câmara Brasileira do Livro, SP, Brasil)

K, Ana
Las Vegas / Ana K. -- 2. ed. -- Rio de Janeiro : Editora Euphoria, 2024.
ISBN 978-65-84923-21-8
1. Ficção brasileira 2. LGBTQIA+ - Siglas I. Título.
24-191093 CDD-B869.3
Índices para catálogo sistemático:

1. Ficção : Literatura brasileira B869.3
Eliane de Freitas Leite - Bibliotecária - CRB 8/8415

A SORTE ESTÁ LANÇADA!

Ao Rafael,
companheiro de vida e de alma

SEUL
Coreia do Sul

01

Han Junsuk estava estressado. Afrouxou a sua gravata e passou a mão pelos cabelos, totalmente frustrado. Todos aqueles preparativos para o casamento o estavam deixando louco. Não aguentava mais discutir com sua noiva sobre tipos de flores, arranjos de mesas, lista de convidados e músicas para a cerimônia. Afinal, quem escolhia tudo era Aeri mesmo, e Junsuk não se importava. Queria que aquilo acabasse logo, mas ainda faltavam pouco mais de dois meses para o casamento.

Os futuros sogros, assim como a noiva, estavam eufóricos. Eles não poderiam estar mais felizes em poder casar sua única filha com o solteiro mais cobiçado da Coreia do Sul. Junsuk era CEO de uma das empresas de tecnologia mais importantes da Ásia e, mesmo ainda sendo muito jovem, seu pai lhe passou o comando da empresa assim que completou 28 anos. Ele acreditava firmemente na capacidade de Junsuk para liderar a empresa, que fundara há 20 anos, e ficou aliviado por poder se aposentar e aproveitar sua "melhor idade" ao lado de sua esposa.

Assim que Junsuk assumiu o controle da empresa, seus pais o convenceram de que era importante que ele se casasse. A imagem de um solteiro "playboy" não era o que eles tinham em mente para o filho caçula.

Apesar de nunca ter tido vontade de se relacionar seriamente com alguém, Junsuk aceitou a proposta dos pais de conhecer a filha de um dos sócios da empresa e, em um jantar na casa da família, foi apresentado a Aeri.

A primeira impressão que teve da garota não foi das piores: a seu ver, ela era bem-educada, bonita, com o corpo esguio e os cabelos longos e lisos, formando uma cascata de cor castanha por cima dos ombros.

Os traços delicados e a pele branca como a neve a deixavam com a aparência perfeita para ser a esposa de um jovem CEO coreano.

Junsuk a aceitou como namorada e, seis meses depois, Aeri, com os olhos cheios de lágrimas, disse sim ao pedido de casamento. As famílias não poderiam estar mais felizes, com exceção de Junsuk. Ele se questionava, vez ou outra, desde aquele jantar na casa dos pais, se realmente deveria se relacionar com ela. Algo dizia em seu coração que aquela não era a pessoa certa.

Nos primeiros meses, Aeri era bastante agradável. Saíam para jantar nos melhores restaurantes de Seul, passeavam pelos shoppings, frequentavam festas, iam ao cinema e conversavam. Quer dizer, Aeri falava sem parar, até que Junsuk tivesse dores de cabeça e a deixasse em sua casa.

Eventualmente, depois de algumas garrafas de vinho, Aeri passava a noite com Junsuk em seu apartamento. Ela não tinha sido a primeira, mas não se diferenciava das tantas outras que Junsuk havia levado para a cama. Era apenas morno, como todas até agora. Junsuk via que ela se esforçava para agradá-lo e, então, tentava se convencer de que ficava satisfeito com as noites juntos.

Com o passar do tempo, Aeri ficava mais obsessiva por Junsuk, e o seu ciúme estava cada vez mais descontrolado. E ela não estava totalmente errada, pois Junsuk era um conquistador. Alto, de cabelos negros, com o peitoral largo e definido, coxas grossas e olhar intenso. Não tinha uma única mulher que não parava para vê-lo passar. Junsuk sabia que era bonito e se aproveitava disso. Flertava com mulheres com certa frequência, homens também o abordavam e ele se divertia ao saber que mexia com os dois lados.

Porém, desde que os preparativos da cerimônia começaram, Junsuk sentia dores de cabeça com cada vez mais frequência. Aeri não o deixava em paz por nenhum minuto. Quando não ligava a todo momento, enchia seu celular de mensagens. Não eram raras as vezes em que Junsuk fingia estar em reunião ou simplesmente a ignorava. Algumas vezes, chegou a mentir, dizendo estar em uma viagem de negócios, só para poder ficar um ou dois dias sem vê-la.

Era cruel, ele sabia, mas não conseguia evitar. Sentia carinho por ela, mas era só isso. A quem ele queria enganar? Junsuk sabia que estava com Aeri apenas por causa da empresa e pela expectativa de seus pais de terem um filho exemplar. Era doloroso não poder ser ele mesmo, sair com quem quisesse, quem sabe encontrar uma paixão que tirasse seu fôlego e fizesse o coração bater forte. Junsuk não sabia o que era isso, mas queria experimentar. E estava claro para o moreno, que não seria Aeri a lhe proporcionar isso.

— Senhor Han, aqui estão os documentos que me pediu. — Yang Mi, a secretária de Junsuk, entrou em sua sala, passando-lhe os papéis, interrompendo os seus pensamentos.

E, então, seu celular tocou pela décima vez naquela hora.

— *Han Junsuk, por onde você anda?!*

Ele afastou o celular da orelha, tentando se proteger do volume da voz de sua noiva.

— Aeri, eu estou trabalhando. Podemos nos falar mais tarde? — falou, nitidamente irritado com o escândalo de sua noiva.

— Senhor, se puder assinar tudo agora, vou poder entregar os relatórios ainda hoje — disse Yang Mi para seu chefe.

— *Quem é essa aí? Eu ouvi uma voz de mulher, Junsuk. Me responda!*

— Pare de gritar, já disse que odeio isso. Pare com esse ciúme idiota, é apenas a minha secretária.

— *Secretária, sei. Eu te conheço, Han.*

— Aeri, eu não tenho tempo para isso. Nos falamos mais tarde. — E assim encerrou a ligação.

Era isso quase o tempo todo. Ela queria controlar cada passo que Junsuk dava e implicava com todas as mulheres que passavam por ele. Han se sentia preso no inferno, sufocado por um relacionamento que, em primeiro lugar, ele nem deveria ter começado. Mas agora era tarde demais.

02

Era sexta-feira, fim de expediente, e a cabeça de Junsuk estava explodindo. Enquanto juntava suas coisas para ir embora, a porta de seu escritório se abriu com violência e bateu contra a parede, fazendo um pequeno buraco nela. Era Lee Taejoon, chefe do departamento jurídico da empresa e amigo de infância de Junsuk.

— Me desculpe, Sukie. Foi sem querer.

— Não tem problema. — Junsuk riu.

Taejoon, um pouco mais alto que o CEO, tinha os cabelos curtos e castanhos, penteados sempre para o lado, deixando a testa à mostra. Seu ar sério e compenetrado escondia uma pessoa doce, gentil e bem desastrada, por causa da força que seu corpo carregava.

— Amanhã eu peço para consertarem. Mas me diga, o que quer?

— Então, estou vendo que você anda bem estressadinho e vim aqui te chamar para tomar uns *shots*. O que acha de um *happy hour* comigo, Hyunji e Yeonsu?

— Tentador, Taejoon, mas amanhã tenho que acordar cedo para escolher a toalha das mesas do casamento — disse, revirando os olhos, sem um pingo de animação para o dia ao lado da noiva.

— Ah, não. Sem essa! Você vai e pronto! — Taejoon se aproximou, agarrando o pulso do amigo e o arrastando para fora.

♣♦♠♥

Junsuk estacionou seu Maserati preto na porta do bar indicado por Taejoon. Era um estabelecimento luxuoso, apenas os mais afortunados de Seul o frequentavam. O moreno saiu do carro logo após o melhor amigo, deixou seu paletó dentro do veículo e dobrou as mangas da camisa escura até a altura dos cotovelos, deixando alguns botões abertos, revelando a pele branca sem imperfeições.

Taejoon abriu a porta e permitiu que Junsuk entrasse primeiro.

Como esperado, o bar não estava muito cheio. As luzes baixas davam privacidade aos frequentadores e o volume da música ao vivo não incomodava. A mobília era sofisticada, os garçons se vestiam impecavelmente e um longo e largo balcão dava a visão de prateleiras cheias das bebidas mais caras que o mercado oferecia.

Antes que pudessem procurar onde se sentar, alguém os chamou de longe:

— Joon, Sukie! Estamos aqui! — Era Hyunji, namorado de Taejoon, que estava sentado em uma das mesas ao fundo, e ao seu lado estava Kim Yeonsu, o gerente de vendas da empresa de Junsuk.

Passaram pelas demais mesas, chamando a atenção de uma, formada apenas por mulheres. Junsuk sentia os olhares o despindo de forma despudorada. Virou a cabeça levemente, dando um sorriso e piscando um dos olhos. Suspiros foram ouvidos e ele voltou sua atenção para a frente, rindo, satisfeito por ser o causador deles. Sim, Junsuk era vaidoso e adorava ser desejado.

Taejoon se apressou em ir ao encontro dos dois outros homens e selou os lábios do amado, antes de puxar uma cadeira ao seu lado. Yeonsu deu dois tapinhas no assento a sua direita, indicando a Junsuk onde se sentar.

— Chefe, antes de mais nada, amanhã eu entrego os documentos da compra daquela empresa no Japão. Já revisei os dados, mas estou com algumas dúvidas com relação ao contrato. Acho que seria melhor o Taejoon dar uma olhada antes de você assinar — Yeonsu disse, ao mesmo tempo que acenava para o garçom.

— Seria bom mesmo eu ler. Vocês sabem que algumas coisas andam estranhas na contabilidade da empresa... Ainda não consegui descobrir o que é, mas creio que estamos perdendo dinheiro sem nos darmos conta.

— Eu percebi isso. — Junsuk franziu o cenho, preocupado. — As ações da empresa estão subindo, as vendas não caíram e, mesmo assim, os lucros não condizem com o esperado. Deve haver alguma coisa errada. Acho que deveríamos fazer uma auditoria, Taejoon.

— Concordo, mas eu não daria conta de fazer sozinho com a minha equipe, deveríamos contratar alguém para supervisionar.

— Mas quem? — Yeonsu questionou, ao mesmo tempo que pedia bebidas ao garçom. — Teria que ser alguém de muita confiança.

— Não quero me intrometer no assunto da empresa, sou apenas um chefe de cozinha, mas acho que tenho a pessoa perfeita para a posição! — Hyunji exclamou, animado. — Tenho um primo que estudou Direito em Harvard e foi um dos melhores alunos da sua turma. Ele ainda mora nos Estados Unidos, dando consultoria jurídica para diversas empresas. Da última vez que falei com ele, disse que tinha vontade de voltar para a Coreia. Quem sabe não é a oportunidade?

— Boa ideia, amor. Me mande o currículo dele e nós entraremos em contato.

— Cuide disso, então, Taejoon — Junsuk concluiu.

Hyunji sorriu, satisfeito. Ficaria feliz de reencontrar seu primo querido.

— Mas, trocando de assunto... Sukie, e os preparativos do casamento? — Hyunji mudou o tópico da conversa no mesmo momento em que o garçom chegou com dois copos de whisky para Taejoon e Junsuk, um shot de tequila para Yeonsu e um martini para Hyunji.

— Ah, não. Será que podemos não falar disso? — Junsuk bufou. — Parece que esse é o único assunto que tem surgido ao meu redor. Eu prefiro falar dos problemas da empresa.

— É natural, meu caro — Yeonsu se pronunciou. — É o casamento da década. Todos estão ansiosos pelo casamento do poderoso CEO Junsuk com a bela Aeri.

— Só o Sukie que não está nenhum pouco animado — Taejoon disse, apoiando um dos braços nas costas largas de Hyunji.

— Não é bem assim, eu só não vejo motivos para tanto estardalhaço. É apenas um casamento — Junsuk divagou, mais para si do que para os amigos a sua frente.

Era nítido o desânimo do moreno, e tanto Taejoon quanto Yeonsu sabiam o quanto isso o estava corroendo. Mas Hyunji não conseguia segurar a língua e continuou enchendo Junsuk de perguntas.

— Mas, Sukie, você não está feliz por se casar com uma moça tão bonita e educada? E rica, ainda por cima. Qual é o problema?

Taejoon beliscou seu namorado discretamente, tentando fazê-lo parar com as perguntas.

— Ai!

— Não precisa responder se não quiser, Junsuk. — Yeonsu alisou as costas do amigo.

— Não se preocupem. Não tenho problemas em falar sobre isso com vocês, eu estou precisando mesmo colocar um pouco das minhas preocupações para fora.

Todos o olhavam com atenção.

— Aeri é linda, educada, inteligente e filha de um dos maiores sócios da empresa do meu pai, e que agora está em minhas mãos. Ela é a esposa dos sonhos da minha família, se encaixa perfeitamente nos planos dos meus pais, mas...

— Mas não se encaixa nos seus, certo? — Hyunji interrompeu, curioso.

— Não sei dizer se ela não se encaixa. Casando com ela, as ações pertencentes ao seu pai, eventualmente, passariam para as minhas mãos. Eu teria mais poder e autonomia na empresa, todas as decisões seriam tomadas por mim apenas. E não posso negar, esse poder me agrada demais. Eu nunca tive um relacionamento sério e não sei o que é estar apaixonado. Por um lado, isso é bom, pois assim eu posso me conformar com Aeri, acreditar que um dia posso amá-la.

— E você acha que isso é possível? — Yeonsu questionou.

— Eu... — Foi interrompido com o toque estridente do seu celular. A luz da tela brilhava em cima da mesa, indicando uma ligação de Aeri.

Junsuk recusou a chamada e preferiu ignorar a noiva no momento. Não estava com cabeça para as suas conversas fúteis. Tomou seu whisky de uma vez, torcendo para ficar bêbado e poder dormir com mais facilidade.

Talvez amá-la fosse um sacrifício, o qual Junsuk não estava tão disposto a fazer.

03

Junsuk já estava no seu terceiro copo de whisky, mas o torpor alcoólico ainda não tinha dado as caras. Assim como ele, Yeonsu também era bastante resistente à bebida, mas Taejoon e Hyunji já mostravam sinais claros de embriaguez. Falavam alto e já não se importavam mais em demonstrar toda a paixão que existia entre eles.

Hyunji estava praticamente sentado no colo de Taejoon, que fazia carinho em sua cintura por baixo da camisa, enquanto distribuía beijos por seu pescoço.

— Parem, vocês dois! — Yeonsu bufou, bagunçando os cabelos escuros.

Kim Yeonsu era um dos funcionários mais próximos ao CEO depois de Taejoon. De estatura baixa, os cabelos pretos cortados milimetricamente em formato de tigela davam a ele uma aparência jovial, para não dizer infantil. Sempre simpático, conquistava as pessoas com seu sorriso largo, mostrando todos os dentes brancos e alinhados.

— Qual é o problema, Yeonsu? — Hyunji perguntou.

— Vocês sabem como eu estou na seca, ficar se agarrando na minha frente só me faz passar ainda mais vontade!

Junsuk riu da situação. O moreno observava o casal a sua frente com curiosidade. Estava feliz por seu melhor amigo ter encontrado alguém que o fazia sorrir daquele jeito, mas ele não deveria ficar comparando a sua situação com a de Taejoon e Hyunji. Era completamente diferente da sua. Taejoon não tinha que provar nada para ninguém, e a sua carreira não dependia das suas escolhas amorosas; já Junsuk, pensava grande, era ambicioso.

Se fosse para ter controle total da empresa, não se importaria com um casamento por interesse.

Sabia que estava sendo egoísta, que estava enganando Aeri, mas, naquele momento de sua vida, ele deveria deixar o sentimentalismo de lado e focar nos seus objetivos.

O telefone tocou novamente, mas agora era "Pai" que brilhava na tela do aparelho.

— Pai, boa noite. Aconteceu alguma coisa?

— *Eu é que te pergunto isso, Junsuk.* — A voz do patriarca estava séria. — *Aeri me ligou agora há pouco, dizendo que você anda ignorando as ligações dela.*

— Ah, eu estava ocupado. Não posso dar atenção a ela o tempo todo, pai. — Ele se levantou da mesa e caminhou até o banheiro, para ter mais privacidade.

— *Filho, nós já conversamos sobre isso tantas vezes. Você sabe o quanto esse casamento com ela é importante. Aeri pode não ser o amor da sua vida, mas você se comprometeu com ela e com a família dela.*

— Eu sei, pai. Eu sei... — Junsuk suspirou. — Não se preocupe, nada irá abalar meu compromisso com Aeri.

— *Assim espero, filho. Não me decepcione.*

E com isso, a ligação foi encerrada.

Junsuk colocou o celular no bolso da calça e foi até a pia, jogando um pouco de água fria no rosto. Olhou-se no espelho e disse para si mesmo que faria o que é certo: se casaria com Aeri, teria o controle da empresa e se tornaria o CEO mais poderoso da Coreia.

— Aconteceu alguma coisa, Junsuk? — Yeonsu perguntou, preocupado, ao ver o moreno se sentar novamente ao seu lado.

— Era só o meu pai, nada demais. — Suspirou. — Acho que preciso ir embora, tenho que passar na casa da Aeri.

— Ah, Sukie! Não seja tão chato, fique mais um pouco. Tome pelo menos a saideira — Taejoon protestou.

Pensou um pouco e decidiu que mais meia hora não faria muita diferença. E talvez mais algumas doses de whisky dessem mais ânimo de se encontrar com sua noiva.

— Sukie — Taejoon o chamou. — Estávamos conversando, enquanto você estava no banheiro, e concordamos que você precisa se distrair um pouco, relaxar e se divertir, longe dessa questão toda de casamento. Então, Hyunji deu uma excelente ideia!

— Vamos fazer a sua despedida de solteiro em Las Vegas, *baby*! — Yeonsu contou, sem esconder seu entusiasmo.

— Las Vegas? Eu não posso viajar agora, nós não podemos. Estamos no meio da negociação com a empresa japonesa.

— Ah, qual é, Sukie?! Deixa esse CEO um pouco de lado. Alguns dias não vão fazer mal a ninguém! Vamos, vai ser divertido! Vamos beber, fazer umas apostas e colocar uns dólares em algumas calcinhas e cuecas. Com todo o respeito, Hyunji! — Taejoon disse a última frase virando-se para o namorado.

— Tudo bem, Joon, eu confio em você. Afinal, a ideia foi minha.

— Fala sério, eu tenho ou não tenho o melhor namorado do mundo? — disse, antes de beijar seu amado calorosamente.

Junsuk estava pensativo. Seria realmente bom passar uns dias fora de tudo isso. Nunca tinha ido a Las Vegas, e a ideia de conhecer a cidade do pecado era tentadora. Mas seu lado empresário gritava, dizendo que ele deveria se concentrar no trabalho.

Quando ia negar a sugestão dos amigos, o seu celular voltou a tocar. Era Aeri novamente. Olhou para o aparelho, por alguns segundos, e se decidiu:

— Taejoon, compre as passagens e reserve o hotel.

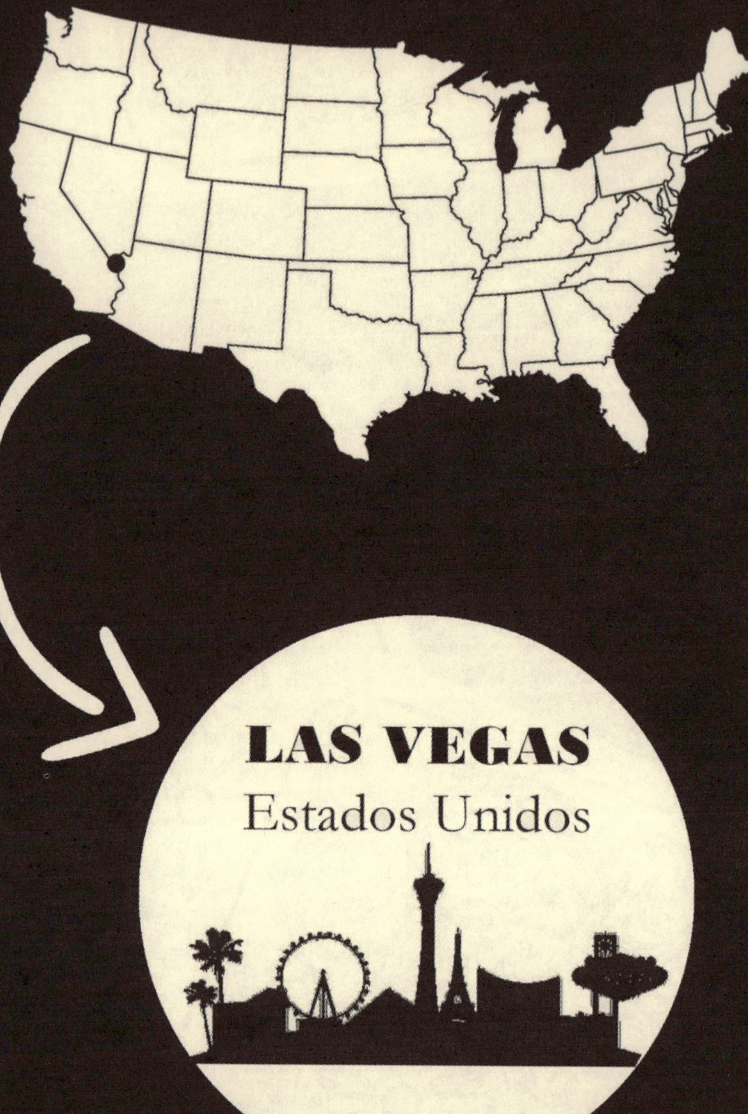
LAS VEGAS
Estados Unidos

04

Não foi fácil convencer Aeri a deixar Junsuk viajar para Las Vegas, mas o moreno, em troca, a deixou, de bom grado, viajar com as amigas para Paris, pelo tempo que ela quisesse, também para uma espécie de despedida de solteira. Ele não se importava com o que ela faria lá, só queria que o deixasse em paz para relaxar por um tempo.

Taejoon trabalhou rápido, comprou as passagens e reservou os melhores quartos no cassino mais famoso da cidade do pecado, o Bellagio.

O tempo para a diversão seria curto. A viagem de ida e volta somaria mais de 30 horas de avião, e os três amigos teriam apenas duas noites para aproveitar as atrações do local. Não poderiam ficar mais, já que os negócios da empresa não poderiam esperar por muito tempo, mas eles estavam animados. Taejoon queria muito se atirar nas mesas de Blackjack, e Yeonsu tinha esperança de acabar com a seca em que estava. Junsuk, por sua vez, só queria se esquecer dos problemas, não pensar em contratos nem em nada relacionado ao seu casamento, incluindo a noiva. Era a primeira vez dos três em Las Vegas, e eles fariam de tudo para aproveitar cada segundo.

O avião pousou pouco depois do meio-dia, e o calor pôde ser sentido assim que os três colocaram os pés fora do aeroporto. O táxi os deixou na entrada do belo hotel, um dos mais luxuosos de Las Vegas. O prédio imponente, com seus 36 andares e grandes fontes de água na frente de sua fachada, já deixava claro o clima de festa que a cidade esbanjava.

Mas nada poderia tê-los preparado para o interior do Bellagio. O prédio não era imponente somente por fora, por dentro era puro luxo e sofisticação. Todos os espaços eram enormes e bem decorados. Muitos turistas passavam de um lado para outro, encantados com tudo o que o hotel oferecia.

— E, então, o que querem fazer primeiro? — Yeonsu foi o primeiro a falar depois de entrarem no cassino.

— Eu não sei vocês, mas estou morrendo de fome. Vamos comer antes de subirmos para os quartos? — Taejoon sugeriu, passando a mão sobre a barriga.

— Pode ser. Aquela comida do avião não me caiu tão bem. — Junsuk já foi caminhando na frente, tentando escolher entre todas as opções de restaurantes.

Por fim, decidiram por um restaurante italiano. Junsuk havia lido sobre o chefe daquele local e adorava comer massas. A refeição foi muito agradável, e os três ficaram satisfeitos com a maneira que a viagem estava começando.

Quando estavam prestes a se levantarem da mesa, Yeonsu arrastou sua cadeira para trás e acabou esbarrando em uma pessoa:

— Perdão, não foi minha intenção — disse, se virando para a pessoa. O que ele não esperava era encontrar um belo par de olhos em um rosto simetricamente construído.

— Não se preocupe, não foi nada — o rapaz, de cabelos platinados e sorriso fácil, respondeu.

Yeonsu paralisou no lugar e foi incapaz de devolver alguma palavra. O mais alto acenou levemente com a cabeça e se retirou, ainda sorrindo.

— Já está apaixonado, Yeonsu? — Taejoon cutucou as costelas do amigo, que estava de boca aberta.

— Vocês viram aquilo? Quer dizer, aquele? Meu Deus! É o genro que minha mãe pediu a Deus!

— Calma aí, garanhão. Estamos apenas começando. Você vai ter mais chances de encontrar pessoas bonitas por aí. — Junsuk riu, empurrando Yeonsu e Taejoon pelas costas para fora do restaurante.

Os três subiram para os quartos. Combinaram de tomar um banho e tirar um cochilo, para se prepararem para a primeira noite em Las Vegas. Os quartos ficavam no 34º andar, um do lado do outro, de frente para as fontes de água do cassino, que podiam ser vistas pelas amplas janelas. O cômodo era bastante espaçoso e finamente decorado. À direita, uma pequena sala, com um sofá de couro branco, uma mesa de centro e duas poltronas do lado oposto; à esquerda, a cama king size estava arrumada impecavelmente, com roupas de cama finas e travesseiros macios; ao lado, um armário com espelho e uma cômoda, na qual a TV estava apoiada. Uma porta dava acesso ao banheiro amplo, todo branco, assim como as toalhas bordadas sobre a pia.

Junsuk tirou as roupas e entrou na banheira. Fazia muito tempo que ele não se dava a esse luxo. Deitou a cabeça no encosto, sentiu o perfume do sabonete que passava por sua pele, relaxou e quase adormeceu, imerso na água morna.

Passou a toalha macia pelos músculos bem definidos e voltou para o quarto. Não se incomodou em vestir nada, já que gostava de dormir nu. Embrenhou-se na roupa de cama cheirosa e se deixou levar pelo cansaço.

O celular começou a vibrar na mesa de cabeceira ao lado da cama, despertando-o de seu sono leve.

— *Acorda, Sukie! It's party time, baby*[1]! — Taejoon exclamava do outro lado da ligação, e Junsuk não conseguiu segurar o riso. O amigo de infância parecia um adolescente viajando sem os pais pela primeira vez.

— Me dê 15 minutos, preciso trocar de roupa. Quer dizer, preciso colocar uma roupa.

— *Não demore, Yeonsu já está aqui no meu quarto, enchendo o saco porque quer beber.*

Junsuk desligou o aparelho e abriu a sua mala, em busca de algo para vestir. Fazia tempo que não usava outra coisa além de seus ternos caros, então ficou contente em poder se vestir mais casualmente. Escolheu uma calça escura, que realçava bem as coxas grossas, e optou por usar um suéter macio, preto e branco. Calçou os sapatos escuros e penteou os cabelos, deixando parte de sua testa à mostra. Parou na frente do espelho, olhou o seu reflexo, satisfeito com o resultado, e saiu do quarto, deixando o rastro do seu perfume amadeirado.

Yeonsu e Taejoon já o esperavam no corredor, em frente ao elevador, prontos para se divertirem no cassino. As opções eram infinitas: poker, blackjack, dados, roletas e fileiras intermináveis de máquinas caça-níqueis.

Taejoon foi direto para a mesa de cartas para experimentar suas habilidades, quase nulas, nos jogos de apostas. Yeonsu foi até o bar pegar duas cervejas, uma para ele e outra para Junsuk, que observava o amigo de infância perder os primeiros dólares da noite.

---

[1] Do inglês: *É hora da festa, bebê!* (TRADUÇÃO NOSSA)

Cerca de duas horas depois, Junsuk e Yeonsu tiveram que arrastar Taejoon da mesa, antes que Hyunji pudesse se arrepender de tê-lo deixado ir para Las Vegas.

Os três seguiram para a boate do hotel, uma das mais badaladas da cidade, frequentada por ricos e celebridades de todo o país. O ambiente era agradável e, naquela noite, ela não estava tão cheia quanto se esperava. Um grupo de pessoas dançava animadamente na pista, enquanto as outras se espalhavam nos sofás, mesas e balcões. Resolveram se sentar nos bancos altos do bar, que davam uma boa visão das pessoas na boate, e Yeonsu já tinha bebido o suficiente para se animar em puxar conversa com estranhos. Os amigos já tinham se arriscado na pista de dança, chamando a atenção de homens e mulheres da boate. Um rapaz tentou puxar Junsuk para um lugar mais afastado e uma das moças roubou um beijo do moreno, mas ele não se animou com nenhum deles.

Yeonsu avistou aquele homem de cabelos platinados que tinha esbarrado mais cedo, e seu coração bateu forte ao vê-lo ainda mais bonito. Vestido com roupas notadamente caras, que caíam perfeitamente em seu corpo, ele estava na beirada da pista de dança, como se estivesse esperando pelo melhor momento para se juntar aos demais.

Era a oportunidade perfeita de se aproximar, então Yeonsu andou calmamente, até parar ombro a ombro com o rapaz mais alto. Este logo percebeu a presença repentina e se virou para encarar aquele que o olhava com tanto fascínio.

— Oi... quer dançar? — Yeonsu ofereceu sua mão. O que ele não esperava é que o outro prontamente juntasse a sua palma a dele, sorrindo como se finalmente tivesse encontrado a motivação para entrar na pista.

Os dois se misturaram às pessoas naquele espaço reduzido da boate. A música não era rápida e a batida permitia que os dois pudessem dançar com os corpos bem próximos.

— Qual o seu nome? — O platinado se fez ser ouvido.

— Kim Yeonsu e você?

— Su Saem. Muito prazer — sussurrou próximo ao ouvido do de cabelos negros.

Yeonsu sentiu todos os pelos do corpo se arrepiarem e não resistiu em lançar uma cantada barata.

— Prazer só na cama, meu bem.

Saem riu gostoso e aproximou ainda mais seu corpo do menor, passando as mãos pela sua cintura.

— Você está sozinho? — Yeonsu perguntou, imaginando que ele pudesse estar com amigos, assim como ele.

— Não, meu namorado veio comigo.

O coração de Yeonsu falhou uma batida, e a decepção no seu rosto era evidente ao se separar do corpo de Saem.

— Oh, me desculpe. E-eu não sabia que estava acompanhado, me desculpe.

Virou as costas, com as bochechas queimando de vergonha, pensando em sair correndo dali, mas Saem o segurou pelo pulso, fazendo o outro encará-lo novamente.

— Por que está indo embora? — perguntou, simplista.

— Oras, eu não quero que seu namorado pense que estou flertando com você.

— E você não estava?

— Sim, mas não sabia que você é comprometido. — Yeonsu estava um tanto quanto desesperado, pois se sentia apreensivo com uma possível chegada do namorado de Saem.

— Isso é um problema para você?

Yeonsu não entendeu a pergunta. O que aquele cara estava tentando dizer? Ele não se importava em flertar com outro?

Vendo a confusão na expressão de Yeonsu, Saem riu de maneira nasalada e puxou o mais baixo novamente para perto do seu corpo. Uma das mãos do platinado foi parar na nuca do moreno e, no segundo seguinte, os lábios de ambos estavam colados.

Yeonsu arregalou os olhos, surpreso, mas a boca de Saem se encaixou tão bem na sua que ele não conseguiu pensar em mais nada. Segurou-o pela cintura e aprofundou mais o beijo. Mas nada poderia assustá-lo mais do que sentir a aproximação de uma pessoa.

Abriu os olhos e viu um belo homem de cabelos tingidos de vermelho, aparentemente de mesma etnia que a sua e a do loiro, encostar seu corpo nas costas de Saem. Separou as bocas imediatamente, mas não conseguiu tirar as mãos do maior de si, que o segurava com força para ele não ir embora.

— Quem é este, Saem? — O rapaz sorria tranquilamente, abraçando-o de forma carinhosa.

— Este é Yeonsu, Haebin. Uma gracinha, não? — O platinado sorria maliciosamente, alternando seu olhar entre o namorado e o menor, que ainda segurava firme pela cintura.

Yeonsu tinha a sensação de que iria desmaiar a qualquer minuto. Nunca tinha passado por uma situação dessas e temia apanhar no meio da pista de dança.

A poucos metros dali, Junsuk e Taejoon observavam a cena, prontos para agir em defesa do amigo.

Os três conversavam, enquanto Saem e Haebin se olhavam, como se estivessem decidindo algo, e Yeonsu continuava congelado no lugar, parecendo segurar a respiração.

Poucos minutos depois, o menor deles pareceu relaxar e um sorriso grande tomou conta de seu rosto. O casal acenou, despedindo-se de Yeonsu, que, no momento seguinte, correu em direção aos amigos.

— Meus caros, não me esperem para nada esta noite!

— Ei, aonde você vai? — Taejoon questionou, antes que Yeonsu se distanciasse demais.

— Eu acabo de descobrir por que essa cidade é chamada de "cidade do pecado". E quer saber de uma coisa? Se isso é pecado, eu não me importarei de descer até o inferno e cumprimentar o capeta!

E com isso se afastou dos outros dois, indo em direção ao corredor pelo qual Saem e Haebin tinham ido.

— É... pelo menos alguém vai aproveitar a minha despedida de solteiro — Junsuk disse, desanimado, para Taejoon.

— Oras, o que é isso? Estamos aqui a apenas algumas horas. Tá certo que eu já perdi mais dinheiro aqui do que nas últimas transações na bolsa de valores do último mês, mas a noite é uma criança, Sukie. Olhe ao redor, vamos andar por aí. — Levantou-se do bar, arrastando o amigo.

Saíram da boate, seguindo pelos largos corredores do hotel, enquanto riam e comentavam sobre como seria a noite de Yeonsu, até que o ombro de Junsuk esbarrou em algo, ou melhor, em alguém.

Papéis se espalharam pelo chão, e o moreno se abaixou para ajudar, se desculpando por sua falta de atenção. Ao recolher a última folha jogada, levantou o rosto para encarar a pessoa em quem havia esbarrado.

Então, seus olhos encontraram os dele e o mundo parou de girar.

05

Aqueles olhos...

Junsuk poderia mergulhar naqueles orbes tão profundos. Os cílios longos tocavam a pele gentilmente ao piscar dos olhos. A testa estava parcialmente à mostra, os cabelos dourados divididos ao meio, impecavelmente cortados e penteados, e o nariz pequeno e bem construído harmonizava perfeitamente com as maçãs do rosto mais salientes. E no final, a boca carnuda e rosada fez o coração de Junsuk falhar uma batida.

Os olhos do moreno passeavam pelo corpo do outro, parecendo querer decorar cada pedacinho que estava à vista: os brincos prateados nas duas orelhas, a linha bem definida da mandíbula e o queixo pequeno. Ele tinha alguns botões da camisa preta abertos, deixando todo o pescoço e parte do peitoral à mostra. A pele alva e sem imperfeições dava a Junsuk uma vontade louca de roçar o nariz na superfície macia.

Os dois se levantaram, ambos segurando uma folha que antes estava caída no chão.

O perfume de baunilha se fez presente e Junsuk achou que perderia os sentidos ali, no meio do corredor.

O loiro tombou a cabeça para o lado e sorriu, fazendo as pernas do moreno fraquejarem.

— Obrigado, você pode soltar agora.

Junsuk foi tirado dos seus devaneios por aquela voz angelical e percebeu imediatamente que o menor tentava puxar a folha que sua mão ainda segurava fortemente.

— Ah, claro. — Junsuk a soltou imediatamente. — Me desculpe pela bagunça.

— Não tem problema, não foi nada. — Ele sorriu, mostrando os dentes brancos e alinhados. — Com licença, eu preciso ir. — Voltou a caminhar pelo largo corredor, em direção ao cassino, e Junsuk ainda pôde aproveitar a visão magnífica de suas costas. A cintura fina, as coxas marcadas pela calça social ajustada e a bunda avantajada não passaram despercebidas pelo seu olhar crítico.

A noite tinha acabado de ficar mais interessante.

— Taejoon, acho que vou voltar para o cassino.

— Já entendi. — O amigo sorria de lado, vendo a expressão de encantamento no rosto do outro. — Pode ir, eu vou comer alguma coisa e voltar para o quarto. Prometi para o Hyunji que ligaria para ele.

E com isso, tomou a direção oposta, saindo da vista de Junsuk. Este apressou o passo, com receio de perder aquele ser quase mitológico de vista. Adentrou novamente o local cheio de turistas e forçou os olhos para tentar encontrá-lo, mas não o viu em lugar nenhum. Passeou pelas mesas de apostas, olhando para cada pessoa que estava ali, embrenhou-se nas inúmeras fileiras de máquinas caça-níqueis e olhou até no banheiro, mas nada.

Suspirou, frustrado, nem sabia direito o porquê, se sentou em uma das mesas e pediu uma taça de vinho, sendo prontamente atendido. Enquanto bebericava a bebida escura, avistou o loiro sair de trás do balcão do bar e se sentar ali, com uma pilha de papéis e um notebook.

O que ele estava fazendo, afinal? Quem usaria um computador no meio de um cassino?

Ficou o observando de longe. Ele digitava algo, enquanto folheava a pilha de papéis ao seu lado, parecendo não se incomodar com o barulho ao seu redor. Viu um dos garçons lhe entregar uma taça de champanhe e sorriu em agradecimento. Ah, aquele sorriso. Ele estava, elegantemente, com as pernas cruzadas, e vez ou outra passava a mão pelos cabelos sedosos. Junsuk nunca tinha visto um homem parecer tão sexy sem fazer nada.

O moreno queria ir até lá e poder olhar dentro daqueles olhos expressivos, quem sabe provar o gosto dos lábios tão convidativos. Mas ele estava na dúvida de como começar uma conversa. É claro que estava acostumado a flertar com estranhos, mas ele nunca tinha ido atrás de ninguém, os outros é que geralmente o procuravam.

Chamou o garçom e pediu que ele entregasse mais uma taça de champanhe para o loiro, por sua conta.

Este, ao receber a bebida, virou-se para procurar a pessoa que o tinha presenteado. Então, seus olhos se encontraram novamente, e Junsuk sentiu sua respiração ficar descompassada quando ele sorriu em sua direção, como se agradecesse pela bebida.

Ah, controle-se Junsuk! Pensou ele.

Mas o loiro virou o corpo na direção do computador novamente, voltando a ficar concentrado no que fazia antes.

Junsuk agora bufou, um pouco irritado. Ninguém nunca o tinha ignorado dessa forma. Qualquer outro já teria se arrastado na sua direção.

Levantou-se, com a taça de vinho em mãos, e foi em direção ao outro. Sentou-se na cadeira ao lado, fazendo o menor o olhar de canto de olho.

— O que tanto faz nesse computador? Não acha que está desperdiçando o seu tempo nesse cassino? — perguntou, dando um gole em seu vinho.

— Acho que não devo explicações para estranhos — o outro respondeu, sem grosseria, mas sem olhar para o rosto de Junsuk. — Mas obrigado pelo champanhe. É minha bebida favorita.

— Que bom que gostou. Que tal sairmos daqui e tomarmos mais uma garrafa juntos?

O loiro parou o que estava fazendo e virou seu rosto para encará-lo. Nos primeiros segundos, ele não esboçou nenhuma reação, como se não tivesse realmente entendido o convite, mas logo um pequeno sorriso surgiu em seus lábios e ele riu de maneira nasalada.

— Eu não posso, estou trabalhando.

— Trabalhando? A essa hora? No meio de um cassino?

— Não acha que está fazendo perguntas demais para quem você nem conhece?

— Me perdoe, que rude da minha parte. Meu nome é Junsuk, e o seu?

Ele suspirou, mas se rendeu um pouco à conversa:

— Meu nome é Yuri.

— Muito prazer, Yuri. Quer sair para tomar alguma coisa comigo?

Yuri soltou uma risada gostosa, e Junsuk abriu um sorriso ao ouvir aquele som, parecendo música para seus ouvidos.

— Junsuk, me desculpe, mas não posso mesmo. Estou terminando um relatório que preciso entregar em poucas horas. — Ele olhou para o relógio em seu pulso esquerdo.

— Não que seja da minha conta, mas... você trabalha com o quê? Estou curioso, nunca vi ninguém trabalhar em um ambiente tão barulhento.

— Como você disse, não é da sua conta. Me desculpe, mas preciso terminar isso aqui. É a conclusão do meu trabalho para o dono do cassino. E é só isso que eu vou te contar. Amanhã, finalmente vou poder descansar um pouco.

— Está me dizendo que vai beber comigo amanhã? — Junsuk perguntou, com um sorriso galanteador.

— Não foi isso que eu disse — Yuri respondeu, colocando um dos cotovelos no balcão e apoiando seu queixo na mão.

— Porra, você é mesmo difícil.

Yuri riu, jogando a cabeça para trás, dando visão plena de seu pescoço, atraindo o olhar de Junsuk para aquele local. Ah, como ele queria passar a língua por ali, deixar um rastro molhado até a sua orelha.

— Isso aqui é um cassino, Junsuk. As coisas acontecem para quem tem sorte. Você está se sentindo com sorte?

— Não acreditava nisso, até esbarrar em você naquele corredor. Mas também acredito no trabalho duro, e estou disposto a batalhar arduamente até você me dar uma chance.

— Como eu disse, não posso. Estou aqui a trabalho e não a passeio.

— Nem amanhã? — perguntou, esperançoso.

— Você não desiste mesmo!

— Eu nunca desisto do que quero. — Junsuk se levantou da cadeira e se aproximou mais de Yuri, quase ficando entre suas pernas. — Te vejo amanhã.

Junsuk se afastou, virando de costas para o menor e seguindo em direção à saída, e Yuri soltou a respiração que ele nem sabia que estava prendendo. Viu aquele homem tão seguro de si caminhar para longe. Há tempos não conhecia alguém tão bonito. Os cabelos negros, lisos, caindo suavemente pela testa, a pele perfeita e aquele perfume que tinha preenchido as suas narinas sem sua permissão.

Momentaneamente, se imaginou nos braços fortes daquele moreno e desejou sentir aquela boca bonita passear sobre o seu corpo. Suspirou.

Chacoalhou os pensamentos e voltou a se concentrar nos relatórios. Seu prazo estava se esgotando e ele precisava terminar. Quem sabe o dia seguinte fosse o seu dia de sorte? Mordeu o lábio inferior, sorrindo levemente.

06

Junsuk acordou com as fortes batidas na porta de seu quarto, levantou-se, assustado, vestiu o roupão, para cobrir seu corpo nu, e foi ver quem era.

— Taejoon, se você quebrar essa porta, o conserto vai sair do seu bolso!

— Sem gracinhas, Junsuk. É sério, Yeonsu sumiu! Já passa do meio-dia, e não o vi mais desde que saiu com aqueles dois estranhos. Estou preocupado. — Taejoon entrou no quarto, passando a andar de um lado para o outro.

— Não se preocupe. Aposto que ele deve estar dormindo no meio daqueles dois.

No segundo seguinte, voltaram a bater na porta do quarto, e Taejoon correu para abri-la, revelando um Yeonsu de cabelos bagunçados, ainda usando as roupas do dia anterior, mas com um sorriso tão largo que poderia rasgar os cantos dos lábios. Junsuk olhou para Taejoon e levantou as sobrancelhas, como se dissesse "Eu não disse?".

— Ah, é oficial! Essa foi a melhor noite da minha vida! Eu nunca gozei tanto como nessas últimas horas! Saem e Haebin são meio malucos, mas são dois gostosos do caralho! — Yeonsu se jogou na cama, sem parar de sorrir.

— Me poupe dos detalhes. — Junsuk torceu o nariz.

— Ah, qual é a graça de ter um *threesome*[1] e não poder contar para os amigos? — Levantou o corpo, se apoiando nas mãos.

Os três riram alto.

---

[1] Do inglês: *Sexo a três* (TRADUÇÃO NOSSA)

— Tem razão — Junsuk concordou. — Vou tomar um banho. Aliás, você também precisa de um. Nos encontramos em uma hora para almoçar, não se atrasem.

— Sim, chefe! — Yeonsu e Taejoon responderam em uníssono, fazendo o CEO revirar os olhos.

Junsuk entrou no banho, deixando a água morna escorrer por todo o corpo. Seus pensamentos voaram para uma pessoa em particular: Yuri, e um frio percorreu sua espinha ao se lembrar daquele sorriso e olhar tão penetrantes, o corpo bem definido e a voz melodiosa. Seu coração começou a bater mais forte ao visualizar os lábios carnudos, e suspirou ao olhar para baixo e ver que seu membro começava a despertar somente com a lembrança daquele que tinha mexido tanto com seus sentidos.

Desceu sua mão direita até a virilha, apertando levemente o membro cada vez mais rijo, e arfou baixinho, imaginando como seria a boca rosada o envolvendo, mas soltou, assim que se deu conta do que estava fazendo.

Abriu mais o chuveiro e deixou que a água gelada levasse embora o calor que tinha tomado conta do seu corpo. Não iria se masturbar pensando em Yuri, não iria se entregar assim tão fácil.

Saiu do banheiro, com uma toalha enrolada na cintura, e parou em frente à janela do quarto, tentando decifrar o que se passava pela sua cabeça. Fazia muito tempo que ele não se sentia atraído por um homem, mas Yuri, definitivamente, não era qualquer homem. Foi o primeiro a negar seus flertes e aquilo talvez tenha deixado Junsuk ainda mais interessado.

Voltou para o armário e escolheu vestir algo mais confortável. *Ou deveria me arrumar melhor para o caso de encontrá-lo?* Pensou.

— Ah, Junsuk! Está parecendo um adolescente apaixonado — resmungou para si mesmo.

Vestiu uma calça jeans clara, uma camisa branca de botões, dobrou as mangas até os cotovelos, calçou seus Timberlands amarelados e foi em direção ao restaurante, já encontrando Taejoon e Yeonsu sentados e bebendo vinho.

— Muito bem, Yeonsu. Vamos lá, conte-me os detalhes da sua noite quente — Junsuk disse, enquanto se sentava com os amigos.

— Eu ia mesmo contar, mas o Joon me disse que você também encontrou alguém ontem à noite. — Sorriu de maneira maliciosa.

— Desmanche esse seu sorrisinho. Nada aconteceu.

— Como assim, Sukie? Você me largou para ir atrás daquele loirinho. Não me diga que ele te dispensou? — Taejoon riu com sua suposição improvável. Tinha a certeza de que ninguém negaria ficar com seu amigo.

— Sim e não... — Bufou. — O nome dele é Yuri. Ele estava ocupado, aparentemente trabalha para o cassino. Mas eu disse que queria encontrá-lo hoje.

— E o que ele disse? — Yeonsu perguntou, curioso.

— Não me disse nada. — Junsuk voltou seu olhar para a taça de vinho, girando o cristal que segurava com a mão direita.

Yeonsu e Taejoon se entreolharam, sem saber o que dizer para o amigo.

— Mas deixa pra lá. Eu nem sei se ele ainda está por aqui. Vamos mudar de assunto e aproveitar nosso último dia em Vegas! — Tentou soar mais animado, para que os amigos não percebessem que estava frustrado por talvez não conseguir aquele que desejou.

Terminaram de almoçar e resolveram passear pelas ruas da cidade. Fizeram compras, tiraram fotos e assistiram a um musical em um dos diversos teatros locais. Voltaram para o Bellagio já anoitecendo, e o plano era gastar as últimas horas bebendo e apostando no cassino.

Junsuk foi para o quarto tomar um banho, assim como Yeonsu e Taejoon. Ao entrar no cômodo espaçoso, sentou-se na cama e começou a se despir. Yuri voltou aos seus pensamentos, e Junsuk podia jurar que estava sentindo o seu perfume adocicado. Queria poder vê-lo mais uma vez antes de ir embora.

Entrou na ducha fria e deixou a água levar o suor acumulado. Depois, voltou para o quarto, tentando decidir o que usaria para a sua última noite em Las Vegas. Vestiu uma calça preta de couro bem justa, marcando as coxas firmes e definidas, e colocou uma blusa também escura, com a gola em V, deixando parte do peitoral bem trabalhado aparente. Sapatos pretos e um blazer da mesma cor completaram o visual forte e sensual. Os cabelos sedosos foram arrumados despojadamente e, por fim, passou uma camada da sua colônia favorita. Sorriu, satisfeito, ao se olhar no espelho. Tentaria terminar a sua despedida de solteiro em grande estilo.

Encontrou os amigos já esperando no corredor, também bem arrumados.

— Nossa, alguém parece que está indo à caça. — Yeonsu piscou para Junsuk.

O moreno riu e apertou o botão para chamar o elevador.

O cassino estava cheio, como era de se esperar. Os três se sentaram em uma mesa que dava uma boa visão de tudo o que estava acontecendo no local. Junsuk estava em silêncio, escaneando o salão bem decorado e barulhento. É claro que estava procurando por uma pessoa em especial, mas aqueles fios dourados pareciam não estar ali.

O moreno suspirou, um tanto decepcionado. Tinha esperanças de pelo menos beber uma taça de champanhe na companhia de Yuri, mas talvez o destino não tivesse reservado esse encontro e o jeito fosse aproveitar a noite de outra forma.

Pediram bebidas ao garçom, mas, antes mesmo de serem servidos, Yeonsu avistou um casal indo em sua direção.

— Ei, docinho! Você ainda está aqui. — Haebin se aproximou, de mãos dadas com Saem. — Nós vamos para a boate, quer ir com a gente?

Yeonsu não pensou duas vezes e se levantou da mesa. Despediu-se dos amigos e se juntou ao casal, ganhando um selinho de cada um. Haebin o guiava pela cintura, sem deixar de entrelaçar seus dedos aos do namorado. Junsuk riu, pensando como uma relação a três poderia dar certo. Mas, afinal, era Vegas e tudo era permitido.

Suspirou e levou seu copo de whisky até os lábios, mas quase se engasgou com a visão que teve. Yuri estava a poucos metros, sentado em uma das máquinas caça-níqueis. Ele vestia uma calça jeans clara, com um rasgo generoso na altura do joelho esquerdo. A camisa mesclada de preto e branco se ajustava bem às suas curvas, e os botões abertos deixavam a pele leitosa exposta. Os brincos tocavam o pescoço gentilmente, enquanto ele se movia, e cada fio de seu cabelo dourado parecia ter sido penteado com cuidado. Uma visão de tirar o fôlego.

— O que foi, Sukie? Viu um fantasma? — Taejoon perguntou, olhando na direção que o amigo indicava. — Ah, já entendi tudo.

— É ele, Taejoon. É o Yuri. — Junsuk soltou o ar, o qual nem sequer percebeu que estava segurando.

— Vai lá! É a sua última chance.

— Eu não sei. Se ele me rejeitar de novo, vou ficar muito frustrado. — Desviou o olhar da figura angelical.

— Você só vai saber se tentar. — Taejoon piscou um dos olhos.

Junsuk ponderou e hesitou por alguns instantes. Será que deveria ir até ele? Qual era o sentido disso tudo? Seriam apenas algumas horas, e provavelmente eles nunca mais se veriam.

Mas, então, viu Yuri se encostar na cadeira, cruzando as pernas fortes e passando a mão pelos cabelos, jogando a cabeça levemente para trás. Seu coração falhou uma batida e um calor inesperado surgiu em seu baixo abdome. Ele não podia deixar a oportunidade passar, não podia mais negar o desejo e o tesão que estava sentindo por aquele homem.

Levantou-se, decidido a tentar mais uma vez, porém, antes de se afastar da mesa, ouviu a voz de Taejoon:

— Deixe sua aliança comigo.

O moreno, então, levou o olhar até a joia que estava em sua mão direita e, por alguns segundos, sentiu um pouco de remorso. Mas o sentimento foi rapidamente substituído pela vontade louca de tocar aquele corpo, e decidiu que não pensaria em mais nada. Tirou o anel do dedo e o entregou ao amigo.

Caminhou lentamente até Yuri e apoiou um dos braços na máquina caça-níquel, em frente ao loiro.

— Então, eu te encontrei de novo. Achei que tivesse fugido de mim.

Yuri levantou o olhar e Junsuk achou que suas pernas não suportariam o peso do seu corpo. Aqueles olhos mexiam com o moreno mais do que o corpo bonito.

— Você! Achei que não fosse mais te encontrar. — Yuri sorriu sem mostrar os dentes.

— Eu disse que não desisto fácil. E aí, terminou o trabalho?

— Sim. Fiquei a madrugada toda trabalhando, mas consegui entregar. — Colocou mais uma moeda na máquina e acionou a alavanca, sem sucesso mais uma vez.

— Então, você está livre para mim. Vai me dar uma chance? Me deixa mostrar do que sou capaz.

— Como você é atrevido e insistente. — Yuri revirou os olhos, mas achou graça no desespero do moreno. Veria até onde ele seria capaz de ir.

— Só paro quando você disser que não. E até agora não foi isso que ouvi. — Sorriu, galanteador.

— Vamos fazer o seguinte: estamos em um cassino, então vamos apostar. Eu tenho uma última moeda para usar nessa máquina caça-níquel. Se sair uma combinação perfeita de figuras, a minha noite é sua. Se não, seguimos cada um o seu caminho. O que acha? Se sente com sorte, Junsuk?

O nome do moreno saiu de um jeito tão manhoso dos lábios de Yuri, que Junsuk poderia ajoelhar agora entre as suas pernas e fazer com que o loiro repetisse aquilo a noite toda. Mas manteve a compostura e decidiu arriscar. Tomou a mão pequena de Yuri, que segurava a moeda, e a beijou.

— A sorte está lançada — disse em um tom sedutor, e Yuri sentiu todos os pelos do corpo se arrepiarem com aquela voz. Demorou alguns segundos até recobrar a consciência e colocar a moeda na máquina. Abaixou a alavanca e os dois se colocaram, ansiosos, em frente à tela, esperando o resultado que definiria a noite.

O visor girava, as figuras passavam rapidamente. Junsuk começou a suar frio, com medo de perder a chance de passar um tempo com Yuri. Não acreditava que estava apostando tudo em um jogo de azar. Sabia que as chances eram pequenas, mas era sua única alternativa.

Alguns segundos depois, a máquina parou, revelando o resultado.

BAR
BAR
ANA K.
7
7
7
LAS
VEGAS
A SORTE ESTÁ LANÇADA

07

Os olhos de Yuri se arregalaram quando ele ouviu o alarme, o qual soava sempre que alguém tirava a sorte grande, e se assustou quando centenas de moedinhas começaram a jorrar para fora. Yuri estava acostumado a apostar em máquinas caça-níqueis, mas nunca havia ganhado um centavo de volta, portanto nunca imaginou que isso pudesse acontecer em uma situação tão inusitada. Tinha apostado, com um completo estranho, a sua noite.

Não é que ele não se sentisse atraído por Junsuk, mas não costumava ter casos de uma noite. Yuri se apegava fácil e, por isso, preferia se relacionar com quem poderia ter algum futuro. E ele sabia que esse não era o caso. As pessoas vinham à Las Vegas buscando diversão, distrações, e Yuri não brincava com o amor. Por isso, fez a aposta mais improvável, pensando que se veria livre do moreno sedutor.

Ficou encarando a máquina até que ela cuspisse a última moeda, levantando seu olhar, em seguida, para ver que Junsuk tinha um sorriso vencedor nos lábios.

Suspirou, aceitando que teria de dar uma chance a ele. Afinal, não seria tão ruim assim passar a noite ao lado de um dos homens mais atraentes que tinha visto nos últimos anos. Quem sabe pudesse se divertir um pouco, já que fazia tanto tempo que não tirava uma folga.

— E, então, o que vamos fazer? — Yuri perguntou, enquanto juntava as moedas em um recipiente plástico.

— Para começar, vou te levar para jantar. O que acha?

— Parece bom para mim, estou com fome. Tem preferência de restaurante? — perguntou, começando a caminhar pelo cassino.

— Você parece conhecer esse lugar melhor do que eu. Pode escolher, me surpreenda. — Sorriu, galanteador.

Yuri não podia negar, aquele moreno era de tirar o fôlego. O sorriso confiante, a pele levemente bronzeada e aquela camisa, mostrando o peitoral forte, não estavam ajudando.

— Já sei o lugar perfeito, então. — Suspirou, desviando o olhar do corpo maior que o seu. — O *chef* de lá é incrível.

Caminharam, em silêncio, até entrarem no local, que era decorado finamente. O restaurante todo tinha um toque moderno, assoalho de madeira, mobília discreta e uma grande adega de vidro, na qual era possível ver as centenas de garrafas de vinhos selecionados.

Assim que puseram os pés dentro, um homem, elegantemente vestido, foi ao encontro dos dois:

— Yuri! Que bom vê-lo aqui novamente. Faz tempo que não nos presenteia com sua presença em nosso restaurante. Mesa para dois, como posso ver?

— Obrigado, Sr. Evans. É sempre um prazer retornar. E sim, mesa para dois.

Junsuk observava a cena com as sobrancelhas erguidas. Em seguida, seguiu o loiro, que era direcionado pelo *maitre* até uma das mesas localizadas no fundo. Sentaram-se um em frente ao outro, e Junsuk escutou o homem pedir uma garrafa de vinho.

— Então, você é famoso por aqui?

— Eu não diria famoso, apenas venho muito aqui. Já devo ter experimentado todos os pratos, saberia recomendar algum sem precisar consultar o cardápio.

— É mesmo? Então, me recomende algum, me faça uma surpresa. — Junsuk piscou um dos olhos em direção ao loiro, que sorriu sem mostrar os dentes.

Yuri chamou o garçom e pediu dois pratos que Junsuk não conseguiu identificar o que seriam. Mas ele pouco se importava, já que o que mais queria naquela noite estava bem na sua frente. Comeria um pão com ovo e já se sentiria satisfeito por fazê-lo olhando para o ser mais encantador daquele lugar.

O garçom serviu o vinho e Junsuk levantou a taça para fazer um brinde.

— À nossa noite.

Yuri, agora, abriu um sorriso maior, fazendo suas pálpebras se juntarem. Junsuk o achou tão adorável que também não se conteve, revelando seus dentes brancos.

— Então, me fale um pouco sobre você — Yuri retomou a conversa, pousando a taça de vinho na mesa.

— O que quer saber?

— Não sei, me diz alguma coisa, para eu ter certeza de que não estou saindo com um psicopata. — Yuri riu, se encostando na cadeira e cruzando os braços.

— Eu trabalho na empresa da minha família. Meu pai se aposentou recentemente e eu assumi a presidência. Não tenho uma vida muito interessante, apenas me dedico muito ao patrimônio que meu pai construiu nos últimos 20 anos. E sou um bom garoto, não precisa se preocupar. Não ofereço risco algum.

— Então, talvez você devesse ter cuidado comigo. — Foi a vez de Yuri dar uma piscadela para o moreno. — Talvez eu seja o psicopata.

— Com essa cara de anjo? Acho que você seria incapaz de me fazer mal.

— Aí que você se engana, meu caro. Eu sou um perigo. — Yuri passou a língua discretamente sobre os lábios, apoiando os cotovelos em cima da mesa para ficar mais próximo de Junsuk.

— Eu vou correr o risco.

Junsuk sentou-se mais na ponta da cadeira, olhando fixamente para o loiro a sua frente, e esticou o braço o suficiente para que uma de suas mãos alcançasse um dos joelhos do loiro por baixo da mesa. Yuri sentiu o calor da pele do outro em contato com a sua e, apesar de ter sido pego de surpresa, não afastou o toque de Junsuk.

Os dois foram interrompidos pelo garçom, que trazia os pratos pedidos anteriormente. Junsuk se recostou na cadeira, sem tirar os olhos de Yuri, que sorria minimamente.

Os dois comeram, praticamente em silêncio, mas foi confortável. Vez ou outra, lançaram olhares e sorrisos um para o outro. Terminada a refeição, Junsuk pediu a conta e os dois se retiraram do restaurante.

— E o que quer fazer agora, Junsuk?

— Bom, este é o meu segundo dia em Las Vegas e eu ainda não consegui fazer nenhuma aposta, a não ser aquela que me fez ganhar a sua companhia. Então, o que acha de irmos até o cassino?

— Claro! Eu ganhei uma bolada agora há pouco. Acho que dá para a gente tentar a sorte mais um pouquinho. — Yuri pegou a mão de Junsuk, entrelaçando seus dedos aos do outro, e puxou-o levemente, para andarem em direção à sala de jogos.

O moreno, enquanto era puxado por Yuri, que ia na frente, olhava para a mão que segurava a sua gentilmente. Os dedos pequenos do loiro se encaixavam perfeitamente nos seus mais longos, e Junsuk aproveitou para sentir o quanto eram macios.

Em pouco tempo, estavam no cassino novamente e começaram a andar pelo salão, tentando escolher o que jogariam. Yuri tinha alguma intimidade com todas as opções que havia ali, mas preferia evitar as mesas de carteado, pois eram as que mais lhe tiravam dinheiro.

Escolheu, então, apostar nos dados e puxou Junsuk até uma grande mesa, cercada por dezenas de pessoas, que gritavam animadamente. O moreno observou o jogo por alguns minutos, mas ficou sem entender o objetivo das apostas.

— Você parece confuso — Yuri falou, ao ver que o outro tinha as sobrancelhas unidas.

— Não consigo entender como isso aqui funciona. E você?

— Não precisa entender, apenas se divirta. Venha, vamos jogar.

Yuri afastou um pouco as pessoas ao redor da mesa, para poder participar da próxima rodada. Junsuk o acompanhou, mas, por falta de espaço, acabou ficando com o corpo próximo às costas do loiro. Viu o menor colocar algumas fichas na mesa e, logo em seguida, pegar um par de dados.

— Precisamos tirar um 7 ou um 11 para ganharmos — Yuri disse, se virando levemente para Junsuk, que olhava seus movimentos atentamente.

A proximidade dos corpos não estava ajudando o moreno a se concentrar, e, apesar de ter entendido qual era o objetivo dos dados, só conseguia prestar atenção no perfume suave que Yuri exalava.

— Assopre, Junsuk. É para dar sorte — o loiro pediu.

O moreno estava com as duas mãos na borda da mesa, com um braço de cada lado do corpo de Yuri, fazendo com que este estivesse preso ao seu abraço. E, então, Junsuk assoprou, mas no ouvido de Yuri, que estremeceu com o hálito quente do outro em sua pele. Fechou os olhos e mordeu o lábio inferior, tentando se recompor. Virou-se, dentro dos braços do moreno, para encará-lo, enquanto Junsuk sorria maliciosamente para ele.

— Os dados, Junsuk. — Yuri segurava os dois pequenos cubos em frente aos olhos do moreno.

— Ah, você não tinha explicado direito. — Junsuk riu e assoprou os dados em seguida.

Yuri se prendeu aos olhos brilhantes de Junsuk. A aposta não importava mais, apenas arremessou os dados na mesa, de costas, sem olhar onde cairiam. Yuri alternava seu olhar entre os olhos e os lábios de Junsuk, os quais, daquele ângulo, pareciam tão convidativos.

Junsuk foi se aproximando lentamente. Ia finalmente saborear aqueles lábios rosados. Mas gritos eufóricos interromperam o momento, fazendo Yuri se virar para a mesa de apostas e ver que tinha tirado um "7".

08

Junsuk suspirou, desapontado, quando Yuri se virou para ver o resultado do jogo. Enquanto o loiro comemorava com o restante da mesa, Junsuk encostou a testa no ombro direito dele, tentando lidar com a frustração de não ter alcançado seus lábios a tempo.

Yuri também tinha ficado insatisfeito por ter perdido o momento do beijo, mas ele sabia que aquela não seria a última oportunidade da noite. Então, levou sua mão direita até a nuca de Junsuk, fazendo um leve carinho com as pontas dos dedos.

O moreno fechou os olhos com aquele toque tão sutil dos dedos macios. Era suave, mas Junsuk tinha a impressão de que sua pele queimava a cada pedacinho que era tocado. Como reflexo, levou as mãos para a cintura modelada de Yuri, apertando-a levemente; sentiu os músculos do loiro se tencionarem, mas não tirou as suas mãos dele. O moreno estava tentado a sentir mais aquele corpo, então arrastou a ponta de seu nariz na base do pescoço de Yuri, até chegar atrás da sua orelha, lentamente, aspirando o perfume bom do outro. Sorriu, orgulhoso, ao ver que a pele de Yuri tinha se arrepiado. Era bom saber que não era somente o loiro que estava mexendo com seus sentidos.

Os dois apostaram mais algumas vezes, e até Junsuk se arriscou a lançar os dados em algumas rodadas, sem muito sucesso. A onda de sorte parecia ter passado, e acabaram perdendo tudo o que tinham ganhado até ali, mas estavam se divertindo e aproveitando a companhia um do outro.

A mão esquerda de Junsuk jamais deixou a cintura de Yuri, e este olhava, a cada segundo, para o rosto do outro, encantado com a beleza do homem ao seu lado.

Pouco mais de uma hora depois, Yuri e Junsuk deixaram o cassino. Caminhavam lentamente, um ao lado do outro, pelo corredor largo.

— O que quer fazer agora? — Junsuk perguntou.

— Você gosta de dançar? — Yuri olhou para o moreno, com um sorriso nos lábios.

— Gosto.

— Então, vamos! Nossa próxima parada será a boate do Bellagio.

O loiro acelerou o passo, entrelaçando seus dedos aos de Junsuk para guiá-lo. Chegando à porta, se depararam com uma fila quilométrica, afinal um dos maiores DJs do mundo estava ali. Para a surpresa de Junsuk, Yuri não entrou no final da fila e continuou puxando-o pela mão, até que chegaram à porta de entrada, onde dois seguranças controlavam o acesso das pessoas.

Um dos seguranças, ao avistar Yuri, cutucou o outro para alertá-lo sobre a presença do loiro. Imediatamente, eles deram passagem para que entrassem na boate, fazendo com que as pessoas que aguardavam na fila protestassem.

— Você tem certeza que não é famoso? — Junsuk estava espantado com a influência de Yuri pelo cassino.

— Mais ou menos. — Gargalhou. — Eu já disse que venho muito aqui a trabalho. Além do que, sou amigo do dono do Bellagio. — Yuri deu de ombros.

Os dois entraram no local escuro. Estava mais cheio que na noite passada, e o DJ já comandava os potentes amplificadores do local. Muitas pessoas se amontoavam na pista de dança iluminada, ao som de uma batida rápida e intensa. Pararam em um canto, que estava um pouco mais vazio, e ficaram observando o movimento do lugar.

— Quer algo para beber? — disse próximo ao ouvido de Yuri.

— Champanhe, por favor.

— Ah, mas é claro! Fique aqui, eu vou buscar. — Deu uma piscadinha para Yuri.

Junsuk se afastou, foi em direção ao bar, pediu duas taças de champanhe e aguardou, com um dos braços apoiado no balcão. Virou-se para o lugar em que tinha deixado Yuri esperando e viu quando um homem se aproximou do loiro.

Junsuk ficou apreensivo. Seria algum amigo? Suas suspeitas não se confirmaram quando viu que o loiro deu dois passos para trás, se afastando do homem mais alto. Este se aproximou novamente e cochichou algo em seu ouvido.

Junsuk sentiu o sangue ferver naquele momento, e a gota d'água foi quando o cara tentou tocar no rosto de Yuri, que rapidamente se esquivou da mão do outro.

Quem era aquele cara que tentava tocar no seu pequeno? Yuri não parecia confortável com a presença do outro, olhava para outras direções, evitando contato visual com ele.

O bartender voltou com as duas taças que Junsuk havia pedido, e, imediatamente, ele foi em direção a Yuri, parando atrás dele e passando um dos braços pelo ombro do loiro, o mantendo próximo de seu corpo.

— Quem é esse, Yuri? — Junsuk perguntou, encarando o homem desconhecido.

— Eu não faço a menor ideia. — Bufou, irritado.

Junsuk tirou o braço do ombro de Yuri e deu dois passos na direção do homem, que agora tinha os olhos um tanto arregalados.

— O que você quer com ele?

— V-vocês s-são... digo... e-estão... — O cara gaguejava e tentava não manter contato visual com Junsuk, que se mantinha em uma pose rígida e intimidadora.

— O que você acha que nós somos? — perguntou, com uma sobrancelha levantada.

— É... c-com licença. Estão me chamando ali. — E saiu, apressado, para o lado oposto da boate, se misturando às centenas de pessoas que dançavam.

Junsuk relaxou os ombros e se virou para Yuri, entregando uma das taças para ele.

— Obrigado.

— Só estava te defendendo.

— Eu me referia ao champanhe. — Deu um sorriso pequeno, provando a bebida.

O moreno tombou a cabeça para o lado, confuso com o que tinha acabado de escutar.

— Que mal-agradecido.

— Junsuk, isso acontece o tempo inteiro aqui. Já estou acostumado, eu sei me virar nessas situações.

— Ah, me desculpe, senhor autossuficiente. — Junsuk virou as costas para Yuri, tomando o conteúdo da taça quase que de uma só vez. Estava com o orgulho ferido.

O loiro riu da reação dele. Não ia dizer, mas tinha adorado vê-lo com ciúmes.

— Não fique assim, Junsuk. Me desculpe, não quis ser tão mal-educado. — Yuri se aproximou novamente, envolvendo os braços na cintura do moreno. — Obrigado por me defender.

— Só fiz isso para proteger o que é meu — disse, colocando sua taça vazia na mesa ao lado.

— Seu? — Yuri tirou os braços que envolviam o moreno.

— Sim, meu. — Junsuk se virou novamente para encarar Yuri. — E pare de negar isso. Hoje... pelo menos hoje, você é meu.

Junsuk colocou uma das mãos nas costas de Yuri, o puxando para perto, até que seus peitorais estivessem praticamente colados. O loiro engoliu a saliva que estava presa em sua garganta, ao se ver tão próximo do outro. As pernas de Yuri fraquejaram, e ele teria caído, se não fosse o braço forte do moreno o segurando. Aquele homem o fazia derreter com sua pegada firme. Seu olhar fazia Yuri esquecer todos os seus princípios sobre relacionamentos casuais, e seu sorriso ladino despertava um desejo louco de se entregar ali mesmo.

Os dois não desviavam o olhar um do outro, como se estivessem tentando decorar cada pedacinho do rosto alheio. Yuri umedeceu os lábios e Junsuk quase gemeu ao acompanhar a língua passando pela boca bonita.

Yuri era um pecado, um pecado que Junsuk não se importaria de cometer. O inferno que o esperasse, pois não se arrependeria de ser levado para o mau caminho.

Junsuk encarou os lábios fartos e rosados, não conseguindo mais se conter. Ainda segurando Yuri pelas costas, o moreno desceu o rosto, encostando o nariz na bochecha do outro, e deu um beijo no queixo pequeno, fazendo Yuri fechar os olhos, entregue ao momento.

Junsuk olhou mais uma vez para aquele rosto tão perfeito, antes de acabar com a pequena distância que ainda existia entre eles.

O encaixe não poderia ser mais perfeito. Um choque percorreu o corpo de ambos, fazendo-os entrar em combustão. O mundo parou de girar, só existiam os dois naquele momento.

Os lábios de Yuri eram ainda mais macios do que Junsuk havia imaginado. Não resistiu e passou a língua sensualmente pela boca do loiro, pedindo permissão para aprofundar o beijo. Yuri não hesitou e entreabriu os lábios, deixando Junsuk invadir a sua boca.

Levou uma das mãos até a nuca de Junsuk, fazendo um carinho gostoso, enquanto deixava o moreno explorar cada canto de sua boca. As línguas dançavam em sincronia, e Junsuk nunca imaginou que pudesse gostar tanto do sabor de champanhe.

Yuri chupou a língua do outro, fazendo Junsuk suspirar pelo prazer que estava sentindo somente com aquele beijo. Envolveu o outro braço na cintura de Yuri, fazendo os corpos ficarem ainda mais colados.

Estava sendo um momento único. Nenhum beijo que Junsuk tinha dado até agora, poderia ser comparado a este. Ninguém, até agora, tinha feito o coração de Junsuk acelerar tanto, batendo forte contra a caixa torácica, como se quisesse se livrar da sua prisão.

O moreno podia sentir o estômago revirar, como se tivesse sido colocado do avesso. Eram sensações totalmente novas, e ele estava adorando cada uma delas.

O beijo foi quebrado quando os dois já estavam ofegantes. As bocas se separaram, mas mantiveram as testas encostadas. Olhavam-se carinhosamente, e nenhum dos dois conseguiu evitar que um sorriso bobo se formasse em ambos os rostos.

09

— Eu acho que preciso de mais champanhe. — Yuri trouxe os dois de volta para a realidade.

Junsuk afrouxou o aperto no corpo dele e sorriu ainda mais.

— Claro, mas agora você vem comigo. Não vou te deixar sozinho de novo.

Yuri riu do ciúme que o moreno parecia ter desenvolvido por ele, mas se deixou ser levado até o balcão do bar. Sentaram-se nos bancos altos, enquanto o *bartender* os servia novamente.

— E, então, há quanto tempo está aqui nos Estados Unidos? — Junsuk perguntou antes de começar a beber.

— Tem pouco mais de dez anos. Eu vim para estudar e acabei ficando.

— Nunca mais voltou para a Coreia?

— Nunca. Meus pais se mudaram comigo na época, e depois que terminei a faculdade, consegui um ótimo emprego. Não via necessidade de voltar.

— Não sente saudade?

— Agora eu sinto. Meus pais faleceram dois anos atrás e, desde então, eu só vivo para o trabalho. Não posso reclamar, mas às vezes sinto falta de um ambiente familiar. — Yuri suspirou.

— Eu sinto muito pelos seus pais.

— Obrigado, de verdade. Mas vamos parar de falar disso, não vamos deixar lembranças tristes atrapalharem nossa noite — disse, tomando o restante do champanhe da sua taça. — Vem, vamos dançar!

Levantou-se do banco alto, puxando Junsuk pelo pulso até o centro da pista de dança. O lugar estava cheio, fazendo com que eles tivessem de dançar bem próximos um do outro. Junsuk não conseguia tirar os olhos de Yuri dançando. Era lindo o jeito que o seu corpo se movia, totalmente em sincronia com a música.

— O que tanto olha, Junsuk? — perguntou, sorrindo.

— Você é lindo — disse, simplista.

Estava escuro, mas as luzes coloridas da boate permitiam ver claramente as bochechas de Yuri ganharem um tom rosado. O loiro tentou esconder o sorriso com as mãos pequenas, mas Junsuk as tomou para si, pousando-as na sua nuca. Queria ter aquele homem pertinho para sempre.

Junsuk estava encantado. Yuri era a pessoa mais interessante que ele já havia conhecido. Não era só a beleza, era a leveza da sua personalidade. Ele era seguro, independente, tinha uma ótima conversa e parecia saber o que queria da vida. E o jeito que ele alternava entre o tipo sexy e sedutor para o doce e tímido estava deixando Junsuk louco de desejo.

Yuri passou os dedos pelos cabelos macios de Junsuk, fazendo um carinho leve e lento, enquanto o moreno apertava sua cintura com as mãos fortes. Junsuk fechou os olhos, aproveitando o toque delicado do outro. O mais baixo, então, levou as duas mãos até o rosto do moreno, o segurando com firmeza e o trazendo até o encontro dos seus lábios novamente.

O beijo, agora, era mais rápido e cheio de desejo. As línguas não tardaram a se encontrar, brigando por espaço. Junsuk puxou o lábio inferior de Yuri entre os dentes, chupando-o, em seguida, com vontade. Sentiu todo o seu pudor se esvair quando o loiro desceu as mãos até o seu peitoral, sentindo os músculos firmes se contraírem com seu toque por cima da camisa fina. Suas mãos, que antes estavam na cintura de Yuri, tomaram outro caminho, descendo lentamente, até encontrarem a carne firme da sua bunda. Ambos gemeram entre o beijo quando Junsuk a apertou com propriedade.

Yuri quebrou o beijo logo depois e tirou as mãos de Junsuk de seu traseiro, colocando-as de volta em sua cintura. Não é que tinha achado ruim, mas estavam em público, afinal.

Continuaram dançando juntinhos, como se ninguém mais estivesse presente. Yuri não podia negar que estar nos braços daquele homem o fazia sentir seguro, como se nada de ruim pudesse acontecer com ele. Seu lado racional não queria acreditar, mas o lado romântico e sonhador dizia que ele podia confiar em Junsuk.

Yuri se virou dentro do abraço, continuando a dançar com as costas coladas no peito do outro. As mãos, que antes estavam em sua cintura, agora espalmavam o abdômen bem cuidado de Yuri. Este descansou a cabeça no ombro esquerdo de Junsuk, que ganhou acesso ao pescoço branquinho do outro.

O moreno não resistiu e desceu a boca até a base do pescoço, deixando um beijo molhado no local. Ao sentir o loiro suspirar com o seu ato, realizou mais um de seus desejos daquela noite: raspar os dentes naquela pele macia e cheirosa.

Yuri, para incentivar o outro a continuar, levou uma de suas mãos até a nuca do moreno, fazendo-o continuar a trabalhar ali. Junsuk espalhou beijos e pequenas mordidas por todo o pescoço de Yuri, desde a parte de trás da orelha até a base do pescoço.

Yuri estava com os olhos fechados, mordendo os lábios com força, inebriado com as sensações que Junsuk estava lhe proporcionando. Seu coração batia rápido, e ele sentia a sua pele arrepiar a cada beijo.

Aquilo estava o deixando um tanto inquieto. Tinha conhecido aquele homem a menos de 24 horas, não sabia quase nada sobre ele, mas seu corpo parecia chamar pelo dele. Aquelas poucas horas ao lado de Junsuk estavam sendo mais intensas do que a soma de todos os relacionamentos que tivera até agora.

Yuri sempre foi muito seguro e esteve no controle de suas emoções. Nunca nenhum homem tinha feito seu corpo ferver tão rapidamente. A adrenalina corria pelas suas veias e ele estava em estado máximo de alerta, como se estivesse esperando que uma bomba explodisse a qualquer instante.

Mas o loiro mandou todas as suas dúvidas para o inferno quando sentiu Junsuk passar a língua levemente atrás de sua orelha. Como reflexo, empinou a bunda na direção da virilha do moreno, rebolando sensualmente, no ritmo da música que soava.

Junsuk arfou com o contato mais atrevido e levou as mãos até o quadril de Yuri, o mantendo naquela posição. O menor conseguiu sentir o volume aumentar dentro das calças do outro e sorriu, satisfeito. Yuri também era vaidoso e gostava quando conseguia excitar as suas conquistas.

— Yuri, eu preciso ir ao banheiro — sussurrou no ouvido do menor.

— Ah, claro. Eu te espero no bar.

Junsuk se afastou e Yuri imediatamente sentiu falta do calor do corpo do outro.

O moreno agradeceu pelo banheiro estar vazio, abriu a torneira e jogou um pouco de água fria no rosto. Ele estava perdendo o controle das suas ações e não gostava disso.

Olhou para baixo e suspirou. A ereção marcada na calça justa estava dolorida e implorando por algum alívio. Entrou em uma das cabines, trancou a porta, encostou a testa na parede fria e abriu o cinto de couro.

— Eu não acredito que estou fazendo isso.

Abriu o botão da calça e desceu o zíper. A mão direita fria entrou na boxer preta e encontrou seu membro quente e pulsante. O polegar acariciou a glande inchada e úmida, e Junsuk não conseguiu conter um pequeno gemido de satisfação.

— Ah, Yuri.

— Me chamou?

Junsuk congelou. Será que ele estava com tanto tesão a ponto de escutar a voz dele?

— Está tudo bem? Precisa de uma ajuda aí? — Yuri dizia do outro lado da porta, sorrindo com o lábio entre os dentes.

O moreno destravou a porta e, no segundo seguinte, puxou o menor para dentro da cabine, o prensando contra a porta, que foi trancada novamente.

— Ah, Yuri. O que você está fazendo comigo?

O loiro podia ver pura luxúria nos olhos de Junsuk. E para provocá-lo ainda mais, subiu um dos joelhos entre as pernas dele, até ir de encontro com seu membro.

Junsuk fechou os olhos e jogou a cabeça para trás, tentando se controlar para não foder Yuri naquele momento.

O loiro fez uma trilha molhada de beijos no seu pescoço. Junsuk o agarrou pela bunda, deu alguns passos para trás, se sentando no vaso sanitário, e puxou Yuri até que ele se sentasse no seu colo, com uma perna de cada lado. As mãos do moreno passeavam pelas coxas firmes de Yuri, que agarrou seus cabelos com força, enquanto o beijava intensamente.

Junsuk se sentia no céu, tendo a boca daquele anjo na sua, mas foi jogado direto no inferno quando Yuri começou a rebolar lentamente no seu colo.

O moreno começou a subir as mãos por dentro da camisa do outro, mas levou um susto quando ouviu o barulho de várias pessoas entrando no banheiro. Yuri arregalou os olhos e se levantou do colo de Junsuk, com as bochechas queimando de vergonha.

— Junsuk! Não podemos fazer isso. Não aqui. Eu trabalho para o cassino, seria embaraçoso demais se me pegassem transando com alguém no banheiro, como se fosse um adolescente cheio de hormônios.

— Ah, Yuri. Mas você vai me deixar nesse estado? — Junsuk se levantou e levou a mão do outro até a sua ereção.

O menor suspirou, ao sentir o quão grande era, e lambeu os lábios, cheio de desejo de se ajoelhar ali. Mas decidiu que iria brincar um pouquinho mais com a sanidade de Junsuk.

— Te vejo lá fora.

E com isso, destravou a porta da cabine e saiu do banheiro.

10

Junsuk ficou atônito. Yuri o tinha abandonado no banheiro com uma ereção dolorida. O loiro estava testando todos os seus limites, o jogando do penhasco da sanidade. O contato das mãos de Yuri em seu membro tinha feito seu corpo entrar em combustão. Começou a suar frio ao imaginá-lo de joelhos, o envolvendo com aquela boca tão linda.

Sentou-se novamente no vaso sanitário, tentando se recompor. Onde estava aquele Junsuk controlado e meticuloso? Aquele que nunca se deixava levar pelas emoções? O poderoso CEO que não permitia que nada abalasse as estruturas da sua vida bem planejada? Yuri tinha dinamitado todos os seus alicerces. Aquele corpo e aquele sorriso acabavam com qualquer resquício de racionalidade. O beijo daquele homem o fazia esquecer de tudo e de todos, inclusive da noiva que o esperava.

Junsuk fechou a calça, ainda incomodado com o volume que se apertava dentro dela. Não ia acabar com o seu tesão sozinho, guardaria as energias para mais tarde. Jogou mais um pouco de água no rosto e saiu do banheiro, em busca da sua companhia da noite.

O show do DJ parecia ter terminado, e a movimentação dentro da boate já era bem menor. Foi fácil encontrar Yuri, que estava sentado no balcão do bar, olhando, distraído, para mais uma taça de champanhe nas mãos. Ele pareceu perceber a aproximação de Junsuk e se levantou, sorrindo para ele.

— Aqui, tome o resto. O bar fechou e eu só consegui pedir mais uma.

Junsuk pegou a taça de sua mão e tomou o restante da bebida de uma só vez, arrancando uma risadinha gostosa de Yuri.

— Me desculpe por aquilo — o loiro disse, apontando com a cabeça na direção dos banheiros.

O moreno se aproximou ainda mais, colando seu corpo no do outro, o fazendo apoiar as costas no balcão. Uma mão foi parar na sua cintura e a outra na sua nuca, trazendo Yuri para mais um beijo.

— Não tem problema. Tenho certeza que você vai me recompensar mais tarde — disse ao quebrar o contato dos lábios. — Vamos sair daqui? A música está começando a me dar dor de cabeça.

Não esperou por uma resposta, apenas entrelaçou os dedos aos de Yuri e o puxou para fora da boate.

Estavam andando sem rumo, em silêncio. Trocavam olhares vez ou outra, mas ambos estavam com as mentes longe, tentando decifrar os sentimentos que se afloravam em cada um. Até que Yuri parou, fazendo Junsuk o olhar novamente.

— Esse lugar...

Junsuk olhou ao redor e viu que tinham entrado em uma espécie de jardim. Tinha lido algo sobre aquele lugar, era uma das grandes atrações turísticas do Bellagio. Aquele jardim era remodelado cinco vezes ao ano. Eram animais, insetos, locais e paisagens reproduzidas perfeitamente, a maioria usando flores naturais em seu acabamento. Era fabuloso.

Os olhos de Yuri brilhavam, e ele sorria como se tivesse encontrado seu cantinho favorito no mundo.

— Você gosta de flores? — Junsuk perguntou quando voltaram a caminhar por entre as plantas.

— Muito. — Suspirou.

— Qual a sua flor favorita? Ah, deixa eu adivinhar... rosas!

— Passou longe. Eu as acho um tanto extravagantes. Sou mais simples, gosto de lírios. Como aqueles ali. — Apontou para um vaso cheio de flores brancas, que estava à venda em uma das bancas. — Você sabe o que eles significam?

— Não tenho ideia — respondeu, curioso.

— Significam pureza e são o símbolo do amor eterno.

Junsuk sorriu, soltou a mão de Yuri e foi até a banca de flores. Voltou, logo em seguida, com um ramalhete cheio das flores preferidas do outro.

— São para você.

— Ah, Junsuk... não precisava. São lindos! — Agradeceu, tomando o buquê de suas mãos.

— Não mais do que você. — Junsuk viu as bochechas de Yuri se avermelharem e beijou os lábios cheinhos, quando o dono deles sorriu.

— Sabe, quando nos mudamos para os Estados Unidos, meu pai abriu uma floricultura para a minha mãe. Ela tinha o dedo verde, tudo o que ela tocava florescia. Começou com uma pequena loja, fazendo arranjos e buquês para noivas. Eles eram tão bonitos que começaram a ganhar fama pela cidade.

— É mesmo? É por isso que você gosta tanto de flores? Elas lembram a sua mãe?

— Sim, é isso mesmo. Ela ficava tão feliz quando via igrejas, capelas e salões de festas cheios de seus arranjos. Ela ficava muito orgulhosa. Era tão bonito de se ver...

— Imagino.

— E tem mais! O mais bonito dessa história toda era quando as decorações precisavam ser trocadas. As igrejas pediam que as flores fossem trocadas a cada 2 ou 3 dias. Quando esse tempo passava, minha mãe recolhia tudo com muito cuidado, levava para a sua floricultura e fazia novos arranjos, buquês e até coroas. Depois, tudo era levado para asilos da cidade. Minha mãe fazia questão de dar pessoalmente cada um deles para os velhinhos tão debilitados e, muitas vezes, abandonados. Pode parecer até bobagem, mas aquilo levava um pouquinho de alegria para eles. Transformava o ambiente típico de "hospital", enchendo-o de cores e perfumes. Eu ajudava sempre que tinha um tempo livre. Era gratificante ver aqueles sorrisos, tudo por causa de um gesto tão simples.

— Que coisa linda, Yuri.

— Sim, ela tinha um coração de ouro — disse, emocionado. — Então, há dois anos, tudo terminou quando meus pais sofreram um acidente de carro. Meu pai tinha ido buscar minha mãe em um salão que ela tinha decorado, e chovia muito naquele dia. Ele perdeu o controle em uma curva fechada e o veículo caiu de um barranco.

Yuri virou de costas, e Junsuk sabia que era para esconder as lágrimas que escorriam pelo seu belo rosto. O moreno o puxou para um abraço apertado, deixando que ele apoiasse a cabeça em seu ombro.

— Tenho certeza que eles estão olhando por você lá de cima, orgulhosos do filho que criaram.

— Tomara — disse, se desencostando do corpo do maior e enxugando as lágrimas com as mãos. — Eu era filho único e minha mãe sempre quis que eu me casasse e formasse uma família. Mesmo quando descobriu que eu era gay, ela não deixou de torcer para que encontrasse alguém que me fizesse feliz. Dizia que faria questão de decorar a igreja, quando eu me casasse, e que meu buquê seria feito de lírios brancos, pois na visão dela eu era o ser mais puro desse mundo. — Yuri riu com a lembrança. — Mas não tive tempo de realizar esse sonho dela.

— E você pensa em se casar?

— Claro, eu sou um romântico convicto. Mas as coisas andam tão corridas na minha vida que não tenho nem tempo de arrumar um namorado, quanto mais pensar em me casar. Mas, quem sabe, um dia...

Junsuk o olhou carinhosamente. Era fato, Yuri era muito precioso. E saber de todos esses detalhes da vida dele o fez ficar ainda mais encantador. O moreno levou uma das mãos até o rosto do outro, fazendo um carinho leve em sua bochecha rosada e macia. Yuri fechou os olhos, embriagado com o toque.

— Yuri! Eu tive uma ideia — Junsuk o trouxe de volta à realidade. — Vem comigo.

O maior saiu puxando Yuri pelo braço. Os dois praticamente corriam pelo cassino, e o loiro não tinha a menor noção de onde estavam indo. Mas seus olhos se arregalaram ao ver onde tinha ido parar.

Era a capela do Bellagio.

Junsuk ficou de frente para o outro, segurou suas mãos e se abaixou, até que um de seus joelhos tocasse o chão. Os lábios de Yuri se abriram, formando um perfeito "O".

— Junsuk, levante-se. Você ficou maluco?!

— Sim, Yuri. Essa está sendo a noite mais louca da minha vida. Te conheci, ganhei a sua companhia em uma aposta, me viciei no seu beijo e meu sangue ferve quando toco a sua pele. Nós dançamos juntos, bebemos muito e quase transamos no banheiro de uma boate. Eu sou um cara muito frio e controlado, nunca faço bobagens, mas hoje eu quero cometer todos os erros com você. Vamos curtir a noite, sem consequências. Vamos aproveitar e realizar o sonho da sua mãe, nem que seja de mentirinha. Ninguém precisa saber. Você deve conhecer aquele ditado: O que acontece em Vegas, fica em Vegas.

Yuri estava estarrecido, para não dizer apavorado. Que ideia era aquela? Seu coração batia forte, sem saber o que responder para Junsuk. É claro que ele sabia que não se casariam de verdade, mas, mesmo assim, estava inseguro. Ele não queria se apegar, não podia se apegar a Junsuk, mas estava cada vez mais difícil resistir.

— Junsuk, não diga bobagens... Você nem sabe se essa capela está disponível. Os casamentos de Las Vegas são concorridíssimos, aposto que deve ter algum acontecendo nesse exato momento.

O moreno se levantou e correu para dentro da capela, deixando um Yuri confuso para trás. Poucos minutos depois, ele voltou, sorrindo largamente.

— A capela está livre e, por sorte, tem um celebrante disponível para agora! — Junsuk se ajoelhou novamente. — Yuri, quer se casar comigo?

— Você é um maluco mesmo! — Yuri riu. — Eu me "caso" com você. — Fez aspas com os dedos, para mostrar que sabia que aquilo tudo era um teatro. Na verdade, o que ele mais queria era se convencer de que daria conta daquela situação e que apenas se divertiria um pouco. Não queria sair magoado ao final daquela noite.

Junsuk sorriu, vitorioso, levantou-se prontamente e, antes de entrar na capela, instruiu o agora "noivo".

— Eu vou primeiro. Quando a música começar a tocar, você entra, ok?

Yuri fez um "joinha" com a mão, um tanto envergonhado com aquilo tudo, respirou fundo e tentou entrar na brincadeira. Mas se assustou ao escutar a marcha nupcial ser tocada, e suas mãos tremeram quando as portas da capela se abriram, revelando um belo tapete vermelho, o qual levava até o altar. Junsuk o estava esperando, lindo como sempre.

O loiro inflou as bochechas e tentou relaxar o corpo. Passou as mãos pelos fios macios, segurou o buquê de lírios firmemente e deu passos incertos, até que seus olhos encontraram os de Junsuk. Borboletas começaram a fazer uma festa no seu estômago, e as flores em suas mãos balançavam por causa do seu nervosismo. Quando chegou ao pé do altar, Junsuk foi até ele, sorrindo docemente, e plantou um beijo na sua testa.

O celebrante começou a sua fala, dizendo palavras sobre o amor e o companheirismo. Nenhum dos dois estava prestando muita atenção, se olhando o tempo todo e sorrindo. Não podiam negar, estava sendo, no mínimo, divertido.

— Junsuk, é de livre e espontânea vontade que você aceita Yuri como seu companheiro em matrimônio? — A voz imponente fez os dois voltarem a atenção para o celebrante.

— Sim — Junsuk respondeu.

— Yuri, é de livre e espontânea vontade que você aceita Junsuk como seu companheiro em matrimônio?

— Sim.

— Assim sendo, por favor, deem-se as mãos e preparem-se para receber o símbolo dessa união: as alianças.

Junsuk arregalou os olhos. Não tinha pensado nesse detalhe. Olhou para os lados e viu que Yuri segurava a risada, enquanto o celebrante aguardava, com a mão estendida, esperando que ele entregasse as alianças.

Então, o moreno olhou para as mãos de Yuri e viu que as flores que ele segurava estavam presas por duas pequenas argolas douradas. Prontamente, tirou o buquê de suas mãos e as arrancou, entregando para o celebrante e suspirando, aliviado.

E assim, os dois passaram a repetir as falas ensaiadas:

— Yuri, eu te dou esta aliança como sinal de que escolhi você para ser meu esposo e melhor amigo. — Deslizou o pequeno círculo dourado pelo dedo de Yuri, encaixando-o perfeitamente, levou a pequena mão até os lábios e deixou ali um selar demorado.

— Junsuk, eu te dou esta aliança como sinal de que escolhi você para ser meu esposo e meu melhor amigo. — Como a mão do moreno era maior, a argola passou com um pouco mais de dificuldade, mas entrou. Assim como ele, Yuri também deu um beijo onde agora estava a "aliança".

— É com grande alegria que eu os declaro, marido e... marido. Podem se beijar.

Yuri jogou o buquê para trás, que caiu no colo da senhora que tinha tocado a marcha nupcial no piano. Envolveu os dois braços ao redor do pescoço de Junsuk e acabou com a distância entre as bocas.

Junsuk abraçou o outro pela cintura, o erguendo levemente do chão. Os dois sorriam entre o beijo apaixonado.

O beijo terminou, mas os olhares ainda estavam presos um ao outro. Os corações batiam forte e a euforia tomava conta dos dois. Saíram da capela abraçados e rindo, com a felicidade os inundando.

— E agora, Junsuk? — Yuri perguntou.

— Agora? Nós vamos para a lua de mel.

11

Junsuk beijava Yuri docemente quando já se encontravam fora da capela. Tinha sido um teatro, mas Yuri suspirava com aquilo tudo. De brincadeira ou não, tinha entrado na capela com um buquê de lírios brancos, assim como sua mãe desejava. Tinha dito sim, e trocado "alianças" com um homem que estava fazendo seu coração bater mais forte.

Era arriscado, ele não deveria, mas se entregaria por essa noite.

Queria ter aquele corpo em cima do seu. Mataria seu desejo e depois pensaria como lidar com a situação, afinal não seria sua primeira transa sem compromisso. Não era mais um adolescente bobo, já era um homem adulto e saberia distinguir seus sentimentos.

— No meu quarto ou no seu? — Yuri perguntou ao quebrar o beijo.

— Pode ser no seu?

Ele sorriu, concordando com um leve aceno.

Andaram de mãos dadas pelos corredores do Bellagio, até encontrarem os elevadores que davam acesso aos quartos. Sempre que se hospedava ali, o dono do cassino reservava o melhor quarto para ele, no último andar do grande edifício.

Assim que as portas se abriram, Yuri apertou o botão que os levaria até o 36º andar. Felizmente, não tiveram que dividir o elevador com mais ninguém e puderam aproveitar a vista da cidade, a qual o elevador panorâmico proporcionava.

Junsuk se posicionou atrás do loiro, que tinha uma das mãos apoiadas no vidro de proteção, plantou um beijo na base do pescoço de Yuri e colou a sua virilha na bunda arrebitada, mostrando para o loiro o quanto ele estava cheio de desejo por ele.

— Alguém já está animado. — Yuri riu ao sentir o membro rígido do outro tocar o seu traseiro.

— Eu estou animado assim desde que coloquei os olhos em você — respondeu, o segurando pela cintura e distribuindo mais beijos pelo pescoço cheiroso.

As portas se abriram novamente e Junsuk foi o primeiro a sair. Andaram pelo corredor comprido, até chegarem ao último quarto, e Yuri tirou seu cartão-chave para abrir a porta, mas foi surpreendido ao tê-lo retirado da mão pequena.

— Vamos fazer isso direito — Junsuk disse.

— Como assim...

Antes que Yuri pudesse terminar, o moreno colocou um dos braços em suas costas e o outro por trás de seus joelhos. Junsuk não teve dificuldade em levantar o corpo menor.

Yuri gargalhou, mas achou a atitude adorável e acabou envolvendo o pescoço do moreno em seus braços, para ficar mais seguro em seu colo.

Junsuk, então, abriu a porta, agora com um pouco de dificuldade, já que estava com as mãos ocupadas, e assim que entraram no quarto, fechou a porta com um dos pés.

Aquele quarto deveria ter o dobro do tamanho do de Junsuk. As janelas iam do teto ao chão, dando uma vista maravilhosa das luzes coloridas de Las Vegas.

— Uau, você realmente tem alguns privilégios nesse cassino.

— Eu não disse que sou amigo do dono? Já livrei a cara dele muitas vezes, e ele é muito grato a mim. — Yuri deu uma piscadinha para o moreno.

— Eu deveria ficar com ciúme?

Yuri gargalhou, jogando a cabeça para trás.

— Seu tolo, é claro que não. O dono é casado, pai de família. Eu só presto serviços para ele — disse, enquanto se livrava dos sapatos.

— Melhor assim, então.

Junsuk caminhou, com Yuri no colo, até chegarem à cama, depositando com cuidado o corpo menor nos lençóis caros de seda branca. Os cabelos fartos e dourados de Yuri se espalharam pelo tecido, e o moreno achou que estava em frente a um anjo. Mas essa imagem foi substituída quando Yuri subiu um de seus pés pela coxa esquerda de Junsuk, despudoradamente, até alcançar a sua virilha.

Yuri sorria inocentemente, como se não fosse nada demais estar sentindo o membro duro de Junsuk sobre a calça. E era exatamente isso que deixava o moreno descontrolado de tesão.

Tomado pelo desejo, segurou o loiro pelos cabelos com força, fazendo-o expor toda a pele clara do pescoço. No segundo seguinte, sua boca passeava livremente pela pele cheirosa, arrancando pequenos gemidos daquele abaixo de si. Yuri apertava a camisa escura do outro entre os dedos, amassando-a, tentando se controlar.

Junsuk, então, voltou sua atenção aos lábios carnudos, que estavam entreabertos e úmidos pela sua própria saliva. O beijo era rápido e um tanto afobado, as línguas disputavam espaço na boca um do outro.

Yuri subiu as mãos pelas costas do moreno, por baixo da camisa, sentindo os músculos fortes se contraírem com seu toque frio. Passou as unhas curtas de cima a baixo, fazendo Junsuk separar o beijo e arfar.

O moreno arrancou a peça do seu próprio corpo, incomodado pelo calor que estava sentindo, e Yuri pôde, finalmente, ver o que já estava imaginando: o peitoral largo, os braços fortes e o abdômen levemente desenhado estavam, agora, em plena exposição. Sentiu seu membro dar uma fisgada ao passar as mãos pequenas por aquele corpo tão lindo e que agora seria seu.

Junsuk sorriu, satisfeito, vendo que o outro o olhava com admiração, e desceu o corpo mais uma vez, tomando os lábios de Yuri novamente. Passou a desabotoar a camisa do loiro, mas teve dificuldade de tirar os últimos botões, então simplesmente forçou a peça para os lados, rasgando-a de uma vez.

— Junsuk! Eu adorava essa camisa.

— Eu compro quantas você quiser.

Junsuk se ergueu, só para poder observar o corpo que agora estava mais exposto, e ficou surpreso ao ver o torso muito bem trabalhado de Yuri. Seus músculos não eram tão volumosos, mas eram bem definidos, formando uma silhueta muito bem esculpida.

— Gosta do que vê? — Yuri perguntou, olhando para o moreno com um sorrisinho de lado.

— Você não imagina o quanto.

Junsuk voltou a se abaixar, explorando o peitoral de Yuri com a boca. Beijou cada pedacinho da pele macia e conseguiu arrancar um gemido mais manhoso de Yuri quando passou a língua sobre um dos mamilos. O moreno queria ouvir mais daquele som, então deu uma leve mordida, sugando em seguida.

Yuri não só gemeu mais alto, como arqueou as costas, tentando não perder aquele contato.

— Ah, Junsuk... — sussurrou, enquanto se agarrava nos cabelos escuros do outro. Em um movimento rápido, espalmou as mãos no peito de Junsuk, o empurrando até que estivesse em pé novamente, e ficou de joelhos na cama, quase na mesma altura do moreno. Encarou os olhos brilhantes de Junsuk, enquanto suas mãos sentiam o calor da pele mais bronzeada que a sua; passou a distribuir beijos pela clavícula do outro, fazendo-o arrepiar.

Sem esperar por isso, Junsuk teve seu cinto desafivelado, e o botão e o zíper da calça foram os próximos a serem abertos. Yuri segurou firmemente nas laterais das últimas peças de roupas do moreno, as puxando para baixo, até atingirem os joelhos.

O loiro parou por alguns segundos, prendendo a respiração. Junsuk era realmente grande, e ele pensou em como seria trabalhoso colocar aquilo tudo para dentro de si.

— Gosta do que vê? — Foi a vez de Junsuk dizer, sorrindo de forma sacana.

— Você é realmente muito convencido. — Yuri engoliu a saliva que estava presa em sua garganta e umedeceu os lábios, passando a língua de maneira provocante.

Tomou o membro do outro com uma das mãos, começando uma masturbação lenta, quase torturante, e Junsuk arfou, fechando os olhos com força e sentindo as pernas tremerem. Yuri, então, também se levantou da cama, puxando o outro para um beijo.

O menor foi se abaixando, ficando de joelhos entre as pernas de Junsuk, com a magnífica visão das coxas fartas e malhadas a sua frente. Fez um rastro molhado, a partir do joelho, arrastando sua língua pela parte interna da perna até chegar à virilha, olhou para cima e encontrou o outro de olhos fechados.

— Olhe para mim, Junsuk.

Então, o moreno abriu os olhos, se deparando com o sorriso safado de Yuri. A mão, que ainda subia e descia no membro pulsante, parou de trabalhar. O moreno ia protestar, mas a sua voz sumiu quando sentiu a língua quente passar por todo o seu comprimento.

Era a hora, o momento tão fantasiado por ele. Teria aqueles lábios carnudos o envolvendo.

Yuri não perdeu mais tempo e colocou tudo o que podia dentro da boca. Foi até o seu limite e voltou até a glande inchada lentamente. Repetiu o movimento mais algumas vezes, sem pressa e sempre olhando dentro dos olhos do outro.

Junsuk estava hipnotizado, nem gemer ele conseguia. A visão de ser engolido por aquela boca tão bonita era tão surreal que o fazia duvidar se aquilo era de verdade.

— Porra, Yuri. — Foi o que conseguiu dizer depois que sentiu ser chupado com força, com a língua macia passando por sua fenda, que já expelia pré-gozo. Agarrou o outro pelos cabelos e, não conseguindo mais se conter, passou a estocar a boca de Yuri.

O loiro cravou as unhas na bunda redondinha do outro, tentando se manter equilibrado, enquanto Junsuk fodia a sua boca. Pequenas lágrimas estavam se formando em seus olhos por causa da falta de ar, mas ele jamais pediria para parar. Estava gostando daquilo tanto quanto o outro.

— Eu vou gozar — anunciou, tentando se afastar da boca de Yuri, mas este o segurou ainda mais forte, passando a movimentar a cabeça com rapidez e destreza.

Poucos segundos depois, sentiu a boca ser inundada pelo líquido quente e viscoso. Engoliu tudo, sem deixar nada escapar, levantou-se do chão e voltou a beijar Junsuk, fazendo-o sentir um pouco do próprio gosto.

— Esse foi o melhor boquete da minha vida. Sabia que essa boca fazia maravilhas.

— Fico feliz por ter ficado satisfeito. — Yuri sorriu, fazendo carinho nos cabelos escuros.

— Satisfeito? Ainda não, eu preciso de muito mais.

Junsuk livrou-se da calça e da cueca que ainda estavam no seu corpo, e, enquanto isso, Yuri se afastou um pouco, desafivelando o seu cinto. O moreno ameaçou ir até ele, mas Yuri fez um sinal com as mãos, para que ele ficasse no lugar, e pediu que se sentasse na cama.

Junsuk entendeu imediatamente o que o outro ia fazer e se apressou em se sentar na cama, com as costas apoiadas na cabeceira. Aproveitaria cada segundo de Yuri fazendo um *strip-tease* para ele.

Yuri ficou em frente à cama, sorrindo com o lábio inferior entre os dentes, deslizou a camisa rasgada lentamente pelos braços, deixando que caísse sobre seus pés, tirou o cinto e o jogou em qualquer canto do quarto, sempre com o olhar fixo em Junsuk. Depois, abriu o botão da calça e abaixou o zíper, segurando, em seguida, nas laterais da peça e a puxando para baixo.

Junsuk só faltava babar, e seu membro já começava a dar sinais de vida novamente. Achou-se o cara mais sortudo do mundo por ter aquele showzinho só para ele.

Yuri agora estava apenas vestido com sua boxer branca, que marcava tão bem a sua ereção. Ele levou uma das mãos até os cabelos, passando os dedos entre os fios loiros, os jogando para trás. A outra mão desceu, alisando o próprio corpo, partindo do pescoço e indo em direção a sua última peça de roupa.

Virou-se de costas e começou a descer a cueca, sempre olhando Junsuk por cima do ombro, querendo ver cada reação sua.

— Porra, Yuri. — Foi tudo o que Junsuk conseguiu dizer quando a bunda perfeita do loiro foi exposta.

Agora, ele também estava completamente nu. O corpo todo era harmonioso, e as coxas grossas e a bunda empinada completavam todo o conjunto. Era uma verdadeira obra de arte.

Yuri sorriu, satisfeito, vendo o olhar do outro escurecer de tesão, queimando a sua pele perfeita. Ajoelhou-se na cama e engatinhou, até se sentar sobre as pernas de Junsuk. Este o enlaçou pela cintura e inverteu as posições, deixando Yuri deitado entre os travesseiros.

— Você é a coisa mais linda que eu já vi.

— Você também não é de se jogar fora.

— Agora, de quatro.

— Quem você acha que é para me dar ordens? — Sorriu, debochado.

Junsuk revirou os olhos. Yuri não perdia a oportunidade de provocá-lo. O moreno podia até ser o ativo naquele momento, mas era o loiro que tinha total controle da situação.

— Por favor, empina essa bunda gostosa para o seu maridinho. Prometo que não vai se arrepender.

Yuri gargalhou e se virou devagarzinho sobre os lençóis, se ajoelhando e apoiando os braços e a cabeça no travesseiro, deixando o traseiro alto. Sentiu as bochechas queimarem ao perceber que estava completamente exposto para Junsuk.

O moreno deu um tapa na nádega direita, arrancando um gritinho de surpresa do outro.

— Seu gostoso! Essa bunda é ainda mais bonita vista desse ângulo.

Passou as mãos pelas costas do loiro até chegar à bunda farta, apertando-a com gosto, desceu a boca e deu um beijo de cada lado, para, em seguida, afastar as bandas, deixando à vista a entrada rosada. Passou a língua demoradamente por ali, fazendo Yuri gemer arrastado.

Junsuk alcançou o membro do outro, que já pingava de desejo. Yuri sentiu as pernas tremerem quando o moreno passou a masturbá-lo, enquanto penetrava sua entrada com a língua. Era a primeira vez que recebia um beijo grego, e nunca imaginou que pudesse ser tão bom.

— Você tem camisinha e lubrificante? — perguntou para Yuri.

O loiro nem conseguiu responder, apenas apontou para a mesa de cabeceira ao lado esquerdo da cama. Junsuk esticou o braço e abriu a pequena gaveta, encontrando o que queria.

Colocou um pouco do gel nos dedos e, sem avisar, introduziu um deles em Yuri, fazendo-o apertar os lençóis de seda entre os dedos. Os movimentos eram lentos, mas faziam os pelos do loiro se arrepiarem.

— Mais, Junsuk. — Foi o que conseguiu dizer.

Atendendo ao seu pedido, Junsuk introduziu mais um dedo, sentindo as paredes de Yuri cederem para recebê-lo. E o moreno rosnou, só com a visão do outro rebolando em seus dedos.

— Ah, Junsuk. Vamos lá, eu não sou mais virgem.

— Eu não quero te machucar.

— Pode vir, eu aguento.

Junsuk tirou os dedos de dentro de Yuri, alcançando a camisinha que tinha deixado sobre a cama. Colocou-a rapidamente, cobrindo-a com um pouco mais de lubrificante e, de uma vez só, penetrou o loiro.

Yuri gritou, agora de dor, quase arrependido de ter pedido por aquilo.

— Você está bem? — o moreno perguntou, preocupado.

— S-sim. — Respirou mais profundamente, tentando relaxar o corpo. — Só me dê um tempo para me acostumar.

Junsuk obedeceu, mas não estava sendo fácil. Yuri era quente e muito apertado. Seu membro estava sendo deliciosamente esmagado, e a vontade de se movimentar era enorme. Mas esperaria, respeitaria o corpo do outro.

Para ajudar, começou a fazer carinho em suas coxas, dando beijos carinhosos ao longo de sua espinha. E parece que deu certo, pois Yuri pareceu relaxar e passou a rebolar timidamente, indicando que já estava pronto.

Junsuk saiu quase que por completo, voltando para dentro com força. Repetiu o movimento mais algumas vezes, até ter certeza de que Yuri estava confortável, e, então, acelerou. E, porra, ele poderia gozar naquele instante. Os gemidos de Yuri entravam em seus ouvidos como se fossem música, o incentivando a ir cada vez mais rápido. O suor começou a escorrer pelas costas fortes de Junsuk, e Yuri voltou a se apoiar nas mãos para poder olhar para aquele homem que o possuía.

De repente, Junsuk parou, saindo de dentro do outro. Yuri sentiu-se vazio e já ia protestar, quando teve seu corpo puxado para fora da cama. O moreno o guiou até a parede de vidro, ficou atrás dele, juntou suas mãos com as de Yuri e as apoiou no vidro frio. Beijou o pescoço pálido e, com um movimento rápido, o penetrou novamente, fazendo Yuri gritar com a nova invasão.

— Olhe para a frente — Junsuk disse próximo ao seu ouvido. — Quero que você veja a cidade e quero que Las Vegas inteira veja você se entregando para mim essa noite.

Yuri não disse nada, apenas se inclinou ainda mais, para que Junsuk fizesse o que quisesse com ele.

O moreno entrelaçou seus dedos nos do outro e voltou a estocar com força. Os dois gemiam alto, entregues ao prazer. Junsuk, então, acertou o ponto sensível de Yuri, fazendo-o revirar os olhos e quase chorar de tanto tesão.

— Aí, Junsuk. De novo!

E foi prontamente atendido. De novo e de novo.

— Puta que pariu, Junsuk! Isso é bom demais, não para.

E Junsuk não parou: segurou o quadril do menor com força, para ter maior controle dos movimentos. Ele poderia gozar naquele momento, mas precisava se segurar. Queria chegar ao ápice com o outro.

Saiu de dentro de Yuri, o virou de frente para si, levantou-o do chão e apoiou suas costas no vidro, agora embaçado por causa do calor dos dois corpos. O loiro entrelaçou as pernas na cintura dele, que se enterrou novamente na entrada quente do menor. Os dois esperavam que aquela janela fosse forte o suficiente para aguentar a pressão que estavam fazendo sobre ela.

Junsuk desencostou o outro da janela, o levou de volta para a cama e colocou as pernas de Yuri sobre seus ombros, facilitando ainda mais a penetração profunda. O barulho dos corpos se chocando deixava a cena ainda mais pornográfica. Yuri tinha os olhos fechados, a boca inchada entreaberta e as bochechas coradas: era a visão do paraíso para Junsuk.

O moreno transpirava e as pernas começavam a reclamar pelo esforço em demasia. Yuri percebeu que o outro diminuiu a velocidade das investidas, então forçou seu corpo para o lado, invertendo as posições.

Sentou-se sobre o abdômen de Junsuk e juntou seus lábios em um beijo afoito.

— Ah, Yuri. Eu quero ver você cavalgando em mim.

O loiro sorriu e usou uma de suas mãos para guiar o membro do moreno de volta para dentro de si. Sentou-se lentamente, ganhando um gemido rouco de Junsuk, e começou a rebolar da maneira mais sensual que conseguia.

— Tá gostoso assim? — perguntou, com uma carinha de inocente.

— Ah, meu anjo, uma delícia. Vamos, rebola mais pra mim.

Yuri começou a acelerar os movimentos, sentando-se com um pouco mais de força, até que estivesse quicando no pau de Junsuk.

O moreno tomou o membro de Yuri em suas mãos, passando a masturbá-lo na mesma velocidade que entrava e saía do corpo bonito do outro.

O loiro transpirava, fazendo os fios dourados colarem em sua testa. A estimulação dobrada o estava deixando sensível, a ponto de quase se desmanchar nas mãos de Junsuk.

— Junsuk, não consigo mais segurar. Eu preciso gozar.

— Goza, anjo. Goza para mim.

E, então, Yuri veio, gritando alto, sentindo os espasmos do orgasmo arrebatador, sujando o abdômen de Junsuk. Como reflexo, suas paredes apertaram ainda mais o membro de Junsuk, que levantou os quadris e estocou mais algumas vezes, até preencher a camisinha com a porra quente.

Exausto, Yuri não suportou mais o peso do corpo e se deitou sobre o peitoral de Junsuk. Este, ofegante, abraçou o menor, fazendo carinho nos cabelos claros. Permaneceram nessa posição por um tempo, até que ambos tivessem as batidas do coração normalizadas e as respirações ficassem mais brandas.

Junsuk, com muito cuidado, se retirou do interior de Yuri, deitando o loiro ao seu lado, enquanto se livrava da camisinha. Levantou-se da cama, foi até o banheiro, para se limpar um pouco, e voltou, em seguida, com um pacote de lenços umedecidos que encontrou. Sentou-se ao lado do menor e retirou os resquícios do prazer que ficaram no seu corpo, quando se deitou sobre seu peito.

— Você está bem? Te machuquei? — perguntou, preocupado.

— Eu estou ótimo. — Sorriu, sonolento.

Junsuk deitou-se ao seu lado, puxando o lençol para cobrir os corpos nus. Yuri se aninhou no peito do moreno, passando um dos braços ao redor de sua cintura.

— Yuri...

— Hum?

— Eu só queria te dizer que essa foi a noite mais incrível da minha vida. E que eu estou muito feliz de ter derrubado todos aqueles papéis que você carregava nas mãos.

— Eu também estou feliz por você ter bagunçado o relatório que eu tinha demorado horas para organizar. — Riu e deu um beijo no peito do moreno. — Valeu cada minuto perdido.

Junsuk moveu-se na cama, trocando de posição, ergueu o corpo, só para poder encarar aquele rosto tão angelical, e levou uma das mãos até o rosto do outro, lhe fazendo carinho com o polegar.

Os dois ficaram assim, se olhando, aproveitando a companhia do outro em silêncio. Junsuk desceu o rosto para beijar, mais uma vez, aquela boca deliciosa, mas agora não havia mais pressa, apenas carinho. Os lábios se movendo com calma, as línguas se tocando gentilmente.

Ao se separarem, deu um selar demorado na testa do loiro, voltando a se deitar em seguida.

Yuri se virou de costas e sentiu Junsuk se encostar em seu corpo, abraçando a sua cintura fina e escondendo o rosto no seu pescoço. O loiro esticou o braço e apagou as luzes do quarto, deixando apenas as luzes coloridas de Las Vegas iluminando o restante da madrugada.

Junsuk apertou ainda mais o corpo menor contra o seu, e Yuri entrelaçou a sua mão esquerda na do moreno, observando aquelas duas argolas douradas.

Yuri suspirou e fechou os olhos, sorrindo. Em poucos instantes, os dois adormeceram, um nos braços do outro.

O que acontece

em Vegas

fica em Vegas

12

Os raios de sol invadiram o quarto de hotel, fazendo Yuri piscar com força, tentando se acostumar com a claridade repentina. Ainda sonolento, abriu os olhos, os esfregando para enxergar melhor. Virou-se em meio aos lençóis, deitando-se de costas, e se espreguiçou, tentando acordar os músculos tensionados, mas deu falta de algo ao tocar no lado oposto da cama. Sentou-se, assustado, sentindo a cama já fria. Estava sozinho.

— J-Junsuk? — chamou, sem resposta.

Teria sido um sonho?

Não, não poderia ter sido um sonho. Estava nu e sentia o corpo dolorido. Olhou para a sua mão esquerda e viu que ainda usava a pequena argola dourada tirada do seu buquê de lírios brancos.

— Junsuk? — Tentou uma segunda vez.

Sentiu o peito se apertar e a boca ficar seca. Olhou ao redor do cômodo, em busca de algum sinal da presença dele ou, quem sabe, um bilhete explicando a sua ausência, mas apenas as suas próprias roupas estavam ainda espalhadas pelo chão. Ele teria feito isso mesmo? Ido embora, sem se despedir? Depois de tudo o que passaram juntos?

Engoliu em seco, esticou o braço, para pegar o travesseiro que estava ao seu lado, e o levou até o nariz, sentindo o cheiro dele ainda tão presente ali. Abraçou o travesseiro com força, como se quisesse se sentir seguro de novo naqueles braços. Mas quis se bater quando sentiu uma lágrima grossa rolar pela bochecha corada, sentindo o nariz se entupir e um nó se formar na garganta.

— Não! Não chore, Yuri! Eu te proíbo! — gritou consigo mesmo. — O que você queria? Acordar e ver que estava realmente casado? Que tinha encontrado o homem da sua vida? Seu tolo! Você sabia que seria apenas uma noite de sexo e nada mais. Sabia que o que ele queria era apenas o seu corpo.

Mas ele poderia ter dito adeus, pelo menos, pensou.

Secou os olhos com as palmas das mãos, levantando-se da cama e recolhendo as peças de roupa jogadas pelo chão. Pegou a camisa, que tinha sido rasgada naquele momento de desespero, e sorriu, triste. As marcas dos corpos na janela ainda estavam lá, mostrando o quanto a noite tinha sido intensa.

— Você aproveitou a noite, não foi? Sentiu prazer como nunca, não é mesmo? Então, pronto. Foi isso, só prazer. Acabou, siga em frente. Como ele mesmo disse: O que acontece em Vegas fica em Vegas.

♣♦♠♥

Junsuk acordou com uma leve dor de cabeça, causada pelas diversas taças de champanhe na noite anterior. Percebeu que aquele não era o seu quarto e se assustou ao ver que Yuri ainda dormia profundamente, aconchegado nele. Tirou os braços ao redor do corpo menor, se mexendo com muito cuidado para não o acordar, alcançou o celular, que estava no bolso da calça, viu que já passava das oito da manhã e arregalou os olhos. Ele tinha apenas meia hora para arrumar suas coisas e sair do hotel.

Levantou-se da cama, vestindo-se apressadamente. Deveria acordar Yuri? Mas o que diria? Que ele tinha ensinado que o sexo poderia ir muito além do que aquilo que já tinha feito até agora? Que ele era o homem mais lindo com quem já tinha estado? Que gostaria de ficar, mas que seu avião partiria em duas horas para outro continente?

Sim, ele deveria... mas não o fez. Junsuk era um covarde.

Era um homem feito, bem estudado e cheio de planos, mas era tão imaturo quanto um adolescente. Sabia dar ordens, fechar negócios, mas não sabia agir em frente ao homem que tinha lhe mostrado todas as sensações de uma verdadeira paixão avassaladora.

E, então, fez a última coisa que deveria naquele momento: saiu em silêncio.

Entrou em seu quarto, correndo até o banheiro. Tomaria um banho rápido e jogaria suas coisas dentro da mala de qualquer jeito.

Quando já estava praticamente pronto, ouviu batidas na porta.

— Sukie, é o Taejoon. Você está aí?

Terminou de fechar a mala, pegou o casaco e colocou o celular no bolso. Abriu a porta e viu que Yeonsu também o esperava no corredor.

— Hum! Alguém está com a pele ótima hoje — Yeonsu debochou.

— Podemos falar disso mais tarde? Vamos, precisamos fazer o *check-out*. — Passou pelos dois amigos, puxando a mala, a em direção aos elevadores.

— Junsuk, está tudo bem? — Taejoon perguntou ao vê-lo com uma expressão tensa no rosto.

— Sim, claro. Está tudo ótimo. — Sorriu sem mostrar os dentes.

Olhou para o mostrador do elevador e viu que ele estava parado no 36º andar, antes de começar a descer.

Engoliu em seco e sentiu seu coração acelerar quando ele parou em seu andar.

As portas se abriram, e ele estava vazio.

Junsuk suspirou, aliviado, o que não passou despercebido por Taejoon. Mas o amigo resolveu não comentar, deixaria para falar com ele quando estivesse mais calmo, talvez no avião. Teriam muito tempo para conversar.

Fizeram o *check-out* e chamaram um táxi para levá-los até o aeroporto. Colocaram as malas no bagageiro e entraram no veículo: Yeonsu na frente, Taejoon e Junsuk no banco de trás.

Quando o táxi começou a se afastar do Bellagio, Junsuk olhou para cima, observando as grandes janelas do último andar. Lembrou-se de cada detalhe da noite anterior: do cheiro de Yuri, do seu corpo macio, do seu belo sorriso. Seu estômago embrulhou e sentiu nojo de si mesmo por ter feito aquilo com seu pequeno. Mas era tarde demais, não poderia voltar atrás. Guardaria aquelas lembranças no fundo de seu coração e jamais esqueceria aquele rosto.

♣♦♠♥

— Chefe, eu vou precisar de umas férias depois dessa sua despedida de solteiro — disse Yeonsu, ao se jogar em sua poltrona da primeira classe no avião.

— Vai sonhando. Temos muito trabalho pela frente. Foram vocês que inventaram isso, agora aguentem.

— Ah, Junsuk, mas eu tô todo dolorido...

— Tome um analgésico e esteja na minha sala amanhã bem cedo, para analisar aqueles papéis da empresa japonesa — Junsuk respondeu, se acomodando na poltrona ao lado de Taejoon.

— Poxa... Mas valeu a pena. Adivinha só quem está saindo de Vegas com dois números de celular? — Yeonsu sorriu para os amigos.

— Não me diga que aqueles dois aceitaram continuar conversando com você? — Taejoon deu risada.

— Mas é claro, meu amigo. Quem resiste ao docinho aqui, hein?

A gargalhada dos amigos foi interrompida pela voz do piloto, que anunciava a partida do avião. Com a aeronave estabilizada a quilômetros do solo, as comissárias de bordo começaram a servir os passageiros.

— Champanhe, senhor? — Uma delas ofereceu a Junsuk.

— Ah... n-não, obrigado. — Abaixou a cabeça, entristecido, tentando desviar o olhar curioso de Taejoon.

— Muito bem, Sukie, desembucha.

— O-o quê? Do que está falando? — Tentou desviar o assunto.

— Não se faça de desentendido. Vai, me conta. Eu sei que você passou a noite com aquele rapaz.

Junsuk engoliu em seco. Não queria contar todos os detalhes do que tinha passado com Yuri, mas ele era seu amigo, e precisava dividir aquilo com alguém. Suspirou antes de começar:

— Bem, a princípio, ele bancou o difícil, mas fizemos uma aposta e eu ganhei.

— Ganhou o quê? — Taejoon perguntou, curioso.

— Ganhei a sua companhia por aquela noite. Então, fomos jantar, e eu pude ver que ele não era só bonito, mas muito interessante também. Depois, fomos jogar no cassino e dançar. — Sorriu, lembrando-se dos momentos quentes que tiveram naquela pista de dança e no banheiro. — Fomos parar no jardim do hotel e ele se abriu comigo, contando detalhes íntimos sobre a sua família. De algum jeito, ele parecia confiar em mim. — Suspirou, derrotado. — Dei flores para ele e, então, talvez tenha tido a ideia mais estúpida da noite: nós nos casamos em uma das capelas.

— Vocês o quê?!

— Fala baixo, *hyung*[1]! Quer que todo mundo escute?

— Desculpa, mas é que você me pegou de surpresa. Sukie, como assim você se casou com ele?

---

[1] Hyung: pronome de tratamento coreano, usado por um rapaz mais novo para dirigir-se a um rapaz mais velho.

— Não foi um casamento de verdade. Apenas tentei realizar um sonho antigo da mãe dele.

— E depois?

— Bom, depois fomos para o quarto dele. E *hyung*, puta que pariu! Ele conseguiu redefinir o significado de sexo pra mim. Eu tive a melhor foda da minha vida. Nada do que eu tinha experienciado até então pode ser comparado com o que tivemos. Yuri é mais do que incrível. — Junsuk passou as mãos pelo rosto, bagunçando os cabelos escuros em seguida.

— E como essa história toda terminou?

— Não terminou...

— Como assim?

— Eu fui embora ao amanhecer. Saí do quarto, enquanto ele ainda dormia, sem me despedir ou agradecer pela noite incrível. — Junsuk jogou a cabeça para trás, sentindo ainda mais o peso das suas ações.

— Ah, Han Junsuk! Bom, eu não vou dizer que você fez a coisa certa, porque, definitivamente, não fez. Mas agora passou, você precisa seguir em frente. Vai se casar em breve, e essa história deve morrer aqui. Afinal, não é como se você estivesse realmente apaixonado por ele.

Apaixonado por ele. Não. Ele não deveria estar.

— E por falar nisso, aqui está a sua aliança. É melhor colocá-la de volta antes que eu perca por aí.

— Ah, sim. Obrigado, *hyung*.

Junsuk deslizou a joia cara pelo dedo da mão direita e, nesse momento, se lembrou que ainda usava a pequena argola de metal barato. Olhou para a sua mão esquerda e sentiu seu peito apertar. Então, retirou do seu corpo a única ligação que tinha com Yuri, jogando-a na lixeira do avião.

— Espero que um dia você possa me perdoar, Yuri.

E assim, fechou os olhos, adormecendo, com a esperança de encontrar seu anjo mais uma vez, mesmo que fosse apenas em seus delírios noturnos.

SEUL
Coreia do Sul

13

Uma semana havia-se passado. Junsuk trabalhava sem parar, não só porque o serviço estava se acumulando, mas porque queria ocupar a cabeça o máximo que pudesse. Desde que chegou de Las Vegas, o remorso lhe corroía as entranhas, tanto por causa de Aeri quanto por Yuri.

Mesmo tendo somente carinho por sua noiva, nunca tinha tido a intenção de traí-la. Mas Yuri tinha virado seu mundo de cabeça para baixo, nunca imaginou ter sensações tão intensas e em tão pouco tempo. O dono daquele sorriso, daquele corpo, daquele jeito atrevido, mostrou para Junsuk o que era ter o coração acelerado, as mãos suando e a cabeça girando. Naquela noite, não conseguiu pensar em mais nada.

Recostou-se na cadeira e fechou os olhos. Sua mente voou para o Bellagio. Era sempre assim todas as vezes. Visualizou Yuri dançando na boate, com as luzes coloridas o deixando ainda mais bonito. Lembrou-se do momento em que aqueles lábios carnudos tocaram os seus pela primeira vez e sentiu aquele mesmo arrepio na espinha.

O que ele estaria fazendo agora? Será que pensa em mim também? Suspirou, pensativo. Abriu os olhos, encarando o teto branco da sua sala. Não se arrependia de ter tido aquele homem entre os lençóis, mas se sentia horrível por tê-lo deixado daquela maneira, como se fosse qualquer um. Yuri estava longe de ser qualquer um na vida de Junsuk. Era como se a curta história dos dois não tivesse uma conclusão, como se tivesse ficado suspensa no ar. Mas agora era tarde. Não tinha seu contato nem sabia seu sobrenome. Era hora de seguir em frente com a sua vida planejada.

Concentrou-se mais uma vez nos documentos em sua mesa, até que ouviu batidas fracas na porta e alguém entrando em seu escritório.

— Junsuk, eu trouxe o restante dos papéis da compra da empresa japonesa. Yeonsu está revisando os últimos relatórios que eles enviaram, para ver se está tudo certo para você assinar o contrato. — Taejoon caminhou até o chefe, lhe entregando uma pasta cheia de documentos.

— Obrigado, Taejoon. Você viu a questão da auditoria? Eu gostaria de ter alguma posição sobre isso antes de ir para o Japão.

— Ah, claro. Esqueci de te contar. Eu falei com o primo do Hyunji. Ele me mandou o currículo e inúmeras cartas de recomendação de seus clientes anteriores. É tudo realmente impressionante, ele parece ser muito competente no que faz. Acho que será a pessoa ideal para nos ajudar. Eu expliquei a situação, fiz uma proposta generosa de remuneração e ele aceitou voltar para a Coreia.

— Fico feliz. Quando ele chega? — perguntou, enquanto passava os olhos nos documentos entregues pelo amigo.

— Hoje mesmo. O departamento de recursos humanos já elaborou o contrato de prestação de serviço. Está nessa pasta que te entreguei, ele só precisa assinar quando chegar.

— Ótimo. Termine de arrumar a sala para a reunião da diretoria.

Antes que Taejoon saísse da sala, a porta foi aberta pela secretária.

— Com licença, senhor Han. O senhor Kang acaba de chegar. Acredito que ele seja o novo auditor contratado.

— Ah, sim. Estávamos esperando por ele. Peça que entre — Junsuk ordenou, endireitando-se na cadeira.

Pouco tempo depois, a porta foi aberta, revelando a figura do novo contratado.

Yuri. Kang Yuri.

Junsuk levantou-se da cadeira de imediato, mas não conseguiu mexer nem mais um músculo sequer. Estava ali, na sua frente, o homem que tinha deixado para trás no quarto de um hotel, nos Estados Unidos.

Sim, era Kang Yuri, em todo o seu esplendor. Os cabelos dourados bem penteados, o corpo coberto por um terno escuro muito bem cortado. A camisa branca tinha dois botões abertos e ele não usava gravata, o que não deixava o visual menos formal. Parecia ainda mais bonito que da última vez que o tinha visto.

Taejoon tinha os olhos arregalados, alternando entre os dois, que se encaravam seriamente. Tinha visto pouco Yuri em Las Vegas, mas não foi difícil reconhecer que aquele ali, parado no meio do escritório, era o mesmo loiro que tinha encantado o seu chefe.

— Uhum... Muito prazer, Kang. Meu nome é Lee Taejoon, eu sou o namorado do seu primo Hyunji — o mais velho quebrou o momento tenso, estendendo sua mão para cumprimentar o outro.

— O prazer é meu. Quem diria que eu já o conhecia antes mesmo dele me apresentar. O mundo é realmente pequeno.

— Ah, sim. Você se lembra de mim em Las Vegas, não é mesmo? — Taejoon coçou a nuca, constrangido. — Bom, eu preciso ir. Junsuk, eu te espero na sala de reuniões.

O barulhinho do ar-condicionado era o único som a ser ouvido naquela sala, depois que Taejoon saiu. Junsuk ainda estava em choque com a presença do outro ali. Seu coração batia aceleradamente, e ele começou a transpirar, dessa vez de nervoso.

Yuri o encarava de maneira serena, não parecia afetado por aquele encontro inesperado. De queixo erguido, segurava firmemente uma pasta de couro preta na mão direita, enquanto a outra descansava dentro do bolso da calça. Esperou por alguma reação do CEO, mas parecia que nada sairia de sua boca. Olhou para o relógio em seu pulso e suspirou, agora um pouco mais impaciente.

— Muito bem, Han Junsuk. Acredito que meu contrato esteja com você. Se não tiver nada contra, eu gostaria de assiná-lo antes da reunião começar.

— Ah, sim. — O moreno vasculhou a pasta até encontrar o documento, passando para Kang em seguida. — Sente-se, por favor. Você quer algo para beber? Um café? Uma água?

— Champanhe — disse, com os olhos nos papéis em mãos.

Junsuk congelou com o pedido, e Yuri sorriu de maneira sarcástica por causa do constrangimento do outro.

— Brincadeira. Estou bem, não quero nada.

Yuri sentou-se na cadeira, em frente ao CEO, enquanto analisava os termos de seu contrato calmamente. Junsuk abriu o primeiro botão da camisa escura, tentando respirar melhor. O ar parecia escasso desde que o outro se fez presente.

Ele estava confuso. Yuri parecia tão tranquilo com aquela situação, enquanto ele estava tendo um surto interno. Sentou-se em sua cadeira e engoliu a saliva que estava presa em sua garganta.

— Yuri, e-eu...

— Não se martirize tanto, Junsuk. Ou melhor, senhor Han. Não precisa me dizer nada, podemos simplesmente fingir que acabamos de nos conhecer — interrompeu ao moreno, sem tirar os olhos do documento.

— Mas... e-eu...

— O que acontece em Vegas fica em Vegas. Não foi isso o que você me disse? — Agora levantou o rosto, encarando os olhos escuros de Junsuk.

O CEO não conseguiu dizer nada, assim como não tinha conseguido dizer nada naquela manhã, no quarto do hotel.

Yuri terminou de ler o contrato, o apoiando, em seguida, na grande mesa de vidro, tirou uma caneta do bolso interno do seu paletó e assinou na linha pontilhada da última página.

— A aliança! — Junsuk apontava para a mão esquerda do loiro, na qual se podia ver o anel improvisado, que agora tinha a tinta dourada descascada. — Você ainda está usando.

Imediatamente, Yuri escondeu sua mão, com as bochechas coradas, evidenciando o seu constrangimento.

— Ah! Isso... Eu esqueci de tirar. — Levantou-se da cadeira e entregou o contrato assinado, tentando desviar do assunto.

Na verdade, não tinha se esquecido de tirar. Mesmo com o orgulho ferido, manteve a argola, agora já oxidada, porque queria ficar com a única recordação daquela noite.

Antes de entrar naquele escritório, ainda não estava pronto para esquecer de tudo. Seu coração ainda batia forte quando se lembrava dos momentos em que havia ficado entre os braços daquele homem.

Junsuk pegou o contrato da mão direita de Yuri, mas, antes que este se afastasse, segurou-o pela sua mão esquerda. Aquele toque foi como um choque, mandando uma corrente elétrica pela pele de ambos.

Junsuk olhou para a mão pequena que segurava e se atreveu a fazer um carinho com o polegar sobre a aliança. Yuri fechou os olhos, se odiando por estar gostando daquele toque simples. Não era possível que somente aquilo poderia fazer seu coração derreter. Assim como Junsuk, Yuri também sentiu saudade e, por um instante, quase se rendeu.

Mas não seria enganado novamente. Puxou a sua mão, livrando-se do contato com o outro, limpou a garganta e passou as mãos pelos cabelos, tentando se recompor do momento de fraqueza.

E agora foi a sua vez de sair do cômodo, em silêncio.

14

Yuri saiu da sala, apressado, ignorando o sorrisinho da secretária de Junsuk. Tomou o corredor comprido, que dava até os elevadores, e suspirou aliviado quando encontrou o que queria: o banheiro masculino. Entrou e trancou a porta, encostando as costas nela. Sua respiração estava alterada, o peito subia e descia freneticamente. Parecia ter corrido uma pequena maratona, mas era só a adrenalina fluindo pelo seu corpo.

Não desconfiou de nada quando um homem chamado Lee Taejoon entrou em contato, oferecendo um contrato temporário, ainda mais quando ele disse que era namorado de seu primo. Ouviu com cuidado a proposta e, quando soube o quanto ganharia por aquele trabalho, não hesitou em aceitar. Seria mais do que o suficiente para voltar para o seu país de origem e se restabelecer ao lado da família.

No mesmo dia, fez uma pesquisa na internet, para saber um pouco mais sobre a empresa que faria uma auditoria. Não foi difícil encontrar, já que era uma das mais importantes no ramo de tecnologia da Coreia. Mas seu coração falhou uma batida ao ver quem era o CEO daquele lugar: Han Junsuk.

O destino parecia estar de brincadeira. Pensou imediatamente em ligar de volta e cancelar tudo, mas algo dentro de si o impediu. Seria a saudade louca que estava sentindo daquele moreno ou seria seu lado vingativo, gritando para esfregar umas verdades na sua cara? Não soube distinguir bem os sentimentos, apenas fez as malas e entrou no avião.

Ali, sozinho, naquele banheiro, Yuri se perguntava de onde tinha tirado tanta coragem para enfrentar Junsuk. Queria mostrar o quanto era seguro de si e que não tinha ficado abalado por ter sido abandonado no quarto de hotel.

Na teoria parecia fácil, mas na prática as coisas eram bem diferentes.

Desencostou-se da porta, foi até a pia, jogou um pouco de água fria no rosto e se olhou no espelho. Não se mostraria fraco, estava ali para trabalhar. Ajeitou as roupas e passou as mãos no cabelo, arrumando os fios dourados.

— Vamos lá, Yuri. Coragem! — disse para si mesmo.

Abriu a porta e deu de cara com Taejoon.

— Ah, senhor Kang. Eu estava te procurando. A reunião da diretoria vai começar e eu gostaria que o senhor estivesse presente.

— Sim, claro. Mas, por favor, não me chame de senhor! Eu não sou tão velho assim.

— Como quiser, Yuri. A sala de reuniões é no final do corredor, ao lado dos elevadores. Você pode ir entrando, eu vou chamar o Junsuk. — Ele sorriu, simpático.

Yuri seguiu o caminho indicado, enquanto Taejoon se apressava em chamar o chefe. Entrou no escritório sem se anunciar, encontrando Junsuk escorado na grande janela que havia ali:

— Han, está tudo pronto. Vamos?

— Taejoon, o que eu faço agora? — Ele parecia um tanto desesperado.

O amigo suspirou e caminhou até ficar bem próximo ao moreno.

— Junsuk, agora é tarde. Não tem mais como fugir da situação. Você vai precisar contar tudo para ele. É melhor ele ficar sabendo sobre a Aeri pela sua boca e não pelos corredores da empresa.

O moreno bufou, esfregando as têmporas com as pontas dos dedos.

— Tem razão. Eu só não sei como vou fazer isso.

— É melhor você começar sendo sincero. Chega de mentir para ele. — Taejoon deu dois tapinhas no ombro do amigo. — Agora, vamos, estão todos te esperando.

Os dois seguiram para a sala de reuniões. Ao entrar, Junsuk avistou Yuri ainda em pé, afastado das pessoas que o estavam aguardando. Ele limpou a garganta, chamando a atenção dos presentes, inclusive do loiro, que virou seu corpo para ele.

— Bom dia, senhores. Obrigado pela presença. — O CEO sentou-se na cabeceira da grande mesa, sendo seguido por cerca de 10 pessoas, incluindo o seu pai, o de Aeri, Taejoon, Yeonsu e os demais sócios minoritários. — Quero que conheçam o senhor Kang Yuri, ele fará uma auditoria em nossa empresa nas próximas semanas. Taejoon e eu concordamos que era a atitude mais sensata, já que identificamos algumas incongruências nos últimos balanços.

O CEO apontou para a cadeira ao seu lado, sinalizando para que Yuri se sentasse ali. O loiro fez uma reverência para os demais presentes e tomou o seu assento.

— Bom, estamos aqui para discutir os detalhes finais da compra da empresa japonesa. Os senhores devem ter recebido as informações levantadas pela nossa equipe, e gostaria de saber se alguém tem algo a comentar.

A reunião, então, foi iniciada. Yuri apenas escutava tudo com muita atenção, enquanto lia os relatórios a sua frente. Em um momento, viu como Yeonsu o encarava, parecendo se esforçar para se lembrar de onde o conhecia, até que Taejoon o cutucou, cochichando algo em seu ouvido. O gerente de vendas arregalou os olhos, assustado, e Yuri teve a certeza de que o advogado tinha confirmado as suspeitas de Yeonsu.

Yuri encarou o moreno que comandava a reunião por alguns instantes, apertando os lábios um no outro ao constatar como ele estava bonito naquele traje social. Kang ficou impressionado com a postura do jovem CEO, ele parecia ter nascido para aquele cargo. O moreno falava com desenvoltura e sempre mantinha sua pose de superior, mas sem ser arrogante. Um verdadeiro líder.

Sexy, pensou.

O CEO estava concentrado no que falava, explicando para os sócios todas as fases da compra da empresa de software. Porém, a cada minuto, não resistia a olhar para Yuri de canto de olho, se perdendo vez ou outra em sua fala. Quase se engasgou ao acompanhar o loiro levar um copo de água até os lábios rosados e tombar a cabeça levemente para trás, mostrando um pouco mais o seu pescoço.

Taejoon observava cada movimento dos dois, e estava clara toda a tensão sexual envolvida entre eles. Mordeu o interior da sua bochecha, um tanto nervoso com as consequências daquele reencontro. Pensou o quanto Hyunji ficaria bravo com ele quando soubesse que havia compactuado com aquilo tudo, ainda mais com alguém da sua família.

Cerca de 40 minutos depois, Junsuk encerrou a reunião, agradecendo a todos os presentes e se levantando da grande mesa.

— Junsuk, Taejoon — Yuri os chamou, enquanto os demais se retiravam da sala. — Eu reparei que vocês só me entregaram os relatórios financeiros dessa empresa japonesa. Eu gostaria de dar uma olhada no contrato final, se fosse possível.

— Claro, sem problemas. Taejoon, por favor, faça uma cópia para o Kang. — Lee acenou, concordando, e se retirou para providenciar o documento. — Yuri, você poderia ir até a minha sala? Eu gostaria de conversar um pouco mais sobre a auditoria.

Yuri seguiu Junsuk até o seu escritório e, ao ficarem sozinhos, o moreno o abraçou fortemente.

— Junsuk, o que está fazendo? Me larga! — Yuri tentou se soltar do aperto em sua cintura.

— Por favor — pediu. — Eu... e-eu estava com tanta saudade. Não consegui parar de pensar em você nesses últimos dias. — O moreno apoiou o queixo no ombro de Kang, sentindo o perfume leve do outro.

— Não faça isso, Junsuk. Por favor, não vamos...

O moreno afrouxou o abraço apenas para poder encarar os olhos do outro, que sentiu suas pernas derreterem ao ter a respiração quente batendo em seu rosto.

— Me diz que não sentiu saudade... Me diz que não pensou em mim, e eu te solto — disse, sério.

Yuri engoliu em seco. Seu coração pedia mais daquele contato, mas sua razão gritava para ele sair dali o mais rápido possível. Lembrou-se da última vez que escutou seu coração e sentiu seu peito doer com as lembranças.

— Eu não senti, Junsuk.

Os lábios do moreno se entreabriram de espanto e decepção, e, então, como prometido, ele soltou o corpo menor.

Yuri encarou Junsuk por alguns instantes, sentindo um pouco a falta do calor do corpo do outro. Ele viu o quanto a sua resposta o tinha afetado, mas não podia amolecer agora. O que ele fez com Yuri foi errado e deveria ser punido por isso.

Mas seu corpo fraquejou, e seu desejo começou a falar mais alto.

— Ah, que se foda! — rosnou, antes de puxar Junsuk pelo colarinho, colando seus lábios em um beijo apaixonado.

O moreno imediatamente enlaçou a cintura fina de Kang, trazendo-o ainda mais para perto. Como tinha sentido falta daquela boca carnuda.

De repente, toques foram ouvidos na porta, e os dois se separaram imediatamente, poucos segundos antes de Taejoon entrar. O mais velho os encarou com o cenho franzido, desconfiado das expressões de espanto dos dois.

Junsuk coçou a nuca, envergonhado, e se afastou, até se sentar na pequena sala montada com sofás, poltronas confortáveis e uma mesa de apoio no centro. Taejoon entregou o contrato solicitado para Kang, que, como se não tivesse acontecido nada, se sentou, analisando o documento.

Kang espalhou os papéis pela mesa e tirou sua caneta do bolso, para fazer algumas anotações.

— Mais alguma coisa, chefe? — Taejoon perguntou, olhando nos olhos de Junsuk, como se soubesse o que tinha acontecido momentos antes.

— Não, obrigado. Pode ir.

— Claro, espero que vocês possam conversar melhor agora — disse, levantando as sobrancelhas para Junsuk, como se estivesse intimando este.

Mas antes que Taejoon saísse da sala, a porta foi aberta novamente.

— Junsuk, voltei!

O escritório foi invadido pela mulher de cabelos castanhos, roupas caras e com algumas sacolas nas mãos.

Aeri.

Taejoon tinha os olhos arregalados e Junsuk parecia estar vendo um fantasma. Kang alternava seu olhar entre as três pessoas a sua frente, confuso com aquela situação. Quem seria aquela moça?

O coração de Yuri quase saiu pela sua boca quando viu a mulher se sentar no colo de Junsuk, lhe dando um beijo na bochecha.

— Aeri, o que pensa que está fazendo? — Junsuk a fez se levantar de suas pernas, visivelmente perturbado com a presença repentina.

— Oras, acabei de chegar de Paris! Vim dar um beijinho no meu noivo!

Noivo.

Yuri tinha parado de respirar. Tudo ficou mudo de repente, apenas ouvia as batidas desenfreadas do seu coração.

Não, aquilo devia ser uma piada. Uma piada de muito mau gosto.

Junsuk percebeu o olhar vago de Yuri, e o seu coração se partiu quando viu o loiro tirar a "aliança" de seu dedo, colocando-a no bolso do paletó.

Céus, por que estava dando tudo errado? Por que Aeri tinha que chegar logo agora?! Pensou.

— Taejoon! Peça ao motorista que leve Aeri para casa, por favor. Ela deve estar cansada. — Foi o que Han conseguiu dizer.

— Sim, claro. Vamos senhorita, Kim.

— Vamos. Ah, que falta de educação a minha. Você, quem é? — Dirigiu-se a Yuri, olhando-o de cima a baixo.

— Meu nome é Kang Yuri, sou o novo auditor. — Forçou-se a sorrir para a moça. — Muito prazer.

— O prazer é meu. Nos vemos mais tarde, amor. — Voltou seu olhar para o noivo. — Quero saber tudo sobre a sua despedida de solteiro em Las Vegas!

Yuri se engasgou com a própria saliva ao ouvir aquilo. Ficou sem chão, olhando para o vazio, perdido e sufocado pela dor que se alastrava pelo seu corpo.

Só voltou a si quando ouviu a porta batendo, anunciando a saída dos dois daquela sala. Imediatamente, se levantou, juntando os documentos em cima da mesa de qualquer jeito. Precisava sair dali antes que seus olhos transbordassem.

— Yuri... — Ouviu seu nome sair daquela boca que tinha acabado de beijar. — Me deixa explicar... E-eu...

— Explicar o quê, Junsuk? — Elevou a sua voz, encarando os olhos escuros do mais alto. O rosto ganhava cores avermelhadas, de raiva e de decepção. — Explicar que você tem uma noiva? Que você me usou como despedida de solteiro? É isso, Junsuk?

— Yuri, eu...

— Cale-se, seu grande filho da puta! Quem você acha que eu sou? — Yuri jogou todos os papéis, que estavam em sua mão, em cima de Junsuk. — Com que direito você me meteu nisso? Eu poderia aceitar seu abandono, me conformaria em saber que eu tinha sido apenas mais uma transa sem compromisso. Mas... isso? Como ousa me transformar em um traidor? Você não tinha esse direito! Você não enganou somente a sua noiva, mentiu para mim também! — O loiro estava ofegante, respirava com dificuldade. — Eu fui sincero com você, Junsuk — voltou a dizer, com a voz falhando. — Me abri com você, contei sobre meus pais. Eu nunca tinha contado a ninguém sobre o sonho da minha mãe. Eu me entreguei para você!

Yuri abaixou a cabeça, exausto, como se tivessem sugado toda a sua energia. As lágrimas, as quais havia tentado segurar, agora caíam livremente, e Junsuk se odiou ao ouvir o primeiro soluço vindo do outro.

Aproximou-se, tentando segurar sua mão, mas Yuri se afastou prontamente.

— Não me toque!

— Yuri, por favor. Me escuta.

— Chega, Junsuk. Eu preciso ir embora. Não consigo ficar mais um minuto na sua presença. Eu preciso de um tempo.

E assim, Yuri saiu, batendo a porta do escritório com força.

15

Junsuk estremeceu com a força com que Yuri bateu a porta de seu escritório. Apoiou as duas mãos na sua mesa e fechou os olhos, respirando profundamente, tentando recuperar seus batimentos cardíacos, que tinham ficado tão acelerados.

Mas nada adiantou, e a dor, a frustração e o arrependimento, o atropelaram como um trator.

Tinha falhado novamente com Yuri, não tinha conseguido explicar ou pelo menos contar sobre a sua noiva. Tudo tinha desmoronado como um castelo de cartas.

Em um acesso de raiva e em um único movimento, arrastou todos os objetos que estavam sobre a mesa, levando tudo ao chão. Com um barulho ensurdecedor, tudo se transformou em cacos, assim como estava o seu coração.

Levou as duas mãos até a cabeça, puxando os fios escuros com força. Seus joelhos não conseguiram mais sustentar o seu peso e foram de encontro ao chão. Sentiu algo quente escorrer pelo seu braço esquerdo e, ao olhar, constatou um filete de sangue manchando sua roupa. Um estilhaço de vidro tinha perfurado as costas de sua mão, mas ele não se importava, não estava sentindo nada naquele momento. A dor interna era bem maior que qualquer outra.

A porta do escritório foi aberta novamente, revelando Taejoon, que arfava como se tivesse subido dez lances de escadas. O advogado Lee não estava acreditando naquela cena a sua frente: o poderoso CEO estava no chão, parecendo tão frágil e desamparado quanto uma criança.

Assustou-se ainda mais quando viu o sangue pingando no chão de mármore branco e, então, correu até ele, segurando no seu braço ferido e tentando levantá-lo.

— Junsuk, o que foi que aconteceu aqui? Olha a sua mão! Precisamos cuidar disso. Venha, levante-se.

O moreno não se mexeu, apenas continuou olhando para o chão, como se buscasse por consolo.

— Sukie, por favor — Taejoon implorou ao amigo.

Junsuk, então, levantou seus olhos até encontrar os de Taejoon e, com a outra mão, apertou a camisa do outro entre os dedos, buscando um pouco de apoio.

— *Hyung*... está doendo — conseguiu dizer.

— É claro que está doendo. Está sangrando muito, precisamos ir para o hospital.

— Não! Não é isso que está doendo, *hyung*.

— Então, me diga onde está doendo.

Junsuk soltou a mão que segurava a camisa de Taejoon e a levou até o seu próprio peito.

— Aqui... faça parar, *hyung*. — A primeira lágrima farta escorreu pelo rosto.

Taejoon suspirou, triste. Nunca tinha visto seu amigo naquele estado. Junsuk tinha sido criado para ser sempre forte, por uma família que não demonstrava afeto publicamente. Eram todos austeros e nunca demonstravam o que realmente estavam sentindo. Por isso, era tão doloroso vê-lo daquela maneira, desolado e perdido.

— Junsuk, me diz o que aconteceu aqui.

— Ele não me deixou falar... — O moreno respirava com dificuldade. — Eu tentei, mas ele não quis me ouvir.

— Olha, ele teve os seus motivos. Era de se esperar que reagisse dessa forma. Agora, me espanta ver você tão abalado com isso. Sabia no que estava se metendo, nós fomos para Las Vegas apenas para nos divertir. Eu sei que vocês passaram momentos agradáveis juntos, mas isso não significa que você tem que jogar tudo para o alto. Ele foi apenas uma foda sem compromisso.

— Não fale assim dele, Taejoon. Ele não foi apenas isso...

— Então, me diga o que ele foi. Eu estou tentando entender.

— E-ele... foi diferente. Me fez sentir coisas que eu nunca tinha sentido antes, e não estou falando de sexo. Eu tinha vontade de sorrir apenas por vê-lo sorrindo. Todas as vezes que tocava nele, minha pele esquentava e eu sentia todos os meus pelos se arrepiarem. Poderia ficar a noite toda em silêncio, apenas olhando para ele ou o ouvindo falar. Eu daria ou faria qualquer coisa que ele me pedisse. Trocaria todas as minhas experiências amorosas por apenas um beijo dele. Ah, *hyung*... o beijo dele. E só de pensar no que eu fiz, só de pensar que o deixei sozinho naquele quarto, só de ter mentido sobre quem eu realmente era, faz meu coração ser rasgado ao meio. Taejoon, eu não sei o que foi tudo isso, não sei por que estou me sentindo assim. — A voz de Junsuk saía dolorida, cada palavra era pronunciada com dificuldade.

Taejoon passou os dedos pelos cabelos do mais novo, em um carinho paternal. Tinha entendido, afinal, o que estava acontecendo com seu amigo.

— Sukie, você realmente não sabe por que tudo isso dói tanto?

— Não, *hyung*... eu não sei. — O moreno voltou a encarar o chão.

— Meu caro, você está apaixonado. — Sorriu de maneira triste ao revelar a sua constatação.

— Apaixonado... — sussurrou para si mesmo.

Teria se apaixonado por Kang Yuri em apenas uma noite? Pensou.

— Você tem certeza? — perguntou ao seu *hyung*, ainda duvidando dos próprios sentimentos.

— Junsuk, o que você acabou de me descrever só poderia ter saído da boca de um cara apaixonado.

— E agora? O que eu faço?

— Agora, você precisa pensar muito bem no que quer fazer. E sabe do que eu estou falando. Sabe que acabar com o casamento com a filha única do seu sócio não vai ser tão simples assim.

— Eu sei disso — respondeu, desanimado.

— E tome muito cuidado. Imagina se essa história se espalha? Se a mídia descobre que você, um cara comprometido e conhecido, teve um caso com outro homem em Las Vegas? O seu casamento foi noticiado por todos os veículos de comunicação do país, é praticamente o casamento real da Coreia. Você assumiu um compromisso não só com a Aeri, mas com a família dela e com o seu pai também.

— Eu já entendi, Taejoon. Não se preocupe. Eu posso estar apaixonado, mas não estou louco.

— Eu tenho minhas dúvidas, Han. Mas só estou dizendo para você não tomar nenhuma atitude precipitada. Deixe a poeira baixar um pouco, você precisa esfriar um pouco a cabeça. Dê um tempo, quem sabe essa paixão passa antes de se tornar amor. Agora, vamos Sukie, nós precisamos cuidar desse machucado.

Junsuk bufou, derrotado. Ele não tinha mais argumentos para negar a ajuda. Levantou-se e procurou sua carteira e seu celular no meio das coisas quebradas que estavam no chão.

— *Hyung*, eu posso ficar na sua casa por essa noite? Provavelmente, a Aeri vai estar no meu apartamento, e eu não tenho a menor condição de lidar com ela hoje.

— Claro, Junsuk. Fique em casa hoje, darei alguma desculpa para a sua noiva.

— Você é o melhor, *hyung*!

Taejoon riu nasalado, enquanto conduzia Junsuk para fora do escritório. Teria de pensar rapidamente em alguma história para convencer Aeri de que o noivo não passaria a noite com ela.

16

Lá fora, a chuva caía forte. Dentro do pequeno apartamento bem decorado, Hyunji cortava alguns legumes para finalizar o jantar. Alguns anos mais velho que Yuri, Hyunji era chefe de cozinha e estava prestes a realizar o sonho de abrir o próprio restaurante. Havia largado seu emprego em um banco para poder seguir o seu real propósito de vida. Taejoon foi seu grande incentivador, apoiando-o desde que começaram a namorar, há cerca de dois anos.

Enquanto o caldo perfumado fervia na panela, enxugou as mãos no pano de prato, para poder atender seu celular, o qual tocava na bancada da cozinha.

— Alô?

— *Amor, sou eu. Me perdoe, mas não vou poder jantar com você esta noite* —Taejoon dizia do outro lado da linha.

— Mas por quê? Aconteceu alguma coisa? — Ficou preocupado, pois seu namorado raramente dispensava a sua comida.

— *Mais ou menos. Mas não se preocupe, não é nada comigo. É o Junsuk...* — Suspirou. — *Precisei trazê-lo aqui para casa, ele precisa um pouco de um ombro amigo. Mas eu te explico melhor amanhã, pessoalmente.*

— Tudo bem, não tem problema. Mande um abraço para ele.

— *Eu mando, meu amor. Boa noite.* — E com isso, desligou.

Hyunji apoiou o celular novamente na bancada, um tanto chateado por ter de jantar sozinho. Voltou sua atenção novamente para os legumes sobre a pia, mas se deteve ao ouvir a campainha.

Quem seria a essa hora? Não estava esperando ninguém.

Abaixou o fogo, correu para a porta de entrada, olhou pelo olho mágico e se surpreendeu ao ver quem era.

— Yuri! — exclamou assim que abriu a porta, apressado. — O que faz aqui? Não me avisou que chegava hoje! E por que está todo molhado?

— Oi, *hyung*. Desculpa, eu deveria ter ligado antes — Yuri respondeu, cabisbaixo, olhando para os pés. — Eu ia para o hotel, mas... e-eu... Será que eu poderia ficar com você esta noite? — Olhou agora para o primo, que lhe sorriu de volta.

— Mas é claro, meu bem.

Hyunji percebeu, no mesmo instante, que algo não estava bem e o abraçou com força. Sentiu que Yuri estava levemente trêmulo e sua pele estranhamente quente.

— Meu Deus, você está com febre! Vamos, entre.

Hyunji deu passagem para que o primo entrasse, ajudando-o com a mala que levava.

— Obrigado, Hyunji. Não se preocupe, eu estou bem. Cheguei de viagem e fui direto para o trabalho. O dia foi tão... conturbado, que acabei não me alimentando direito.

— Então, vamos resolver isso.

Hyunji conduziu o primo até o banheiro, ligou imediatamente o chuveiro quente, tirou uma toalha limpa do armário e a entregou para Yuri.

— Tome um banho e coloque uma roupa quente. Estou terminando o jantar. Vou estar na cozinha se precisar.

Yuri apenas acenou com a cabeça e trancou a porta do banheiro em seguida. Começou a tirar as peças de roupas molhadas pela chuva com um pouco de dificuldade, enquanto seus músculos reclamavam de dor, e entrou debaixo da água quente, sentindo-se relaxar minimamente. Deixou a água correr pelo corpo cansado, enquanto sua mente vagava pelas cenas de horas atrás. Sentia-se um completo idiota.

Lembrou-se do beijo que tinha dado em Junsuk e, depois, da sua noiva se sentando em seu colo. Fechou o punho da mão direita e desferiu um soco contra a parede de azulejos brancos, sem se importar com a dor que parecia se espalhar pelo braço.

Terminou o banho, enrolou a toalha na cintura, depois de seco, saiu do banheiro e foi até o quarto de Hyunji, onde estava a sua mala. Tirou de lá um moletom amarelo e uma calça folgada preta. Sentia um pouco de frio, então também colocou meias brancas nos pés pequenos.

Depois de pronto, caminhou de volta para a cozinha. O cheiro de comida fresca e caseira tomava todo o apartamento. Hyunji já estava com a mesa posta e sorriu ao ver o primo de banho tomado. As roupas folgadas, o cabelo bagunçado e as bochechas coradas por causa da febre lhe davam um ar mais infantil, parecendo uma criança desprotegida.

— Sente-se, eu vou te servir.

— Obrigado, *Hyung*. Estou morrendo de fome. — Yuri devolveu o sorriso.

Os dois jantaram sem pressa, sem falar muito durante a refeição. Hyunji só observava a pessoa em sua frente, parecendo tão fragilizada. Nem parecia aquele homem tão seguro de si ou aquele advogado debochado, com quem costumava conversar por chamadas de vídeo.

Levantou-se para recolher os pratos vazios, colocando-os na pia para lavá-los no dia seguinte, e conduziu o primo até a sala. Queria conversar um pouco mais e saber o que o estava incomodando tanto.

— Yuri, não precisa dormir aqui no sofá. Se quiser, você pode dormir comigo, a cama é grande.

— Não, *hyung*. Não quero tirar seu conforto e sua privacidade. Eu ficarei bem aqui, o sofá parece muito confortável. — Sorriu, sincero, para o outro.

— Está bem. Trouxe esse travesseiro, um lençol e esse edredom. Deve ser o suficiente para o clima de hoje, mas se precisar de mais é só me avisar.

— Obrigado, está ótimo.

— Yuri, me diz o que está acontecendo?

— O-o quê? Não está acontecendo nada, *hyung*.

— Não minta para mim. Você não teria vindo até meu apartamento sem avisar, debaixo dessa chuva. E essa sua carinha triste não me engana.

Yuri suspirou, brincando com a barra de seu moletom, tentando tomar coragem para desabafar. A verdade é que ele estava com vergonha do seu primo. Como iria explicar a confusão em que havia se metido? E ainda mais uma história em que seu namorado também estava envolvido. Mas ele precisava tanto falar com alguém, precisava de conselhos, de alguém que lhe dissesse que tudo ficaria bem.

— Hyunji... eu conheci o Taejoon em Las Vegas... — Viu seu primo arregalar os olhos em surpresa. — Calma, calma... ele não fez nada de errado. Eu estava no cassino, trabalhando, e esbarrei em Junsuk no corredor. Taejoon estava junto.

— Ah, que coincidência! Continue.

— Bom, é claro que eu não sabia quem eles eram, se não a história teria sido bem diferente.

— Yuri, assim você está me assustando. — Hyunji levou as mãos ao peito, um tanto aflito com o rumo daquela conversa.

— Junsuk foi atrás de mim. Puxou conversa, me ofereceu uma bebida, estava claramente flertando comigo. Eu resisti o quanto pude, você sabe como odeio relacionamentos casuais. Mas foi mais forte do que eu. Nós jantamos juntos, saímos para dançar e... bom... passamos a noite juntos.

— Yuri! Você sabe que ele é noivo? — Hyunji sentiu seu coração se apertar.

— Eu soube agora. — Riu nasalado. — Da pior maneira possível. Hyunji, acredite em mim. Eu não fazia ideia de que ele era comprometido, senão jamais me envolveria com ele. Depois que ficamos juntos, amanheci sozinho no quarto do hotel. Ele foi embora sem se despedir. Nós até nos casamos de mentirinha, em uma das capelas do cassino. Foi lindo, na verdade, mas agora eu vejo que ele estava só ensaiando para o verdadeiro.

— Esse moleque! — O rosto de Hyunji começou a ficar vermelho de raiva. — E Taejoon sabia de tudo isso? Deixou que o Junsuk transasse com você? Ah, ele vai escutar poucas e boas de mim, e...

— Não, *hyung*. Por favor... Taejoon não teve culpa de nada. Não brigue com ele, já basta eu, de fodido nessa história.

Hyunji não respondeu, não queria contrariar Yuri, mas falaria com Taejoon para tirar essa história a limpo.

— Mas, Yuri, por que você aceitou vir trabalhar para a empresa de Junsuk?

— Eu sei... deve ter sido a decisão mais idiota da minha vida! Não sei onde estava com a cabeça. Eu vi que ele era o CEO, mas, mesmo assim, eu vim. Sei lá, talvez quisesse esfregar na cara dele que, mesmo ele saindo de fininho, eu o encontraria. Queria mostrar o quanto era superior, queria deixá-lo constrangido e, quem sabe, se desculpar. Mas depois de saber toda a verdade, agora sou eu que não quero as desculpas dele. — Suspirou, um tanto irritado. — *Hyung*, antes de saber de tudo, eu o beijei. Beijei o Junsuk dentro da sala dele. — Viu o seu primo cobrir a boca com a mão. — Eu não aguentei. Estava sendo forte até o momento, mas, então, ele me abraçou. Aí, tudo foi por água abaixo.

— E depois? O que ele fez?

— Não deu tempo de nada. Taejoon nos interrompeu e, logo em seguida, a noiva dele entrou no escritório, se sentando no colo e dando beijos nele. — O loiro revirou os olhos. — Ela disse que queria saber tudo sobre a "despedida de solteiro em Las Vegas"... — Soltou o ar pelo nariz. — Eu fui a sua despedida de solteiro...

— E o que ele disse? Tentou se explicar pelo menos?

— Eu não o deixei falar...

— E por quê?

— Porra, Hyunji! Você ainda pergunta? O cara transou comigo mesmo sendo casado! Me iludiu a noite toda, me fez achar que ele era um príncipe encantado. Ele foi tão doce, tão gentil comigo.

— Ele é noivo, não casado. — Hyunji revirou os olhos. — E se ele se apaixonou à primeira vista?

— *Hyung*, isso não existe. — Yuri riu sem humor.

— Ah, é? Se não existe, por que você está tão incomodado com isso tudo? Por que está magoado por ele ter te deixado no hotel? Por ele ter te "iludido" a noite inteira? Por que veio atrás dele? Por que o beijou no escritório? Você está até com febre! — Hyunji esticou a mão, como um sinal para que Yuri não o interrompesse. — E não venha me dizer que é por causa do cansaço.

Yuri não respondeu, apenas engoliu em seco e deixou as lágrimas caírem. Hyunji estava certo, ele estava apaixonado. Tentou negar o quanto pôde, mas a verdade era mais clara do que água.

Hyunji se aproximou para abraçá-lo e levou o menor para se aconchegar em seu peito largo, fazendo carinho nos cabelos claros.

— Yuri, não sei se isso ajuda em alguma coisa, mas saiba que Junsuk nunca amou a Aeri. Ele vai se casar com ela por causa da empresa. Ela é a filha única de um dos maiores sócios de Junsuk, e ele fala abertamente para os amigos mais próximos o quanto não sente nada por ela.

— O quê? — Yuri se separou do abraço. — O Junsuk é essa pessoa horrível? Ele é capaz de se casar com uma pessoa por interesse?

— Não é bem assim, Yuri. Junsuk nunca se apaixonou ou teve um relacionamento sério. A vida dele foi toda dedicada aos negócios.

— Isso para mim é horrível. Eu jamais me envolveria com uma pessoa que coloca os negócios acima do coração. Sabia que não deveria ter confiado nele, algo me dizia que ele não era uma boa pessoa.

— Não diga isso, querido. Talvez você tenha sido o único que conseguiu ver o verdadeiro Junsuk. Talvez ele seja essa pessoa doce que você conheceu em Las Vegas.

— Pois eu não estou disposto a descobrir. — Enxugou as lágrimas nos punhos do moletom. — Para mim, chega, *hyung*. Eu vou esquecer essa palhaçada toda, terminar essa auditoria o quanto antes e dar o fora daquela empresa.

— Yuri... — Hyunji suspirou. — Onde está aquele menino bondoso e carinhoso que brincava comigo quando criança? Ou aquele adolescente destemido e cheio de sonhos? Ou aquele homem doce, compreensivo e romântico?

— Pergunte para o Junsuk.

17

Quando Yuri chegou, o escritório ainda estava vazio, talvez por ser cedo demais. Como a secretária de Junsuk não estava em sua mesa, o loiro entrou na sala do CEO sem muita cerimônia. Tudo estava impecavelmente arrumado, e o cheiro de limpeza denunciava que alguém havia feito o serviço momentos atrás.

Yuri colocou a pasta sobre o sofá, foi até a janela, que ia do chão até o teto, e ficou observando as ruas próximas, que pareciam despertar aos poucos. Ainda chovia forte, o comércio estava fechado e apenas algumas pessoas andavam pelas calçadas, usando guarda-chuvas coloridos. Ficou um tempo ali, perdido em pensamentos, até que a porta do escritório se abriu.

Era ele, Han Junsuk.

O maldito estava lindo, em um terno azul-marinho e uma camisa branca, os cabelos bem penteados para o lado. Yuri desviou o olhar, na tentativa de controlar as batidas do seu coração, mas isso não ajudou em nada quando percebeu que ele vinha em sua direção.

Tornou a olhá-lo e deu um passo para trás quando o viu sorrindo maliciosamente para ele. Foi ainda mais para trás quando o outro estava prestes a tocá-lo, mas as suas costas se chocaram contra o vidro da janela.

No segundo seguinte, Yuri estava preso entre os seus braços fortes, e Junsuk o olhava de cima a baixo, como se o estivesse despindo com os olhos. O menor tentou empurrá-lo para sair correndo dali, mas ele o segurou pelo colarinho, voltando a prensar seu corpo contra a janela.

A respiração de Yuri estava totalmente descontrolada, enquanto Junsuk parecia tão despreocupado. Sua mão livre foi até o rosto do loiro, segurando seu queixo no lugar, para que os olhares se encontrassem. Aqueles olhos escuros e profundos fizeram Yuri tremer, e suas pernas quase não aguentaram o peso do corpo quando ele passou o polegar pelos seus lábios entreabertos.

Porra, esse homem sabe como me controlar, Yuri pensou.

Fechou os olhos, praticamente entregue, e não demorou muito para que Yuri sentisse a língua quente de Junsuk passar pelo lóbulo de sua orelha. O loiro segurou em seus braços, tentando se manter em pé, enquanto o moreno movia sua boca deliciosamente pela sua mandíbula.

Yuri desistiu de resistir e suas mãos foram até os cabelos macios e escuros, quando a boca de Junsuk se encaixou na sua. O loiro não hesitou em dar passagem quando a língua de Junsuk passou sobre seus lábios.

O maior enlaçou a cintura de Yuri, levantando-o do chão. As pernas do loiro circularam o corpo do moreno, enquanto este caminhava pela sala consigo em seu colo.

Sentiu ser depositado em uma superfície e, quando abriu os olhos, viu Junsuk jogar tudo o que estava em sua mesa no chão, a fim de lhe dar mais espaço.

A boca do mais alto foi para o pescoço de Yuri, enquanto as mãos trêmulas deste tentavam abrir os botões da camisa de Junsuk. O loiro quis chorar de tesão quando o peitoral do outro foi finalmente exposto.

Junsuk o empurrou, até que estivesse completamente deitado na mesa, com a cabeça levemente pendida para fora. Desse ângulo, Yuri podia ver a porta do escritório, e um frio percorreu sua espinha só de imaginar alguém entrando por ali. Mas seu medo se esvaiu quando sentiu Junsuk puxar suas calças para baixo.

Fechou os olhos novamente, aproveitando que Junsuk subia a boca pela parte interna da sua coxa. Começou a gemer baixinho, antecipando a sua chegada à virilha. O moreno beijou o membro de Yuri por cima da boxer, antes de começar a puxar o elástico para baixo.

E, então, Yuri estava novamente exposto para ele.

As mãos de Junsuk agarraram as coxas do loiro com força, e quando seu rosto se aproximou novamente, a porta se abriu.

Aeri.

Yuri acordou, assustado, sentando-se no sofá do apartamento de Hyunji. Suor escorria pela sua testa e o seu coração batia loucamente em seu peito. Tinha sido apenas um sonho. Ou melhor, um pesadelo.

O loiro tirou o edredom que cobria seu corpo, mas quis cobri-lo novamente quando viu o seu estado. Estava tão excitado quanto em seu sonho. Bagunçou os cabelos, frustrado, bufando de raiva por seu corpo reagir daquela maneira. Olhou o celular e viu que passava um pouco das seis da manhã. Levantou-se do sofá e dobrou as roupas de cama com cuidado.

Não queria acordar o seu primo, então deixou um bilhete na bancada da cozinha, avisando que iria para o hotel e depois ao trabalho. Trocou de roupa, juntou suas coisas e deixou o apartamento.

Já na rua, fez sinal para um táxi e seguiu para o hotel.

♣♦♠♥

Han Junsuk andava apressado, pelo estacionamento da empresa. Estava atrasado, o que o deixava um pouco irritado, já que era sempre muito pontual.

Enquanto tentava vestir o paletó, com alguma dificuldade por causa da mão machucada, se martirizava por ter dormido tanto. Taejoon deveria tê-lo acordado pelo menos meia hora antes, mas o amigo julgou que ele precisava descansar e, por isso, não o chamou.

Por sorte, o elevador já estava com as portas abertas. Então, entrou, apertando o botão que o faria chegar ao último andar.

— Yang Mi, por favor, traga meu café.

Ele passou por sua secretária, sem mesmo prestar atenção que ela o queria dizer algo. Abriu a porta de sua sala e deu de cara com Kang Yuri, sentado em seu sofá, lendo alguns documentos.

— Seu café. — Apontou para a xícara na mesa de centro, sem se preocupar em cumprimentá-lo.

— Ah, obrigado — respondeu, enquanto fechava a porta. Em seguida, sentou-se na poltrona à frente do loiro e levou a xícara até os lábios.

— Trouxe apenas um café preto. Me desculpe se não é o que você costuma beber, mas não fiquei sabendo o que você costuma tomar no café da manhã.

Junsuk se engasgou ao ouvir a provocação, queimando a língua com o líquido quente e quase derramando tudo na sua roupa.

O loiro não conseguiu evitar e riu da situação. Sim, ele tinha feito de propósito.

— Yuri, olha... eu queria dizer que...

— Poupe sua saliva, Junsuk. E não se preocupe, você bem sabe que eu não misturo meus assuntos profissionais com pessoais. Eu assinei um contrato com a sua empresa e vou cumpri-lo. Não é só você que preza pela sua carreira — interrompeu, entregando, em seguida, os documentos que estavam em sua mão.

— Está bem, como quiser. — O moreno esticou o braço para alcançar os documentos, exibindo sua mão enfaixada.

— O que aconteceu com sua mão?

— Ah, isso? Não foi nada. Eu quebrei um copo e acabei me cortando.

— Ah, tá. Bom, esses são os balanços da sua empresa dos últimos 6 meses. Eu não sei se você chegou a fazer as contas, mas vocês perderam cerca de 5 bilhões de wons[1], o equivalente a pouco mais de 4 milhões de dólares. — Viu Junsuk arregalar os olhos, enquanto folheava os relatórios.

— Tudo isso?! Como foi que eu deixei isso passar?

— Eu gostaria de saber também. Quem controla as transações?

— Bom, sou eu que controlo. Mas estive ocupado, nos últimos meses, com os preparativos do... — interrompeu a frase quando Yuri se remexeu, desconfortável, no sofá. — Enfim, acabei deixando a tarefa para meu gerente de vendas, Kim Yeonsu.

— Ah, sim. Aquele outro que também estava em Las Vegas. — Junsuk apenas acenou com a cabeça como resposta. — Eu vou precisar falar com ele, então.

— Você desconfia dele?

— Ainda não. Do jeito que esses balanços são feitos, fica fácil deixar passar algumas coisas. E eu aposto que todas as transações financeiras são feitas mediante contrato, não?

— Sim, nada é pago ou recebido sem contrato.

— Então, o furo pode estar justamente aí. Lee Taejoon é o responsável pelos advogados, certo? Peça que me mande uma cópia de todos os contratos assinados nos últimos seis meses.

— Mas a quantidade de documentos é enorme! Como é que você vai analisar um por um?

— Foi por isso que cheguei cedo. E não tenho problemas em trabalhar até tarde. Mas para isso, preciso de algumas coisas.

— Pode dizer.

— Preciso de uma sala só para mim, eu não posso analisar essa quantidade de documentos sentado no seu sofá. Também preciso de total

---

[1] Won: moeda coreana

acesso à empresa, e quero permissão para conversar com todos os funcionários.

— Sim, é claro. Você terá livre acesso. Pedirei ao departamento de informática que conecte seu notebook ao nosso sistema. Venha, eu vou mostrar a sua nova sala. — Junsuk se levantou, acenando para que Yuri o acompanhasse.

A sala preparada para o auditor era ao lado do escritório de Junsuk. O cômodo tinha sido feito para ser uma espécie de biblioteca da empresa.

Assim como na outra sala, havia uma grande janela com vista para a cidade, as paredes eram forradas por prateleiras cheias de livros, de assuntos variados, e uma confortável *chaise* de couro branco tinha sido colocada ali, para acomodar um possível leitor. Em frente à janela, havia uma mesa de madeira clara, sem nenhum objeto decorativo, e uma cadeira giratória de espaldar alto. Havia uma pequena porta entreaberta, que Yuri deduziu ser o banheiro.

— Bom, espero que seja o suficiente para você — Junsuk disse ao caminhar pela sala.

— Está ótimo. — Yuri colocou suas coisas sobre a mesa, tirando seu notebook de dentro da pasta. — Peça para me conectarem ao sistema o quanto antes, por favor.

— Claro, vou providenciar isso.

Junsuk ia se retirar da sala, mas a porta foi aberta de repente. Aquela mesma moça de cabelos longos invadiu a sala sem ser anunciada.

— Junsuk, eu não acredito que você me deixou sozinha no seu apartamento!

— Ah, então isso já é um hábito — Yuri disse baixinho, mas Junsuk o ouviu perfeitamente.

O moreno limpou a garganta e foi até sua noiva.

— Aeri, você não sabe bater antes de entrar? — disse, um tanto irritado com a indiscrição de sua noiva.

— Ah, amorzinho... faz mais de uma semana que não nos vemos. Eu estou com saudade — ela dizia, manhosa, enquanto brincava com a gravata de Junsuk.

— Para com isso. — Han segurou as mãos de Aeri. — Já disse que aqui não é lugar para isso. Além do mais, não estamos sozinhos.

Aeri pareceu finalmente perceber a presença de Yuri na sala e o olhou de cima a baixo, como se estivesse incomodada com a companhia dele. Então, abriu um sorriso forçado e esticou sua mão para cumprimentá-lo.

— Bom dia. Yuri, certo?

— Isso mesmo, Kang Yuri. — O loiro apertou sua mão gentilmente.

— Bom, eu já estou de saída. Sukie... — Virou-se novamente para o noivo, enquanto Yuri revirava os olhos ao ouvir o apelido carinhoso. — Almoçamos juntos, então? Eu não aceito não como resposta. E espero que esteja sozinho dessa vez. — Sorriu de maneira antipática para Yuri.

— Vá, Aeri. Nos falamos depois.

A morena tentou beijar os lábios de Junsuk, mas este desviou, fazendo a boca da noiva apenas tocar na sua bochecha, sujando-a de batom vermelho.

Aeri saiu da sala, sem se dar o trabalho de fechar a porta atrás de si.

— Bom... — Junsuk ajeitou a gravata no lugar. — Eu vou providenciar as coisas que me pediu.

— Junsuk — Yuri chamou, impedindo o moreno de deixar a sala. — Pegue isso. — Era um lenço de papel. — Limpe o seu rosto, está sujo de batom.

— Ah, obrigado — o moreno disse, constrangido, ao pegar o lenço e esfregá-lo na bochecha.

Junsuk, então, saiu da sala, fechando a porta atrás de si, e Yuri suspirou pesado, massageando as têmporas com as pontas dos dedos. Esse trabalho seria mais difícil do que imaginava.

18

Yuri estava concentrado em sua nova sala, debruçado sobre uma pilha de contratos. O silêncio reinava, o que permitia que o trabalho rendesse, exceto por Yang Mi, que entrava na sala, a cada meia hora, oferecendo água ou café. O loiro já tinha percebido, desde o dia em que chegou na empresa, que a secretária de Junsuk tentava flertar com ele sempre que podia. Mal sabia ela que, ao contrário de seu chefe bissexual, Yuri era cem por cento gay.

Kang estava analisando com cuidado um dos contratos quando ouviu algumas batidas na porta. Dessa vez, era Kim Yeonsu, o gerente de vendas.

— Com licença, Kang. Mandou me chamar?

— Entre, por favor. — Fizeram uma reverência respeitosa e Yuri sinalizou para que ele se sentasse em sua frente. — Eu gostaria de conversar um pouco sobre os contratos relativos às transferências de dinheiro para terceiros.

— Sim, claro. O que deseja saber? — Yeonsu falou, um pouco apreensivo.

— Junsuk me disse que ele era o responsável pela análise das transações bancárias, mas que, por causa de problemas pessoais, passou essa tarefa para você. — O loiro viu Yeonsu acenar com a cabeça, concordando. — Eu notei que, nos últimos seis meses, algumas transferências foram feitas sem que você ou Junsuk tenha assinado a autorização. Você poderia me explicar o que aconteceu?

— Bom, como você pode ver, a quantidade de documentos é enorme, e muitas vezes a aprovação precisa ser feita com urgência. Então, quando a transação é solicitada por alguém da própria empresa, ou seja, pelo Junsuk ou por algum diretor ou sócio, eu simplesmente executo.

— Então, você está me dizendo que muito dinheiro sai da empresa sem que seja devidamente documentado? — Yuri se recostou na cadeira, brincando com uma caneta entre os dedos.

Yeonsu engoliu em seco e não conseguiu responder, indicando para Yuri que ele estava certo de suas suspeitas.

— Kang, você está desconfiando de mim?

— Não foi isso o que eu disse — respondeu, seco. — Como você mesmo falou, as transações são solicitadas por pessoas da própria empresa e sem um contrato específico, ficando difícil rastrear o caminho do dinheiro. Vou precisar que você me envie todos os recibos de pagamentos solicitados por membros da empresa, incluindo o Junsuk.

— Você vai investigar o próprio CEO? Mas ele mesmo pediu uma auditoria! — Yeonsu se espantou.

— É claro que é do interesse dele que se descubra por onde o dinheiro está escapando, mas não é porque ele está no comando disso aqui que está isento de culpa. Você consegue me entregar os recibos até amanhã?

— Sim, claro. Estarão na sua mesa amanhã de manhã.

— Ótimo. Por enquanto, é só.

Yeonsu se levantou, um pouco atrapalhado pelo interrogatório. Era de se esperar a postura de desconfiança de um auditor, mas ele jamais imaginou que aquele homem, com rosto de anjo, pudesse ser tão estrito.

O gerente de vendas abriu a porta do escritório, dando de cara com Hyunji, que tentava, ao mesmo tempo, entrar na sala. Yeonsu apenas sorriu e saiu, apressado, pelo corredor, deixando Hyunji um tanto confuso para trás.

— Mas o que é que deu nele? — perguntou ao primo, que digitava algo em seu notebook.

— Isso se chama medo. — Yuri riu, contido.

— Yu, não o assuste. O que ele fez? — questionou, enquanto se sentava na *chaise*.

— Provavelmente, nada. Mas não fale para ele que eu te disse isso, ok?

— Você é uma cobra mesmo, Kang Yuri. — Os dois riram. — Então, eu vim te chamar para almoçar, já que você saiu correndo lá de casa, sem tomar café da manhã.

— Ah, Hyunji. Eu tinha pensado em comer por aqui mesmo. Tenho tanto trabalho para fazer...

— Nem pensar. Você vai se alimentar direitinho para que a febre não volte. Venha, tem um restaurante aqui perto que o *chef* é meu amigo. Aposto que você vai adorar.

— Eu não vou nem tentar discutir com você. Vamos logo, então.

Hyunji sorriu, satisfeito. Ele sempre conseguia o que queria.

Os primos saíram do prédio em direção ao restaurante, que ficava a poucas quadras da empresa. Os dois aproveitaram a caminhada para colocar alguns assuntos em dia: falaram sobre a família e o novo restaurante que Hyunji pretendia abrir em breve.

Yuri estava feliz, se sentindo em casa novamente.

— Mas e o Taejoon? Por que ele não veio almoçar com a gente?

— Estou dando um gelo nele, como castigo pelo que ele fez em Las Vegas. — Hyunji deu de ombros. — E disse que vou fazer greve por duas semanas!

— *Hyung*, eu disse para você não brigar com ele. Taejoon não sabia de nada, essa confusão toda é só minha e do Junsuk.

— Não se preocupe, Yuri, essa greve não vai durar. Eu não consigo ficar nem uma semana sem transar, imagina duas! — Os dois riram alto. — Fiz isso só para dar um sustinho, ou você acha que só você pode ser intimidador?

Ao chegarem, foram recebidos pelo gerente do estabelecimento, que prontamente os guiou para uma mesa vaga. O lugar era realmente bonito. Não era extravagante demais nem luxuoso, mas a decoração moderna o deixava bastante atraente.

Enquanto caminhavam entre as mesas, Yuri parou de andar, fixando seu olhar em algo. Hyunji acompanhou o olhar do primo e encontrou o motivo de sua paralisação: Junsuk estava em frente a eles, enquanto Aeri estava sentada de costas.

Os dois não desviaram os olhares, como se quisessem ganhar algum tipo de disputa. Nesse instante, percebendo que seu noivo tinha parado de comer, Aeri se virou para ver o que estava acontecendo. Ela nem sequer conseguiu disfarçar seu aborrecimento.

— Yuri, nós podemos ir para outro lugar, se você preferir — Hyunji sussurrou para o primo, que ainda não tinha movido nem um músculo sequer.

— Não, *hyung*. Não precisa, é só nos sentarmos longe deles. — E assim, Yuri voltou a caminhar, pedindo para que o gerente os levasse para uma mesa mais afastada.

Mas apesar de não estarem próximos, os primos ainda estavam plenamente no campo de visão de Junsuk. De onde o moreno estava, era possível ver Yuri de perfil, elegantemente sentado em uma mesa para quatro pessoas.

Han voltou a comer e Aeri pareceu relaxar um pouco, continuando a falar sem parar sobre algo que o moreno tinha parado de prestar atenção. Já fazia algum tempo que Junsuk começara a perder o interesse pela noiva, e depois de Kang Yuri, as coisas só se intensificaram. A voz de Aeri já o irritava, e tudo o que ela dizia não tinha a menor importância para ele.

Pensar que tinha se comprometido a passar o resto de sua vida ao lado de uma pessoa fútil como ela era desesperador.

Não se preocupe, nada irá abalar meu compromisso com Aeri. Aquelas palavras ditas ao seu pai, há pouco tempo, ficavam girando em sua cabeça. Ele precisava ser firme, seu pai estava contando com ele à frente de sua empresa. Não poderia decepcioná-lo.

Aeri percebeu que Junsuk não estava prestando atenção nela e que olhava para a outra mesa constantemente.

— Sukie? — Han foi tirado de seus devaneios. — E esse tal de Kang Yuri? De onde você o conhece?

— O-o quê? Yuri? — Junsuk limpou a garganta. — Ele é primo do Hyunji, que é namorado do Taejoon.

— Sei... — Ela olhou de relance para a mesa dos primos. — Ele é bem bonito, não?

Junsuk se engasgou com a comida ao ouvir a pergunta.

— Quê? B-bonito? Não sei, eu não reparo em homens.

— Então, por que você não para de olhar para ele? — Ela largou os talheres na mesa e cruzou os braços.

— Eu não sei do que você está falando. — Junsuk levou o copo de água até a boca, tentando desviar do assunto.

Aeri encheu sua taça de vinho e se levantou, indo em direção à outra mesa. Junsuk arregalou os olhos e acompanhou a noiva com o olhar, até que a viu se sentar na cadeira ao lado de Yuri. Preocupado com aquela ação inesperada, foi também em direção aos três.

— Aeri, por favor, não vamos incomodá-los — Junsuk disse entre os dentes.

— O que é isso, amor? Só vim conversar um pouquinho. Vocês não se incomodam, não é mesmo? — ela perguntou aos primos, que estavam tão espantados quanto Han.

— Ah, claro que não. Fiquem à vontade — Hyunji respondeu, sinalizando para que Junsuk se sentasse ao seu lado.

O moreno assim o fez, não porque queria estar ali, mas para tentar controlar as ações impulsivas da noiva.

— Então, Yuri, você já sabe que Junsuk e eu nos casaremos em algumas semanas, não é?

— Sim, estou sabendo. — Yuri se remexeu, desconfortável, na cadeira.

— Você está convidado também, faço questão da sua presença. — Aeri tocou no ombro do loiro, bebendo um pouco de seu vinho em seguida.

— Muito obrigado, mas acredito que não estarei mais aqui quando chegar o momento.

— Como assim não vai estar mais aqui? — Junsuk se surpreendeu com a resposta de Yuri.

— Eu recebi uma proposta de emprego em Busan. Pensei em me mudar para lá quando terminar a auditoria na sua empresa — Yuri mentiu.

— Ah, mas que pena! — Foi a vez de Aeri se manifestar. — Então, eu faço questão que você vá no jantar que daremos nos próximos dias. Vamos reunir familiares, padrinhos e amigos próximos para fazer um brinde a nossa união — ela disse, mostrando intencionalmente sua aliança de diamantes.

— Eu não vou poder ir, vou estar...

E antes que Yuri pudesse terminar a frase, Aeri derrubou sua taça de vinho, manchando a camisa branca do loiro quase que por completo.

— Ah, minha nossa, como eu sou desastrada! — Ela pegou um guardanapo e fingiu limpar a sujeira.

— Por favor, não se incomode. — Yuri segurou a mão de Aeri, tirando o pano de suas mãos. — Com licença, eu vou ao banheiro.

Junsuk esfregou a testa, irritado. Sabia que sua noiva tinha feito aquilo de propósito. Em um impulso, levantou-se da cadeira e foi em direção ao banheiro.

— Fiquem aqui, eu já volto.

O moreno entrou no banheiro, encontrando Yuri já sem a camisa, tentando secar a peça de roupa molhada. Ficou alguns segundos parado, praguejando baixinho por causa da bela visão das costas do outro.

— Yuri. — O loiro se assustou ao perceber que não estava mais sozinho. — Me perdoe por isso.

— Disso você não precisa se desculpar — devolveu, voltando sua atenção para a camisa manchada.

Junsuk bufou, irritado por sempre receber respostas atravessadas, e tirou o paletó que vestia, chamando a atenção de Yuri.

— O que está fazendo? — perguntou, enquanto via o outro tirar, também, o suéter que vestia por cima da camisa.

— Aqui, vista isso. Vai se resfriar se usar essa camisa molhada. — Esticou o braço com a peça de roupa.

— Não precisa se preocupar comigo. Eu vou passar no hotel antes de voltar para a empresa — disse, evitando o olhar de Junsuk.

O moreno suspirou e se aproximou, até ficar em frente ao outro.

— Não seja teimoso. — Pegou o pulso do loiro e o fez segurar seu suéter, saindo do banheiro em seguida.

Yuri não soube como reagir, ficou um tempo sem se mexer. Olhou para a peça que estava em suas mãos e a apertou levemente, sentindo a maciez. Não resistiu, levando-a até o nariz, fechando os olhos ao sentir o perfume de Junsuk invadir suas narinas. Era o mesmo perfume que ele usava naquela noite, e Yuri se lembrava claramente disso, como se aquele cheiro tivesse se impregnado permanentemente na sua pele.

Enquanto Yuri vestia o suéter macio e ainda quente, Junsuk andava apressadamente pelo salão. Chegou até a mesa, pegando a mão de sua noiva e a conduzindo para fora do restaurante.

19

Junsuk caminhava devagar pelos corredores da empresa, com uma enorme dor de cabeça desde o dia anterior. Depois de ter saído do restaurante, levou Aeri até a casa dos pais e a proibiu de procurá-lo novamente naquele dia. Queria um pouco de paz, pelo menos por uma noite.

Parou em frente à sala de Yuri, que estava com a porta fechada.

— Yang Mi, o senhor Kang já chegou? — indagou à secretária, que estava organizando a correspondência do dia.

— Sim, senhor. Faz meia hora, e, desde então, não saiu da sala nem me pediu nada.

Junsuk colocou a mão na maçaneta, hesitando em abri-la. O que diria? Pediria desculpas pela infantilidade de sua noiva?

Como sempre, desde que saiu de Las Vegas, Junsuk não tinha respostas para nada.

Então, afastou a mão e seguiu para o seu escritório.

Foi até a sua mesa, avistando o suéter que tinha dado a Yuri no dia anterior, pegou a peça nas mãos e a levou até o nariz, na esperança de sentir um pouquinho do seu cheiro. Mas o suéter apenas cheirava à amaciante de roupas, provavelmente tinha sido lavado. Suspirando, jogou a peça de qualquer jeito no sofá.

O CEO sentou-se em sua cadeira e ligou o computador para começar os trabalhos do dia. Enquanto respondia a alguns e-mails, Taejoon entrou em sua sala, tomando o assento a sua frente.

— Hyunji me contou o que aconteceu ontem no restaurante — Taejoon iniciou a conversa.

— Ah, então você já sabe o papelão que a Aeri fez. — Bufou, irritado, jogando as costas contra o encosto da cadeira.

— Você sabe que ela só faz essas coisas quando se sente ameaçada. Será que ela desconfia de alguma coisa?

— Acho pouco provável, não teria como ela saber o que houve entre Yuri e eu. Nem quero imaginar o que aconteceria se soubesse. Mas essa antipatia pelo Kang é muito estranha. Eles se viram pouquíssimas vezes e mal trocaram algumas palavras.

Esse pensamento deixava Junsuk inquieto, tinha receio do que a noiva poderia fazer com Yuri, caso soubesse que foi traída. Dessa menina mimada, que sempre teve tudo o que quis na vida, que sempre teve todos os desejos realizados, poderia esperar qualquer coisa.

Nesse momento, ouviram algumas batidas na porta, fazendo os dois amigos voltarem a atenção para ela. A maçaneta girou depois de Junsuk ter permitido a entrada, e a figura de Yuri surgiu.

— Me perdoem pela interrupção, mas Yang Mi disse que Taejoon estava aqui — Yuri disse da porta, sem vontade de adentrar o cômodo.

— Você não interrompeu nada, Kang. Precisa falar comigo? — Taejoon respondeu, simpático.

— Sim, eu preciso. Você poderia ir até a minha sala, por favor?

Taejoon nada respondeu, apenas se levantou da cadeira e acenou com a cabeça para o amigo, indicando que o deixaria pelo momento. Foi para fora e seguiu os passos de Yuri até a sala ao lado, sentando-se em frente a ele.

— Taejoon, eu tenho algumas dúvidas sobre a compra da empresa de softwares.

— O que você quer saber? — Cruzou as pernas, pousando as mãos sobre elas.

— Eu fiquei bastante curioso para saber de quem foi a ideia dessa compra. Não encontrei nada no sistema que pudesse me dizer de quem foi a iniciativa.

— Bom, a ideia veio de Im Wonshik, um dos sócios com maior porcentagem de ações.

— Pai de Aeri.

— Ele mesmo. Na verdade, a proposta foi apresentada em uma reunião da diretoria, em que várias opções de compra foram oferecidas. Ninguém conhecia a tal empresa japonesa, mas parecia um negócio irrecusável.

— Entendo. E como foi feita a negociação?

— Wonshik foi quem iniciou os diálogos com o dono, depois Junsuk tomou a liderança e finalizou os termos do contrato.

— Quando vocês vão assiná-lo?

— Junsuk e eu iremos ao Japão, daqui a alguns dias, para uma reunião final e para assinarmos os papéis.

Yuri parou por alguns instantes, ponderando sobre as informações que Taejoon tinha lhe dado. Os relatórios da empresa pareciam estar em ordem, e se os números forem verdadeiros, o negócio era realmente irrecusável. Mas algo parecia errado, e o sexto sentido de Yuri para furadas jurídicas raramente falhava.

— Você tem algo a dizer sobre isso, Kang? — Taejoon retomou a conversa depois que viu Yuri perdido em pensamentos.

— Por enquanto, não. Eu apenas fiquei curioso — tentou disfarçar. — Obrigado, Taejoon. Era só isso.

— Tudo bem, então. Se precisar de alguma coisa, me avise. — Sorriu, levantando-se para deixar a sala. — Ah, Yuri. Eu sei que não é um assunto muito confortável, mas... eu queria dizer que sinto muito por tudo o que aconteceu em Las Vegas. — Apertou os lábios, um pouco constrangido.

— Taejoon, não se preocupe. Não se sinta mal, você não tem culpa de nada — Yuri o confortou. — Eu sei que fui meio rude, mas saiba que não guardo ressentimentos de você. Na verdade, eu até simpatizo muito. Não tem como ser diferente, você faz tão bem para o meu primo. Os olhos dele até brilham quando fala de você. Eu fico muito feliz por ele ter encontrado a pessoa certa. Para falar a verdade, sinto até um pouco de inveja. — Sorriu, sincero, para o homem à sua frente.

— Obrigado, Yuri. Fico feliz que possamos começar do zero. Que tal jantarmos os três algum dia desses?

— Mas é claro! Eu adoraria.

— Ótimo! Vou falar com o Hyunji. Até mais, Kang. — E assim, Taejoon deixou a sala, fechando a porta atrás de si.

As horas passavam rapidamente, e Yuri não saía de sua sala por nada. Primeiro, porque queria adiantar o serviço o máximo que podia, segundo, porque queria evitar encontrar Junsuk pelos corredores. Mesmo estando muito magoado, apenas a presença do moreno o fazia fraquejar, e Yuri não estava disposto a mostrar o seu lado vulnerável.

Parou o trabalho frenético por alguns instantes, girando a cadeira em direção à janela. O sol já estava se pondo, e as luzes da cidade começavam a acender. Passou a mão pelos cabelos dourados, fechando os olhos e deixando que sua mente viajasse para aquela noite no cassino.

Lembrou-se do momento em que estava caminhando pelo corredor, distraído com um monte de papéis nas mãos e trombando com alguém.

Ele.

Tinha sentido todos os pelos da nuca se arrepiarem quando os seus olhos encontraram os dele pela primeira vez.

Sorriu quando se lembrou de todas as tentativas de Junsuk de flertar com ele e do momento em que perdeu a aposta na máquina de caça-níquel. Parecia um filme passando diante de seus olhos. Os dois dançando juntinhos na boate, os braços de Junsuk circundando a sua cintura e, claro, o primeiro toque daqueles lábios nos seus.

Seu corpo se aqueceu só com as memórias daquele momento dentro da cabine do banheiro. Yuri nunca tinha sido tão ousado como naquele dia. Mas era isso que Junsuk despertava nele, uma curiosidade e uma coragem de se jogar em um mundo desconhecido.

Suspirou, dolorido, quando vislumbrou a capela, o buquê de lírios em mãos e Junsuk ajoelhado aos seus pés.

O que mais fazia o seu coração doer era que, apesar de tudo ter sido uma farsa, ele nunca tinha sentido algo tão verdadeiro, como se aquele beijo trocado na frente do celebrante tivesse sido a coisa mais certa em sua vida.

Apertou os apoios de braço da cadeira com força ao se lembrar de quando chegaram ao quarto. Junsuk o carregando no colo, o deitando com cuidado na cama e dizendo o quanto ele era lindo. Parecia estar sentindo o peso do corpo do moreno sobre o seu, as mãos grandes percorrendo o seu corpo, enquanto sua boca explorava cada pedaço de pele exposta. Remexeu-se na cadeira quando a sensação de estar sendo preenchido veio à tona.

Yuri abriu os olhos, sentindo o rosto umedecer por causa da transpiração. Suas pernas estavam dormentes e seu membro começando a ficar rígido.

O loiro respirou profundamente e se levantou da cadeira, indo em direção ao banheiro de sua sala. Jogou um pouco de água fria no rosto, tentando espantar as imagens que estavam surgindo em sua mente. Encostou-se na porta fechada e não resistiu em se tocar por cima da calça social, quando aquele sonho do outro dia invadiu seus pensamentos. Era muito difícil não fantasiar com aquele homem, principalmente depois de ter tido uma amostra do que ele era capaz.

— Junsuk... — gemeu bem baixinho.

— Yuri?

O loiro arregalou os olhos, quase se engasgando com a própria saliva.

— Yuri, você está aí? — Junsuk perguntava, do outro lado da porta do banheiro.

— S-sim, só um momento.

Aquilo só poderia ser uma revanche da vida, pensou.

O loiro se desencostou da porta, ajeitando a roupa, a qual, por sorte, não era tão justa naquele dia. Olhou-se no espelho e arrumou os cabelos, que estavam um tanto desalinhados. Respirou profundamente, antes de destrancar a porta e abri-la, dando de cara com Junsuk e um senhor de meia idade.

— Desculpa chegar assim desse jeito, Kang... — Junsuk dizia, coçando a nuca, sem jeito. — Mas o senhor Im Wonshik queria muito conhecer você.

— Ah, claro. Sem problemas. Muito prazer, senhor Im. Eu sou Kang Yuri, o novo auditor. — Estendeu a mão para cumprimentá-lo.

— O prazer é meu. Ouvi falar muito bem do seu trabalho e, por isso, fiz questão de vir conhecê-lo pessoalmente. Na verdade, eu queria fazer um convite também. Não sei se você sabe, mas sou o pai de Aeri, noiva de Junsuk, e vou dar um jantar em minha casa para celebrar o casamento que está próximo. Além da família e amigos, todos os diretores e acionistas da empresa estarão presentes. Acredito que seria uma boa oportunidade para você conhecer todos eles.

Yuri e Junsuk estavam claramente desconfortáveis. O CEO não sabia que seu futuro sogro convidaria Kang para aquele jantar, e obviamente aquele seria o último lugar que Yuri gostaria de ir.

— Eu não sei se vou poder, senhor Im. Realmente, seria uma boa oportunidade para conhecer todos da empresa, mas acredito que eu poderia conversar com eles por telefone, em um momento mais apropriado — Yuri tentou recusar o convite educadamente.

— O que é isso, jovem? Falar pessoalmente, olhando nos olhos da pessoa, faz toda a diferença. Você, como um bom auditor, deve saber muito bem disso — o pai de Aeri insistiu.

Ir a um jantar em comemoração ao noivado do homem que povoava os seus pensamentos e preenchia o seu coração seria, no mínimo, uma tortura. Assistir a Junsuk desfilar de mãos dadas com aquela mulher, que parecia detestá-lo, seria muita humilhação. Sim, seria. Mas o que ele poderia dizer para o seu superior, mais velho que ele e que de nada sabia sobre aquela situação constrangedora?

Yuri ficou sem argumentos.

— Está bem. Eu vou, então.

— Yuri, sei que está muito ocupado. Se não quiser ir, não tem problema — Junsuk tentou aliviar a situação, dando uma chance de Kang desistir daquilo.

— Pare com isso, Junsuk — Wonshik interveio. — Ele já aceitou.

E, então, Yuri se deu conta do que tinha feito.

20

Aquilo realmente tinha sido uma péssima ideia. Yuri se martirizava por ter se submetido a uma situação dessas. Ele sempre fez o que quis, nunca aceitou convites que não lhe interessavam, mas, por alguma razão, não conseguiu dizer não ao pai de Aeri. Qualquer um diria que ele estaria louco por ir a um jantar organizado pela mulher que se casaria com o homem pelo qual estava apaixonado, mas o coração faz as pessoas agirem de maneiras estranhas.

Não foi consciente, mas Yuri se empenhou bastante em seu visual para a noite. Escolheu um terno branco, feito sob medida, assim como uma camisa preta e sem gravata. Os sapatos escuros brilhavam, assim como os cabelos dourados bem penteados, e se adornou com piercings e anéis prateados, completando o visual forte, mas adequado para a ocasião.

Olhou-se no espelho grande do seu quarto de hotel, satisfeito com o resultado, e voltou a atenção para o celular, vendo a mensagem de Hyunji, avisando que Taejoon e ele já o esperavam na recepção. Yuri havia pedido ao primo para ir junto, assim não ficaria tão deslocado em uma festa cheia de gente desconhecida.

Taejoon estacionou na porta de entrada, tendo as portas do seu veículo abertas pelos manobristas contratados. Yuri saiu, observando a bela mansão a sua frente: um imóvel branco, com três andares, sendo o primeiro deles com o pé direito duplo e uma grande varanda no último andar.

A escada que levava à porta principal era cercada por vasos de flores, e, ao longo desta, diversos fotógrafos tiravam fotos de cada pessoa que passava por ali. O casamento estava sendo coberto pela imprensa coreana desde o seu anúncio e, provavelmente, fotos daquele evento estariam nos jornais do dia seguinte.

Yuri não gostava de ser exposto daquela maneira, mas não se intimidou pelas câmeras, passando pelos jornalistas como se fosse uma celebridade, de cabeça erguida e olhar sedutor. Muitos flashes foram disparados em sua direção, e perguntas como "quem é você?", "qual é o seu nome?" e, "você é convidado do noivo ou da noiva?" foram completamente ignoradas por ele.

Suspirou, mais aliviado, quando alcançou o interior da casa, que já estava cheia de convidados. Uma música suave saía de um quarteto de cordas, que tocava em um canto da sala, enquanto garçons andavam pelo ambiente, servindo bebidas caras e comidas variadas. Alcançou uma taça de champanhe e a tomou de uma vez só, chamando a atenção de seu primo.

— Yuri, vai com calma. Acabamos de chegar.

— Vou precisar de várias dessas para poder resistir a esse evento — disse, ao colocar a taça vazia em uma das mesas.

Antes que Hyunji pudesse argumentar, Taejoon o puxou pelo braço, a fim de apresentá-lo a alguns convidados, deixando Yuri sozinho por alguns instantes. O loiro pegou mais uma taça de champanhe e começou a perambular pela casa, com uma das mãos descansando no bolso da calça e os olhos atentos às pessoas que conversavam distraidamente.

Havia tanta gente na casa que pensou que talvez pudesse passar despercebido pelo jantar e ir embora mais cedo, mas, então, seus olhos caíram sobre alguém. Ele queria desviar, mas não conseguiu tirar os olhos daquele homem.

Junsuk vestia um terno risca de giz, com camisa branca e gravata borboleta preta. Yuri engoliu em seco quando reparou como o paletó o deixava com os ombros mais largos e com os braços fortes aparentes. O moreno conversava com algumas senhoras e sorria para o que elas estavam dizendo.

Yuri esboçou um pequeno sorriso só por causa daquela imagem um pouco afastada de si, mas voltou a ficar sério quando Junsuk tomou ciência de sua presença. O moreno entreabriu os lábios, talvez surpreso por ver que Yuri realmente tinha ido. A conversa com as senhoras pareceu perder o interesse, e Junsuk fez menção de se mover, mas foi impedido por alguém que o puxava pelo braço: Aeri.

Yuri tinha de admitir, a noiva de Junsuk estava muito bonita, em um vestido branco de renda, salto alto da mesma cor e com os cabelos presos em um coque elegante.

Kang voltou a tomar o líquido de sua taça, enquanto tentava sair do campo de visão do casal, mas foi impedido quando ouviu seu nome ser chamado:

— Kang Yuri, você veio mesmo. — Im Wonshik vinha em sua direção, sorrindo.

— Mas é claro, senhor Im. Eu não faria essa desfeita. — Fez uma reverência para cumprimentá-lo.

— Venha, eu vou apresentá-lo aos membros da diretoria e aos sócios da empresa. — O senhor de meia idade colocou uma das mãos nas costas do loiro, o guiando para um outro ambiente da casa.

Aquele cômodo deveria ser uma espécie de escritório ou biblioteca, com paredes forradas de livros. No centro, um conjunto de sofás de couro marrom acomodava três homens engravatados. O senhor Im fez sinal para que Yuri se sentasse em um dos lugares vagos, tomando, também, um assento ao seu lado.

— Prezados, este é Kang Yuri. Ele é o auditor contratado por Junsuk — Wonshik fez as honras, recebendo leves acenos dos homens presentes. — Kang, quero que conheça Park Daeshin, Lee Woobin e Oh Seojoon, sócios minoritários.

— Muito prazer, senhores — Yuri os cumprimentou educadamente.

— Kang Yuri, ouvimos dizer que a empresa de Han está perdendo dinheiro. É isso mesmo? — Oh Seojoon perguntou.

— Aparentemente, sim. Eu ainda estou na fase de levantamento de dados e preciso de mais tempo para elaborar algum parecer.

— Entendo, mas você já tem alguma suspeita? — Foi a vez de Park Daeshin se pronunciar.

— Me perdoem, cavalheiros, mas não posso dizer nada ainda, seria muito imprudente da minha parte.

— Hum! Discreto... Gostei — disse Lee Woobin, lançando uma piscadela para o loiro, que se remexeu no sofá, constrangido.

— Desculpa insistir, Kang... — Seojoon continuou. — Mas, como sócio, eu fico preocupado de estar investindo meu dinheiro em algo que pode afundar. Você acha que esse roubo pode ser negligência do CEO? Eu não quero soar fofoqueiro, mas sempre desconfiei das capacidades do jovem Han.

— Você desconfia do próprio CEO? — Yuri franziu o cenho. — Olha, eu conheço pouco da empresa e de Han Junsuk, mas ele parece competente no que faz. E uma coisa eu posso garantir: não terei receio de apontar os verdadeiros culpados.

— É o que todos esperamos, meu jovem — Im Wonshik finalizou.

Yuri estava desconfortável entre aqueles homens. Eles mal o conheciam e já estavam lhe confidenciando suspeitas de seu superior, o que era um tanto quanto antiético, na visão do auditor. O loiro queria muito sair daquele lugar e estava prestes a se levantar, quando um garçom entrou na sala, comunicando que o jantar seria servido naquele momento.

Yuri suspirou, aliviado. Era a sua deixa para ir embora da festa. Já tinha sido apresentado aos sócios, então não precisava ficar mais ali. Saiu da sala depois que todos já tinham se retirado, pegando a direção contrária. Tentou ir até a porta principal, mas viu que o pai de Junsuk estava ali, conversando com algumas pessoas.

Inflou as bochechas, irritado, e decidiu caminhar para outro lugar, dando um tempo até que todos estivessem comendo e ele pudesse ir embora. Pegou um corredor largo, que dava em uma escada, e subiu para ver até onde ia. Chegou à varanda, que tinha visto pelo lado de fora.

Caminhou lentamente, passando os dedos de uma das mãos pelo parapeito. Estava silencioso, as vozes da festa tinham ficado para trás e uma brisa fresca tocava o rosto de Yuri gentilmente. Não se via muito além dos portões da mansão, afinal o imóvel era bem afastado da cidade movimentada.

Yuri parou por alguns instantes, olhando para as poucas estrelas presentes no céu, e se lembrou de como o pai e ele costumavam se deitar no gramado da casa antiga para observar o firmamento. Pai e filho brincavam de dar nomes às estrelas, e Yuri tinha uma favorita, que batizou de Kotchu. Muitos anos depois, descobriu que se tratava da Sirius, a estrela mais brilhante no céu noturno.

E lá estava ela, Kotchu, reluzente e reinando quase solitária naquele dia. Seu peito se apertou por causa da saudade, mas um sorriso se formou em seus lábios quando o rosto de seu pai se formou em sua frente. Era sempre assim: seus pais tinham partido, mas tinham deixado boas memórias.

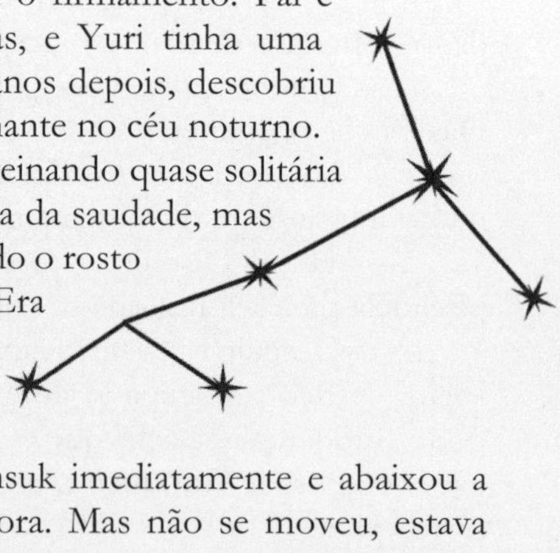

— Interrompo?

Yuri reconheceu a voz de Han Junsuk imediatamente e abaixou a cabeça, querendo dar as costas e ir embora. Mas não se moveu, estava cansado de fugir.

— A casa é sua, ou melhor: será sua em breve — respondeu, amargo.

Junsuk suspirou, caminhando lentamente, com as mãos nos bolsos, até ficar ao lado do loiro, que tinha apoiado os antebraços no parapeito.

— Yuri... — Pausou, ponderando as palavras. — Será que nós podemos conversar?

— Sua noiva vai dar falta da sua presença. E não quero que você perca o brinde que o padrinho vai fazer.

— Para, Yuri. Dá um tempo com o sarcasmo. Eu sei... eu sei que você tem todo o direito de sentir raiva de mim, mas queria que você me desse pelo menos uma chance de falar.

O loiro ficou em silêncio por alguns instantes, tentando decidir se escutaria a explicação de Junsuk ou não. Ele estava dividido novamente: por um lado, queria esquecer tudo o que passou e seguir em frente, fingir que nada tinha acontecido, mas, ao mesmo tempo, tinha vontade de saber o porquê de ter sido enganado daquela maneira. Seu lado advogado falou mais alto, e resolveu que ouviria a outra parte.

— Muito bem, sou todo ouvidos.

21

Junsuk olhou nos olhos de Yuri, procurando uma certeza de que ele realmente estava disposto a ouvi-lo. E não só encontrou o que procurava, mas também a razão de toda a inquietação do seu coração. Aqueles orbes brilhantes eram o espelho de sua alma, e Han podia ver o quanto o outro estava magoado. Mas dizer que Junsuk queria voltar no tempo era apenas uma meia verdade, pois tinha medo de perder todos os momentos preciosos que teve com Yuri, caso isso acontecesse.

Ele passou as mãos pelo rosto, buscando um pouco de coragem para começar o seu discurso. Yuri continuava com os olhos fixos nele e o semblante sério, mas curioso pelo que estava por vir.

— Yuri... quero que você saiba tudo o que se passou, até chegarmos aonde estamos nesse momento.

Inspirou mais profundamente para continuar:

— Meu pai ergueu essa empresa do zero, investindo os poucos recursos que lhe tinham sobrado depois que saiu da universidade. Trabalhou duro, passou muitas noites em claro e longe da família para chegar aonde chegou. A vida dele sempre foi o trabalho, e esse foi o modelo de homem que eu tive. Fui criado no meio de contratos e planilhas, passei minhas tardes, depois da escola, desenhando nos relatórios que iriam para o lixo. Quando andávamos pelo corredor da empresa, meu pai sempre falava que aquilo tudo seria meu um dia, e que eu seria o seu maior orgulho. Nem precisei pensar quando chegou a minha vez de ir para a universidade, já tinha em mente um plano muito bem estruturado. Fui o melhor aluno de Administração da Universidade de Seul e me formei com louvor. Pouco tempo depois, meu pai quis parar de trabalhar. Já estava cansado da rotina puxada do escritório e queria descansar mais ao lado de minha mãe. Então, eu me tornei o CEO, aos 28 anos de idade.

Junsuk parou de falar por alguns instantes, encostando as costas no parapeito da varanda. Cruzou os braços e jogou a cabeça para trás, buscando as melhores palavras para continuar. Yuri continuava na mesma posição, com os antebraços apoiados no parapeito e o olhar no céu escuro.

— Eu acabei me acostumando rápido demais com o poder. Sendo um dos empresários mais jovens do país, o gosto de estar no topo era o meu favorito. E sempre quis mais. Eu era ambicioso e acreditava que ainda não tinha chegado no meu limite. Por isso, quando meu pai disse que era hora de me casar e que a filha do sócio majoritário era uma candidata, nem pensei muito. Eu me casaria com a Aeri e, quando seu pai se aposentasse, ficaria com praticamente todas as ações da empresa. Eu teria controle total, coisa que meu pai nunca conseguiu, enquanto era o presidente. Seria uma forma de provar que ele tinha tomado a decisão certa ao me colocar em seu lugar.

Junsuk descruzou os braços e descansou as mãos nos bolsos da calça, agora olhando para o chão, concentrado no raciocínio que estava delineando.

— Eu nunca tinha tido um relacionamento sério antes, apenas relações casuais, tanto com homens quanto mulheres. Eu não me importava, não ligava para esse negócio de sentimentos, só queria me divertir. Então, quando assumi o namoro com a Aeri, estava certo de que ia ter sucesso nessa relação. Eu nunca havia falhado em nada, não seria diferente no amor. — Junsuk riu, desacreditando nas suas convicções de pouco tempo atrás. — Eu fiz como o manual mandava, fiz tudo para agradá-la, tudo para me tornar o futuro marido perfeito. A imprensa enlouqueceu, nos chamou de casal da nação, e cada passo que nós dávamos aparecia em alguma revista de fofocas. E de certa forma, eu gostava de toda essa atenção.

Yuri deu um suspiro pesado. Não estava sendo fácil ouvir tudo aquilo, mas ele precisava escutar até o final. Seu coração machucado precisava de um remendo, mesmo que fosse para continuar cheio de cicatrizes. Ergueu-se, tomando a mesma posição de Junsuk, com as costas apoiadas no parapeito.

— Mas conforme o tempo ia passando, a convivência com Aeri foi se tornando cada vez mais difícil. O ciúme, a possessividade e o comportamento fútil e infantil começaram a me incomodar. Foram várias as vezes que eu pensei em acabar com tudo, mas não consegui. O risco de decepcionar meu pai era muito maior do que a vontade de me ver livre de um relacionamento sufocante.

— Junsuk... — Yuri se pronunciou pela primeira vez, com a voz baixa, quase como um sussurro. — A vida sem amor não tem sentido. Não se pode amar alguém se seu coração não estiver aberto para isso. Abrir mão de ser feliz ao lado de quem quer não faz o menor sentido para mim.

— A gente só conhece o amor do jeito que ele nos é apresentado. E essa era a maneira que eu conhecia até então.

Yuri olhou para o moreno pelo canto dos olhos, sentindo tristeza por saber que a sua visão do que era amor era tão limitada.

— Continue — o loiro disse, ao passar os dedos pelos cabelos.

— Bom... meu nível de estresse estava alto. Aeri me importunava o tempo todo com os preparativos do casamento e com outras bobagens também. As negociações com a empresa japonesa estavam tensas e eu trabalhava feito um louco, dia e noite. Foi então que tiveram a ideia de fazer minha despedida de solteiro em Las Vegas. Na verdade, foi ideia do seu primo, Hyunji.

Yuri ficou surpreso com aquilo, pois não sabia que tinha sido ideia dele.

— Enfim, eram apenas alguns dias, para poder descansar e me afastar das preocupações que me assolavam. Eu nunca imaginaria que tudo isso fosse acontecer. Nunca me passou pela cabeça trair Aeri, mas depois que eu te vi pela primeira vez...

— Mas o que deu na sua cabeça? No que você estava pensando, Junsuk? — o interrompeu, inconformado.

— Eu só pensei em você.

Os dois se encararam por breves momentos. Yuri estava com o coração acelerado por ouvir tais palavras, enquanto Junsuk estava sendo sincero pela primeira vez desde que se reencontraram.

O moreno se desencostou e ficou em frente ao outro, que desviou o olhar para os pés.

— Eu só pensei em você e em mais nada. Foi como se tudo ao meu redor desaparecesse e só sobrasse você e eu. Era um turbilhão de sentimentos confusos, coisas que nunca tinha sentido na minha vida. Meu coração batia três vezes mais rápido, minhas mãos transpiravam e um calor inexplicável tomou conta do meu corpo.

— Devia ser só o tesão... — Yuri murmurou.

— É claro que eu estava louco de tesão, mas não era só isso. Tesão eu já tinha sentido outras vezes, mas essa coisa louca, que eu não sabia explicar, era uma novidade. E era uma sensação tão nova e maravilhosa que eu não queria que acabasse nunca. Na primeira vez que seus lábios encostaram nos meus, eu poderia jurar que ia explodir de tanta adrenalina correndo nas minhas veias. Sentir a sua pele quente sob a minha, se arrepiando sob meus toques, foi a melhor experiência sensorial da minha vida. Eu passaria o resto dos meus dias só olhando o seu sorriso satisfeito depois de unirmos nossos corpos.

Yuri suspirou pesadamente, com o coração se apertando a cada palavra dita.

— Aeri planejou um casamento cheio de extravagâncias, luxo e centenas de convidados. Mas isso não significa um por cento do que o que tivemos na capela do Bellagio. Começou como uma brincadeira, mas te ver caminhando pelo tapete vermelho, segurando aquelas flores cheias de significado, se tornou uma das coisas mais verdadeiras que já vivi.

— Mas nada disso foi o suficiente para fazer com que você fosse verdadeiro comigo, assim como eu fui desde a primeira troca de olhares.

— Não é que eu não fui verdadeiro com você, mas é que você se tornou a minha verdade quando nos esbarramos naquele corredor.

— Não faça isso comigo, Junsuk. — O coração de Yuri falhou uma batida ao ouvir a confissão. — Não deixe as coisas mais complicadas do que já estão.

— Isso não é complicado, Yuri. O que sinto por você é simples, eu...

— Pare! Não diga mais nada, eu não vou aguentar mais. — O loiro se virou de costas para Junsuk, tentando evitar uma recaída.

— Yuri, olhe para mim, por favor — Junsuk pediu, mas o menor não se moveu. Então, deu a volta e parou em frente a ele. Não tinha acabado de falar ainda e precisava colocar tudo para fora. — Eu me odiei cada segundo, depois de te deixar. Senti nojo de mim mesmo, tive vergonha de ser quem eu sou. Eu fui um covarde, um canalha e qualquer outra coisa que você possa me chamar. Sim, eu fui. Mas me arrependo. Meu coração ficou em pedaços quando vi que você tinha guardado a nossa aliança, enquanto eu não tinha mais a minha em meu poder.

Junsuk se aproximou mais de Yuri, ficando a uns dois palmos de distância e fazendo o loiro olhar em seus olhos.

— Yuri, me perdoa. Eu fui um fraco e um idiota, mas reconheço meu erro. Já estou tendo minha punição, sofrendo cada dia sem o seu perdão... — disse, com lágrimas se formando nos olhos escuros.

— E como fica depois? Eu te perdoo e a gente segue a vida como melhores amigos?

— Yuri, eu não sei o que fazer. Está sendo a decisão mais difícil da minha vida. — Uma lágrima, então, se desprendeu, descendo pela bochecha direita de Junsuk.

Yuri fechou os olhos, lutando contra os sentimentos conflitantes dentro de si. Ter sido largado em Las Vegas foi ruim, mas estava sendo uma experiência dolorosa ver Junsuk chorar. Levou sua mão esquerda até o rosto do moreno, apoiando os dedos e a palma na lateral de seu rosto, e usou o polegar para enxugar o rastro molhado.

Junsuk suspirou, inclinando-se para não perder o contato. Fechou os olhos, aproveitando o toque, e, então, tomou a pequena mão na sua e virou o rosto, até plantar um beijo no centro da palma de Yuri.

Então, foi a vez de Yuri derramar algumas lágrimas, sentindo o calor dos lábios de Junsuk em contato com a sua pele. Sua cabeça não era nada além de pura confusão. Queria puxar o outro para os seus braços, enxugar as suas lágrimas e dizer que o perdoava. Mas do que isso adiantaria? Sairiam dali e Junsuk voltaria para a noiva, deixando-o para trás novamente.

— Eu acho que você tomou a sua decisão quando saiu daquele quarto sem se despedir — disse, recolhendo a sua mão.

Junsuk não conseguiu dizer mais nada, apenas assistiu a Yuri dar as costas, caminhando em direção à escada. O moreno respirou profundamente, sentindo o peito doer como nunca, e seguiu os passos do loiro para voltar para o jantar.

Mal sabiam eles que, escondido em uma das grandes árvores do quintal da residência, em frente à varanda, estava um fotógrafo.

Os dois desceram a escada às pressas: Yuri sem olhar em nenhum momento para trás, enquanto Junsuk seguia em seu encalço, apenas a alguns passos de distância.

O corredor parecia ainda mais longo na visão de Yuri, parecia não ter mais fim. Mas suspirou, aliviado, quando começou a ouvir novamente as vozes das pessoas que estavam na festa. Faltava pouco, apenas alguns metros e estaria livre daquele inferno. E assim que alcançou o final do corredor, antes que conseguisse virar à direita, em direção à saída, alguém entrou no seu campo de visão, bloqueando a passagem.

Aeri.

22

Yuri parou de caminhar quando Aeri surgiu no seu campo de visão, fazendo Junsuk bater em suas costas, por não estar esperando a parada repentina.

— Junsuk, onde você estava? Estão todos comentando que o noivo sumiu, deixando a noiva sozinha na mesa de jantar — Aeri resmungou, com os braços cruzados na frente do peito.

— E-eu fui dar uma volta, precisava de um pouco de ar — Junsuk respondeu, um tanto nervoso.

— E foi espairecer com esse aí? — Apontou com a cabeça na direção de Yuri.

— Esse aqui tem nome. — Yuri revirou os olhos. — Bom, eu vou indo. Obrigado pelo convite, Im Aeri. Belo jantar. — Finalizou com um sorriso forçado. O loiro tomou a direção pretendida anteriormente, caminhando com calma e sem olhar para trás, mas sentindo os olhos da noiva de Junsuk queimarem as suas costas.

— Posso saber o que você estava fazendo com ele?

— Aeri, pare com isso. Eu o encontrei por acaso, quando subi para tomar um pouco de ar — Junsuk respondeu, esfregando as têmporas com as pontas dos dedos. A dor de cabeça costumeira começava a incomodar.

— Volte para o jantar, eu vou resolver um assunto e já te alcanço.

Junsuk não quis nem saber o que ela precisava resolver, apenas deu as costas e foi em direção aos demais convidados da festa, esperando que a noite terminasse o mais rápido possível.

Aeri esperou que o noivo se distanciasse e, então, foi na direção em que Yuri tinha ido. Procurou pelo loiro, tentando encontrá-lo em alguma parte daquela grande mansão. Ouviu uma porta se fechar, logo adiante, e percebeu que ele tinha entrado no lavabo. Foi até lá, tomando cuidado para não fazer barulho com seus saltos, ficou em frente à porta e, sem hesitar, a abriu sem permissão.

Yuri estava na pia, lavando as mãos, em frente ao espelho, e quase foi atingido pela porta aberta repentinamente. Mal teve tempo de reagir quando Aeri entrou no lavabo e o trancou atrás de si.

— Muito bem, Kang Yuri...

— Ah, então você sabe o meu nome — Yuri respondeu, enquanto enxugava as mãos. — Mas pelo jeito ainda não aprendeu a bater na porta.

— Me esclareça uma coisinha... Junsuk me disse que você foi uma indicação de Taejoon, por intermédio de Hyunji. Mas por que eu tenho a sensação de que vocês já se conheciam antes?

O corpo de Yuri gelou com a possibilidade de Aeri ter descoberto tudo. Aquela implicância da noiva de Junsuk era muito estranha e gratuita. Mas as poucas pessoas que sabiam do que tinha acontecido em Las Vegas jamais contariam para ela. Então, aquilo só podia ser fruto da imaginação de uma mente perturbada.

— Eu não sei do que você está falando, Aeri.

— Não se faça de sonso. Junsuk é uma pessoa extremamente reservada, de poucos amigos e pouca interação com funcionários. Você está na empresa há apenas alguns dias, e eu tenho a impressão de que trabalha lá há anos. Conversa com todo mundo, pediu uma sala própria e se dirige ao CEO como se ele não fosse o seu superior.

— Junsuk não é meu superior. Eu fui contratado para prestar um serviço, não sou funcionário dele. Além do mais, eu vim aqui para trabalhar e não para fazer amigos. Você deve estar se confundindo com o meu profissionalismo.

— Você não me engana, Kang. Você e aquele seu priminho, cozinheiro de marmitas, são dois interesseiros. Eu conheço homens como vocês e sei bem do que estão atrás. Hyunji pode ter conseguido o que queria, iludindo o Taejoon, mas você… fique longe do meu Junsuk! — Aeri apontou um dedo bem próximo ao rosto de Yuri.

— Você só pode estar louca. E não ouse falar do meu *hyung* desse jeito! — O loiro abaixou a mão da morena, tentando não perder o pouco da paciência que lhe restava.

— Olha aqui, Yuri. Eu já percebi o jeito que você olha para o meu noivo, e ele parece estar caindo no seu joguinho de sedução. Mas não pense que vou permitir que isso continue. Eu lutei muito para conquistá-lo e não vou deixar que ninguém me atrapalhe.

— Olha aqui você, garota. Em primeiro lugar, me respeita. Eu não sou o seu pai ou o Junsuk para você falar dessa maneira comigo, não te dei essa liberdade. Em segundo lugar, muito me espanta você vir atrás de mim para tirar satisfação de algo que só deve acontecer nessa sua cabeça doente.

— Não me faça rir. Pensa que eu não reparei na tensão que existe entre vocês todas as vezes que estão no mesmo lugar? — Aeri falava cada vez mais alto.

Yuri passou a mão pelo rosto, frustrado e cansado emocionalmente. Se não bastasse tudo o que ouviu de Junsuk, agora tinha de aguentar uma mulher descontrolada atacá-lo verbalmente. Ele era paciente, mas tudo tinha o seu limite, e o dele havia chegado.

— Aeri, se você não confia no seu taco, se não sabe como segurar o seu homem, o problema não é meu. Você deve ser insegura demais para achar que com qualquer troca de olhares vai perder o seu futuro marido. Eu sou solteiro, livre, faço o que quiser da minha vida. Agora, se seu noivo não consegue manter os olhos em você, é com ele que deveria falar, não comigo.

Aeri arregalou os olhos, sentindo o sangue ferver em seu corpo.

— Junsuk nunca me deixaria por você! — gritou. — Você não tem nada para oferecer, enquanto eu sou o futuro promissor dele.

— Acho que você não está me entendendo. Eu não quero nada com o seu Junsuk.

— Kang, você não sabe com quem está brincando. — Aeri colocou as mãos na cintura, dando um passo à frente para ficar mais próxima do loiro.

— Você está me ameaçando? O que vai fazer? Sujar a minha roupa de novo? — Yuri não se intimidou, falando com a morena olhando dentro de seus olhos. — Vai em frente. Tenho certeza de que Junsuk tiraria algo do seu próprio corpo para eu vestir novamente.

Aeri ficou vermelha de raiva e levantou uma das mãos para acertar o rosto de Yuri, mas este foi mais rápido e segurou o pulso da garota transtornada.

— Não ouse tocar em um fio de cabelo meu. — Desceu a mão de Aeri.

— Você não me conhece, não sabe do que sou capaz. Eu sei que essa auditoria é apenas uma desculpa para ficar grudado em Junsuk. Toda essa história de desvio de dinheiro é uma farsa. Você não deve nem saber o que está fazendo lá, e isso, mais cedo ou mais tarde, vai aparecer. Fique fora do meu caminho, ou eu faço da sua vida um inferno, Kang Yuri.

— Pode vir, eu não tenho medo de você. Afinal, já estou vivendo no inferno de qualquer maneira.

Aeri bufou, irritadíssima, abriu a porta trancada e saiu, batendo os pés pelo corredor.

Yuri soltou o ar que estava prendendo, encostou as costas na parede do lavabo e fechou os olhos, tentando acalmar seu coração acelerado. Jamais precisou enfrentar alguém dessa maneira, nunca tinha lidado com alguém tão fora de si.

Arrependeu-se momentaneamente por tê-la enfrentado, mas foi preciso. Aeri não era o tipo de pessoa aberta a uma discussão civilizada. Nada que Yuri pudesse argumentar seria aceito por ela, seria apenas uma grande perda de tempo.

Sabia que as coisas iriam piorar dali em diante. Aeri, provavelmente, não esqueceria suas ameaças tão cedo, e Yuri não conseguia culpá-la totalmente pelo desequilíbrio. Junsuk e ele tinham colocado um belo par de chifres nela, e isso fazia Yuri se encher de remorso, mesmo tendo feito tudo aquilo sem saber que Han era comprometido. Se ele soubesse que Junsuk era noivo, jamais teria chegado perto dele, mesmo com seu coração pulsando forte pelo outro.

Seu pai sempre lhe dizia para não se arrepender de nada, que tudo na vida acontecia para um propósito. Mas agora, sozinho naquele lavabo, ele se arrependia de muitas coisas feitas em tão pouco tempo. Arrependia-se de ter entregado seu corpo e seu coração tão facilmente e de ter voltado para a Coreia.

Nunca deveria ter aceitado trabalhar para Junsuk, isso só daria certo na sua mente fantasiosa. Mas agora não tinha mais para onde fugir. Estava atolado até o pescoço de mentiras e ilusões e precisaria enfrentar tudo até que a auditoria chegasse ao fim.

Yuri saiu do lavabo, com a intenção de achar Hyunji e avisá-lo que pegaria um táxi de volta para o hotel. Chegou até a sala principal da casa, onde algumas pessoas já se reuniam novamente, e olhou em volta, tentando achar o seu primo ou Taejoon entre os convidados.

Então, uma grande porta foi aberta, dando passagem para os demais convidados, que deveriam estar na sala de jantar. No meio deles, Aeri puxava Junsuk pela mão, sendo seguida pelos pais de ambos.

Im Wonshik limpou a garganta e deu alguns toques em sua taça de champanhe com uma pequena colher, chamando a atenção de todos os convidados para si.

— Senhoras e senhores, eu gostaria da atenção de todos. Esse é um jantar muito especial, em que damos início à celebração de união de Junsuk e a minha filhinha, Aeri. Não tenho muito o que dizer, apenas agradecer à família Han por nos acolher tão bem. Que vocês dois sejam felizes e que possam me dar muitos netinhos.

Todos na sala aplaudiram o senhor que discursava, e Yuri engoliu em seco. Precisava achar Hyunji o quanto antes.

— Meu filho... — Foi a vez do pai de Junsuk se pronunciar. — Saiba que tenho muito orgulho de você e espero que seu futuro junto a Aeri seja muito próspero. Saúde! — O senhor Han ergueu sua taça, sendo acompanhado de todos os convidados.

Junsuk, então, percebeu que Yuri ainda estava ali e o acompanhou com os olhos apreensivos, enquanto procurava por alguém entre as pessoas, mas foi tirado dos seus pensamentos quando sentiu Aeri cutucar sua cintura.

— Querido... — ela sussurrou. — Eles estão esperando que você diga alguma coisa. — Deu um leve empurrão nas costas do noivo, para que ele discursasse.

— Ah... bom... eu não sou muito bom com palavras, então quero apenas agradecer à presença de todos — disse, seco e sem muita vontade.

Aeri não pareceu nada satisfeita com o brinde do noivo e ficou ainda mais nervosa, quando percebeu que Junsuk procurava alguém com os olhos: Yuri, que tentava caminhar entre os convidados discretamente, até conseguir chegar perto de Hyunji, sussurrando no ouvido do primo que estava indo embora.

— Meus queridos amigos e familiares — Aeri chamou a atenção para si. — Eu gostaria de chamar uma pessoa para dizer algumas palavras nesta noite. Kang Yuri, você poderia vir até aqui e fazer um brinde?

Yuri congelou no lugar, enquanto todos na sala desviavam o olhar em sua direção. Junsuk olhou para a noiva, desesperado, tentando entender o propósito daquilo.

— Aeri, você enlouqueceu? — sussurrou no ouvido dela.

A noiva só olhou para o noivo com um sorrisinho debochado nos lábios, antes de se pronunciar novamente:

— Kang Yuri, venha até aqui dizer algumas palavras.

Yuri suspirou pesadamente, evitando olhar para qualquer pessoa daquele lugar. Então, Aeri tinha dado início a sua pequena guerra, mas Yuri não se renderia ao inimigo na primeira batalha.

Ergueu a cabeça e foi em direção ao casal, posicionado no meio da grande sala. Antes de chegar até eles, pegou uma taça de champanhe da bandeja do garçom e parou em frente aos dois.

— Boa noite, senhoras e senhores. Me perdoem, mas eu não esperava por esse convite, então não tenho nada preparado para dizer. Mas vou tentar dizer algumas palavras de improviso ao nosso querido casal da noite.

Soltou uma grande quantidade de ar pela boca, apertando os lábios um no outro em seguida, pensando no que diria. Junsuk estava pálido e suava frio, enquanto Aeri encarava o loiro com um sorriso lateral.

— O casamento é um laço — Yuri começou, olhando agora para Junsuk. — Um laço que deve ser leve como um abraço, não tão apertado como um nó cego, mas firme o suficiente para não se desfazer com o vento. O casamento deve ser um compromisso feliz e espontâneo, não um encargo pesado, uma obrigação.

Junsuk tossiu levemente, ao se engasgar com a própria saliva.

— Encontrar a pessoa certa, decidir que é com ela que você quer dividir a sua vida, as vezes é tão difícil quanto apostar em uma máquina caça-níquel. Você usa a sua última moedinha, na esperança de obter a combinação perfeita, mesmo que as chances sejam tão pequenas. Então, é preciso dar valor quando a sorte grande é tirada. Que vocês valorizem cada dia e noite passados juntos, pois acordar ao lado de quem se ama deve ser uma das grandes dádivas da vida.

Yuri pausou nesse momento, notando que Junsuk desviara o olhar, constrangido. Ele sabia que todas aquelas palavras eram direcionadas unicamente a ele, e cada uma delas fazia seu coração se encolher.

— Minha mãe dizia que todos nós temos três coisas em comum. Todos nós temos um passado nas costas, um presente nas mãos e um futuro nas pernas. O que fizemos no passado não tem mais volta, não tem mais conserto, apenas temos que aprender a aceitá-lo. Está nas nossas mãos fazer do presente o momento mais precioso de nossas vidas. É o momento de tentarmos não cometer os mesmos erros do passado, para depois usar as nossas pernas para ir em busca da nossa felicidade. Eu espero que vocês, Junsuk e Aeri, um homem ambicioso e uma mulher com tantas coisas a oferecer, tenham isso sempre em mente. Que vocês possam ter o passado como uma lembrança, que façam do presente o alicerce da vida a dois e que o futuro seja tão promissor quanto a empresa que vocês tanto prezam. Felicidades.

E com isso, Yuri encerrou o seu brinde, e todos aplaudiram, emocionados com as palavras do auditor, cada um afetado de uma maneira diferente. Mas o casal em frente ao loiro sabia muito bem o que cada uma daquelas palavras significava. Yuri tinha cutucado a ferida de cada um, mas de uma maneira elegante e discreta.

Junsuk estava cabisbaixo, com o olhar tão perdido quanto os seus pensamentos, enquanto Aeri tinha um pequeno bico de irritação nos lábios. A noiva, quando chamou Yuri para fazer o brinde, tinha a intenção de deixá-lo envergonhado, de expô-lo perante seus amigos e familiares, de forçá-lo a felicitar o casal. Mas Yuri deu a volta por cima, fez um bonito discurso e chamou a atenção de todos.

Aeri não tinha conseguido, mas Kang havia dado um tapa em sua cara, de um jeito muito mais doloroso.

Sim, Kang Yuri havia ganhado a primeira batalha.

23

O quarto de hotel foi preenchido por uma luz brilhante e um som estridente, que saíam do celular. Já era de manhã, mas Yuri tinha deixado as cortinas *blackout* fechadas, para impedir que o sol invadisse o cômodo e para que ele pudesse dormir até mais tarde. Mas o aparelho vibrava freneticamente em cima da mesa de cabeceira, fazendo-o despertar do sono profundo.

Tentou ignorar o barulho, se virando para o lado oposto e cobrindo o rosto com um dos travesseiros. De repente, tudo ficou em silêncio novamente, e Yuri suspirou, aliviado, relaxando o corpo e tentando pegar no sono novamente. Mas antes que pudesse contar seus primeiros carneirinhos, o celular voltou a tocar.

Irritado e agora totalmente desperto, tirou o travesseiro do rosto e se virou para pegar o aparelho, que estava quase caindo do móvel de tanto vibrar.

— Alô?

— *Yuri, sou eu! Hyunji!* — A voz do primo estava animada do outro lado. — *Te acordei?*

— Não, imagina... — Bocejou levemente.

— *Que bom! Escuta, vamos almoçar nós três hoje?*

— Nós três?

— *Sim. Você, Taejoon e eu! Ele me disse que vocês ficaram de marcar um almoço, e eu achei que hoje seria um ótimo dia.*

Yuri tirou o celular da orelha apenas para ver as horas: 10h30. Era domingo, ele tinha trabalhado a semana toda e ainda não tinha se recuperado do jantar da noite anterior. Não tinha bebido muito, mas sua cabeça latejava levemente.

— *Hyung*, podemos deixar para outro dia? Eu estou tão cansado, queria dormir mais um pouco.

— *Ah, nem pensar. Você não vai passar o domingo enfiado em um quarto de hotel dormindo. Vamos lá, não está com saudade de almoçar em família? Troque de roupa, vou passar aí para te buscar em uma hora.*

Yuri se rendeu. Não tinha forças para argumentar, e, afinal, seria mesmo muito bom poder ter um almoço de domingo em família.

— Tudo bem, Hyunji. Mas não precisa passar aqui, eu pego um táxi até a sua casa.

— *Não vai ser na minha casa, Yuri. Nós vamos para a casa do Taejoon. Já fiz as compras e vou cozinhar lá.*

— Tudo bem, então. Te espero na recepção.

Yuri encerrou a ligação, levantando-se da cama para poder tomar um banho. No caminho até o banheiro, foi recolhendo as roupas que havia espalhado pelo chão na noite anterior. Chegou tão exausto, que apenas se livrou das roupas, escovou os dentes e se jogou na cama grande, adormecendo quase que instantaneamente.

Olhou para a banheira e suspirou, chateado. Não teria tempo de tomar um banho de imersão, então apenas se livrou da única peça que vestia e entrou debaixo do chuveiro, esperando a água se aquecer aos poucos.

A ducha foi revigorante, e o cansaço, o sono e a leve dor de cabeça pareciam ter ido embora com a água. Voltou para o quarto, com a toalha ao redor do quadril, e foi até a janela, para abrir as cortinas e deixar a luz natural entrar.

Estava fazendo sol e não parecia muito frio. Escolheu algo bem casual, já que estava cansado de usar ternos e roupas sociais durante a semana. Além disso, estava indo para um almoço em família. Colocou uma bermuda bege e uma camisa branca de mangas até os cotovelos e solta no corpo. Completou o visual com um tênis claro, seus inseparáveis anéis e secou os cabelos dourados.

Ainda tinha 15 minutos até o primo chegar, mas, mesmo assim, decidiu esperá-lo na recepção do hotel. Sentou-se no sofá do hall bem decorado, em frente à porta automática, que parecia trabalhar bem menos naquele dia de descanso.

Eu só pensei em você...

... você se tornou a minha verdade...

Isso não é complicado, Yuri. O que eu sinto por você é simples, eu...

Aquelas frases da noite anterior começaram a ecoar em sua cabeça.

— O que Junsuk queria dizer com aquilo tudo? — Yuri falava consigo mesmo, em silêncio. — Ele teria dito que estava apaixonado por mim, se não o tivesse interrompido? E se eu tivesse dito isso também? Se dissesse que sou louco por ele...? Teria mudado alguma coisa? Provavelmente, não...

Yuri apoiou os cotovelos nos joelhos, e as mãos deram sustento à cabeça baixa.

— Por que tudo tinha que ser tão difícil? — murmurou.

Por que, quando finalmente tinha encontrado alguém que fazia seu coração disparar, esse alguém não poderia ser seu?

Por que foi se apaixonar tão facilmente?

Por que não conseguia mandar seu coração parar de pulsar por alguém comprometido?

Yuri estava imerso nas dezenas de perguntas sem respostas, quando Hyunji apareceu, sorridente.

— Yuri, vamos! — Acenou de longe.

O loiro apenas sorriu, mais animado por ver seu primo querido. Passaria um dia longe dos problemas, jogaria um pouco de conversa fora e comeria a comida de seu *hyung* até não aguentar mais.

Em pouco tempo, Hyunji estacionou seu carro em frente ao prédio, e os dois desceram, cheios de sacolas em mãos, passando pela portaria sem precisar se identificar. O elevador os levou até o sétimo andar, e, dando apenas alguns passos, alcançaram o apartamento 701.

A porta estava destrancada e uma música suave podia ser ouvida. Taejoon correu para os receber, ajudando o namorado com as sacolas pesadas, levando-as até a cozinha.

— Bem-vindo, Yuri. Sinta-se em casa. — Taejoon sorriu para o loiro.

— Obrigado, Taejoon. Seu apartamento é lindo — respondeu, enquanto passava o olho pelo imóvel.

— Muito obrigado. Você ainda está ficando em um hotel?

— Sim, ainda não tive tempo de procurar um lugar para morar. Mas estou louco para arrumar um cantinho só para mim. — Yuri se apoiou na bancada da cozinha, observando o casal organizar os ingredientes do almoço.

— Se precisar de ajuda, tenho um amigo que é corretor de imóveis. Tenho certeza de que ele vai encontrar um bom negócio para você.

— Ah, mas é claro! Vou precisar de ajuda mesmo.

Taejoon se virou para o namorado, que já tinha começado a picar alguns legumes e colocado água para ferver. Foi até ele com a pretensão de ajudá-lo, mas esbarrou em uma cesta que estava sobre a bancada da cozinha, fazendo uma porção de cebolas e batatas rolarem pelo chão.

— Ji, me desculpa. Eu vou recolher tudo. — Taejoon ameaçou se abaixar para pegar as coisas que tinham se espalhado.

— Não, não, não. Pode parar, deixa que eu faço tudo. Você vai acabar me atrapalhando ao invés de ajudar. Faça companhia para o Yuri, enquanto eu cuido da comida, senão vamos jantar ao invés de almoçar — Hyunji falou com um falso tom de repreensão.

— Não quer que eu te ajude, *hyung*? — Yuri se ofereceu.

— Não se preocupe, querido. Eu prefiro trabalhar sozinho.

Taejoon e Yuri, então, seguiram para a sala. Deixariam Hyunji cuidar do almoço em paz.

— Yuri, eu vou escolher um vinho para a gente. Fique à vontade.

Taejoon se retirou para buscar a bebida, e, enquanto isso, o loiro andou pela sala, observando a grande estante que havia no cômodo. Nela, via-se diversos diplomas emoldurados, alguns objetos de coleção e porta-retratos. Passou os olhos pelas fotos, uma delas do casal, abraçado e sorridente, que parecia ter sido tirada na ilha de Jeju. A próxima era de Taejoon ao lado de um casal de senhores, provavelmente seus pais, que sorriam, orgulhosos do filho segurando um diploma.

E, então, os olhos de Yuri recaíram sobre uma foto um pouco mais antiga. Eram dois meninos, de uns 10 anos de idade, com uniformes de futebol. Não teve dificuldades em reconhecê-los: eram Taejoon — com suas covinhas aparentes — e Junsuk — denunciado pelos olhos redondos e brilhantes. Yuri passou os dedos de leve por cima do vidro que protegia a foto, sorrindo com a imagem adorável.

— Nos conhecemos desde que Junsuk tinha 6 anos de idade.

Yuri se assustou com Taejoon, que tinha voltado para a sala, segurando uma garrafa de vinho.

— É mesmo?

— Sim, nos conhecemos na escola. Era o primeiro dia dele no Ensino Fundamental. Na hora do recreio, eu vagava pelo pátio, em busca de um lugar para comer. Então, vi um menino, sentado no chão, em um canto mais afastado. Me aproximei dele e me sentei em sua frente. Ele me olhou, meio assustado, com a boca cheia de comida. Abri minha lancheira, tirei de lá um potinho com bolinhos de arroz e vi que os olhos dele brilharam, quando estiquei meu braço, lhe oferecendo um. Ele nem sequer hesitou e colocou o bolinho inteiro na boca. — Os dois gargalharam com a lembrança. — E foi aí que tudo começou. Eu sou mais velho, então não estudávamos na mesma sala, mas passávamos o recreio juntos e éramos do time de futebol da escola. Na adolescência, passamos por todas aquelas crises típicas da idade juntos. Fomos juntos para a faculdade de Seul, ele estudando Administração e eu Direito. Fomos em muitas festas e baladas, tivemos ressacas horrorosas e fizemos de tudo um pouco. E quando ele começou a trabalhar na empresa do pai, gentilmente me ofereceu um cargo. Junsuk é como um irmão pra mim.

— Eu admiro muito esse tipo de amizade. Vocês têm muita sorte de ter um ao outro.

— Sim, é muita sorte mesmo. Sabe, Yuri... Junsuk não é somente essa pessoa fria, focada no trabalho e no crescimento profissional, que todos acham que é. Isso é tudo uma fachada que ele criou, tentando mostrar para os outros que é o CEO mais poderoso da Coreia. Por trás dessa armadura, existe um homem doce e muito carente. Junsuk sempre teve muitos amigos, sempre teve todos que quis na cama, mas nunca ninguém lhe ofereceu carinho de verdade, amor verdadeiro.

Yuri desviou o olhar para os próprios pés, se entristecendo novamente por saber que Junsuk era tão sozinho.

— Junsuk acha que pode ser como os pais dele, que também tiveram um casamento arranjado. Mas tem uma grande diferença nas duas situações: o pai dele acabou se apaixonando de verdade pela mãe e, por isso, as coisas ainda funcionam entre eles — Taejoon prosseguiu.

— E você não acha que o mesmo pode acontecer com ele? — Yuri perguntou, sem querer muito ouvir a resposta.

— Eu acho que não. — Yuri voltou a olhar para Taejoon. — Aeri e Junsuk são muito diferentes. Eles até podem parecer compatíveis, são todos cheios de si, ambiciosos e gostam de chamar a atenção, mas acredito que Junsuk nunca vai amar Aeri de verdade. E eu sei que, se ele se casar, vai levar isso adiante sem hesitar. O orgulho jamais deixaria que ele assumisse o fracasso no relacionamento. Eu sempre apoiei essa união, achei que ela era perfeita para os planos do meu irmãozinho, mas tenho repensado isso nos últimos dias. Desde que voltamos de Las Vegas, Junsuk está claramente mais abatido. E é aí que eu mais tenho medo... Medo dele ser tão infeliz, a ponto de se fechar ainda mais em seu mundinho corporativo e acabar enterrando aquele menino doce, esfomeado e cheio de sonhos.

— Isso é tudo muito triste e injusto com o próprio Junsuk — Yuri disse, cabisbaixo.

— Sim, é. Mas eu ainda tenho esperanças de que algo possa mudar.

Yuri suspirou, parecendo perdido nos pensamentos. Ele tinha visto os dois lados de Junsuk e obviamente preferia aquele que conheceu em Las Vegas, mas não estava ao seu alcance fazer algo a respeito.

— Mas vamos mudar de assunto — Taejoon quebrou o silêncio que tinha tomado conta da sala. — Você poderia ir até a cozinha buscar algumas taças para eu servir o vinho?

— Claro, já volto.

E quando Yuri sumiu do cômodo, a campainha do apartamento soou.

— Taejoon, você está esperando por alguém? — Hyunji gritou lá da cozinha.

— Não...

Taejoon seguiu até a porta de entrada e a abriu com pressa, arregalando os olhos quando viu quem era.

— Junsuk?

24

— Junsuk? — Taejoon estava surpreso por ver o amigo a sua porta.

— *Hyung*! Eu estava me sentindo muito sozinho em casa, então pensei que a gente podia passar o domingo juntos. Eu trouxe uma garrafa de vinho, a gente podia ver um filme ou jogar videogame. O que acha? — Junsuk falava sem parar, sem dar chances para o amigo se manifestar. — Nossa, que cheiro bom! Você tá cozinhando? Meu Deus, vai colocar fogo na cozinha. Vamos lá, eu te ajudo.

Junsuk deixou o tênis preto na entrada. Estava vestido casualmente, com uma bermuda preta, uma camiseta branca e uma camisa jeans por cima. Nada lembrava o CEO do dia a dia. Ele próprio fechou a porta, entrando no apartamento sem cerimônias, afinal já era de casa.

— Sukie! — Taejoon chamou, fazendo o amigo se virar para ele. — Eu não estou sozinho... Hyunji é quem está cozinhando e...

Nesse momento, Yuri apareceu na sala, segurando três taças de cristal nas mãos. Hyunji se juntou ao grupo logo em seguida, se assustando com o convidado inesperado.

— Yuri? — Junsuk disse baixinho.

O loiro nada disse, apenas observou como o outro estava bonito, vestido daquela maneira. Seu peito subia e descia um pouco mais rápido agora, enquanto ele sentia as taças escorregarem um pouco de suas mãos por causa da transpiração.

Junsuk não estava muito diferente, encantado com Yuri usando cores claras, a bermuda expondo as pernas bonitas e a camisa branca parecendo tão perfumada quanto seus cabelos. Quase deixou a garrafa de vinho cair, se não fosse por Taejoon tê-la segurado.

— Olá, Junsuk! — Hyunji quebrou o silêncio.

— Boa tarde, Hyunji *hyung*. Me desculpa aparecer assim, sem ser chamado. Eu deveria ter ligado antes... — Coçou a nuca, constrangido.

— Não tem problema! Ouvi você dizendo que estava sozinho hoje?

— Ah, sim... Aeri viajou com a mãe e meus pais foram para o interior, visitar a minha avó.

— Você gostaria de almoçar com a gente? Estou fazendo *seolleongtang*[1].

O moreno adorava o seolleongtang que Hyunji fazia, era melhor que o de sua mãe, mas ficou com vergonha de aceitar o convite. Provavelmente, Yuri não ia querer a sua presença ali.

— Vamos deixar para outro dia... Vocês estão almoçando em família, e eu não quero atrapalhar. — Virou-se, indo em direção à porta.

— Junsuk, você também é da família — Taejoon chamou a sua atenção, observando o amigo calçar os sapatos novamente.

O moreno sorriu de maneira tristonha para o amigo mais velho. Sabia que aquilo era verdade, mas deixaria o clima daquela refeição estranho se ficasse. Mas antes que pudesse terminar de amarrar o tênis, ouviu uma voz doce:

— Fique, Junsuk.

Ele parou seus movimentos, tentando decidir se o que tinha ouvido era verdade ou não. Ergueu a cabeça levemente, para confirmar de onde estava vindo aquele pedido.

Yuri olhava para ele, sem parecer magoado ou irritado com a sua presença.

— Fique e almoce com a gente — Yuri repetiu, depois que não obteve uma resposta do outro.

— Tem certeza? Eu não vou atrapalhar?

— É claro que não, Junsuk — Hyunji reforçou o convite. — Vamos, fiz bastante comida.

O moreno deu um sorriso largo, voltando a tirar os sapatos. Ele não percebeu, mas Yuri também sorriu. O loiro ouviu quando o Junsuk disse que estava se sentindo sozinho e ficou com dó de deixá-lo passar o dia sem

[1] Seolleongtang: sopa coreana de carnes e ossos apimentada.

ninguém. Taejoon era como seu irmão mais velho, seria muita maldade dizer para ele ir embora.

— O que eu posso fazer para ajudar? — Junsuk se ofereceu.

— Segure essas taças, eu vou buscar mais uma — Yuri respondeu, oferecendo os cristais que tinha em mãos.

Junsuk foi até ele e tomou as taças com cuidado de suas palmas. Seus dedos longos encostaram nas costas das mãos do outro, fazendo ambos sentirem um pequeno choque com o contato. Yuri engoliu em seco e se afastou rapidamente, antes que o moreno pudesse reparar na sua consternação.

Han apoiou as taças na mesa de jantar, alcançando o saca-rolhas que estava sobre o móvel. Enquanto fazia um pouco de força para abrir a garrafa, Yuri voltou com mais uma taça.

— Bom, eu vou ficar na cozinha com o Hyunji. — O loiro esperou que Junsuk servisse o vinho nas quatro taças, pegou duas para si e foi de encontro ao primo.

Junsuk observou o outro se distanciar novamente, suspirando depois de tomar o primeiro gole da bebida.

— Ele me odeia, *hyung* — disse para o amigo.

— Eu não o julgo.

— Que belo amigo você é, Taejoon. — Junsuk deu um soquinho no ombro do outro. Mas sabia que ele tinha razão, pois Yuri tinha todos os motivos do mundo para odiá-lo. Na verdade, ele até achava impressionante o fato do loiro ainda estar por perto. O óbvio seria ele sumir e nunca mais querer olhar na cara dele. Mas Junsuk, mesmo envergonhado e arrependido, não podia negar que estava feliz por poder passar mais um tempo com Yuri, ainda mais sendo um pedido vindo dele.

— *Hyung*, eu trouxe vinho para você.

— Que susto, Yu! — Hyunji levou uma das mãos até o peito. — Não estava esperando você aqui.

— E esperava o quê? Que eu ficasse na sala junto com ele?

— Oras, você quem o convidou!

— Foi por educação, Hyunji.

— Ah, educação... sei...

Yuri revirou os olhos. Sabia bem o que estava passando pela cabeça do primo. Sentou-se em um banco, próximo à bancada em que o outro cozinhava.

— Yuri, me diz uma coisa — Hyunji voltou a falar. — O que aconteceu no jantar de ontem? Nos separamos logo que chegamos, e depois eu mal te vi. E aí teve aquele lance da Aeri te chamar para fazer um brinde...

— Ah, *hyung*... Ontem foi uma noite intensa, mas não do jeito bom. Junsuk e eu conversamos... Ele disse muitas coisas, me contou como foi a sua criação, o porquê do seu trabalho ser tão importante para ele e os motivos que o levaram ao noivado com a Aeri. Ele também me pediu perdão por ter me deixado sozinho em Las Vegas, disse o quanto aquela noite tinha sido especial para ele e o quanto se arrependia de ter mentido pra mim. — Yuri suspirou, triste, brincando com a taça que tinha nas mãos. — E ele quase se declarou.

— Como assim, quase?

— Eu o interrompi, não deixei que ele terminasse a frase.

— Mas por quê?

— Como assim, por quê? Ji, o que isso mudaria? Nós estávamos em um jantar em comemoração à união dos dois! O que adiantaria ele dizer que tem sentimentos por mim? — Yuri bufou. — Nada... não mudaria nada. Ele já fez a sua escolha.

— Yuri, eu sinto muito por tudo isso que está te acontecendo.

— Eu também sinto, *hyung*. E depois disso, aquela louca da Aeri nos trancou em um lavabo.

— Ela o quê?! — Hyunji deixou a colher que mexia a panela cair.

— Foi isso mesmo. Ela nos flagrou sozinhos, logo depois que a nossa conversa tinha terminado. Ela me seguiu até o banheiro, entrou e trancou a porta. Começou a me insultar, a dizer que eu estava interessado no dinheiro de Junsuk e que ela não deixaria ninguém atrapalhar os planos do casamento perfeito deles. Ela mandou eu sair do seu caminho, ou não mediria as consequências.

— Eu não acredito nisso, Yu. Ela te ameaçou?

— Quem te ameaçou, Yuri? — Junsuk havia entrado na cozinha, com a garrafa de vinho em mãos.

— O-o quê? Ameaça? Não, não... ninguém está me ameaçando. Você deve ter escutado errado — Yuri tentou disfarçar.

— Ah, tudo bem, então. Eu vim oferecer mais vinho, vocês querem?

— Sim, por favor — Hyunji respondeu, olhando de relance para o primo, que suspirava, aliviado por Junsuk não ter feito mais perguntas.

Pouco tempo depois, a refeição estava servida. Os quatro se sentaram ao redor da mesa redonda, com o caldo fervente ao centro e pequenos pratos individuais do maravilhoso *kimchi*[1] de Hyunji. Iniciaram a refeição em silêncio, aproveitando a comida saborosa.

— Está uma delícia, Hyunji — Junsuk elogiou o mais velho, que sorriu, satisfeito.

— Obrigado, que bom que gostou.

— Junsuk, você sabia que o Hyunji está abrindo um restaurante de comida japonesa? — Taejoon comentou.

— É mesmo? Eu não sabia. Que bom, *hyung*! Aposto que vai ser um sucesso — Junsuk completou.

— Espero que sim, estou abrindo em sociedade com minha irmã. E por falar em comida japonesa, quando vocês vão partir para o Japão?

— Nós iremos depois de amanhã, na terça pela manhã — Taejoon respondeu ao seu namorado.

— Ah, pena que eu não vou poder ir também. Eu adoro aquele país, mas com toda essa confusão do restaurante, além da minha avó, que não anda bem de saúde, não tem como viajar.

— É a sua avó também, Yuri? — Junsuk perguntou.

— Não, é a mãe do pai de Hyunji — o loiro respondeu. — Nós somos primos por parte das nossas mães. Espero que ela melhore, *hyung* — Yuri se dirigiu ao primo.

— Ela vai. São coisas da idade mesmo, ela sempre tem essas recaídas. Mas é uma mulher forte e sempre consegue se recuperar.

— Tenho certeza. — Yuri sorriu para o seu primo. Gostava de como ele era sempre muito otimista. — Bom, eu sempre quis conhecer o Japão — o loiro mudou de assunto.

— Você nunca foi ao Japão? — Junsuk perguntou.

— Nunca tive a oportunidade. Quem sabe agora, que estou mais perto...

Junsuk sorriu. Estava feliz por poder passar um tempo com Yuri sem que o clima ficasse tenso ou desconfortável. Imaginou como seria legal ir para o Japão com ele. Mostraria cada cantinho, o levaria nos melhores restaurantes, seria o guia turístico perfeito, já que ia ao país com uma certa frequência.

Ah, o que eu estou pensando? Yuri jamais aceitaria ir para o Japão comigo. Junsuk espantou as imagens criadas por sua imaginação.

---

[1] Kimchi: prato típico da culinária diária coreana, composto de vegetais envoltos em pasta de farinha e temperos.

O almoço seguiu tranquilamente, com os quatro conversando sobre assuntos banais. Junsuk sempre observava cada movimento de Yuri, sorrindo vez ou outra, encantado com aquela figura adorável ao seu lado. Yuri, por sua vez, tentava não olhar para o moreno, com medo de denunciar o seu nervosismo com a sua presença.

Hyunji e Taejoon se entreolhavam e se seguravam para não rir da situação. Era óbvio como aqueles dois estavam apaixonados um pelo outro, não havia dúvidas de que estavam lutando internamente contra aquele sentimento forte. Mas os quatro sabiam que a situação não era tão simples, e estava longe de ser resolvida.

As barrigas cheias e os copos vazios anunciaram a hora de partir. Yuri se levantou da mesa, juntando alguns pratos e talheres para levar até a cozinha.

— Yuri, não se preocupe com isso. Depois, eu coloco tudo na lava-louças — Taejoon alertou o loiro.

— Vou apenas juntar as coisas, então. Deixo tudo lá na pia. — Continuou o que estava fazendo.

— Eu te ajudo. — Junsuk se levantou da cadeira também, pegando as 4 taças vazias.

Yuri apenas acenou com a cabeça e foi em direção à cozinha, sendo seguido de perto pelo moreno. Ao chegarem, ambos colocaram a louça na pia, e o loiro observou a bandagem na mão esquerda do outro.

— E o seu machucado, melhorou? — perguntou, apontando para o curativo.

— Ah, isso. Sim, já está melhor. Foram apenas alguns pontos, amanhã mesmo vou me livrar deles — Junsuk contou timidamente.

— Que bom...

Junsuk pensou em dizer o quanto Yuri estava bonito naquelas roupas casuais, mas não teve tempo, pois o loiro virou as costas e voltou para a sala.

— Hyunji *hyung*, o almoço estava uma delícia. Obrigado por tudo, mas acho que já vou. Quero descansar um pouco mais, a semana vai ser puxada — Yuri começou a se despedir. — Vou chamar um táxi.

— Eu te levo — Junsuk surgiu no cômodo.

— Não precisa. É perto daqui, e eu não quero te tirar do seu caminho — negou, sem mesmo considerar o pedido.

— É caminho dele, Yuri — Hyunji se apressou em dizer. — Junsuk, ele está hospedado naquele hotel próximo à prefeitura.

Yuri repreendeu o primo com o olhar, que parecia estar se divertindo com a situação.

— Sim, claro. Eu sei onde é, e vou mesmo passar por lá. Vamos? — Junsuk sugeriu, com um pequeno sorriso nos lábios.

Yuri suspirou, derrotado.

— Está bem, vamos.

O sorriso do moreno se alargou mais, satisfeito por poder levá-lo para o hotel.

Os dois seguiram até o carro de Junsuk, estacionado na frente do prédio. A viagem seria rápida, de aproximadamente dez minutos, mas Yuri se sentia ansioso por estar dividindo um espaço tão pequeno com aquele que fazia suas pernas fraquejarem.

Fizeram o caminho todo em silêncio. Junsuk, por diversas vezes, abriu e fechou a boca, tentando puxar algum assunto, mas nada saiu. Yuri manteve o olhar fixo para fora da janela, observando o movimento da rua.

O Maserati preto parou em frente ao hotel de luxo, tirando Yuri de seus pensamentos longínquos.

— Obrigado pela carona. — Ele desafivelou o cinto de segurança, pronto para abrir a porta do veículo.

— Yuri, espere. — Junsuk apoiou sua mão na coxa esquerda do loiro.

Kang sentiu seus músculos da perna darem um pequeno espasmo por causa do contato inesperado, e Junsuk pareceu ter percebido, pois tirou a mão logo em seguida.

— E-eu... — Pausou. — Eu só queria dizer que adorei o almoço de hoje. — Sorriu sem mostrar os dentes.

Junsuk encarou os olhos castanhos por alguns segundos, se perdendo no brilho que eles tinham, e quando achou que não ia obter uma resposta, ouviu sair daqueles lábios que tanto sentia falta:

— Eu também...

E assim, Yuri saiu do carro, deixando Junsuk para trás com o coração acelerado.

25

Yuri saiu do táxi estacionado na entrada principal da empresa e, como sempre, vestido impecavelmente, caminhou tranquilamente pelos corredores, ao mesmo tempo que cumprimentava os funcionários, sorrindo.

Checou as últimas mensagens no celular, enquanto esperava o elevador chegar. Quando as portas se abriram, deu de cara com Junsuk, que deveria estar chegando naquele momento também. Yuri acenou com a cabeça, cumprimentando o outro, que tinha um pequeno sorriso nos lábios.

— Bom dia, Yuri. Está muito bonito hoje — elogiou-o, deixando o loiro levemente corado.

— Obrigado, Han — respondeu de maneira curta, em voz baixa e sem olhar para o outro. — Eu estava analisando alguns documentos, ontem à noite — mudou rapidamente de assunto —, e encontrei algumas incongruências no contrato de compra da empresa japonesa. Será que você poderia me esclarecer alguns pontos?

— Claro, sem problemas.

E nada mais foi dito, até que a porta do elevador se abriu, agora no último andar do edifício. Yuri foi o primeiro a sair, caminhando em direção a sua sala, sem esperar por Junsuk.

— Bom dia, Yang Mi — cumprimentou a secretária, mas antes que conseguisse abrir a porta de sua sala, o loiro foi chamado por ela.

— Senhor Kang, alguém deixou essas coisas aqui para você. — Yang Mi apontou para a sua mesa.

Yuri foi até ela, que lhe entregou uma pasta preta. Mas o mais surpreendente era que junto dela havia uma rosa amarela.

O loiro percebeu que havia um pequeno envelope, preso ao caule da flor, com seu nome escrito com uma letra bonita.

— Mas o que é isso? — Junsuk perguntou, com a cara fechada.

— Uma admiradora secreta talvez? — a secretária respondeu, animada.

Yuri riu, ao ver Junsuk revirar os olhos com a fala de Yang Mi, e resolveu brincar um pouco:

— Como adivinharam que eu adoro flores? Será que estou com sorte hoje? — Piscou para a moça, que suspirou.

— Você nem gosta de rosas... — Junsuk murmurou para si mesmo.

— O que disse? — O loiro franziu o cenho.

— Nada, nada. Yuri, você não queria falar comigo sobre o contrato? — Junsuk tentava chamar a atenção do outro para si.

— Ah, sim! Vamos para a minha sala — respondeu, enquanto levava a rosa amarela até o nariz, sentindo o perfume suave.

Os dois entraram no escritório, e Yuri se assustou quando Junsuk bateu a porta com um pouco mais de força.

O advogado colocou a pasta misteriosa sobre a mesa e tirou o pequeno cartão que estava preso à flor, lendo o recado em voz alta:

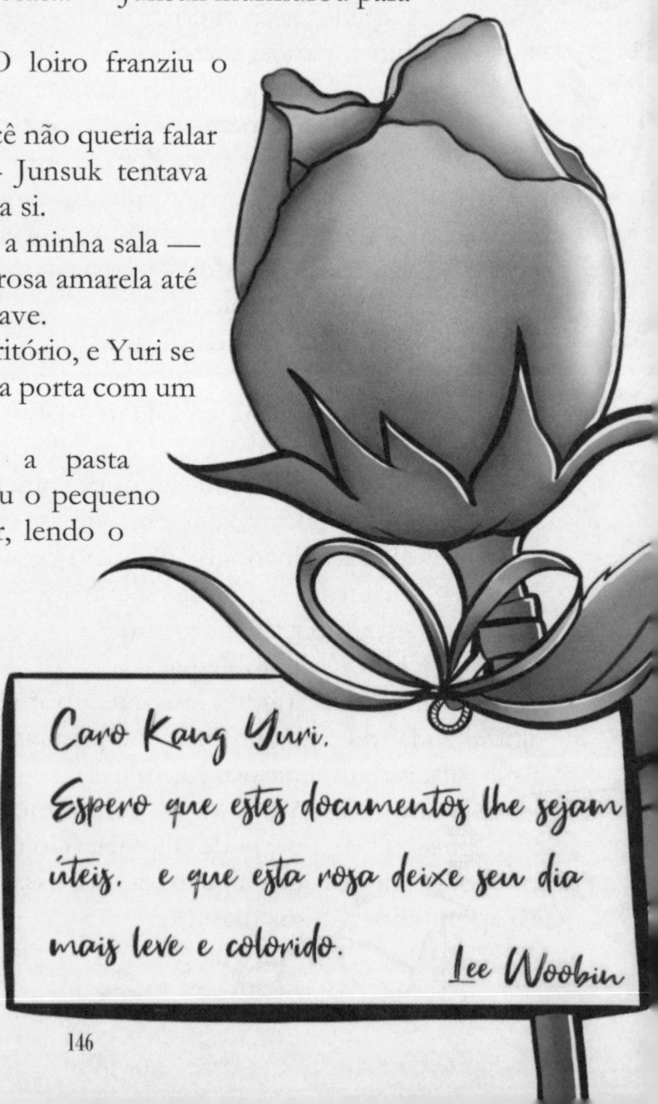

— Olha só, e tem o telefone dele atrás — disse ao terminar de ler o cartão. — Mas quem é Lee Woobin? — Yuri tentou puxar pela memória.

— Ele é um dos meus sócios — Junsuk respondeu, apertando os dentes.

— Ah, é mesmo. Como pude esquecer? Eu o conheci no seu jantar. É aquele rapaz bonito, com os cabelos castanhos penteados para o lado. — Yuri deu um sorrisinho lateral. — Acho que vou guardar esse cartãozinho, então.

Junsuk ia protestar, mas o loiro lhe deu as costas, sentando-se em sua cadeira de espaldar alto.

— Como eu ia dizendo, achei algumas coisas estranhas nos últimos balanços apresentados no contrato de compra da empresa de software.

— Yuri, eu analisei cada um deles e posso te assegurar que não há nada de errado — retrucou, sentando-se na cadeira em frente ao outro.

— Tudo bem, mas eu acho que você e Yeonsu deveriam dar uma olhada nisso aqui...

E nesse momento a porta do escritório foi aberta. Era Taejoon, um pouco descabelado e ofegante. Parecia que tinha subido as escadas correndo.

— Ainda bem que eu encontrei vocês aqui. Já viram o jornal de hoje?!

— Não, o que houve? — Junsuk se levantou da cadeira.

— Olhem com seus próprios olhos! — E, então, ele jogou um exemplar do jornal do dia em cima da mesa:

Os dois arregalaram os olhos ao verem, na primeira página da coluna social do principal jornal de Seul, uma foto que mostrava Junsuk segurando a mão de alguém perto do seu rosto. Não dava para ver a cara da pessoa que estava com ele, apenas a mão, que tinha alguns anéis prateados.

Yuri olhava para Junsuk, com o coração querendo sair pela boca. O moreno mantinha o olhar fixo no jornal, ainda não acreditando no que estava lendo.

— Estão especulando sobre uma possível traição do Junsuk embaixo do nariz da Aeri! Eles não parecem saber quem é a pessoa, mas nós todos sabemos bem quem é, não? — Taejoon olhou para os dois.

— *Hyung*, não aconteceu nada — Junsuk apressou-se em explicar.

— Não importa, Sukie. O que importa é o que as pessoas vão dizer disso. Você tem noção do que pode acontecer? Esses rumores podem gerar uma crise dentro da empresa... Eu sei que os assuntos pessoais não deveriam interferir nos negócios, mas nós sabemos que isso é só uma ilusão. Nós sabemos o quanto as pessoas misturam as coisas.

— Bom, mas eles não saberem quem está na foto é uma vantagem para nós, não? — perguntou Yuri, preocupado com a possibilidade de ter a sua imagem relacionada com um escândalo nacional.

— Eles não sabem ainda... mas dou apenas alguns dias para descobrirem que é você na foto.

— Taejoon, reúna a equipe jurídica. Elaborem uma notificação oficial para ser publicada em todas as mídias possíveis. Vamos ter que dar um jeito de abafar esse assunto. Acho que o melhor a fazer é não dar muita importância a isso. É só uma fofoca, logo eles esquecem — Junsuk concluiu.

— Tudo bem, faremos isso.

— E... você sabe se meu pai ou a Aeri já viram isso? — questionou, preocupado.

Mas antes que Taejoon pudesse responder, batidas foram ouvidas na porta e, logo em seguida, a figura de Yang Mi apareceu:

— Senhor Han, seu pai está na linha 4.

Junsuk suspirou. Aí estava a resposta para a sua pergunta.

Taejoon se retirou da sala, provavelmente em busca de sua equipe para tomarem as próximas providências. O CEO foi até a mesa de Kang para atender a ligação, enquanto o loiro observava, apreensivo.

— Pai, tudo bem? Como está a vovó?

— Não se faça de besta, Junsuk! Você sabe muito bem por que eu estou ligando.

— Você viu o jornal, não foi? — O moreno passou uma das mãos pelo rosto.

— *Quem não viu? Onde você está com a cabeça, meu filho? Quer me matar do coração?*

— Pai, não diga isso. Aquilo não foi nada, é só uma fofoca. Eu jamais trairia a Aeri. — Yuri revirou os olhos com aquilo. — Não se preocupe, tudo vai ser explicado. Nada vai acontecer, prometo.

— *É bom mesmo, filho. Você sabe que a diretoria tem um pé atrás com você no comando da empresa. Qualquer coisa vai servir de motivo para desconfiarem da sua competência. Sabe que eu estou apostando toda a minha confiança em você. Não me decepcione.*

— Sim, pai.

E no segundo seguinte, a ligação foi encerrada.

— Você está bem, Junsuk? — Yuri perguntou, ao ver o moreno esfregar as têmporas com as pontas dos dedos. — Acha mesmo que isso pode prejudicar a empresa?

— Eu não sei, Yuri. O mundo corporativo é difícil, você bem sabe. Qualquer coisa é usada como especulação, e essa empresa depende muito das negociações na bolsa de valores. Um falso rumor pode derrubar o valor das nossas ações. — Ele andava de um lado para o outro, com as mãos nos bolsos.

— Entendo. Espero que Taejoon consiga remediar as coisas. Quem imaginaria que alguém pudesse estar nos observando.

— Pois é, esses paparazzi estão em todos os lugares, só esperando um deslize. Mas eu confio em Taejoon. — Junsuk parou de andar e olhou nos olhos do loiro. — Yuri, me perdoe por te envolver em algo assim... Eu vou fazer de tudo para que o seu nome não seja manchado.

— Obrigado, Junsuk. Espero que tudo acabe bem para todos — respondeu, tentando passar tranquilidade, mas por dentro estava com medo daquilo tudo.

— Só estou preocupado quando a Aeri ficar sabendo disso. Ela nos viu saindo da varanda, vai saber que é você na foto. Tenho receio da reação dela, você já deve ter reparado o quanto ela é difícil.

— Difícil? Ah, sim... eu reparei — Yuri tentou disfarçar o deboche.

— Bom, agora só nos resta esperar.

— Sim... — Yuri passou as mãos pelos cabelos, alheio de como esse gesto afetava o outro, que engoliu a saliva em seco. — Como eu ia dizendo antes dessa confusão toda, não acho que a compra da empresa japonesa seja um bom negócio. Sei que isso não faz parte da auditoria, mas eu tenho minhas desconfianças e aconselho você a pedir para o Yeonsu revisar toda a documentação.

— Ok, vou pedir isso a ele. Mas acredito que tudo esteja certo. Amanhã viajaremos para lá e vamos poder esclarecer tudo pessoalmente.

Yuri apenas acenou em concordância, e assim, Junsuk saiu da sala.

As horas passaram rapidamente. Junsuk e Yuri permaneceram em suas salas, cada um cuidando de seus afazeres.

Yuri olhou os documentos dados por Lee Woobin, mas até aquele momento nada estava fazendo muito sentido. Eram cópias de atas de reuniões da diretoria, relatórios de análises de empresas candidatas a serem compradas e alguns recibos e contratos de algumas dessas transações.

Os documentos não eram sequenciais ou obedeciam a alguma cronologia, nenhum parecia ter relação um com o outro. A não ser por um detalhe, que poderia ter passado despercebido, se não fossem os olhos atentos de Kang Yuri. Um nome e uma assinatura se repetiam na maioria dos documentos.

♣♦♠♥

O Sol se pôs, anunciando o final do expediente. Yuri juntou suas coisas e saiu de sua sala, encontrando Taejoon pálido, ao lado de Yang Mi. Correu até ele, no mesmo momento em que Junsuk também saía de sua sala.

— O que houve, *hyung*? — Junsuk perguntou, preocupado.

— A avó de Hyunji acaba de falecer...

— Meu Deus, eu preciso vê-lo! — Yuri já ia dando as costas, mas foi impedido por Taejoon.

— Espere, Kang. Ele está bem. Está abalado, mas está bem amparado pelos familiares. Nós precisamos resolver uma coisa antes.

— Nós? — Yuri e Junsuk se surpreenderam.

— Sim, a viagem ao Japão. Eu não poderei ir. Preciso ficar com o Hyunji, não tem como deixá-lo nesse momento.

— Você tem razão, *hyung*. Não se preocupe com isso. Fique com ele, e se precisar de alguma coisa, é só dizer. Eu posso cuidar de tudo no Japão — Junsuk respondeu.

— Não, Junsuk. Você não pode ir sozinho, precisa de um advogado com você. Ainda tem muitos detalhes do contrato que precisam ser acertados, você vai precisar de ajuda jurídica. Eu sugiro que o Yuri vá no meu lugar.

Junsuk e Yuri se entreolharam. Definitivamente, não era o que o loiro estava esperando.

— Ah, não! Taejoon, deve haver outro modo de resolvermos isso. Talvez alguém da sua equipe possa ir — Yuri se adiantou, um tanto desesperado.

— Está muito em cima da hora, eu não conseguiria realocar uma outra pessoa. Por favor, Yuri, vá no meu lugar.

Kang engoliu em seco, ponderando se deveria aceitar ou não. Seria uma tortura passar alguns dias a sós com Junsuk, em um país desconhecido, mas sabia que seu primo precisaria da presença do namorado nessa hora tão difícil. Ele suspirou, derrotado.

— Está bem, eu vou.

26

Os raios de sol ainda apareciam tímidos. O dia mal havia começado, e Yuri já estava pronto para sair do hotel. Fechou sua mala, depois de colocar as últimas peças de roupas que tinha escolhido para a viagem, e colocou o passaporte, o celular, os óculos de sol e outros pequenos objetos pessoais dentro de uma pequena bolsa de couro preta. Olhou-se mais uma vez no espelho, apenas para garantir que estava tudo em ordem com o seu visual. Escolheu uma camisa branca, com pequenas listras acinzentadas, quase imperceptíveis, calça social preta e sapatos da mesma cor. Estava confortável, mas sem deixar a elegância de lado. Seu relógio de pulso marcava 6h30 em ponto, horário que Junsuk havia prometido passar em seu hotel para buscá-lo.

Saiu do quarto e alcançou a recepção, a tempo de ver um carro azul encostando na calçada. Um homem todo vestido de preto saiu do veículo e abriu o porta-malas.

— Bom dia, senhor Kang. Sou o motorista que os levará para o aeroporto. Deixe-me cuidar de sua bagagem — ele disse educadamente, enquanto Yuri lhe passava a mala de rodinhas.

— Bom dia, muito obrigado.

Depois de acomodar a mala de Yuri no porta-malas, o motorista foi até a porta traseira do veículo, abrindo-a para o loiro entrar. Agradecendo mais uma vez, com uma reverência, Kang sentou-se no banco traseiro, ao lado de Han Junsuk.

— Bom dia, Yuri. Obrigado pela pontualidade. Acredito que ainda não tenha tomado café, então eu trouxe algo para você.

Junsuk lhe passou um copo alto com tampa e uma pequena sacola de papel, com um muffin quentinho.

— Espero que esteja do seu gosto. — Sorriu.

— Obrigado, Junsuk. Não precisava se preocupar, mas agradeço a gentileza. Eu não funciono direito mesmo antes de tomar café. — Sorriu de volta.

O moreno voltou a tomar do seu próprio copo, enquanto observava de canto de olho o outro dar a primeira mordida no bolinho. Era adorável vê-lo comer, com as bochechas cheias e um pequeno biquinho nos lábios.

Yuri virou o rosto quando percebeu que estava sendo observado, e Junsuk prontamente olhou para o outro lado, tentando disfarçar. O loiro limpou os cantos da boca e levou alguns segundos reparando em como o moreno estava vestido: calça e sapatos pretos, além de uma camiseta listrada com botões, que iam até o meio de seu peitoral. A peça estava para dentro da calça, acentuando a cintura fina e os ombros largos. Deu um pequeno suspiro, chamando a atenção de Junsuk, que voltou a olhá-lo, deixando-o levemente corado por ter sido pego no flagra.

O restante do caminho até o aeroporto foi silencioso, cada um deles perdido em seus pensamentos. O motorista encostou o carro, sem ter tempo de abrir as portas para os passageiros, pois os dois saíram sozinhos.

O *check-in* foi rápido, já que Junsuk tinha prioridade por ser cliente especial. Passaram pela imigração e, em pouco tempo, já estavam sendo chamados para o embarque. Sentaram-se lado a lado na classe executiva e Junsuk deixou que Yuri se sentasse ao lado da janela.

O voo seria curto, cerca de duas horas e meia, e Yuri mal conseguia esconder sua animação de finalmente poder conhecer o Japão.

— Você falou com o Hyunji? — Junsuk chamou a atenção do outro, que estava observando as nuvens pela janelinha.

— Sim. Depois de sair do escritório ontem, eu fui até o velório. Ele é forte e está aguentando firme — disse, orgulhoso do primo.

— Vocês parecem muito próximos.

— Hyunji é como o irmão que eu nunca tive. Mesmo quando me mudei para os Estados Unidos, nós não perdemos contato. Nos falávamos quase todos os dias por videochamada.

— Que ótimo. É como Taejoon e eu.

— Você também é filho único? — Yuri perguntou, curioso.

— Não, eu tenho um irmão mais velho. Ele se chama Junwoo e é artista gráfico.

— E por que eu nunca o vi na empresa?

— É porque ele nunca deu a mínima para aquele lugar. É claro que, por ser mais velho, meu pai queria que fosse o seu sucessor, mas ele nunca se interessou pelos negócios da família. E eu não vejo nada de errado nisso, ele é livre para fazer o que bem entender. E para mim, foi até melhor, porque assumir a empresa sempre foi o meu objetivo. Mas, mesmo assim, sempre brigamos por causa disso, e, um dia, Junwoo resolveu sair de casa. Se mudou para a China e arrumou o emprego dos sonhos dele. O problema é que não visita nem liga mais para os meus pais. É um ingrato — Junsuk contou, um tanto amargurado.

— Vocês não são próximos, então?

— Nunca fomos. Ele sempre me provocava, me chamando de filhinho do papai, só porque eu fazia tudo o que nosso pai me pedia.

— Mas você é mesmo! — Yuri não conseguiu conter a risada.

— Ah, você também? — Deu um soquinho de leve no ombro do loiro, rindo em seguida.

O clima estava mais leve, os dois pareceram relaxar na presença um do outro. Yuri não queria mais alimentar a mágoa causada por ele, não era algo que gostava de fazer. É claro que tudo ainda era um pouco doloroso, e esquecer todos aqueles momentos em Las Vegas não seria fácil, mas ele estava com o coração leve, pronto para tentar seguir em frente.

Junsuk, por sua vez, estava satisfeito com aquele momento. Sentia que o loiro tinha baixado um pouco a guarda e que talvez o tivesse perdoado.

— E sobre a notícia no jornal? — Yuri retomou um assunto mais sério.

— Taejoon elaborou uma nota, que foi publicada no nosso site e no mesmo jornal que publicaram a foto. A nota desmentiu os rumores de traição, dizendo que a pessoa que estava comigo era a própria Aeri. Não houve mais nenhuma repercussão, então acredito que o assunto vai ser esquecido.

— Que bom... Mas... e ela? — perguntou, olhando para o outro lado.

— Aeri? Bom, eu ainda não falei com ela, estou esperando uma ligação raivosa a qualquer momento. — Junsuk suspirou. — Mas eu tenho certeza de que ela não vai dizer nada. Não exporia nosso relacionamento, jamais assumiria que estaria sendo traída. Ela, mais do que ninguém, quer manter o noivado em pé.

— Ah, sim... claro.

O silêncio se instalou, enquanto Yuri olhava para o nada, como se tivesse se perdido nos pensamentos por alguns instantes. Junsuk sentiu o peito se apertar e ia trocar de assunto, quando foi interrompido:

— E qual vai ser nossa programação em Tóquio?

— Vejamos... Nós vamos chegar na hora do almoço... Então, eu pensei de irmos para o hotel, fazer o *check-in* e depois sair para comer. Tem um restaurante que você precisa conhecer. — Junsuk voltou a ficar animado. — Depois eu posso te mostrar a cidade, teremos o dia todo livre.

— Ok, parece bom. E quanto à empresa?

— Temos uma reunião amanhã de manhã, conheceremos as instalações e almoçaremos com o dono. Se tudo der certo nesse dia, poderemos assinar o contrato e voltarmos para a Coreia no dia seguinte.

Yuri acenou com a cabeça, anotando mentalmente o cronograma improvisado. Voltou a ficar em silêncio, olhando para fora da pequena janela da aeronave, sem se focar em nada específico.

Junsuk entendeu que o outro não queria mais falar, então apenas se recostou em sua poltrona e fechou os olhos, tentando dormir. Os pensamentos do moreno foram para a sua última viagem de avião, e lembrou-se do momento em que jogou a aliança do casamento com Yuri no lixo. Retorceu os lábios em desgosto e arrependimento. *Como pude ser tão idiota?* Pensou. Tinha ficado tão claro o quão importante era aquele símbolo, quando viu que Yuri ainda usava a sua naquele primeiro dia na empresa. Seu peito voltou a doer, e quis se estapear quando se lembrou de Kang retirando-a de seu dedo no momento em que descobriu o seu noivado. *O que será que ele fez com a aliança? Deve ter jogado fora também, depois de tudo isso*, pensou.

Enquanto Junsuk se martirizava, Yuri tentava organizar seus sentimentos. Não tinha assumido que estava apaixonado pelo moreno para ninguém, o que poderia ser uma vantagem. Queria arrancar aquilo de seu coração, mas ele sabia muito bem que as coisas não funcionavam dessa maneira. Suspirou, pensando em uma estratégia para esquecê-lo. Era bom em esquematização de processos, então encontraria uma solução para esse caso perdido. *Ela, mais do que ninguém, quer manter o noivado em pé.* Era isso que tinha que ter em mente: essa relação nunca chegaria ao fim, os dois estavam dispostos a continuar. Yuri estava nessa sozinho, pois Junsuk jamais esboçou uma vontade de romper com Aeri.

Enquanto Yuri tentava arrumar seus sentimentos como se fossem relatórios, sentiu algo tocar seu ombro direito: *Junsuk havia adormecido e agora tinha a cabeça apoiada nele.* Pensou em afastá-lo, mas o moreno tinha um semblante tão sereno que resolveu deixá-lo dormir. Com o coração acelerado, Yuri virou o rosto, até sentir o perfume dos cabelos escuros.

— Junsuk? — chamou baixinho, mas o moreno apenas se aconchegou ainda mais na curva de seu pescoço.

Yuri não se atrevia a mexer nenhum músculo, com medo de despertar Junsuk de seu sono tranquilo. Este respirava lentamente, entregue nos braços de Morfeu. Era surpreendente o quanto ele parecia inocente enquanto dormia, como uma criança sem preocupações.

Yuri, sem conseguir se controlar nem medir as consequências, levou sua mão direita até o rosto de Junsuk e, delicadamente, tocou a pele com as pontas dos dedos, fazendo um carinho quase que imperceptível. Quando o toque de seus dedos ia alcançar os fios negros, a voz do piloto foi ouvida pelos autofalantes, anunciando a aproximação do pouso. Junsuk despertou e, ao ver onde estava deitado, levantou-se rapidamente, constrangido.

— Desculpa, Yuri — disse, com as bochechas um pouco coradas. — Quanto tempo eu dormi?

— Não tem problema, foram apenas uns 20 minutos.

Os dois colocaram suas poltronas na vertical, com os cintos afivelados, prontos para o pouso no Japão, que foi realizado com maestria pelo piloto. Foram alguns dos primeiros a saírem da aeronave, andando, apressados, para pegarem as bagagens e irem para o hotel.

No caminho para a sala de embarque, Yuri parou de andar e ficou em frente às grandes paredes de vidro do aeroporto de Haneda. Junsuk voltou para ver o que o loiro tanto olhava e sorriu quando percebeu o que era.

— É o Monte Fuji — Yuri falou para si mesmo.

— É lindo, não é mesmo? Pena que não teremos tempo de ir até lá — disse ao lado do loiro.

— Sim, é lindo. Só de vê-lo de longe já valeu a pena vir até aqui. — Sorriu.

Foram até as esteiras, onde as bagagens do voo recém-chegado circulavam. Junsuk avistou a sua, a pegando assim que ela se aproximou. Yuri ainda aguardava a sua mala, que deveria vir logo em seguida. Mas alguns minutos se passaram e nada de sua bagagem aparecer. Havia apenas mais uma mala circulando na esteira, e não era a de Yuri.

— Junsuk, acho que minha mala não veio — o loiro constatou.

Os dois foram até o balcão da companhia aérea, e os funcionários, prontamente, iniciaram a busca pela mala de Yuri. Cerca de 15 minutos depois, deram a notícia de que, por um engano, a mala não tinha embarcado naquele voo, mas garantiram para Kang que ela chegaria no próximo e seria entregue mais tarde no hotel em que eles estariam hospedados.

Sem ter mais o que fazer, seguiram de táxi até o hotel, no centro da cidade. Era um hotel luxuoso, de 29 andares, ao lado da Baía de Tóquio e de frente para o Jardim Hamarikyu. Os dois se dirigiram até a recepção para fazerem o *check-in*.

— Bom dia, tenho uma reserva feita em nome de Lee Taejoon — Junsuk disse à recepcionista.

— Bom dia, senhor. Só um minuto, vou verificar — ela disse, digitando algo em seu computador. — Ah, sim. Localizei a sua reserva: um quarto para duas pessoas.

— Um quarto? — Yuri arregalou os olhos.

Junsuk apertou os lábios, como se tivesse acabado de se lembrar de um pequeno detalhe.

— Esqueci que sempre que viajo sozinho com Taejoon nós ficamos no mesmo quarto. Eu deveria ter checado a reserva antes, me desculpa — Junsuk se justificou. — Senhora, poderia nos fornecer mais um quarto? — O moreno voltou sua atenção para a recepcionista.

— Me perdoe, senhor. Estamos em alta temporada e não temos mais quartos disponíveis.

Junsuk e Yuri se entreolharam.

— Nós podemos ir para outro hotel, Yuri.

— Desculpe a intromissão, senhor, mas acho difícil conseguir outro quarto em outro hotel. Estamos na semana de floração das cerejeiras, a rede hoteleira está praticamente lotada — a moça disse educadamente.

Yuri estava desconcertado. Não esperava, além de tudo, ter de dormir no mesmo quarto que Junsuk. Este estava todo sem graça e com medo da reação do loiro. É claro que o moreno não se incomodaria em dividir o mesmo quarto, mas não tinha a mesma certeza se o outro se sentiria confortável.

— Bom... se não tem jeito... — Yuri respondeu timidamente, fazendo Junsuk sorrir por dentro.

27

— Você tem certeza, Yuri? Se preferir, você pode ficar aqui e eu procuro um outro lugar. — Junsuk queria ter a certeza de que o outro não iria ficar incomodado.

— Não, não precisa. Se ficarmos em hotéis separados, a logística da viagem vai ficar ainda mais difícil. Vamos deixar assim, vão ser poucos dias mesmo — confirmou sua decisão.

— Tudo bem, então. Ficaremos com o quarto, senhora. — Junsuk voltou sua atenção para a recepcionista, mais uma vez.

Poucos minutos depois, já estavam subindo de elevador até o 22º andar. O quarto era um dos últimos do corredor acarpetado. Os dois andaram lado a lado, em silêncio. Junsuk usou seu cartão-chave para abrir a porta e deu passagem para que Yuri entrasse primeiro.

— Uau! — Foi o que Yuri disse ao entrar no quarto espaçoso.

Um pequeno corredor dava acesso a uma sala, em que havia um conjunto de sofás na cor creme, uma pequena mesa de centro e uma TV fixada na parede. Logo à frente, uma mesa redonda ficava ao lado de uma grande janela, e deveria servir para os hóspedes fazerem pequenas refeições. À esquerda, uma larga porta dava para o quarto, com duas camas grandes e uma *chaise* próxima à janela. O guarda-roupa ficava na parede oposta, e no final desta havia uma outra porta. Yuri foi até lá, abrindo-a, e ficou ainda mais maravilhado com o que viu: o banheiro era tão grande quanto o quarto, todo revestido de mármore bege, com uma linda banheira próxima à janela e o chuveiro separado, dentro de um box de vidro transparente. O espelho por detrás das duas pias era enorme, e Yuri podia facilmente ver seu corpo todo nele.

— Gostou? — Junsuk perguntou ao entrar no banheiro.

— Sim, é lindo! Tudo de muito bom gosto.

— Taejoon sabe escolher esse tipo de coisa. — Yuri concordou, com um aceno de cabeça. — E tem mais, venha ver isso! — Junsuk caminhou até a grande janela, acenando para que o loiro o acompanhasse. E quando Yuri o alcançou, seu queixo caiu com a vista a sua frente. — Este é o Jardim Hamarikyu, e bem ali é a Baía de Tóquio.

Junsuk deveria estar brincando ao chamar aquele lugar de jardim. Era um enorme parque, com muitas árvores e lagos. Além das copas verdes das árvores, era visível o grande número de cerejeiras floridas. O rosa das flores delicadas se misturava aos vários tons de verde e marrom do lugar.

— Junsuk, nós podemos ir até lá? Eu preciso ver de perto! — Yuri pediu, apoiando as mãos no vidro.

— Mas é claro! — O moreno riu nasalado. — Podemos passear pelo jardim logo depois que almoçarmos. Já está com fome?

— Estou.

— Então, vamos. Quero que conheça um lugarzinho especial.

Junsuk sorriu para o loiro e foi em direção à sala, colocando sua carteira e o celular no bolso da calça.

Os dois saíram pelas ruas a pé, enquanto Junsuk mostrava as curiosidades do local, as lojas que mais gostava e tudo o que podia contar sobre aquele país. Yuri estava achando adorável a empolgação do moreno, ele parecia realmente feliz por estar fazendo aquilo.

Com um pouco mais de quinze minutos de caminhada, pararam em um pequeno restaurante. A porta dava para um corredor estreito que terminava em uma sala um tanto escura. Um balcão estava repleto de pessoas comendo, sentadas em bancos altos, enquanto outras se distribuíam nas poucas mesas ofertadas. Por sorte, havia uma livre. Junsuk puxou Yuri pelo pulso, até que se sentassem nas cadeiras pouco confortáveis.

— Aqui não tem luxo, mas vai ser uma das experiências gastronômicas mais incríveis da sua vida! — disse, animado.

— Que lugar é esse? E o que vamos comer?

— Conheci este lugar por acaso. Eu estava caminhando pelo bairro, procurando algo diferente para comer, passei na frente e senti o cheio. O lugar não parecia muito convidativo, mas eu resolvi entrar. Como você pode ver, está sempre cheio. As pessoas vêm aqui no horário de almoço porque a comida sai rápido, o preço é justo e o sabor é incrível.

— Nossa, com essa propaganda toda estou ficando com mais fome ainda.

— Fique aqui, eu já volto.

Yuri observou Junsuk se levantar e ir até o caixa. Ele pagou por algo, recebeu uma ficha em troca e, então, foi até o balcão. Alguns minutos depois, um homem colocou duas tigelas fumegantes a sua frente.

Tomando cuidado para não derramar, Junsuk voltou para a mesa, colocando uma das tigelas na frente de Yuri.

— Nossa, que cheiro bom.

— Este vai ser o melhor *Udon*[1] da sua vida, Yuri. Vamos lá, experimente.

Yuri pegou os hashis, aproximou a tigela um pouco mais, para não desperdiçar nada, e levou um punhado de macarrão até a boca, soprando antes de saborear.

Junsuk ainda não tinha começado a comer, pois queria ver a reação do outro, que não demorou a vir. Os olhos de Yuri se arregalaram, enquanto ele mastigava a porção que tinha levado à boca, e o moreno abriu um sorriso largo ao ter certeza de que tinha acertado na escolha.

Os dois não disseram mais nada, apenas aproveitaram a comida fresca e quente.

Terminada a refeição, saíram do pequeno estabelecimento. Fazendo um caminho diferente, Junsuk continuou seu "*city tour*" pelas ruas. Pararam em diversas lojas: uma de eletrônicos, depois uma de perfumes, e até uma loja de brinquedos, onde Junsuk se encantou com as miniaturas do Homem de Ferro.

Com um pouco mais de caminhada, Yuri avistou uma área verde. Provavelmente era o tal jardim em frente ao hotel. Adentraram o parque tão bem cuidado. A grama estava verde e bem cortada, crianças corriam de um lado para o outro e era possível ver cães correndo com seus donos. Era fim de tarde, o sol alaranjava o céu limpo, e muitas pessoas, que pareciam ter saído do trabalho, caminhavam por ali. Junsuk e Yuri caminhavam sem rumo, apenas apreciando o belo lugar.

Ao tomarem um caminho à direita, Yuri congelou no lugar, chamando a atenção de Junsuk, que ficou sem entender o que estava acontecendo. O loiro tinha o olhar um pouco para o alto, e o outro podia jurar que estava vendo pequenas lágrimas se formarem nos cantos de seus olhos. Ficou apreensivo a princípio, mas virou o rosto na direção do seu olhar e entendeu o porquê da emoção. Tinham chegado a um corredor largo, margeado por centenas de cerejeiras carregadas de flores. Junsuk já

---

[1] Udon: macarrão feito de farinha, mergulhado em sopa, popular na culinária japonesa.

tinha visto aquilo algumas vezes, mas sabia o impacto que poderia causar em alguém pela primeira vez.

— É lindo! — conseguiu dizer, antes de voltar a caminhar por entre as árvores. Muitas pessoas estavam ali, algumas sentadas, fazendo piquenique, enquanto outras, a maioria casais, tiravam fotos sorrindo.

— Você conhece o significado dessas flores? — Yuri perguntou, sem tirar os olhos das árvores.

— Você sabe que eu não entendo nada de flores. Mas adoraria que me explicasse — respondeu, olhando para o loiro.

— Essa flor simboliza a beleza feminina, o amor, a felicidade, a renovação e a esperança. Existe uma lenda que diz que o nome Sakura[1] surgiu com a princesa Konohana Sakuya Hime, que teria caído do céu, perto do Monte Fuji, e se transformado nessa bonita flor — Yuri contava, enquanto Junsuk o observava com fascínio. — Os samurais também eram grandes apreciadores da flor de cerejeira. Desde aqueles tempos, passou a estar associada à efemeridade da existência humana e ao lema dos samurais: viver o presente sem medo. Como você deve saber, a cerejeira fica florida por pouco tempo, por isso suas flores também representam a fragilidade da vida. E a maior lição que podemos tirar é de aproveitar intensamente cada momento, pois o tempo passa rápido e a vida é curta.

— Nossa, você sempre me surpreende com essas histórias.

Yuri voltou seu olhar para Junsuk, sorrindo até que seus olhos se fechassem. O moreno tinha a certeza de que aquela imagem era ainda mais bonita do que as árvores de flores delicadas. A última vez que viu esse sorriso tinha sido no jardim do Bellagio, e só o vendo novamente para fazer com que Junsuk percebesse o quanto sentiu falta daquilo.

— Podemos nos sentar um pouco? Estou um pouco cansado — Yuri anunciou.

— Claro, ali tem um banco vazio.

Os dois se sentaram, em frente ao lago e rodeados de flores rosadas, inclusive no chão. Yuri cruzou os braços e as pernas, relaxando o corpo cansado. O vento chacoalhou as árvores, causando uma pequena "chuva" de pétalas. Ele levantou o rosto, de olhos fechados, tendo a pele clara tocada pelas flores, e Junsuk achou a cena linda, digna de um quadro; discretamente, pegou seu celular no bolso da calça e tirou uma foto, para poder se lembrar daquele momento sempre que quisesse.

---

[1] Flor de cerejeira

Junsuk suspirou, pegou uma das flores na mão e observou o quanto ela era delicada, pensando em todos os significados que tinha aprendido momentos atrás.

Viver o presente sem medo.

Era o que ele mais queria.

Queria que aquele momento se tornasse o seu presente. Queria aproveitar a vida sem ter medo de decepcionar o seu pai, e ao lado de uma pessoa que amasse de verdade. Queria que aquela tranquilidade do parque fosse a mesma do seu coração e que toda a inquietude de sua mente fosse embora tão rápido quanto a floração das cerejeiras. Yuri seria a sua esperança, talvez a esperança de um recomeço, de uma vida mais humana e menos mecânica.

O sol tinha se posto e o frio começou a se fazer presente. Yuri abriu os olhos e percebeu o quanto Junsuk estava concentrado na pequena flor em sua mão.

— Junsuk? — chamou baixinho.

— Hum? — O moreno despertou de seus pensamentos.

— Está ficando frio e escuro. Vamos embora?

— Ah, sim. Claro.

Os dois se levantaram e voltaram a caminhar pelo jardim, agora iluminado pelos postes espalhados pelo parque. Yuri esfregou os braços, tentando se aquecer um pouco. Junsuk percebeu e olhou ao redor, procurando por algo. Avistou uma senhora que vendia itens diversos, entre eles cachecóis, luvas e gorros, correu até ela e pegou um cachecol vermelho, bem grosso e que parecia ser quentinho. Pagou a vendedora e voltou para a companhia de Yuri, que ficou parado no lugar, observando a movimentação do outro.

— Aqui, para você não se resfriar — disse ao envolver o pescoço do loiro com a peça recém-comprada.

Yuri engoliu em seco. Não estava esperando por aquela atitude nem a proximidade do corpo do outro, que estava à sua frente, ajeitando o cachecol.

— Essa cor fica ótima em você. — Junsuk sorriu quando terminou.

— O-obrigado, Junsuk. Não precisava. — Yuri ficou com as bochechas coradas. — E você, não está com frio?

— Não, estou bem.

Continuaram o caminho em direção ao hotel, até que ambos começaram a sentir o cheiro de comida. Estavam se aproximando de uma área cheia de barraquinhas, que vendiam uma grande diversidade de pratos típicos.

— Já tem fome? — Junsuk perguntou.

— Sempre! — Os dois riram.

Junsuk parou em uma delas, escolhendo alguma coisa que Yuri não conseguiu entender, voltou com dois pratinhos e entregou um deles para o loiro.

— O que é isso?

— *Okonomiyaki*, é uma espécie de panqueca. Eu escolhi a de frutos do mar. Gosta?

— Sim, adoro — respondeu, dando a primeira mordida. — Hummm, é muito bom! — Sorriu, com as bochechas cheias de comida.

Junsuk também sorriu e decidiu que alimentar Yuri estava sendo uma das suas atividades favoritas.

Os dois terminaram de comer, jogaram os pratinhos no lixo e limparam as mãos com guardanapos.

— Que tal uma sobremesa? — o moreno sugeriu.

— Não precisa nem perguntar de novo.

Seguiram para uma outra barraquinha, que vendia alguns espetinhos diversos. Junsuk pegou dois, que tinham 3 bolinhas cobertas com algum tipo de calda.

— Isso é *mochi*[1]? Eu adoro mochi! — exclamou, animado.

— Na verdade, se chama *dango*, mas é bem parecido com o mochi. Essa cobertura é feita de molho de soja, amido e açúcar.

— É uma delícia também!

— Puxa, eu acertei tudo hoje, hein?

— Devo confessar que você está se saindo um ótimo guia de turismo — Yuri disse, antes de colocar o último dango na boca.

De barrigas cheias, os dois voltaram para o hotel. Ao passar pela recepção, Yuri perguntou se sua mala já tinha sido entregue pela companhia aérea, mas o atendente disse que não havia nada em nome de Kang Yuri. O loiro suspirou, frustrado. Queria tanto subir, tomar um banho e dormir.

— Junsuk, acho que vou ter que sair de novo. Preciso de algumas roupas... — disse, cansado.

— Bom, se quiser, eu posso te emprestar alguma coisa. Eles devem entregar sua bagagem até amanhã de manhã, acredito eu.

---

[1] Mochi: bolinho de arroz.

Aceitar roupas emprestadas de Junsuk estava além de suas vontades, mas a ideia de sair novamente o deixava ainda mais desanimado. Ponderou as duas opções que tinha e acabou se rendendo ao cansaço.

— Ok, Junsuk. Eu aceito.

Os dois subiram para o quarto, e Junsuk foi diretamente até a sua mala, tentando escolher algo que pudesse servir em Yuri. Enquanto isso, o loiro sentou-se em uma das camas, um tanto envergonhado pela situação.

Momentos depois, o moreno voltou com algumas peças de roupa nas mãos, entregando-as para ele.

— Acho que isso deve servir para você dormir. A boxer é nova, nunca usei. Pode ficar para você depois.

— Obrigado — respondeu, sem olhar muito para o seu rosto. — Posso tomar banho primeiro?

— Claro, fique à vontade. Eu vou dar uma revisada em alguns papéis para a reunião de amanhã.

Yuri apenas acenou com a cabeça, se levantou e foi em direção ao banheiro. Resolveu tomar uma ducha, pois não teria paciência para esperar a banheira encher. A água quente o ajudou a relaxar, e ele se sentiu bem mais revigorado depois de se enxugar na toalha branca felpuda. Vestiu a boxer preta de Junsuk e se olhou no espelho. Estar com tão pouca roupa perto do moreno estava sendo um tanto quanto desafiador para a sanidade de Yuri. Pegou a camiseta branca, que era uns dois ou três tamanhos maior que o seu, e a vestiu, notando que ela ia até as suas coxas, o suficiente para cobrir toda a boxer.

Aproximou-se mais do espelho e sorriu de lado. Tinha decidido brincar um pouquinho com Junsuk. *Uma pequena provocação não faria mal a ninguém, certo?* Pensou.

Pegou a bermuda que o outro também tinha emprestado e seguiu, com ela na mão, até o quarto. O que ele não esperava era encontrar Junsuk deitado na cama, com a camisa aberta até o meio do peito, de óculos redondos, lendo alguns papéis.

Mas que caralho de homem sexy! Gritou mentalmente.

— Não sabia que você usava óculos — chamou a atenção de Junsuk, que quase se engasgou com a própria saliva, ao ver Yuri vestindo apenas uma camiseta sua.

— E-eu... eu uso só para ler a noite, quando minha vista está mais cansada — respondeu, passando os olhos pelo corpo bonito de Yuri.

O loiro deu um sorriso pequeno, satisfeito por ter causado o efeito que queria.

— Você deveria usá-los mais — disse, se aproximando das camas. — A bermuda não me serviu — mentiu, nem tinha experimentado. — Você se importa se eu dormir assim?

— C-claro que não. Fique à vontade.

Yuri deitou-se na cama ao lado, cobrindo-se com o lençol. Junsuk passou as mãos pelo rosto, tentando se recompor da visão das coxas nuas do loiro. Levantou-se, um pouco atrapalhado, foi para o banheiro, trancou a porta e encostou as costas nela. *O que deu nele?* Pensou.

Tomou uma ducha gelada, para poder acalmar os ânimos, enxugou-se na toalha e reparou que só tinha levado a bermuda para lá.

— Bom... se ele está se sentindo tão à vontade comigo... eu também vou.

Junsuk saiu do banheiro, vestindo apenas a bermuda. O cabelo, secado com pouco cuidado, ainda pingava sobre os ombros.

Yuri apertou os lençóis entre os dedos com aquela imagem, acompanhando com os olhos algumas gotas que escorriam pelo seu peito, até se perder no cós da única peça que ele vestia.

— Espero que você também não se importe se eu dormir assim — disse, olhando para o outro.

— Ah, não. Tudo bem — respondeu, desviando o olhar.

Junsuk sorriu, indo em direção à outra cama, e cobriu-se até a cintura, deixando o torso nu exposto.

Percebendo a provocação mútua, Yuri deslizou uma das pernas para fora do lençol, expondo a coxa grossa e torneada.

O coração dos dois batia rápido, as mãos transpiravam e o baixo abdome de ambos começava a tensionar.

Junsuk estava no seu limite, queria passar as mãos por aquele corpo lindo. Virou-se de lado, olhando para o loiro.

— Yuri? Eu...

— Boa noite, Junsuk. — E com isso, Yuri apagou a luz do quarto, privando o moreno de continuar a observá-lo.

28

Junsuk demorou a dormir. Depois que Yuri apagou as luzes, o moreno virou de um lado para o outro na cama, tentando pegar no sono. Mas a ideia de ter Yuri ao seu lado, vestindo suas roupas, era um tanto perturbadora. Era errado, mas Junsuk queria muito sentir o perfume daquela pele macia, se encaixar entre as pernas torneadas e sentir o sabor dos lábios carnudos novamente.

A cada pensamento, Junsuk ficava mais duro. Tentou afastar Yuri de sua imaginação, mas já era tarde demais. Precisava se aliviar, mas seria constrangedor estando no mesmo quarto que ele. Então, apenas se virou de costas para o loiro e fechou os olhos, torcendo para conseguir adormecer o mais rápido possível.

♣♦♠♥

Um alarme soou alto no quarto, assustando Yuri e Junsuk, que acordaram ao mesmo tempo.

— Desculpa, Yuri. Esqueci de te avisar que eu ia colocar para despertar.

— Ah, não tem problema. Que horas são? — perguntou, esfregando os olhos, ainda com sono.

— São oito e meia. Temos uma hora e meia para nos aprontarmos. A reunião com o dono da empresa de software está marcada para as dez — disse, se levantando da cama.

Neste momento, o telefone do quarto tocou. Junsuk foi até a sala para atender, enquanto Yuri respondia a algumas mensagens que Hyunji havia lhe enviado na noite anterior.

— Entregaram a sua mala — o moreno anunciou.

— Puxa, que alívio. Achei que ia ter que pegar mais roupas suas emprestadas. — Deu uma risadinha.

— Não seria um problema. Você fica melhor nelas do que eu — flertou, fazendo Yuri revirar os olhos.

— Bom, vou lá buscar, então.

— Não! — Junsuk interrompeu o loiro, que já ia se levantando da cama. — Eu busco para você. Vá se adiantando no banheiro, enquanto eu desço. Vou aproveitar e pedir nosso café da manhã — disse, ao mesmo tempo que vestia uma camiseta, calçava os chinelos e passava os dedos nos fios negros para dar uma ajeitada.

— Tudo bem, eu agradeço a gentileza. — Yuri se levantou, indo em direção ao banheiro, fazendo Junsuk suspirar ao dar uma última olhada em suas belas coxas.

O moreno desceu até a recepção, assinou o protocolo de recebimento da mala de Kang e solicitou um café da manhã tradicional para duas pessoas. Estava novamente esperando o elevador, quando seu celular tocou dentro do bolso da bermuda.

— Taejoon *hyung*!

— *Bom dia, Sukie. Como estão indo as coisas aí no Japão?*

— Tudo bem, por enquanto. Ontem tivemos o dia livre para passear e eu pude mostrar meus lugares preferidos para o Yuri. Parece que ele se divertiu bastante, e o clima entre a gente está bem mais ameno.

— *Que bom, fico feliz que estejam se acertando. Mas me diga uma coisa: estão gostando do quarto que eu reservei?*

Junsuk percebeu o tom irônico na voz do amigo.

— Você fez de propósito! — Ouviu uma gargalhada do outro lado da linha. — E eu achando que você tinha se esquecido de trocar a reserva, por causa dos imprevistos de última hora...

— *Me agradeça depois.*

— Ah, claro. Vou te agradecer muito por ter que ficar no mesmo ambiente que Yuri usando apenas uma boxer e uma camiseta. Também vou te agradecer por ter ficado com um puta tesão e não poder fazer nada a respeito.

— *O quê? Boxer e camiseta?*

— Depois eu te explico. Preciso ir, a reunião começa em pouco mais de uma hora.

— Ok, me dê notícias. E qualquer dúvida, não hesite em consultar o Kang. Ele está aí para te ajudar nas questões jurídicas, não só para te deixar com um problema entre as pernas.

— Não sei se consigo evitar. Bom, nos falamos mais tarde.

Junsuk desligou o celular antes de abrir a porta do quarto, levando consigo a mala de Yuri. Encostou-a na cama do loiro e foi até a sua própria mala separar as roupas que usaria naquele dia. Ouviu a porta do banheiro se abrir, revelando Yuri usando um roupão branco e já com os cabelos arrumados.

"Me agradeça depois", pensou na fala do amigo. *Eu deveria é lhe dar um aumento*, concluiu.

— Obrigado por buscar minha mala. Pode usar o banheiro, eu já terminei.

Junsuk apenas deu um pequeno sorriso, juntando suas coisas para se arrumar para a reunião.

Enquanto isso, Yuri abriu sua mala, satisfeito por ver que tudo estava como ele tinha deixado. Separou um terno cinza escuro, uma camisa branca, estampada com pequenas flores azuis, e completou o visual com um lenço do mesmo tecido amarrado no pescoço.

Olhou para a sua cama e viu as duas peças de roupa que usou para dormir. As provocações tinham sido um surto de ousadia, mas Yuri não estava nem um pouco arrependido. Ele podia ter essa carinha de anjo, mas de santo não tinha nada.

Separou a boxer na sacola para roupas usadas e dobrou a camiseta com cuidado, colocando-a por cima das outras peças. Iria usá-la novamente, já que Junsuk disse que tinha ficado tão bem com ela.

Pouco tempo depois, Han saiu do banheiro, já vestido em um terno preto e uma blusa de gola alta da mesma cor. Os dois se entreolharam, admirando o quanto o outro estava bonito. O moreno ia abrir a boca para falar algo, mas foi interrompido pela campainha.

— Deve ser o café da manhã. — Junsuk voltou sua atenção para a porta.

Yuri se antecipou dessa vez, indo na frente para ver o que era, e deu passagem para o funcionário do hotel, que entrou empurrando um carrinho cheio de comida fumegante. As pequenas tigelas foram postas na mesa da sala, que ficava ao lado da janela, e Yuri sentou-se logo em seguida, tentando descobrir o que tinha em cada um daqueles recipientes.

— Este é o café da manhã tradicional japonês — Junsuk disse, tomando seu lugar na mesa. — Não tem nada de muito elaborado. Temos arroz branco, *missoshiro*[1], legumes em conserva e peixe grelhado.

— Parece ótimo! Então, vamos lá. Bom apetite! — Yuri disse, animado.

Os dois comeram em silêncio, saboreando cada prato servido. Yuri mantinha o seu olhar para fora da janela, observando o grande parque que tinham visitado ontem. Dava para ver o rosado das cerejeiras se misturando ao verde das demais árvores, criando um cenário mágico.

Junsuk, por sua vez, tinha os olhos em Yuri. Era praticamente inevitável não se encantar com aquela figura em sua frente. O moreno estava em um grande conflito interno, lutando contra a paixão desenfreada, que parecia crescer a cada sorriso que Yuri lhe direcionava.

— Junsuk? — O loiro chamou, depois de colocar o último pedaço de peixe na boca. — Está tudo bem? — perguntou ao ver o olhar distante do outro.

— O-o quê? Ah, sim. Está tudo bem. Só estava pensando na reunião — disfarçou.

— E por falar nela, você pediu para o Yeonsu revisar aqueles documentos?

— Não deu tempo, aquele dia foi muito confuso e corrido. Não tive tempo de falar com ele.

— Bom, a gente tenta analisar a situação pessoalmente. Estar cara a cara com o vendedor é sempre bom — Yuri disse, se levantando da mesa. — Vamos?

Junsuk acenou com a cabeça, concordando. Os dois pegaram o material necessário para a reunião e saíram do quarto.

A condução não foi um problema, já que vários táxis ficavam estacionados na frente do hotel. A empresa ficava em um bairro mais afastado de onde estavam, então Junsuk aproveitou, mais uma vez, para mostrar um pouco da cidade para Yuri.

Passaram por Omotesando, que dizem ser a Champs Elysées de Tóquio, onde as lojas de grifes estão, como Louis Vuitton, Prada, Gucci e Bvlgari. Essa avenida estava dentro do bairro Shibuya, um dos principais centros comerciais do mundo e onde está o famoso cruzamento de Tóquio, no qual centenas de pessoas atravessam as ruas movimentadas e cheias de telões publicitários gigantes.

---

1 Missoshiro: sopa típica japonesa de tofu e soja.

— Yuri, você consegue ver aquela estátua? — Junsuk perguntou, apontando para a figura feita de bronze.

— Aquele cachorro?

— É o Hachiko. Conhece a história dele?

— Já ouvi falar, mas não sei muitos detalhes.

— Ele era um cão da raça Akita e pertencia a um professor que morava perto desta estação. Todos os dias, Hachiko acompanhava seu dono até aqui e o esperava voltar. Mas um dia, o professor teve um AVC e não resistiu. O cão foi adotado por outra família, mas ele não conseguiu se adaptar muito bem e passou a esperar por seu dono na estação. Ele acabou virando uma mascote das pessoas que passavam por aqui e se tornou um exemplo de dedicação à memória da família.

— Nossa, coitadinho.

— Sim, ele esperou pelo dono por mais de nove anos, até morrer.

Yuri apertou os lábios um no outro, tentando não derramar as lágrimas que tinham se formado em seus olhos.

— Isso é que é lealdade — conseguiu dizer, desviando o olhar para o outro lado.

O táxi atravessou o bairro com um pouco de dificuldade por causa do trânsito, porém, conforme as ruas passavam, a movimentação diminuía.

Depois de mais de meia hora dentro do carro, o veículo estacionou na frente de um pequeno edifício todo envidraçado. Junsuk pagou o motorista, enquanto Yuri saía e observava a fachada do prédio.

Os dois entraram e se identificaram na recepção. A moça, que usava muita maquiagem e lixava as unhas, enquanto falava ao telefone, informou que eles poderiam subir até o quinto andar.

Quando o elevador abriu as portas no andar indicado, Yuri e Junsuk deram de cara com uma grande sala sem muitas divisões. Uma parede de vidro separava o corredor de entrada das demais dependências da empresa. Os dois puderam observar cerca de 10 ou 12 pessoas trabalhando, todas muito concentradas em seus computadores. Nenhuma delas se deu ao trabalho de olhar para os visitantes que tinham acabado de chegar.

— Han Junsuk? — Uma voz foi ouvida atrás deles.

Yuri soltou o ar pelo nariz com força, ao se virar e encontrar um par de olhos penetrantes. O homem, mais ou menos de sua altura, tinha cabelos loiros e muito bem penteados para trás. Usava um terno fino, de cor escura, e um lenço comprido e estampado no lugar da gravata. Ele tinha a pele clara, o nariz marcante e o queixo pequeno, sustentando um sorriso discreto nos lábios rosados. Yuri podia sentir o perfume cítrico que ele exalava, e engoliu em seco quando ouviu a voz suave novamente.

— Você é Han Junsuk? — perguntou novamente, olhando para Yuri.

— Eu sou Han Junsuk — o moreno interrompeu a troca de olhares, chamando a atenção dos dois para si.

— Ah, claro. Muito prazer, Han. Meu nome é Nam Jaechin, eu sou o dono desta empresa — apresentou-se, enquanto esticava uma das mãos para cumprimentar o outro. — E você, deve ser Lee Taejoon.

— Não, meu nome é Kang Yuri. O senhor Lee não pôde vir, então eu vim em seu lugar, o substituindo como advogado de Han — explicou educadamente.

— Não conheço Lee Taejoon ou quais foram os seus motivos para não vir, mas estou satisfeito por ele ter mandado alguém como você em seu lugar. — Tomou a mão de Yuri, se aproximando mais, fazendo-o sorrir, envergonhado.

Junsuk mal respirava, tinha os dentes travados e as mãos fechadas em punho. Aquela ceninha não o estava agradando, e a maneira que Jaechin tocava em Yuri o incomodava profundamente.

— Bom, agora que já nos apresentamos, vamos falar de negócios. — Jaechin piscou um dos olhos e sorriu de lado para Yuri. — Tenho certeza de que teremos um dia muito proveitoso.

29

Junsuk apenas observou aquele aperto de mãos mais longo do que o necessário e limpou a garganta, para chamar a atenção dos outros dois, que pareciam ter se esquecido de sua presença.

Jaechin soltou a mão de Yuri e, sem tirar seus olhos do loiro, apenas acenou para que ambos o seguissem para dentro das dependências da empresa.

O lugar era simples, com o mínimo de mobiliário e objetos de decoração. Junsuk observou a presença de uma recepcionista e cerca de 10 programadores, que trabalhavam em baias individuais. Outras poucas portas ficavam à vista, que pareciam ser as do banheiro e do refeitório.

Jaechin abriu a última porta, dando passagem para Yuri e Junsuk entrarem primeiro. Era uma sala de reuniões não muito grande, com uma mesa redonda, meia dúzia de cadeiras ao redor, um armário e um aparador com apetrechos para café e chá.

— Sentem-se, por favor. Gostariam de um chá ou café? — Jaechin ofereceu.

— Um café, por favor — respondeu Yuri.

— Achei que fosse querer um champanhe — Junsuk murmurou, recebendo um olhar de repreensão do outro. — Eu estou bem, não quero nada.

O empresário foi até o aparador, colocou a bebida quente em uma bonita xícara de porcelana branca, voltou devagar, ficando atrás da cadeira de Yuri, e se inclinou próximo às costas dele para servir o café.

— Aqui está.

— O-obrigado, Jaechin — disse, um tanto surpreso com a proximidade do outro.

— Bom, não temos muito tempo. Então, vamos começar logo com essa reunião. — Junsuk jogou uma pasta cheia de documentos com força em cima da mesa.

Jaechin sorriu de lado, já percebendo o desconforto do CEO. Distanciou-se de Yuri e foi até o armário, tirando de lá um notebook e uma pequena pilha de papéis. Sentou-se em uma das cadeiras vazias, colocando o computador a uma distância que os três tinham a visão da tela.

— Muito bem, eu sei que vocês receberam todos os relatórios, balanços e outras informações sobre a minha empresa, mas gostaria de fazer uma pequena apresentação, resumindo todas as propostas oferecidas até então — Jaechin iniciou a reunião.

As duas horas seguintes passaram arrastadas, com o empresário mostrando todos os números e avanços que aquele lugar tinha alcançado nos poucos anos de existência. Yuri prestava atenção a cada informação dada, comparando com algumas anotações que tinha feito ao analisar os documentos na Coreia. Alguma coisa não estava batendo. Como uma empresa tão bem-sucedida como aquela tinha sido colocada à venda? Se ela estava crescendo, dando lucros e tendo boa representatividade no mercado japonês, por que o dono venderia sua galinha dos ovos de ouro?

Yuri também observou que alguns valores, que estavam sendo apresentados, não eram os mesmos que ele tinha recebido. A discrepância não era grande, mas isso não fazia diferença, pois os números deveriam ser iguais.

— Bom, meus caros, essa foi a minha apresentação. Fico à disposição caso tenham alguma dúvida — o empresário disse, fechando o notebook em sua frente.

— Acho que eu não tenho dúvidas. Todo o processo de negociação foi bem claro e analisado por todos os diretores da minha empresa. Eu estou satisfeito — Junsuk declarou.

— Que bom, fico feliz que tudo tenha ficado claro.

— Junsuk, eu gostaria de fazer algumas perguntas. Você se importa? — Yuri se manifestou, ganhando um aceno de concordância do moreno.

— Quantas propostas você recebeu pela venda dessa empresa?

— Na verdade, a de Han foi a única interessada na compra, mas eu não cheguei a oferecer para muitos compradores. Im Wonshik foi um dos primeiros a se mostrar interessado, então não fui atrás de mais ninguém.

— E você é o único responsável por este negócio? Digo, não tem nenhum outro sócio, diretor ou gerente?

— Não, trabalho sozinho na direção da empresa.

— Então, foi você que elaborou toda a documentação?

— Sim, eu mesmo.

— Encontrei algumas discrepâncias entre os relatórios que você mandou e este que apresentou hoje. Você saberia me dizer o que aconteceu?

— Nossa, que desconfiança. — Jaechin riu. — Eu sou um pouco desleixado e tenho pouca experiência, talvez eu tenha digitado errado.

— Yuri, acho que isso não é necessário. Como eu disse, Taejoon, Yeonsu e eu já repassamos toda essa papelada. Acredito que esses números não farão diferença no final das contas — Junsuk tentou convencer o loiro.

— É uma compra de bilhões de wons, eu só queria ter certeza de que tudo está em ordem. Mas já que você confia tanto, vá em frente. — Yuri deu de ombros. — Tenho apenas mais uma pergunta: se essa empresa é tão bem-sucedida, por que você está vendendo?

— Bom... eu meio que cansei desse negócio, quero mudar de ramo. Vou aproveitar que o valor da empresa está em alta para poder investir em alguma outra coisa.

Yuri ficou em silêncio, dando a entender aos outros dois que não tinha mais perguntas a fazer. No fundo, o loiro não estava convencido, mas Junsuk não parecia querer ouvir os seus receios em relação à compra. Não sabia como, mas daria um jeito de descobrir mais coisas a respeito, antes que assinassem qualquer coisa.

— Então, se não há nada mais a ser acrescentado, eu vou pedir que meu advogado faça a versão final do contrato. Acredito que até amanhã vocês o terão em mãos para analisá-lo com calma.

— Perfeito, Jaechin. Ficamos esperando o seu contato. — Junsuk se levantou da cadeira, pronto para ir embora.

— Esperem! — O empresário o impediu. — Eu gostaria de levar vocês para almoçar. Tem um restaurante aqui ao lado muito bom. Yuri? — Voltou sua atenção para o loiro, que juntava os documentos em sua pasta.

— Ah... e-eu... — Yuri olhou para Junsuk, que fazia um pequeno sinal negativo para ele. — Claro, seria ótimo!

Yuri queria rir da cara de desgosto que o moreno fez. Sabia que ele estava com ciúme do empresário e quis provocar um pouco mais.

Jaechin sorriu, satisfeito, saindo da sala e os guiando para fora do edifício. No caminho curto até o restaurante, puxou uma conversa sobre banalidades com Yuri, deixando para trás um Junsuk bufando de raiva.

O empresário esbanjava charme, flertando com Yuri a cada momento propício. Por alguns minutos, o loiro até esqueceu que Junsuk estava ali, de tão envolvente que era a conversa do outro. Vaidoso como era, Yuri adorava ser bajulado, elogiado e desejado, e Jaechin estava dando tudo isso.

Os três entraram em um pequeno estabelecimento, bem ao lado do prédio que tinham acabado de sair, e se sentaram em uma mesa de quatro lugares, com Junsuk ao lado de Yuri, e este em frente a Jaechin.

Kang sempre tentava puxar o moreno para dentro da conversa, mas Junsuk não parecia disposto a compartilhar daqueles assuntos. Ele comia em silêncio, enquanto os outros dois conversavam sem parar.

— Jaechin, como Im Wonshik chegou até você? — Yuri questionou.

— Conheci o senhor Im em um congresso sobre propaganda em meios digitais no ano passado. Conversamos durante um *coffee break* e foi aí que eu ofereci a minha empresa. E por falar nele, ouvi dizer que você vai se casar com a filha dele, não é mesmo Junsuk?

— Ah... — Engoliu a comida que estava na boca. — Sim, eu vou — falou de maneira quase inaudível, olhando para Yuri de canto de olho, que se remexeu levemente na cadeira.

— Boa sorte! — Jaechin riu.

— Por que "boa sorte"? — Junsuk franziu o cenho.

— Casamento é muito complicado e definitivamente não serve para qualquer um. Me divorciei no ano passado, depois de ficar casado por 2 anos com um viciado em trabalho. Eu ficava muito sozinho, não aguentei. E você, Yuri? É casado?

— E-eu? — Tomou um gole do seu saquê. — Não, sou solteiro.

— Ah, então quem está com sorte sou eu. — Sorriu de maneira galanteadora para o loiro. — É sua primeira vez no Japão?

— Sim, é a primeira vez. Sempre tive vontade de vir até aqui, mas nunca tive a oportunidade.

— Já conheceu a cidade?

— Um pouco. Junsuk me levou em alguns lugares, comemos algumas coisas típicas e passamos por alguns pontos turísticos de carro.

— Então, você ainda não foi no Skytree? — Jaechin já tinha terminado sua refeição, então pousou seus hashis na mesa e apoiou o queixo nas mãos, olhando diretamente para Yuri, esquecendo a presença do CEO irritado ao seu lado.

— Ainda não. Já ouvi falar que tem uma vista incrível lá de cima.

— Tem razão. O Skytree é uma das estruturas mais altas do mundo, tem 634 metros. É usada como torre de radiodifusão, mas também é bastante explorada pelo turismo, por razões óbvias.

— Eu já fui lá, não achei grande coisa — Junsuk interrompeu. Na verdade, o Skytree era um dos lugares que o moreno queria mostrar para Yuri.

— Talvez você tenha ido com a companhia errada, então. O lugar é mágico, Yuri! Por que não fazemos o seguinte: eu te pego no seu hotel às 19h e nós vamos conhecer o Skytree. À noite é ainda mais bonito e romântico. Se o tempo ajudar, é ótimo para observar as estrelas. E podemos aproveitar e jantar em um dos meus restaurantes favoritos em Tóquio, que fica lá. O que acha?

Junsuk se engasgou com a comida que estava na boca, e Yuri tentou ajudar, dando alguns tapas em suas costas, enquanto o moreno tossia com força. Jaechin foi até o balcão e voltou com um copo de água para o CEO, que já estava vermelho.

— Você está bem, Junsuk? — Yuri perguntou, preocupado.

— S-sim, sim... está tudo bem — respondeu, conseguindo recuperar um pouco do fôlego.

— E, então, Yuri? Você aceita sair comigo? — Jaechin retomou o assunto.

Yuri não disse nada durante alguns segundos, ponderando se deveria ou não aceitar o convite. Jaechin era um homem bonito, sedutor e, o principal de tudo, era solteiro, mas seu coração dizia para não aceitar. Ele queria passar o resto do dia com Junsuk lhe mostrando a cidade. Era com ele que queria ver as estrelas.

Olhou para Jaechin, que aguardava a sua resposta ansiosamente, e depois para Junsuk, que ainda lutava para respirar melhor. Não sabia direito o que fazer, mas então olhou para a mão direita do moreno, que estava apoiada na mesa. A aliança grossa e dourada reluzia no seu dedo, fazendo Yuri ter um choque de realidade. Todos aqueles momentos do dia anterior, as demonstrações de cuidado, as provocações no quarto do hotel, eram apenas uma ilusão. Aquilo não era uma viagem de lua de mel, e Junsuk não estava ali para ele, não era seu e nunca seria.

— Eu aceito, Jaechin — respondeu, convicto, arrancando um sorriso largo do empresário, enquanto Junsuk sentia seu coração afundar.

♣♦♠♥

Junsuk estava sério, não falou nem uma palavra sequer desde que saíram do restaurante, e Yuri sabia bem o motivo pelo qual ele estava tão tenso e calado. O loiro tinha consciência de que tinha provocado aquela situação. Dava para ver de longe que Junsuk estava se remoendo de ciúme por ele ter aceitado o convite de Jaechin para jantar.

Ao chegarem ao quarto do hotel, Junsuk se jogou no sofá e ligou a televisão em um canal aleatório. Dava para ver que ele não a estava assistindo de fato, pois seus olhos se moviam em direção a todos os cantos do quarto, enquanto empurrava a bochecha com a língua e balançava a perna direita freneticamente.

— Junsuk, eu ainda acho que comprar a empresa do Jaechin não é um bom negócio. Mas estive pensando em uma forma de como tomar uma decisão mais segura. Podemos discutir algumas ideias? — perguntou, se aproximando do moreno.

— Ah, claro. Eu vou adorar falar mais um pouco sobre o seu novo namoradinho — respondeu sem olhar para Yuri, que revirou os olhos e suspirou, cansado.

— Não seja infantil, ele não é meu namoradinho.

— Ainda não, talvez depois que ele te levar para ver as estrelas.

— Não seja ridículo, Junsuk. Não que eu te deva alguma satisfação, mas vou nesse jantar para ver se o Jaechin responde às minhas perguntas direito. — Yuri se irritou ao ouvir a gargalhada alta de Junsuk. — Do que é que você está rindo?

— Não precisa inventar desculpas, Yuri. Eu sei que você ficou interessado nele.

— E seu eu estiver? O que você tem a ver com isso?

— Ora, Yuri, me espanta você cair tão fácil nessas cantadas baratas do Jaechin. Cadê aquele cara difícil, que não sai com qualquer um? Que não mistura os assuntos pessoais com os profissionais? — ironizou.

— Quem está misturando as coisas aqui é você. — O rosto de Yuri começou a ficar vermelho de nervoso. — Jaechin e eu somos solteiros, livres para sairmos com quem quisermos.

— Esse não é o caso. Eu só acho que você não deveria sair com um cara como ele.

— Vamos parando por aqui, Junsuk. Eu não te dei a liberdade de se meter na minha vida. Você não tem o direito de opinar com quem devo ou não sair.

— Eu só estou querendo te ajudar. Esse tipo de cara só quer te levar para a cama no primeiro encontro!

— Não se preocupe, Junsuk. Eu já cometi esse erro uma vez, não pretendo cometer de novo.

Junsuk congelou no lugar, sentindo como se o tivessem apunhalado no coração, e baixou a cabeça, sentindo o ar entrar com dificuldade em seus pulmões.

Levantou-se do sofá e saiu do quarto, batendo a porta com força, fazendo Yuri estremecer com o barulho. Andou apressadamente pelo hotel, desceu até o bar, que ficava no lobby, se sentou em uma das mesas, ao lado de uma parede de vidro, dando visão para o movimento da rua, e pediu que o garçom trouxesse uma dose de whisky com gelo, sendo atendido em poucos minutos.

Colocou os cotovelos sobre a mesa e apoiou a cabeça entre as mãos, puxando os fios escuros com força. Seu coração batia dolorosamente, como se alguém o estivesse apertando entre os dedos.

Junsuk queria tomar um porre, talvez assim esquecesse tudo o que estava sentindo. Mas o álcool não estava ajudando, apenas fazendo com que as lembranças do dia anterior voltassem com mais força.

Tirou o celular do bolso, abriu a foto que tinha tirado de Yuri e sorriu, tristonho, com a bela imagem que tinha conseguido registrar. E foi olhando para a foto que Junsuk perdeu a noção do tempo. Já não sabia mais quanto tempo tinha ficado olhando para a imagem de Yuri entre as flores de cerejeira, mas o dia já havia escurecido e as luzes do bar já estavam acesas.

Um carro vermelho estacionou na frente do hotel, chamando a atenção de Junsuk para o lado de fora. A porta do veículo se abriu, e o moreno reconheceu Jaechin saindo de dentro.

Nesse momento, ouviu as portas do elevador se abrindo, revelando Yuri pronto para o encontro, vestindo uma blusa preta de gola alta por baixo de uma jaqueta jeans, calças do mesmo tecido e botas pretas de couro.

O loiro parou seu andar ao ver Junsuk sentado no bar. Os dois se encararam por alguns segundos, até que Yuri desviou o olhar e seguiu seu caminho para fora do hotel.

Jaechin o recebeu com um sorriso, abrindo a porta do lado do passageiro para que Kang entrasse. Em seguida, correu ao redor do carro, entrando no veículo e acelerando para longe da vista de Junsuk.

O CEO olhou para seu copo de whisky já quente, tentando controlar a umidade que se formava em seus olhos.

"Eu já cometi esse erro uma vez", a voz de Yuri ecoava em sua mente.

Tomou o conteúdo do copo de uma vez só, fazendo uma careta em seguida, por causa da bebida amarga. E era assim, amargo, que Junsuk se sentia. Amargo era o gosto que tinha sobrado depois de ver Yuri escapar por entre seus dedos, sem ele fazer nada para impedir.

Nesse momento, seu celular começou a vibrar em cima da mesa, com o nome de Aeri brilhando no visor do aparelho. Parecia que ela sempre sabia a pior hora para ligar, sempre nos momentos mais inoportunos.

— Aeri?

— *Aeri?! É assim que você cumprimenta sua noiva, com quem não fala há dias?* — esbravejou do outro lado, fazendo Junsuk esfregar as têmporas com os dedos da mão livre.

— O que você quer? Eu estou viajando a negócios.

— *E quando você pretendia falar comigo sobre essa reportagem ridícula que saiu no jornal?*

— Aeri, você estava viajando, e eu ocupado com as negociações da empresa japonesa. O que você queria? Que ficasse te ligando para falar de fofocas que saem na mídia? Eu não tenho tempo para isso.

— *"Eu não tenho tempo para isso." É só isso que você me fala, nunca tem tempo para mim. Nós vamos nos casar, e você nem sequer conversa comigo direito.*

— Aeri, eu estou com dor de cabeça. Não quero começar uma briga com você, será que podemos nos falar quando estivermos na Coreia?

— *É ele, não é?*

— Ele quem? Do que você está falando?

— *É o Yuri que está com você naquela foto, não é?*

Junsuk engoliu em seco. Sabia muito bem que sua noiva não era burra e que iria desconfiar do Yuri uma hora ou outra.

— Sim, era ele. Mas eu já te disse que estava apenas o mostrando a casa, nada aconteceu. Aquele fotógrafo deve ter manipulado a imagem. Ela está tão ruim que não dá nem para ver o rosto da outra pessoa.

— *Sorte a minha, não é mesmo? Olha aqui, Junsuk, a mídia pode ter acreditado que era eu naquela foto, mas não vou deixar que ninguém se ponha entre nós. Você não sabe do que eu sou capaz.*

— Aeri, você está se ouvindo? Não acha que está passando dos limites da sanidade?

— *Está me chamando de louca, Junsuk? Continue flertando com outras pessoas para você ver quão louca eu sou. Nada nem ninguém vai te tirar de mim, eu nunca permitirei. Você é meu, nossas famílias selaram um compromisso, você não tem como fugir. Sabe que esse casamento é tão importante para você quanto para mim. Eu sei que precisa de mim para alcançar seus objetivos. Nós vamos nos casar, e eu serei sua esposa para sempre.*

Para sempre.

Aquilo fez um calafrio percorrer a espinha de Junsuk. Para sempre era tempo demais para passar ao lado de alguém que nunca amou e que nunca iria amar. Não queria se sentir ameaçado e sufocado o tempo todo. Não agora, quando tinha conhecido o outro lado, quando tinha, finalmente, descoberto o que era estar apaixonado. Do que adiantava estar cheio de poder, estando com o coração e os braços vazios?

Junsuk sentiu a iminência de se livrar daquela situação, de poder viver mais leve e ao lado daquele que gostava de verdade. Com Aeri falando sem parar em seu ouvido e com a ideia de ver Yuri nos braços de outro, Junsuk sentiu como se tivesse levado um soco no estômago, fazendo-o se sentir nauseado. Não pensou em mais nada, não precisava pensar em mais nada.

— Chega, Aeri! Eu estou cansado... não posso mais continuar com isso. Nosso noivado acaba aqui.

30

— *O-o que foi que você disse?* — Aeri se atrapalhou com as palavras.

— Você me ouviu. Me perdoe, eu não deveria estar fazendo isso por telefone, mas não consigo mais continuar. Nós precisamos colocar um ponto final nesse relacionamento. — Junsuk continuou firme em sua decisão.

— *Você só pode estar brincando! Junsuk, nós vamos nos casar em duas semanas! Tem uma festa para 600 convidados toda planejada* — começou a se desesperar.

— Cancele tudo, eu cubro as despesas.

— *E você acha que eu vou te deixar me humilhar dessa maneira? Como é que vou encarar a minha família e a sociedade coreana depois de ter o casamento cancelado de uma hora para outra?*

— Se quiser, pode dizer que é você que não quer mais se casar. Eu não me importo, não faz diferença para mim.

— *Junsuk, eu não vou aceitar isso! Não vou cancelar o casamento!* — Aeri esbravejava.

— Faça como quiser. Mas acho que seria muito pior se você ficasse no altar me esperando.

Nada mais foi dito por alguns instantes, apenas a respiração descompassada de Aeri era ouvida do outro lado da ligação. Junsuk estava trêmulo, sentindo uma leve tontura, causada por uma baixa de pressão.

— *Você vai se arrepender disso, Junsuk* — Aeri conseguiu dizer.

— Eu vou me arrepender muito mais se nós continuarmos com isso. Me perdoe, mas não vou voltar atrás.

Então, a sua noiva encerrou a ligação, fazendo com que Junsuk soltasse o ar preso em seus pulmões com força.

Jogou o celular em cima da mesa e levou a testa de encontro ao móvel, tentando se recompor.

Acabou.

Estava livre daquilo que o vinha sufocando a tanto tempo. Sentiu como se aquela mão, que apertava seu coração, o tivesse soltado, o deixando bater novamente.

Mas Junsuk sabia que aquilo não seria o fim, sabia que Aeri não deixaria as coisas terminarem daquela maneira.

Além disso, tinha em mente que teria de enfrentar o seu pai, e talvez essa fosse a parte mais assustadora disso tudo. Todavia, decidiu que não seria mais um covarde, que lutaria por tudo o que queria: seria o mais poderoso CEO da Coreia e teria Yuri ao seu lado. Isso estava claro, mais do que nunca. Enfrentaria a todos e encontraria as soluções necessárias.

Estava cansado. Cansado de não ter Yuri em seus braços, de não poder sentir o calor da sua pele e o gosto dos seus lábios. Tê-lo para si já era motivação suficiente para encarar os obstáculos que apareceriam.

Depois de muito pensar, Junsuk levantou a cabeça da mesa e se recostou na cadeira do bar. Tinha dado o primeiro passo em busca de sua felicidade. Agora, precisava correr para alcançar aquele de quem tinha tanta saudade. E essa corrida começava agora: iria atrás de Kang Yuri.

♣♦♠♥

Em uma das poucas mesas ocupadas do restaurante, Yuri e Jaechin jantavam em silêncio. Yuri, com lentidão, levava pequenas porções da comida à boca, mastigando sem vontade. Aquela refeição requintada não se comparava àquelas que tinha feito em companhia de Junsuk. Nada parecia ter sabor.

O advogado olhava para fora da janela, com os pensamentos longe, mais precisamente lá no hotel. Lembrou-se de cada palavra dita naquela discussão de momentos atrás, e teria sorrido por ver Junsuk com ciúme, se a situação não fosse tão complicada. Vê-lo se quebrar por dentro, ao insinuar que ter ficado com ele tinha sido um erro, o estava atormentando. Mas o que poderia fazer? Do que adiantava estarem apaixonados um pelo outro, se Junsuk ia se casar? Ele não largaria a noiva para ficar com Yuri. Talvez Aeri tivesse razão, ele não tinha nada para oferecer, enquanto ela era o futuro promissor de Han.

— Está tudo bem, Yuri? — Jaechin chamou a sua atenção, depois de ouvir o loiro suspirar pela décima vez.

— O quê? — murmurou, voltando de seus pensamentos.

— A comida não está do seu gosto? Você não disse nem uma palavra sequer desde que fomos servidos.

— Ah, me desculpe, Jaechin. Eu estou sendo uma péssima companhia, não é mesmo? — Yuri riu, sem graça.

— Não diga isso, você é a pessoa mais agradável com quem já estive. Mas daria qualquer coisa para saber o que se passa na sua cabeça nesse momento.

— Não é nada — mentiu, desviando o olhar. — Eu só estou um pouco cansado, só isso.

— Vou pedir a conta, então. Só quero te mostrar uma coisa antes de irmos embora. Pode ser? — sugeriu, enquanto chamava o garçom.

— Claro.

Os dois se levantaram depois que Jaechin pagou a conta, saindo do restaurante. Com uma das mãos nas costas de Yuri, o empresário o guiava pelo corredor largo. Já era tarde e o horário de visitação da torre tinha encerrado, deixando os dois sozinhos naquele lugar.

Jaechin parou em frente aos vidros que davam uma bela visão da cidade de Tóquio toda iluminada.

— Uau, é realmente incrível a vista daqui de cima. — Yuri sorriu.

— Eu não te disse?! Não dá para ver agora, mas o Monte Fuji está naquela direção — indicou.

— Eu pude vê-lo quando cheguei no aeroporto. Deve ser ainda mais bonito de perto — o loiro disse, apoiando as mãos na barra de proteção e olhando para o horizonte.

— Sim, eu poderia te levar até lá.

— Obrigado, mas devo voltar em breve para a Coreia. Não acho que terei tempo de ir lá dessa vez.

— É uma pena. Quem sabe em uma próxima oportunidade, não é?

Yuri apenas acenou com a cabeça em afirmação, voltando seu olhar novamente para a paisagem. Os dois permaneceram em silêncio, até que Jaechin se aproximou um pouco mais do outro, encostando seu braço no de Yuri; este virou o rosto na direção do empresário, engolindo em seco por causa da proximidade. Podia sentir o perfume adocicado que o outro exalava. Não que fosse ruim, mas não tinha o mesmo efeito do perfume amadeirado de Junsuk.

— Você é tão bonito, Kang Yuri — Jaechin declarou, tirando alguns fios dourados que caíam sobre seus olhos.

O advogado não conseguiu dizer nada, apenas deu um pequeno sorriso. Então, Jaechin se desencostou da barra de proteção, virando seu corpo totalmente para Yuri. Uma de suas mãos foi até o rosto dele, fazendo um carinho leve com o polegar, e antes que conseguisse esboçar alguma reação, Jaechin selou os lábios do outro brevemente.

Nada.

Yuri não sentiu nada.

Seu coração não havia acelerado nem suas mãos transpiravam por causa do nervosismo.

Mesmo tendo sido rápido, Yuri não gostou da textura dos lábios de Jaechin e não conseguiu evitar fazer uma comparação com o primeiro beijo que tinha trocado com Junsuk na boate. O arrepio subindo pela espinha, as borboletas voando no estômago, o gosto doce do desejo, não estavam presentes naquele selar trocado com o empresário.

Jaechin abriu os olhos, encarando o rosto sem expressão de Yuri, e se aproximou novamente, tentando alcançar os lábios do outro, mas este desviou, fazendo com que sua boca apenas passasse por sua bochecha.

— Não, Jaechin. — Yuri o afastou quando este tentou beijá-lo pela segunda vez. — Me desculpe, eu não posso.

— Ah, Yuri, qual é? Só um beijinho. — O empresário o abraçou pela cintura, tentando se aproximar mais uma vez.

— Não, eu disse que não. — Yuri o empurrou agora com mais força, conseguindo se soltar do abraço.

Kang virou as costas, pronto para deixar o lugar. Tinha sido uma péssima ideia ir naquele encontro. Queria voltar o quanto antes para o hotel. Porém, depois de alguns passos, sentiu seu corpo ser puxado e jogado contra a parede. Jaechin prendia seus braços acima de sua cabeça, enquanto forçava seu quadril sobre o de Yuri.

— Me solta, você enlouqueceu?! — gritou, tentando se soltar.

— Eu disse... só um beijinho. Você quem está dificultando as coisas.

— E eu disse que não!

Mesmo assim, Jaechin não o soltou. E como não conseguiu beijar a boca de Kang, levou os lábios até o pescoço clarinho do advogado, que se contorcia, agora com nojo.

Algumas lágrimas começaram a se formar nos olhos de Yuri, que se sentia totalmente vulnerável ali. Fechou os olhos com força, tentando achar uma saída para aquela situação. Mas, então, o corpo de Jaechin foi violentamente puxado para trás, libertando Kang de seu sofrimento.

— Junsuk? — Yuri sussurrou, quando avistou o moreno em sua frente, bufando, com o rosto vermelho de raiva.

— Você é surdo? Não escutou ele dizer não? — gritou com o rapaz que tinha ido ao chão.

— Ora, ora, ora. Vejam só, o príncipe veio resgatar a sua donzela — Jaechin debochou, enquanto via Yuri se aninhar nos braços de Junsuk.

— Não ouse tocar em um só fio de cabelo dele. — O moreno colocou seu corpo à frente do de Yuri para protegê-lo.

— Já entendi tudo! — Jaechin ria, enquanto se levantava do chão. — Yuri nem deve ser seu advogado, ele deve ser a sua putinha, que você carrega para se divertir nas viagens de negócios.

Junsuk não aguentou ouvir aquilo. Fechou os dedos em punho e acertou um soco do lado esquerdo do rosto do empresário, que foi ao chão novamente, gemendo de dor e com o nariz sangrando.

— Limpe a sua boca antes de falar dele, seu merda.

— Ah, Yuri, se eu soubesse antes, era só ter me falado o seu preço, eu pagaria sem reclamar. — Jaechin ria, mesmo sentindo uma forte dor, que se espalhava pelo rosto.

— Ora, seu... — Junsuk partiu novamente para cima do empresário, mas foi impedido por Yuri, que o segurava pelo braço.

— Não, não faça isso! Chega, Junsuk. Não vale a pena. Vamos apenas deixá-lo aí — o loiro implorou, assustado.

Junsuk respirava pesadamente, com os olhos cheios de ódio voltados para Jaechin. Acabou relaxando o corpo a pedido de Kang, que o puxava pela mão para a direção oposta.

— Encoste mais um dedo em Yuri e eu afundo esse seu rostinho bonito — ameaçou, enquanto se afastava. — Ah, e mais uma coisa! Esqueça que um dia eu quis comprar a sua empresa, nosso contrato está cancelado!

Os dois andaram apressadamente para longe de Jaechin, descendo as escadas de emergência, até chegar a um patamar inferior ao que estavam. Abriram a porta e saíram em um novo corredor, praticamente igual ao que estavam.

Junsuk foi até a parede de vidro e segurou com força a barra de proteção, com as duas mãos, como se quisesse descarregar toda a sua raiva ali. Seu sangue estava fervendo, a adrenalina correndo solta pelas suas veias. Seria capaz de quebrar todos os ossos do corpo de Jaechin por ter dito aquelas coisas, por ter tocado no seu anjo sem seu consentimento.

Yuri se aproximou com cuidado e colou uma das mãos no ombro direito do moreno, que pareceu relaxar um pouco com o toque suave, fechando os olhos e suspirando.

— Junsuk, o que está fazendo aqui?

— Me desculpa, Yuri. Eu sei que você sempre diz que sabe como se defender, mas não consegui me controlar quando vi aquele idiota te tocando sem sua permissão.

— Não foi isso que eu perguntei, mas... obrigado.

Junsuk se virou, para encarar o loiro de frente, e seu coração falhou uma batida quando viu algumas lágrimas escorrerem pelo seu rosto. Sem saber direito o que fazer, o moreno puxou o corpo menor de encontro ao seu, abraçando-o com força.

— Muito obrigado, eu não sei o que poderia ter acontecido se você não tivesse chegado. E-eu...

— Shhhh... não diga nada. Não precisa dizer nada. Eu estou aqui e não vou deixar que nada de mal lhe aconteça. — Junsuk o confortou, passando os dedos de uma mão pelos fios loiros.

Kang apenas fechou os olhos, abraçando-o de volta, sentindo seu corpo relaxar entre os braços de Junsuk. Tinha sentido muito medo nas mãos de Jaechin, mas agora se sentia seguro novamente.

Junsuk afrouxou o abraço, apenas o suficiente para ver o rosto de Yuri. Os dois se encararam, sem dizer uma só palavra. Mas naquele momento nada precisava ser dito.

Junsuk, então, aproximou seu rosto, colando sua boca nos lábios fartos de Yuri. Ambos suspiraram, como se estivessem aliviados por, finalmente, estarem tendo aquele contato.

O moreno levou uma das mãos até a nuca de Kang, pronto para aprofundar aquele beijo tão esperado, mas antes que pudesse fazer isso, Yuri quebrou o contato e se afastou de Junsuk, cobrindo a boca com a mão.

— Não, Junsuk. Não podemos... é errado! — As lágrimas de frustração escorriam pelo seu rosto bonito. Ele queria tanto aquele beijo, mas não faria parte de uma traição novamente.

O CEO sorriu, se aproximando, tomou o rosto de Yuri entre as suas mãos e olhou dentro de seus olhos.

— Não, Yuri. Isto não é errado, não mais.

— Como assim? — perguntou, confuso.

— Acabou.

— Eu não estou entendendo, Junsuk.

— Meu noivado com Aeri... acabou.

Os lábios de Yuri se abriram, tinha sido pego totalmente de surpresa. Engoliu a saliva presa em sua garganta, com o coração disparado dentro do peito.

— V-você terminou com ela?

— Sim, meu anjo! Acabamos de nos falar por telefone. Está tudo acabado. Desde que nos reencontramos, eu venho tentando, mas não tinha coragem. Só que o medo de o perder para outro homem foi o gatilho para eu tomar uma atitude definitiva. Não posso mais ficar sem você, Yuri. — Agora, quem chorava era ele.

— Junsuk...

— Yuri, fica comigo. Seja meu...

Dessa vez, foi Yuri que acabou com a distância entre os dois e juntou as bocas em um beijo cheio de saudade, passando os braços ao redor do pescoço do moreno. Junsuk enlaçou a cintura do outro, não deixando espaço entre os corpos.

Junsuk passou a língua quente sobre os lábios carnudos, pedindo permissão, e Yuri entreabriu a boca, deixando que o maior o invadisse. O beijo era rápido, as línguas se tocavam, cheias de desejo, com pressa para matar a saudade um do outro.

Yuri quebrou o contato, quando já estavam ofegantes, e, olhando dentro dos olhos do maior, disse:

— Eu sou todo seu, Junsuk.

31

O moreno nem conseguiu dizer mais nada, apenas voltou a apertar o corpo menor contra o seu. Yuri sentiu algumas lágrimas caírem em seu pescoço, assim como as suas molhavam a blusa escura de Junsuk. Mas as lágrimas, agora, eram de alívio, de ambas as partes.

— Me perdoa, Yuri. Me perdoa por tudo o que eu fiz... — dizia baixinho em seu ouvido.

— Eu te perdoo, Junsuk.

Então, afrouxaram o aperto do abraço, apenas o suficiente para os lábios poderem se encontrar novamente. O gosto salgado das lágrimas se misturando ao beijo doce do casal, enfim, reunido.

— Vamos embora daqui, por favor — Yuri pediu, assim que o beijo terminou.

Junsuk segurou a mão menor que a sua, puxando o loiro gentilmente, para que pudessem sair do Skytree e deixar as lembranças ruins para trás. Fez sinal para o primeiro táxi que passou pela rua, abrindo a porta para que Yuri entrasse primeiro.

— Você tem certeza do que está fazendo, Junsuk? — disse, depois de longos minutos em silêncio. — Sabe que está colocando muita coisa em jogo por minha causa?

— Não há nada mais importante do que você. Eu não me importo com os problemas que vou enfrentar a partir de agora, não enquanto você estiver ao meu lado.

— Junsuk... eu estou te dando mais uma chance. Por favor, não estrague tudo de novo. Não me faça sofrer novamente.

— Eu prometo, anjo. Vou fazer de tudo para que sejamos felizes juntos.

Então, pegou a mão esquerda de Yuri, levando-a até os lábios, como se quisesse selar a promessa feita, mas algo chamou a atenção do loiro nesse momento: a aliança grossa e brilhante no dedo do outro. O moreno seguiu a direção do olhar de Yuri e viu o que tinha entristecido o seu semblante naquele momento.

— Foi tudo tão rápido, eu nem consegui raciocinar direito. Depois que terminei o noivado, eu apenas saí correndo atrás de você — justificou-se, enquanto tirava a aliança. — Vou me livrar disso de uma vez por todas!

Ele abriu a janela do táxi e levantou o braço, com a intenção de jogar a joia fora, mas foi impedido por Yuri, que segurou seu pulso.

— Não, Junsuk. Isso deve custar uma grana!

— Yuri, isso aqui não tem mais o menor valor para mim.

— Pode não ter para você, mas é muito dinheiro jogado fora. É até um pecado desperdiçar esse dinheiro todo.

Junsuk relaxou o braço novamente, pensando no que Yuri estava dizendo, olhou para o anel em sua mão e, em seguida, para o loiro, que ainda segurava o pulso do moreno.

— Vamos fazer o seguinte, então. — Junsuk pegou a mão de Yuri e depositou a aliança em sua palma. — Quando chegarmos à Coreia, vamos vender isso aqui. E com o dinheiro que conseguirmos, vamos gastar tudo em flores e distribuir pelos asilos e orfanatos que você escolher, assim como a sua mãe fazia.

O rosto de Yuri se iluminou. Não esperava aquela atitude de Junsuk, ele realmente não tinha se esquecido das coisas que contou em Las Vegas. E o moreno ficou satisfeito com o fim que aquele símbolo de seu noivado teria, seria muito mais útil assim.

Yuri guardou a aliança em seu bolso, se aninhando novamente nos braços de Junsuk.

O caminho até o hotel voltou a ficar silencioso, até que um roncar foi ouvido dentro do carro.

— Me desculpa, Yuri. É meu estômago, eu estou com fome. Não comi nada desde o almoço. — Junsuk coçou a nuca, constrangido.

— Vamos dar um jeito nisso assim que chegarmos ao hotel. — O loiro riu.

O táxi estacionou na frente do prédio. Junsuk pagou pela corrida e saiu assim que recebeu o troco.

— Suba para o quarto, eu vou pedir alguma coisa para você comer na recepção — Yuri sugeriu.

— Tem certeza? Eu posso fazer isso.

— Você já fez tanto por mim hoje. Deixe-me cuidar um pouquinho de você.

— Como eu negaria esse carinho todo? — Deu um beijinho na bochecha de Yuri. — Não demore, anjo. Eu vou aproveitar para tomar um banho.

Yuri apenas acenou com a cabeça, se separou de Junsuk e foi até o balcão da recepção para providenciar algo para o outro comer, pedindo o que achou que sairia mais rápido: uma porção de arroz branco, missoshiro e *tonkatsu*[1]. Quinze minutos depois, o loiro equilibrava os recipientes, enquanto tentava abrir a porta do quarto. Quando pensou em colocar algum deles no chão, a porta se abriu, e Yuri quase derrubou tudo o que tinha nas mãos ao ver Junsuk em sua frente, apenas com uma toalha enrolada no quadril.

— Aish, me desculpe por estar assim, Yuri. É que eu saí correndo do banheiro quando percebi que alguém tentava mexer na maçaneta — Junsuk se desculpava, tirando um dos recipientes de sua mão.

— Ah... não... tudo bem... — Yuri entrou no quarto e foi até a mesa para colocar a comida, evitando olhar muito para o corpo desnudo do moreno. — Espero que você goste do que eu trouxe.

— Hummm, tonkatsu! Eu adoro. Obrigado. — Junsuk selou os lábios rosados, feliz, agora, por poder fazer aquilo sempre que quisesse.

Yuri suspirou, sentindo o cheiro de sabonete que a pele do outro exalava. Algumas gotas de água ainda escorriam pelo seu corpo, vindas do cabelo recém-lavado. O loiro acompanhou uma delas com os olhos, que se desprendeu da lateral de seu rosto, deslizando pelo pescoço, passando pelo peitoral firme e se perdendo na barra da toalha.

Junsuk sorriu de lado ao perceber o olhar do outro, puxando Yuri de encontro ao seu corpo. Este não se intimidou e umedeceu os lábios vagarosamente, deixando o moreno acompanhar de perto o movimento da sua língua. O moreno arfou, sentindo o seu baixo abdome e responder às provocações de Yuri, e tentou alcançar a sua boca, mas o loiro colocou os dedos nos lábios do outro, o impedindo de se aproximar.

— Você está molhado ainda, melhor se enxugar direito ou vai pegar um resfriado. — Mordeu o lábio inferior, tirando mais um pouquinho da

---

[1] Tonkatsu: carne de porco empanada e fatiada.

sanidade de Junsuk. — Deixa eu te ajudar um pouquinho... — Fez uma carinha inocente.

Junsuk não entendeu, a princípio, mas fechou os olhos com força quando percebeu que Kang parou uma das gotas de água, que havia escorrido até a base de seu pescoço, com a boca. Em seguida, começou a subir, arrastando os lábios, até alcançar o lóbulo de sua orelha esquerda, chupando ali levemente. Han apertou a cintura de Yuri, extasiado com a boca quente do outro em uma região tão sensível para ele, mas ficou um tanto frustrado quando o loiro se afastou de repente.

— Sua comida vai esfriar. Coma, enquanto eu tomo um banho. — Piscou um dos olhos, indo em direção ao banheiro.

Ah, ele sempre faz isso comigo. Ainda vai me deixar maluco, Junsuk pensou.

Enquanto o moreno terminava de se trocar e comer a refeição que Yuri havia levado para ele, o loiro se trancou no banheiro. Despiu-se rapidamente, entrou na ducha quente e deixou a água escorrer por seu corpo, relaxando os músculos e levando embora o cansaço de um longo dia. Passou o sabonete pela pele, esfregando com um pouco mais de força onde Jaechin o tinha beijado, sentindo seu estômago se revirar com a lembrança. Saiu do banho, se enxugando na toalha felpuda e macia. Não tinha levado roupas consigo para o banheiro, então apenas vestiu um roupão branco antes de sair.

Junsuk estava em pé, de braços cruzados, em frente às grandes janelas do quarto. Ele estava vestindo apenas uma calça folgada de moletom, exibindo, sem pretensões, as costas largas e fortes. Yuri, em passos lentos, foi até ele, ficando ombro a ombro.

— O que tanto olha? — perguntou.

Junsuk virou a cabeça na direção do outro, sorrindo ao vislumbrar o rosto de porcelana.

— As estrelas — respondeu, voltando seu olhar para o céu escuro de Tóquio. — Eu estava aqui pensando, e nem sequer me lembro de qual foi a última vez que parei para observá-las.

— E por quê?

— Acho que eu estava ocupado demais. — Suspirou.

— Bom, quem sabe agora você não separa um tempinho para fazer isso com mais frequência?

— Acho que não... — Kang fez uma expressão confusa com a resposta. — Eu não vou ter tempo, pois vou estar ocupado olhando para você.

Junsuk se virou para Yuri, que sorria, com as bochechas coradas, e, olhando dentro de seus olhos, teve certeza de que eles brilhavam mais do que aquelas estrelas lá fora. E esse brilho ele poderia observar todos os dias de sua vida.

O moreno passou os dedos entre os fios dourados e se aproximou mais do corpo menor, deixando um selar carinhoso nos lábios carnudos de Yuri.

— Nós podemos observá-las juntas, então. Eu sempre gostei de ver as estrelas. Quando era pequeno, meu pai e eu costumávamos nos deitar no quintal e dar nomes para elas.

— É mesmo? — Junsuk enlaçou a cintura de Yuri com seus braços longos.

— Sim, passávamos horas fazendo isso. — O loiro apoiou as mãos no peito forte do homem à sua frente, e, mais uma vez, os lábios se tocaram.

— Então, será um prazer fazer isso com você também. — Junsuk sorriu, enquanto acariciava a cintura fina de Yuri.

O loiro se virou, dentro do abraço, e ficou com as costas apoiadas no peito de Junsuk, olhando o céu estrelado.

— Está vendo aquela ali, a mais brilhante?

— Sim, o que tem ela? — Junsuk perguntou, interessado.

— É a Sirius! Mas eu a chamo de Kotchu!

— Uau, ela é linda. Vou me lembrar de você sempre que eu a vir — disse, beijando de leve o pescoço de Yuri.

— Eu acho que vou te chamar de Kotchu a partir de agora! — Yuri exclamou, se soltando do abraço e virando seu corpo para Junsuk.

— Kotchu? E por quê?

— Porque ela é a minha estrela favorita. E não importa onde esteja, ela sempre será a mais brilhante do céu.

— Meu Deus, por que tão fofo? — Junsuk apertou as bochechas de Yuri entre as mãos, dando um beijo no biquinho que se formou. — Eu adorei o meu novo apelido. Então, agora a gente precisa arrumar um pra você também! — Ele franziu o cenho, pensativo, tentando encontrar o apelido perfeito para Yuri.

Enquanto o loiro o olhava com expectativas, o moreno continuou com as mãos em seu rosto, passando os polegares pela pele macia. E foi com esse toque que descobriu a melhor forma de chamá-lo:

— Onie! De *oniguiri*[1]! — anunciou, vitorioso.

---

[1] Oniguiri: bolinho de arroz japonês

— Ah, não! Você vai me apelidar com o nome de uma comida? — Fingiu aborrecimento.

— É perfeito, Yuri. É branquinho, macio e é uma delícia — explicou, enquanto dava pequenas mordidas nas bochechas cheias. — Eu poderia comer todos os dias, sem nunca enjoar.

Yuri arregalou os olhos, ficando corado imediatamente, e empurrou o outro levemente, dando tapas em seus braços, "ofendido" pela colocação abusada.

Junsuk gargalhava, se esquivando dos golpes que lhe eram desferidos. Com habilidade, segurou os dois pulsos de Yuri, impedindo-o que continuasse, e, tendo controle de seus movimentos, o conduziu até que suas costas se chocassem nos vidros da janela. Yuri já não se debatia mais, apenas encarava os olhos escuros do belo homem à sua frente.

Não era necessário dizer o quanto seu coração batia rápido e o quanto a respiração quente do outro, próxima ao seu rosto, fazia todos os pelos do seu corpo se arrepiarem. Kang sempre se descreveu como um homem controlado e dono de suas ações, mas Junsuk conseguia acabar com qualquer resquício de autocontrole que ele poderia ainda ter, desde que seu mundo veio abaixo em Las Vegas.

Junsuk o beijou novamente, agora com mais força, jogando o peso de seu corpo no dele. As mãos grandes do moreno passeavam sobre a lateral do corpo de Kang, enquanto as mãos pequenas deste apertavam os braços fortes de Junsuk.

De olhos fechados, já estavam ambos entregues ao momento. Os lábios encaixados, as línguas se conhecendo ainda mais, os corpos esquentando a cada segundo que passava.

Yuri levou as mãos até o traseiro de Junsuk, apertando-o com força e levando-o de encontro ao seu quadril. E mesmo com o roupão grosso, o loiro pôde sentir que o membro de Han já estava desperto.

Junsuk investiu contra a virilha de Yuri, fazendo-o gemer baixinho quando chupou seu lábio inferior com um pouco mais de força.

A boca do moreno se desprendeu da do outro, trilhando um novo caminho da base de seu pescoço até a mandíbula, deixando pequenos selares, até ir de encontro à orelha.

Sentindo sua respiração ficar irregular, Yuri subiu as mãos pelas costas fortes de Junsuk, sentindo cada um dos músculos dar pequenos espasmos com os seus toques.

Uma das mãos macias do loiro foi até o peitoral do outro, deslizando as pontas dos dedos suavemente, desde a clavícula até um dos mamilos.

Pressionou um pouquinho mais o polegar ali, fazendo Junsuk suspirar em seu ouvido. A mão continuou seu caminho para baixo, passando pelo abdômen definido, sentindo cada linha, até que pousasse sobre o membro ereto.

Deus, Junsuk não estava usando mais nada além da calça.

O moreno sentiu as pernas fraquejarem quando Yuri apertou a base de seu pênis, arrastando a mão até a glande. Junsuk levou as mãos até os cabelos dourados, puxando os fios para trás, para poder observar a preciosidade que tinha em mãos.

— Eu preciso te fazer meu novamente, Yuri... Agora... — disse com a voz rouca de desejo.

— Então, faça.

Sendo assim, Junsuk fechou as cortinas do quarto, deixando-o iluminado apenas pelas luzes dos abajures.

— Ué, não vai querer que Tóquio inteira veja eu me entregando para você? — Yuri sorriu de lado.

— Não, meu anjo. Hoje seremos só nós dois. — E voltou a beijar Yuri com paixão, fazendo o loiro suspirar, apaixonado.

Junsuk puxou a faixa, desfazendo o nó que prendia o roupão de Yuri, e quebrou o beijo só para poder admirar o corpo que se fazia exposto. Era perfeito, e tudo estava ali, do jeito que ele tinha decorado na noite de Las Vegas.

Yuri sorriu, satisfeito com o olhar devorador de Junsuk, e virou-se de costas, deixando o roupão deslizar lentamente pelo corpo, até atingir o chão.

— Caralho, Yuri! — Junsuk exclamou ao ver a bunda farta do loiro sendo exposta.

O menor olhou por cima dos ombros, prendendo os lábios entre os dentes, sabendo que estava brincando com a sanidade do outro. Junsuk se aproximou novamente, colando seu peito nas costas do loiro, e encaixou seu membro rígido entre as nádegas firmes de Yuri. Este apoiou a cabeça no ombro do outro, empinando o traseiro e começando a rebolar devagar sobre a sua virilha.

— Sabe, Junsuk... eu fiquei realmente muito magoado quando você me deixou sozinho naquele quarto em Las Vegas... — Yuri fez um biquinho.

— Ah, Yuri! Não me torture mais com isso. Por favor, me desculpa! O que eu posso fazer para você me perdoar?

— Ajoelhe-se — ordenou.

— O-o que disse? — Junsuk estava confuso, não estava entendendo direito aonde o loiro queria chegar.

— Você não me perguntou o que você poderia fazer para que eu te perdoasse? — Yuri se virou de frente para ele, encarando-o seriamente. — Ajoelhe-se e peça perdão.

Yuri tinha um sorrisinho malicioso nos lábios, fazendo Junsuk entender imediatamente o que ele queria dizer.

— Muito bem, então. Eu vou fazer com que você me perdoe para o resto da vida — disse, antes de tomar os lábios de Yuri novamente.

O loiro deu alguns passos para trás, sentando-se na beirada da *chaise*, enquanto Junsuk se ajoelhava entre suas pernas. Yuri arfou baixinho quando sentiu as mãos do outro em suas coxas, deslizando dos joelhos até próximo a sua virilha.

Junsuk beijou o interior de suas coxas, antes de passar a língua em seus testículos, e Kang jogou a cabeça para trás, inclinando o corpo e se apoiando nas mãos. Yuri se sentia um privilegiado, afinal quem mais poderia ter Han Junsuk ajoelhado entre suas pernas?

O moreno lambeu da base até a glande inchada, colocando-a na boca e sugando levemente. Yuri gemeu baixinho quando sentiu a língua de Junsuk brincar com sua fenda.

— Não se segure, eu quero ouvir você gemendo alto.

E, então, foi atendido. Assim que teve seu pênis engolido por completo, Yuri gemeu mais alto, mais arrastado, agarrando os fios escuros com força. Junsuk passou a subir e descer a cabeça com velocidade, colocando tudo dentro da boca, até onde sentia que se engasgaria. De onde estava, o moreno olhou para cima, tendo a bela visão de Yuri com os lábios entreabertos, as bochechas coradas e os olhos fechados.

— Chupa, meu bem — Junsuk pediu quando levou um de seus dedos até os lábios carnudos, sendo prontamente atendido.

Quando sentiu que a saliva do loiro já tinha envolvido seu dedo suficientemente, levou-o até embaixo, procurando a entrada de Kang.

Um "Ah, Junsuk..." saiu de maneira manhosa da boca de Yuri quando este sentiu ser invadido. Sem deixar de dar atenção ao membro do loiro, passou a movimentar seu dedo dentro dele gentilmente, fazendo-o abrir um pouco mais as pernas e relaxar os músculos ao redor.

Os estímulos duplicados já estavam fazendo Yuri ficar sensível, e a queimação no baixo abdome, cada vez maior, anunciava que ele estava próximo. Mas mesmo estando nas nuvens com a boca de Junsuk ao seu redor, não era assim que ele queria gozar.

— Pare, Junsuk.

— O que foi, anjo? Não está gostoso? — indagou, um tanto decepcionado.

Yuri sentou-se, fazendo o moreno tirar o dedo de dentro dele e olhar em seus olhos. Em seguida, tomou seu rosto em suas mãos e o beijou.

— Está uma delícia, querido. E é justamente por isso que quero que pare, senão vou gozar muito rápido. E eu só quero gozar quando você estiver todo dentro de mim.

Junsuk sorriu, aliviado e com ainda mais tesão depois de ouvir aquilo. Levantou-se do chão acarpetado, passou um dos braços atrás dos joelhos de Kang, o outro em suas costas e pegou-o no colo sem esforço.

— De anjo, só tem essa carinha. Você é o diabo em pessoa, e esse seu corpo é o próprio pecado, que vai me levar direto para o inferno — Junsuk disse, enquanto o outro envolvia seus braços em seu pescoço.

— E você está arrependido? — Yuri fez um biquinho.

— Nem um pouco. Eu adoro lugares quentes! — E, então, mordeu aqueles lábios carnudos, puxando-os entre os dentes.

Yuri riu de maneira gostosa, enquanto tinha seu corpo depositado na superfície macia de uma das camas.

Ainda em pé, Junsuk tirou suas calças, revelando o falo duro e úmido, e colocou-se por cima do corpo menor, mandando um choque em ambos, ao sentirem os dois membros se encostando.

Junsuk simulou uma estocada, o que fez Yuri gemer por antecipação, e puxou os fios dourados com uma mão, fazendo Kang expor ainda mais o pescoço, facilitando a passagem da língua quente pela pele cheirosa, com a boca passeando por cada pedacinho de seu corpo.

Yuri arfou quando viu Junsuk levar dois dedos até a própria boca, cobrindo-os com uma camada espessa de saliva. Com um movimento rápido, abriu as pernas de Kang e se encaixou entre elas, empurrando os dedos para dentro dele.

— Ah, Junsuk! — gemeu alto, sentindo suas paredes se alargarem um pouco mais. — Oh, porra! — exclamou quando sentiu um terceiro dedo se juntar aos demais.

Han voltou a beijá-lo com intensidade, sentindo o outro suspirar dentro de sua boca. A sua vontade era meter logo de uma vez, sentir seu membro, já dolorido, ser envolvido por aquela bunda deliciosa, mas precisava ir com calma. Estavam sem lubrificante, e não queria machucar o seu pequeno.

Sem que estivesse esperando por isso, Yuri girou o corpo e trocou de posição com Junsuk, sentando-se sobre as coxas grossas do moreno. O loiro começou a dar selares, iniciando pela bochecha, descendo pelo pescoço, clavículas e peitoral, até chegar aos mamilos, eriçados por causa da excitação. Yuri passou a língua por um deles, enquanto fazia carinho com o polegar no outro, arrancando-lhe pequenos gemidos.

— Vamos lá, meu bem. Agora sou eu que quero te ouvir gemer.

E Junsuk gemeu só por ouvir aquilo. A língua habilidosa de Kang trabalhava sobre o corpo embaixo de si, fazendo a respiração do outro ficar cada vez mais alterada. Alcançou a virilha em seguida e, sem aviso, engoliu tudo de uma vez.

— Caralho, Yuri! — gritou, enquanto apertava os lençóis entre os dedos, e afundou a cabeça no travesseiro, fechando os olhos com força, tentando se controlar para não foder aquela boca gostosa.

— Olhe para mim, Junsuk! — Fez o moreno se apoiar nos cotovelos e encará-lo.

— Você gosta que te observem fazendo seu showzinho, não é mesmo? — Sorriu maliciosamente para o loiro entre suas pernas.

— Uhum... — murmurou, fazendo-o tremer por causa das vibrações da voz de Yuri em seu pênis.

Yuri descia e subia vagarosamente, passando a língua por toda a extensão de Junsuk, que soltava diversos palavrões a cada investida da boca de Kang. O loiro chupou a glande com força, masturbando o restante com suas mãos pequenas, e deixou que uma grande quantidade de saliva escorresse pelo falo teso, mostrando para Junsuk quais eram as suas intenções daqui para a frente.

O menor se virou, de costas para Junsuk, que suspirou com a visão das belas costas e a cintura fina. Yuri se apoiou nos joelhos do maior e, com uma das mãos, guiou o membro de Junsuk para a sua entrada. Com lentidão, o pênis do moreno foi sumindo de sua visão, sendo recebido pelas paredes quentes e apertadas daquele traseiro firme.

Yuri deixou que seu peso ajudasse na penetração, indo com calma e paciência para que não sentisse tanta dor quanto da primeira vez. Quando sentiu os testículos de Junsuk tocarem os seus, parou, dando tempo para que seu corpo se acostumasse com o tamanho do outro. O moreno passava a mão delicadamente por suas costas, em uma declaração silenciosa de que ele esperaria o tempo que fosse.

Devagar, Yuri começou a rebolar, e Junsuk achou que gozaria só com aquilo. Segurou firmemente na cintura modelada, ajudando o outro com os primeiros movimentos.

Quando se sentiu confortável o suficiente, Yuri apoiou-se nos joelhos de Junsuk e subiu o quadril, quase retirando o membro de dentro de si, mas desceu novamente, de uma vez e sem dó, fazendo o moreno grunhir de tesão. Repetiu os movimentos mais algumas vezes, colocando cada vez mais pressão.

Yuri acelerou, começando a gemer junto ao outro.

Sem conseguir se segurar mais, Junsuk afundou os dedos na carne do traseiro firme do loiro, abrindo ainda mais as nádegas, facilitando mais a penetração. Passou a estocar no mesmo ritmo que Yuri se sentava com força, e o loiro olhou por cima do ombro, aumentando ainda mais o tesão por causa do contato visual.

Junsuk, então, segurou o quadril de Yuri, impedindo que ele continuasse, saiu de dentro dele e se levantou da cama, ficando em pé ao lado desta. Puxou o corpo menor pelas pernas, até que Yuri ficasse com o traseiro para fora do colchão, apoiou as pernas dele em seus ombros e penetrou-o novamente, arrancando um grito alto de prazer do outro.

Agora, com os pés firmes no chão, Junsuk tinha mais estabilidade para estocar com força. Os movimentos já eram rápidos, e os gemidos se misturavam aos sons dos dois corpos se chocando.

— Yuri... tão apertado... do jeitinho que eu lembrava.

O prazer era tão arrebatador quanto naquela noite em Las Vegas. Na verdade, era ainda maior, pois agora tudo era feito sem mentiras.

Como se não sentisse o peso do corpo de Yuri, Junsuk o virou na cama, deixando-o de quatro. Subiu as mãos grandes pelas laterais das coxas, até que alcançasse a carne farta da sua bunda, beijou cada lado, abrindo as nádegas para expô-lo ainda mais, passou a língua pelo meio, fazendo o corpo de Yuri estremecer, e voltou a entrar com força.

— Puta que pariu! Ah, Junsuk... — gemeu quando sentiu seu ponto sensível ser atingido. — Bem aí, de novo — pediu, manhoso.

Yuri nem precisou pedir novamente, pois, agarrado a sua cintura, o moreno surrava a próstata do outro sem piedade.

— Mais rápido! — ordenou.

E mais uma vez, foi atendido.

O corpo menor era empurrado para a frente a cada estocada profunda, e Yuri tinha de se segurar na cama para não sair do lugar. Os dois gemiam alto, sem se importar se estariam sendo ouvidos pelos outros hóspedes.

— Junsuk! — chamou, ofegante. — Eu preciso gozar.

O moreno saiu de dentro de Yuri, o acomodou no centro da cama, para ficar o mais confortável possível, e cobriu o corpo menor com o seu, beijando os lábios daquele que seria seu daqui para a frente. Os braços do loiro circundaram seu pescoço, levando-o ainda mais para perto de si.

— Yuri... — chamou, enquanto se encaixava novamente entre as suas pernas.

O loiro abriu os olhos, encontrando os orbes escuros de que tanto gostava. Junsuk sorriu e selou carinhosamente sua boca avermelhada.

— Você é lindo... perfeito... Eu sou louco por você.

— Eu também sou louco por você, Junsuk. — Deu o seu melhor sorriso.

Junsuk, então, percebeu. Percebeu que aquele, que estava entre os seus braços, era o que ele vinha procurando até agora. Não era a empresa, não eram as ações, não era o poder... era Yuri.

— Eu amo você — sussurrou.

Yuri prendeu a respiração ao ouvir a declaração, sentindo seu coração explodir dentro do peito. Olhou no fundo dos olhos de Junsuk, procurando por qualquer sinal de mentira, mas não encontrou, apenas aquele que deixou seu mundo de cabeça para baixo.

— Eu amo você também.

Junsuk encostou a testa na de Yuri, enquanto os dois sorriam como bobos, e as bocas se encontraram novamente, selando a declaração feita a momentos atrás.

Yuri enlaçou a cintura de Junsuk com as pernas, como um convite para terminar o que haviam começado. Prontamente, o moreno voltou a penetrá-lo devagar, enquanto olhava nos olhos do seu pequeno. O loiro suspirou, sentindo o prazer o atingir novamente.

Junsuk apoiou as mãos ao lado da cabeça de Yuri, enquanto estocava, agora com mais velocidade; este agarrou sua bunda, sentindo-o ir cada vez mais fundo dentro de si.

Junsuk sentiu seu ápice se aproximar e, então, levou uma de suas mãos até o membro de Yuri, negligenciado até então. Masturbou-o no mesmo ritmo de suas investidas, fazendo o menor gemer ainda mais alto.

Os dois não deixaram de olhar um nos olhos do outro em nenhum momento. Não estavam mais fazendo sexo, estavam, pela primeira vez, fazendo amor.

Não demorou muito, e os dois atingiram o ápice juntos, Yuri sujando seu peitoral, enquanto Junsuk inundava seu interior.

Junsuk não aguentou mais o peso do próprio corpo e o repousou sobre o de Yuri, tentando recuperar o fôlego novamente. O loiro o abraçou fortemente, fazendo carinho nas madeixas escuras e úmidas, o que fez seu coração voltar a bater no ritmo normal.

Recuperados do orgasmo recente, Junsuk se retirou com cuidado de dentro de Yuri, deitando-se ao seu lado. Em seguida, levantou-se da cama e pegou o seu amado no colo, dirigindo-se até o banheiro. Os dois entraram na ducha morna, deixando a água levar as sobras do sexo.

Nada foi dito, apenas se olhavam, apaixonados, trocando beijos carinhosos, enquanto os corpos se faziam limpos.

Secaram-se e voltaram para o quarto, ambos com os olhos pesados de sono, prontos para se entregarem ao descanso.

— Acho melhor dormirmos na minha cama — Yuri sugeriu. — A sua está um pouco... bagunçada. — Os dois riram.

— Eu gosto de dormir nu, você se importa? — Junsuk perguntou, enquanto beijava o pescoço do outro.

— Nem um pouco — respondeu, com um sorrisinho de lado, puxando o moreno pela mão até a cama.

Acomodaram-se, cobrindo os corpos desnudos com o edredom macio. Yuri se aconchegou no peito de Junsuk, entrelaçando as suas pernas nas do outro, e o moreno passou seus braços ao seu redor, fechando os olhos em seguida.

— Boa noite, Kotchu.

— Boa noite, Onie.

32

Despertando aos poucos, Junsuk se remexeu entre os lençóis brancos, sentindo o corpo mais descansado do que nunca. Abriu os olhos, percebendo que o quarto ainda estava escuro por causa das cortinas fechadas.

A primeira reação de seu corpo, ao despertar, foi sorrir, por conta dos momentos de horas atrás.

Girou o corpo na cama e esticou um dos braços, tentando alcançar o motivo de seu sorriso, mas sentou-se imediatamente, assustado, quando percebeu que a cama estava vazia. Sentiu o ar deixar-lhe os pulmões quando passou os olhos pelo quarto, não encontrando sinais da presença de Yuri. Tudo estava em completo silêncio, apenas as batidas desenfreadas de seu coração aflito podiam ser ouvidas.

— Y-Yuri? — chamou com um fio de voz. — Onie, você está aí? — conseguiu dizer com um pouco mais de volume.

Não era possível. Isso não poderia ser verdade.

— Yuri! — gritou a plenos pulmões, sentindo os olhos arderem e a força do corpo ir embora.

— Estou aqui, Junsuk. Por que está gritando? — O loiro apareceu na porta do banheiro, com a escova de dentes em mãos, vestindo apenas uma boxer branca e a camiseta do moreno.

Junsuk jogou a cabeça para trás, expulsando o pouco de ar que havia sobrado em seus pulmões.

— Você me assustou, Onie — declarou, enquanto se recostava na cabeceira da cama.

— Se assustou com o quê? — Yuri perguntou, com o corpo apoiado no batente da porta e um sorrisinho debochado nos lábios.

— E-eu achei... eu achei q-que você... que você...

— Tinha ido embora depois de transar com você?

— Sim. — Junsuk engoliu a saliva presa na garganta.

Yuri desencostou do batente e caminhou lentamente, até apoiar as mãos e os joelhos na beirada da cama. Como um felino, prestes a abater a sua presa, subiu pelo corpo do moreno, até que conseguisse se sentar sobre a virilha dele.

— E qual é a sensação de ser abandonado depois de usarem o seu corpo? — Subiu as mãos pequenas pelo peitoral exposto, sorrindo maliciosamente e fazendo questão de mover seu quadril levemente para a frente e para trás.

Yuri não tinha tido a intenção de assustar Junsuk. Levantou-se primeiro apenas porque precisava usar o banheiro, mas quando ouviu seu nome ser chamado, não resistiu em fazer uma pequena vingança.

— Você é um demônio, Kang Yuri. — Junsuk arfou, sentindo seu membro começar a ficar duro abaixo da bunda do loiro. — Pelo jeito, mesmo com a noite passada, você ainda não me perdoou completamente — disse, segurando os pulsos do outro.

— Ah, Kotchu! — disse entre um gemido manhoso. — Vai ter que fazer muito mais para garantir meu perdão.

Junsuk sorriu, passando as mãos pelas coxas grossas de Yuri. Aquele jeitinho provocador o enchia de desejo, e o loiro tinha plena consciência desse efeito. Em um movimento rápido, trocou de posição com Yuri, ficando com o seu corpo maior por cima e entre as pernas do outro.

— Meu gatinho manhoso está querendo mais carinho, é isso? — provocou, enquanto beijava o pescoço de Kang.

De resposta só ouviu um murmúrio, enquanto Yuri levantava o queixo para dar mais espaço a ele. O loiro podia sentir o membro rijo do outro tocar o seu traseiro, já que ele ainda estava nu.

Han levantou a camiseta que Yuri usava, até que todo o seu torso estivesse exposto, e desceu os beijos do pescoço para o peito, apertando a cintura fina com as duas mãos, enquanto a língua quente brincava com os mamilos eriçados.

Yuri arqueou as costas, tentando sentir mais daquele contato com a boca de Junsuk, e segurou os lençóis entre os dedos quando o moreno passou a língua pelo seu umbigo.

O moreno apertou a carne farta da bunda do outro com força, trazendo o seu quadril para ainda mais perto de seu rosto. Sorriu ao ver Yuri tão entregue aos seus toques, se remexendo na cama, em busca de mais. E por mais tesão que estivesse sentindo naquele momento, o moreno decidiu fazer Yuri provar um pouco do seu próprio veneno. Segurou as laterais do elástico da boxer justa e, quando ia começar a baixar a peça, sussurrou no ouvido de Yuri:

— Eu preciso ir ao banheiro. — E levantou-se da cama, caminhando de costas e rindo da cara de indignação do loiro.

Yuri levantou o torso, se apoiando nas duas mãos e vendo Junsuk se afastar. Não estava acreditando que ele o tinha deixado naquele estado.

— Ok, acho que eu mereci essa... — disse para si mesmo, voltando a largar o corpo no colchão macio.

Yuri suspirou, olhando para o teto. Queria lembrar da última vez que tinha se sentido tão leve em sua vida, mas não conseguiu eleger nada acima deste momento. A vida estava colorida novamente.

Esticou o braço e alcançou o travesseiro de Junsuk, levando-o até o nariz, sorrindo ao sentir o perfume impregnado ali. Era a mesma cena daquela manhã em Las Vegas, mas dessa vez, ele não estava mais sozinho.

Levantou-se da cama, preguiçosamente, e foi até o banheiro, encontrando Junsuk encostado na pia, escovando os dentes. Passou por ele sem dizer nada, mas sentiu seus olhos acompanharem os seus movimentos pelo espelho. Abriu a torneira da banheira, experimentando a temperatura da água com as pontas dos dedos, e assim que o nível desta começou a subir, jogou alguns sais de banho para perfumar a imersão.

Enquanto esperava a banheira encher, voltou para perto de Junsuk, tirando a camiseta larga de seu corpo e a jogando em um canto qualquer. O moreno não tirava os olhos de Yuri, aproveitando cada segundo para admirar a beleza daquele homem que agora era seu. O loiro parou atrás dele, encostando o peito em suas costas, e apoiou as mãos na pia, prendendo o corpo maior entre seus braços.

— Toma banho comigo? — sussurrou ao pé do ouvido, enquanto empurrava levemente o quadril para a frente, roçando o membro desperto entre as nádegas nuas de Junsuk.

— Seria louco de negar um pedido desses — respondeu, enquanto sentia o loiro passear o nariz pelo seu pescoço.

— Então, venha. — Desencostou-se de Junsuk e começou a andar em direção à banheira, fazendo uma pequena pausa para tirar a boxer e jogar em direção ao outro.

Junsuk riu de maneira nasalada, caminhando com pressa, até alcançar o loiro e abraçá-lo por trás.

— Você gosta de me provocar, não é mesmo, Yuri? — murmurou com a voz rouca, bem próximo ao ouvido dele. — Você pode sentir o quanto eu quero você?

— Ah, sim. A vontade é grande, não é mesmo?

Yuri, com a mão livre, alcançou a do outro, trazendo-a para tocar em seu falo necessitado. Virou o rosto o máximo que pôde até alcançar os lábios de Junsuk, o beijando com intensidade, enquanto a mão grande fazia movimentos lentos para cima e para baixo.

Junsuk chegou ao seu limite quando Kang começou a gemer, ainda com a boca colada à sua. Quebrou o beijo e arrastou o loiro até a bancada grande de granito, fazendo-o inclinar sobre a superfície fria, deixando o traseiro empinado em sua direção.

Sabendo que Yuri ainda estaria sensível, com muito cuidado, começou a penetrá-lo. O loiro agarrou-se na beirada da pia, sentindo um pouco de ardência por causa da noite anterior, mas nada que o impediria de ter mais um pouquinho daquele homem em si.

Com uma mão segurando firme em sua cintura e a outra se apoiando no ombro do loiro, Junsuk começou a se movimentar devagar, ainda receoso de machucar o seu pequeno anjo. Mas quando olhou para o espelho e viu o reflexo de Yuri mordendo o lábio inferior, com uma expressão prazerosa, sentiu-se mais seguro para acelerar.

Junsuk passou os dedos de uma mão pelos fios loiros, trazendo-os para trás e segurando-os com firmeza, e quando Yuri passou a gemer mais alto, soube que tinha conseguido atingir a sua próstata. Empenhou-se para manter o movimento preciso, tentando dar ao seu amado o máximo de prazer possível.

Yuri abriu os olhos e ficou ainda mais excitado, ao se deparar com o reflexo de Junsuk estocando atrás dele: os cabelos escuros começando a ficar úmidos, grudando em sua testa, o rosto contraído, os lábios apertados um no outro. Uma bela cena.

— Yuri... eu vou gozar — anunciou.

E assim, Junsuk veio, rosnando, por causa do prazer tomando conta do seu corpo. Yuri, só de assistir àquela reação, também atingiu o seu clímax, gozando sem ao menos precisar se tocar.

Junsuk abraçou o corpo menor, descansando sobre as costas do outro, e com cuidado, se retirou de dentro dele, suspendendo-o, até que se sentasse sobre a bancada da pia. O loiro envolveu sua cintura com as pernas, passando os braços por seu pescoço, para puxá-lo para um beijo doce e calmo.

— Nada como uma rapidinha pela manhã, não é mesmo? — Yuri disse ao separar as bocas.

— Eu teria Kang Yuri de café da manhã todos os dias.

— Seu pervertido! — O loiro riu.

— Não tenho culpa se você é um gostoso do caralho — declarou, enquanto espalhava beijos pelo pescoço do outro.

Junsuk tirou Yuri de cima da bancada, levando-o com cuidado para o chão, e o loiro foi o primeiro a entrar na banheira com água perfumada. Recostou-se em uma das pontas e fez sinal com a mão para que Junsuk se juntasse a ele.

A banheira não era grande, mas era o suficiente para que o moreno se sentasse entre as pernas de Yuri, com as costas apoiadas em seu peito.

Kang alcançou uma esponja macia, que estava ao lado de outras amenidades oferecidas pelo hotel. Em um carinho velado, passou a esponja com delicadeza pelos braços e peito de Junsuk, que poderia adormecer ali mesmo, só com aquele contato.

— Kotchu? — chamou.

— Hum?

— Como vai ser daqui para a frente? — perguntou, um tanto receoso. — Quero dizer... o que você acha que vai acontecer quando voltarmos para a Coreia?

Junsuk suspirou, ponderando sua resposta. Na verdade, ele não tinha ideia de como as coisas seriam dali para a frente. Ainda não tinha pensado em mais nada que não fosse o homem que tanto amava.

— Eu não sei, Onie...Mas não se preocupe, darei um jeito em tudo.

Yuri não disse mais nada. Mesmo com Junsuk dizendo que tudo ficaria bem, alguma coisa lhe dizia que não seria tão simples assim. Eles precisavam pensar um pouco mais antes de agir e todas as decisões precisariam ser tomadas com cautela.

Enquanto tomavam banho, Yuri não parou, um minuto sequer, de pensar em como deveria agir quando estivesse de volta à Coreia. Queria ligar para seu primo e pedir conselhos. Hyunji sempre sabia como agir em qualquer situação.

Os dois saíram da banheira, se enxugando nas toalhas felpudas. Junsuk havia dito que teriam de deixar o hotel antes do meio-dia, já que o voo de volta seria logo depois do almoço.

— O que você quer comer? Ainda temos uma hora até termos que ir para o aeroporto — Junsuk perguntou, quando ambos já estavam vestidos e com as malas prontas.

— Sabe o que eu queria mesmo? Queria comer naquelas barraquinhas de rua novamente. Queria fazer a última refeição dessa viagem embaixo das cerejeiras.

— Tudo o que você quiser, meu anjo. Vamos deixar as malas na recepção e depois voltamos para pegá-las.

Saíram do quarto, certificando-se de que não haviam esquecido nada para trás. Yuri deu uma última olhada naquele lugar, que nunca mais sairia de sua memória, e suspirou pesado, sabendo que o mundo lá de fora não seria tão bonito quanto o dali de dentro.

— Vamos, Onie? — Junsuk o trouxe de volta para a realidade.

Fecharam a porta do quarto e pegaram o elevador, em direção à recepção. Junsuk fez o *checkout* e pediu que as suas malas fossem guardadas, enquanto eles saíam para comer. E depois de poucos passos, já estavam novamente no bonito parque.

O céu estava azul e o sol brilhava, mas o vento frio ainda fazia com que as pessoas não tirassem os casacos. O casal passou pelas inúmeras barracas que ofereciam comidas simples, mas frescas e aromáticas, tentando escolher entre tantas opções. No fim, optaram por comprar uma porção de *yaki imo*, *takoyaki* e *imagawayaki*[1], o suficiente para que os dois pudessem fazer um pequeno piquenique embaixo das cerejeiras.

Enquanto Junsuk segurava as comidas, Yuri comprou duas latas de refrigerante para acompanhar a refeição. Sentaram-se ao pé de uma das árvores, tendo como toalha as pétalas rosadas que haviam deixado os galhos. Comeram em silêncio, aproveitando os últimos instantes, antes que tivessem que voltar para a realidade. Yuri observava como Junsuk comia rápido: ele colocava porções de comida na boca, mesmo sem ter engolido a anterior. Parecia um esquilo, mastigando rápido, com as bochechas cheias se mexendo.

— O que tanto olha? — perguntou quando percebeu que Yuri não tirava os olhos dele.

— É bonitinho ver você comendo, Kotchu. — Sorriu.

---

[1] Yaki imo: batata doce assada.
Takoyaki: bolinho típico japonês.
Imagawayaki: massa semelhante à panqueca, recheada com doce de feijão (anko).

— Não, você é que fica fofo comendo. As bochechinhas ficam gordinhas, e forma um biquinho nos lábios que dá vontade de morder.

— É mesmo? Assim? — Colocou um bolinho inteiro na boca, formando a mesma imagem descrita por Junsuk.

— Assim mesmo. — O moreno sorriu e se aproximou mais, puxando o lábio inferior saliente de Yuri entre os dentes.

Os dois riram, nem tanto daquele gesto, mas da felicidade que os estava invadindo. Os corações aquecidos, aquele friozinho na barriga e as mãos transpirando, como se estivessem apaixonados pela primeira vez. E que, no caso de Junsuk, era a pura verdade. Yuri era seu primeiro amor.

Recolheram o lixo assim que terminaram de comer, levantando-se do chão e passando a mão pela roupa, para tirar as flores que ficaram grudadas.

Voltaram para a frente do hotel, já em cima da hora para irem embora. Enquanto Junsuk pegava as malas na recepção, Yuri chamava um dos táxis estacionado na rua.

Chegaram ao aeroporto com tempo suficiente para fazer o *check-in* e embarcar. Yuri, novamente, sentou-se à janela, já que Junsuk não fazia questão. Acomodaram-se nas poltronas largas da classe executiva e aguardaram a decolagem.

— Junsuk... — chamou, querendo retomar a conversa de antes. — O que você vai dizer quando souberem que você rompeu o contrato com Jaechin?

— Que ele é um idiota? — Bufou.

— Eu estou falando sério, Junsuk! Como é que você vai dizer para os seus sócios que desistiu de comprar uma empresa de bilhões de wons?

— Bom... Minha única alternativa é usar os seus próprios argumentos. Dizer que os relatórios divergiam entre si e que não era seguro comprar algo sem que tudo estivesse muito claro.

— Agora você vai acreditar em mim, é? — Yuri deu um soquinho no ombro do outro, fazendo Junsuk rir. — Tem mais uma coisa... — O loiro ficou sério. — Eu acho melhor nós não assumirmos nada publicamente.

— C-como assim? Você não quer que as pessoas saibam sobre nós? — perguntou, um pouco decepcionado.

— Não vejo problema em Taejoon e Hyunji ficarem sabendo, acho que seria inevitável, mas creio que seria melhor para você que nada fosse revelado ainda. Pense bem, Junsuk. Você acabou de terminar o seu noivado, o que as pessoas pensariam se você voltasse de viagem já dizendo estar com outra pessoa? Seria um prato cheio para a imprensa fofoqueira.

— Sim, você está certo. — Junsuk suspirou. Yuri sempre tinha razão.

— As pessoas ligariam os pontos, aquela foto do jornal voltaria à tona. E todos vão achar que você realmente estava traindo a Aeri. A repercussão disso seria péssima para a empresa, você teria o nome manchado.

— E como você quer fazer?

— Vamos esconder, por enquanto. Eu não me importo, não preciso que as pessoas saibam que estou com você. Saber que você é meu é mais do que suficiente.

Junsuk sorriu, impressionado com a maturidade de Yuri, e levou as duas mãos até o rosto do loiro, trazendo-o para um beijo carinhoso.

— Como você quiser, meu amor.

— Repete. — Yuri sorriu.

— O quê?

— Repete essa última parte da frase...

— Meu amor?

— Sim! Essa mesma!

Junsuk levou Yuri para mais perto, fazendo-o encostar a cabeça em seu peito, ao mesmo tempo que fazia carinho nos fios dourados.

— Meu amor...

E assim ficaram pelo restante do voo curto.

A aeronave pousou suavemente, enquanto o casal despertava de um cochilo. Apressaram-se para sair, cansados de ficarem confinados em uma posição não tão confortável. Retiraram a bagagem e foram em direção à saída.

— Yuri, quer ir para a minha casa? — ofereceu.

— Tentador, mas acho que não. — Ganhou um biquinho emburrado do moreno. — Eu quero ir para a casa do Hyunji. Precisamos conversar, e eu quero ver como ele está depois de tudo que aconteceu nos últimos dias.

— Tudo bem, eu te deixo lá e nós nos vemos amanhã na empresa.

— Ok!

E quando estavam saindo da área de desembarque, Junsuk parou de caminhar, congelando no lugar em que estava. Yuri parou a alguns passos à frente, confuso pela súbita parada.

O loiro olhou para Junsuk, que tinha perdido a cor do rosto, e seguiu o seu olhar, se assustando também quando percebeu o que estava acontecendo.

A alguns metros dali, com o semblante sério e os braços cruzados, estava o pai de Junsuk.

33

O sangue pareceu ter abandonado o rosto de Junsuk, assim como a força de suas pernas, que não conseguiam se mover. O moreno sabia que teria de enfrentar o pai, cedo ou tarde, mas não imaginava que seria tão rápido. Suas mãos começaram a transpirar, enquanto a cabeça dava voltas, tentando, apressadamente, elaborar a sua defesa.

— Junsuk, você está bem? — Yuri perguntou ao ver o estado do outro.

— Onie, você pode pegar um táxi? — respondeu, sem tirar os olhos do pai.

— Sim, claro... — Pausou. — Me liga mais tarde? Por favor?

Junsuk não respondeu, apenas acenou afirmativamente com a cabeça, e Yuri voltou-se para o senhor Han, fazendo uma reverência, antes de se retirar dali para procurar um táxi. Olhou para Junsuk novamente, como uma forma de despedida, ainda muito preocupado com aquela situação.

Han Jihoo permanecia imóvel, olhando na direção do filho mais novo. Este, juntando toda a coragem que lhe tinha sobrado, conseguiu se mover até ficar em frente ao pai, o cumprimentando de forma respeitosa.

— Pai... e-eu...

— Vamos, sua mãe está nos esperando para jantar — foi o que disse, virando as costas e andando para fora do aeroporto.

Os dois Han caminharam lado a lado, em silêncio, até chegarem ao estacionamento, onde um motorista os aguardava. Sentados no banco de trás, cada um olhava para fora de sua janela, sem trocarem nenhuma palavra durante o caminho. Jihoo tamborilava os dedos de uma das mãos no estofado de couro, nitidamente indicando a sua impaciência e irritação.

Junsuk estava se sentindo um menino, com medo do pai por ter levado advertência na escola. Profissionalmente, era um homem firme, rigoroso e um tanto arrogante perante seus funcionários. A figura séria do CEO era temida por toda a empresa, ninguém ousava desafiá-lo, mas quando estava na presença de seu pai, toda a sua autoconfiança parecia desaparecer. O olhar sério de Jihoo tirava-lhe toda a convicção, e o medo de fazer algo que não lhe agradasse vinha à tona.

E sempre foi assim. Desde pequeno, Junsuk tentava fazer de tudo para que seu pai se orgulhasse dele. Estudava muito, tirava boas notas, era bom em esportes, em artes e em qualquer tarefa que se propunha a fazer. Talvez fosse uma maneira de chamar a atenção do pai, que mal ficava em casa por causa do trabalho.

— Chegamos — disse o senhor Han quando o veículo estacionou em frente à grande casa.

Junsuk soltou o cinto e saiu do carro, acompanhando seu pai, alguns passos atrás. A porta principal já tinha sido aberta para eles, e o moreno pôde sentir imediatamente o cheirinho de comida caseira.

O som dos saltos de couro no chão de mármore branco chamou a atenção de uma senhora, que ajeitava uma travessa fumegante na mesa de jantar. Era Han Sojin, mãe de Junsuk. A esposa de Jihoo tinha estatura baixa e os cabelos curtos, lisos e bem escuros, assim como os do filho. Os olhos vivos e arredondados tinham claramente sido herdados por Junsuk.

— Filho, você chegou! Vem até aqui dar um abraço na sua mãe — chamou o moreno, acenando com os braços.

Junsuk se apressou e deu a volta na mesa, alcançando os braços, sempre tão convidativos, de sua mãe.

— Sim, mãe. Acabei de chegar do Japão.

— E como foi a viagem, querido? — indagou, segurando o rosto do filho com as duas mãos.

— Ah... foi... boa.

— Sentem-se, vamos comer — Jihoo interrompeu.

Mãe e filhos se separaram, sentando-se um de cada lado do senhor Han, que estava na cabeceira da mesa. Sojin servia grandes porções para o filho, como sempre fazia. Gostava de ver a família bem alimentada. Mesmo com muitos empregados para cuidar da casa, a senhora Han fazia questão de comandar a cozinha. Era o seu passatempo, sua distração naquela vida sem muitos afazeres.

Os três jantaram em silêncio, mas, vez ou outra, a voz de Sojin era ouvida, perguntando se o marido ou o filho queria mais comida.

Junsuk não ousava olhar diretamente para o pai, que comia com o olhar voltado apenas para o seu prato.

Ao final da refeição, a senhora Han começou a recolher a louça para levar à cozinha, e Junsuk levantou-se para ajudar a mãe, mesmo ela dizendo que poderia cuidar de tudo sozinha.

— Junsuk, estarei te esperando no escritório — Han Jihoo disse, antes que os dois fossem para o outro cômodo.

— Sim, pai. — Fez uma reverência.

Mãe e filho se encaminharam para a cozinha, ajeitando os pratos e talheres na pia. Enquanto Sojin guardava as sobras do jantar na geladeira, Junsuk se encostou na bancada, suspirando e passando as mãos pelo rosto. A senhora Han, percebendo a aflição de Junsuk, destampou uma vasilha, que estava sobre a pia, e a ofereceu para o filho.

— Pegue um, acabei de fazer.

— *Kyungdan*[1]? Eu adoro isso! — Junsuk exclamou, mais animado, colocando um bolinho inteiro na boca.

— Eu sei. — Sojin sorriu, satisfeita.

— Mãe, o papai está furioso comigo, não está? — perguntou com a boca cheia.

— Ah, filho... — Suspirou, enquanto colocava a vasilha com os doces sobre a pia. — Sim, está.

Junsuk deixou a cabeça pender, um tanto nervoso com a conversa que teria de ter com o pai a seguir. Mas enquanto tentava pensar no que diria, sentiu seu celular vibrar dentro do bolso da calça. Um sorriso tomou conta de seu rosto, assim que viu de quem era a mensagem:

Onie:
Kotchu? Está tudo bem?

Eu:
Sim, não se preocupe.
Já está com Hyunji?

Onie:
Estamos jantando,
Taejoon também está aqui.

[1] Kyungdan: doce coreano feito de arroz, recheado com mel e açúcar.

Eu:
Que bom.
Vou conversar com meu pai agora.
Te ligo depois.

Onie:
Sim, claro.
Ficarei esperando.

Eu:
Te amo.

Onie:
Também te amo.

A mãe de Junsuk percebeu a mudança repentina de humor do filho: o sorriso largo, os olhos brilhando ao digitar as mensagens no aparelho, e entendeu na hora os possíveis motivos para o seu caçula ter tomado decisões tão drásticas.

— Quem é? — perguntou, curiosa.

— Hã? Ah, não é ninguém. — Bloqueou o celular e o colocou de volta no bolso.

— Filho, não minta para mim — disse, divertindo-se com a situação. — Eu não te vejo sorrir assim desde o dia que seu pai o nomeou CEO.

— Não é ninguém, mãe.

— Está bem, não precisa me dizer. — Aproximou-se do filho, tomando o seu rosto entre as mãos. — Quem quer que seja essa pessoa que está fazendo você sorrir dessa maneira, já tem a minha aprovação. — Puxou o caçula para beijar-lhe a testa.

— Obrigado, mãe. — Sorriu.

— Agora vá! Sabe que seu pai odeia esperar.

Junsuk deixou sua mãe na cozinha, enquanto lutava para vencer a distância até o escritório do pai, que ficava no segundo andar.

O lance único de escadas nunca pareceu tão longo para o moreno. Parou em frente à porta, que estava fechada, hesitando tocar na maçaneta.

Tirou o celular do bolso e abriu a última foto que tinha sido tirada. Era a de Yuri sentado no banco, ao pé das cerejeiras, com os olhos fechados, sentindo as pétalas, que se desprendiam dos galhos, tocarem o seu rosto.

Sorriu para a imagem, sentindo o sangue voltar a correr em suas veias. Não podia fraquejar, não agora, quando as coisas tinham ficado tão claras para ele. Queria continuar se dedicando ao máximo ao trabalho, como sempre, mas agora ao lado de Yuri.

Respirou mais uma vez, profundamente, sentindo os pulmões se encherem, antes de girar a maçaneta e entrar no escritório.

O cômodo era grande, digno de um grande empresário. Estantes altas, cheias de livros, diplomas e homenagens ornamentavam as paredes, havia uma mesa grande e bem-organizada de madeira maciça e um conjunto de sofás de couro negro. Han Jihoo estava sentado em um dos sofás, descansando um dos braços sobre o móvel, enquanto a outra mão segurava uma taça de licor.

— Sente-se, Junsuk. — Acenou para que o filho entrasse e se acomodasse em sua frente. — Quer algo para beber?

— Não, pai. Estou bem, obrigado — disse ao se sentar.

— Filho... — Pousou a pequena taça na mesa de centro. — Eu estou tentando entender por que você, o CEO da empresa, saiu do país para fechar um contrato, que estava sendo negociado há meses, e voltou, alguns dias depois, sem esse contrato e com o noivado cancelado.

— Pai... — Junsuk engoliu a saliva presa em sua garganta. — Você pode não entender bem o que vou dizer agora, mas eu gostaria que tentasse.

— Prossiga.

— Em primeiro lugar, sobre o cancelamento da compra da empresa de software, eu não quis assinar o contrato porque não senti segurança no dono, Nam Jaechin. Yuri, que me acompanhou na reunião, já tinha me alertado sobre divergências entre os dados fornecidos nesses meses da negociação. A princípio, eu não tinha dado muita importância, mas Kang me fez abrir os olhos.

— Junsuk, você foi contra a vontade de todos os sócios e a diretoria da empresa. Dizer que "valores" não batiam será muito pouco para convencê-los na reunião que teremos em alguns dias. Eu realmente espero que você possa provar que a compra dessa empresa não era uma boa ideia.

— Eu posso provar, pai. — Junsuk pressionou os lábios, duvidando do que tinha acabado de prometer. A verdade é que não tinha provas concretas de algo que pudesse ser considerado como fraude naqueles relatórios, mas era a única coisa que tinha a seu favor.

— Filho... — Jihoo suspirou pesadamente. — Você sabe muito bem o quanto Wonshik, Dawshin, Woobin e Seojoon desconfiam da sua capacidade de comandar uma empresa desse porte, principalmente

Seojoon. Ele não vai perder nenhuma oportunidade de te desmerecer na frente dos demais. E eu não te coloquei como CEO para você envergonhar o nome da família e jogar tudo o que construí pelo ralo. Assim como eu te dei esse cargo, posso tirá-lo de você.

Junsuk abaixou a cabeça, sentindo o peso das palavras de seu pai. O fardo de carregar aquilo tudo nas costas era pesado, mas o jovem CEO sabia que as coisas seriam assim, que ele teria de provar o seu talento para os negócios o tempo todo. E foi justamente por isso que tinha aceitado se casar com Aeri. Seria mais uma maneira de seu poder se expandir, não precisando tanto da interferência dos sócios minoritários. Mas agora não poderia mais contar com as ações do pai de sua ex-noiva.

— Não se preocupe, eu vou dar um jeito nisso — disse, tentando parecer o mais convincente possível.

— "Não se preocupe"... Você também disse isso para mim quando afirmou que nada abalaria o seu relacionamento com a Aeri. — Han Jihoo fechou ainda mais a expressão.

Junsuk sentiu que seu coração sairia pela boca e seu estômago revirava de nervoso. Passou as duas mãos pelos cabelos lisos e escuros, tentando encontrar as melhores palavras para aquele momento, se é que elas existiam.

— Pai, essa viagem ao Japão me fez enxergar coisas que estavam completamente erradas na minha vida. Muitos valores, que eu julgava serem certos, caíram por terra. Eu não sei se o senhor entenderia, mas estive a ponto de perder uma das coisas mais valiosas que poderia ter nesse mundo, tudo por causa do orgulho e da ambição. Eu não sabia que para ser feliz precisava de poucas coisas. Na verdade, apenas de uma.

— Do que você está falando, filho? — Seu pai perguntou, confuso. — Que coisa é essa que você quase perdeu?

Junsuk respirava pesadamente.

Queria gritar para o mundo que amava Kang Yuri, mas sabia que não seria o mais prudente naquele momento. Não saberia qual seria a reação de seu pai ao contar que largou a "nora perfeita" para ficar com um homem. Seu pai nem sequer sabia que ele sentia atração pelo mesmo sexo, seria informação demais para uma noite só.

— A minha liberdade... é isso o que eu estava a ponto de perder. Aquele noivado me sufocava, ela me sufocava. Eu juro que tentei, pai, mas não consegui amar a Aeri. E isso não seria justo comigo nem com ela. Eu não sei se foram as cerejeiras, a brisa fresca ou as comidas simples de rua, mas percebi que era justamente isso o que eu queria para o meu futuro. Não preciso da ostentação que a família Im tanto gosta. É a delicadeza das flores, a brisa do final da primavera, as estrelas e o aroma de um oniguiri fresco que eu quero ter na minha vida.

— Junsuk, não estou entendendo nada. Que história é essa de oniguiri e flores? Você nunca ligou para essas coisas.

— Pois é... e eu me pergunto onde estavam essas coisas até agora. — Olhou no fundo dos olhos do pai. — Pai, me perdoe, mas eu não poderia mais continuar com esse noivado. Sei que não faz sentido algum para você agora, mas para mim isso nunca foi tão claro. Mais para a frente você vai entender, e eu espero que possa me apoiar nessa decisão.

Han Jihoo ficou em silêncio, observando o rosto do filho, que parecia ter ganhado um outro brilho. Não parecia o mesmo Han Junsuk que conhecia, e sentiu que algo realmente tinha se transformado dentro dele. Terminou de tomar o restante do licor de sua taça, pousada na mesa de centro, e levantou-se da poltrona, ficando com o corpo ao lado do filho ainda sentado.

— Junsuk, eu não sei o que se passa nessa sua cabeça, mas vou te dar mais um voto de confiança. Eu só espero que toda essa mudança não nos prejudique. Acredito na sua capacidade, no seu talento. Apenas pense muito bem como vai ser daqui para a frente. Por favor, não me decepcione, filho. — Jihoo apertou de leve o ombro de seu filho, como se quisesse passar algum tipo de confiança, e saiu do escritório em silêncio.

Junsuk soltou todo o ar, que parecia ter ficado preso em seus pulmões desde que aquela conversa tinha começado. Ainda não se sentia aliviado, mas pelo menos seu pai lhe tinha dado mais uma chance de provar os seus atos.

"Não me decepcione, filho." Aquela era a frase que o atormentava desde pequeno. Ainda não sabia como, mas teria que arrumar um jeito de se explicar para os sócios e a diretoria da empresa. E o término do noivado com Aeri provavelmente ainda lhe traria muitas dores de cabeça.

Levantou-se do sofá de couro, saindo apressadamente pelo corredor. Queria ir embora, dormir um pouco e ouvir a voz de seu Onie. Mas antes que alcançasse as escadas, sua mãe surgiu no corredor, chamando por seu nome:

— Filho, não vá embora agora. Já está tarde, e você está muito cansado. Eu já mandei arrumar o seu quarto, durma aqui em casa.

Junsuk não tinha pensado em dormir na casa dos pais, mas fazia tanto tempo que não os via, e sabia que sua mãe estava com saudade.

— Está bem, eu vou ficar esta noite.

— Eu farei *doenjang guk*[1] pra você comer antes de sair para o trabalho — disse animada.

— Obrigado, mãe. — Beijou a testa de Sojin carinhosamente, antes de se retirar para o seu antigo quarto naquela casa.

Junsuk entrou no cômodo espaçoso, que ainda tinha alguns traços de sua infância. Alguns diplomas, troféus e fotos se espalhavam pelas paredes e prateleiras, e bonecos de seus super-heróis favoritos decoravam a estante cheia de livros de sua época escolar. A escrivaninha ainda era a mesma em que estudava para as provas e rascunhava alguns desenhos no tempo livre.

Depois de ir ao banheiro e escovar os dentes, Junsuk foi até a janela de seu quarto, abriu as cortinas e olhou para o céu, que estava um tanto nublado. A lua estava encoberta por algumas nuvens, mas o moreno pôde imediatamente achar o que procurava: Sirius. A estrela era uma das únicas visíveis naquela noite, e assim como Yuri havia dito, era a mais brilhante entre elas.

Yuri.

Junsuk apressadamente tirou o celular do bolso, ligando para seu amado. Alguns toques foram ouvidos até que a voz doce surgiu:

— *Kotchu?*

Junsuk sorriu ao ouvir o seu recente apelido.

— Sim, Onie, sou eu. Desculpa pela demora.

— *Você me deixou preocupado. Está tudo bem?* — Suspirou, aliviado, do outro lado da linha.

— Não estou de castigo — tentou fazer piada da situação. — Foi uma conversa um tanto tensa, mas acho que consegui me colocar frente ao meu pai.

— *O que ele disse? Você contou sobre nós?*

— Não, eu não disse nada, assim como você sugeriu. Ele ficou um pouco confuso e preocupado com a reação dos outros na empresa, mas me deu um voto de confiança. Yuri, vamos ter uma reunião da diretoria em alguns dias, e até lá eu vou precisar provar para todos que a compra da empresa japonesa era um péssimo negócio.

— *Não se preocupe, Junsuk. Eu vou te ajudar, tenho certeza de que podemos encontrar alguma coisa a seu favor.*

— Obrigado, querido. E você, onde está?

— *Ainda estou na casa do Hyunji, vou dormir aqui esta noite.*

---

1 Doenjang guk: sopa de pasta de soja, acompanhada de vegetais, carne ou frutos do mar.

— Ok, não vejo a hora de te ver novamente. — Junsuk fechou as cortinas e apagou as luzes, deixando o quarto iluminado pelos abajures.

— *Já está com saudade?*

— Não imagina o quanto. E você? Sentiu minha falta?

— *Não muito...* — Junsuk pôde ouvir a risadinha do outro lado da ligação. — *Brincadeirinha, Kotchu. Sim, eu senti sua falta. O que você está fazendo agora?*

— Estou tirando a roupa, me preparando para dormir — disse, com intuito de provocar o seu pequeno. — Nesse exato momento, estou desabotoando a camisa. — Junsuk pôde ouvir um pequeno suspiro. — E você?

— *Eu já estou deitado no sofá da sala. Queria poder te ver nesse momento...* — disse Yuri, manhoso.

— Eu vou te mandar uma foto. — Junsuk tirou o celular da orelha, ligou a câmera e tirou uma foto de seu torso nu refletido no espelho, enviando, em seguida, para Yuri.

— *Junsuk-ah... Por que tão gostoso?* — Ouviu o moreno rir pelo nariz.

— Yuri, quero te ver também...

— *Você me verá amanhã no escritório.* — Adorava provocar Junsuk.

— Ah, por que você é tão malvado? Por favor... Yuri — sussurrou no final.

— *Assim é golpe baixo.* — Yuri sentiu um arrepio percorrer a espinha. — *Espere um minuto.*

O loiro abriu a sua câmera, pensando em como tiraria aquela foto. Não queria mandar um nude, mas algo que provocasse tanto quanto um. E então, soube exatamente o que poderia mandar.

— Ah, Onie! Você realmente não tem dó! Como eu faço para dormir agora, sem ter essa boca linda colada à minha?

Yuri riu baixinho, tentando não acordar Hyunji e Taejoon, que dormiam no quarto.

— *Eu posso cantar para você...* — disse, um tanto tímido.

— Sério? Eu adoraria, Onie!

E então, Yuri começou a cantar, enquanto Junsuk se aconchegava entre os lençóis. Com sua voz suave, Kang entonava uma antiga canção tradicional coreana. E repetindo o mesmo refrão, Yuri percebeu o silêncio do outro lado da ligação.

— *Junsuk?*

Ele havia adormecido ao som da doce voz de seu Onie.

— *Boa noite, Kotchu.*

34

O expediente já havia se encerrado há muito tempo, mas Kim Yeonsu permanecia em sua sala, atolado de papéis. Desde que a auditoria começou, Kang havia pedido muitos documentos, e o gerente de vendas não queria deixar a entender que ele estava escondendo alguma coisa. Imprimia e organizava em pastas todas as transações importantes da empresa nos últimos 6 meses, checando se todas tinham assinatura de autorização dele ou de algum membro da diretoria. Sentia todos os seus músculos doerem, provavelmente por causa da tensão que estava sentindo nos últimos dias. Era muito trabalho, precisava correr contra o tempo, já que Yuri e Junsuk chegariam em breve. Não via a hora de poder ir para casa, tomar um banho e dormir.

Sentou-se em sua cadeira de espaldar alto e debruçou-se sobre a mesa, fechando os olhos, com o intuito de descansá-los um pouco da quantidade exagerada de números. Suspirou pesado quando duas pessoas invadiram seu pensamento: Saem e Haebin.

Depois das noites quentes em Vegas, os três passaram a trocar, esporadicamente, mensagens pelo celular. Yeonsu havia descoberto que ambos eram herdeiros de gigantes do ramo da moda. Saem era filho do dono da loja de departamentos mais famosa da Coreia, enquanto Haebin era filho da dona da maior fabricante de tecidos do país.

Os dois tinham se conhecido por intermédio dos pais, que tinham firmado uma parceria para uma coleção de primavera da loja de departamentos. Foi amor à primeira vista. Desde então, não se largaram mais, assumindo publicamente o relacionamento sério. Como estavam prestes a assumir cargos importantes em cada uma das empresas, decidiram que tirariam um ano de férias, para viajarem ao redor do mundo e se despedirem da vida com poucos compromissos.

Las Vegas era um dos últimos destinos do casal antes de voltarem para a Coreia. Passariam apenas mais alguns dias na Europa e depois encerrariam a viagem. E isso foi tudo o que Kim Yeonsu conseguiu de informação nas poucas mensagens que trocou com Saem e Haebin.

Mas já fazia algum tempo que eles não davam nem sinal de vida, não respondiam mais as mensagens que Yeonsu enviava, e este começou a pensar que eles tinham se cansado dele. Afinal, por que insistiriam nesse "relacionamento"?

Yeonsu começou a imaginar quantos outros caras eles não tinham levado para cama nesses últimos tempos, talvez um em cada parada. E com esse pensamento, não conseguiu evitar sentir um pouco de ciúmes.

Recostou-se na cadeira, tomando coragem para voltar ao trabalho, mas algo começou a vibrar em sua mesa. Era seu celular, e a tela brilhante mostrava claramente o nome Su Saem.

Surpreso, atrapalhou-se todo e acabou derrubando o aparelho no chão. Seu coração batia forte, e as mãos tremiam um pouco. Era a primeira vez que um deles ligava. Desde Las Vegas, não tinha mais escutado a voz do casal.

— Saem? — Yeonsu finalmente conseguiu atender a ligação.

— *Não, docinho. Aqui é o Haebin! Decepcionado?* — A voz soava divertida do outro lado da linha.

— Não, não! Não é isso! É só porque o nome do Saem apareceu na tela, achei que fosse ele — tentou se explicar. — Eu estou tão feliz de poder falar com você de novo.

— *Desculpa por não termos mais entrado em contato, mas tivemos uma mudança de planos na nossa viagem. Decidimos fazer um safári na Tanzânia e lá ficamos incomunicáveis.*

— Safári? Que legal. E onde vocês estão agora?

— *Estamos em Paris, chegamos hoje pela manhã. Já esteve aqui?*

— Não, eu nunca estive na Europa!

— *Ah, que pena. Paris é uma cidade inspiradora.*

— Imagino. — Suspirou, imaginando como seria visitar a cidade luz com eles. — E o Saem está aí com você?

— *Sim, ele está, mas está um pouco ocupado no momento.*

— Ah... sim... — respondeu, chateado por não poder falar com Saem também.

— *Docinho, você está sozinho? Está em casa?*

— Estou no trabalho, mas acho que não tem mais ninguém por aqui.

— *Hum... Podemos nos falar por chamada de vídeo, então?*

— Sim, claro! — Yeonsu sorriu. Não só escutaria a voz de Haebin como também poderia ver o seu rosto.

A ligação foi encerrada, mas poucos segundos depois, o celular vibrou novamente, anunciando a nova chamada. Yeonsu não esperou tocar nem duas vezes antes de atender, e quando a imagem apareceu, pôde ver Haebin recostado no que parecia ser a cabeceira de uma cama, com os cabelos vermelhos, levemente bagunçados, e um rubor nas maçãs do rosto.

— *Que tesão ver você assim, todo executivo* — foi a primeira coisa que o ruivo disse.

— Você gosta? — indagou, com seu sorriso largo.

— *Não sabe o quanto.*

— Haebin, eu queria tanto poder falar com o Saem também, ou pelo menos vê-lo. Ele vai demorar a se desocupar? — perguntou, esperançoso.

— *Provavelmente, não. Ele não pode falar agora, mas você pode vê-lo.*

Yeonsu não entendeu bem o que ele quis dizer com aquilo, até que Haebin trocou a câmera frontal pela traseira, fazendo o gerente se engasgar com a própria saliva.

Saem estava ali, entre as pernas de Haebin, com a cabeça se movendo para cima e para baixo, engolindo com vontade o grosso membro do outro. Yeonsu nem conseguia se mover, com os olhos arregalados por causa da imagem que apareceu, sentindo as mãos suarem e o seu pau dar sinais de excitação.

— *Gosta do que vê?* — ouviu a voz de Haebin.

Engoliu a saliva presa na garganta. Era óbvio que estava gostando do que via. Saem era uma obra de arte, e vê-lo daquela maneira, tão dedicado a dar prazer ao seu namorado, era lindo. Saem tinha uma das mãos firmes na base do membro de Haebin, enquanto a outra apertava com força a coxa direita do ruivo.

— *Diga "olá" para o Yeonsu, querido.* — Acariciou os cabelos platinados, tirando os fios que caíam sobre a testa úmida.

— *Hey, docinho. Estávamos com saudade* — disse Saem, com um sorrisinho malicioso.

Yeonsu podia ver claramente o corpo desnudo de Kim, a pele levemente bronzeada, contra a luz fraca que havia no quarto. Recostou-se na cadeira, levando uma das mãos até o membro desperto, afagando-o com suavidade sobre a calça social.

Suspirou um pouco mais forte quando ouviu Haebin soltar um gemido rouco, ao sentir Saem o engolir por completo. A câmera foi invertida novamente, e o rosto do ruivo apareceu, com a cabeça apoiada na cabeceira da cama, os olhos fechados e o lábio inferior entre os dentes.

Ah, como Kim Yeonsu gostaria de estar no meio daqueles dois mais uma vez.

— *Docinho, estávamos entediados nesse quarto de hotel. Então, decidimos te ligar, para ver se você gostaria de brincar um pouco com a gente.* — Haebin voltou a encarar a tela do aparelho.

— B-brincar? C-como?

— *Oras, Yeonsu. Vamos foder a distância* — Saem respondeu como se fosse a coisa mais banal do mundo.

O gerente de vendas sentiu seu membro dar uma fisgada dentro das calças. Nunca tinha feito uma *sex call*, mas adoraria participar de uma, principalmente com aqueles dois. Levantou-se com pressa, indo até a porta de sua sala e trancando-a por dentro. Não havia mais ninguém naquele andar, mas era melhor garantir, para não ser pego em uma situação constrangedora. Voltou para a cadeira e apoiou o celular na mesa, de forma que pudesse ver a tela e ficar com as mãos livres.

Haebin apoiou o aparelho na mesa de cabeceira, ao lado da cama, certificando-se de que eles estavam enquadrados na câmera. Trocou de posição com Saem, que agora tinha as costas apoiadas no colchão, com o ruivo entre suas pernas, e tirou a última peça de roupa que estava em seu corpo: uma camiseta branca simples.

— *Docinho, agora se imagine no lugar de Saem.*

Yeonsu só conseguiu balançar a cabeça para cima e para baixo, com os olhos vidrados na tela de seu celular. Haebin tomou em suas mãos o membro inchado de seu namorado, circulando a glande úmida com o polegar, espalhando o pré-gozo que começava a escorrer pela fenda. Começou a masturbá-lo com lentidão, torturando Saem da forma mais gostosa. O platinado se agarrou aos lençóis quando Haebin passou a língua no topo de seu membro, e Yeonsu achou que cairia da cadeira quando ouviu o primeiro gemido rouco sair dos lábios de Saem.

Sem mais delongas, o ruivo colocou tudo o que pôde na boca, masturbando o restante da longa extensão do pênis de seu namorado. Os gemidos de Saem já estavam ecoando alto pelo quarto, quando Haebin penetrou dois dedos no interior do outro, se movendo com destreza, como se já conhecesse cada pedacinho daquele corpo bonito.

Yeonsu desafivelou o cinto e abriu o zíper da calça, espalmando o próprio pau por cima da boxer azul marinho.

Mesmo muito concentrado nas reações de seu namorado, Haebin olhava para a tela do celular com os cantos dos olhos, querendo ver o que aquela cena provocava no outro.

O gerente passou uma das mãos pelos cabelos escuros e afrouxou a gravata do colarinho, para tentar respirar com mais facilidade.

Assim que o ruivo percebeu que Saem estava próximo de seu limite, tirou os dedos de dentro dele e o virou na cama, deixando-o de bruços e com o traseiro bem empinado. E nessa hora, o casal escutou, finalmente, o primeiro gemido de Yeonsu escapar. Saem sorriu, cheio de malícia, passando a língua pelos lábios ao ver Yeonsu tão necessitado.

— *Pode se tocar, docinho. Deixa a gente te assistir também, queremos que você participe da brincadeira* — o platinado autorizou.

Yeonsu, então, abaixou a calça e a boxer até os seus joelhos. Alguns minutos atrás, estava corado, com vergonha de estar fazendo aquilo no seu ambiente de trabalho, mas depois que ouviu os gemidos manhosos de Saem, esqueceu-se de tudo e entregou-se para o tesão. Passou a se masturbar devagar, sentindo o seu membro pulsar entre as mãos pálidas e magras.

Haebin tinha uma visão privilegiada de onde estava, podia ver o corpo todo de seu namorado e a imagem de Yeonsu se tocando à sua frente. Alcançou o tubo de lubrificante, que já estava sobre a cama, despejando uma quantidade generosa sobre o seu pênis, posicionou-se entre as pernas de Saem e, com calma, o penetrou, até que seus testículos tocassem o corpo do outro. O platinado revirou os olhos, já sentindo prazer em ter Haebin dentro de si.

— *Yeonsu...* — o ruivo chamou a sua atenção. — *Imagina só você aqui com a gente, o Saem te chupando bem gostoso, enquanto eu fodo esse cuzinho apertado.*

Yeonsu passou a se masturbar mais rápido e com mais força, totalmente extasiado com as palavras sujas que saíam da boca de Haebin.

— *Sim, docinho. E depois eu iria te foder todinho* — Saem completou.

Haebin passou a estocar seu namorado, segurando firme na sua cintura, enquanto Saem gemia o nome de Yeonsu.

O gerente de vendas levou um dos dedos até a sua entrada, penetrando de uma vez e movimentando na mesma velocidade em que se masturbava, com a imaginação indo longe, quase sentindo os lábios quentes de Saem em seu membro.

Agora, os três gemiam. Os três nomes eram soltos aleatoriamente, enquanto o prazer os arrebatava.

O ruivo acelerou seus movimentos, fazendo seu corpo se chocar contra o de Saem com força. Estar dentro de seu namorado, enquanto assistia a Yeonsu se tocar despudoradamente, fez com que Haebin não conseguisse mais se segurar. Saiu de dentro de Saem e gozou abundantemente nas costas dele.

Em seguida, o ruivo levantou o torso do platinado, fazendo-o ficar de joelhos no colchão, em frente à tela do celular, expondo para Yeonsu toda a sua excitação.

— *Vamos lá, quero ver os dois gozando para mim.*

Haebin passou a masturbar Saem com uma das mãos, enquanto a outra acariciava seus testículos, e o platinado colou as costas no peito do outro, levando os braços até o pescoço do ruivo. O platinado já estava sensível, e seu ápice cada vez mais próximo.

Yeonsu já sentia ambas as mãos cansadas, mas não pararia até que pudesse aliviar todo o seu tesão por aqueles dois. Abriu mais as pernas e ousou adicionar mais um dedo à sua entrada, intensificando os movimentos em seu falo teso.

Não demorou muito mais, e o gerente de vendas se desmanchou em sua própria mão, sujando a camisa e a gravata que usava. Seu gemido de deleite final foi o suficiente para levar Saem ao orgasmo potente, melando a mão firme de seu namorado.

Haebin abraçou o outro, impedindo que seu corpo cedesse pelo cansaço, dando beijos ao longo de seu ombro e pescoço.

— *Estou orgulhoso de vocês, fizeram um ótimo trabalho* — disse o ruivo, agora aninhando o namorado em seu peito, enquanto se recostava na cabeceira da cama.

Saem esticou o braço e alcançou o celular que estava na mesa de cabeceira, levando o aparelho para mais perto dos dois. O casal sorriu ao ver a cena que acontecia quase do outro lado do mundo: Yeonsu com os olhos fechados, os cabelos bagunçados e a respiração descompassada, tentando se recuperar do orgasmo recente.

— *Docinho?* — Saem chamou.

— O-o quê? O que foi? — Abriu os olhos assustados, voltando à realidade.

— *Estamos felizes por esse reencontro, Yeonsu* — revelou Haebin. — *Que bom que ainda estava acordado. Deixou a nossa primeira noite em Paris ainda melhor do que imaginávamos.*

— Estou feliz também, não sabem como o meu dia estava sendo difícil. Agora vou até para casa, termino essa papelada amanhã.

— *Bom, acho que por hoje é só. Nos falamos depois, pode ser?* — o ruivo ofereceu.

— Sim, claro. Não demorem, me deem notícias sempre que puderem.

— *Faremos o possível! Boa noite, docinho* — o casal se despediu em uníssono.

— Boa noite, Saem. Boa noite, Haebin. — Deu o seu adorável sorriso.

A chamada de vídeo foi, então, encerrada, e Yeonsu se levantou da cadeira, tentando se ajeitar da melhor forma possível. Subiu a boxer e a calça social, colocando a camisa por dentro e tirando a gravata suja. Por sorte, tinha levado um suéter, que cobriu qualquer vestígio à vista. Juntou seus pertences e saiu da sala, rumo à sua casa.

Dentro do elevador, não conseguia desfazer o sorriso satisfeito. Jamais imaginaria fazer uma *sex call* durante o trabalho, mas tinha valido tanto a pena.

O elevador abriu as portas no andar da recepção, que já estava escuro, e apenas um segurança estava presente. Deu alguns passos em direção à saída, mas percebeu que um de seus sapatos estava desamarrado. Apoiou um dos joelhos no chão, dando um laço nos cadarços soltos, mas quando foi se levantar, sentiu um vulto passar pelo saguão, andando apressadamente.

Quem seria? Quem viria até aqui a essa hora? Perguntou-se.

Forçou mais a vista, tentando ver o rosto da pessoa que entrava no elevador, e antes que as portas se fechassem, a luz fraca da cabine revelou um rosto conhecido: Aeri.

35

Yuri acordou com um barulho estridente, como se algo tivesse se desprendido de algum lugar alto e caído no chão. Levantou-se, assustado, do sofá, procurando de onde tinha vindo aquele ruído. Foi em direção à cozinha, de onde começou a ouvir alguns murmúrios, como se fossem duas pessoas tentando conversar em voz baixa. Yuri espiou pela porta do cômodo, sem colocar todo o corpo à vista, mas teve que cobrir a boca para não soltar uma risada alta com a cena que estava à sua frente.

Taejoon estava de joelhos no chão de granito, tentando recolher os tomatinhos verdes, enquanto Hyunji tinha um pano de prato em uma das mãos e a outra gesticulava para o namorado, como se estivesse dando uma bronca.

Yuri ouviu Taejoon se desculpar mais de uma vez, para, em seguida, ver seu primo se render à sua carinha de culpado. Hyunji suspirou, deixando o pano, que estava em sua mão, na pia, e se abaixou ao lado de Taejoon, ajudando-o a recolher os últimos tomates.

Com tudo de volta na travessa, que estava nas mãos de Taejoon, Hyunji voltou seu olhar para o namorado, tirando alguns fios de cabelo que caíam sobre os olhos.

— Me desculpa, *hyung*. Eu sou mesmo um desastrado. — O mais novo sorriu, mostrando as covinhas que o cozinheiro tanto amava.

— Está tudo bem, você é o meu pequeno grande destruidor.

— Você me ama menos por isso? — perguntou, fingindo decepção.

— Te amo ainda mais. — Sorriu, se aproximando de Taejoon para selar os seus lábios.

— Ah, eu vou vomitar arco-íris! — Yuri entrou na cozinha. — Vocês são tão fofos! — Aproximou-se, apertando as bochechas do casal, que ainda estava ajoelhado no chão.

— Yuri, pare com isso! Eu sou o seu *hyung*! — Hyunji se levantou, junto de Taejoon, tentando esconder o rosto corado.

— Desculpa por ter te acordado, Yuri. — Taejoon coçou a nuca, constrangido.

— Não tem problema! Já estava na hora de me levantar mesmo. Hum... que cheiro bom é esse? — O loiro destampou a panela que estava no fogo.

— Pelo jeito, alguém acordou bem-disposto. — Hyunji piscou para o primo.

— Mais do que nunca, *hyung*. — Yuri tentou roubar um pedacinho de dentro da panela, mas ganhou um tapinha na mão do primo, impedindo-o de comer antes que ficasse pronto.

— Vá se vestir primeiro. Taejoon vai te dar uma carona até o escritório depois que comermos.

— Sim, mamãe!

Yuri se abaixou agilmente, se esquivando da cebola que foi arremessada em sua direção, e correu para fora da cozinha, rindo alto, se sentindo o mesmo menino que se divertia provocando seu *hyung* na casa da avó. Trancou-se no banheiro e tomou um banho rápido, pois sabia que Taejoon tinha horário para chegar ao trabalho.

Como não tinha voltado para o hotel, havia poucas opções para vestir. Escolheu uma calça social preta, vestiu uma camiseta simples e um blazer da mesma cor. Não tinha nada de muito especial, mas serviria para um dia de trabalho no escritório. Arrumou todas as suas coisas, deixando a mala pronta próximo à porta, e voltou para a cozinha, encontrando o casal já sentado e servido.

— Aqui, Yuri. Coma tudo. — Hyunji sorriu, enquanto passava uma pequena tigela de arroz, acompanhado de um pedaço de peixe grelhado, outra do seu famoso kimchi e uma com sopa de brotos de feijão.

Os três comiam, enquanto conversavam sobre a inauguração do restaurante de Hyunji, que se aproximava. O cozinheiro estava empolgado por, finalmente, poder comandar sua própria cozinha. Tinha elaborado um cardápio do jeito que sempre quis. Pesquisou e testou diversas receitas, até chegar na combinação perfeita de pratos típicos japoneses cozidos somente no vapor.

— Yuri, já está pronto? Podemos ir? — Taejoon perguntou, assim que comeu a última colherada de arroz.

— Sim, claro. Vamos — Yuri respondeu, já se levantando da mesa e recolhendo a louça.

— Deixem tudo aí, vocês vão acabar se atrasando. Eu cuido disso. — Hyunji tirou as tigelas da mão do primo.

— Obrigado, amor. Nos vemos mais tarde! — Taejoon selou os lábios do namorado.

Lee e Kang saíram do apartamento de Hyunji, indo em direção ao estacionamento. Taejoon destravou a porta de seu SUV prateado, parado logo ao lado do elevador, e Yuri acomodou a sua mala no bagageiro, antes de entrar no veículo.

— Taejoon, será que você poderia falar com aquele seu amigo que é corretor de imóveis? Preciso achar um lugar para mim, não quero mais viver naquele quarto de hotel — Yuri iniciou a conversa quando o veículo ganhou as ruas movimentadas de Seul.

— Mas é claro, falarei com ele assim que chegarmos na empresa. Você tem alguma coisa em mente?

— Quero algo pequeno, de fácil manutenção, de preferência já mobiliado.

— Muito bem, vou colocar vocês dois em contato. Tenho certeza de que ele vai achar algo que te agrade.

— Obrigado. — Yuri sorriu para o advogado, que dirigia, concentrado.

— Kang... — Hesitou em continuar a frase. — Como vai ser daqui para a frente? Eu quero dizer... você... Junsuk...

— Por favor, não conte nada a ninguém. Nem ao Yeonsu. Vamos manter tudo em sigilo por enquanto. Seria um grande escândalo se soubessem que Junsuk terminou o tão esperado noivado com Aeri para ficar comigo.

— Eu entendo, você tem razão. Não direi nada a ninguém. Mas você sabe que isso é o menor dos problemas, não sabe?

— Sim, eu sei...

— A família da Aeri não vai deixar esse casamento escapar assim, gratuitamente.

— Eu tenho evitado pensar nisso, Taejoon. Mas sei que não vai ser assim, tão simples, para o Junsuk. — Yuri deu um suspiro pesado, preocupado com as consequências que viriam pela frente.

— Estaremos ao lado dele — atestou, confiante.

— Ele vai precisar, principalmente porque vai ter que explicar muito bem o motivo de ter cancelado a compra da empresa de Jaechin. — Yuri mordeu o cantinho de uma das unhas. — Eu não tenho ainda nada concreto, mas minha intuição nunca falha. Tenho certeza de que tem alguma coisa de errado nessa empresa. Eu vou descobrir, nem que tenha que deixar a auditoria de lado por alguns dias.

— Se precisar de ajuda, minha equipe jurídica e eu estaremos à sua disposição.

— Obrigado.

Taejoon estacionou na garagem subterrânea da empresa, e Kang e ele pegaram o elevador vazio até o último andar, prontos para começarem mais um dia de trabalho.

O outro advogado foi na direção oposta à de Yuri, que seguiu diretamente para a sua sala, cumprimentou educadamente a secretária de Junsuk e fechou a porta atrás de si.

Yuri colocou sua mala em um canto e foi até a sua mesa, sentando-se na cadeira, e ligou o seu notebook. Mas antes que pudesse fazer qualquer outra coisa, deu falta de um item em sua mesa. Procurou no meio das pastas que estavam sobre o móvel, olhou nas gavetas e nas estantes, mas nada.

— Yang Mi, alguém esteve na minha sala na minha ausência? — Yuri perguntou à secretária pelo telefone.

— Apenas o pessoal da limpeza, senhor Kang — a voz cordial foi ouvida do outro lado da linha. — Precisa de alguma coisa?

— Não, está tudo bem. Obrigado.

A pasta preta que Lee Woobin lhe havia dado tinha sumido.

Yuri procurou novamente entre os seus pertences. Tinha certeza de que havia deixado em cima da mesa antes de ir para o Japão, mas não estava mais ali, alguém havia pegado.

Seu coração batia forte. Aqueles documentos tinham dado uma pista importante para as investigações de desvio de dinheiro. Quem pegou, sabia do que se tratava.

Primeiramente, pensou em avisar a Junsuk, mas ponderou as consequências e decidiu que seria melhor manter em segredo as informações que tinha lido naqueles documentos. Seria imprudente alarmá-lo com as suas suspeitas.

Sentou-se na cadeira, suspirando pesadamente. Não tinha mais os papéis em mãos, mas se lembrava bem do nome e da assinatura que aparecia na maioria deles.

Enquanto tentava organizar os pensamentos, ouviu toques na porta e a maçaneta girar em seguida.

— Senhor Kang, Kim Yeonsu gostaria de vê-lo — a secretária anunciou.

— Mande-o entrar, por favor.

O gerente de vendas entrou na sala de Kang carregado de pastas, equilibrando os documentos nos dois braços, mal enxergando o que estava à sua frente.

— Kang, eu trouxe todos os contratos e transações financeiras dos últimos 6 meses, assim como você me pediu. — Conseguiu colocar os papéis sobre a mesa.

— Obrigado, Yeonsu. Você trabalhou rápido — Yuri elogiou, vendo o outro sorrir, satisfeito.

— Dê uma olhada e veja se era isso mesmo que você queria.

Yuri abriu a primeira pasta, passando os olhos rapidamente sobre o conteúdo. Enquanto passava as folhas, a porta foi aberta novamente.

Era Junsuk.

Yuri achou que seu coração tinha falhado uma batida quando avistou o moreno vestido em uma calça social preta, camisa de seda da mesma cor e um blazer vermelho-sangue.

— Bom dia, Kang — pronunciou-se primeiro, sorrindo, enquanto fechava a porta atrás de si.

— Acho que não escutei você bater, Han — Yuri respondeu, sério, voltando seu olhar para os documentos em sua mesa.

Junsuk ficou um tanto desconcertado com a resposta fria do loiro. Sem saber o que dizer, alternou o olhar entre Yuri e Yeonsu, que também parecia um pouco constrangido com a situação.

— Ah, sim. E-eu... desculpa, eu queria... Bom, se estiver muito ocupado, posso voltar depois.

— Não, fique. Eu preciso mesmo falar com você. Yeonsu, parece que tudo está em ordem. Vou analisar tudo com calma. Se eu tiver alguma dúvida, te chamo — Yuri se direcionou ao gerente de vendas.

— Sim, estarei à disposição. Mais alguma coisa?

— Não, pode ir — Kang ordenou.

Yeonsu se apressou em sair da sala, olhando para Junsuk com as sobrancelhas erguidas.

Agora sozinhos, Yuri parou de analisar os documentos e encarou o moreno à sua frente.

— Você tem alguma coisa para me dizer? — Junsuk perguntou, ainda parado no mesmo lugar.

— Sim, sente-se, por favor. — Apontou para a cadeira vazia à sua frente.

Junsuk foi até a cadeira, acomodando-se, e o loiro levantou-se, dando a volta em sua mesa, deixando o moreno ainda mais confuso.

Sem aviso nenhum, Yuri se sentou no colo de Junsuk, passando os braços pelo pescoço do outro e colando as bocas em um beijo ardente.

Han correspondeu na mesma hora, entreabrindo os lábios e invadindo a boca do loiro com sua língua quente. As mãos pequenas de Kang faziam um carinho leve na nuca do moreno, enquanto as mãos grandes de Junsuk seguravam sua cintura com firmeza.

O beijo foi longo, sem pausas, como se quisessem recuperar o tempo que estiveram separados.

— Bom dia, Kotchu — disse Yuri, ainda com os lábios quase colados nos do outro. — Me desculpe pelo jeito que te tratei, estava apenas tentando manter a minha postura de auditor durão. — Riu baixinho.

— Mas eu sou o CEO deste lugar — Junsuk retrucou, brincalhão. — Você deveria me respeitar.

— Você não é o meu chefe, não manda em mim.

— Ah, Yuri... Você fica um tesão dando ordens. — Junsuk deslizou uma das mãos pela coxa grossa do loiro.

— É mesmo? Você gostaria que eu desse mais ordens para você? — Yuri puxou o moreno pelo colarinho.

— Não vejo a hora.

Yuri beijou Junsuk novamente, agora totalmente no controle dos movimentos. Han adorava ser o "chefe", era um líder nato. Comandar as pessoas era uma das suas tarefas preferidas, mas aquele loiro o fazia se render, o fazia abaixar a guarda e se deixar guiar. Yuri era um feiticeiro, e ele não conseguia resistir aos seus feitiços.

O clima quente foi quebrado pelas batidas fortes na porta. Yuri se levantou do colo de Han imediatamente, arrumando as roupas amassadas e passando os dedos pelos fios bagunçados.

— Pode entrar — Kang anunciou.

Taejoon abriu a porta, se deparando com Yuri corado e Junsuk passando os dedos sobre os lábios inchados, enquanto tentava puxar o blazer para cobrir o início de uma ereção.

— Ah, interrompo? — perguntou, coçando a nuca.

— Não, Taejoon. Entre, por favor — Yuri respondeu, voltando a se sentar em sua cadeira.

— Bom dia, Junsuk. Tudo bem por aí? — o advogado se dirigiu ao amigo, apontando com a cabeça para a região que Han tentava esconder.

— Sim, Taejoon. Está tudo ótimo! — disse entre os dentes, ganhando uma risada como resposta.

— Kang, eu falei com o meu amigo que é corretor. Expliquei as suas condições, e ele me disse que tem duas ótimas opções aqui no bairro. Ele disse que pode te levar hoje mesmo para ver os apartamentos. Aqui está o cartão dele.

— Nossa! Obrigado, Taejoon. Que eficiência — elogiou, enquanto pegava o cartão de visitas de sua mão. — Kim Jaewoo, corretor de imóveis.

— Kim Jaewoo?! — Junsuk arregalou os olhos, se virando para Taejoon.

— Sim, não se lembra dele Han? É o mesmo que te ajudou a comprar o seu apartamento.

Junsuk se lembrava muito bem de Jaewoo. Ele não era somente o maior vendedor de imóveis, mas também era o maior pegador da cidade. O moreno quase caiu na conversa dele ao fechar a compra de seu apartamento, quase inaugurando o sofá da sala nova com ele.

— Como eu esqueceria... — murmurou, irritado, para si mesmo.

— Ótimo, vou ligar para ele — Yuri disse, empolgado.

Taejoon saiu do escritório, deixando os dois novamente sozinhos.

— Yuri, para quê alugar um apartamento? Venha morar comigo!

— Você ficou maluco, Junsuk? Nós não podemos nem assumir nosso relacionamento em público, quanto mais morarmos juntos. Não se precipite. Além do mais, eu quero ter meu próprio espaço.

— Tudo bem, então. Mas vou com você olhar esses apartamentos. Eu não confio nesse Kim Jaewoo, aposto que ele vai dar em cima de você.

— Pare com esse ciúme, Junsuk. Esse cara nem me conhece, como você pode ter tanta certeza de que ele vai flertar comigo?

— Quem não flertaria com você? — O moreno cruzou os braços na frente do peito, não percebendo a formação de um pequeno bico nos lábios.

— Ah, vem aqui, meu esquilinho ciumento — Yuri chamou, dando tapinhas em seu colo.

Junsuk riu, mas aceitou o convite de bom grado e acomodou-se nas pernas fortes de Yuri, passando um dos braços pelas costas do loiro. Era estranho, era a primeira vez que se colocava naquela posição, mas estava aberto a novas experiências com o seu Onie.

— Olha só, você não vai comigo ver os apartamentos porque eu tenho uma outra tarefa para você — Yuri disse, enquanto passava a mão pelo torso forte de seu amado.

— Que tarefa? — perguntou, curioso.

Yuri levou uma das mãos até o bolso da calça, tentando tirar, com alguma dificuldade, um pequeno objeto de lá.

Era a aliança de Junsuk.

— Você vai vender isso aqui, assim como me prometeu. — Yuri jogou a joia em cima da mesa.

— Eu já tinha até me esquecido desse negócio.

— Pois eu não.

— Muito bem, vou fazer isso hoje mesmo.

— Obrigado, Kotchu.

Junsuk trouxe Yuri para mais perto, beijando os lábios carnudos que tanto amava, e o loiro levou uma das mãos até os fios escuros de Han, puxando-os para trás, para poder ter acesso ao pescoço cheiroso à sua frente.

Junsuk suspirou quando sentiu Yuri deslizar a boca pela sua pele, com a língua macia fazendo todos os pelos do seu corpo se arrepiarem. O loiro sugava de leve, tomando cuidado para não deixar nenhuma marca visível.

Han sentia que entraria em combustão a qualquer momento, e não sabia se conseguiria se segurar para não jogar Yuri em cima daquela mesa. Mas então, mais toques na porta foram ouvidos, e dessa vez, foi Junsuk que pulou do colo de Kang, tentando se recompor.

— Ah, não! Será que sempre tem alguém para nos interromper? — O CEO bufou.

— Entre — Yuri se pronunciou.

— Com licença... — Yang Mi apareceu na porta. — Senhor Han, o senhor Im Wonshik está te procurando.

Junsuk olhou para Yuri, arregalando os olhos vendo a mesma expressão em seu rosto delicado. Antes que pudesse falar alguma coisa, Wonshik invadiu o escritório, e em reflexo, Junsuk pegou a aliança rapidamente, jogando-a no bolso da calça.

— Han. Na sua sala. Agora — vociferou Im Wonshik, antes de dar as costas e sair da sala de Kang.

36

Junsuk congelou no lugar por alguns instantes, tentando assimilar o que estava acontecendo. Nunca ninguém o havia tratado daquela maneira na empresa, nem mesmo o seu pai, e não seria agora que permitiria isso. O moreno endireitou a postura, ajeitando as roupas com calma, com a mandíbula tensa e os olhos fixos na porta à sua frente. Não havia motivos para abaixar a cabeça para o ex-sogro, e nada que ele falasse mudaria a sua decisão em relação ao casamento.

Yuri olhava para Junsuk com uma expressão de espanto misturada com admiração. Aquele homem, que antes estava rendido em seu colo, tinha se transformado novamente no CEO daquela empresa, altivo e seguro.

— Junsuk... — Yuri tocou a mão do moreno.

— Não se preocupe, querido. Está tudo sob controle. — Deu um sorriso reconfortante para o loiro, saindo, sem pressa, em direção à sua sala.

Era de se esperar uma reação imediata de Wonshik. Ele havia investido muito tempo e dinheiro naquele casamento, esperando unir a sua única filha ao promissor empresário.

Junsuk sabia que os acordos matrimoniais na Coreia ainda eram levados muito a sério pelas famílias tradicionais, e a quebra deles era uma questão de desonra para ambas as partes.

Quando o CEO entrou em sua sala, o senhor Im já estava sentado no sofá do escritório, com postura nobre, expressão fechada e ameaçadora. O pai de Aeri acompanhou Junsuk com os olhos, até que ele ocupasse a poltrona à sua frente. Os dois homens se encararam por alguns instantes, nenhum dos dois tomando a iniciativa da conversa.

— E então, não vai me dizer nada? — Wonshik disse minutos depois, fuzilando o ex-genro com os olhos.

— O senhor que me chamou para conversar, creio que tenha algo para me dizer. — Ajeitou-se melhor na poltrona. — Mas já que prefere que eu comece... Como está a Aeri?

Wonshik riu sem humor, ficando ainda mais impaciente com a resposta de Junsuk.

— Ainda tem coragem de perguntar como ela está? Está arrasada, humilhada. Ou você acha que ela estaria feliz por ter que cancelar a cerimônia e devolver todos os presentes que já recebeu? Escute bem, Junsuk, eu vou te dar uma chance para se desculpar por essa confusão toda e acabar com esse absurdo de cancelamento do noivado.

— Eu sinto muito, senhor Im. Esta é a minha decisão final, não tenho nenhuma intenção de reatar com a sua filha. E eu acho que fui bem claro com ela quando disse que não a amava e que nós dois merecíamos um relacionamento honesto. Será melhor assim.

— Seu tolo! — Levantou um pouco mais a voz. — E quem você pensa que é para passar por cima de um acordo como esse? Sua família se comprometeu com esse casamento. Ou a palavra dos Han não significa nada?

— Eu entendo a sua frustração. Meu pai também não está contente com a minha decisão, mas me deu uma chance para provar que isso vai ser melhor para todos. Nós estamos tratando de pessoas aqui, e não de negócios.

— Aí que você se engana, Junsuk, isso sempre foi uma questão de negócios. Você sabe muito bem que, se casando com a minha filha, as minhas ações parariam nas suas mãos. Você teria maior controle da empresa e não dependeria dos votos de sócios como o Oh Seojoon, que sempre teve um pé atrás com você. Seu poder no mercado coreano se expandiria, você ficaria ainda mais rico!

— Você ficaria ainda mais rico também — interrompeu.

— Mas é claro! Isso aqui não é caridade, Han. E parece que você ainda não entendeu a importância de seu cargo. Talvez os outros sócios tenham razão ao duvidar da sua competência na liderança de uma empresa como esta. Você acabou de desperdiçar um contrato de bilhões de wons de uma empresa de software em ascensão, e nós nem sequer sabemos o porquê!

— O dono não era confiável — limitou-se a dizer.

— Não estávamos comprando o dono, Junsuk, e sim, a sua empresa. Pense só na quantidade de dinheiro que entraria com a aquisição de um negócio como aquele.

— Senhor Im, eu tenho meus motivos para ter desistido da compra. E vou provar para toda a diretoria que não valeria a pena investir tanto dinheiro nisso.

— Ah... — zombou. — Você tem motivos... Estamos todos muito curiosos para saber. Mas não estou aqui para falar disso, você vai ter que se virar com isso na reunião que se aproxima. Eu vim aqui para tentar entender os "motivos" para você não querer mais se casar com a Aeri, uma moça tão linda, inteligente e bem-educada.

— É por isso mesmo. Justamente por ela ser tudo isso, merece ser feliz com quem a ame de verdade. Você não quer que sua filha seja feliz?

— Ela seria feliz ao seu lado, te ajudando a se tornar o grande homem que você sempre diz querer ser. Ela te ama e seria uma esposa perfeita. Aeri é sua grande chance de realizar os seus desejos, você não pode ignorar isso. — Wonshik estreitou os olhos na direção do moreno. — Não estou mais te reconhecendo, Junsuk. Você parece ter mudado de personalidade de uma hora para outra.

— Eu mudei sim, senhor Im. Não posso te explicar como ou o porquê, mas algo acendeu dentro de mim e me mostrou que eu estava seguindo para o caminho errado. Eu decidi que prefiro abrir mão de alguns objetivos profissionais para poder viver em paz, sem me sentir sufocado.

— Está dizendo que minha filha te sufocava? — Wonshik se levantou do sofá.

— Sem querer faltar com o respeito, senhor... Sim, ela me sufocava! E eu não queria passar o resto da minha vida desse jeito. Quero me casar com uma pessoa que eu ame de verdade.

— Você é mesmo um moleque irresponsável! Seu pai cometeu um grande erro em te colocar como CEO desta empresa. Você vai acabar perdendo todo o patrimônio que ele construiu com tanto esforço. — O rosto do pai de Aeri estava vermelho de raiva, e ele respirava com certa dificuldade. — Os outros sócios têm razão! Você é só uma mera sombra do seu pai.

Junsuk também se levantou, com o sangue fervendo por causa do rumo que aquela conversa estava seguindo. Mais do que decepcionar as pessoas, ele odiava ser menosprezado e ter suas habilidades postas em dúvida. Já tinha provado para todos de que poderia ocupar o cargo de CEO e jamais aceitaria que o diminuíssem daquela maneira.

— Im Wonshik... — Tentou respirar profundamente. — Abaixe a bola. Você pode ser mais velho que eu, mas ainda estou no comando dessa empresa, e me deve respeito.

— Você deveria se dar ao respeito primeiro, Junsuk. Ou acha que todo mundo acreditou que aquela com você na varanda da minha casa era a Aeri? Não estava traindo somente ela, mas também toda a família, bem debaixo dos nossos narizes. Você é uma vergonha para a nossa sociedade. É só um moleque mimado brincando de CEO.

— Pare de me tratar como uma criança, você não é meu pai! — Junsuk gritou.

No segundo seguinte, Im Wonshik levantou um dos braços e acertou um tapa no rosto de Junsuk.

O moreno parou de falar, chocado demais com aquilo, sentindo suas pernas tremerem de nervoso, com o rosto virado para o lado, avermelhado por causa do contato da mão pesada de seu ex-sogro.

Junsuk apertou os lábios um no outro, sentindo os olhos queimarem com as lágrimas que se formaram. Mas não eram lágrimas de dor, e sim de humilhação. Nunca ninguém lhe tinha encostado um dedo, nem mesmo seu pai. E mesmo que seu impulso animalesco implorasse para ele revidar a agressão, sabia que não poderia. O que diriam dele? Batendo em um senhor de meia-idade? Um jovem jamais deveria levantar a mão para uma pessoa mais velha.

— Isso é o que eu seu pai deveria ter feito — Im Wonshik quebrou o silêncio agoniante daquela sala. — Prepare-se, Junsuk. Sua vida não será nada fácil daqui para a frente.

E então, o pai de Aeri deixou a sala do CEO, batendo a porta com força ao sair.

Yuri estava na mesa de Yang Mi, solicitando que ela fizesse algumas cópias de relatórios antigos, quando Im Wonshik passou apressadamente pelos dois. O loiro imediatamente dispensou a secretária de Junsuk, entrando na sala do CEO sem bater, trancando a porta em seguida.

O moreno ainda estava no mesmo lugar, entre o conjunto de estofados de sua sala, enquanto olhava para o chão, como se estivesse buscando pelo significado de sua existência. Yuri se aproximou sutilmente, pousando uma das mãos no ombro do moreno, que foi tirado de seu transe.

— Junsuk... — sussurrou. — O que aconteceu?

O moreno virou o rosto para o lado contrário, não querendo que Yuri o visse com os olhos cheios de lágrimas, passou as mãos pelos cabelos e depois pelo rosto, limpando a umidade que se havia formado.

— Nada, coração. Está tudo bem. — Tentou forçar um sorriso.

— Não minta para mim, Junsuk. Wonshik aprontou toda essa cena para nada?! E você parece que ficou perturbado com essa conversa. O que aconteceu nessa sala?

— Onie...

— Sim, Kotchu... Fala alguma coisa, me deixa te ajudar. — Yuri apertava de leve o braço do outro.

— Apenas me abrace.

Yuri olhou dentro dos olhos de Junsuk, e seu coração se apertou quando só conseguiu enxergar desgosto. Seus olhos estavam opacos e sem vida. O loiro, então, atendeu o pedido de seu amado e envolveu os braços ao seu redor, trazendo-o para perto de seu corpo.

Junsuk o abraçou de volta, enlaçando com firmeza a cintura fina de Yuri, descansando o rosto sobre os cabelos perfumados. Com aquele afago, o moreno se sentiu um pouco mais leve. A dor no peito estava se dissipando, seu coração se aquecendo e lhe trazendo de volta a certeza de que tudo aquilo valia a pena. Passaria por qualquer provação apenas para poder ter Yuri entre os seus braços.

— Quero ficar aqui para sempre, Onie — Junsuk disse ao pé do ouvido do outro, aspirando o perfume que tanto gostava.

— Estarei aqui sempre que precisar.

Junsuk soltou os braços que estavam ao redor da cintura de Yuri, trazendo as duas mãos para segurar aquele rosto feito de porcelana. Seus olhos percorreram cada detalhe, memorizando tudo novamente, se apaixonando novamente.

O moreno aproximou seu rosto, roçando o nariz levemente no do outro, fazendo-o fechar os olhos com o toque. Arrastou o nariz pela pele macia, passando pelas maçãs do rosto salientes, até que sua boca tocasse a bochecha corada. Yuri suspirou, sentindo Junsuk plantar beijos delicados pelo seu rosto, até, finalmente, alcançar os seus lábios fartos.

O loiro inclinou a cabeça para o lado, encaixando melhor o beijo, dando um claro sinal de que queria mais daquele contato. Junsuk entreabriu a boca, capturando o lábio inferior do outro, chupando com delicadeza a carne macia e arrancando um pequeno arfar de Yuri.

Junsuk sorriu ao perceber que não era só ele que se rendia ao beijo, sentindo as mãos pequenas agarrarem a sua camisa de cetim, amassando as laterais por causa da força de seus dedos. Yuri invadiu a boca do moreno, massageando uma língua na outra, habilmente sugando-a em seguida.

— Você viu isso? — O loiro perguntou ao quebrar o contato.

— O quê?

— Ninguém nos interrompeu. — Sorriu.

— Tem razão, vamos aproveitar então — Junsuk devolveu, alcançando a boca de Yuri novamente, que sorriu entre o novo beijo.

O loiro espalmou as duas mãos no peito do moreno, empurrando-o levemente, para afastá-lo.

— Eu adoraria ficar aqui o dia todo, mas preciso trabalhar. Estou investigando a empresa de Jaechin e já combinei com Jaewoo para ele vir me buscar no final do expediente, para vermos os apartamentos.

Junsuk revirou os olhos ao ouvir os nomes daqueles dois. Saber que Yuri ficaria a sós com Jaewoo o incomodava demais. Mas não falaria mais nada, pois, do contrário, o loiro lhe passaria um sermão.

— Queria negar e exigir que você ficasse, mas também estou cheio de coisas para fazer. E assim como você me pediu, vou vender a minha aliança depois. Quer que eu te busque em algum lugar?

— Pode ser, te mando minha localização quando estiver livre. Se precisar de mim, estarei na minha sala.

— Sim, senhor auditor. — Junsuk piscou para Yuri, que já estava de saída do seu escritório.

Novamente sozinho, Han passou as mãos pelo rosto, tentando apagar aquela conversa com seu ex-sogro para poder se concentrar no trabalho.

♣♦♠♥

As horas passaram rapidamente, com todos ocupados em suas tarefas do dia. Junsuk lia e assinava novos contratos, enquanto acompanhava a movimentação das ações de sua empresa na bolsa de valores. Também estava de olho nos sites de fofoca, esperando o momento que o término de seu noivado seria noticiado.

Yuri tinha conseguido uma lista de empresas que haviam contratado os serviços da empresa japonesa de software e havia conversado com alguns desses clientes. Até agora, nada parecia fora do lugar, a não ser um ou outro que não tinha ficado satisfeito com os produtos comprados.

Mas o auditor ainda tinha uma carta na manga, ou melhor dizendo, um contato quente nos Estados Unidos.

No final do expediente, seu celular vibrou em cima da mesa. Era uma mensagem de Jaewoo, anunciando que já estava na recepção do prédio, esperando por ele. Juntou suas coisas e, ao sair de sua sala, percebeu que

Junsuk estava com dois funcionários em frente à sua mesa. Então apenas mandou uma mensagem, dizendo que já estava indo embora.

Quando o elevador alcançou o térreo, Yuri passou os olhos pelo saguão, procurando pelo corretor de imóveis que ainda não conhecia. Havia poucas pessoas ali, então talvez não fosse ser tão difícil identificar o homem.

Seus olhos pousaram em uma figura alta, que estava sentada no sofá da recepção, de pernas cruzadas e a cabeça apoiada nos dedos do braço que estava apoiado no móvel. Vestia uma calça preta social e uma camisa de botões branca, com os cabelos avermelhados repartidos de lado, formando um bonito topete.

Yuri prendeu o ar nos pulmões, entendendo imediatamente o motivo de Junsuk não querer que eles ficassem à sós. O homem era lindo e esbanjava charme sem nem mesmo se mover.

O olhar de Jaewoo cruzou com o de Yuri, e o corretor abriu um sorriso imediatamente quando deduziu ter encontrado seu novo cliente. Levantou-se do sofá e caminhou em direção ao loiro.

— Boa tarde. Kang Yuri, acertei? — Jaewoo esticou uma das mãos para cumprimentá-lo.

— Eu mesmo. Muito prazer. — Apertou a mão do outro.

— O prazer é todo meu. Eu preciso agradecer ao Taejoon por sempre me indicar os melhores clientes.

Pronto, já começou, pensou Yuri.

— Podemos ir?

— Sim, claro. Separei dois belos imóveis para você. Vamos lá, meu carro está estacionado aqui em frente. — Jaewoo indicou a saída para Yuri.

Os dois caminharam lado a lado, até entrarem no Sedan escuro do corretor. Durante o caminho, Jaewoo explicava todas as vantagens do bairro em que aqueles dois imóveis estavam. Mostrou supermercados, restaurantes, shoppings e lojas que prestavam todos os tipos de serviços. Realmente era um dos melhores bairros para se morar em Seul, o que significava que os preços também acompanhariam o padrão.

Estacionaram em frente ao primeiro prédio, com cerca de 20 andares, todo revestido de mármore. O apartamento ficava no terceiro andar, junto de outras 3 unidades. Era pequeno, mas de aparência aconchegante. Tinha piso de madeira escura, poucos móveis, quarto, banheiro, sala e cozinha equipada. Seria o suficiente para um homem solteiro como Yuri, mas o loiro preferia ver mais uma opção antes de decidir.

Jaewoo o levou até o segundo edifício, um pouco mais baixo, com cerca de 12 andares. O apartamento ficava no último andar e era o único daquele piso. Quando o corretor destrancou a porta, Yuri ficou de queixo caído. O lugar era muito bem decorado e iluminado. Tudo era em tons de cinza, preto e branco. O piso de madeira clara dava a impressão de amplitude, e as janelas davam para uma bela vista do bairro. Mesmo com o trânsito do horário de *rush*, não se ouvia muito barulho dentro do apartamento, e Jaewoo explicou que era por causa das janelas antirruídos. O quarto tinha uma grande cama de casal, armários suficientes para todas as suas roupas e o tamanho do banheiro era bastante satisfatório.

— E então, Yuri? O que achou dos dois imóveis?

— Os dois são ótimos, mas eu gostei muito deste aqui! Acho que tem mais a minha cara. Qual é o valor do aluguel?

— Sente-se, vamos conversar. — Apontou para o sofá da sala.

O corretor tirou alguns papéis de sua mala, entregando-os para Yuri. Ali estavam listados todos os custos que ele deveria arcar para morar naquele apartamento. E como já imaginava, os valores não eram nada modestos, mas nada que ele não pudesse pagar.

— Muito bem, Jaewoo. Eu vou ficar com este aqui. Pode preparar o contrato.

— Maravilha, adoro clientes bem resolvidos como você. Providenciarei os documentos e acredito que em uns 3 ou 4 dias você já possa se mudar. — Jaewoo sorriu, levantando-se do sofá. — Bom, já que terminamos por aqui... você aceitaria tomar alguma coisa comigo, Yuri?

— C-como? — O loiro já tinha se esquecido do aviso que Junsuk havia lhe dado.

— Digo, tem um bar aqui ao lado. Tomaria uma cerveja comigo? Para brindarmos ao nosso novo negócio?

Yuri ponderou por alguns instantes. Estava cansado, e uma cerveja cairia bem naquele momento. Jaewoo parecia uma boa companhia, e o loiro era seguro o suficiente para aguentar alguns flertes em sua direção. Seria divertido ver até onde ele chegaria.

— Sim, claro.

Jaewoo sorriu de lado, satisfeito por ter a companhia de Yuri por mais algum tempo, e os dois seguiram para o tal bar, que ficava exatamente encostado no futuro prédio de Kang. Sentaram-se a uma das mesas, e Jaewoo rapidamente pediu duas cervejas para o garçom que passava por eles.

— E então, Yuri... — Deu o primeiro gole na bebida gelada. — Acabou de se mudar para Seul?

— Sim, eu morava nos Estados Unidos antes de fechar um contrato com Han Junsuk.

— Junsuk? — Ficou interessado. — Você trabalha diretamente com ele, então?

— Quem me chamou foi o Taejoon, mas eu estou em contato com o CEO o tempo todo.

— Que sorte a sua, hein? — Jaewoo se recostou na cadeira, e Yuri jurou tê-lo visto suspirar.

— Sorte? Por que sorte?

— Ah, Yuri. Aquele homem é um pecado, não acha?

— O-o quê? Eu não sei... nunca reparei... — Yuri desviou o olhar, se sentindo estranhamente desconfortável.

— Eu duvido! Não tem como não reparar naquelas coxas grossas. Ah, se aquele celular não tivesse tocado na hora errada... — Suspirou. — Eu teria experimentado um pouco do inferno. — Jaewoo riu, tomando mais um pouco de sua cerveja.

— Como assim? Não entendi...

— Bom... eu ajudei o Junsuk a comprar o seu apartamento. Naquela época, convivemos muito, pois ele era muito indeciso e não ficava satisfeito com nenhum imóvel que eu mostrava para ele. Saíamos algumas vezes e trocamos alguns beijos no auge das bebedeiras.

— Vocês tiveram um relacionamento, então? — Yuri apertava os dedos na calça que vestia, e as orelhas começavam a esquentar por causa do rumo daquela conversa.

— Quem me dera. — Jaewoo suspirou. — Esse cara é muito difícil... E um dia, quando tinha encontrado o apartamento perfeito para ele, compramos algumas garrafas de vinho e levamos para fazer um "*open house*" improvisado. Ele estava tão feliz com a compra que queria comemorar de algum jeito.

Yuri se engasgou com a cerveja que tomava, naquele momento, e sentiu o sangue subir à cabeça, fazendo seu rosto esquentar com aquela história.

— E-e depois? — questionou, sem saber se queria ouvir o resto.

— Depois? Bom... Tínhamos tomado umas duas garrafas de vinho, e a coisa tinha começado a esquentar no sofá da sala. Mas assim que minhas mãos alcançaram o zíper da calça dele, o celular tocou. Era a mãe dele... — Jaewoo bufou, chateado. — Acabou com o todo o clima.

Yuri relaxou em sua cadeira depois daquilo. Não conhecia a mãe de Junsuk, mas agradeceu mentalmente por ela ter interrompido aqueles dois.

Achou que não conseguiria ouvir o corretor narrar as suas aventuras com o seu homem.

— E o que aconteceu com vocês depois? — Yuri estava curioso agora.

— Bom, como ele havia comprado o apartamento, não tínhamos mais motivos para nos encontrar. E acho que ele ficou feliz por isso, pois passou a ignorar as minhas mensagens. Logo depois, eu vi no noticiário que ele tinha ficado noivo de uma *socialite*, filha de alguém importante, não me lembro direito.

— É a Im Aeri, filha de um dos grandes sócios da empresa de Junsuk — Yuri explicou.

— Ah... agora tudo faz sentido. — Jaewoo riu. — Que coisa mais clichê. Aposto que foi tudo arranjado, aquele ali não parecia gostar muito de mulheres.

— Eu ouvi dizer que eles se separaram — Yuri se arrependeu imediatamente de ter dito aquelas palavras e se estapeou mentalmente por ter dado aquela informação de bandeja para ele.

— Jura? Junsuk está solteiro novamente? — Yuri balançou a cabeça, afirmando, apertando os lábios um no outro. — Será que eu devo tentar de novo? — Jaewoo sorriu, cheio de malícia.

— Ah, melhor não. Sabe... é... ele ainda está muito abalado com a separação. Melhor você dar um tempo para ele. — Yuri ficou ainda mais nervoso.

— Pelo contrário, Yuri. É nesse momento que eu tenho que atacar, enquanto ele está frágil e carente. Vou oferecer um ombro amigo para consolá-lo.

O loiro se remexeu, desconfortável, na cadeira. Não queria admitir, mas estava fervendo de ciúme. Era um idiota por ter falado que Junsuk estava solteiro, enquanto eles ainda não poderiam assumir o relacionamento publicamente.

— Bom, eu preciso ir. Tenho um dia cheio amanhã. — Yuri se levantou da cadeira, deixando dinheiro suficiente para pagar pelas duas cervejas que haviam tomado.

— Quer que eu te deixe em algum lugar?

— Não precisa, tem uma pessoa que vem me buscar.

— Tudo bem, eu espero ele chegar — Jaewoo se ofereceu.

— De jeito nenhum! — O próprio Yuri se espantou com a resposta. — Quero dizer, você já fez muito por mim hoje. Não se preocupe, pode ir embora.

— Tudo bem. Eu entro em contato nos próximos dias, para assinarmos os papéis. — Jaewoo esticou uma das mãos para se despedir.

Yuri esperou que o corretor de imóveis saísse do bar para mandar uma mensagem com a sua localização para Junsuk. Poucos minutos depois, a resposta veio, dizendo que já estava a caminho.

O loiro saiu do bar para esperá-lo na calçada. Não demorou muito, e Yuri avistou o carro esportivo desacelerar até parar na sua frente. Abriu a porta e se sentou no banco do passageiro, passando o cinto pelo corpo, antes de olhar para aquele que estava ao seu lado.

— Conseguiu? Gostou de algum apartamento? — Junsuk perguntou, estranhando um pouco o silêncio de Yuri.

— Sim, achei exatamente o que estava procurando — respondeu, enquanto o veículo ganhava as ruas novamente. — Jaewoo é um excelente corretor de imóveis, não é mesmo? — Yuri o encarou.

— Ah, sim… Ele sempre tem boas opções e tem muito bom gosto — Junsuk dizia, sem tirar os olhos da rua.

— Ah, sim... eu imagino. Ele deve ter gosto de vinho, não é mesmo?

Junsuk freou o carro bruscamente, fazendo ambos os corpos darem um solavanco para a frente.

— Ele te contou, não foi?

— Sim, cada detalhe. — Yuri mordeu o interior da bochecha.

— Ah... — Sorriu, constrangido. — E ele deu em cima de você?

— A princípio, achei que iria, mas depois ele não parou de falar de você em nenhum momento. Parece que ele ainda tem interesse nessas suas coxas grossas — repassou a frase que ouviu de Jaewoo.

— Você está com ciúme! — Junsuk entendeu tudo o que estava acontecendo.

— O quê? Ciúme? Eu? — Deu de ombros, se fingindo de desentendido.

— É claro que está! Dá pra ver pelas suas orelhas vermelhas e esse seu biquinho emburrado! — O moreno deu um sorriso ainda mais largo.

— Até parece que eu ia ter ciúme daquele vendedor de casas... — Yuri olhou para o outro lado, cruzando os braços e escondendo o rosto que devia estar ficando vermelho.

Jungsuk gargalhou, se divertindo ao ver a cena de ciúme. Jamais imaginaria ver Yuri daquele jeito.

— Chegamos — avisou quando estacionou o carro em frente ao hotel de Kang. — Não vai me chamar para subir? — indagou, assim que percebeu que o loiro sairia do veículo.

— Não... hoje não. Estou cansado e amanhã pretendo chegar cedo na empresa.

— Yuri, transar ia te fazer relaxar um pouco, tirar esse estresse que tomou conta de você. — Junsuk riu da careta que o outro fez. — Tá bom, então me dá um beijinho pelo menos.

Kang estava bravo, não gostava de se sentir daquela maneira. Ele não deveria se importar desse jeito, afinal aquilo tinha acontecido antes mesmo de se conhecerem. Achava que sentir ciúme era uma bobagem, mas não estava conseguindo tirar a imagem de Junsuk e Jaewoo no sofá.

— Está bem, só um beijinho. — Yuri selou os lábios do moreno e já ia se afastar, quando foi impedido pela mão grande, que segurou sua nuca.

A língua de Junsuk passou pelos lábios carnudos, fazendo o loiro ceder e abrir a boca para recebê-la.

E era assim que os dois conseguiam acabar com os medos, as inseguranças e as frustrações um do outro. Não precisavam de muito, apenas a cumplicidade de um beijo verdadeiro.

— Até amanhã, Kotchu — Yuri disse ao encerrar o beijo. — Amo você.

— Amo você também, Onie. — Sorriu, assistindo ao seu amado sair do veículo e entrar no hotel.

37

Junsuk chegou à empresa pontualmente às oito da manhã, assim como fazia todos os dias. Estava de bom humor. Carregava em seu bolso do paletó algo que faria Yuri sorrir, e para ele, isto já seria o suficiente para aguentar mais um dia de trabalho.

Quando o elevador alcançou o último andar do imponente edifício, Junsuk cumprimentou sua secretária e foi direto até a sala de Kang, mas parou em frente à porta e deu leves batidas. Não queria levar outra bronca por entrar sem bater novamente.

Um "Entre!" pôde ser ouvido de dentro da sala, e então, o CEO entrou, fechando a porta atrás de si.

Yuri estava concentrado na tela do computador, roendo a unha do polegar esquerdo, enquanto a mão direita manuseava o mouse. Vestia um terno cinza escuro, camisa branca e gravata preta e estreita. O cabelo dourado parecia ter sido tingido recentemente, e um longo brinco prateado pendia de sua orelha direita.

Naquele momento, Junsuk percebeu que seria assim: Yuri sempre estaria mais bonito do que no dia anterior, mas nunca mais bonito do que no dia seguinte.

— Bom dia, Onie — interrompeu a concentração do outro.

— Bom dia, Kotchu. — Yuri abriu um sorriso largo em sua direção. — Achei que só te veria mais tarde. Yang Mi me disse que você teria uma reunião fora da empresa esta manhã.

— Não ia conseguir me concentrar sem um beijo de bom dia. Vim até aqui só para te ver, antes de ir para essa reunião chata.

— E vai me dar esse beijo aí da porta mesmo? — Yuri debochou.

Junsuk riu, caminhando em sua direção, enquanto Kang o acompanhava com os olhos. O moreno deu a volta na mesa, girou a cadeira, deixando o loiro de frente para ele, agarrou o colarinho de Yuri e o puxou, colando os lábios em um beijo afoito.

O ar pareceu ter abandonado os pulmões de Yuri quando Junsuk massageou os lábios finos nos seus. Um arrepio percorreu sua espinha, e ele desejou que aquele beijo nunca mais terminasse.

Yuri tentou manter o contato das bocas quando sentiu Junsuk começar a se afastar, mas o moreno o empurrou levemente de volta, exibindo um sorrisinho sacana.

— Quer mais? — perguntou, enquanto passava o polegar pelos lábios cheios de Yuri, que balançou a cabeça sutilmente para cima e para baixo. — Eu teria te dado um monte deles ontem, se você não tivesse me dispensado por causa de um ciúme bobo.

— Não é ciúme bobo. — Yuri afastou a mão de Junsuk. — Aquele cara estava me dizendo que queria te dar um "ombro amigo", se é que ele não se referia a outra coisa.

Junsuk gargalhou, achando adorável o jeito que Yuri ficava quando tinha ciúme. As pontas das orelhas ficavam vermelhas, e um biquinho se formava em seus lábios.

— Não se preocupe, coração. Eu não daria nem um fio de cabelo sequer para ele, sou todo seu. — Junsuk piscou na direção do loiro. — Ele é passado.

— Mesmo assim... é desconfortável. Ou você ia gostar de ouvir histórias sobre meus relacionamentos anteriores? — Yuri cruzou os braços na frente do peito.

— Talvez uma outra hora — Junsuk desconversou, se afastando um pouco mais do loiro.

— Ah, mas eu poderia te contar sobre a minha primeira vez! — Uma expressão de triunfo surgiu no rosto de Yuri, enquanto o outro engolia em seco. — Sabe... eu já estava morando nos Estados Unidos, e ele era meu colega de faculdade. Um dia...

— Nossa, olha só a hora! Já estou atrasado para a reunião, Taejoon vai me matar! — O moreno olhou no relógio, interrompendo a história que estava sendo narrada.

Foi a vez de Yuri gargalhar. Ele sabia que Junsuk não aguentaria ouvir. E também não queria realmente contar sobre o quão desastroso tinha sido a sua primeira vez.

O CEO estava prestes a sair da sala quando se deteve, dando um tapa na própria testa, como se tivesse se lembrado de algo importante.

— Yuri... — Voltou sua atenção novamente para o loiro. — Eu não vim aqui somente por causa de um beijo.

— Não? — perguntou, curioso.

— Não, temos outro assunto para resolvermos.

Junsuk foi até a mesa de Kang e jogou sobre a superfície de madeira um envelope branco. Yuri o pegou em suas mãos e analisou-o por fora, mas não havia nada escrito.

— O que é isso?

— Abra! — Junsuk sorriu.

Yuri se encostou na cadeira e, quando viu o que estava dentro do envelope, teve que cobrir a boca com uma das mãos.

Era dinheiro.

O dinheiro da venda da aliança de Junsuk.

— Nós vamos fazer isso mesmo? — perguntou, sentindo lágrimas se formarem nos cantos dos olhos.

— Eu prometi, não prometi?

E então, o sorriso de Yuri se alargou ainda mais. Ele abandonou a cadeira em que estava sentado e se jogou nos braços do moreno à sua frente, que o pegou no ar, sustentando seu corpo entre os braços.

— Obrigado, Junsuk! Isso significa tanto para mim — disse rente ao pescoço do outro. — Eu já até escolhi o lugar para a gente distribuir as flores.

— É mesmo? — O CEO pousou Yuri no chão. — E por que não resolvemos isso hoje mesmo? Faremos um horário de almoço estendido!

— Perfeito!

— Ótimo, avise à instituição, e eu venho aqui te buscar depois da minha reunião. — Junsuk tocou a ponta do nariz do loiro. — Até mais tarde.

— Até. — Yuri selou os lábios do moreno de leve.

Assim que Junsuk saiu da sala, o auditor correu até a sua mesa, ligando para a administração da instituição que tinha escolhido. Era o hospital onde sua mãe deu à luz e, posteriormente, trabalhou como voluntária. Yuri tinha ido até lá algumas vezes e observado atentamente a sua mãe em ação, ajudando as mães com os primeiros contatos com seus bebês, lendo histórias para as crianças internadas e ajudando na alimentação dos idosos.

Continuar os passos de sua mãe era uma tarefa que já havia se imposto desde que se formou em Direito nos Estados Unidos. Sentia que tinha que devolver ao mundo um pouquinho do que ele tinha oferecido a si, e aquele hospital seria o primeiro desse seu compromisso.

Depois de tudo acertado com a administração do local, Yuri voltou a sua atenção para o que estava fazendo antes. Seus olhos continuaram a percorrer a imensa tabela com nomes de empresas que haviam solicitado permissão de funcionamento nos Estados Unidos no último ano.

Em sua busca pelos clientes da empresa de Jaechin, Yuri descobriu que um deles residia nos Estados Unidos, o que fez o auditor levantar uma suspeita. Entrou em contato com um grande amigo de faculdade, que agora trabalhava na Receita Federal, e este lhe deu os caminhos legais para chegar até aquele documento que estava analisando.

Além do nome, sócios e tipo de empresa, a tabela também mostrava que tinham recebido liberação do governo para atuar no mercado norte americano. E depois de uma busca incansável, Yuri confirmou suas suspeitas em uma das últimas páginas daquele documento. Não havia dúvidas, Lee Jaechin tinha entrado com pedido de licença para abrir uma filial de sua empresa de softwares em Chicago, mas ele não aparecia como dono da empresa, era apenas um dos sócios.

Aquilo era, no mínimo, curioso. Em nenhum momento, Jaechin havia dito que pretendia abrir filiais fora do Japão, muito menos uma com processo iniciado.

Yuri percorreu a linha da tabela com o dedo indicador, até chegar à coluna que mais lhe interessava. A licença de funcionamento havia sido negada pelo governo dos Estados Unidos, uma semana antes dele ter ido até o Japão com Junsuk para a reunião.

O auditor sorriu para si mesmo. Aquele dia já tinha começado bem.

♣♦♠♥

Por volta de uma da tarde, o celular de Yuri vibrou, com uma mensagem de Junsuk. Ele dizia para o loiro descer, pois já o esperava no estacionamento.

Kang desligou o computador, colocou o envelope com o dinheiro no bolso e tomou o cuidado de trancar em sua gaveta os documentos com as pistas sobre a empresa de Jaechin.

Quando chegou ao estacionamento, procurou pelo carro preto de Junsuk, mas não o encontrou. Pensou em tirar o celular do bolso e ligar para ele, mas a buzina de um carro lhe chamou a atenção. À sua direita, uma SUV prata estava com o motor e os faróis ligados, e Yuri reconheceu de imediato aquele veículo.

— O que está fazendo com o carro do Taejoon? — perguntou ao entrar.

— O porta-malas do meu carro é muito pequeno, não caberia as flores que vamos comprar. Então, Taejoon ofereceu o dele.

— Me lembre de lhe agradecer depois. Você já almoçou?

— Acabamos comendo em um restaurante do centro, com os clientes da reunião. Mas sei que você provavelmente ainda não, então te trouxe isso.

Junsuk pousou no colo de Yuri um *dosirak*[1], e o loiro pôde sentir que o conteúdo ainda estava bem quente. O cheiro da comida se espalhou rapidamente quando o recipiente revestido de bambu foi aberto. Além de perfumada, a comida parecia uma obra de arte, tudo muito bem arrumado: havia uma porção de arroz branco com gergelim tostado, cogumelos, repolho refogado e um pedaço de salmão defumado.

— Obrigado, Junsuk! Estou morrendo de fome, parece ótimo! — Yuri sorriu para o homem ao seu lado.

— Espero que goste! É de um dos meus restaurantes preferidos — ele respondeu, passando-lhe um par de *jeotgarak*[2] descartável.

— Eu te pago a sobremesa mais tarde.

— Eu vou cobrar. — Junsuk piscou para Yuri, fazendo o loiro dar um soquinho no seu braço.

Os dois seguiram viagem até a floricultura, enquanto Yuri se deliciava com seu almoço e Junsuk sorria por vê-lo comer com tanto gosto. Vez ou outra, o loiro levava pequenas porções de comida até a boca do outro, e este, como o guloso que era, não recusava nenhuma vez.

O CEO estacionou o carro em frente à loja, e Yuri foi o primeiro a entrar. Os dois passaram pelas prateleiras, cheias de vasos com diversos tipos de flores e folhagens. Eram tantas opções, que tornavam a tarefa da escolha muito difícil, mas o loiro já tinha algo em mente. Tinha pesquisado um pouco para relembrar tudo que sua mãe lhe havia ensinado, e tinha a flor perfeita para aquela ocasião: astromélias. Estavam nos fundos da loja, em diversas cores. Yuri foi até elas, pegou uma, de coloração rosada, em suas mãos e a levou até o nariz, sentindo o perfume suave.

— O que elas representam? — Junsuk perguntou ao se juntar a ele.

---

1 Dosirak: refeição embalada para viagem.

2 Jeotgarak: equivalente aos hashis japoneses.

— Elas simbolizam o desejo de amizade eterna, de um vínculo forte entre duas pessoas. Também fazem referência à felicidade plena, à gratidão e à saudade. Elas são perfeitas, Kotchu! Vão ser uma forma de mostrar a minha gratidão por tudo que eu tenho nessa vida, sem deixar de me lembrar da minha mãe.

— Então, vamos levar todas! — Junsuk interrompeu os pensamentos de Yuri, distraindo-o, sabendo que seu coração já estava se enchendo de saudade da sua família falecida.

Yuri sorriu, com os olhos brilhando, foi até a atendente, que preparava um arranjo com rosas vermelhas, e pediu que ela separasse todas as astromélias da floricultura.

Junto à funcionária, Junsuk e Yuri fizeram pequenos buquês, misturando as cores e prendendo os caules com um barbante.

Quase uma hora depois, seguiram para o hospital, que ficava um pouco afastado de onde estavam, com o carro lotado das flores delicadas.

A direção do hospital disponibilizou dois funcionários para ajudar a distribuir os pequenos buquês. A primeira parada foi na maternidade, onde cada "nova mãe" ganhou um ramalhete, junto às congratulações pelos bebês recém-nascidos.

A segunda parada foi na enfermaria, onde dezenas de pessoas estavam internadas, acomodadas em camas separadas por uma cortina.

Yuri, além das flores, distribuía sorrisos e mensagens de conforto, enquanto Junsuk, um pouco mais intimidado, fazia o possível para imitar as ações do seu amado.

Todos no hospital, pacientes e funcionários, estavam encantados com os dois. Era nítido como o ambiente havia ganhado uma nova energia, levando sorrisos e cores nos rostos daqueles que sofriam por diversos motivos.

Em uma das últimas macas, havia uma senhora, parecendo bastante debilitada. Enquanto Yuri organizava o restante das flores, Junsuk foi até a mulher, colocando as flores amarelas na mesa de apoio. O CEO olhou para ela, que parecia dormir. O rosto exibia os sinais de cansaço da idade, e o corpo estava magro demais, ligado a diversos aparelhos. Junsuk fez uma reverência, em respeito, mas quando ia se afastar da cama, a senhora segurou a sua mão. O toque era leve, quase sem força.

— Meu jovem, qual é o seu nome? — sua voz saiu falha.

— Meu nome é Han Junsuk. E a senhora, como se chama? — Junsuk voltou para o lado da cama, segurando a mão da paciente entre as suas.

— Meu nome é Kim Sunhee.

— Muito prazer em conhecê-la. — Junsuk sorriu.

— Obrigada pelas flores, meu querido. Você e aquele belo rapaz — disse, apontando com a cabeça para Yuri — trouxeram mais alegria para esse lugar cinzento.

— Fico feliz que tenha gostado, para nós também está sendo uma grande experiência.

— E o que ele é seu?

— C-como?

— Aquele rapaz loiro... Eu vejo seus olhos brilhando quando ele sorri. O que ele é seu?

Junsuk voltou a cabeça para Yuri, que agora conversava animadamente com uma das enfermeiras. Ele parecia radiante, com a pele vívida e os movimentos relaxados. O CEO suspirou, antes de olhar novamente para a senhora e responder:

— Ele é o amor da minha vida.

Sunhee tinha ouvido a resposta que queria, então sorriu docemente para ele, apertando um pouco mais a mão que continuava sustentando a sua.

— Pois, então, lute por ele todos os dias. Faça-o se sentir a pessoa mais especial do mundo. E mais do que seu companheiro, seja o seu melhor amigo. Não deixe de viver um grande amor, sempre vale a pena.

— A senhora viveu um grande amor? — Agora Junsuk estava curioso.

— Sim, meu jovem. Amei e fui amada. E agora, depois de 15 anos separados, eu finalmente vou poder encontrá-lo novamente.

Junsuk engoliu em seco, tentando controlar a umidade que havia surgido em seus olhos. Tinha entendido perfeitamente o que a senhora quis dizer e não conseguiu evitar sentir um aperto no coração. Mas ela parecia conformada com seu destino, aliviada por poder se juntar ao seu amado.

— Junsuk, vamos? — ouviu o advogado chamá-lo.

O CEO acenou com a cabeça e voltou sua atenção para a mulher acamada.

— Preciso ir, senhora Kim. Obrigado pelos conselhos, vou segui-los à risca. Mande lembranças para o seu marido. — Sorriu, triste.

— Pode deixar, meu jovem. Seja feliz.

Junsuk soltou a mão da senhora com cuidado, colocando-a sobre o colchão, fez uma última reverência e se afastou da cama, sem dar as costas para a senhora Kim, que, mesmo muito debilitada, ainda juntou forças para sorrir e acenar, em despedida.

Os dois, junto aos funcionários do hospital, seguiram para a ala pediátrica. Seria a última parada da entrega de flores daquele dia.

O andar reservado às crianças ficava no topo do edifício, e assim que as portas do elevador se abriram, notaram a diferença de ambientes. Tudo tinha mais cor. Muitas das paredes estavam desenhadas ou cobertas com papéis com rabiscos coloridos, e alguns brinquedos se espalhavam pelos cantos.

— Eu adoro crianças! — Yuri exclamou, animado. — E você?

— Bom... sim, claro! Elas são ótimas, eu só não tenho muito jeito com elas. — Junsuk coçou a nuca.

— Não existe isso de "não tenho jeito". É só se lembrar de que você já foi uma! — Deu um sorriso largo para o moreno.

— Yuri, quando eu era criança, brincava de ser CEO.

— É mesmo? — Yuri riu. — Ah, mas você não brincava de mais nada?

— Bom... eu jogava bola com Taejoon, às vezes, e... — Junsuk ficou corado, estava com vergonha.

— E? — Yuri insistiu.

— Eu brincava de super-herói... — respondeu, virando para o outro lado, não querendo mostrar o constrangimento.

— E qual super-herói você era? — Yuri indagou, enquanto começava a andar pelos corredores da ala pediátrica.

— Eu... era... o Homem de Ferro.

Yuri congelou alguns instantes no lugar, olhando para Junsuk sem uma expressão bem definida. O moreno achou que ele tinha ficado chateado ou algo do tipo, mas segundos depois, Yuri apertou os lábios um no outro, com seu queixo tremendo levemente, e então, explodiu em uma gostosa gargalhada.

— Do que você está rindo?! — Junsuk perguntou, um tanto ofendido.

— Homem de Ferro? — Yuri segurava a barriga, que começava a doer.

— O que tem de errado?!

— Quer dizer, então, que, quando você não estava brincando de CEO, imaginava que era um super-herói que, por um acaso, é empresário? — Yuri continuava rindo, com lágrimas se formando nos olhos.

— Mas era um empresário que combatia o crime! — Junsuk tentou se defender, mas também não se aguentou e começou a rir. Nunca tinha parado para pensar que até suas brincadeiras de infância envolviam os negócios da família.

Os dois entraram em uma sala em que havia cerca de uma dezena de crianças, variando entre 5 e 12 anos de idade. Algumas pareciam ainda lutar contra alguma doença, quietas e deitadas ao lado de seus responsáveis, enquanto outras pareciam animadas e cheias de energia.

Junsuk e Yuri não tinham muito mais tempo, precisavam voltar para a empresa antes que estranhassem o sumiço dos dois juntos, então se dividiram, cada um indo entregar um buquê de flores para os pacientes.

Quando estavam quase terminando, Yuri se deteve na cama de uma garotinha, por volta de seus 8 ou 9 anos, com cabelos negros e olhos redondos cheios de vida. Era sorridente e parecia estar aguardando a sua vez de receber um ramalhete.

— Olá, meu nome é Kang Yuri. E o seu? — O loiro se sentou na beirada da cama.

— Você se chama Yuri? — Ela arregalou os olhos. — Eu também! Baek Yuri!

— Não acredito! — Kang sorriu para a coincidência. — Nós temos o nome mais bonito do mundo! — falou com orgulho, fazendo a menina esconder a risada com as mãozinhas.

— O seu cabelo é tão bonito, parece de um príncipe.

— Obrigado, Yuri. O seu também é lindo. — Ele mexeu em uma mecha do cabelo longo da menina. — E você também se parece com uma princesa, sabia?

— Pareço? — ela perguntou, animada.

— Sim, só falta uma coisa para virar uma princesa de verdade — o auditor declarou, carinhoso.

— O quê? — indagou, cada vez mais eufórica.

E então, Kang tirou a tiara que a menina usava, pousou-a no colo, pegou um dos buquês de astromélias e desfez o nó do barbante que unia as hastes das flores, deixando-as livres umas das outras.

Nesse momento, Junsuk já tinha terminado de entregar os seus buquês e parou para observar a interação de Yuri com a garotinha, também curioso para saber o que ele faria.

Kang, com habilidade, começou a amarrar as flores na tiara de sua xará, contornando todo o acessório, como se fosse uma coroa. Algum tempo depois, satisfeito com o trabalho manual, Yuri devolveu a tiara à cabeça da menina, que dava pequenos pulos na cama.

— Pronto, agora você é uma princesa de verdade! — Kang declarou, sorrindo largamente.

— Obrigada, Yuri! — A menina ficou de joelhos, envolvendo o pescoço do loiro, abraçando-o com força.

Yuri, ainda um pouco surpreso com a reação, abraçou-a de volta, fazendo um carinho leve em suas costas.

Baek Yuri, ainda abraçada a Kang, olhou para a figura alta que estava logo atrás. Junsuk, com as mãos dentro da calça social, tinha um sorriso bobo e orgulhoso nos lábios finos.

— Ele é seu namorado? — A garotinha soltou-se do abraço, sussurrando no ouvido do loiro, mas não baixo o suficiente para que Junsuk não a ouvisse.

Yuri arregalou os olhos e olhou para trás, vendo que Junsuk estava atento à conversa.

— Ele? Ah... bom... na verdade... — Yuri ficava cada vez mais vermelho, sem saber o que responder direito. — Não, ele não é meu namorado — concluiu, apertando os lábios um no outro.

— Verdade? Então, ele pode ser meu namorado? — a garotinha perguntou, animada.

Kang olhou para trás novamente, e os dois riram, se divertindo com a situação inusitada.

— Mas é claro! Porém, acho que você vai precisar esperar uns 10 anos até poder sair com ele. O que acha? Consegue esperar até lá? — perguntou, apertando a pontinha do nariz da menina.

— Ah... Dez anos?! Ah, não. — A menina olhou por cima do ombro de Yuri. — Acho que não vale a pena esperar tanto.

— Você tem toda razão! — O loiro gargalhou. — É isso mesmo, não tem que ficar esperando por homem nenhum! Toca aqui! — Yuri e a menina trocaram um toque de mãos. — Bom, tenho que voltar para o trabalho. Me prometa que vai cuidar direitinho da saúde, para poder sair daqui o quanto antes.

— Eu prometo. E obrigada pela minha coroa!

— De nada, minha princesa. Até qualquer dia! — Yuri piscou para a menina, que devolveu a piscada, um tanto desajeitada, com os dois olhos.

Junsuk e Yuri agradeceram aos funcionários do hospital, que tinham ajudado com a distribuição das flores, e seguiram para o estacionamento.

Yuri sempre achou que seria bom fazer ações como essa, mas nunca imaginou que seria uma experiência tão mágica. Ver a alegria das pessoas ao receberem as flores, os agradecimentos sinceros, os sorrisos estampados nos rostos, o fez se sentir como uma criança novamente, aquela que acompanhava sua mãe no trabalho voluntário.

Os dois entraram no carro, mas antes que Junsuk desse a partida, virou-se para Yuri:

— Onie... — interrompeu o movimento do outro de colocar o cinto de segurança.

— Sim? — Yuri também se virou para o moreno.

— Eu só queria te dizer que adorei fazer isso aqui. Nunca fiz nada parecido e não imaginava que, com um gesto tão simples, era possível arrancar tantos sorrisos.

— Que bom, Junsuk. — Yuri sorriu até que seus olhos se fechassem.

— Você é tão bonito. — O CEO levou uma das mãos até o rosto de Yuri, acariciando a pele macia. — Bonito por fora.... — Desceu a mão até tocar o lado esquerdo do peito do loiro. — Mas ainda mais bonito aqui dentro.

Yuri suspirou, segurando a mão de Junsuk entre as suas, aproximou-se, um tanto desajeitado por estarem dentro de um carro, e selou os lábios do outro.

— Espero que você também me acompanhe nas próximas!

— Mas é claro! Eu só preciso ter mais jeito com as crianças.

— Não diga isso, elas gostaram de você.

— Menos aquela garotinha, a Yuri.

O loiro começou a rir.

— Ela disse que não valia a pena esperar para me namorar! Eu fiquei ofendido... — Junsuk cruzou os braços, fingindo ressentimento.

— Ah, não fique assim... Esse Yuri aqui espera por você. — O auditor arregalou os olhos por causa das palavras que tinha deixado escapar.

Junsuk descruzou os braços, inclinando a cabeça para o lado, tentando interpretar o que aquela frase tinha significado.

— A Yuri achou que fossemos namorados... e eu vi que você ficou um pouco constrangido por ter dito que não. E... percebi naquela hora que... na verdade... não cheguei a te pedir em namoro.

— Ah... O quê? Não... não se preocupe com isso. É uma bobagem... Eu... e-eu não preciso de um rótulo, sei que nós estamos em um relacionamento.

Junsuk se virou de costas, procurando algo dentro do carro.

— E... eu... não acho que precisamos colocar um nome nisso que estamos tendo no momento, e... — Yuri continuou.

Mas Junsuk pareceu finalmente ter encontrado o que procurava e virou-se no assento do carro, com um único lírio branco em mãos:

— Quer ser meu namorado, Kang Yuri?

O loiro esqueceu como se respirava e, por alguns segundos, ficou pensando se aquilo era real ou apenas coisa da sua imaginação.

Junsuk permanecia o encarando, com a flor à sua frente e os olhos brilhando de expectativa. Presenteá-lo com o lírio tinha sido premeditado, mas o pedido de namoro, uma ação totalmente espontânea daquele momento. Não tinha passado pela sua cabeça, mas quando aquela garotinha praticamente afirmou que eles pareciam um casal de namorados, Junsuk sentiu uma necessidade de ir além, de estabelecer, mesmo que fosse com um rótulo bobo, que o que ele queria com Yuri não era algo raso, superficial.

Sem tirar os olhos dos de Junsuk, Yuri tomou o lírio branco para si, levando-o até o nariz para sentir o perfume delicado. Seu coração batia forte, e a flor tremia levemente em sua mão.

— Sim, Kotchu... quero ser seu namorado.

Junsuk jogou a cabeça para trás, aliviado por ter sido aceito. Sabia que provavelmente ninguém mais saberia sobre aquele momento, mas estava feliz por terem dado um passo a mais na relação.

Eram, agora, oficialmente, namorados.

O CEO tomou o rosto de Yuri em suas mãos, colando as bocas para um beijo apaixonado, e sentiu, nos lábios dele, o gosto doce do primeiro amor.

Ainda mais sorridentes, seguiram caminho de volta para empresa, e nem mesmo o trânsito infernal do horário estragou aquele momento especial. Não falaram muito durante a viagem, mas não era preciso, apenas o carinho leve da mão direita de Junsuk sobre a mão pequena de Yuri era o suficiente.

O moreno estacionou o carro na garagem e, assim que soltou o cinto de segurança, sentiu Yuri puxá-lo para baixo pelo colarinho. Ele também estava abaixado, como se estivesse tentando se esconder de algo.

— O que foi, Yuri? — questionou, sem entender o que estava acontecendo.

— Shh... fique abaixado. Aeri está vindo na nossa direção.

38

Ao ouvir o nome, Junsuk se abaixou ainda mais, quase que tentando fundir seu corpo com o banco de couro do carro de Taejoon. Yuri e ele ficaram em silêncio, ouvindo o barulho de saltos batendo no chão do estacionamento.

O som dos passos foi aumentando, e Junsuk achou que seu coração sairia pela boca quando percebeu que Aeri passou na frente do veículo. Yuri, que segurava o braço do CEO, apertou-o ainda mais, como se isso o pudesse deixar invisível para a presença indesejada da ex-noiva de seu namorado.

O barulho do motor de um carro foi ouvido, com os pneus fazendo um barulho estridente por causa do atrito no piso. A pessoa, provavelmente Aeri, acelerou, parecendo estar com muita pressa para deixar o local.

Quando o silêncio retornou ao estacionamento, Junsuk atreveu-se a se levantar um pouco, apenas o suficiente para olhar por cima do painel do carro. Parecia vazio, e aos poucos, as luzes que tinham sensores de presença se apagaram.

— Acho que ela já foi — anunciou, se abaixando, ficando próximo a Yuri novamente.

— Essa foi por pouco. — Ele suspirou, aliviado. — Precisamos tomar mais cuidado. Acho que não deveríamos andar tão juntos por aí.

— Eu não vejo a hora de gritar para o mundo inteiro que você é meu!

— Paciência, meu caro, paciência... — Yuri passou a mão pelo rosto do namorado.

Junsuk segurou a mão pequena, beijando-a carinhosamente, entrelaçou seus dedos longos nos dele e puxou Yuri levemente, até que seus lábios estivessem se encostando. O CEO levou a outra mão até a nuca do loiro, segurando-o firme, para poder aprofundar o ósculo.

Yuri se ajoelhou no assoalho do carro, tentando se ajeitar no espaço tão restrito, e segurou os braços fortes de Junsuk, entreabrindo a boca para receber a língua que pedia passagem ansiosamente.

O moreno arfou entre o beijo, sentindo o sangue ferver, assim como sempre sentia quando a boca de Yuri estava na sua.

Junsuk se inclinou ainda mais, querendo ficar mais perto do corpo de Yuri, mas acabou assustando a ambos quando seu cotovelo, acidentalmente, acionou a buzina. Os dois se separaram por causa do barulho, segurando o riso e agradecendo aos céus por não ter ninguém no estacionamento. Em seguida, o casal voltou a se sentar nos bancos, ajeitando as roupas amarrotadas.

— Você está me devendo uma sobremesa, Yuri — disse, voltando a se aproximar do namorado e plantando um beijo no seu pescoço. — E eu acho que vou querer agora. — Apertou uma das coxas do loiro, subindo a mão entre as suas pernas.

— Aqui? Você está louco? — O auditor empurrou a mão do moreno.

— Por que não? Eu sempre quis transar dentro do carro. — Sorriu, cheio de malícia.

— Mas não vai ser hoje. — Yuri abriu a porta do carro. — Sua ex-noiva quase pegou a gente no flagra, sem estarmos fazendo nada. Imagina se alguém pega a gente aqui sem roupa!

— Mas está escuro, e não tem mais ninguém aqui. A gente pode ficar vestido da cintura para cima. — Junsuk mordeu o lábio inferior, ainda sorrindo para o namorado.

— Fica para a próxima. — Yuri saiu do carro, batendo a porta em seguida. — Vamos, tenho um assunto importante para tratar com você. — Junsuk ouviu a voz abafada do loiro do lado de fora.

O CEO suspirou, derrotado. Sabia que Yuri não aceitaria transar no estacionamento, mas não custava tentar. Saiu do veículo, trancando-o, e seguiu os passos do loiro, que ia em direção aos elevadores. Teve que apertar ainda mais os passos para entrar, antes que as portas se fechassem sem ele.

— Ah, Yuri... você não gosta de viver fortes emoções? — perguntou.

— Acho que eu já tenho fortes emoções o suficiente namorando você escondido. — O loiro riu. — E afaste-se um pouco, Kotchu, tem câmeras no elevador.

— Tem razão. — O CEO deu dois passos para o lado, se encostando na parede oposta à de Yuri. — Mas... você não acha excitante correr riscos?

— Sim, eu acho. — O auditor passou a língua nos lábios, provocando. — Mas sei quais são os que valem a pena. E ser pego transando com você, no carro, dentro do estacionamento da sua empresa, não está entre eles.

— Estou ansioso para saber quais são os riscos que você toparia.

Mas antes que Yuri pudesse responder, as portas do elevador se abriram, já no último andar do prédio.

Enquanto iam em direção às suas respectivas salas, encontraram Yang Mi no corredor, andando apressadamente, cheia de papéis nas mãos.

— Boa tarde, senhores — a secretária cumprimentou.

— Boa tarde, Yang Mi. Me diga uma coisa... Aeri esteve aqui? — Junsuk perguntou, fazendo a sua funcionária parar de andar.

— Ah, sim. A senhorita Im esteve aqui, procurando pelo senhor. Esperou na sua sala por cerca de meia hora e depois foi embora. Acho que se cansou.

— E ela disse sobre o que queria falar comigo?

— Não, senhor Han. Só disse que voltaria depois.

— Obrigado, Yang Mi. Pode seguir com seus afazeres.

A secretária de Junsuk acenou com a cabeça, voltando a andar apressadamente pelo corredor. O CEO e Yuri se entreolharam, intrigados com a visita de Aeri. Na verdade, não poderiam dizer que estavam surpresos, já que, desde o rompimento do noivado, ela ainda não tinha dado as caras, e ambos sabiam que esse momento chegaria em breve.

Junsuk estava estranhando o comportamento silencioso de sua ex-noiva, pois não era do seu feitio ficar calada quando não conseguia o que queria. Em poucos meses de relacionamento com ela, já tinha presenciado diversas cenas embaraçosas ao seu lado, desde a falta de educação com garçons que não serviam o prato do jeito que esperava, até objetos lançados em sua direção durante crises de ciúmes. Por isso, aquele silêncio era suspeito.

— Han — Yuri o tirou de seus pensamentos. — Venha até a minha sala, por favor — disse, já da porta de seu escritório.

Junsuk o acompanhou, fechando a porta atrás de si. Yuri foi até a sua mesa e abriu a gaveta trancada, jogando os papéis em cima do móvel.

— Veja isso. — Apontou para os documentos.

O CEO sentou-se na cadeira, analisando os papéis à sua frente, e levou alguns minutos para perceber o que Yuri queria dizer. O nome de Jaechin estava com o de uma outra pessoa que ele não conseguiu identificar.

— Como você descobriu isso?

— Eu suspeitei quando vi uma movimentação da empresa com clientes nos Estados Unidos. Nam Jaechin nunca havia mencionado sobre filiais fora da Ásia, então achei que deveria dar uma olhada nisso. Mas o que me chamou a atenção mesmo é que ele não é o sócio principal. Não foi o Jaechin quem entrou com o pedido de licença no governo norte-americano, foi esse tal de Anthony Fisher.

— Mas como esse cara poderia ter entrado como o sócio principal, sendo que Jaechin é o dono da empresa?

— Elementar, meu caro Han. — Yuri apoiou os cotovelos na mesa. — Eu acredito que por isso a licença foi negada: fraude.

— Brilhante, Kang! — Junsuk elogiou, animado. — Acha que isso é o suficiente para apresentarmos na reunião de diretoria?

— Vamos com calma. Eu ainda preciso confirmar essas minhas suspeitas. Temos que ter provas de que eles estavam tentando fraudar o governo dos Estados Unidos. Me dê mais um tempo, eu acho que consigo esclarecer tudo.

— Vou deixar isso nas suas mãos. Tenho certeza de que vai fazer um bom trabalho. Obrigado, eu estaria perdido sem você. — Fez o loiro sorrir, satisfeito por poder ajudar o namorado. — Bom, tenho que ir, Yeonsu vai me trazer a papelada da semana para assinar. Nos vemos mais tarde.

— Sim, claro. — Yuri acenou com a cabeça, enquanto Junsuk se retirava de sua sala.

♣♦♠♥

Já era tarde, e Yuri começou a sentir o cansaço pelo acúmulo de horas trabalhando sentado. Levantou-se de sua cadeira, espreguiçando-se, tentando esticar os músculos, para aliviar a dor no corpo.

Não havia mais encontrado Junsuk depois da conversa que tiveram sobre a empresa de Jaechin. Ele deveria estar muito ocupado, pois viu Yeonsu entrando e saindo de sua sala algumas vezes, enquanto conversava com alguns funcionários pelos corredores da empresa.

Olhou para fora da janela, observando as luzes da cidade grande, o movimento dos carros nas ruas e as pessoas andando, apressadas, e então, lembrou-se de que tinha deixado seu lírio no carro de Taejoon.

Sentiu um calor se espalhar pelo seu corpo quando as lembranças dos momentos naquele carro invadiram seus pensamentos. Era, agora, namorado de Han Junsuk. E mesmo que aquilo fosse só um rótulo e que ninguém mais ficasse sabendo por enquanto, fez uma enorme diferença para Yuri. Era, de alguma forma, uma maneira de Junsuk dizer que estava realmente disposto a enfrentar os problemas que surgiriam por sua causa. E aceitar o pedido de namoro dele foi uma forma de Yuri reafirmar que o tinha perdoado.

Batidas foram ouvidas na porta, e ao ser autorizada, Yang Mi entrou na sala do auditor:

— Senhor, Kang. Estou indo embora, precisa de alguma coisa?

— Não, obrigado. Ah, Yang Mi... sabe me dizer se Junsuk ainda está em sua sala?

— Sim, está. O Senhor Kim Yeonsu acabou de sair do escritório dele.

— Ah, certo. Obrigado.

A secretária de Junsuk fez uma reverência, se despedindo de Yuri, deixando-o sozinho novamente.

Você não gosta de viver fortes emoções? Não acha excitante correr riscos? Aquelas frases de Junsuk voltaram à sua cabeça e, com elas, um sorriso lateral apareceu no rosto de Yuri.

Procurou por algo dentro da bolsa em que guardava seus pertences, colocando um pequeno objeto dentro do bolso da calça, desligou o computador, guardou documentos importantes na gaveta e deu uma última olhada no espelho do banheiro. Saiu de sua sala, olhando para os lados para ver se ainda havia pessoas trabalhando naquele andar. Tomou mais uma dose de coragem e foi até a porta do escritório de Junsuk, batendo duas vezes na madeira. A voz do moreno foi ouvida à distância, autorizando a entrada de quem batia.

Yuri entrou na sala, encostando a porta atrás de si. Junsuk estava em sua mesa, digitando algo em seu computador. Estava sem o paletó, sua camisa branca estava com as mangas dobradas até os cotovelos, e para a perdição de Yuri, ele estava usando seus óculos de leitura.

O loiro limpou a garganta, chamando a atenção dele, que parou o que fazia para olhar a pessoa que havia entrado em sua sala. Ao ver o namorado encostado na porta, abriu um sorriso largo, afastando a cadeira da mesa e tirando os óculos que usava.

— Está muito ocupado? — Yuri perguntou.

— Na verdade, só preciso terminar de mandar este e-mail, e aí estarei livre.

— Termine, então. — O loiro caminhou até as grandes janelas do escritório de Junsuk, enquanto este voltava sua atenção para o computador. — Uau! Você tem uma vista linda daqui. Bem melhor que a minha.

— Se quiser, pode vir para a minha sala. Tem espaço suficiente para nós dois — o CEO respondeu, olhando para Yuri pelos cantos dos olhos.

— Você tem cada ideia, Junsuk. — O auditor riu. — Mas você não se sente observado o tempo todo com essas janelas grandes?

— Na verdade, não. As janelas têm aquela película que permite a visão do exterior, mas impede que as pessoas que estão do lado de fora vejam o que se passa aqui dentro. Por quê? — Ficou curioso.

— Por nada... — Yuri deu de ombros.

— Bom, terminei — anunciou. — Está com fome? Podemos jantar em algum lugar.

Yuri caminhou até Junsuk, sentando-se em seu colo, e selou delicadamente os lábios do namorado, que fechou os olhos de satisfação.

— Na verdade... acho que quero aquela sobremesa... — disse, enquanto puxava levemente a gravata do outro.

— Jura? — Junsuk estava surpreso. — Aqui?

— Por que não? E aquela história de viver fortes emoções?

— Achei que você não gostasse de correr riscos. — Junsuk sorriu, enquanto acariciava a coxa de Yuri.

— Não disse isso, você entendeu errado. Eu disse que sabia quais riscos valiam a pena correr. E sabe... sou um homem que gosta de realizar os sonhos que tem. E... — Ele levou uma das mãos até a gravata de Junsuk, afrouxando o nó no colarinho. — Eu tive um sonho outro dia.

— É mesmo? — O moreno suspendeu brevemente Yuri de seu colo, apenas o suficiente para que ele passasse uma perna de cada lado de seu corpo. — E que sonho foi esse? Eu estava nele?

— Ah, sim... estava sim. — O loiro sorriu, cheio de malícia.

— Me conta mais: o que acontecia nesse sonho? — Junsuk subiu as mãos pelas coxas dele.

— Bom... digamos que esta mesa foi a grande protagonista da história. — O auditor passou uma das mãos pela superfície lisa do móvel.

Junsuk puxou ainda mais o corpo menor para si, fazendo as virilhas se tocarem perigosamente, arrancando um suspiro baixo de Yuri.

— Então, vamos tornar esse sonho realidade.

O moreno levantou-se da cadeira, com Yuri ainda em seu colo, e beijou os lábios fartos, ao mesmo tempo que colocava seu namorado sentado na mesa, afastando os poucos objetos que estavam atrapalhando o caminho.

Enquanto a língua quente de Junsuk invadia a boca do loiro, este terminava de afrouxar a gravata alheia, usando a peça como alavanca para trazer o namorado para o meio de suas pernas.

O CEO, sem muita paciência, desfez o nó da gravata de Yuri, interrompendo o beijo, apenas para puxá-la pela sua cabeça, atirando-a em qualquer canto da sala. E quando a camisa do auditor começou a ser aberta, Yuri parou os seus movimentos, segurando as mãos de Junsuk e descolando os lábios dos do outro.

— O que foi, Yuri?

— É que... se vamos tornar esse sonho realidade, eu preciso fazer uma coisa antes, para que ele não vire pesadelo — disse, se levantando da mesa.

Junsuk acompanhou o namorado com os olhos, confuso com a interrupção do que estavam fazendo. Yuri caminhou até a porta e a trancou, girando a maçaneta, em seguida, para confirmar que ninguém poderia abri-la.

— Só por garantia — afirmou, antes de caminhar de volta e tomar o seu posto em cima da mesa.

O moreno decidiu perguntar sobre isso depois, pois naquele momento estava mais interessado em aproveitar a sua sobremesa. Voltou a desabotoar a camisa de Yuri, que se apoiou nas mãos, um pouco mais atrás de seu corpo, deixando o namorado observar cada pedacinho de pele que começava a ser exposta. Depois do último botão aberto, Junsuk percorreu o torso firme com os dedos longos, sentindo os músculos definidos se contraírem com o seu toque.

— Não vai me dar ordens hoje? — indagou o CEO.

— Hoje não... — Passou a língua nos lábios rosados. — Hoje você faz o que quiser de mim.

Junsuk gemeu, agradecendo aos céus pelo namorado que tinha; desafivelou o cinto e abriu a calça social de Yuri, revelando a boxer branca que ele estava usando por baixo. Puxou ambas as peças, deslizando-as pelas coxas grossas, até que saíssem do seu corpo, finalmente expondo toda a beleza daquele homem à sua frente.

O moreno se afastou minimamente, apenas para tirar a própria camisa, que foi jogada no chão sem qualquer cuidado, enquanto Yuri se livrava dos sapatos e das meias.

O loiro alcançou o namorado, agarrando-o pelo cós da calça e trazendo-o de volta para perto. Envolveu os braços ao redor do pescoço dele e tomou os lábios finos para si.

Junsuk levou as mãos até a cintura modelada, apertando a carne com posse e subindo pelas costas do namorado. As unhas curtas traçaram o caminho de volta, até que o moreno pudesse sentir a maciez da bunda de Yuri.

Sem descolar as bocas, foi a vez do loiro desafivelar o cinto e abrir a calça do outro, invadindo a boxer escura com a mão pequena, alcançando o falo teso que pulsava lá dentro.

Junsuk arfou entre o beijo, sentindo o namorado apertar a base de seu pênis, subindo a mão até que seu polegar conseguisse rodear a glande úmida.

— Eu queria muito que essa sua boca linda me envolvesse agora, mas quero ainda mais que você não saia de cima dessa mesa — Junsuk disse rente ao seu ouvido, fazendo-o se arrepiar.

O moreno chupou o lóbulo da orelha do namorado, mordendo de leve, em seguida, e correu os lábios pelo pescoço perfumado. Distribuiu beijos molhados pela clavícula e pelos ombros e desceu até que a língua encontrasse o mamilo eriçado. Roçou os dentes de leve e depois foi para o outro, chupando ali com mais força.

Yuri se agarrou à beirada da mesa, mordendo o lábio inferior na tentativa de conter um gemido, mas falhou miseravelmente quando Junsuk tomou o seu membro em uma das mãos, sentindo os dedos longos o envolverem com carinho. Jogou a cabeça para trás quando o moreno passou a masturbá-lo lentamente, quase como uma tortura.

Junsuk puxou um pouco o corpo de Yuri, que voltou a olhá-lo, curioso para saber o que viria a seguir. O moreno abaixou a calça e a boxer minimamente, apenas o suficiente para libertar seu membro das peças de roupas.

O loiro sentiu a boca salivar, querendo descer daquele móvel e chupar Junsuk até ele se desfazer em prazer. Mas sua vontade foi interrompida quando o moreno grudou seu corpo no dele, juntando os dois pênis com uma mão só.

Yuri grudou sua testa na do namorado, segurando firme nos seus braços quando ele começou a masturbar os dois ao mesmo tempo. Junsuk segurou a base da nuca do loiro, arfando rente à sua boca entreaberta.

Quando sentiu que o corpo de Yuri havia começado a ficar trêmulo, Junsuk parou os movimentos com a mão, soltando os membros e voltando a beijar a boca carnuda com paixão.

O moreno soltou os lábios do namorado, beijando-lhe o queixo e depois arrastando a boca pela pele clara, até chegar ao membro grosso de Yuri. Lambeu a glande úmida, sentindo o gosto de seu amado novamente, antes de descer pelo seu comprimento, fazendo um esforço para encostar o nariz no abdômen definido.

— Junsuk-ah... — O loiro arfou ao sentir ser engolido por completo.

Yuri agarrou um punhado dos cabelos escuros, ditando o ritmo em que queria ser chupado, gemendo um pouco mais alto ao sentir a língua percorrer todo o comprimento de seu membro.

Junsuk parou o que estava fazendo, ouvindo um "porra" de protesto sair da boca do namorado, e sorriu, satisfeito por estar dando prazer a seu amado.

— Yuri, estamos sem lubrificante... — sussurrou em seu ouvido, beijando-lhe o pescoço em seguida.

— Olhe no bolso da minha calça — o loiro respondeu, apontando para a peça de roupa aos seus pés.

Junsuk se abaixou, pegando a calça de Yuri nas mãos e vasculhando os bolsos, até que encontrou um pequeno tubo.

— Eu sou um homem prevenido. — Ele piscou para o namorado ao ver a sua cara de espanto.

O CEO livrou-se das peças de roupa que ainda vestia, sorrindo por sempre estar sob a atenção dos olhos do advogado. O corpo de Junsuk era incrível, as coxas fortes e delineadas sustentavam o torço musculoso, mas sem exageros. Yuri se perdeu nas curvas de seu namorado, mas foi trazido de volta quando este empurrou seu corpo de leve, fazendo-o deitar-se na mesa fria.

Junsuk suspendeu as pernas de Yuri, até que ele conseguisse apoiar os pés no móvel. A sensação de estar totalmente exposto para o namorado era excitante, e o loiro já começava a ficar impaciente para os próximos passos.

O moreno cobriu dois dedos com o gel lubrificante, introduzindo um deles na entrada de Yuri, que se contraiu imediatamente. Junsuk envolveu uma das coxas com o braço, fazendo carinho e beijando a parte interna, no intuito de fazê-lo relaxar. Sentindo os músculos cederem, introduziu mais um dedo, começando os movimentos para dentro e para fora.

Yuri passou as mãos pelo próprio corpo, apertando os mamilos entre os dedos e seguindo caminho para baixo, até alcançar o membro inchado. Masturbou-se com calma, sentindo o corpo começar a se encher de prazer.

Junsuk estava no limite de sua sanidade, assistindo ao namorado se tocar, arqueando as costas e fechando os olhos com força. Retirou seus dedos de dentro de Yuri, pegando o lubrificante novamente e cobrindo o membro com uma camada grossa de gel. Segurou o loiro pelas dobras dos joelhos, levando as pernas um pouco mais para cima e abrindo-as.

O auditor apoiou-se nos cotovelos para poder apreciar a visão de Junsuk o invadindo aos poucos.

— Yuri... — O moreno gemeu quando as paredes de Yuri começaram a ceder, sentindo seu membro ser deliciosamente envolvido.

O loiro suspirou, mordendo os lábios com mais força, quando os testículos do outro tocaram o seu traseiro, indicando que o namorado já estava todo dentro dele; voltou a se deitar na mesa, relaxando o corpo o máximo que podia, rebolando lentamente para se acostumar com o grande volume.

Junsuk não aguentou mais esperar e começou a estocar devagar, mas com força. Segurando firme em suas pernas, o moreno se empurrava cada vez mais para dentro, fazendo o namorado gemer alto e manhoso. Aquele já era o seu som preferido, a canção que fazia seu coração palpitar.

— Mais rápido... — O pedido saiu entrecortado dos lábios carnudos.

E Junsuk jamais negaria um desejo de seu amado. Então, acelerou os movimentos, estocando com vigor e fazendo os dois gemerem ainda mais. O barulho dos corpos se chocando, brigando com alguns palavrões que saíam da boca de ambos.

O moreno arrastou um pouco Yuri pela mesa, deixando-o com a bunda para fora do móvel, uniu as pernas delineadas e dobrou-as até que encostassem no abdômen do outro. Segurando firmemente na parte interna de seus joelhos, Junsuk agora podia penetrar ainda mais profundamente.

Um grito um pouco mais agudo fez o moreno perceber que havia atingido o ponto mais sensível de Yuri. De um jeito animalesco, estocou o namorado, surrando sua próstata repetidamente, fazendo o corpo dele chacoalhar, assim como a mesa.

Yuri sentia o corpo trêmulo e o membro espremido entre o abdômen e as pernas, criando uma deliciosa fricção. Já estava no seu limite, pronto para se desmanchar de puro prazer.

— Junsuk... Eu vou gozar! — conseguiu dizer em um fio de voz.

— Espera só mais um pouco, amor. Deixa eu gozar com você.

Yuri acenou com a cabeça, fazendo um esforço descomunal para esperar pelo namorado. Junsuk sentiu o corpo se aquecer ainda mais, enquanto um fio de suor escorria no meio de suas costas, e um formigamento se espalhou pelo baixo abdome, indicando o ápice eminente.

— Vem comigo, Yuri. Goza pra mim.

O moreno se empurrou mais algumas vezes, até soltar todo o seu prazer em jatos fortes dentro do namorado. E ao se sentir preenchido, Yuri também veio, sujando seu abdômen com a porra quente.

Junsuk sentiu as pernas moles e teve que se apoiar no corpo de Yuri, que ofegava, ainda sentindo os resquícios do orgasmo poderoso.

Com cuidado, o moreno se retirou de dentro do namorado, ajudando-o a suspender o corpo até que ficasse sentado na mesa, e beijou os lábios carnudos, envolvendo o corpo menor com seus braços longos. Yuri segurou o rosto do amado com as duas mãos, massageando a língua do outro com a sua, em um beijo calmo e cheio de carinho.

— Eu te amo, Kotchu — o loiro sussurrou entre o beijo.

— Eu te amo também, Onie. Me promete uma coisa? — indagou, chamando a atenção do outro.

— O quê?

— Que você sempre vai me contar os sonhos que tiver... quero realizar todos eles.

— Eu prometo! — Yuri sorriu, sem saber se poderia ficar ainda mais apaixonado por aquele homem.

Junsuk ajudou o loiro a sair da mesa, e este sentiu um pouco de dor ao dar os primeiros passos no chão de mármore. Preocupado, o moreno suspendeu seu corpo, levando-o no colo até o banheiro, que, por sorte, tinha um chuveiro.

O casal tomou um banho rápido, deixando a água levar o suor e todo o resquício do sexo recente. Trocaram beijos apaixonados debaixo da ducha, ambos se sentindo leves e completos.

Secaram-se e vestiram as roupas um tanto amassadas. Junsuk aproveitou a toalha úmida para limpar um pouco a sua mesa, disfarçando o que tinha acontecido ali.

— Vem comigo para o hotel? — Yuri pediu. — Dorme comigo?

— Dormir? — Junsuk deu um sorriso sacana.

— Sim, Kotchu... dormir! — O loiro riu. — Depois disso aqui, acho que minha bunda vai precisar de um descanso.

— Te machuquei, meu amor? — perguntou, tomando o rosto do namorado nas mãos.

— Não se preocupe, está tudo bem. — Selou os lábios do outro, confortando-o. — Mas só quero dormir agarradinho em você esta noite.

— Seu desejo é uma ordem.

Os dois sorriram, trocando mais um beijo antes de deixar o escritório. Tinham feito amor pela primeira vez, desde que voltaram do Japão, e passariam a primeira noite como namorados, um nos braços do outro.

39

Yuri se remexeu na cama, mas não conseguiu fazer grandes movimentos, pois um par de braços fortes rodeava seu corpo nu. O loiro abriu os olhos, piscando para tentar se acostumar com a fresta de luz que ultrapassava as cortinas do quarto do hotel. Levantou a cabeça o suficiente para poder enxergar o relógio sobre o aparador, que marcava pouco mais de dez da manhã. Encostou a cabeça no travesseiro novamente, agradecendo por ser sábado e não precisar se levantar para trabalhar.

Sentiu seu corpo ser apertado um pouco mais contra o peito de Junsuk, que se mexeu levemente, mas sem acordar do seu sono profundo. Yuri riu baixinho ao se lembrar do pedido manhoso do namorado para dormirem sem roupas na noite anterior. Não se sentia muito confortável, mas não podia negar que aproveitou o calor do corpo do outro para se aquecer durante a madrugada fria.

Depois de chegarem da empresa, o casal jantou no restaurante do hotel e subiu para o quarto que Yuri estava usando como moradia provisória. O local era bastante aconchegante, dividido em sala, quarto e banheiro. Tudo bem decorado, ao estilo ocidental.

Junsuk ainda tentou persuadi-lo a transar novamente, mas assim que entraram embaixo das cobertas, o cansaço foi maior e o sono os arrebatou.

Agora mais desperto, Yuri repassou algumas cenas da noite anterior e não conseguiu deixar de sentir um calafrio percorrer a sua espinha. A porta estava trancada e as janelas tinham película escura, mas e se alguém os tivesse escutado? É claro que tinha sido um tesão transar em cima da mesa de Junsuk, mas ele colocou o namorado em grande risco, caso fossem pegos naquele momento.

Estava se consumindo em remorso quando sentiu Junsuk aspirar o perfume do seu pescoço. O moreno despertava aos poucos, murmurando palavras desconexas.

— Onie... — sussurrou rente ao seu ouvido, fazendo os pelos de seu corpo se arrepiarem.

— Bom dia, Bela Adormecida. — O auditor sorriu, tentando se virar dentro do abraço do namorado.

— Fique onde está — pediu, abraçando o corpo menor com mais força. — Preciso escovar os dentes antes de te encarar. Não quero que o encanto se quebre por causa do mau hálito.

— Que bobagem! Você vai ser sempre o meu príncipe, Junsuk.

— Ah, por que tão fofo, Onie? — reclamou, beijando a nuca do namorado, fazendo-o se contorcer, com um pouco de cócegas. — Sabe o que eu acabei de perceber?

— O quê?

— Que essa é a primeira vez que acordamos juntos na cama.

— Meu Deus, é verdade! — Yuri riu. — Mas de quem foi a culpa, hein?

— Ah, não... eu sei que sou culpado. Mas a segunda vez foi você que me abandonou na cama. — Junsuk fez um beicinho, mesmo sabendo que Yuri não estava vendo.

— Eu tinha que me vingar de alguma forma.

— Você deveria se chamar Kang "Naja" Yuri, sua cobra venenosa. — Junsuk chupou o lóbulo da orelha do namorado.

— Eu já tinha avisado. Não lembra? Na noite que passamos juntos em Las Vegas, eu disse que era um perigo.

— E eu disse que estava disposto a correr esse risco. — Desceu a boca da orelha para o ombro desnudo, espalhando selares por toda a extensão, até chegar à base do pescoço, deixando um beijo mais molhado ali.

Yuri fechou os olhos, aproveitando aqueles toques que faziam seu corpo se derreter, e fez um carinho nos braços do moreno, enquanto sentia a língua quente passar por detrás de sua orelha. Junsuk encostou a virilha no traseiro firme de Yuri, em uma clara intenção de mostrar ao namorado os efeitos que seu corpo causava nele.

— Onie... — disse em seu ouvido. — Eu fui tão bom para você ontem, não fui?

— Aonde quer chegar, Junsuk? — Yuri suspirou, sentindo o namorado se esfregar lentamente nele.

— Bem que você poderia me retribuir, não acha?

Yuri riu baixinho, entendendo perfeitamente o que Junsuk estava sugerindo. E sim, ele daria uma recompensa pelo sexo incrível da noite passada.

O loiro tirou os braços que estavam ao seu redor, puxou para o lado as cobertas, deixando que o frio da manhã tocasse os corpos quentes, empurrou o moreno, até que suas costas estivessem apoiadas na cabeceira da cama, e passou uma perna em cada lado do seu corpo, sentando-se no abdômen firme de Junsuk.

Os raios de sol iluminavam o cabelo dourado de Yuri, tornando sua figura um tanto angelical, mas seu olhar cheio de malícia denunciava o pequeno diabo que habitava aquele corpo curvilíneo.

Um sorriso lateral apareceu no rosto delicado quando a bunda de Yuri se encaixou ao redor do falo rijo de Junsuk. As mãos grandes do moreno percorreram as coxas delineadas até que agarrassem com força a cintura fina.

O loiro jogou a cabeça para trás, enquanto fazia pequenos movimentos circulares com o quadril, estimulando cada vez mais o membro já dolorido do namorado abaixo dele.

— Achei que sua bunda precisasse de descanso... — debochou.

— Não se preocupe, coração. Ela vai ter o descanso merecido.

Junsuk ergueu uma sobrancelha, tentando entender o que aquilo significava. Yuri parou os movimentos e deslizou o corpo mais para baixo, passando as mãos pelo físico forte do namorado.

Sentado nos calcanhares do outro, Yuri abaixou o rosto, até ficar bem próximo à cabeça do pau de Junsuk.

— Já sabe o que tem que fazer, não é mesmo? — disse, olhando nos olhos do amado.

— Sim, eu sei: manter os olhos bem abertos para observar o seu grande show. — Piscou um dos olhos, fazendo Yuri morder o lábio inferior.

O loiro adorava ser observado em ação. Fazia-o se sentir desejado e com que seu corpo todo entrasse em ebulição. Passou as mãos pequenas e macias pelas coxas fartas do namorado, indo depois dos joelhos até a cintura, e beijou cada uma das pernas, traçando um caminho úmido até chegar à virilha. Junsuk teve que fazer um grande esforço para não fechar os olhos quando Yuri lambeu um dos testículos, segurando o membro rígido a partir da base, subindo e descendo a mão com delicadeza. A língua habilidosa sentiu o sabor de toda a extensão, até chegar à glande, provocando ainda mais prazer ao passar pela fenda úmida.

— Não me torture mais, Yuri — implorou, fazendo o loiro sorrir, satisfeito.

Kang, olhando nos olhos do amado, deixou sua boca ser preenchida por todo aquele volume, e Junsuk gemeu quando o namorado fez o caminho inverso, indo de volta até a glande, chupando-a com força.

Sem mais delongas, Yuri começou a trabalhar com vontade, subindo e descendo a cabeça, até que o pau do moreno encostasse em sua garganta. Junsuk agarrou um punhado dos fios loiros entre seus dedos, tentando impor o ritmo que queria.

Yuri se esforçava para não se engasgar, agora que o namorado fodia a sua boca, levantando os quadris com rapidez, tentando sentir cada vez mais o calor da boca carnuda do loiro.

Um fio de suor escorreu pela testa de Junsuk, que aos poucos diminuía as investidas no outro, e Yuri tirou o membro da boca, tentando recuperar um pouco o fôlego perdido, mas sem parar de masturbar o namorado em nenhum momento.

— Ah... Yuri... delícia... — As palavras saíam entrecortadas.

— Quer ver como um boquete pode ficar ainda melhor? — Kang beijou a cabecinha do pau do namorado.

— Não sei se é possível.

— Confia em mim, Junsuk? — disse, manhoso.

— Mas é claro, amor.

Yuri sorriu, voltando a chupar o namorado, fazendo carinho nos testículos com uma mão, enquanto a outra masturbava o que não cabia na boca pequena.

Junsuk, mesmo com a visão um pouco nublada pelo tesão, tinha uma das melhores vistas que podia imaginar: Yuri entre suas pernas, trabalhando com tanta dedicação.

O loiro sentiu o corpo do namorado estremecer, anunciando que estava bem próximo do ápice, e parou imediatamente o que estava fazendo, porque queria que aquele orgasmo fosse explosivo. Levou um dos dedos até os lábios, o cobrindo com bastante saliva.

— Relaxe, coração. E aproveite... — foram suas últimas palavras, antes de voltar com a boca carnuda para o topo do membro de Junsuk.

O moreno encostou a cabeça na cabeceira da cama, fechando os olhos quando sentiu o calor envolver seu membro novamente. E enquanto a boca de Yuri deslizava lentamente pela extensão, o dedo ousou penetrar sua entrada.

A primeira reação de Junsuk foi se contrair, quase expulsando o dedo que cautelosamente o invadia. Yuri voltou com a boca até a glande, chupando da melhor forma que sabia e fazendo pressão com os lábios ao redor.

O loiro tensionou o corpo, achando que ele protestaria, mas ao contrário do que imaginou, Junsuk abriu um pouco mais as pernas. Sentindo um alívio pela receptividade, Yuri relaxou e voltou a chupar o namorado com vontade. Quando este gemeu novamente, passou a movimentar o dedo dentro dele com muito cuidado, sem pressa.

Junsuk agarrou os lençóis abaixo de si, mexendo os quadris, tentando tirar o máximo de proveito daquilo. Só conseguia pensar no quanto Yuri tinha razão quando disse que um boquete, já tão perfeito, poderia ficar ainda melhor. E com toda aquela estimulação, Junsuk não conseguiu se segurar mais: gozou abundantemente na boca de Yuri, que não deu conta de absorver tudo, deixando parte do líquido viscoso escorrer pelos cantos dos lábios.

O loiro limpou a boca com o lençol, tirando o dedo de dentro do namorado, enquanto este ainda sentia os resquícios do orgasmo. Junsuk parecia satisfeito, mas Yuri ainda tinha uma dolorosa e negligenciada ereção entre as pernas. Voltou a subir pelo corpo do moreno, sentando-se em seu abdômen, tomando o próprio falo duro entre as mãos.

Junsuk olhou para o belo homem à sua frente: as pernas grossas apertando as laterais de seu corpo, a cabeça jogada para trás, enquanto tinha o lábio inferior preso entre os dentes. A pequena mão subia e descia pelo membro excitado, fazendo sua pele se arrepiar.

O moreno, querendo retribuir um pouco do que recebeu, acariciou as coxas do namorado, subindo as mãos até enchê-las com a carne farta da bunda de Yuri, que gemeu com a pegada firme.

Junsuk substituiu a mão do loiro pela sua, passando a masturbá-lo, e Kang entreabriu os lábios, deixando gemidos manhosos escaparem, denunciando o prazer que estava sentindo. Yuri estava extremamente excitado, então não foi difícil chegar ao seu limite com a mão de Junsuk em seu membro. Com um gemido alto e as unhas curtas enterradas na pele do moreno, ele gozou.

Depois, sentindo o corpo perder as forças, o loiro se debruçou até descansar no peito de seu amado, e Junsuk o abraçou, passando os dedos pelos fios claros, em um carinho delicado.

— Fui ousado demais para uma manhã de sábado? — perguntou, dando pequenos selares no peito de Junsuk.

— Acho que foi o melhor jeito de se começar um fim de semana. Foi uma surpresa, mas eu adorei, coração.

— Sério? — Yuri levantou a cabeça para encarar o namorado. — Nunca ninguém fez isso com você? Por um acaso, você... é... digamos... virgem?

Junsuk riu, sacudindo o corpo do namorado, que estava em seu peito.

— Não, eu não sou. Mas tentei apenas uma vez... e digamos que foi... desastroso, meio traumático. Depois não tive mais coragem nem oportunidade de tentar de novo.

— Humm... então, quem sabe, um dia... você me deixe tirar esse seu trauma.

— Vou pensar no seu caso. — E antes que Yuri pudesse protestar, Junsuk o virou na cama, deixando-o com as costas apoiadas no colchão e beijando seus lábios com devoção.

— Ué, e aquela história de quebrar o encanto com o mau hálito? — Yuri perguntou quando as bocas foram separadas.

— Não me importo mais, porque eu sei que você acabaria me enfeitiçando de novo.

Junsuk ia voltar a beijá-lo, mas seu celular soou alto na mesa lateral. Resmungando alguns palavrões, virou-se na cama para pegar o aparelho, sentando-se imediatamente quando viu de onde vinha a chamada.

— Pai? — atendeu, apressado.

— *Bom dia, filho. Interrompo?*

— Não, imagina. Pode falar. — Junsuk olhou para o namorado, que sorria, debochado.

— *Sua mãe decidiu retribuir um almoço para um casal de amigos aqui em casa, e ela gostaria que você também viesse. Já tomei a liberdade de convidar o Taejoon.*

— Almoço? Hoje? — Junsuk soou decepcionado, pois queria passar o dia na cama com Yuri.

— *Está ocupado?*

— Bom, na verdade... é... não, pai. Eu estou livre, diga para a mamãe que estarei aí para o almoço. — Quase se arrependeu daquilo ao ver o biquinho que se formou nos lábios de Yuri.

— *Ótimo. Não se atrase.*

— Pai! Espere... Será que eu poderia levar um convidado a mais?

Yuri arregalou os olhos.

— *Convidado? Quem?*

— Kang Yuri, nosso auditor. Sabe, ele acabou de se mudar dos Estados Unidos... ainda está se adaptando novamente à Seul, quase não tem família na cidade. Então, acho que seria educado da nossa parte incluí-lo nesse almoço.

— *Ah, claro, filho. Avisarei à sua mãe.*

— Até já, então. — Junsuk segurou a risada da cara de desespero do namorado.

— Você enlouqueceu?! Eu não vou nesse almoço!

— Não quer conhecer a sogrinha?

— Kotchu...

— Vamos, Yuri. É só um almoço, a comida da minha mãe é incrível. Você trabalha na minha empresa, ninguém vai desconfiar de nada, Taejoon também estará lá. A gente pode passar a tarde toda conversando sobre a alta do dólar e como os países árabes influenciam a economia norte-americana.

— Uau! Diversão garantida. — Yuri revirou os olhos.

— Além do mais, eu vou estar lá. Isso não basta? — Junsuk piscou.

Yuri bufou, ponderando se ia ou não naquele almoço. A última vez que foi convidado para ir a uma festa, acabou no centro das atenções, fazendo um discurso de felicitações para os noivos. Mas também não queria passar o dia sozinho. *Talvez não fosse a mesma coisa, não é?* Pensou. Afinal, Aeri não estando lá, as coisas poderiam ser mais tranquilas.

— Está bem, eu vou.

— Isso! — Junsuk deu um soquinho no ar em comemoração, beijando a bochecha do namorado em seguida. — Se importa se passarmos em casa para eu me trocar? — Levantou-se da cama, vestindo as roupas que estavam apoiadas na cadeira.

— Melhor irmos separados, Kotchu. Vá na frente... Vou revisar o contrato de aluguel que Kim Jaewoo me mandou e depois pegarei um táxi até a sua casa. Me mande o endereço por mensagem.

— Está bem! Como quiser — respondeu, já quase todo vestido. — Se não estiver de acordo com o contrato, eu posso te indicar um bom advogado para ajudar — debochou.

— Tão bom quanto o seu corretor de imóveis? — Yuri cruzou os braços na frente do peito, fazendo Junsuk congelar no lugar.

— Sua cobra. Eu estava apenas brincando. Quem precisa de outro advogado quando se tem Kang Yuri no meio? — O moreno foi até ele, beijando os lábios fartos. — Eu tenho é pena do Jaewoo... Ele é quem vai precisar de sorte para lidar com você.

Yuri deu um tapa no ombro de Junsuk, fingindo estar ofendido.

— Anda logo, ou você vai acabar chegando só para o jantar.

— Sim, senhor! Chefe!

Yuri franziu o cenho.

— Quer dizer... Sim, meu amor! Sim, meu Oniguiri.

O loiro suavizou a expressão, rindo do sorriso travesso do namorado, e o puxou pela camisa, dando um último beijo, antes que ele saísse pela porta do quarto do hotel.

Suspirou, um tanto apaixonado por aquele homem tão diverso, que agora chamava de namorado. Era aquele homem poderoso, vestido em ternos caros, uma locomotiva na cama, mas que também era a criatura mais inocente que já tinha conhecido em sua vida.

O loiro se levantou, indo para o banheiro para se preparar para o restante do dia. Tomou banho, pediu um café da manhã leve no quarto e sentou-se para revisar o contrato do aluguel de seu novo apartamento.

Enquanto isso, Junsuk seguiu seu caminho até sua residência. Tomou um banho, pegou uma maçã e foi até o seu *closet* escolher o que vestir. Era um almoço informal, então decidiu por roupas casuais e confortáveis. Vestiu uma calça jeans com rasgos nas pernas e dobrada até os calcanhares, camiseta branca e uma blusa preta por cima, completando o visual com tênis branco. Ajeitou os cabelos molhados e, antes de sair de casa, mandou o endereço da casa dos pais para Yuri, que avisou, minutos depois, que já estava quase pronto para sair.

Meia hora depois, Han estacionou o carro esportivo em frente à porta principal, sendo recebido por uma funcionária da casa, que já o esperava.

Entrando na grande mansão onde viveu até assumir o cargo de CEO, o moreno foi até a sala, encontrando seu pai conversando com Taejoon e um casal de senhores à sua frente. Junsuk fez uma reverência para o pai e depois para o casal, sentando-se ao lado do amigo de infância.

— Você demorou — foi a primeira coisa dita pelo senhor Han.

— Perdão, pai. O trânsito estava ruim — mentiu.

— Junsuk, estes são os senhores Choi, são nossos vizinhos.

— Muito prazer em conhecê-los — cumprimentou educadamente.

— E Kang Yuri, onde está? — Jihoo questionou.

— Kang Yuri? — Taejoon parecia um tanto assustado.

— Sim, Taejoon. — Junsuk cutucou disfarçadamente a cintura do amigo. — Convidei-o para almoçarmos conosco. Ele deve chegar em breve. — Voltou sua atenção para o pai.

Alguns breves minutos de conversa e a campainha da casa soou.

— Pode deixar, eu mesmo abro.

Imediatamente, Junsuk se levantou, impedindo que a funcionária fosse atender à porta. Conteve-se em correr, para não deixar os presentes ainda mais surpresos com a sua euforia pela chegada de mais um convidado. Sem precisar olhar quem era, abriu a porta com um sorriso largo.

— Boa tarde, Junsuk.

— Lee Woobin?

40

— Lee Woobin? — O sorriso do CEO desapareceu.

— Boa tarde, Junsuk. Que cara é essa? Estava esperando outra pessoa? — Woobin levantou uma sobrancelha.

— Ah, não... eu... Bom, entre. — Sem saber o que responder, abriu mais a porta, dando passagem para que o seu sócio entrasse.

Woobin entrou na casa, familiarizado com o ambiente. Já havia estado naquele lugar algumas vezes, em reuniões e confraternizações da empresa. Foi até a sala de estar, cumprimentando todos os presentes.

— Woobin, que bom que veio — o senhor Han se pronunciou, oferecendo assento para o recém-chegado.

— Eu que agradeço o convite, Jihoo. É sempre um prazer estar na companhia da família Han. — Sentou-se ao lado de Taejoon.

— Bom, parece que falta apenas Kang Yuri chegar — o pai de Junsuk anunciou, fazendo Woobin lançar um olhar desconfiado para o CEO, que tossiu, desviando do olhar de seu sócio.

— Mesmo? Kang Yuri virá almoçar conosco? — Woobin perguntou, animado. — Vai ser uma ótima oportunidade para conhecê-lo melhor. Ele me parece uma pessoa muito interessante e competente no que faz.

— É o que esperamos. Afinal, precisamos achar por onde todo o dinheiro da empresa está vazando — Jihoo anunciou, preocupado.

Junsuk olhou para o relógio de pulso discretamente, preocupado com a demora de Yuri. Já deveria ter chegado a, pelo menos, uns 20 minutos, mas nem sequer havia mandado uma mensagem dizendo que estava atrasado.

A conversa na sala corria sem que o caçula dos Han se engajasse em nenhum dos assuntos. Sua cabeça estava longe, pensando em todas as coisas que poderiam ter acontecido para o namorado estar demorando tanto. Taejoon chamava a sua atenção vez ou outra, tentando fazê-lo entrar na conversa, mas ele apenas respondia com frases monossilábicas. Junsuk se remexia no sofá, trocando de posição a cada minuto, fazendo Woobin o observar com curiosidade.

Pouco tempo depois, a campainha soou novamente, e Woobin imediatamente voltou seu olhar para Junsuk. Para disfarçar, o CEO fingiu não se preocupar com a chegada de mais uma pessoa, deixando que alguém atendesse a porta dessa vez.

Mas longos segundos se passaram sem que ninguém entrasse na sala. Impaciente, o CEO levantou-se do sofá e foi ver o que estava acontecendo. Caminhou, apressado, até a porta principal da mansão, dando de cara com as costas de sua mãe, que conversava animadamente com alguém.

Yuri.

— Junsuk, filho. Olha quem chegou! — Sojin voltou sua atenção para o filho. — E olha só o que ele me trouxe!

A senhora Han segurava em suas mãos um pequeno vaso, e naquele pequeno recipiente havia um bonsai. Junsuk se aproximou dos dois, que ainda estavam perto da porta, observando a mãe, que sorria largamente, e Yuri, que estava com as mãos nos bolsos da calça e as bochechas coradas.

O auditor vestia uma blusa preta de mangas compridas e decote em V, calça preta com a barra encurtada e sapatos, tipo mocassim, da mesma cor. Os cabelos dourados estavam bem penteados, com algumas mechas caindo sobre os olhos.

— Bem-vindo, Kang. — Junsuk esticou o braço para cumprimentá-lo, sendo correspondido imediatamente.

— Obrigado, Han. — Yuri sorriu minimamente.

— Bom, acho que vocês já se apresentaram, não é mesmo? — o moreno perguntou.

— Sim, filho. E olha que coisa mais linda que Yuri me deu. — Sojin levantou o bonsai que estava em suas mãos.

— É lindo, mãe. Você perguntou o significado desse presente? Aposto que o Kang tem alguma explicação para isso. — Junsuk olhou para o namorado, que parecia surpreso com a pergunta.

A senhora Han voltou seu olhar para o convidado, esperando, ansiosa, pelo significado do seu bonsai.

— Bom... é... — Yuri coçou a nuca, um pouco constrangido com a atenção da mãe de seu namorado. — Oferecer um bonsai é um gesto de respeito e uma maneira de desejar prosperidade. Este é de Sakura, que representa a beleza feminina, o amor, a felicidade, a renovação e a esperança.

— Nossa, tudo isso nesta pequena obra de arte? — Sojin estava encantada, fazendo Yuri sorrir timidamente.

— E tem mais — acrescentou Junsuk. — Você sabia que essas flores são associadas à efemeridade da existência humana e ao lema dos samurais: viver o presente sem medo?

— Eu não sabia. Que lindo! Como você sabe disso, Junsuk? — Sua mãe franziu o cenho.

— Foi um dos muitos aprendizados que eu tive nesses últimos tempos, mãe. — O moreno fixou o olhar em Yuri.

— Continue assim, querido. Dá para notar a diferença em você. — Sojin piscou para o filho. — Yuri, fique à vontade. O almoço será servido em breve.

— Obrigado, senhora Han — disse, antes da mãe de Junsuk se afastar, sumindo da vista dos dois.

O moreno cruzou os braços na frente do peito, olhando seriamente para o namorado.

— O que foi? — Yuri perguntou.

— Você demorou! Eu fiquei preocupado!

— Ah, desculpa. É que foi difícil achar esse bonsai e... eu demorei para sair do hotel... não conseguia decidir o que vestir para esse almoço. — Yuri colocou as mãos nos bolsos, balançando-se nos pés para a frente e para trás.

Junsuk riu da figura adorável à sua frente, descruzou os braços e olhou para os lados, procurando por pessoas próximas.

— Queria impressionar a sogrinha? — debochou, recebendo um olhar de reprovação do namorado. — Você está lindo, coração — sussurrou.

— Kotchu! — sussurrou de volta. — Discrição... lembra?

O moreno segurou a risada, dando passos para trás, enquanto acenava com a cabeça para que Yuri o acompanhasse.

A entrada dos dois na sala chamou a atenção dos demais, que conversavam e bebiam. Kang fez uma reverência para o senhor Han e depois para os outros presentes, cumprimentando-os respeitosamente.

— Seja bem-vindo, Kang. Sente-se.

— Muito obrigado, senhor Han — respondeu, enquanto tomava assento.

Yuri não deixou de notar que Lee Woobin percorreu seu corpo com os olhos, sorrindo levemente. O loiro passou a mão pelos cabelos e cruzou as pernas elegantemente, ignorando o fato de estar sendo observado.

E assim como Junsuk havia previsto, os assuntos passaram pela alta do dólar e a crise econômica brasileira, além de uma discussão sobre a rivalidade entre os países árabes, que surgiu brevemente. O CEO ficou surpreso com o engajamento de Yuri em todos os tópicos, discorrendo sobre seu ponto de vista e até mesmo corrigindo alguns dados errados que eram lançados na conversa. Ele parecia confortável e seguro naquele ambiente.

Pouco tempo depois, o almoço foi servido. A grande mesa da sala de refeições estava repleta de comida. A senhora Han estava em pé, esperando os convidados se sentarem, sorrindo e parecendo satisfeita com tudo que tinha preparado.

De entrada, um bonito e perfumado *manduguk*, e como pratos principais, *galbi jjim* e *nakji bokkeum*[1], acompanhados de arroz branco e kimchi. Tudo preparado pela própria anfitriã, agora sentada ao lado do marido, que ocupava a ponta da mesa.

— Está uma delícia, senhora Han — Yuri interrompeu o silêncio.

— Obrigada, meu querido. Mas pode me chamar de Sojin. — Sorriu carinhosamente para o loiro, que acenou com a cabeça.

A refeição seguiu com conversas leves sobre banalidades: os mais velhos contando histórias do passado, narrando sobre a criação dos filhos, enquanto os demais prestavam atenção.

Junsuk e Yuri, que estavam sentados um ao lado do outro, trocavam olhares de tempos em tempos, ambos se controlando, para não evidenciarem que tinha algo mais do que amizade entre eles.

No final do almoço, enquanto saboreavam uma torta gelada de chocolate como sobremesa, Junsuk tensionou o corpo ao sentir uma mão pousar em sua coxa. Olhando com o canto dos olhos, notou que Yuri não esboçava nenhuma reação, como se nada estivesse acontecendo debaixo da mesa. A mão pequena, pousada no joelho direito, subiu devagar, sentindo

---

[1] Manduguk: sopa de bolinhos de arroz e carne.
Galbi jjim: costela de boi assada.
Nakji bokkeum: polvo frito.

a rigidez dos músculos sob o tato. Junsuk engoliu em seco, tentando se concentrar no vizinho de seus pais, que contava sobre uma viagem à China.

Yuri não se constrangeu com a plateia e continuou com os toques em Junsuk, deslizando a mão entre as pernas do namorado, até chegar, perigosamente, próximo à virilha. O moreno se sobressaltou quando o outro cravou as unhas curtas naquele local, chamando um pouco de atenção das pessoas para si.

— Perdão, é soluço. — Levou o copo de água até a boca, tentando disfarçar.

Enquanto a conversa voltava para o seu curso anterior, Junsuk suspirou, aliviado por ter achado uma resposta rápida. Olhou de relance para Yuri, mas não podia fazer nada sem que chamasse ainda mais atenção.

A mão do loiro voltou a se movimentar, passando levemente pelo membro do namorado, provocando um arrepio em sua coluna e fazendo-o começar a transpirar. Junsuk não conseguia acreditar na ousadia de Yuri, que, descaradamente, massageava-o, fazendo com que uma ereção se formasse dentro de suas calças.

Passou a mão pelo rosto, levando embora gotículas de suor que se formaram em sua testa. Estava ficando difícil respirar, o sangue subia pelo rosto, deixando-o claramente ruborizado.

E tudo ficou ainda pior quando Yuri apertou despudoradamente o membro rígido do moreno, fazendo com que um ruído, parecido com um gemido, escapasse dos lábios de Junsuk, trazendo a atenção dos demais para si novamente.

— Você está bem, filho? — senhor Han perguntou. — Está vermelho.

— Não é nada, pai. Acho que algo do almoço não me fez bem. — Junsuk reuniu forças e tirou a mão de Yuri sobre ele. E quis chutar o namorado por debaixo da mesa ao vê-lo com um sorrisinho debochado nos lábios.

— Com licença, preciso ir ao banheiro. — Yuri se levantou da mesa.

— Mas é claro. Vamos todos voltar para a sala, já que todo mundo terminou de comer — Sojin convidou.

Enquanto os outros iam em direção ao outro cômodo, Yuri foi no sentido contrário, indo até o banheiro mais próximo. Quando estava prestes a entrar, foi empurrado para dentro e depois teve o corpo chocado contra a porta, agora trancada.

— Acha que pode sair impune depois de me provocar daquele jeito? — Junsuk dizia próximo a sua boca, prensando seu corpo maior no dele.

— Isso foi mais um risco que eu escolhi correr... — Sorriu maliciosamente, enquanto subia o joelho entre as pernas do moreno.

Junsuk segurou os pulsos de Yuri, prendendo-os acima de sua cabeça.

— E uns amassos no banheiro da casa da sogra? Está disposto a correr esse risco? — murmurou rente ao ouvido do namorado, passando a língua pelo lóbulo de sua orelha.

— Por que não experimenta? — desafiou.

No segundo seguinte, as bocas foram coladas. Junsuk soltou os pulsos de Kang, descendo as mãos até atrás de suas coxas, o impulsionando para cima, fazendo com que ele envolvesse sua cintura com as pernas.

O beijo era afoito, as línguas brigavam por dominância, fazendo ambos suspirarem entre o ósculo. Yuri puxava os cabelos negros entre os dedos, enquanto Junsuk, vez ou outra, simulava uma estocada, impulsionando o quadril na direção da virilha do outro.

— C-chega, Kotchu. — Yuri ofegou quando a boca do namorado desceu para o seu pescoço. — Acho que já nos arriscamos o suficiente. Já devem estar estranhando a nossa ausência.

— Tem razão, coração. — Junsuk pousou o namorado no chão. — Me desculpe pelo descontrole.

— Não diga isso... fui eu quem provoquei. — Arrumou a roupa amassada, passando os dedos pelos cabelos em seguida. — Eu vou na frente.

— Está bem. Vou dar a volta e chegar pelo outro lado.

Yuri acenou, concordando.

Quando Kang voltou para a sala, percebeu que os demais estavam na varanda, bebendo um licor de coloração escura. O senhor Han conversava com o casal de vizinhos e Taejoon, enquanto Lee Woobin estava próximo ao parapeito, observando a paisagem à sua frente.

— Eu não cheguei a te agradecer pela rosa que você mandou naquele dia — Yuri disse, aproximando-se dele e ficando ao seu lado.

— Gostou?

— Sim, eu adoro flores. — Yuri limpou a garganta, incerto de como continuar o assunto. — Woobin, sobre aquela pasta...

— Você reparou, não é mesmo? — interrompeu.

— Sim, eu reparei. Só ainda não entendi duas coisas.

— Quais?

— Primeiro: não é muito estranho que aquelas assinaturas se repitam tantas vezes em transações de altos valores? Segundo: por que você me deu aqueles documentos?

— Acho que eu poderia responder às duas coisas em uma só explicação. Não sei... — Woobin virou-se para Yuri. — Eu reparei essas assinaturas há algum tempo. Tentei seguir algumas pistas para descobrir se elas teriam algum tipo de relação com o desvio de dinheiro, mas acho que isso está acima das minhas limitações. Tenho muito dinheiro investido naquela empresa, Yuri... e é tudo o que eu tenho. Não quero arriscar perder o que conquistei. E não sei te dizer por que te entreguei aqueles documentos, mas... alguma coisa me diz que você é o único que pode descobrir.

— Você está colocando muita expectativa em mim. Nem me conhece.

— Você também não me conhece, assim como não conhece ninguém da empresa. Por isso, acho que é a pessoa mais indicada. Me desculpe, mas acho que você é a minha única saída.

Yuri virou-se para a frente, mirando o horizonte e refletindo sobre o que acabara de ouvir. Estavam colocando todo o peso das preocupações com a empresa sobre os seus ombros. A princípio, Yuri acreditava que investigaria apenas um desvio de dinheiro, mas aquilo estava tomando proporções enormes.

— Sobre os documentos... — Yuri rompeu o silêncio. — Você teria mais uma cópia?

— Não, era a única que eu tinha. Salvei aquela pasta de uma limpeza que ocorreu, há alguns meses, no arquivo morto da empresa. E por alguma razão ainda mais misteriosa, os arquivos digitais foram deletados do sistema.

Yuri arregalou os olhos, um tanto desesperado por receber aquela notícia. O que faria agora?

— Por que pergunta?

— Woobin... a pasta foi roubada do meu escritório.

A boca do sócio de Junsuk se entreabriu, e a cor do seu rosto pareceu abandoná-lo.

— Me diz que isso é mentira, Yuri! — Esfregou as têmporas, irritado.

— Me desculpa... A viagem para o Japão surgiu de uma hora para outra, não tive muito tempo para me preparar e esqueci de levar a pasta para o hotel. Mas Woobin... eu prometo que vou recuperar esses documentos. Segunda-feira vou pedir a gravação das câmeras de segurança. Elas devem ter pegado algum movimento suspeito no prédio.

— Eu acho que você vai ter coisas bem mais pesadas para lidar na segunda-feira. Os sócios vão cair matando em cima do Junsuk na reunião da diretoria, espero que ele esteja pronto para dar boas explicações. O cancelamento do contrato de compra da empresa japonesa não está sendo bem digerido pelos outros.

— Eu imagino, mas estou ajudando o Junsuk de todas as formas possíveis. Acredito que estamos conseguindo montar um bom plano de convencimento.

— Por que está se esforçando tanto por ele? — inquiriu, desconfiado. — Por um acaso, vocês...

— Estou apenas fazendo o meu serviço — Yuri interrompeu. — Minha ligação com ele é apenas profissional, se é isso que está insinuando.

— Bom, então não seria um problema eu te chamar para jantar comigo.

♣♦♠♥

Junsuk passava pela cozinha, quando foi interceptado por sua mãe:

— Filho!

— Que susto, mãe! — O moreno colocou uma das mãos no peito. — Não esperava que estivesse aqui.

— Estava dando as últimas instruções aos empregados. E você, onde estava?

— Eu... ah... eu... no meu quarto, fui usar o banheiro.

— Sei...

Junsuk sabia que não conseguia mentir para a mãe.

— Bom, eu vou me juntar aos outros, a senhora vem? — tentou mudar de assunto.

— Foi ele, não é?

— O quê? Não entendi.

— Foi ele que devolveu o seu sorriso, não foi?

— De quem você está falando, mãe?

Sojin aproximou-se do filho, o abraçando carinhosamente.

— Não precisa dizer se não quiser, mas está claro como água para mim. E sabe, filho, estou muito feliz por você ter encontrado a pessoa certa — disse ao desfazer o abraço.

Junsuk ficou parado, sem saber como reagir. Nunca tinha dito para ninguém da família que também tinha atração por homens, mas pelo jeito, as mães sempre sabem.

— E você tem o meu consentimento. Seja feliz, meu amor. — Começou a se afastar. — E mais uma coisa... ele é lindo.

A mãe de Junsuk piscou para ele, fazendo o filho sorrir. Seu coração se aqueceu, aliviado por saber que não haveria impedimentos por parte dela.

Depois de perder a mãe de vista, Junsuk apareceu na varanda. Ao ver Woobin tão próximo de Yuri, seu rosto se fechou e os lábios finos se apertaram um no outro. Mas antes que ele pudesse se juntar a eles, Taejoon segurou-o pelo braço, cochichando em seu ouvido:

— Junsuk... Aeri esteve na empresa, procurando por você.

— Sim, eu sei. Mas parece que se cansou de esperar por mim e foi embora.

— Ela... — Taejoon olhou para os lados, vendo se alguém os ouvia — Ela me fez um pedido esquisito, Sukie.

— Qual? — O CEO alarmou-se.

— Aeri me pediu uma cópia do contrato de prestação de serviços do Yuri.

— O quê?! — elevou a voz.

— Fale baixo. É isso o que você ouviu.

— E você deu?

— É claro. Os contratos de prestação de serviço são públicos, Junsuk. E se eu não desse, ela conseguiria com o próprio pai.

— O que ela quer com isso?

— Não faço a menor ideia, mas é melhor ficarmos de olho.

— Está bem, Taejoon. Qualquer coisa me avise.

— Disfarça.

— O quê? — Junsuk ficou confuso.

— Quem cochicha o rabo espicha, Han. — O moreno se assustou ao ouvir a voz de Yuri atrás de si, com Woobin em seu encalço. — Estão falando sobre o quê?

— Ah, nada não. — Junsuk coçou a nuca.

— Filho, os vizinhos já foram. — Jihoo se aproximou do grupo. — E a sua mãe mandou pedir desculpas para vocês por se retirar, ela estava muito cansada.

— Eu também vou. Preciso buscar Hyunji no restaurante — Taejoon começou a se despedir.

— A inauguração está próxima, não é mesmo? — lembrou Yuri, sorridente. — Nunca vi Hyunji tão feliz como agora.

— Ele está radiante mesmo — Taejoon concordou. — Espero que fique ainda mais quando eu o pedir em casamento.

— O quê? — Todos arregalaram os olhos.

— Yuri, por favor, não conte nada para o seu primo, quero fazer uma surpresa. Vou fazer o pedido no dia da inauguração do restaurante.

— Ah, que notícia boa! Estou tão feliz por vocês! Pode deixar, não vou dizer nadinha. E conte comigo se precisar de alguma ajuda.

— Obrigado, eu acho que vou precisar mesmo. A gente combina os detalhes na próxima semana. — Taejoon fez uma reverência para se despedir.

Assim que o advogado sumiu da vista, uma risada debochada foi ouvida, vindo do senhor Han.

— Gosto muito do Taejoon, mas ainda bem que não sou o pai dele — disse para os outros três.

— Como assim, pai?

— Ora, Junsuk. Imagina a vergonha de ter um filho gay!

Yuri arregalou os olhos.

— Ele é um bom menino, inteligente, esforçado... mas não vai chegar muito longe se casando com outro homem. É uma pena.

— Me desculpe, senhor Han — Yuri tentou soar o mais educado possível —, mas não vejo ligação entre a orientação sexual de Taejoon e a capacidade profissional dele. Uma coisa não depende da outra.

— Kang, você vai entender quando tiver filhos.

— Eu não preciso ter filhos para entender que as pessoas devem ser livres para amar, senhor. — Yuri começou a se irritar.

— Pense como quiser, Kang, mas a sociedade em que nós vivemos não é assim. Homens se casam com mulheres, têm filhos e dão sequência à linhagem da família. Foi assim que criei meus filhos, e é assim que eles vão ser.

Junsuk abaixou a cabeça, olhando para os próprios pés.

— Bom, vou me retirar também. Obrigado pela ótima companhia nesse almoço — senhor Han finalizou.

Os três fizeram uma reverência, despedindo-se do dono da casa, que se retirava. Yuri bufou, andando pela varanda.

— Junsuk, vou indo também. Nos vemos na reunião de segunda.

— Está bem, Woobin. Até lá — o CEO respondeu.

Junsuk e Yuri ficaram a sós. Kang foi até o parapeito da sacada, de braços cruzados. O sol começava a se pôr no horizonte, deixando o céu com tons alaranjados. Ele observava as primeiras estrelas que apareciam, em silêncio, e Junsuk se aproximou a passos lentos, colocando-se ao lado do namorado, suspirando, sem saber bem o que dizer naquele momento. Sabia que Yuri tinha ficado chateado com as declarações do seu pai. Era evidente a decepção por saber que ele não aprovaria o relacionamento dos dois, mas Junsuk já esperava por aquilo, não esperava uma reação diferente vinda de Han Jihoo.

— Sabe... — Junsuk quebrou o silêncio. — Minha mãe adorou você.

Yuri virou o rosto, olhando sério para o namorado, mas segundos depois, relaxou o semblante e um pequeno sorriso tomou conta de seus lábios.

— Mesmo?

— Eu nem precisei perguntar... nem dizer nada. — Colocou sua mão sobre a de Yuri, que estava apoiada na grade de proteção. — Ela simplesmente entendeu tudo.

— Como assim?

— Ela sabe que é você quem me faz feliz.

Yuri engoliu a saliva presa na garganta.

— Onie... mesmo meu pai não aceitando, isso não vai diminuir o que eu sinto por você.

O loiro suspirou, apaixonado pela declaração. Tinha ficado com medo de que a autoridade do pai se sobressaísse.

Junsuk se aproximou um pouco mais e quase beijou os lábios rosados, se não fosse pela mão pequena empurrando seu peito.

— Aqui não... alguém pode ver.

— Está bem — Junsuk gemeu, frustrado.

— Eu já vou embora, preciso fazer algumas coisas.

— Deixa eu buscar as chaves do meu carro, vou te levar até o hotel.

— Não, Junsuk, isso não tem cabimento. Vou chamar um táxi. Nos falamos mais tarde, tudo bem? — Sorriu.

— Faço qualquer coisa por um sorriso desses. Me manda mensagem assim que chegar.

— Está bem, eu mando. Me acompanha até a porta?

— Claro!

Os dois caminharam juntos pela casa, até alcançarem a porta principal. Junsuk a abriu e deu passagem para que Yuri saísse, mas antes que o loiro pudesse pisar no primeiro degrau da escada, o moreno o puxou pelo braço, trazendo o seu corpo de volta contra o seu. A mão esquerda segurou firmemente na nuca de Yuri e o guiou, até que seus lábios estivessem unidos. Foi um beijo rápido, roubado, selando mais um dia de amor sincero.

41

A primeira segunda-feira do mês havia chegado, e como de costume, a reunião da diretoria. Além do CEO, todos os sócios, diretores e funcionários importantes se reuniam para debater o andamento dos negócios do mês anterior e as perspectivas para o próximo.

Era um evento comum, mas Junsuk estava particularmente nervoso com o desse dia. Era a primeira reunião desde que havia contratado Kang Yuri como auditor, assim como a primeira desde que tinha cancelado a compra de uma empresa valiosa.

O CEO chegou mais cedo. Precisava colocar um pouco de ordem nos pensamentos e esquematizar o que diria na frente dos demais. Havia pouco a ser dito sobre o desvio de dinheiro, já que Yuri teve o tempo roubado pela viagem ao Japão e pela ajuda que estava dando para explicar o cancelamento da empresa de Jaechin.

Junsuk jogou-se em sua cadeira, passando a mão pelo rosto, enquanto seu computador ligava. Correu os olhos pelas dezenas de e-mails não lidos em sua caixa de entrada, até que encontrou um de Yuri entre os últimos. Foi enviado no meio da madrugada e não tinha nada escrito, apenas duas planilhas anexadas. Abriu a primeira delas, percebendo de cara que era uma espécie de demonstrativo dos lucros da empresa. Os dados estavam organizados metodicamente, apontando em números o que entrou e saiu durante os últimos 6 meses, separados por departamento. O resultado final da planilha era o assustador *déficit* de 5 bilhões de wons.

O segundo arquivo era um dossiê da empresa de Jaechin. Yuri havia organizado todos os documentos que tinha reunido nos últimos dias. Os relatórios divergentes, o contrato e tudo sobre a intenção de abrir uma filial nos Estados Unidos. Estava tudo ali. Não era um ponto final, mas parecia ser o suficiente para justificar as suas atitudes e enfrentar, principalmente, Wonshik e Seojoon.

Tirou o celular do bolso. Precisava agradecer ao seu namorado por todo aquele trabalho, principalmente porque parte dele não estava entre suas funções como auditor. Mas antes que pudesse desbloquear o aparelho, duas batidas na porta foram ouvidas, e em seguida, Taejoon entrou na sala:

— Bom dia, Han. Preparado para a reunião?

— Acho que sim, Taejoon. — Soltou o ar dos pulmões com força, para aliviar um pouco a ansiedade.

— Que bom, você vai precisar estar preparado mesmo. Todos já estão na sala de reuniões, e Seojoon está com uma cara péssima — o amigo falou mais baixo.

— Que ótimo incentivo.

— Só estou te avisando para ficar atento. Eles vão usar qualquer coisa para desqualificar o seu trabalho, você sabe bem disso.

— Vou precisar de ajuda, Taejoon.

— Estarei lá para o que você precisar — tentou confortar Junsuk. — E Kang também. E por falar nele, já chegou?

— Ainda não, eu ia ligar para ele agora.

— Bom, ligue e venha para a sala de reuniões. Não vamos fazer a diretoria ficar esperando.

Junsuk acenou com a cabeça, vendo seu amigo dar as costas e sair de sua sala. Salvou os arquivos em um *pen drive*, enquanto ligava para Yuri, para ter notícias de seu paradeiro. Não queria começar a reunião sem ele.

— *Kotchu?* — Uma voz doce soou do outro lado da linha.

— Sim, sou eu. Onde você está? A reunião vai começar.

— *Desculpa, mas resolvi buscar as chaves do meu apartamento com Jaewoo e acabei ficando preso no trânsito. Não estou tão longe, mas talvez eu chegue alguns minutinhos atrasado.*

— Tudo bem, vou tentar enrolar um pouco até você chegar. Ah, e muito obrigado pelas planilhas, elas vão ajudar muito.

— *De nada! Vou correr o máximo que puder.*

— Até já.

— *Ah, Junsuk!* — A ligação já seria encerrada, quando o moreno ouviu Yuri o chamar novamente. — *Eu tenho uma ótima notícia! Aquele meu amigo dos Estados Unidos me ligou, e acho que tenho o seu ponto final na história da empresa japonesa.*

— É mesmo? Qual? — indagou, esperançoso.

— *Te conto assim que chegar aí.*

— Ah, não, Onie! Me fala o que... — A ligação havia sido encerrada.

Junsuk ficou olhando para a tela de seu celular, um pouco perplexo por Yuri tê-lo deixado sem saber de um dado tão importante. Mas agora não havia mais tempo. Desconectou o *pen drive* de seu computador e saiu em direção à sala de reuniões.

Ao entrar, todos se levantaram e fizeram uma reverência. Ao redor da mesa estavam Lee Taejoon, Kim Yeonsu, Park Daeshin, Lee Woobin e Oh Seojoon. Junsuk tomou seu assento na cabeceira da mesa, notando ainda dois lugares vazios, um de cada lado.

— Bom, vamos começar nossa reunião mensal — o CEO rompeu o silêncio da sala.

— Han, não podemos começar a reunião ainda — Daeshin interrompeu. — Im Wonshik ainda não está presente.

— Todos sabem muito bem que eu não tolero atrasos. Wonshik pode ser o sócio principal, mas se ele tem algum interesse no que vai ser exposto nesta reunião, já deveria estar aqui. Começaremos sem ele — Junsuk respondeu, sério, fazendo Daeshin levantar as duas mãos, em sinal de rendimento. — Bom, como eu estava dizendo...

Dois toques na porta interromperam o discurso do CEO novamente, e Yang Mi entrou na sala, acompanhada de Yuri.

— Senhores, perdão pelo atraso. — Kang fez uma reverência.

— Sente-se, Yuri — Junsuk orientou, apontando para uma das cadeiras vazias ao seu lado. — Estava começando agora.

Kang caminhou ao redor da mesa calmamente, tendo diversos pares de olhos fixados na sua bela figura, vestido impecavelmente com um terno cinza, gravata da mesma cor, camisa branca e cabelos bem penteados.

Apenas um dos presentes não acompanhava os passos de Yuri: Junsuk tinha os olhos fixos em Woobin, que sorria de lado, observando o auditor.

Yuri sentou-se ao lado do CEO, apoiando uma pasta branca em cima da mesa e tirando uma caneta do bolso do paletó. Como Junsuk ainda estava imóvel, encarando Woobin, o loiro deu um pequeno chute por baixo da mesa, tentando trazer o namorado de volta para a realidade. Só então, o moreno percebeu que todos olhavam para ele, esperando alguma reação.

— Bom, como eu ia dizendo... — Junsuk limpou a garganta. — Nossa reunião de hoje... — O CEO grunhiu, irritado, ao ser interrompido novamente por alguém, que abriu a porta sem ser anunciado. Mas ao verem quem estava ali, todos se levantaram, com os olhos arregalados, enquanto Junsuk perdia a cor do rosto.

Aeri.

A filha de Im Wonshik não parecia surpresa com a reação dos presentes naquela sala. Vestida em um tailleur vermelho bem cortado, Aeri caminhou até a última cadeira vazia.

— Me perdoem pelo atraso — começou. — Sentem-se, senhores. Temos assuntos importantes para tratar.

Todos, com exceção de Junsuk, voltaram às suas cadeiras, ainda sem uma reação definida para o que estava acontecendo naquele momento.

— Sente-se, Junsuk. — Olhou para o ex-noivo.

— Aeri... — O CEO tentou controlar o nervosismo em sua voz. — O que está fazendo aqui?

— Esta não é a reunião mensal da diretoria? — A morena jogou os cabelos para trás.

— Exatamente. Esta é a reunião apenas para sócios e membros da diretoria. — Junsuk permanecia em pé, confuso por estar em frente à sua ex-noiva.

— Então, eu estou no lugar certo. — Aeri abriu a bolsa grande que carregava consigo, tirando seu *tablet* e o colocando em cima da mesa.

— Aeri, do que você está falando? — O CEO levantou um pouco mais a voz, perdendo a paciência com aquela brincadeirinha infantil. — O seu pai deveria estar sentado neste lugar.

— Você disse bem: ele deveria. Acontece que meu pai não é mais o principal sócio desta empresa — anunciou, com o nariz empinado.

Junsuk piscou algumas vezes, tentando entender o que estava saindo da boca de sua ex-noiva. Aquela notícia causou um pequeno alvoroço entre os demais presentes na sala.

— Senhorita Aeri — Taejoon tomou a palavra. — O que quer dizer com "meu pai não é mais sócio desta empresa"? Como assim?

— Caro, Lee Taejoon, como consta neste documento... — A morena tirou alguns papéis de sua bolsa, entregando-os ao advogado. — Meu pai, Im Wonshik, acaba de passar todas as suas ações desta empresa para o meu nome.

Junsuk achou que seu coração tinha falhado uma batida. Aquilo não poderia estar acontecendo de verdade. Por que Wonshik abriria mão de suas ações para dar a filha, que tinha pouca, ou nenhuma, experiência no mundo corporativo? E por que aquilo tinha sido feito tão sorrateiramente, sem nenhum aviso prévio?

O papel entregue a Taejoon começou a circular entre os membros da reunião, que, assim que liam brevemente o conteúdo, passavam para a pessoa ao lado. O documento chegou às mãos de Yuri, que antes de ler, olhou para Aeri, percebendo um sorrisinho malvado em seus lábios. Atentamente, Kang correu os olhos pelo papel, não demorando muito para chegar até o final. O loiro passou o documento para Junsuk, acenando afirmativamente com a cabeça, como se estivesse afirmando que tudo estava em ordem.

O CEO não fez questão de ler, apenas jogou o papel em cima da mesa e finalmente se sentou.

— Muito bem. Já que agora estão todos presentes, podemos começar a nossa reunião. — Junsuk ligou o projetor da sala, exibindo uma das planilhas elaboradas por Yuri. — Como todos já sabem, foi detectado um desvio de dinheiro em nossa empresa que está ultrapassando os 5 bilhões de wons. Para tentarmos solucionar esse problema, contratamos uma auditoria interna, que está sendo realizada por Kang Yuri, o responsável por esses dados que os senhores estão vendo.

A apresentação e análise da planilha levou pouco mais de meia hora para ser feita. Todos os membros estavam muito atentos ao que estava sendo exposto, e tendo Yuri como o principal questionador dos processos realizados na empresa.

— Como podem ver — Junsuk começou sua conclusão —, mesmo sendo a investigação muito preliminar, o erro parece estar no processo de liberação da saída do dinheiro.

— Algum palpite sobre qual seria esse erro? — Seojoon perguntou.

— Pelo que me foi descrito — Yuri tomou à frente da resposta —, como esta empresa tem um fluxo de negociações intensas, fica muito difícil controlar cada uma das transações realizadas diariamente. Não teria como ter controle total, por exemplo, da compra de itens básicos para o funcionamento do edifício, como produtos de limpeza, papel higiênico, café e etc.

— Mas é justamente por isso que são várias pessoas, de vários departamentos, que têm autorização para liberar o dinheiro — Daeshin interrompeu.

— Sim, é claro. E essa é justamente a grande dificuldade que eu encontrei para identificar o desvio — Yuri continuou.

— Kang — Aeri entrou no assunto —, eu estou com uma dúvida. Apesar de várias pessoas poderem autorizar a saída de dinheiro da empresa, não seriam apenas aqueles com cargos altos?

— Sim, apenas os diretores, sócios e eu temos essa autonomia — Junsuk respondeu.

— Bom... — Aeri girou a sua cadeira para o lado. — Então, por que podemos ver diversas transações realizadas por Kim Yeonsu? Que eu saiba, ele é apenas um gerente de vendas.

Yeonsu achou que desmaiaria naquele momento. Sempre participava das reuniões apenas para acompanhar os próximos passos que deveria seguir, mas naquele dia tinha virado o centro das desconfianças dos demais presentes. Sua mão transpirava, e ele tentava dizer algo, mas nada saía de sua boca.

— Yeonsu só seguiu orientações minhas, Aeri — Junsuk interveio, percebendo o nervosismo do amigo. — Eu estava atolado de serviço por causa do nosso casam-... Enfim... tinha muita papelada acumulada, e precisei de ajuda. Yeonsu me passava as coordenadas de cada contrato, e se estivesse tudo em ordem, ele assinava e lançava os dados no sistema.

— E você conferia o que ele fazia depois? — Aeri ainda tinha a cadeira virada para o gerente de vendas.

— Bom... — Junsuk engoliu em seco. — Não.

Aeri sorriu, parecendo vitoriosa ao ouvir aquela resposta. Aquilo gerou um certo desconforto entre os presentes, que cochichavam entre si, principalmente os sócios, que pareciam cada vez mais inquietos.

— Então, quer dizer que depois que você autorizava a transação, o senhor Kim ficava livre para liberar o dinheiro?

— Sim, mas...

— E esse padrão continua sendo feito até hoje? — Aeri indagava, cada vez mais insolente.

— Sim, mas eu...

— Bom... — a filha de Wonshik continuava interrompendo Junsuk. — Se todos estiverem de acordo, eu sugiro o afastamento provisório do gerente de vendas Kim Yeonsu.

— O quê?! — Junsuk gritou, levantando-se da cadeira, vendo, pelos cantos dos olhos, o seu amigo esconder o rosto entre as mãos. — Não há motivos para isso, eu confio totalmente no Yeonsu.

— O que você acha não faz a menor diferença em uma investigação dessas Han. Se você confia tanto, ele vai conseguir provar a inocência durante o processo. — Aeri voltou sua atenção para os demais na sala. — Bom, vamos votar. Quem está de acordo com o afastamento provisório de Kim Yeonsu?

A sala entrou em discussão, todos falando entre si ao mesmo tempo. Taejoon se levantou e foi até os três sócios minoritários, tentando interceder naquela votação descabida. Yeonsu estava ainda mais pálido, parecendo que desmaiaria a qualquer momento.

— Senhores! — Aeri levantou a voz, cessando as conversas paralelas. — É uma pergunta simples. Levantem a mão se concordam com a minha proposta.

Todos voltaram a ficar em silêncio, e aos poucos, algumas mãos foram levantadas: Aeri e os outros três sócios.

— Ótimo! Está decidido, então. — Aeri sorriu. — Yeonsu, você pode se retirar e aguardar o contato do departamento de Recursos Humanos.

Junsuk bufou, jogando-se na cadeira e esfregando as têmporas, para tentar aliviar a dor de cabeça eminente. Taejoon acompanhou Yeonsu até a porta, amparando o amigo, com uma das mãos em suas costas.

— Taejoon, eu não posso ficar sem esse emprego — sussurrou, com lágrimas se formando nos olhos pequenos.

— Não se preocupe, você não está sendo demitido, é apenas um afastamento. Nós faremos de tudo para que você volte o quanto antes. Eu prometo — o advogado afirmou, antes de fechar a porta, deixando o gerente de vendas assustado do lado de fora.

— Continuando a reunião... — Aeri voltou a dizer. — Acho que podemos passar para a questão da empresa japonesa de software.

— Aeri, quem está no comando da empresa sou eu! — Junsuk disse entre os dentes. — Eu determino a pauta de reunião.

— Muito bem, Han, prossiga — desdenhou.

Junsuk trocou a imagem do projetor, substituindo-a pela planilha da empresa de Jaechin. Pelos cantos dos olhos, o CEO percebeu o sorriso de deboche de Aeri, provavelmente porque o próximo assunto era justamente o que ela tinha acabado de dizer.

Nos minutos seguintes, Junsuk explicou todos os detalhes que Yuri havia coletado, mostrou as divergências dos balanços e todo o processo de abertura de uma filial nos Estados Unidos. Os sócios ainda pareciam em dúvida com os dados mostrados até o momento, e vendo essa confusão, Yuri pediu a palavra.

— Senhores, além de tudo isso que foi mostrado, tenho uma prova final que a compra dessa empresa seria um tremendo prejuízo para todos vocês. — O auditor distribuiu uma cópia de um documento para cada um dos presentes. — Como podem ver, a empresa de Nam Jaechin entrou em concordata na última semana. Ou seja, vocês quase adquiriram uma empresa prestes a entrar em falência. Isso confirma ainda mais que os balanços apresentados por ele tinham sido fraudados, por isso a grande quantidade de divergências entre eles. Acredito que foi uma tentativa de maquiar os verdadeiros números da empresa.

Um novo burburinho se formou na sala de reuniões. Todos, incluindo Junsuk, estavam com os olhos arregalados, lendo o documento de solicitação de recuperação judicial.

— Muito bem, Kang Yuri, você trabalhou rápido — Lee Woobin elogiou. — Parece que nos salvou de um prejuízo de bilhões de wons.

O auditor tinha o semblante sereno, confiante de todas as informações que estava passando para os membros da diretoria, que agora pareciam definitivamente convencidos da decisão de Junsuk de não adquirir aquela empresa.

— Me diga uma coisa, Kang. — Todos os olhos se voltaram para a dona da voz, Aeri.

— Pois não?

— Recentemente, eu tive acesso ao seu contrato de prestação de serviços com a nossa empresa. — Começou a folhear alguns papéis. — Pelo que entendi, você foi contratado para investigar o possível desvio de dinheiro que está acontecendo internamente, não é mesmo? — Encarou o loiro.

— Sim, está correto.

— Mas eu fiquei um pouco confusa. Essa investigação sobre a empresa japonesa faz parte do desvio de dinheiro? — Aeri cruzou os braços.

— Não. Talvez apenas indiretamente.

— Então, você esteve trabalhando em um caso que foge das atribuições descritas no seu contrato?

— Aonde você quer chegar com isso, Aeri? — Junsuk interrompeu. — Yuri nos fez um favor. Como eu estava atolado de coisas para fazer, pedi a ele que me ajudasse com isso. Principalmente porque ele estava na reunião no Japão.

Nesse momento, Taejoon quase derrubou um copo de água na mesa, e Yuri, discretamente, levou uma das mãos até a testa, esfregando a pele com as pontas dos dedos. Junsuk percebeu, então, que havia falado demais.

— Quer dizer que Kang foi com você para a reunião no Japão... — Aeri repetiu a informação, apertando a caneta em suas mãos com força, com as pontas das orelhas ganhando uma coloração avermelhada. — Quer dizer que ele viajou às custas da empresa para fazer um serviço pelo qual não foi contratado?

— Podemos dizer que foi como uma consultoria pessoal — Junsuk tentou consertar aquela situação.

— Consultoria pessoal... — Aeri repetiu pausadamente, enquanto voltava a ler o documento que estava em suas mãos. — Aqui, na cláusula 3, parágrafo 4... "o contrato de prestação de serviços poderá ser considerado automaticamente anulado caso haja indícios de favorecimento pessoal do prestador a qualquer funcionário da empresa contratante...".

Yuri deixou o queixo pender, surpreso, com o remorso lhe invadindo o peito quando se deu conta de que tinha quebrado o próprio contrato. Kang sempre foi um advogado exemplar e atencioso em tudo o que fazia, mas a sua situação com Junsuk o fez tomar atitudes sem que ele parasse para pensar direito. Não passou pela sua cabeça que ajudar o CEO a explicar o cancelamento da compra o prejudicaria diretamente. Fez tudo aquilo levado pela emoção, pelos fortes sentimentos que nutria por aquele homem. Agora, estava sem chão. E seu medo maior nem era por ficar desempregado, mas sim, por ter de deixar um serviço incompleto, um serviço que tinham confiado a ele e depositado todas as suas expectativas.

— Aeri, vamos ser razoáveis aqui — Taejoon interveio. — Yuri não agiu em favorecimento de Junsuk, ele estava ajudando a empresa como um todo.

— Eu tenho minhas dúvidas. E o contrato é claro, Taejoon. — A nova sócia estava irredutível. — Estou aqui para defender os meus direitos e acredito que os outros sócios também. Reitero aqui o afastamento imediato de Kang Yuri.

— E como fica a investigação do desvio de dinheiro? — Woobin se manifestou pela primeira vez.

— Contrataremos outra pessoa.

Yuri soltou o ar com força pelo nariz, irritado por estarem falando dele como se não estivesse presente. Sem ter bons argumentos para aquele momento, apenas juntou as suas coisas e se levantou.

— Kang... — Junsuk o segurou pelo braço. — Não precisa sair assim.

— Está tudo bem, nos falamos depois.

Yuri foi em direção à porta, fazendo uma reverência para os demais, antes de fechá-la atrás de si.

Junsuk bateu as duas mãos na mesa, logo em frente a Aeri, amassando as folhas de papel que estavam sob as suas palmas.

— O que você pensa que está fazendo, Aeri? — o CEO esbravejou.

— Cuidando dos meus interesses, Han. Não fique assim, bravinho. Ele é apenas um prestador de serviços, arrumaremos outro melhor. — Riu, debochada. — Ou ele seria outra coisa?

Junsuk olhou de relance para os presentes na sala, percebendo que as atenções estavam sobre o ex-casal de noivos.

— Não diga asneiras! — rosnou entre os dentes. — Você mal sabe o que acontece aqui dentro. Isso aqui não é brincadeira, Aeri — disse um pouco mais baixo.

A senhorita Im se levantou lentamente da cadeira, ficando cara a cara com Junsuk, sentindo o ar quente que ele expelia com raiva pelo nariz.

— Eu disse que o nosso noivado não iria terminar daquele jeito. Bem-vindo ao inferno, Junsuk.

42

O CEO não desviou o olhar da mulher à sua frente, sentindo seu sangue esquentar e subir até o topo das suas orelhas, com os lábios finos apertados um ao outro.

Aeri tinha um brilho sarcástico nos olhos, vasculhando qualquer sinal de fraqueza do ex-noivo.

— Senhores, a reunião está encerrada — Junsuk anunciou, cerrando os punhos sobre a mesa.

Os demais presentes imediatamente se levantaram, juntando seus pertences e saindo apressadamente. Taejoon ainda lançou um olhar de solidariedade e preocupação para o amigo, antes de fechar a porta atrás de si. Junsuk tirou o paletó, jogando-o de qualquer jeito sobre a sua cadeira, e esfregou as têmporas com as pontas dos dedos, sentindo a costumeira dor de cabeça.

— Aeri, eu vou perguntar mais uma vez... — Respirou profundamente antes de continuar. — O que você pensa que está fazendo? Nunca se interessou por nada que acontecia nesta empresa. Que direito você acha que tem para aparecer aqui e afastar os meus funcionários?

— Eu sou a maior sócia dessa empresa depois da sua família, agora. Estou aqui para defender os meus direitos e impedir que você afunde este negócio.

— E o seu pai? Ele simplesmente abriu mão do cargo dele?

— Ele nem sequer hesitou. Achou uma ótima ideia que eu assumisse o seu lugar. Já estava mais do que na hora de assumir as rédeas da fortuna da minha família. E além do mais, ele já estava cansado de lidar, usando as palavras dele, "com moleques irresponsáveis como você".

Junsuk olhou para o teto, tentando, em vão, impedir que aquela cena de Im Wonshik lhe dando um tapa voltasse à sua mente. A sensação da ardência que se espalhava pelo rosto parecia real, e a humilhação fez seu estômago se embrulhar. Nunca ninguém tinha batido nele daquela maneira, nem mesmo seu pai.

— Aeri, todos nós sabemos que não é nada disso. Você nunca se preocupou com o andamento dos negócios da sua família, está aqui porque está magoada com o término do nosso noivado. É totalmente imprudente da parte dos Im aceitar misturar negócios com sentimentos.

— Não seja hipócrita, Junsuk. Toda essa relação é misturada desde sempre. Ou você nega que tinha interesse em se casar comigo para poder ter a maioria das ações da empresa?

Junsuk engoliu em seco.

— Você é o imprudente aqui. Nós temos tudo para sermos o casal mais poderoso da Coreia. Somos jovens, bonitos e herdeiros de uma grande fortuna. As pessoas do mundo todo sonham com isso.

— Pois eu acordei desse sonho, Aeri.

A senhorita Im engoliu a saliva amarga, magoada por estar sendo tratada como uma pessoa qualquer. Não conseguia entender como que, de uma hora para outra, seu noivo parecia um completo estranho. Há apenas algumas semanas, eles estavam felizes, planejando o casamento, se amando nas noites frias de Seul.

— Ah, Sukie... — Aproximou-se lentamente de Junsuk, passando as mãos pelo peitoral do moreno, até atingir os ombros largos.

— Não me chame assim — interrompeu. — Não temos mais essa intimidade.

— Amor, não fale assim. — Acariciou a pele do pescoço do moreno com os polegares. — Vamos esquecer essa bobagem toda. Nós dois sabemos que esse casamento é o que sempre quisemos. Eu te amo, volte para mim, e todas as ações da minha família estarão na sua mesa.

— Por favor, não. — Junsuk segurou os pulsos da ex-noiva, impedindo que ela continuasse se aproximando, tentando tocar os lábios no seu rosto. — Não faça isso.

Aeri parou, deslizando os pulsos entre os dedos de Junsuk e dando alguns passos para trás. Seus olhos se umedeceram, mas não de tristeza, e sim de raiva.

— Las Vegas... — sussurrou. — Alguma coisa aconteceu em Las Vegas.

— Nada aconteceu, Aeri — Junsuk rebateu, virando-se de costas.

— Você entrou naquele avião de um jeito e voltou um completo estranho — disse, praticamente gritando. — Parece que tudo o que a gente tinha planejado juntos você deixou para trás naquela cidade. O que aconteceu com você em Las Vegas, Junsuk?!

— Pare de gritar, você sabe que eu odeio isso! — soou mais rude, virando-se novamente para Aeri. — Nada aconteceu em Vegas. A única coisa que aconteceu é que eu acordei para a vida. Percebi que estava vivendo um sonho que não era todo meu, vivendo preso em um relacionamento sem amor e que me sufocava. Eu não quero mais viver preso, quero ser livre.

— Você acha que eu sou burra, não é mesmo? — Colocou as duas mãos na cintura. — Se não quer me contar, eu descubro. Como você viu hoje, nada fica no meu caminho. Eu sempre consegui o que queria, e agora não vai ser diferente. Estou só começando, Junsuk. Você ainda vai voltar pra mim.

— Não diga asneiras, Aeri. — O CEO bufou. — Eu já disse para o seu pai, e agora digo para você também: não vou reatar o nosso noivado.

— Muito bem, Junsuk. Você gosta de jogos de cartas? — Ergueu as sobrancelhas, deixando o ex-noivo confuso. — Se sente com sorte? Pois prepare-se. Eu ainda tenho muitas cartas na manga.

Ela não disse mais nada, apenas pegou sua bolsa e saiu da sala, deixando para trás um Junsuk furioso por não ter conseguido dar a última palavra àquela conversa.

O CEO pegou um dos copos que estava sobre a mesa e lançou-o contra uma das paredes da sala de reuniões, fazendo o objeto se estilhaçar contra o obstáculo.

— Senhor Han? — Yang Mi entrou na sala, assustada. — Eu ouvi um barulho, está tudo bem? Precisa de alguma coisa?

— Não, está tudo bem — respondeu, passando as mãos pelos cabelos escuros, tentando se recompor da raiva que fervia dentro dele. — Por favor... — interrompeu a saída da sala de sua secretária. — Peça para alguém limpar essa bagunça e ligue para o Taejoon. Diga que quero vê-lo em minha sala.

— Sim, senhor Han. Imediatamente.

Junsuk pegou seu paletó de volta, tomando o rumo de sua sala. Precisava se reunir com Taejoon imediatamente, para tomar providências. Precisava trazer Yeonsu de volta, e claro, Kang Yuri.

♣♦♠♥

Aeri tinha um sorriso nos lábios, enquanto caminhava pelo corredor do último andar, em direção ao elevador. Deteve-se por alguns instantes quando avistou alguém de cabelos dourados apertando um dos botões para descer. Observou-o entrar no elevador que acabara de chegar, mas antes que as portas se fechassem, apressou o passo e entrou junto.

— Kang Yuri... — cantarolou cada sílaba.

— Senhorita Im. — Fez uma pequena reverência.

— Eu sinto muito pelo ocorrido, mas você entende que estou aqui para garantir que tudo esteja sendo feito corretamente. Porém, não posso deixar de ficar impressionada com a investigação que fez sobre a empresa de software.

— Obrigado, mas só estava fazendo o meu trabalho — respondeu sem olhá-la.

— Mais ou menos, não é mesmo? — Deu uma risadinha. — Digamos que isso estava um pouco além das suas atribuições.

— Olha, Aeri... — Estava tentando se controlar para não ser mal-educado. — Eu só queria ajudar, fiz com a melhor das intenções.

— O inferno está cheio de pessoas com boas intenções, Kang.

Yuri suspirou, apertando o botão do térreo para ver se o tempo passava mais depressa. Estava com muitas coisas entaladas em sua garganta, mas como bom advogado, sabia que o melhor a fazer era ficar calado.

— Bom — Aeri continuou —, espero que você não leve para o lado pessoal. Estou apenas zelando pelo meu patrimônio.

Kang teve vontade de rir, porque aquilo só poderia ser uma piada. A taça de vinho derramada em sua camisa, as ameaças feitas no banheiro da festa e agora... isso. Aquilo nada mais era do que um ataque pessoal. Mas Yuri ainda pensava nos motivos para aquele tratamento. Aeri, aparentemente, não sabia de nada do que havia acontecido em Las Vegas, e ele tinha certeza de que era o mais discreto possível quando estava na presença de Junsuk. Mas ela parecia sempre estar desconfiada, como se estivesse em alerta toda vez que se encontravam.

Yuri começou a se sentir sufocado, como se o ar dentro daquela cabine estivesse acabando. Limpou a garganta, mexendo na gravata, tentando inalar mais oxigênio.

A verdade era que, no fundo, se sentia culpado pelo que tinha acontecido em Las Vegas. Mesmo tendo entrado nessa situação inocentemente, uma traição nunca deixaria de ser uma traição. Todos, assim como Hyunji, podiam afirmar que não existia amor entre eles, mas, mesmo assim, Junsuk tinha selado um compromisso com ela. Jamais queria estar no lugar de Im Aeri.

O elevador desacelerou, até parar por completo no andar térreo. Yuri sentiu um alívio por ver as portas se abrirem e poder se livrar daquela situação constrangedora.

— Ah, mais uma coisa — Aeri o interrompeu, antes que sumisse de sua vista. — Seu primo... fiquei sabendo que ele vai inaugurar um restaurante japonês, não é mesmo?

— Sim. Por que pergunta? — Yuri a encarou por alguns instantes, tentando entender aonde ela queria chegar.

— Faço questão de estar presente no dia da inauguração.

Um frio percorreu a espinha de Kang, sentindo que aquilo era uma nova ameaça.

— Fique longe do Hyunji, Aeri. — Yuri deu um passo à frente.

A ex-noiva de Junsuk não disse nada, apenas sorriu e piscou um dos olhos, enquanto as portas do elevador finalmente se fechavam.

Aquilo já era demais, Hyunji não tinha nada a ver com aquela história. E isso só reforçava as convicções de Yuri de que ela desconfiava de alguma coisa. Precisava ficar alerta e tomar cuidado com cada passo que desse. Estava claro que Aeri usaria tudo o que estivesse ao seu alcance para prejudicar Junsuk e ele. Mas se ela achava que seria fácil, estava enganada. Quando Kang Yuri entrava no jogo, as coisas começavam a ficar sérias. Se o seu objetivo era derrubar tudo à sua volta, então ela também cairia junto.

Yuri foi tirado dos seus pensamentos pelas pessoas que tentavam entrar no elevador, que tinha voltado ao andar novamente. O loiro pediu desculpas e saiu da frente das portas, permitindo que as pessoas seguissem o seu caminho. Passou os olhos por todo o lugar, não demorando muito para encontrar o que estava procurando: Yeonsu.

O gerente de vendas estava sentado em um dos sofás daquele ambiente, com os cotovelos apoiados nos joelhos e o rosto entre as mãos. Parecia desolado. Yuri seguiu até ele, tocando de leve no seu braço para chamar a sua atenção.

— Yeonsu, conhece algum lugar por aqui onde podemos conversar com privacidade?

— Ah, Yuri... — Tirou as mãos da frente do rosto, encarando um par de olhos gentis. — S-sim... tem um café aqui perto.

— Então, vamos, preciso falar com você.

Yeonsu acenou com a cabeça, se levantando do sofá e guiando Kang para fora do edifício.

Realmente, o estabelecimento era bem próximo à empresa, na quadra seguinte. Os dois entraram, fazendo o sininho da porta avisar ao atendente sobre os novos clientes.

O lugar estava cheio, e apenas uma mesa estava disponível perto do balcão. Sentaram-se, enquanto eram prontamente atendidos, pedindo um café expresso para cada um.

— Yuri... — o próprio Yeonsu começou a conversa. — Não tenho nada a ver com essa confusão, eu juro que não fiz nada. — Ele coçava a nuca, chateado.

— Eu sei disso, não se preocupe — Yuri o confortou.

— Sabe? Mas naquele dia você deu a entender que desconfiava de mim...

— Sim, naquele dia eu desconfiei. Mas analisando todos os documentos, percebi que não teria como você ser o responsável pelo desvio de dinheiro. Todos os papéis que assinou estavam de acordo com as regras da empresa, e todas aquelas transações foram confirmadas pelos fornecedores.

Yeonsu respirou, aliviado, e jogou o corpo contra o encosto da cadeira, sentindo um peso ser tirado de seus ombros.

— Kang, você não sabe quantas noites de sono eu perdi por causa disso.

— Me perdoe por ter te deixado nessa angústia, mas eu precisava ter certeza de que você não estava envolvido.

— Sim, eu sei. Você estava apenas fazendo o seu trabalho...

Kang acenou com a cabeça.

— Mas e agora? O que eu faço? — perguntou, angustiado.

— Não precisa fazer nada.

Yeonsu o olhou, surpreso.

— Não trabalho mais lá, mas tenho em mãos documentos suficientes para montar um relatório descartando o seu envolvimento. Vou começar a trabalhar nisso imediatamente e vou orientar Taejoon sobre como proceder.

— Jura? — Os olhos de Yeonsu se iluminaram. Não esperava ter esse apoio de alguém que mal conhecia.

— Sim, não se preocupe. Eu tenho alguma experiência em direitos trabalhistas, tenho certeza de que a diretoria da empresa não terá como negar o seu retorno ao cargo.

Yeonsu se levantou de repente, quase derrubando a bandeja do garçom, que passava atrás de si, e jogou os braços ao redor dos ombros de Yuri, o apertando, agradecido.

— Ah, Kang! Muito obrigado! Eu não saberia o que fazer sem esse emprego.

— Não foi nada, quero apenas corrigir uma injustiça. — Yeonsu voltou ao seu lugar. — Mas tenho certeza de que Taejoon também não te deixaria na mão.

— Nossa, eu estou tão aliviado... — Tomou um gole de sua xícara fumegante. — Mas... e você? Disse que não está mais trabalhando na empresa? Como assim?

— Pois é. Você não foi o único afastado do cargo. Aeri descobriu uma brecha no meu contrato e o anulou, alegando que prestei serviços além das minhas atribuições. Disse que favoreci o Junsuk quando entrei na investigação da empresa japonesa.

— Não acredito! O que a Aeri fez com você também não é justo. Você estava apenas tentando nos ajudar e evitou um prejuízo enorme aos cofres da empresa.

— Sim, mas por um lado, ela estava certa. Eu não deveria ter me envolvido nesse caso da empresa de Jaechin. — Suspirou, arrependido.

— Isso tudo está muito estranho, Yuri. Por que ela está fazendo essas coisas?

— Ela está com raiva, Yeonsu. Está amargurada por ter o noivado cancelado de uma hora para outra.

— Isso eu também não entendi, o porquê de Junsuk ter terminado com ela...

Yuri limpou a garganta, levando a xícara até os lábios.

— Não vai me dizer que foi por causa do que aconteceu em Vegas? — Yeonsu falava como se finalmente tivesse entendido tudo.

— Fale baixo, Yeonsu!

— Meu Deus... aquela viagem desestruturou todo mundo — falou baixinho, como se fosse para si mesmo.

— Como assim, todo mundo? O que mais aconteceu lá?

— Ah... quê? Nada... isso é assunto para uma outra conversa... Quem sabe depois de algumas garrafas de soju. — As bochechas de Yeonsu ficaram vermelhas de repente.

— Yeonsu, por favor, que isso não saia daqui. Ninguém mais sabe sobre Junsuk e eu.

— Quer dizer que vocês estão juntos?! — O gerente de vendas se sobressaltou novamente, tapando a boca quando percebeu que falara alto demais.

— Sim, estamos. Foi um processo longo, digamos que a viagem de Las Vegas não terminou tão bem assim. Mas nos acertamos no Japão e agora estamos namorando. — Agora, eram as bochechas de Yuri que ganhavam uma coloração rosada.

— Ah, meus parabéns! Vocês formam um casal tão fofo!

— Ah, Yeonsu. — Yuri olhou para os lados, envergonhado. — Menos, por favor.

— Desculpa — sussurrou. — É porque eu achava que aquele casamento nunca ia dar certo. Sei lá... não tinha química nenhuma. Eles pareciam dois fantoches.

Os dois riram da comparação, deixando o clima agradável entre eles. Estavam se conhecendo melhor, e quem sabe, uma boa amizade poderia surgir ali. Ambos sentiam que podiam confiar um no outro.

— Mas ela não sabe de nada. Aeri não sabe que Junsuk terminou o noivado por minha causa. E não só ela, é essencial que ninguém saiba ainda. Isso seria um escândalo e poderia prejudicar muito a imagem de Junsuk e da empresa.

— Pode deixar, vou fingir que nem escutei o que você me falou nos últimos minutos.

— Obrigado. Mas não foi para falar disso que eu te chamei aqui — Yuri retomou a conversa. — Preciso de sua ajuda com uma coisa.

— Pode falar!

— Eu acho que tenho uma boa pista de quem está desviando o dinheiro da empresa.

Yeonsu arregalou os olhos.

— Mas as únicas provas que eu tinha desapareceram — continuou Yuri.

— Como assim, desapareceram? Que provas eram essas?

— Logo que entrei na empresa, Lee Woobin me deu uma pasta de documentos, e neles havia uma série de assinaturas suspeitas. Todas elas autorizando grandes transferências para fora da empresa. O destino era sempre para fora do país e para diferentes contas bancárias.

— E de quem eram essas assinaturas? — Yeonsu estava curioso.

Yuri olhou para os lados, verificando se alguém poderia estar escutando aquela conversa. Em todo caso, pegou um guardanapo e tirou uma caneta de seu bolso, escrevendo um nome no papel fino.

— Não é possível. — Yeonsu arregalou os olhos ao ler o que Kang acabara de escrever.

— Também fiquei surpreso quando vi. Mas o meu sexto sentido está gritando, dizendo que aquele era o caminho do dinheiro desviado.

— Mas, Yuri... essa assinatura... J-Junsuk já sabe? — Yeonsu estava perplexo.

— Ainda não. Eu ia contar para ele, mas a pasta com esses documentos desapareceu da minha mesa.

— Como assim desapareceu?

— Deixei na minha sala, enquanto viajava com Junsuk para o Japão — disse, apertando a caneta em suas mãos. Até hoje se martirizava por ter sido tão imprudente em deixar algo tão importante desprotegido.

— Ela foi roubada de dentro da sua sala?

Yuri confirmou com a cabeça, enquanto Yeonsu olhava para sua xícara já vazia, tentando entender tudo aquilo.

— Yuri! Você disse que ela sumiu enquanto você estava no Japão? — O gerente de vendas bateu as mãos na mesa, fazendo as xícaras balançarem.

— Isso mesmo.

— No segundo dia que vocês estavam no Japão, eu fiquei trabalhando até mais tarde, digamos, fazendo hora extra... — Yeonsu parou por alguns instantes, parecendo organizar os pensamentos. — Quando eu estava indo embora, percebi que não estava sozinho no prédio.

— Você viu quem era?

— Sim.

— Desembucha, Yeonsu!

— Era a Aeri.

Yuri congelou no lugar, com os lábios se entreabrindo de espanto.

— Foi ela! — concluiu. — Yeonsu, ela te viu?

— Acho que não, estava escuro, e eu estava abaixado, amarrando os sapatos. Mas pude ver o rosto dela iluminado pela luz do elevador. Naquele dia eu não achei suspeito, afinal ela é a filha de um dos sócios, a noiva de Junsuk. Não teria motivos para desconfiar. Mas depois de hoje, e depois de você ter me dito que vocês fizeram as pazes no Japão, eu acho que ela veio aqui mal-intencionada.

— Woobin havia me confidenciado aqueles documentos, mas ninguém sabia da existência deles. Como ela sabia que eu estava com a pasta? — Yuri falou baixinho, mais para si do que para Yeonsu.

— Eu não sei, Yuri. Mas pela amostra que tivemos hoje, deu para perceber que ela é muito esperta.

— Sim, com certeza. — Yuri passou uma das mãos nos cabelos claros. — Eu vou precisar de toda ajuda que conseguir. Vai ser ainda mais difícil agora que não tenho mais acesso a nada da empresa.

— Pode contar comigo, Kang. Você está me ajudando, e eu vou retribuir. Devo isso também ao Junsuk e ao Taejoon.

— Obrigado, Yeonsu. — Yuri sorriu. — Eu preciso falar com o Junsuk. Mas como é que vou provar tudo o que vi naqueles documentos? Woobin me disse que eram cópias únicas.

— Só tem um jeito.

— Qual?

— Vamos ter que recuperar aquela pasta.

43

Yuri e Yeonsu se despediram na porta do café, com a promessa de que trabalhariam juntos para descobrir qual havia sido o destino da pasta que Aeri supostamente havia roubado.

O loiro voltou, apressado, para o seu novo apartamento, depois de ter feito compras para abastecer a geladeira e a despensa. Ajeitou as roupas no armário, seus produtos no banheiro e posicionou um vaso de flores do campo na mesa da sala. Mandou uma mensagem para Junsuk, avisando que já estava em casa e para que não se preocupasse com a situação de Yeonsu, pois enviaria para Taejoon um relatório com as suas conclusões.

Depois de almoçar e tomar um banho morno, Yuri sentou-se em uma das cadeiras da mesa da sala, com o notebook em mãos, pronto para ajudar a devolver o cargo ao gerente de vendas.

Passou a tarde toda organizando dados e escrevendo seu parecer sobre as atividades realizadas por Yeonsu, isentando-o de qualquer responsabilidade relacionada ao desvio de dinheiro.

Estava tão concentrado, que mal percebeu quando o céu já estava escuro. Olhou para o celular, que marcava 19h32, e espreguiçou-se na cadeira, girando a cabeça para os lados, a fim de relaxar os músculos tensos por tantas horas na mesma posição.

Estava tão cansado, mas tinha conseguido terminar o que havia prometido para Yeonsu. Anexou toda a documentação em um e-mail e encaminhou para Taejoon e Junsuk, com instruções de como deveriam proceder para dar entrada no pedido de regresso do gerente de vendas.

Quase que no mesmo instante, seu celular vibrou, mostrando na tela que uma mensagem de Junsuk havia chegado:

Kotchu:
Onie, estou saindo do trabalho agora. Quer que te busque para jantarmos em algum lugar?

Sorriu apaixonadamente, pois nunca tinha tido um relacionamento em que seu parceiro se preocupasse tanto com ele.

Eu:
Vem pra cá. Eu faço alguma coisa simples para comermos. Assim como eu, você deve estar cansado. Estou te esperando.

E enviou a localização de seu apartamento em seguida, recebendo a confirmação de que seu namorado já estava a caminho.

Yuri foi direto para a cozinha, vasculhando os armários para pensar em algo para preparar. Decidiu que o melhor a se fazer era um *lámen*, receita que sua mãe lhe havia ensinado. Era simples, mas saboroso.

Pouco tempo depois, enquanto o caldo aromático fervia no fogão, o interfone tocou. Yuri apagou o fogo, e depois de autorizar a subida do namorado, correu para o banheiro para dar uma ajeitada na aparência. Jogou água no rosto e ajeitou os fios dourados que estavam um tanto bagunçados.

A campainha soou pelo apartamento, fazendo o loiro correr em direção à porta, mas Yuri levou um susto ao se deparar com a figura à sua frente: Junsuk parecia ter sido atropelado por um rolo compressor, o paletó amassado, apoiado em um dos braços, a camisa com alguns botões abertos e as mangas compridas dobradas até os cotovelos. Os cabelos escuros estavam bagunçados e os olhos, fundos, como se não tivesse dormido a noite toda.

— Junsuk, o que aconteceu com você? — indagou, enquanto deixava o namorado entrar no apartamento.

— Aquele lugar virou um inferno, Onie. — Suspirou profundamente, beijando carinhosamente os lábios cheios, antes de deixar suas coisas no sofá. — Deve ter sido um dos dias mais tensos naquela empresa.

— O que aconteceu depois que eu fui embora? — Yuri puxou uma das cadeiras para que ele se sentasse.

— Tive uma conversa tensa com Aeri. Ela ficou tentando me fazer voltar para ela em troca das ações do pai. Depois fez uma série de ameaças... — Esfregou a testa dolorida. — Além disso, não consegui me reunir com

Taejoon, porque ela jogou uma tonelada de serviços "urgentes" para ele fazer. E Seojoon está ainda mais neurótico. Ele quer que todos os funcionários do setor administrativo e financeiro passem por auditoria.

— Mas isso levaria meses, Junsuk, e deixaria a empresa desgastada entre os funcionários.

— Eu sei, mas ele disse que, depois da suspeita do Yeonsu, deveríamos investigar todos, sem exceção.

Yuri acariciou as costas do namorado, tentando passar algum conforto nessa situação complicada.

— E tem mais... — Junsuk bufou. — Já deu uma olhada nas redes sociais?

— Não, o que aconteceu?

— Veja com os seus próprios olhos.

O loiro alcançou o seu celular rapidamente, abriu o Twitter e, em pouco tempo, descobriu sobre o que Junsuk falava. Diversas pessoas estavam compartilhando uma notícia sobre a chegada de Aeri na empresa, e a repercussão era totalmente favorável à nova sócia majoritária.

— Dizem que já estava na hora de uma mulher jovem e destemida assumir altos cargos na empresa. Ela tem o apoio da mídia e da população. O seu poder está aumentando cada vez mais, e sem ela precisar fazer muita coisa.

— É claro que a ascensão de uma mulher profissionalmente é maravilhosa, ainda mais na nossa sociedade machista. O problema, nesse caso, são as circunstâncias. Ela não está fazendo isso para se destacar no meio empresarial, e sim, apenas para se vingar. Eu sinto muito, Junsuk.

— É... eu também. — Passou as duas mãos pelo cabelo escuro. — Quero só ver quando a notícia do cancelamento do noivado aparecer. Mas vamos deixar isso para lá, eu não quero mais falar de problemas.

Junsuk puxou Yuri pelo pulso, fazendo-o sentar-se em uma de suas pernas, e olhou para o rosto bonito e de sorriso fácil, antes de tomar seus lábios novamente. Suspirou demoradamente ao sentir o calor da sua boca movimentando-se sobre a sua. Era como mágica, Yuri parecia tirar todas as preocupações de sua mente, as mãos macias acariciando as laterais de seu rosto, fazendo seus músculos começarem a relaxar.

— O jantar está pronto — Yuri sussurrou rente aos lábios de Junsuk. — Me ajuda a arrumar a mesa?

— Sim, meu amor. Faço tudo o que você quiser. — Sorriu, enquanto o outro se levantava de seu colo.

— Vou deixar isso anotado para usar em um momento propício — disse Yuri, fazendo o namorado soltar uma risada gostosa, antes de acertar um tapinha na bunda redonda.

— Ah, me desculpe, eu nem falei nada sobre o apartamento. Gostei bastante da localização, e a decoração é linda — elogiou, olhando ao redor.

— É pequeno, mas bastante funcional.

— Jaewoo realmente sabe escolher os imóveis — soltou a frase com um sorrisinho lateral.

— Não começa, Junsuk... — Yuri apontou a colher de pau em sua direção, fazendo-o gargalhar.

— Ah, Onie... — Abraçou-o por trás. — Desculpa, foi só uma piadinha. Não resisti, queria ver essa sua carinha de ciúme. — Beijou o pescoço claro.

— Sei... — Soltou o ar pelo nariz. — Pegue os utensílios que eu levo a panela.

Os dois se acomodaram ao redor da mesa redonda, servindo-se da refeição preparada com carinho por Yuri, e comeram quase que em silêncio, apenas trocando sorrisos e olhares apaixonados. Vez ou outra, Junsuk tocava a ponta do nariz de Yuri, enquanto o loiro acariciava a sua mão livre sobre a mesa.

Terminando de comer, ambos se levantaram, levando tudo de volta para a cozinha.

Junsuk apertou um dos seus ombros com a mão direita, sentindo os músculos tensos e doloridos. Yuri reparou na expressão de dor no rosto do namorado e foi até ele, colocando-se em suas costas. As mãos pequenas, mas hábeis, tocaram a lombar do moreno, subindo, com um pouco de pressão, até alcançarem os ombros largos. Junsuk gemeu dolorosamente quando sentiu Yuri apertar ao redor da base de seu pescoço, fazendo movimentos circulares, tentando aliviar as dores com uma pequena massagem; fechou os olhos e deixou a cabeça pender para a frente, aproveitando cada centímetro massageado.

— Kotchu, tome um banho, vai ajudar a relaxar — sugeriu, ao ver o namorado se virar e ficar de frente para ele.

— Estou precisando mesmo. Vem comigo? — Fez um biquinho manhoso.

— Depois... — Yuri selou os lábios do namorado, saindo de dentro do seu abraço. — Vou ajeitar as coisas aqui na cozinha e procurar alguma coisa para você vestir.

— Não se preocupe, você sabe que eu prefiro dormir pelado. — Piscou um dos olhos para Yuri.

— Ah, é mesmo. Eu tinha esquecido desse pequeno detalhe. — Yuri fez um sinal com a mão, mostrando uma pequena distância entre o seu polegar e o indicador.

— Ah... — Junsuk mostrou-se indignado. — Eu vou mostrar o tamanho desse detalhe. — Foi em direção a Yuri e o encostou na pia, segurando na cintura com as duas mãos e forçando seu quadril no dele.

O loiro levou uma das mãos até a nuca de Junsuk, o puxando para um beijo mais quente. Entreabriu os lábios, recebendo a língua macia, arrepiando todos os pelos de seu corpo.

Junsuk desceu as mãos para a bunda de Yuri, apertando os dois lados com força, fazendo-o gemer entre o beijo rápido. O advogado adorava provocar o namorado, pois a resposta sempre vinha em forma de uma pegada mais firme.

Com algum esforço, o loiro quebrou o beijo, e os dois permaneceram de olhos fechados, com as testas coladas, aproveitando a sensação daquele momento.

Junsuk tocou suavemente o queixo de Yuri, levantando um pouco o seu rosto para observar aquilo que mais gostava: o rosto angelical, com as bochechas levemente coradas e a boca carnuda, formando um sorriso delicado.

— Você é perfeito, sabia? — Passou o polegar sobre os lábios avermelhados.

— Não fala assim que eu fico convencido. — Abriu mais ainda o sorriso.

— Ah, mas isso não tem como fazer.

— Poxa! — Yuri empurrou o corpo de Junsuk levemente, dando alguns tapas nas laterais de seus braços. — Te odeio!

— Não... — O moreno segurou os pulsos do namorado, impedindo que ele continuasse o “atacando". — Você me ama!

— Está se achando o gostosão da porra toda.

— Diz que é mentira? — Junsuk desafiou.

— Que você é o gostosão da porra toda? — Yuri zombou.

— Você me entendeu.

Yuri se soltou das mãos do namorado, puxando-o pela camisa e olhando dentro de seus olhos.

— É claro que eu te amo, Kotchu!

Junsuk sorriu, vitorioso, abraçando Yuri pela cintura e o levantando levemente do chão.

— Eu também te amo, Onie! — Selou os lábios que tanto amava.

— Agora, vá já para o chuveiro. Tem uma escova de dentes nova na primeira gaveta do banheiro.

— Obrigado, amor.

Junsuk sumiu de vista, entrando no quarto para poder acessar o banheiro da suíte. Tirou as roupas do trabalho, ajeitando-as sobre a poltrona que havia ali. Assim como o loiro havia dito, pegou uma escova de dentes na gaveta, fazendo sua higiene bucal. Depois, ligou o chuveiro, deixando que a água fria escorresse pelo seu corpo, enquanto esquentava, e suspirou, sentindo a sensação agradável de relaxamento, as tensões do dia descendo pelo ralo com a espuma do sabonete.

Enquanto Junsuk tomava banho, Yuri lavou a louça rapidamente, deixando a cozinha limpa. Depois, checou, pela última vez, as mensagens que haviam chegado em seu celular, mas não havia nada que precisasse de sua atenção imediata. Apagou as luzes e foi para o seu quarto, de onde era possível escutar o barulho de água caindo. Foi até a porta do banheiro e se perguntou por que não tinha deixado a louça para lá.

Junsuk estava de costas, e mesmo com todo o vapor de água, a bela figura masculina era visível por trás do box transparente. Yuri aproveitou para observar, mais uma vez, cada detalhe daquele corpo bem esculpido: os ombros largos, os braços fortes e as costas bem definidas, que contrastavam com a cintura fina. Yuri mordeu os lábios ao descer mais os olhos, encontrando a bunda firme e as coxas grossas. Aquele homem era a tentação em pessoa.

— Yuri! — Junsuk se assustou ao se virar dentro do box, se deparando com o namorado o observando. — Que susto. Há quanto tempo está aí?

— Não tanto quanto eu gostaria. — Passou as mãos pelo cabelo claro. — Mas continue, finja que eu nem estou aqui. — Virou-se para a pia, alcançando sua escova de dentes.

— Não preciso fingir. Assim como você, eu gosto de ser observado.

Yuri deu risada, pois aquilo não deixava de ser verdade. Também gostava de ser admirado, principalmente quando estava em ação.

— Ah, eu esqueci de pegar uma toalha pra você — disse ao terminar de enxaguar a boca. — Vou buscar.

Voltou rapidamente com uma toalha cinza felpuda, colocando-a pendurada próximo ao box, mas quando se virou para ir de volta ao quarto, sentiu seu corpo ser puxado para dentro do chuveiro.

— Junsuk! — gritou ao sentir as roupas se encharcarem.

Mas não teve mais tempo para protestar: Junsuk atacou seus lábios, deixando que a água se misturasse ao beijo, e Yuri se rendeu, entregando-se aos carinhos que recebia.

— Me desculpa, mas achei que você também gostaria de tomar um banho — disse, fingindo inocência.

— Mas poderia ter esperado eu tirar a roupa, pelo menos. — Yuri jogou os cabelos molhados para trás, expondo mais a testa.

Junsuk até se afastou alguns passos para trás, só para poder admirar aquela cena à sua frente: a camisa branca de Yuri estava grudada em sua pele, deixando todo o abdômen definido marcado sob o tecido molhado.

— Uau! — deixou o ar escapar pela boca. — Sexy pra caralho — completou, sentindo seu membro enrijecer.

Yuri sorriu, já tomado pela malícia do momento, e puxou a camisa ensopada para cima, tirando-a de seu corpo. A água morna escorria pelo seu tronco, percorrendo os caminhos esculpidos de sua pele. E sem tirar os olhos do namorado, desafivelou o cinto, abrindo os botões da bermuda, deixando-a deslizar pelas pernas fortes, revelando a boxer branca, agora transparente.

— Ah, Yuri... — Junsuk gemeu, tomando seu falo duro em uma das mãos, massageando-o lentamente. — Me tortura mais.

— Acho que eu preciso de uma ajudinha com essa última peça.

Junsuk aproximou-se novamente, explorando cada parte daquele corpo perfeito com as mãos fortes, e beijou novamente a boca carnuda, deslizando pelo pescoço e chupando a pele da região.

Yuri gemeu, manhoso, quando sentiu as mãos do namorado descerem até o seu traseiro, infiltrando-se pela peça molhada. O loiro estremeceu quando Junsuk apertou a bunda firme, separando levemente as bandas, fazendo a água escorrer entre elas.

O moreno desceu a peça do corpo do namorado, abaixando-se com ela. A boca fazia o mesmo caminho, lambendo os mamilos eriçados e a pele macia do abdômen.

Yuri gemeu novamente quando sentiu a língua quente de Junsuk passar pelo topo de seu membro excitado.

O moreno deslizou a boca pelo comprimento do namorado, chegando a tocar o nariz no baixo abdome de Yuri.

O loiro precisou se apoiar nas paredes, sentindo as pernas amolecerem, quando a boca de Junsuk começou a trabalhar com habilidade, sugando com vontade.

Yuri agarrou um punhado de cabelos escuros, apoiando-se melhor para foder a boca de seu namorado; quando estava quase gozando, puxou Junsuk para cima, sentindo imediatamente a falta da boca quente ao seu redor. O empurrou até que ele estivesse com as costas coladas no azulejo, tomando os lábios finos nos seus e movimentando o quadril sensualmente na virilha do outro.

E agora, foi a vez do moreno gemer, sentindo seu membro ser estimulado pelos movimentos de Yuri.

O loiro abandonou sua boca, trilhando um novo caminho pelo centro do tronco de Junsuk, e ajoelhou-se, tomando o falo teso na mão pequena, que subia e descia pela extensão sem pressa. A língua tocou os testículos, fazendo o moreno estremecer com o carinho tão íntimo, e Yuri lambeu o membro de Junsuk da base até a glande inchada, vazando pré-gozo.

Sem mais delongas, envolveu o falo comprido com os lábios carnudos, deslizando pela extensão, até atingir o seu limite de conforto. Subia e descia a cabeça com destreza, ganhando velocidade a cada movimento. Agarrado nas coxas grossas de Junsuk, empenhava-se ao máximo para agradar seu namorado, e pela expressão no rosto do moreno, parecia estar conseguindo.

Yuri percebeu os músculos do outro se tensionarem, anunciando a chegada do ápice, e parou imediatamente, voltando a ficar em pé. Mas antes que Junsuk pudesse protestar, o loiro voltou a beijá-lo, masturbando-o com firmeza e velocidade. A mão livre tomou a de Junsuk, levando-a em direção ao seu membro também tão necessitado, e o moreno entendeu o que deveria fazer, passando a masturbá-lo no mesmo ritmo.

Não demorou muito, e Junsuk gozou na mão de Yuri, gemendo de maneira arrastada e jogando a cabeça para trás. E aquela expressão de puro prazer foi o suficiente para levar o loiro ao seu limite, transbordando o líquido esbranquiçado.

Junsuk segurou o namorado pela cintura, dando apoio para o corpo trêmulo pelo orgasmo recente. Os dois ficaram assim por alguns momentos, recuperando o fôlego e esperando que a água, que ainda corria do chuveiro, levasse os resquícios do sexo embora.

Yuri estava aninhado no peito de Junsuk e quis protestar quando este o afastou de seu corpo. O moreno tomou o rosto delicado entre as mãos, acariciando a pele macia com os polegares, beijou a testa carinhosamente e depois selou o nariz pequeno e a boca, demorando-se mais ali, sentindo o calor que aqueles lábios sempre ofereciam.

— Te amo, Onie — sussurrou.

— Também te amo, Kotchu — respondeu Yuri, ainda com os olhos fechados, entorpecido pelo homem que, fazia pouco tempo, podia chamar de seu.

Junsuk suspirou, virando-se para pegar o sabonete, espalhou o gel pela esponja e, com delicadeza, lavou o corpo de Yuri e o seu próprio, sentindo o perfume floral tomar conta do banheiro tomado pelo vapor.

Desligou o chuveiro, alcançou a toalha que Yuri havia levado e colocou-a em volta do loiro, enxugando com cuidado as costas do seu amado, subindo em direção ao cabelo dourado que pingava.

Com a toalha agora presa na cintura, Yuri saiu do box e foi até o armário pegar mais uma, repetindo os gestos do namorando, também o secando carinhosamente.

Voltaram para o quarto, ambos se embrenhando nas cobertas, acomodando-se entre os travesseiros cheirosos.

Yuri puxou o corpo de Junsuk para si, fazendo-o apoiar a cabeça em seu peito, e acariciando os fios ainda úmidos, apagou as luzes, pronto para que o sono os levasse.

44

A cada minuto naquela empresa, Junsuk se arrependia de ter se levantado da cama, deixando para trás um Yuri com um sorriso nos lábios e o corpo nu envolto nos lençóis. Queria voltar para os braços de seu amado, nos quais se sentia seguro e em paz.

Como esperado, o dia estava sendo estressante. O clima no escritório estava estranho, as pessoas o encaravam como se ele tivesse perdido parte de sua autoridade, o que o deixava furioso. Mas ele estava determinado a tomar as rédeas da empresa, não deixaria que Aeri abalasse tudo o que ele tinha construído como líder daquele lugar.

Com a ajuda de Taejoon e toda a documentação levantada por Yuri, Junsuk entrou com o pedido de reintegração de Yeonsu ao corpo de funcionários da empresa. Aeri e Seojoon ainda tentaram impedir que o gerente de vendas retomasse a sua posição, mas o diretor de Recursos Humanos negou todos os recursos contrários. Não havia o que contestar, Yeonsu foi liberado de todas as acusações, podendo voltar a trabalhar imediatamente.

Junsuk sentou-se em seu escritório. Sentia-se mais aliviado depois de ter conseguido corrigir uma injustiça, mas esse sentimento foi substituído por um embrulho no estômago, ao ver a primeira página do jornal que fora colocado por Yang Mi em sua mesa: *Possível rompimento entre Han Junsuk e Im Aeri poderá abalar os negócios da maior empresa de tecnologia da Coreia?* Era uma das manchetes do jornal. Rapidamente folheou as páginas do periódico, buscando a notícia completa em seu interior. Passando os olhos pelas páginas, encontrou o que queria, quase no rodapé da seção que só mostrava as atividades de celebridades e personalidades importantes do país:

Circula, nos bastidores do mundo corporativo, um boato de um possível rompimento do noivado entre Han Junsuk e Im Aeri. Fontes próximas ao casal afirmam que a cerimônia de casamento teria sido cancelada dias atrás, sem maiores justificativas aos convidados. Essa notícia nos faz lembrar de uma foto publicada anteriormente, a qual mostra o CEO em momento íntimo com uma pessoa não identificada. Em nota à imprensa, a pessoa seria a própria Aeri, desmentindo rumores de uma traição. Teriam os fatos alguma ligação? O quanto esse rompimento abalará os negócios da empresa?

Junsuk estava vermelho de raiva. Amassou a página do jornal, jogando-a com força na lata de lixo ao lado de sua mesa, e puxou os cabelos escuros entre os dedos, bufando de frustração. Sabia que, mais cedo ou mais tarde, fofocas como essa surgiriam. Também sabia que notícias como aquela eram o combustível perfeito para que especulações surgissem e afetassem as ações da empresa. Achou que teria mais tempo para arquitetar um plano de fuga, mas as fofocas eram mais rápidas que os pensamentos. E enquanto tentava se acalmar, ouviu toques na porta de sua sala, e sua secretária apareceu assim que foi autorizada:

— Senhor Han, Kim Yeonsu quer vê-lo.

— Deixe-o entrar — ordenou, enquanto bebia um copo de água para tentar engolir a raiva.

— Junsuk! — O gerente de vendas entrou na sala, exibindo um sorriso. — O departamento de Recursos Humanos acabou de me comunicar que já posso voltar a trabalhar. Eu vim correndo lhe agradecer.

— Agradeça ao Yuri, Yeonsu. — Han recebeu o amigo com um abraço. — Ele fez tudo, eu só segui as suas orientações. Fico feliz que você esteja de volta. Quando vai poder começar?

— Hoje mesmo! — respondeu animadamente.

E então, de repente, a porta do escritório de Junsuk foi aberta, e Aeri entrou sem ser anunciada:

— Mas será possível que você nunca vai aprender a bater antes de entrar? — urrou na direção da ex-noiva, que deu de ombros, sem se importar com aquilo.

— Junsuk, eu tenho uma exigência a fazer. — Cruzou os braços na frente do peito.

— Quem exige alguma coisa aqui sou eu, Aeri. Ainda tenho a maioria das ações e sou o CEO deste lugar. No máximo, você pode sugerir alguma coisa.

— Disse bem, ainda... — debochou. — Mas, enfim, eu tenho uma "sugestão" a fazer.

Junsuk esfregou a testa com uma das mãos, sem paciência para encarar esse tipo de situação. Mas Aeri, agora, era uma das sócias majoritárias, e ele teria de tolerar a presença dela.

— Bom... até amanhã, Han. Com licença, senhorita Im. — Yeonsu começou a se retirar da sala.

— Espere — Aeri interrompeu. — Fique aqui, você faz parte da minha "sugestão". — Aeri fez sinal de aspas com as mãos novamente.

Yeonsu ficou sem saber o que fazer. Não queria ficar na presença da ex-noiva de seu chefe, mas ao mesmo tempo, não poderia negar uma ordem vinda de outro superior.

— Junsuk, eu quero que Yeonsu trabalhe sob minha supervisão — declarou, fazendo o gerente de vendas arregalar os olhos, assustado.

— Do que você está falando, Aeri? Yeonsu trabalha diretamente sob o meu comando, eu preciso dos serviços dele.

— Também preciso. E preciso ainda mais ficar de olho no que ele está fazendo. Mesmo que todas as acusações tenham sido retiradas, ainda tenho um pé atrás com ele.

— Mas, senhorita Im, eu já disse que não fiz...

— Acho que seria bom se ele fosse vigiado mais de perto. Você não parece dar conta de todas as suas atribuições, então é melhor que eu te ajude nisso — ela interrompeu a fala do outro, como se ele nem estivesse na sala.

— Aeri, eu não acho que seja necessário, afinal...

— Espera! — Dessa vez, quem interrompeu foi Yeonsu. Ele ficou alguns momentos calado, como se estivesse repensando aquela situação. — Eu aceito trabalhar sob a supervisão dela.

— O quê? — Junsuk espantou-se, enquanto Aeri sorria, vitoriosa.

— Sim, e-eu... eu acho que pode ser uma boa ideia. É, assim posso provar que sou inocente e um bom funcionário.

— Yeonsu, não precisa fazer isso. Eu confio em você — Junsuk o confortou.

— Não... e-eu... quero — disse com pouca certeza na voz.

— Ótimo! — Aeri bateu uma mão na outra. — Tudo acertado, então. Yeonsu, passe na minha sala depois, quero te dar instruções sobre como as coisas funcionarão daqui para a frente. E me traga um café.

— Ainda não, Aeri. Eu preciso falar com você sobre um outro assunto — Junsuk interrompeu a saída de sua ex-noiva da sala.

— Pois não? — respondeu, com cara de tédio.

O CEO limpou a garganta, olhando para Yeonsu, que ainda estava parado no meio dos dois. O gerente de vendas não precisou de mais nenhum sinal, tinha entendido que era hora de sair. Então, fez uma reverência e saiu, apressado, da sala.

Junsuk suspirou, abaixando-se para pegar o jornal que havia jogado no lixo, desamassou o papel frágil e o entregou nas mãos de Aeri.

— Que porra de "fontes próximas" são essas? Quem foi que abriu a boca?!

Aeri passou os olhos pela notícia, soltando uma risadinha baixa, enquanto lia as poucas linhas do artigo.

— Junsuk, convidamos quase 600 pessoas para a cerimônia. Todos receberam um comunicado de cancelamento. Era óbvio que, uma hora ou outra, alguém abriria a boca. Você esperava o quê? O país todo estava ansioso pelo nosso casamento. Achava que ninguém comentaria sobre isso?

— Aeri, você sabe o quanto isso pode prejudicar a empresa? — O CEO disse entre os dentes.

— E a culpa foi de quem? — esbravejou. — Você quem rompeu o nosso noivado sem motivo nenhum. Quando terminou comigo por telefone, não pensou nas consequências, não é mesmo?

— Aeri! — Ele se levantou bruscamente da cadeira. — Sua família também tem parte desta empresa. Você não se preocupa com o que pode acontecer? Tem o seu dinheiro envolvido também!

A nova sócia se aproximou mais da mesa, apoiando as duas mãos no móvel e ficando a poucos centímetros do CEO.

— Sukie, ao contrário de você, eu tenho controle das minhas atitudes. — E então, deu um beijo no queixo dele, afastando-se logo em seguida, rindo da situação, enquanto saía pela porta.

Junsuk fechou os olhos, ouvindo a porta de sua sala bater com força. O silêncio repentino do escritório fez as batidas de seu coração acelerado soarem ainda mais altas. Sentou-se novamente, apoiando a cabeça latejante contra o espaldar da cadeira, e permaneceu imóvel por vários minutos, digerindo a frustração e sentindo a raiva se misturar ao sangue quente.

Era apenas a primeira semana de Aeri na empresa, e tudo já parecia querer desmoronar ao seu redor.

♣♦♠♥

Assim que saiu da sala de Junsuk, Yeonsu correu até o banheiro masculino mais próximo, trancou a porta e tirou o celular do bolso, procurando o contato de Yuri.

— *Alô?* — A voz suave foi ouvida do outro lado da linha.

— Yuri, é o Yeonsu.

— *Yeonsu, está tudo bem? Por que está sussurrando?*

— Eu estou no banheiro, precisava falar com você com urgência.

— *Pode falar, sou todo ouvidos.*

— Primeiro, eu queria te agradecer por ter me ajudado. Tiraram as acusações sobre mim, e já posso voltar a trabalhar.

— *Que ótimo, foi mais rápido do que eu esperava.*

— Sim, muito obrigado. Se não fosse você, eu teria que começar a enviar currículos por aí. Mas, enfim, tenho uma coisa para dizer mais importante que isso: estive com o Junsuk e a Aeri agora, e ela exigiu que eu trabalhasse sob a supervisão dela.

— *Mas que absurdo, isso não tem propósito nenhum!*

— Junsuk também protestou, ele disse que precisava de mim por perto. Mas... eu aceitei.

— *Você o quê?!* — Yuri falou um pouco mais alto.

— Pensa bem, eu vou poder ficar mais perto dela e, quem sabe, descobrir o paradeiro da pasta que ela roubou.

— *Yeonsu, ela deve ter destruído esses documentos. Ou... e se ela levou para casa?*

— Pode até ser, mas só vamos descobrir se tentarmos encontrá-la. E se não for a pasta, talvez eu possa obter alguma informação que nos ajude. Eu sei que é pouco, mas acho que vale a pena tentar.

Kang ponderou por alguns instantes, enquanto Yeonsu podia ouvir a respiração dele ficar mais ofegante. Por fim, ele cedeu:

— *Você tem razão, não custa tentar. Fique de olho em tudo o que ela estiver fazendo. Além do roubo da pasta, pode estar tramando mais alguma coisa. É bom mesmo mantermos alguém na cola dela. Conhece aquele ditado: mantenha os amigos por perto e os inimigos ainda mais perto? Conto com você, Yeonsu. Enquanto isso, vou dar um jeito de voltar para a empresa.*

— Certo, pode contar comigo. Eu vou te dando notícias. Agora preciso ir, ainda tenho que pegar um café para levar para a Aeri... — Ele revirou os olhos.

— *Nos falamos em breve.*

— Pode deixar.

Yeonsu desligou, colocou o celular de volta no bolso, saiu do banheiro e quase trombou com Aeri, que passava naquele mesmo momento, apressada, vindo da direção da sala de Junsuk.

— Ah, você... — a senhorita Im disse com desdém para o gerente de vendas. — Na minha sala agora.

Yeonsu suspirou, seguindo os passos de sua nova supervisora.

♣♦♠♥

Enquanto tentava recuperar um pouco da paciência perdida, o telefone da mesa de Junsuk interrompeu o silêncio daquele cômodo espaçoso.

— Pronto — o CEO atendeu a ligação sem muita vontade.

— *Junsuk, sou eu, Taejoon. Tem um minuto?* — a voz do amigo de infância soou preocupada do outro lado.

— Aconteceu alguma coisa?

— *Sim... É... V-você...*

— Diz logo, Taejoon!

— *Você já leu o jornal de hoje?*

— Você se refere àquela nota sobre o cancelamento do casamento? — Riu, amargo. — Já vi.

— *Pois então...* — Taejoon hesitou por alguns segundos. — *Fui dar uma olhada na bolsa de valores, e as ações da empresa já perderam 2% do valor de negociação. Acredito que seja por causa de especulações sobre uma possível ruptura entre os maiores acionistas. Como surgiram boatos de que você e Aeri se separaram, as pessoas estão com medo de que a empresa sofra uma divisão do seu patrimônio.*

Junsuk apertou os lábios um no outro, sentindo um calafrio correr por sua espinha. O que mais ele temia estava acontecendo. Precisava agir rápido, antes que as ações caíssem tanto a ponto de desvalorizarem a empresa. Isso significaria menos dinheiro entrando para investimentos em novos negócios, significaria a perda de clientes por todo o país. O jovem CEO não poderia deixar que isso acabasse com todo o patrimônio de sua família. Seu pai estava contando com ele, e não poderia decepcioná-lo dessa maneira.

— Taejoon, marque uma coletiva de imprensa. Vamos esclarecer, de uma vez por todas, essa questão do casamento, vamos dar um jeito de deixar o mercado tranquilo em relação às nossas atitudes. Não vamos deixar que uma coisa boba como essa acabe com tudo.

— *Acho uma ótima ideia, Junsuk. Mas prepare-se, você vai precisar dar uma boa explicação para os jornalistas. Tem que tomar muito cuidado com o que for dito, sabe como eles conseguem manipular os discursos da maneira que mais lhe interessam.*

— Sim, esse é um grande problema.

— *Eles vão querer saber o motivo do cancelamento do casamento, Sukie.*

— Eu vou ter que pensar sobre isso. Não posso dizer a verdade assim, não agora. Não quero envolver o Yuri nessa confusão toda. Isso é um problema meu, e ele não merece sofrer as consequências das minhas atitudes.

— *Tem razão. Mas muito cuidado, e eu me refiro a Aeri.*

— Ok, tomarei cuidado. Me avise quando tudo estiver acertado.

— *Sim, claro. Ah, mais uma coisa: não se esqueça de que a inauguração do restaurante do Hyunji é neste final de semana.*

— Vou deixar anotado para não esquecer. Pode confirmar a minha presença.

— *Ele ficará feliz. Até mais.*

Junsuk desligou o telefone, voltando sua atenção para o computador e a pilha de papéis que aguardavam a sua análise.

♣♦♠♥

As horas passavam rapidamente, e o céu escurecia na mesma velocidade, fazendo o CEO se sentir cada vez mais cansado.

Passou a mão pelo rosto, desanimado por ainda ter mais alguns contratos para assinar. Só queria sair daquele lugar e se jogar nos braços do seu Yuri, deitar a cabeça em seu colo e sentir os dedos pequenos passando pelos seus cabelos. E com aquela imagem, sorriu sozinho, suspirando e ganhando um pouco mais de coragem para seguir com o trabalho.

Estava tão concentrado, que mal percebeu quando a porta de sua sala foi aberta e uma figura imponente adentrou o cômodo, parando em frente à sua mesa, sombreando as folhas sobre o móvel.

Junsuk levantou a cabeça, assustando-se com a presença tão inesperada.

— Pai?

45

Han Jihoo desceu os olhos do rosto do filho, até encontrar a página do jornal sobre a mesa, e pegou a folha um tanto amassada na mão, lendo novamente as poucas linhas daquela notícia. Ainda sem dizer nada, sentou-se na cadeira, em frente ao seu filho caçula, soltando um suspiro pesado e voltando a encará-lo.

Mesmo sendo dois adultos, um de frente para o outro, era nítida a diferença na hierarquia entre eles. Junsuk, mesmo sendo um homem alto, forte e líder de uma das maiores empresas do país, transformava-se em um menino acuado diante de seu pai. Toda aquela postura de empresário rígido e soberbo era uma armadura, criada durante muitos anos, e que apenas duas pessoas, até hoje, conseguiram perfurá-la com destreza: seu pai e Kang Yuri. Esses dois eram os únicos que conseguiam ver Junsuk através do seu escudo. Ambos, de maneiras diferentes, deixavam o grande CEO desarmado.

Yuri tinha derretido todo o invólucro gelado que Junsuk havia criado em torno do seu coração, fazendo-o bater com força pela primeira vez na vida. Bastava um sorriso de seu Onie para que o moreno se rendesse, ou apenas uma lágrima para que ele o defendesse, de peito aberto, de qualquer ameaça.

Já Han Jihoo, causava uma rendição diferente. Era muito mais do que respeito a seu progenitor, era como se seu pai fosse seu grande herói e, ao mesmo tempo, o seu maior opressor.

— Junsuk... — A voz fria de seu pai o fez engolir a saliva presa na garganta. — Você me disse que tinha perdido a sua liberdade, que tudo o que você tinha como importante para si havia caído por terra. Disse também que, mesmo jogando tudo para o alto, você daria um jeito de que suas decisões não prejudicassem a empresa. Mesmo sem entender, te dei meu voto de confiança, assim como fiz quando te dei o cargo de CEO. Eu espero que depois disso... — Jogou o jornal na mesa. — Você comece a reconsiderar melhor a sua "liberdade".

— Pai, eu... eu vou dar um jeito nisso.

— Chega dessa história de "eu vou dar um jeito". — Um baque surdo assustou o CEO. Foi a mão direita de seu pai, fechada em punho, se chocando contra a mesa que estava entre eles. — Isso aqui não é brincadeira, meu filho. Não me faça começar a duvidar da sua capacidade de liderar essa empresa.

— Não fale assim... — O coração de Junsuk começou a se apertar. — Eu levo meu trabalho muito a sério, o senhor sabe bem disso. Imprevistos acontecem e...

— Imprevistos derrubam impérios, filho.

O mais novo se silenciou, sentindo o peso daquelas palavras jogadas em suas costas. Era uma carga pesada, mas tinha consciência de que estar em sua posição seria tudo, menos fácil.

— Filho... — Han Jihoo suspirou mais uma vez, parecendo tentar controlar a frustração que crescia dentro de si. — Eu vou te perguntar mais uma vez e espero receber uma resposta coerente: por que você terminou o noivado com a Aeri?

— Pai, eu já disse. Não amo a Aeri e não quero...

— Fale a verdade, Junsuk! — esbravejou. — Chega de me enrolar.

O CEO congelou, ponderando as palavras que sairiam de sua boca a partir daquele momento. A resposta que queria dar era muito fácil: estava apaixonado loucamente por alguém que conheceu em Las Vegas. Por um homem que tinha deixado seu mundo de cabeça para baixo e mostrado o verdadeiro significado do amor. Mas com certeza, não eram essas palavras que seu pai gostaria de ouvir.

— Bom... eu... — hesitou — eu conheci uma pessoa.

Jihoo soltou o ar pelas narinas, recostando-se na cadeira em que estava sentado, e massageou as têmporas, tentando engolir aquela explicação.

— Quem é essa pessoa, Junsuk?

— Não posso te dizer agora, pai. Você não entenderia.

— Eu não entenderia?! — gritou, levantando-se abruptamente da cadeira, fazendo-a ir para trás. — Realmente, Junsuk. Essa é só mais uma das coisas que eu não estou entendendo! Se você soubesse todas as dúvidas que tenho em mente, não estaria me dizendo isso com tanta tranquilidade. Quem é essa mulher? Onde você a conheceu?

— Pai... — Junsuk se atrapalhou um pouco com as palavras. — Foi em Las Vegas, eu...

— Junsuk! — interrompeu o filho, ainda mais vermelho de nervoso. — Você está me dizendo que conheceu outra pessoa na sua despedida de solteiro? Que está jogando todo o seu futuro no lixo por causa de uma mulher qualquer que você conheceu em um cassino?! Você está trocando um relacionamento estável com uma moça de família tradicional por uma aventura ocidental? Você só pode estar enlouquecendo! — Jihoo apoiou as duas mãos fechadas na mesa, encarando o filho, procurando por uma resposta.

O CEO perdeu a cor do rosto, sentindo as mãos transpirarem de nervoso. Se essa era a reação dele, ao imaginar que estava tendo um caso com uma mulher ocidental, imagina o que ele diria se soubesse que esse "caso" era Kang Yuri. Não era hora. Não era o momento de revelar tantas coisas. Junsuk não estava pronto para encarar essa situação.

— Pai... — Respirou fundo. — Com todo o respeito, você está julgando injustamente uma pessoa que nem sequer viu o rosto. Para mim, isso não faz a menor diferença, mas essa pessoa é coreana também e de uma boa família.

— Quem é essa pessoa, filho? — perguntou novamente.

— Me perdoa, mas não posso te dizer. Tudo o que posso te dizer é que essa pessoa me faz infinitamente mais feliz que a Aeri ou que qualquer outra com quem eu já tenha me relacionado. Pai, eu sempre fiz tudo o que senhor me pediu, mas dessa vez, me deixe decidir isso sozinho.

— Junsuk, Aeri também seria capaz de te fazer feliz. Quando me casei com sua mãe, nós também não éramos apaixonados. E olha só agora! Somos felizes, casados há 35 anos.

— Pai, pode ter dado certo pra vocês, mas isso não funciona pra mim.

Han Jihoo suspirou, passando a mão pelos cabelos grisalhos, tentando se recompor de seu rompante. Deu a volta na mesa, ficando atrás da cadeira de Junsuk, apoiando as mãos no ombro de seu caçula.

— Filho... — disse no mesmo tom frio que havia começado aquela conversa. — Você deve estar apenas deslumbrado com essa pessoa. E essas coisas passam mais rápido do que a gente pode imaginar. Não quero ver você arrependido de ter agido de maneira impulsiva, como se fosse um adolescente inconsequente. Esqueça essa pessoa, ela não serve para a nossa família. Reconsidere o término do seu noivado. Não tenha pressa, retome seu relacionamento com Aeri aos poucos.

— Pai, eu...

— Concentre-se no que é mais importante, Junsuk — interrompeu-o, apertando um pouco mais as mãos no ombro do filho. — Esqueça essa aventura, precisa retomar o controle dessa empresa. Você não tem mais tempo a perder.

— Pai...

— E acelere as investigações sobre o desvio de dinheiro, esse assunto já se prolongou demais. Precisamos tapar esse buraco o quanto antes. Peça para Kang Yuri se aprofundar no caso, ele tem total liberdade para trabalhar aqui dentro.

— Pai, em relação a isso... — Junsuk esfregou as mãos na calça, tentando conter a umidade das suas palmas. — Kang Yuri foi afastado, seu contrato foi suspenso.

Han Jihoo arregalou os olhos, saindo de trás da cadeira do filho para encará-lo nos olhos.

— Como é que é? Quando isso aconteceu?

— Na reunião da diretoria. Aeri assumiu a posição do pai, afastou o Yeonsu por suspeita de envolvimento no desvio e achou uma falha no trabalho de Kang, a qual automaticamente cancelava o contrato de prestação de serviço.

— E você vai deixar que as coisas fiquem assim? Vai deixar que as decisões dela se sobressaiam às suas?

— Não, é claro que não. Quanto ao Yeonsu, já está tudo resolvido. Ele já foi reintegrado ao corpo de funcionários da empresa. Agora, Yuri... eu ainda não consegui achar um jeito de trazê-lo de volta.

— Era só o que faltava... — o senhor Han resmungou. — Eu tinha decidido me aposentar de vez, mas vejo que vou precisar ficar mais presente por aqui. Pense em tudo o que te disse, filho. E deixe comigo, trarei Kang de volta. — E sem mais explicações, Jihoo saiu da sala, batendo a porta com força, deixando seu filho cheio de perguntas para trás.

Andando, apressado, pelo corredor, o senhor Han bateu na penúltima porta daquele andar, abrindo-a em seguida. Aeri estava sentada à mesa de seu pai, prestando atenção em algo que Yeonsu explicava para ela. Os dois se assustaram com a chegada repentina da figura maior daquela empresa, levantando-se imediatamente, curvando-se em uma reverência respeitosa.

— Senhor Han, em que posso ajudá-lo? — Aeri se manifestou primeiro.

— Preciso que Kang Yuri volte para esta empresa imediatamente — ordenou com segurança.

— Mas, senhor, o contrato dele foi suspenso por irregularidades.

— Que irregularidades são essas?

— Kang Yuri viajou para o Japão, no lugar de Taejoon, para auxiliar o seu filho na compra da empresa de software. Ele mesmo disse que foi uma consultoria pessoal, o que viola uma das cláusulas de seu contrato.

— Aeri, não estou vendo nenhum problema nisso. Se ele foi para auxiliar os interesses da empresa, qual é o problema? — falou duro com a ex-nora.

— Senhor, isso não foi uma decisão minha. A diretoria toda concordou e reconheceu as irregularidades cometidas.

— A única irregularidade aqui é o desvio de dinheiro. Nós precisamos que essa auditoria continue, ou vamos perder muito mais. Você, agora como sócia, deveria ser uma das primeiras a querer esse assunto resolvido.

— M-mas, senhor, p-podemos encontrar outra pessoa para o serviço — Aeri se atrapalhou com as palavras.

— Não tenho mais tempo nem paciência para esperar. Essa empresa pode ter uma diretoria que administra o seu funcionamento, mas eu ainda sou o dono desse lugar — respondeu rudemente.

— M-mas, senhor...

— Isso não é um pedido, senhorita Im, é uma ordem. — E com isso, Han Jihoo saiu da sala, batendo a porta atrás de si, deixando Aeri boquiaberta e com as orelhas vermelhas de raiva.

Yeonsu, que estava ao seu lado, tinha vontade de rir daquela situação, mas se segurou, distraindo-se com os papéis que tinha em mãos.

— Kim... — Aeri chamou, enquanto se sentava em sua cadeira. — Você ouviu. Vá até o Taejoon, explique a situação e peça que ele faça um novo contrato para *Kang Yuri* — pronunciou o nome com os dentes cerrados, apertando com força a caneta em sua mão.

— Sim, senhorita. Farei isso, e depois eu volto com os relatórios que me pediu agora há pouco.

— Muito bem — devolveu, sem olhar para Yeonsu. — Saia.

E o gerente de vendas não esperou mais um segundo para sair daquele escritório. Estava finalmente aliviado, respirando um pouco de ar, depois de ter passado tanto tempo dando atenção à sua nova supervisora.

Assim que ganhou o corredor, tirou o celular do bolso e enviou uma mensagem para Yuri, contando tudo o que tinha acabado de acontecer.

Felizmente, trazer Kang de volta seria mais fácil do que eles imaginaram.

Sem esperar por uma resposta, Yeonsu correu para o andar de baixo, no qual ficava o departamento jurídico da empresa. Procurando por Taejoon, foi informado que o chefe dos advogados estava em reunião com sua equipe. Sentou-se na sala de espera, balançando as pernas freneticamente, ansioso para dar a boa notícia ao amigo. De minuto em minuto, olhava para o seu celular, esperando pela resposta de Yuri, mas o loiro nem sequer havia visualizado a mensagem ainda.

Depois de 20 minutos de espera, a porta da sala de Taejoon se abriu, revelando o advogado dando as últimas instruções para aquelas pessoas. Assim que avistou o gerente de vendas, Taejoon sentiu seu coração falhar uma batida. Ver Yeonsu naquele andar não era uma das coisas mais comuns de se acontecer. Se ele estava ali, era importante.

— Entre, Yeonsu — Taejoon chamou, apressando os outros para saírem de sua sala.

— Tenho ótimas notícias! — disse, assim que teve certeza de que não seriam ouvidos. — Kang Yuri voltará para a empresa.

— Não acredito! Como assim? Como tão rápido?

— O senhor Han esteve aqui. Entrou na sala da Aeri e passou o maior sabão nela. Disse que o cancelamento do contrato do Yuri era um erro e mandou que ela o chamasse de volta.

— Eu não acredito nisso. — Taejoon sorriu com a notícia. — E a Aeri não protestou?

— É claro que ela protestou, ou você acha que aquela ia ficar de boca fechada? — Yeonsu revirou os olhos. — Mas o senhor Han disse: "Isso não é um pedido, senhorita Im, é uma ordem" — Yeonsu o imitou.

— Finalmente alguém para colocar aquela mimada no seu devido lugar — Taejoon comemorou.

— Então, vamos lá! O que você está esperando?

— Como assim? — O advogado encarou o amigo, confuso.

— Ah, Taejoon, faça um novo contrato para o Kang! — falou como se fosse a coisa mais óbvia do mundo.

— Ah... isso! — Taejoon se ajeitou na cadeira, olhando, atrapalhado, para as coisas em sua mesa, como se estivesse procurando algo que nem sabia o que era. — Eu vou precisar de um tempo, Yeonsu. Acho que até o final do expediente consigo terminar. Assim que estiver pronto, eu mesmo encaminho para o Yuri.

— Certo, vou voltar para o meu trabalho, então. Obrigado, Taejoon.

Yeonsu deixou a sala do advogado, que começou a trabalhar no novo contrato de Kang imediatamente.

♣♦♠♥

Era fim de expediente. O sol já se havia posto, e boa parte dos funcionários da empresa tomava o rumo de suas casas. Han Junsuk deu seu trabalho por encerrado naquele dia, desligando seu computador, juntando suas coisas e apagando a luz de sua sala antes de sair.

Sua cabeça latejava levemente, mas a ideia de que finalmente poderia voltar para os braços de Yuri o encheu de energia. Decidiu que caminharia até a casa do seu namorado. Não era tão distante, e a noite estava agradável. Passaria em um restaurante no caminho e compraria o jantar para os dois.

O movimento das ruas de Seul ainda era grande, o trânsito se intensificava cada vez mais, o que deixava Junsuk ainda mais satisfeito com a sua decisão de deixar o carro para trás.

Em seu caminho, existiam inúmeras lojas, as quais vendiam de tudo: joias, bolsas, sapatos, roupas, brinquedos. Junsuk adorava ver vitrines, e depois de tanto tempo sem fazer isso, se deu ao luxo de se deter em algumas lojas que lhe interessavam.

Experimentou um sapato de couro italiano, comprou algumas gravatas novas e quase esbanjou alguns milhões de wons em um relógio suíço.

Andando mais um pouco, seus olhos pousaram em um manequim de uma das lojas. Aquilo lhe parecia familiar. Poucos segundos depois, seu queixo pendeu de surpresa e seus olhos se arregalaram, ao reconhecer aquele modelo. Correu para dentro da loja, saindo alguns minutos depois, em posse de uma bonita caixa de presente.

Pouco antes de chegar ao prédio de Kang, passou em um dos seus restaurantes favoritos, pedindo duas porções de *Jajangmyun*[1]. Era um dos seus pratos favoritos, e ele esperava que Yuri gostasse também.

---

[1] Jajangmyun: macarrão com frango ou carne suína ao molho de pasta de feijão preto, acompanhado de legumes.

Mais alguns quarteirões caminhando, o CEO chegou ao seu destino final daquela noite. Tocou o interfone, ouvindo quase que imediatamente a voz doce de seu amado. Então, o portão foi aberto, e ele correu para dentro.

Han congelou no lugar assim que saiu do elevador.

Kang já estava esperando por ele na porta de seu apartamento, e mesmo com o corredor escuro, o loiro parecia iluminar todo o ambiente. Encostado no batente da porta, com os braços cruzados na frente do peito, ele parecia brilhar, vestindo uma camisa branca folgada e bermuda bege, com os cabelos dourados e volumosos bem penteados, como sempre. Era um anjo.

Yuri sorriu, vendo a reação do namorado, parado no final do corredor, segurando algumas sacolas nos braços.

— Vai ficar aí a noite toda ou vai vir até aqui me dar um beijo? — a voz suave interrompeu o silêncio do corredor.

Junsuk chacoalhou a cabeça, voltando à realidade, e sorriu ainda mais por se dar conta de que aquela obra de arte à sua frente era sua. Caminhou, apressado, até chegar em frente ao namorado, colocou as sacolas no chão, de qualquer jeito, e sem esperar mais, puxou Kang pela nuca, colando os lábios finos nos carnudos.

Junsuk suspirou, saboreando o gosto doce da boca de seu amado, e Yuri deixou-se ser abraçado, passando os braços ao redor dos ombros largos do moreno. Tinham-se passado apenas algumas horas desde que se separaram pela manhã, mas para quem ama, cada minuto é uma agonia.

Com muito custo, Yuri quebrou o beijo, puxando ar de volta para os pulmões. Ainda próximos, Junsuk tomou o rosto de seu amado com as duas mãos, olhando nos seus olhos profundos, acariciando a pele alva com os polegares.

— Senti saudades, Onie — sussurrou.

— Também senti, Kotchu. — Sorriu até que seus olhos se fechassem.

Ficaram assim por um tempo, em pleno corredor, aproveitando aqueles momentos gostosos do reencontro.

— Agora me diz uma coisa... — Yuri interrompeu aquele clima. — O que são essas sacolas todas?

— Ah... — Junsuk riu. — Fiz compras no caminho. Podemos entrar?

Yuri deu passagem para ele, fechando a porta atrás de si. Junsuk colocou algumas sacolas no sofá e pousou uma delas em cima da mesa de jantar.

— Comprei comida. Espero que você goste de Jajangmyun — disse animadamente, enquanto tirava os recipientes quentes de dentro da sacola.

— Jajangmyun? Nossa... eu odeio isso. — Yuri fez uma careta.

— Jura? — Junsuk deixou os ombros caírem, decepcionado, com um leve biquinho tomando forma em seus lábios finos.

— É brincadeira! — Yuri gargalhou. — Eu amo Jajangmyun!

O moreno suspirou, aliviado, mas seu rosto ganhou uma expressão chateada logo em seguida.

— Porra... não faz isso. Eu tinha ficado realmente chateado, achando que você não ia comer o que eu trouxe.

— Ah, Kotchu, não fica assim. — Yuri se aproximou do namorado, passando os braços pela cintura fina. — Me perdoa, foi só uma brincadeirinha.

— Não, eu estou bravo com você. — Junsuk desviou o olhar para cima.

— Amor... desculpa... eu prometo que não faço isso nunca mais — Yuri disse, manhoso, acariciando as costas do namorado. — O que posso fazer para você me perdoar?

— Não sei... estou magoado — fingiu.

— E se eu... — Yuri beijou a base do pescoço de Junsuk. — Te desse mais um beijinho? — Deslizou a boca carnuda pela pele, causando arrepios no outro. — Você me perdoaria? — O loiro alcançou o lóbulo da orelha do moreno, puxando-o levemente entre os dentes, antes de passar a língua por ali.

Em um movimento rápido, Junsuk levantou Yuri do chão, fazendo o namorado se sentar na mesa.

— Você é um demônio, sabia? — disse, com a boca rente aos lábios do outro. — Se aproveita porque não consigo resistir a você.

— Demônio? — Yuri passou a língua levemente pela boca do outro. — Você ainda não viu nada.

Junsuk, então, voltou a beijar o seu Onie com paixão, tentando mostrar ali todo o amor e o desejo que sentia por ele. As bocas pareciam dançar, em perfeita sincronia. Yuri envolveu as pernas na cintura do moreno, segurando-se também pela nuca, aprofundando o ósculo o máximo que podia.

E no meio daquele ato, um barulho os interrompeu. Os dois pararam, olhando um nos olhos do outro, perguntando-se o que tinha acontecido.

— Perdão... — Yuri disse baixinho, abaixando a cabeça, envergonhado. — Minha barriga está roncando. Eu não comi nada desde o almoço.

Junsuk o encarou, sério, fazendo Yuri ficar ainda mais constrangido com a situação. Mas o semblante do moreno foi se suavizando, até que ele não aguentou mais e começou a dar risada.

Yuri riu junto, mas não da situação, e sim da risada gostosa de seu namorado.

— Então, vamos comer antes que esfrie — disse, tirando Yuri de cima da mesa.

Os dois se sentaram, cada um com sua porção de comida.

Yuri ainda correu para a cozinha e pegou uma cerveja para cada.

O casal se concentrou na refeição, que, com a fome, parecia ainda mais saborosa.

Satisfeitos, Junsuk juntou o lixo que se formou e o levou para a cozinha.

— Eu quase ia me esquecendo — declarou ao voltar para a sala. — Tenho um presente para você.

— Presente? Qual é a ocasião? — Yuri pegou o embrulho das mãos dele.

— Nenhuma, só achei que deveria comprar isso pra você.

Yuri ficou curioso. O que seria aquilo?

Com cuidado, desembrulhou a caixa.

— Eu não acredito! — Yuri riu, jogando a cabeça para trás.

— Você achou que eu tinha esquecido, não é?

Yuri tirou a peça de roupa de dentro da caixa, fazendo o tecido fino se desdobrar diante dos seus olhos: era uma camisa, idêntica à que Yuri usava na noite em que passaram juntos em Las Vegas.

— Eu adorava aquela camisa, Junsuk. E você a rasgou com um movimento só.

— E eu disse que compraria outra para você. Viu? Sou um homem de palavra.

Yuri sorriu, feliz com aquele pequeno gesto do namorado. Estava claro que cada detalhe daquela noite mágica em Las Vegas tinha ficado impregnado nos dois. Abraçou o moreno bem apertado, dando um beijo estalado em sua bochecha.

— Obrigado, Kotchu. Adorei.

— Que bom! — Junsuk estava satisfeito. — E então, o que quer fazer agora? Assistir a um filme? — perguntou.

— Talvez, antes preciso terminar de enviar uns currículos. Sabe como é, estou desempregado agora.

— Como assim? — Junsuk arregalou os olhos diante daquela informação. — Você está procurando outro emprego? — Fez o loiro rir com a sua indignação.

— Não, seu bobo. Estou brincando... Estou apenas revisando o contrato de aluguel do restaurante do Hyunji.

— Ah... — Junsuk resmungou. — Você só está me fazendo de bobo hoje.

— Ah, Kotchu... — Yuri se aproximou. — Desculpa, eu não resisto. — Beijou-o de leve. — Na verdade, tenho uma ótima notícia sobre isso.

— Sério? Qual?

— Yeonsu me mandou uma mensagem mais cedo. Disse que vou ser recontratado!

— Jura? Isso é maravilhoso, Onie! — Abraçou o namorado. — Mas como? Quem conseguiu isso?

— Seu pai.

Junsuk congelou. Seu pai tinha realmente dito que ele traria Kang de volta para a empresa, mas não imaginou que seria tão rápido assim.

— Ah, Yuri. Estou tão feliz! Que bom que meu pai deu um jeito nisso.

— Sim, preciso agradecer a ele amanhã.

— Não se preocupe com isso. — Suspirou. — Você terá muito tempo para agradecer. Bom... vou tomar um banho, então. Posso?

— Claro, fique à vontade.

Junsuk foi em direção ao quarto de Yuri, enquanto este se sentava com o notebook no sofá, para terminar de revisar o contrato.

Quando o advogado se certificou de que tudo estava certo, enviou um e-mail para o primo, dizendo que ele poderia assinar o documento. Espreguiçou-se, pronto para se enfiar debaixo dos lençóis com o seu amado, desligou o notebook, apagou as luzes da casa e foi até o seu quarto.

A luz fraca do abajur iluminava a silhueta nua de Junsuk. Cansado e de banho tomado, o moreno tinha decidido se deitar, enquanto esperava Yuri terminar o seu trabalho.

O quarto estava silencioso, parecia que Junsuk havia adormecido. Yuri, então, foi para o banheiro, para escovar os dentes e se preparar para dormir. Em seguida, deitou-se ao lado do moreno, encostando seu corpo nas costas fortes do outro.

Junsuk se remexeu, virando-se para ficar de frente para ele. Como um gato manhoso, se ajeitou no colchão, até ficar bem encaixado no corpo do loiro, pousando a cabeça em seu peito.

— Kotchu... — Yuri chamou.

— Sim, coração? — murmurou.

— Precisamos falar sobre um assunto muito sério — disse, enquanto passava os dedos entre os fios escuros.

— Que assunto?

— Preciso te contar sobre alguns documentos que o Woobin me deu. Você se lembra de uma pasta que ele me entregou assim que assumi a auditoria?

— Hum... eu me lembro — disse, já quase sem voz.

— Então, esses documentos... as assinaturas neles, são...

E antes que pudesse continuar, Yuri percebeu que Junsuk havia adormecido novamente. Os lábios entreabertos, ressoando baixinho, indicava que o moreno já estava entregue aos sonhos.

Yuri sorriu, achando adorável a forma como o namorado dormia. Não insistiria no assunto, o retomaria depois. Junsuk parecia exausto, e algumas horas a mais não fariam diferença. Puxou as cobertas e se acomodou melhor na cama, para também ter o descanso merecido.

46

Kim Yeonsu era, provavelmente, o último a sair daquela empresa. Depois de conversar com Taejoon sobre a volta de Kang, Aeri o atolou de serviços extras. Ele deixou o grande edifício e parou na calçada para chamar um táxi e poder, finalmente, ir para casa. Enquanto procurava o contato, escutou atrás de si uma voz grave e bem conhecida:

— Docinho?

Yeonsu congelou no lugar ao ouvir a voz grossa chamar seu nome. Achou que estava tão cansado que já estava tendo alucinações.

— Docinho? — uma segunda voz soou na rua escura.

O gerente de vendas girou o corpo lentamente, até encarar as duas figuras imponentes à sua frente. Não era uma miragem, não estava ficando louco. Estavam ali Su Saem e Shin Haebin.

O celular de Yeonsu escorregou por suas mãos, atingindo o chão no momento seguinte. Queria dizer alguma coisa, mas as palavras não saíam. Os dois estavam ainda mais bonitos que desde a última vez que tinham se visto. Estavam impecavelmente vestidos, como se tivessem saído de um evento de moda. Haebin vestia uma calça preta, uma camisa listrada branca e preta e, por cima de tudo, um blazer vermelho-sangue. Saem estava todo de preto, com exceção da gola de sua camisa por baixo do casaco, que tinha alguns padrões em verde, vermelho e branco, com o visual escuro contrastando com os cabelos platinados.

Haebin abaixou-se para pegar o celular caído no chão, entregando-o para Yeonsu, que continuava paralisado e sem fala.

— Você está bem, Yeonsu? — Saem se aproximou mais, tocando o rosto do gerente de vendas com as pontas dos dedos.

Yeonsu fechou os olhos momentaneamente, apenas para sentir um pouco mais dos dedos longos do platinado na sua face. Desde que tinha voltado de Las Vegas, sonhava em poder senti-los novamente.

— Vocês voltaram... — foi o que conseguiu dizer.

— Sim, chegamos em Seul ontem à noite — Haebin confirmou. — Você não nos disse exatamente onde trabalhava, mas pelo pouco que nos contou, conseguimos chegar até aqui.

Yeonsu sorriu largamente, envolvendo o ruivo em um abraço apertado, e este prontamente retribuiu o carinho.

— Estávamos com saudade. — Saem deu um beijo estalado na bochecha do gerente. — Viemos até aqui para te convidar para jantar e comemorarmos a nossa volta à cidade. O que acha?

— Acho ótimo! Estou mesmo precisando de um pouco de diversão.

— Então, vamos.

O casal foi na frente, mas sendo seguido de muito perto por Yeonsu. Deram sinal e entraram no primeiro táxi que cruzou o caminho dos três. Haebin deu as indicações do restaurante, e o carro rapidamente ganhou as ruas movimentadas de Seul.

Cerca de 15 minutos depois, o táxi estacionou na entrada imponente de um hotel de luxo. O restaurante especializado na cozinha mediterrânea e italiana ficava no primeiro andar. O chão e as paredes eram revestidos de mármore claro, e os móveis clássicos e a iluminação indireta deixavam o ambiente extremamente refinado.

Foram recebidos pela *hostess*, que os levou até uma das mesas redondas no fundo do restaurante. Os três se acomodaram, imediatamente observando o cardápio que foi oferecido. Saem passou os olhos pelas opções e pareceu meio entediado para escolher alguma coisa.

— Meu bem, fale para o *chef* nos surpreender. E traga uma garrafa do melhor vinho branco que vocês tiverem.

— Como quiser, senhor. Com licença.

A *hostess* se afastou com pressa, dando privacidade para os clientes recém-chegados.

— Docinho, nós vamos direto ao assunto — começou Haebin. — Nós queríamos conversar com você sobre algo muito importante.

— Que assunto? — Yeonsu se remexeu na cadeira.

— Nós precisamos conversar sobre... nós três — Saem respondeu seriamente.

— Exato. Como você sabe, Saem e eu estamos em um relacionamento sério há alguns anos. — Haebin sorriu para o namorado.

— Ele foi a melhor coisa que aconteceu na minha vida, é por ele que eu acordo todos os dias e é por ele que quero viver cada segundo.

— Oh... — Saem disse, manhoso, puxando o outro para um beijo rápido. — Você também é o motivo dos meus sorrisos, o sol das minhas manhãs.

— Nós enfrentamos muitas dificuldades quando assumimos nosso relacionamento — Haebin continuou. — Nossos pais não aceitaram no início, mas conseguimos evoluir bastante, e eles, agora, nos dão bastante apoio. E não foi só isso, você bem sabe o quanto é difícil manter um relacionamento homoafetivo em uma sociedade como a nossa.

— Eu posso imaginar. Mas fico feliz que pelo menos a família de vocês apoie — Yeonsu se manifestou, ainda sem entender o rumo daquela conversa.

— E justamente por causa de todo esse sofrimento, eu jamais permitirei que nada nos atrapalhe, que nada nem ninguém atravesse o nosso caminho. Nosso amor é uma prioridade — o ruivo pontuou seriamente.

— Tudo estava indo muito bem, até que encontramos você em Las Vegas — foi a vez de Saem se manifestar. — Foi aí que as coisas começaram a desandar.

Yeonsu murchou na cadeira, sentindo o coração se apertar ao ouvir aquelas palavras. Se tinha entendido certo, o casal estava dizendo que ele era um obstáculo, um erro no meio do relacionamento deles.

O gerente de vendas jamais tinha tido a intenção de prejudicar alguém, muito menos um amor tão bonito quanto o daqueles dois. Ele tinha se deixado levar pelo ar de luxúria de Las Vegas, tinha se encantado pela beleza e sensualidade que aqueles dois exalavam. Naquela noite, era só sexo, diversão, e todos pareciam estar cientes disso. Depois que foram embora, com as trocas de mensagens, a *sex call* daquele dia, tudo isso disparou em Yeonsu um interesse maior do que um relacionamento carnal. Gostava de conversar com eles, sentia saudade quando ficavam dias sem mandar uma mensagem.

Nunca tinha se relacionado com mais de uma pessoa ao mesmo tempo, nem sequer imaginava que fosse possível, mas aqueles dois eram diferentes. Yeonsu se sentia atraído pelos dois de maneira semelhante. Não queria mais um do que o outro, queria os dois por inteiro. Mas pelo visto, Saem e Haebin não viam esse relacionamento dessa maneira. E isso o estava deixando com o coração pequenininho.

— Me perdoem — Yeonsu disse, antes que pudessem continuar. — Jamais imaginei que eu seria um problema para vocês. E-eu... eu não quero ficar no meio do relacionamento de vocês... Eu prometo, vou me afastar. — Ele segurava toda a decepção no peito, para que ela não transbordasse pelos olhos.

— Do que você está falando, docinho? — Saem segurou uma das mãos de Yeonsu.

— Não me chame assim... — O gerente de vendas tirou a mão de Saem da sua. — Eu já entendi... vocês me chamaram aqui para dizer que é melhor não seguirmos em frente, que devemos seguir caminhos separados.

Saem e Haebin se entreolharam, um pouco preocupados com aquela reação. O ruivo arrastou sua cadeira, até que estivesse bem próximo ao corpo do outro, e passou um dos braços pelos ombros de Yeonsu, que olhava para baixo.

— Yeonsu... — Haebin levantou o queixo do outro com as pontas dos dedos, até que seus olhos se encontrassem. — Você está tirando conclusões precipitadas. Te trouxemos aqui justamente porque queremos que você fique no meio do nosso relacionamento.

O gerente de vendas piscou algumas vezes, tentando entender o que aquilo significava. Olhou para Saem, que também começava a se aproximar pelo outro lado, segurando novamente uma de suas mãos magras e pálidas.

— Eu não estou entendendo...

— Yeonsu... o que o Haebin está dizendo é que queremos você em nossas vidas.

— Mas vocês disseram que tudo estava indo bem até me encontrarem e que não queriam que nada ficasse entre vocês.

— Sim, meu bem. — Haebin fez um carinho na nuca de Yeonsu. — Mas você não me deixou terminar. Eu disse que as coisas começaram a ficar estranhas depois que nós te conhecemos, mas Saem e eu conversamos muito durante essas últimas semanas. Nós dois estávamos relutantes, não queríamos mexer em algo que já estava consolidado, mas também não podíamos negar que ambos nos sentíamos atraídos por você.

— Nós já tínhamos tido outras experiências de sexo a 3, até a 4... — Saem continuou. — Mas com você foi diferente, a conexão foi bem mais intensa.

— E mesmo sabendo que um relacionamento a três é considerado um tabu, nós gostaríamos de tentar — Haebin continuou, enquanto Yeonsu alternava o olhar entre os dois. — Não queremos fazer grandes promessas, apenas queríamos ter a oportunidade de te conhecer melhor. Você aceita?

O coração do gerente de vendas batia forte. Um minuto atrás estava achando que seria dispensado, e agora estavam perguntando se queria se juntar a eles.

Engoliu a saliva, começando a suar frio, enquanto esfregava uma mão na outra por baixo da mesa, tentando disfarçar o nervosismo que sentia. Uma das mãos de Saem deslizou pelo braço de Yeonsu, até alcançar as mãos inquietas, fazendo-as cessar os movimentos, tentando passar mais confiança a ele.

— E-eu... aceito.

O casal se entreolhou, sorrindo com a resposta que queria ouvir. A mão de Saem, que segurava as de Yeonsu, voltou a subir, até encontrar a lateral do rosto do outro, e com gentileza, puxou-o para si, selando os lábios finos do seu novo namorado.

Yeonsu fechou os olhos, suspirando de satisfação, e quando achou que se perderia naquela boca que tinha tanta saudade, sentiu uma outra mão tocar a sua nuca: interrompendo o beijo com Saem, Haebin agora o puxou para si, repetindo o mesmo gesto de seu companheiro, selando também aquele novo compromisso.

Ao se separarem, Saem e Haebin se entreolharam novamente, fazendo um esforço para se alcançarem, e a poucos centímetros do rosto de Yeonsu, os dois trocaram um beijo.

O gerente de vendas sentiu seu interior em chamas. Era impressionante o quanto aqueles dois acendiam nele os pensamentos mais sujos.

Enquanto observava de perto aquele beijo gostoso, deslizou as mãos pelas pernas do casal, e quando estava quase tocando a virilha dos dois, foi interrompido por uma voz grave:

— Aqui não, docinho. Cuidaremos disso aqui depois do jantar — Saem sussurrou em seu ouvido, apalpando a semi-ereção de Yeonsu por cima da calça social.

Os dois voltaram com as cadeiras para a posição inicial, justamente no momento em que o garçom trazia os pedidos da cozinha. O *chef* havia preparado um menu para aqueles clientes, que consistia em *Sous vide egg*[1] de entrada, *Linguine gamberi sedano*[2], como prato principal, e de sobremesa, o

---

1 Sous vide egg: ovo, parmesão, caldo de cogumelos e macarrão "cabelo de anjo".

2 Linguine gambere sedano: macarrão com camarão, salsão, creme de amêndoas e limão cristalizado.

Tiramisu[1] especial da casa. Tudo harmonizado com um vinho branco escolhido pelo *sommelier* do restaurante.

Os três aproveitaram a refeição, enquanto conversavam sobre diversos assuntos. Saem e Haebin contavam detalhes da viagem pelo mundo, e Yeonsu falava sobre o seu trabalho e os problemas que vinha enfrentando com a sua nova supervisora.

Ao final do jantar, Haebin pediu que a conta fosse colocada em nome deles, que estavam hospedados no quinto andar daquele hotel.

— Então... — Yeonsu disse ao alcançarem o hall principal. — Vocês estão morando em um hotel?

— É provisório — respondeu Haebin. — Estamos reformando nosso apartamento e não quisemos ficar com nossos pais durante esse período.

— Ah, entendi.

— Vem, docinho. — Saem começou a puxar o outro pela mão. — Vamos conhecer o nosso quarto. — Finalizou com uma piscadinha.

Os três seguiram pelo corredor largo, até pegarem o elevador, e descendo no quinto andar, foram até uma das últimas portas que se via no meio da luz indireta daquele local. Ao abri-la, Yeonsu se espantou com o tamanho daquele quarto. Era quase tão grande quanto o seu apartamento. Bem decorado, com referências coreanas e europeias, a acomodação tinha sala, banheiro espaçoso e uma bela cama *king size*.

E mal a porta foi fechada, Yeonsu sentiu sua cintura ser abraçada por trás. Haebin percorria seu pescoço com os lábios entreabertos, fazendo seu corpo reagir aos toques de imediato. Saem também não perdeu mais tempo, beijando a sua boca, agora com mais vontade, forçando a língua quente para dentro, sentindo todo o gosto do gerente de vendas.

Yeonsu nem tinha mais como resistir, apenas se entregou aos dois, assim como fizera em Las Vegas.

Saem puxou os outros para perto da cama, sorrindo maliciosamente. Foi o primeiro a se livrar dos sapatos e subir no móvel, arrastando Yeonsu consigo.

— Haebin? — Yeonsu estranhou o afastamento do outro. — Você não vem?

---

[1] Tiramisu: sobremesa típica italiana de biscoitos de champagne, embebidos em café e creme de queijo mascarpone, creme de leite fresco, ovos, açúcar e vinho.

— Daqui a pouco, docinho — respondeu, sentando-se na poltrona que ficava em frente à grande cama. — Primeiro, quero aproveitar a visão que tenho daqui.

Saem já tinha entendido perfeitamente o que era para ser feito. Ajoelhado no meio da cama, passou a se despir lentamente, sentindo os olhares dos dois sobre o seu corpo bonito. Completamente nu, chamou Yeonsu para mais perto, tirando a sua roupa, enquanto espalhava beijos pela pele que ia aparecendo. Lambeu com delicadeza cada um dos mamilos rosados, descendo a boca quente pelo abdômen magro.

Já antevendo o que estava para acontecer, Yeonsu tirou a calça, assim como a cueca, deixando-se à mostra para os outros dois, que, agora, o observavam.

Saem apoiou as mãos no colchão, descendo o rosto até tocar os lábios na glande úmida de Yeonsu, que fechou os olhos, sentindo as pernas tremerem ao ser engolido aos poucos. O platinado era habilidoso e chupava da melhor maneira que sabia, fazendo-o começar a gemer baixinho.

Em algum momento, sentiram algo ser depositado em cima da cama: era uma pequena caixa, que Saem sabia bem o que era. Sem parar com o boquete, abriu o objeto, tirando de dentro um tubo de lubrificante; puxou as pernas de Yeonsu, fazendo-o deitar-se com as costas apoiadas no colchão, cobriu dois dedos com o gel transparente e, sem perguntas, penetrou a entrada dele, fazendo-o contrair os músculos do local por causa da surpresa.

— Relaxe, meu bem — Haebin disse de longe. — Saem vai cuidar muito bem de você.

E como um bom garoto obediente, Yeonsu relaxou, facilitando os movimentos do platinado dentro de si.

Sentindo que o gerente de vendas já estava completamente entregue, Saem tirou os dedos, alcançando um preservativo que estava na pequena caixa em cima da cama, e cobriu seu membro rapidamente, espalhando lubrificante por todo o comprimento. Encaixou-se no meio das pernas de Yeonsu, direcionando o membro rígido para a entrada já preparada, e enquanto se empurrava para dentro, ouvindo o outro gemer o seu nome, olhou para Haebin, que se masturbava lentamente, observando a bela cena que se desenvolvia na sua frente.

Saem se movimentava com pressa, alargando as paredes de Yeonsu, enquanto este se agarrava em seus cabelos loiros, beijando sua boca com voracidade, abafando os gemidos de ambos.

— Não goze ainda, Saem — Haebin ordenou quando percebeu que seu companheiro estava chegando ao ápice.

Atendendo àquelas palavras, Saem desacelerou, estocando mais algumas vezes, até sair de dentro do outro, e antes que Yeonsu pudesse protestar, sussurrou em seu ouvido:

— É a sua vez, docinho.

Yeonsu levantou o tronco, sentando-se na cama, soltando um arfar rouco quando viu Saem ficar de quatro, apoiando-se nos joelhos e cotovelos.

— Vem, eu já estou preparado — deu a permissão, passando uma camisinha para o outro.

Com o membro envolvido no preservativo, Yeonsu derramou um pouco de lubrificante na entrada de Saem, que já ansiava por ser preenchido. Segurou firmemente na cintura do platinado e o penetrou em um movimento rápido, arrancando-lhe um gemido alto e fazendo-o se agarrar nos lençóis abaixo de si.

Yeonsu estocava devagar, mas com força, fazendo o corpo bronzeado ser impulsionado para a frente. Saem apoiou o rosto nas mãos, virando-se na direção de Haebin, que neste momento já estava sem roupas, masturbando-se com mais intensidade.

O ruivo sorriu, cheio de malícia, sentindo o tesão invadir o seu corpo ao ver o seu companheiro ser fodido por outro. Saem era uma obra de arte, gemendo baixo, com os lábios entre os dentes.

Haebin se levantou, finalmente, e foi até a beirada da cama, puxando Yeonsu para um beijo, enquanto este não parava de se empurrar para dentro do outro. O ruivo passou a mão pelo corpo dos dois, sentindo os pelos se arrepiarem no meio do suor.

— Está gostoso, docinho? — indagou rente aos lábios de Yeonsu, que só conseguiu balançar a cabeça para cima e para baixo. — Então, me deixem participar agora.

Saem se levantou, ainda sentindo o membro de Yeonsu dentro de si, e encostou as costas no peito dele, rebolando devagar contra a sua virilha.

Haebin tomou o membro do loiro em sua mão, masturbando-o do jeito que sabia que ele gostava, e enquanto Saem gemia, com a cabeça apoiada no ombro de Yeonsu, o ruivo, com a mão livre, desceu pelas costas do gerente, até alcançar seu traseiro pequeno e firme.

Penetrou um de seus dedos longos, fazendo-o suspirar de prazer. Como um grande maestro de orquestra, o ruivo comandava seus companheiros, dando prazer aos dois ao mesmo tempo, deliciando-se com o som que era produzido.

— Yeonsu, deite-se com as costas na cabeceira. — O ruivo parou o que estava fazendo, voltando a dar ordens para os dois.

O menor deles não hesitou em obedecer, acomodando-se entre os inúmeros travesseiros macios, e o ruivo subiu na cama, trazendo Saem para si, beijando sua boca com paixão.

Quando os lábios se separaram, Haebin olhou para o loiro, fazendo um sinal com a cabeça em direção a Yeonsu, que se masturbava devagar, enquanto admirava aquele casal maravilhoso.

Saem entendeu o que deveria fazer, engatinhando pelo colchão até ficar com a cabeça entre as pernas do outro.

— Você se lembra da nossa *sex call*, docinho? — Saem sorriu, malicioso, recebendo uma afirmação de Yeonsu. — Então, vamos concretizá-la.

Nada mais foi dito. Saem tirou a camisinha do menor, voltando a chupá-lo com vontade, com a língua habilidosa percorrendo todo o seu comprimento, fazendo-o fechar os olhos com força. Haebin posicionou o quadril do platinado, de modo que ele ficasse empinado para si, e pegou mais uma camisinha na caixinha que ainda estava sobre a cama, vestindo-a rapidamente.

E enquanto assistia ao seu namorado fazer um boquete no seu outro namorado, Haebin penetrou Saem com força, fazendo-o fincar as unhas nas coxas de Yeonsu. O ruivo estocava devagar, aproveitando cada sensação que estava sentindo.

Yeonsu abriu os olhos, quase gozando por causa da cena que se desenvolvia à sua frente, e tomado pelo tesão, começou a foder a boca de Saem, fazendo-o se engasgar vez ou outra.

Haebin precisava se aliviar, então tomou o membro do loiro em uma das mãos, masturbando-o na mesma velocidade que o penetrava.

— Vamos, amor. Faça Yeonsu gozar em sua boca.

Saem acelerou seus movimentos, sentindo o pau de Yeonsu invadir a sua boca cada vez mais fundo. O gerente de vendas não aguentou muito mais e se derramou na boca do loiro, que não conseguiu engolir tudo, sentindo o líquido branco escorrer pelo queixo.

Pouco depois, Saem não resistiu mais à dupla estimulação e também gozou nas mãos de Haebin. O ruivo, extasiado por assistir aos seus dois namorados atingirem o ápice na sua frente, segurou a cintura do loiro com mais força e passou a estocar com velocidade, gemendo o nome de Yeonsu e Saem.

E com os dois olhando para ele, Haebin gozou dentro do outro, enchendo a camisinha que usava.

Em seguida, saiu de dentro do namorado, tirando a camisinha e jogando-a na lata de lixo ao lado da cama. Cansado, ofegante, deitou-se ao lado de Yeonsu, puxando Saem para deitar-se em seu peito.

— Vocês foram ótimos. — Haebin beijou as testas dos outros dois, fazendo carinho nos cabelos umedecidos. — Agora, merecemos um descanso.

Os três se acomodaram melhor na cama espaçosa, deixando-se embalar pelo sono na madrugada avançada.

♣♦♠♥

Junsuk esfregou os olhos, despertando do sono profundo por causa de um raio de sol que invadiu o quarto escuro, e espreguiçou-se entre os lençóis bagunçados, procurando pelo calor do corpo de Yuri. Sem encontrar o namorado ao seu lado, Junsuk levantou a cabeça do travesseiro, olhando ao redor do quarto, e identificou, logo em seguida, o barulho do chuveiro, deduzindo, então, que Kang já estava acordado.

Afundou a cabeça no travesseiro novamente, puxando o outro para perto do rosto, sentindo o cheiro dos cabelos dourados que estiveram ali. Junsuk se sentia completamente descansado. Era como se Yuri fosse seu remédio para insônia, como se ele tivesse o poder de tirar todas as preocupações que o atormentavam.

E enquanto o moreno aproveitava aquele momento, o celular de Yuri vibrou em cima da mesa de cabeceira. Mesmo sabendo que era errado, Junsuk se aproximou do móvel, no intuito de ver a notificação.

Deteve-se por um momento, pensando que não tinha o direito de bisbilhotar o celular alheio, mas o aparelho vibrou novamente, e a curiosidade foi mais forte.

Olhando na direção do banheiro, para se certificar de que Yuri ainda estava no banho, Junsuk se esticou mais sobre a mesa de cabeceira, conseguindo visualizar a tela iluminada.

Seu coração parou de bater por alguns segundos quando viu o nome de Woobin aparecer junto às mensagens.

"Bom dia, Yuri."

Era a primeira delas.

"Nossa conversa de ontem foi ótima."

Junsuk sentiu o sangue ferver naquele momento. Sabia muito bem que Woobin tinha segundas intenções com Yuri e precisava dar um basta naquilo.

E então, o celular recebeu mais uma notificação:

"Nem acreditei quando você me ligou."

Yuri havia ligado para ele? Junsuk se questionou, confuso.

O moreno chacoalhou a cabeça, tentando afastar os pensamentos que surgiam. Aquilo era errado, espiar as mensagens de seu namorado sem ele ver, era muito errado. Levantou-se da cama, andando até a poltrona para vestir sua boxer, mas antes que pudesse colocar outra peça de roupa, ouviu o celular vibrar novamente.

De um lado, seu cérebro dizia para ele não olhar, mas do outro, seu coração estava tão acelerado, que o fez voltar para a cama, sentando-se na beirada do colchão macio.

Sem tocar no aparelho, Junsuk leu a mensagem mais recente:

"Estou ansioso para o nosso almoço."

O CEO sentiu as pernas fraquejarem. *Como assim, eles iriam almoçar juntos?* Pensou.

Uma sensação de insegurança começou a invadir o peito do moreno. Era a primeira vez que sentia algo assim: uma raiva crescente e o medo iminente de perder algo valioso. Nunca tinha dado nome àquilo mas sabia bem do que se tratava: ciúme. E ele não estava gostando nem um pouco daquele sentimento.

E então, o celular vibrou novamente:

"Nos vemos mais tarde? No lugar de sempre?"

Aquilo foi demais para Junsuk. Pegou o celular e o virou com a tela para baixo, batendo o aparelho com mais força do que pretendia.

— Que barulho foi esse? — Yuri perguntou da porta do banheiro, ainda nu, esfregando o cabelo com uma toalha.

— Que barulho? — Junsuk desviou o olhar.

— Achei que alguma coisa tivesse caído no chão. — Yuri pousou a toalha na poltrona do quarto, indo até o seu armário e escolhendo uma boxer para usar naquele dia.

— Foi impressão sua — disfarçou. — Você acordou cedo, nem me chamou.

— Você estava tão cansado, achei que precisava de alguns minutos a mais de sono — disse, enquanto vestia uma camisa social. — Eu preciso sair logo. Taejoon me mandou uma mensagem, dizendo que eu poderia passar na empresa pela manhã, para assinar meu novo contrato. Mas se quiser, pode voltar a dormir. Eu posso ir sozinho.

— E vai almoçar sozinho também? — Junsuk soou mais áspero do que gostaria.

Yuri estranhou aquele tom de voz. Terminou de abotoar a calça e foi até o namorado, sentando-se ao seu lado na cama.

— O que foi, Junsuk? — Tirou alguns fios de cabelo escuro que caíam sobre seus olhos.

— Não é nada. Eu... só estou com dor de cabeça. — O moreno virou o rosto na direção contrária.

— Kotchu... — Yuri tocou o queixo do namorado com as pontas dos dedos, trazendo seu rosto para encará-lo novamente. — Você está estranho. — O loiro tentou dar um beijo no outro, mas Junsuk virou o rosto novamente.

— Vamos almoçar juntos?

— Almoçar? — Yuri enrijeceu o corpo. — Eu... eu já tenho outro compromisso.

— Ah, sim... claro, outro compromisso... — Junsuk deu uma risadinha debochada. — Vão se encontrar no lugar de sempre, não é mesmo?

— Mas de que caralho você está falando, Kotchu? Não estou entendendo nada. Por que está agindo assim comigo? — Yuri se levantou da cama, ficando em frente ao namorado, que mantinha a cabeça baixa.

Junsuk olhou para a mesa ao lado da cama, pensando no que dizer em seguida. Os sentimentos estavam todos embolados em sua cabeça, e o ciúme não o estava deixando tomar atitudes sensatas. Com muita má vontade, pegou o celular do móvel e ergueu o aparelho, até que a tela estivesse na altura do rosto de Yuri.

— O que significa isso? — o loiro perguntou, sem entender o que o outro queria dizer.

— Eu vi, Yuri... eu vi as mensagens. — Levantou-se da cama, empurrando o celular contra o peito do loiro, fazendo-o segurar o aparelho para não cair.

— Você estava vasculhando o meu celular?! — Yuri arregalou os olhos, falando um pouco mais alto. — Quem te deu esse direito?

— Eu não estava bisbilhotando, nem sei a senha. Mas as mensagens ficavam aparecendo na tela, e não consegui evitar.

Yuri estava irritado pela primeira vez, desde que eles tinham começado a namorar. Uma das coisas que mais detestava era que as pessoas mexessem em suas coisas sem a sua permissão. Ele não tinha nada a esconder de Junsuk, mas isso não lhe dava o direito de invadir a sua privacidade dessa maneira.

O loiro desbloqueou seu celular, lendo, finalmente, as tais mensagens que Junsuk havia visto.

— Junsuk, não é o que você está pensando. — Apertou o aparelho na mão, entendendo o motivo do aborrecimento.

— Vai me dizer que Lee Woobin não está dando em cima de você?

— E isso faz alguma diferença?

— É claro que faz, você é meu namorado. Como quer que eu me sinta sabendo que vai almoçar com alguém que quer ficar com você?

— Queria que se sentisse seguro comigo. Desse jeito você me ofende, Junsuk — Yuri disse, sério. — Você acha o quê? Que eu vou me render aos flertes dele? Eu assumi um compromisso com você, jamais o trairia. — Cruzou os braços na frente do peito.

— Por que não me disse nada? — Junsuk esbravejou.

— Eu esqueci, não tivemos muito tempo juntos ontem. E não mude de assunto, eu perguntei se você não confia em mim.

— É claro que confio, eu não confio é no Woobin. Quem ele pensa que é para tentar algo com você?

— Kotchu... — Yuri esfregou o rosto, frustrado por estar tendo essa discussão pela manhã. — Aos olhos dos outros, eu sou solteiro, assim como Woobin. Na verdade, ele não está fazendo nada demais. Aposto que ele nem chegaria perto de mim se soubesse que tenho um namorado, ainda mais sendo você.

— Ele pode não saber, mas você sabe muito bem.

Yuri tapou a boca com uma das mãos. Não estava acreditando no que estava ouvindo. Virou as costas, vermelho de raiva, voltou para perto do seu armário, calçou os sapatos e escolheu um paletó.

— É um almoço de negócios, Junsuk. De seu interesse! — Yuri tentava terminar de se arrumar, mas as mãos trêmulas dificultavam as coisas.

— Cancele — ordenou. — Não quero que você vá.

— E quem você pensa que é para me dar ordens desse jeito? Me dizendo onde eu posso ou não ir? Você é meu namorado, não meu dono! — Yuri explodiu.

— Só estou dizendo que...

— Que você é um idiota! Está desconfiando da minha integridade, quando tudo o que quero fazer é salvar a droga da sua empresa!

— Mas, afinal, o que tanto você quer dele?! O que tanto ele sabe? — Junsuk puxava os cabelos entre os dedos longos.

— A pasta que ele me deu... — Yuri ofegava, nervoso. — Tinha documentos importantes, todos relacionados com grandes transferências de dinheiro da empresa para o exterior. As assinaturas que autorizavam as transações me chamaram a atenção, e eu não entendo como isso passou sem você perceber.

— Está dizendo que falhei no meu trabalho?

— O quê?! É isso que você entendeu? — esbravejou, olhando para o teto, sem mais um pingo de paciência. — Eu vou embora, não consigo mais ficar aqui. — Yuri colocou o celular no bolso, assim como sua carteira, encaminhando-se para a saída de seu apartamento.

— Afinal, a porra das assinaturas são de quem?! — gritou, fazendo Yuri parar na porta.

— Han Junwoo.

E Yuri saiu, batendo a porta de seu apartamento com força.

47

Yuri não quis esperar pelo elevador, desceu apressadamente pelas escadas, pulando alguns degraus para chegar o quanto antes no hall do prédio. Seu coração batia aceleradamente, e as orelhas queimavam a cada andar ultrapassado. Sentia-se frustrado por ter discutido com Junsuk sobre aquilo. Se tivesse tido tempo, teria contado tudo sobre a conversa com Woobin, explicado sobre as assinaturas do irmão estarem naqueles documentos e quais seriam os seus próximos passos na investigação. Mas Junsuk colocou o carro na frente dos bois, tirou conclusões precipitadas, e Yuri não teve outra escolha a não ser falar mais duramente com ele. Pode até ser que tenha sido rude demais, mas mais do que mexer em suas coisas sem a sua permissão, desconfiar da sua lealdade o feria por dentro.

Passou pelo porteiro, o cumprimentando educadamente, antes de sentir a brisa daquela manhã ensolarada, mas fria. Sem precisar procurar por muito tempo, um táxi encostou para que ele entrasse no banco de trás, e em pouco tempo, chegou à entrada da empresa dos Han.

Foi autorizado pela segurança e entrou no imponente edifício, indo em direção aos elevadores para encontrar com Taejoon, mas assim que as portas se abriram, deu de cara com a senhorita Im Aeri.

— Kang Yuri... — disse entre os dentes, olhando para o loiro em sua frente. — Não vai entrar? — perguntou ao ver que ele não se movia.

Yuri suspirou, deu dois passos, até estar dentro da cabine do elevador, fez uma pequena reverência para a moça e apertou o andar do escritório de Taejoon.

— Que sorte ter tanta gente querendo você aqui, não é mesmo? — Aeri usou o tom de deboche de sempre.

— Alguns chamam de sorte, outros de competência — respondeu, sem a olhar.

— Quanta confiança... — cantarolou. — Quero ver até onde essa pose vai.

— Senhorita Im... — Virou-se para ela. — Não se preocupe comigo. Limite-se ao seu trabalho, que do meu só devo satisfações ao CEO.

E antes que Aeri pudesse dizer algo, as portas do elevador se abriram, e Yuri saiu, encarando-a novamente.

— Espero que colabore com as investigações. Assim como você também disse um dia: nada fica no meu caminho. — E enquanto as portas do elevador se fechavam, Yuri deu uma piscadinha para a ex-noiva de Junsuk.

A nova sócia estava explodindo de raiva. Já estava de mau humor quando acordou, mas não imaginava que poderia piorar ao ver Kang Yuri de volta à empresa. Achou que tinha se livrado dele de uma vez por todas, mas parecia que o auditor tinha muitas cartas na manga.

Descendo no último andar, Aeri foi direto para a sua sala, mas ao abrir a porta, teve a maior surpresa daquele dia.

Sem perceber que mais alguém tinha entrado naquele cômodo, Yeonsu revirava as prateleiras do armário que ficava atrás da mesa de sua supervisora. E ainda sem notar a presença de outra pessoa, o gerente de vendas conseguiu alcançar uma pasta preta no alto do armário. Sorriu largamente, pensando que tinha encontrado o que estava procurando, mas quando abriu a pasta, seu sorriso morreu na hora.

Estava vazia.

— Decepcionado?

Yeonsu se assustou com a voz que vinha da porta, deixando a pasta cair aos seus pés.

— Senhorita Im? Chegou cedo! — Tentou disfarçar. — E-eu estava só... só... é... procurando aqueles relatórios que entreguei ontem.

— Estão na primeira gaveta da minha mesa.

— Ah, claro. — Yeonsu abriu a gaveta, tirando um maço de papel de dentro. — Eu vou revisar tudo antes de arquivá-los.

O gerente de vendas começou a se retirar do escritório, passando por Aeri rapidamente.

— Diga a ele para desistir desses documentos — a sócia disse, antes que ele pudesse sair. — Eles não existem mais.

Yeonsu fechou a porta, punindo-se mentalmente por ter sido pego no flagra. Sabia que as chances daqueles documentos não existirem mais eram grandes, mas ter certeza disso era decepcionante. Queria ajudar Yuri e Junsuk a descobrirem sobre o desvio de dinheiro, mas isso parecia uma tarefa além do seu alcance.

— Yeonsu! — A voz séria do CEO foi ouvida assim que as portas do elevador se abriram, revelando o empresário vestido no seu terno bem cortado de sempre. Junsuk foi até o seu gerente de vendas, parecendo mais apreensivo do que o normal.

— O que foi, Junsuk? Alguma coisa errada?

— Eu preciso falar com você. Venha até a minha sala, por favor.

— Desculpa, Han. Eu preciso falar com Kang imediatamente. É urgente.

— Sobre o que se trata?

— E-eu... não sei se devo dizer. Prefiro pedir autorização para ele primeiro.

— Como assim? Eu sou o CEO! O que você precisa falar com Yuri que não pode ser dito para mim?

— É só uma ligação, e resolvemos tudo isso.

Yeonsu pegou seu celular, ligando para Yuri para contar sobre a pasta, mas a chamada caiu na caixa postal, deixando o gerente de vendas em uma situação complicada.

— E então? — Junsuk perguntou.

— Ele não atende...

— Senhores! — Uma voz gentil soou. — Me perdoem por me intrometer, mas o senhor Kang está, neste momento, em reunião com Taejoon — a secretária de Junsuk avisou.

Os dois se entreolharam e pareceram ter a mesma ideia naquele momento. Seguiram juntos para o elevador, em direção ao andar inferior, no qual ficava a sala do chefe dos advogados. Assim que chegaram ao corredor, Yuri estava saindo com Taejoon, conversando animadamente.

— Junsuk! — Kim exclamou ao ver o amigo. — Tudo certo, Kang está oficialmente contratado novamente. Eu tirei aquela cláusula que o impedia de auxiliar a empresa em assuntos que não são pertinentes à auditoria.

O CEO e Yuri trocaram olhares. O loiro encarava o outro seriamente, ainda chateado pela situação de mais cedo.

Junsuk queria ir até o namorado e tentar acabar com aquele clima tenso entre os dois. Ele se sentia um idiota. Depois de Kang ter saído de casa daquele jeito, um arrependimento tomou conta dele. Jamais deveria ter lido as mensagens do celular de Yuri, aquilo tinha sido um erro. Arrependia-se do que tinha feito, mas aquele sentimento forte ainda permanecia. O ciúme de Woobin ainda era muito palpável, e Junsuk tinha vontade de tirar satisfações com o seu sócio.

— Senhores — Yuri quebrou aquela tensão. — Precisamos conversar.

— Vamos para a minha sala — Taejoon ofereceu, abrindo novamente a porta de seu escritório.

Os quatro, agora acomodados ao redor da mesa, estavam ansiosos para ouvir o que o auditor recém-recontratado tinha para dizer.

— Bom, eu acho que já adiei essa conversa demais — Yuri se mantinha sério, enquanto falava. — Preciso dividir com vocês algumas coisas que vieram parar na minha mão assim que eu comecei a auditoria aqui. Lee Woobin... — Junsuk fez uma careta ao ouvir aquele nome, fazendo Yuri revirar os olhos com aquela atitude infantil. — Me entregou uma pasta com uma série de documentos. Alguns contratos de câmbio e diversos comprovantes de transferência de dinheiro para o exterior.

— E esses documentos te pareceram suspeitos? — Taejoon perguntou.

— Os documentos em si não, eram todos de acordo com as normas da empresa. Mas o que me chamou a atenção foi a pessoa que assinava boa parte desses papéis.

— Mas esse tipo de documento só é assinado pelo Junsuk, algum sócio ou um membro da diretoria — Taejoon pontuou. — Além dessas pessoas, quem poderia ter assinado?

— Han Junwoo — Junsuk respondeu entre os dentes, cruzando os braços na frente do peito, inconformado com aquela situação.

Taejoon soltou uma risada alta, que morreu logo em seguida, quando percebeu que ninguém mais da sala estava achando aquilo engraçado.

— Vocês só podem estar brincando! — O advogado arregalou os olhos. — Faz anos que Junwoo não aparece aqui na empresa. Como e por que ele teria assinado esses documentos?

— A pergunta mais importante aqui é — Yuri voltou a falar — ele tem autorização para fazer esse tipo de transação aqui dentro da empresa? Já que, pelo que eu sei, ele nunca trabalhou aqui.

— Ele nunca trabalhou, mas já participou de algumas reuniões que tivemos na época que eu assumi o cargo de CEO — respondeu Junsuk. — E mesmo não trabalhando efetivamente aqui, meu irmão tem cinco por cento das ações da empresa. Foi uma garantia que ele exigiu ao abrir mão da liderança dos negócios. Ou seja, ele tem o direito de opinar nas decisões da diretoria.

— Mas ele alguma vez fez isso? — Kang questionou.

— Nunca. Tudo o que ele fez foi garantir a sua parte na empresa antes de se mudar para a China.

— China... — Kang Yuri murmurou para si mesmo. — Eu tinha me esquecido desse detalhe, Junsuk! — Levantou-se da mesa abruptamente.

— O que isso tem a ver? — Yeonsu ficou curioso, assim como os demais.

— Nos falamos mais tarde, pessoal. Tenho um almoço para ir.

— O quê? Yuri! — Junsuk chamou, indignado, vendo que o namorado recolhia as suas coisas e estava pronto para sair daquela sala.

— Não acredito que você vai embora justo agora!

— Me perdoem, mas eu preciso confirmar umas coisas. Nos falamos depois, sim?

— Yuri! — Taejoon chamou. — Teremos uma coletiva de imprensa hoje à tarde. Vamos tentar reverter a queda das ações da empresa por causa dos rumores do término do noivado de Junsuk.

— Ah, sim... me mande a pauta para eu analisar. Acho que consigo chegar a tempo de assistir. Qualquer dúvida, me escreva, Taejoon.

— Sim, claro.

— Yuri, você... — E não deu tempo de Han completar a frase, pois Kang já havia saído da sala. — Droga... — Bateu uma das mãos na mesa. — Ele sempre faz isso.

— Junsuk... — Taejoon chamou. — Senti um clima estranho aqui. Aconteceu alguma coisa entre vocês?

O CEO arregalou os olhos com a pergunta, e segundos depois, o outro percebeu o que tinha dito. Ambos olharam para Yeonsu, que permanecia em silêncio, com os braços cruzados em cima da mesa.

— Por que estão me olhando assim?

— N-nada, é que... — Taejoon pensava em algo para dizer.

— Relaxem... — Yeonsu deu uma risadinha baixa. — Eu já sei de tudo.

— De tudo? — Junsuk se surpreendeu. — De tudo o quê?

— Já sei que Kang e você estão namorando.

— Do que você está falando? — Junsuk pensava em quando tinha deixado transparecer que ele tinha um relacionamento com Yuri. Havia prometido que o namoro permaneceria em segredo até que as condições fossem mais favoráveis. — Ficou maluco? — Junsuk soltou o ar pelo nariz, dando uma risada sem graça, tentando disfarçar seu nervosismo.

— Corta essa, Junsuk. Nem que você tentasse, conseguiria esconder essa cara de bobo apaixonado. Está escrito na sua testa "Eu amo Kang Yuri".

Inconscientemente, Han esfregou a testa com as pontas dos dedos, fazendo Yeonsu e Taejoon caírem na gargalhada.

— Parem vocês dois! — gritou. — Me respeitem, vocês são meus subordinados!

— E você é o subordinado do Yuri — Taejoon atestou, fazendo as gargalhadas ecoarem ainda mais alto dentro daquela sala.

— Eu deveria demitir vocês dois — Junsuk disse entre os dentes, sentindo o rosto esquentar de raiva e vergonha. Afinal, no fundo, eles tinham razão.

— Desculpe, Sukie. — Taejoon limpava as lágrimas decorrentes do surto de riso. — Eu não resisti.

— Certo, agora chega. — Junsuk bateu as mãos na mesa, assustando Yeonsu, que segurava a barriga dolorida, de tanto rir. — Essa história ainda está muito mal contada. Yuri disse que esses documentos foram dados por Woobin, mas com quem eles estão agora, afinal?

— Han... — Yeonsu voltou a ficar sério. — A pasta foi roubada da mesa de Kang durante a viagem de vocês ao Japão.

— Roubada?! — Taejoon e Junsuk exclamaram em uníssono.

— Sim, Yuri deu falta dela logo que voltou. E nós dois temos uma forte suspeita sobre quem pode ter pegado.

— Quem?! Fala logo, Yeonsu — Junsuk já estava impaciente.

— Aeri.

O silêncio voltou a reinar naquela sala, parecia que tudo tinha parado de se movimentar ao redor deles. Junsuk sentiu a dor de cabeça voltar só de ouvir aquele nome envolvido em mais uma situação mal explicada.

— E vocês podem provar isso? — Taejoon ponderou.

— Até hoje não — Yeonsu respondeu. — Mas agora pouco, quando Aeri entrou na sala, ela me flagrou vasculhando um dos armários. E parecia que ela sabia exatamente o que eu estava procurando, pois me mandou dizer ao Yuri que os documentos não existiam mais. Quer prova maior que essa?

— Ah, não! Junsuk, Aeri está passando dos limites. Por que ela roubaria documentos assinados pelo seu irmão?

— Isso só reforça a ideia de que ela está, de alguma maneira, envolvida no desvio de dinheiro — Yeonsu concluiu.

Junsuk esfregou o rosto com as duas mãos, tentando organizar todas aquelas informações aparentemente desconexas.

— Eu vou tirar satisfações com ela agora mesmo. — Han se levantou da mesa, nervoso.

— Espere! — Yeonsu o impediu de sair da sala. — Se você for lá agora, ela vai ter a certeza de que estamos atrás daqueles documentos e pode, de alguma maneira, tentar bagunçar essa história ainda mais.

— Yeonsu tem razão, Junsuk — Taejoon reforçou. — Vamos esperar os próximos passos de Kang. Agora, precisamos nos concentrar na coletiva de imprensa. A queda das ações diminuiu levemente, mas ainda precisamos fazer algo sobre isso.

— Muito bem... então, vamos lá. O que você pensou para essa entrevista?

— Pessoal! — Yeonsu interrompeu. — Como esse vai ser o assunto agora, acho que vou me retirar. Tenho uma série de coisas para terminar hoje.

— Sim, claro. Pode ir — Junsuk autorizou, observando seu gerente de vendas deixar o escritório de Taejoon.

— Bom, como eu ia dizendo... — o advogado começou — acho que a coletiva de imprensa pode ser bem simples. Não vamos dar muito espaço para mais especulações, sabe como esses jornalistas conseguem distorcer tudo o que é falado.

— E eu também não tenho muita paciência para isso, não gosto de me expor assim.

— Eu sei, mas vai ser inevitável. Aqui... — Taejoon tirou um papel de dentro de uma das gavetas de sua mesa. — Escrevi algumas coisas que acho que precisam ser ditas. Se quiser modificar alguma coisa, fique à vontade. Só não acho que você deva fazer grandes mudanças no conteúdo. Fiz de uma maneira que não desse muita margem para discussão.

Junsuk passou os olhos no documento, analisando o que ele precisaria dizer na frente da imprensa sedenta por fofocas.

— Acho que está ótimo, Taejoon. Não vou mexer em nada. Como você disse, precisamos dizer o mínimo. Ainda acho um absurdo ter que me justificar sobre uma questão pessoal.

— Não vamos abrir para perguntas. Você apenas tem que aparecer na hora, dizer o que foi combinado e sair.

— Certo. Vou para a minha sala. Qualquer coisa, me chame.

♣♦♠♥

Yuri aguardava Woobin no saguão do prédio, local que o sócio de Junsuk chamou de "lugar de sempre" nas mensagens daquela manhã. Olhava no relógio a cada trinta segundos, impaciente com o atraso do outro.

— Kang — ouviu seu nome ser pronunciado.

— Senhor Lee, prazer em revê-lo. — Esticou o braço para cumprimentá-lo.

— Senhor? Que formalidade toda é essa? Sabe que pode me chamar apenas de Woobin. — Segurou a mão de Yuri.

— Ah, sim... Claro, Woobin. — O loiro tirou a mão do cumprimento, um pouco desconfortável. — Vamos?

— Meu carro está estacionado aí na porta, quero te levar em um dos meus restaurantes preferidos.

Yuri foi na frente, sendo acompanhado por Woobin. Dentro do carro esportivo, só conseguia pensar que queria que fosse algum lugar por perto, no qual pudessem conversar e voltar rapidamente para a empresa. Mas parece que o outro tinha planos diferentes, pois o loiro podia ver que estavam se afastando cada vez mais daquele bairro.

Woobin estacionou em uma das vagas disponíveis do pátio anexo ao restaurante especializado em comida tradicional.

Adentrando o estabelecimento, que era decorado com simplicidade, os dois ocuparam uma mesa próxima a uma das janelas, que tinha finas cortinas, as quais deixavam a luz natural do dia refletir sobre eles.

— Sabemos o que vamos pedir. — Woobin recusou os cardápios oferecidos pelo garçom. — Vamos querer o menu tradicional completo.

— Excelente escolha, senhor. Algo para beber?

— Uma taça de vinho branco para mim. E você, Yuri? — Woobin olhou para o loiro à sua frente.

— Apenas água, por favor.

— Muito bem, vou levar os pedidos ao *chef* — o garçom disse, já se retirando de perto da mesa.

— O que é o menu tradicional? — Yuri perguntou, curioso.

— É um menu de degustação inspirado em receitas muito antigas, entre 1450 e 1795, composto de entrada, prato principal e sobremesa. É um banquete bem completo, com vegetais, arroz, kimchi, sopa, carnes e frutos do mar, além de uma sobremesa delicada. Espero que você goste! — Woobin contou, todo animado.

— Nossa, parece que vamos comer até o anoitecer — Yuri brincou, um tanto nervoso, preocupado com o tempo que teria de gastar ali.

— Não me importaria de passar o resto do dia com você. — Woobin sorriu, apoiando os cotovelos na mesa, aproximando-se mais do outro.

Como reflexo, Yuri recostou-se na cadeira de madeira, afastando-se um pouco, meio sem jeito por causa da situação em que estava. Nunca se importou em ter gente flertando consigo, mas ali parecia diferente, parecia errado. Não conseguia pensar em outra coisa, a não ser a discussão com Junsuk naquela manhã. É claro que tinha ficado irritado com aquele ciúme bobo, mas agora, estando em frente a Woobin, começava a se colocar no lugar de seu namorado. E mesmo que soubesse que aquele almoço era apenas para discutir questões da empresa, Yuri começava a se sentir mal por estar naquele lugar.

Com as entradas e bebidas servidas, os dois iniciaram, finalmente, a conversa que o advogado esperava.

— Woobin, sobre os documentos que você me deu...

— Me diz que você os encontrou? — devolveu, esperançoso.

— Infelizmente, não. — Yuri viu o outro se encolher levemente na cadeira. — Mas eu tenho algumas pistas sobre isso.

— Quais são essas pistas?

— Como eu te disse, a pasta foi roubada da minha sala enquanto Junsuk e eu estávamos no Japão. Conversando com algumas pessoas que estavam na empresa naqueles dias, cheguei a um suspeito.

— Suspeito? Quem?

— Me desculpe, Woobin. Ainda não tenho como provar se foi realmente essa pessoa. Como é alguém de dentro da própria empresa, prefiro manter essa informação em segredo por enquanto.

— Mas qual seria a relação dessa pessoa com Junwoo?

— Ainda não sei. Aparentemente, nenhuma. Mas ainda acho muito estranho o irmão do Junsuk ter transferido tanto dinheiro para o exterior, e é nessa questão que eu quero me concentrar.

Yuri passou os dedos pelos cabelos dourados, chamando, assim, a atenção de Woobin, que pareceu ter perdido o rumo da conversa.

O advogado aproveitou que os pratos principais foram servidos e limpou a garganta, tomando um gole de sua água em seguida, despertando o outro do repentino deslumbramento.

A quantidade de comida era realmente grande, mas tudo parecia muito bonito e saboroso.

— E o que você pensa em fazer agora? — Woobin perguntou, enquanto se servia.

— Bom... tenho duas questões em mente. A primeira delas é tentar descobrir como Junwoo conseguia assinar esses documentos sem estar trabalhando efetivamente na empresa. Mesmo ele sendo acionista, não teria como ficar fazendo essas transações de outro país.

— Você tem razão. Também achei tudo isso muito estranho. Acho que o vi apenas uma vez na empresa, em uma das reuniões da diretoria. E pela postura dele, parecia não querer nada relacionado aos negócios da família. Naquele dia, os membros da família Han mal se olhavam, como se fossem apenas estranhos.

— Por isso que ele fica cada vez mais suspeito... — Yuri coçou o queixo. — Não tenho mais aqueles documentos em mãos, mas um detalhe ficou bem gravado na minha memória: uma parte das transferências foram feitas para um banco na China, curiosamente o país escolhido por Junwoo para morar. Apenas uma coincidência?

— Não acredito em coincidências, Yuri. E o que você pretende fazer com essa informação?

— Estou pensando se é possível fazer o rastreamento de forma inversa. Tentar recuperar as informações a partir do banco chinês, ao invés da empresa dos Han.

— E vocês acham que eles liberariam esse tipo de informação?

— Ainda não tenho certeza, mas, quem sabe, com algum pedido oficial da empresa, eu consiga resgatar esses documentos. Estou trabalhando meio no escuro, vai ser uma questão de tentativa e erro. Vamos torcer para que eu não tenha que errar tantas vezes antes de fazer algum progresso.

— Sim, espero que você consiga o mais rápido possível. — Woobin tomou o último gole da sua taça. — Mas esse negócio do roubo da pasta ainda me incomoda, Yuri. Sei que você disse que não quer revelar o suspeito, mas acha que seria um cúmplice do desvio? Digo, por que essa pessoa teria interesse em roubar documentos com assinaturas de outras pessoas? E se ela tinha interesse, como soube que eles estavam com você?

— Tenho essas mesmas perguntas em mente... — Yuri deu um forte suspiro. — Mas vou respondê-las, nem que seja uma por uma.

— Você fica ainda mais atraente quando fala com tanta confiança, sabia?

Yuri enrubesceu na mesma hora, fazendo Woobin sorrir com aquela reação. Tentando disfarçar, Kang voltou a comer sua sobremesa, mas isso só atraiu ainda mais os olhares do outro sobre si. Alguns fios loiros caíam sobre os olhos, e as maçãs do rosto salientes se moviam de maneira graciosa. Woobin ficava cada vez mais encantado com os bonitos traços do advogado. E sentindo o olhar pesado sobre si, Kang empurrou seu prato, indicando que já estava satisfeito.

— Yuri... — o nome saiu incerto da boca de Woobin. — Eu... — Deslizou uma de suas mãos pela mesa, até que esta pousasse sobre a do outro.

Kang ficou imóvel, sem saber como reagiria àquele toque, e olhou ao redor, para ver se alguém os observava, com medo de estar sendo julgado em silêncio. Assim que viu o garçom se aproximar, retirou sua mão de cima da mesa, deixando o outro um tanto quanto decepcionado.

— Yuri, eu...

— Woobin — Kang interrompeu a sua fala. — Eu não sei se tenho passado os sinais corretos para você.

— Sinais?

— Sim, sinais. Acho que talvez você tenha entendido que poderia fazer algum tipo de aproximação, e penso que precisamos esclarecer alguns pontos, antes que criemos um mal-estar entre nós.

— Eu não estou entendendo, Yuri.

Kang olhou para o homem à sua frente. Não tinha como negar o quanto ele era bonito, com o maxilar bem definido, e o quanto seus olhos eram sedutores. Mas olhou dentro daqueles orbes escuros e tudo o que viu foi o rosto de Junsuk. Era o rosto dele que Yuri queria ver de perto.

— Eu não posso, Woobin — disse baixinho.

— Não pode o quê? — Woobin não estava facilitando.

— Não podemos nos envolver além das questões da empresa — Yuri desabafou, desviando o olhar para a janela com vista para a rua.

— Ah, isso. — Woobin se recostou na cadeira. — Eu não sou interessante para você?

— Não é bem isso... — Yuri ficava cada vez mais vermelho. Ter que se explicar sem entregar a verdade estava sendo mais difícil do que imaginava. — Você parece ser um cara incrível, mas...

— Me deixa te mostrar o quanto posso ser incrível. Você ainda não viu nada. — Woobin tentou tocar o rosto de Yuri, mas este desviou.

— Não posso, eu já tenho alguém.

O sócio de Junsuk entreabriu os lábios, surpreso. Realmente não esperava que Yuri já estivesse em um relacionamento, e a decepção não poderia ter sido maior.

— Entendo. Já faz tempo?

— Não, é bem recente. — Yuri se ajeitou na cadeira, um tanto desconfortável.

— Não me diga que é...

— Desculpa, Woobin, mas a minha vida pessoal só diz respeito a mim.

— Um homem cheio de mistérios. Como não se apaixonar?

— Por favor...

— Tudo bem, Yuri. Eu entendo — Woobin tranquilizou o outro, enquanto entregava seu cartão de crédito ao garçom para pagar a conta. — Que pena que cheguei tarde. Espero que ele te faça muito feliz.

— Obrigado. — Kang sorriu, envergonhado.

Os dois se levantaram, prontos para voltarem ao trabalho, mas antes de entrarem no carro, Yuri se deu conta de algo.

— Espera! Quem te disse que é "ele"?

Com a porta aberta do carro, Woobin riu, achando graça da dúvida estampada no seu rosto.

— Segredo. Também tenho os meus mistérios, Yuri. — Deu uma piscadinha, antes de entrar no carro e assumir o volante.

Kang também riu, conformado por saber que não poderia exigir uma resposta para aquilo.

A viagem de volta foi feita em silêncio, mas o clima entre os dois era confortável. Mesmo um pouco apreensivo por desconfiar que Woobin sabia de algo, Yuri estava feliz por ter esclarecido a situação. Agora, talvez, Junsuk se sentisse mais seguro.

Mas os dois precisavam conversar seriamente sobre confiança. Yuri tinha cedido dessa vez, mas não passaria a vida se justificando para os outros por causa de ciúmes de seu companheiro.

Passar a vida...

Yuri repassou a frase, surpreendendo-se com seu próprio pensamento. Estava cogitando mesmo passar o resto de sua vida ao lado de Junsuk?

Aquilo o deixou um tanto agitado, não por ter dúvidas sobre o seu amor pelo namorado, mas pelo medo de como as coisas estavam indo rápido. Não tinham nem sequer assumido o relacionamento publicamente e estavam no meio de uma situação que estava longe de ser resolvida. Mas projetar um futuro com Junsuk não parecia ser tão errado, e Yuri conseguia se ver envelhecendo junto ao outro.

Kang foi tirado de seus devaneios pelo seu celular que vibrou em seu bolso. Era uma mensagem de Taejoon, avisando que a coletiva de imprensa começaria em 10 minutos.

— Woobin, será que poderíamos ir mais rápido? A coletiva de imprensa já vai começar, e eu quero estar presente.

— Sim, claro.

Woobin acelerou seu carro, pegando rotas alternativas para fugir do trânsito e chegar a tempo.

E como se tivessem cronometrado, os dois entraram no prédio, apressados, deparando-se com o hall de entrada tomado por cadeiras, que estavam posicionadas em frente a uma mesa retangular. Não havia mais onde se sentar, todos os lugares tinham sido tomados por dezenas de jornalistas e fotógrafos de diferentes meios de comunicação.

Yuri ficou atrás de todos, em pé, um tanto apreensivo por saber que Junsuk enfrentaria uma avalanche de questionamentos. Olhou ao redor, em busca de seu namorado, mas ele não estava à vista. Porém, uma presença chamou bastante a sua atenção. Na verdade, duas.

Han Jihoo e Im Wonshik estavam em pé, lado a lado, próximos à mesa que deveria ser ocupada por Junsuk e Taejoon.

48

Yuri estreitou os olhos em direção aos dois senhores bem-vestidos que conversavam próximos à mesa. Não havia dúvida: eram os pais de Junsuk e Aeri.

— Im Wonshik — murmurou para si mesmo.

— O que disse? — Woobin assustou Yuri, que tinha se esquecido da sua presença.

— Ah, nada não, só estou surpreso por ver Wonshik aqui. Deixou a filha assumir sua posição, sem dar nenhuma explicação, e só aparece agora, bem na hora da coletiva de imprensa?

— Acho que todos estão curiosos com o que Junsuk dirá hoje.

— Esse é o meu medo... a curiosidade — Yuri respondeu, ainda olhando para os dois senhores.

— Acho que ainda tem alguns lugares lá na frente, vamos nos sentar?

— Pode ir, prefiro ficar aqui no fundo.

— Está bem, obrigado por me acompanhar no almoço. — Woobin sorriu para o loiro, afastando-se em seguida.

E então, algo agitou os presentes: junto aos flashes dos fotógrafos, surgiram Taejoon e Junsuk. Os dois andavam com tranquilidade, dirigindo-se às duas cadeiras que estavam por trás da mesa grande, onde também estavam posicionados diversos microfones.

Antes de tomar o assento, Junsuk avistou Yuri no fundo da sala, em pé, com as mãos nos bolsos da calça, e sem tirar os olhos daquele homem que fazia seu coração dar piruetas, soltou um suspiro longo, aliviado por ele estar ali. Era como se Yuri pudesse passar algum tipo de confiança extra, mesmo a metros de distância.

Mas o coração aquecido foi substituído por um frio na espinha, ao ver seu pai sentado na primeira fileira, com as pernas e os braços cruzados e a expressão séria.

Os jornalistas se levantaram, sem ordem nenhuma, fazendo perguntas aleatórias para o CEO da empresa, que se manteve calado. Taejoon levantou as mãos, pedindo calma e que voltassem aos seus lugares.

Uma vez que a ordem foi estabelecida novamente, o chefe do departamento deu início à coletiva de imprensa:

— Boa tarde, senhoras e senhores. Em nome desta empresa, gostaria de agradecer a presença de todos. Estamos aqui para que o CEO Han esclareça algumas questões que vem inquietando muitos de vocês. Quero deixar claro que não abriremos para perguntas. — Vozes de protesto foram ouvidas por todos os lados, fazendo Taejoon pedir silêncio novamente. — Com a palavra, Han Junsuk.

O moreno suspirou, tentando acalmar seu coração acelerado, ajeitou-se melhor na cadeira e posicionou o microfone em frente aos seus lábios.

— Boa tarde a todos. Eu sou Han Junsuk, CEO desta empresa há dois anos, desde que meu pai, Han Jihoo, que está presente neste recinto, me confiou a liderança dos negócios da família. Nos últimos dias, boatos espalhados por fontes não identificadas fizeram a confiança em nossa empresa cair. Todos sabem que o mercado de ações é extremamente especulativo e que muitos fatores podem ajudar para que os valores caiam ou subam. Estou aqui para afirmar a todos os nossos clientes e acionistas que a base ética de nossa empresa não mudou. Desde o início, sempre cumprimos com todos os compromissos assumidos, visando sempre a expansão das nossas fronteiras, mas com cautela e responsabilidade. Não foi à toa que, em algumas décadas, chegamos ao topo da nossa área. Foi com muita competência de toda a administração que, cada vez mais, despontamos como os líderes na área de tecnologia. E é com essa base sólida que eu afirmo, que nenhum assunto externo às paredes deste edifício influenciará na continuidade do nosso trabalho. Muito obrigado a todos.

— Esta coletiva de imprensa está encerrada — Taejoon declarou.

Junsuk afastou o microfone de si, aliviado por aquilo ter sido mais rápido do que imaginara. E enquanto os jornalistas ainda insistiam em fazer perguntas, o moreno olhou para o fundo da sala, buscando aquele com quem precisava conversar. Yuri ainda estava no mesmo lugar, com um pequeno sorriso nos lábios, como se estivesse satisfeito com o que vira.

Taejoon e o CEO fizeram menção de se levantar, mas nesse momento, uma pessoa surgiu por trás deles, trazendo mais uma cadeira e posicionando-a ao lado de Junsuk. No segundo seguinte, uma onda de flashes foi disparada na direção deles, e enquanto tentavam enxergar no meio das luzes fortes, Aeri sentou-se ao lado de Junsuk. Enquanto a senhorita Im puxava um dos microfones para si, os dois amigos se entreolharam, assustados, sem entender o que estava acontecendo.

— Aeri, o que pensa que está fazendo? — Junsuk perguntou baixinho.

Sorrindo para os jornalistas, a ex-noiva do moreno aproximou os lábios da orelha do outro.

— Acho que eu também deveria participar dessa coletiva.

— Do que você está falando? Essa coletiva já foi encerrada.

— E eu estou abrindo-a novamente, meu bem. — Aeri fez um carinho no ombro de Junsuk, ganhando novos flashes em sua direção.

Yuri assistia à cena de longe, começando a ficar preocupado com o que estava para acontecer. Aquilo era para ser uma declaração discreta, apenas para tranquilizar a mídia sedenta por uma pauta bombástica, mas quando se tratava de Aeri, nada poderia ser discreto.

— Senhoras e senhores, boa tarde. Meu nome é Im Aeri, como vocês já devem saber. Eu gostaria de tomar mais alguns minutos de vocês para me apresentar oficialmente como sócia dessa empresa. Por motivos de saúde, meu pai... — Apontou para Wonshik, que sorria para a filha da primeira fileira. — Passou suas ações para o meu nome, me cedendo seu cargo que tanto prezou por todos esses anos.

— Senhorita Im! — um jornalista gritou do fundo da sala, chamando a atenção de todos. — Como foi a recepção da diretoria à sua nova posição?

— A diretoria? — Aeri olhou para Junsuk e Taejoon. — Não poderia ter sido melhor. Acho que todos sabiam que, mais cedo ou mais tarde, isso aconteceria.

— Senhorita Im! — um segundo jornalista se manifestou. — Qual será a sua contribuição na empresa?

— Eu vou continuar com o ótimo trabalho que meu pai desempenhou por tantos anos. Como Junsuk disse, passando essa pequena crise gerada por especulações, a empresa voltará a prosperar como sempre.

— Senhorita Im! É verdade que o casamento de vocês foi cancelado? Estando os dois à frente da empresa, isso não vai atrapalhar o trabalho?

Junsuk tentou puxar o microfone para si, mas Aeri fez força contrária, impedindo o moreno de tomar a palavra.

— Excelente pergunta. — Ela ajeitou os cabelos longos. — Sim, o casamento, que aconteceria dentro de alguns dias, foi cancelado.

Um burburinho foi instalado naquele local. Não havia uma pessoa sequer que não estivesse comentando aquela confirmação. E assim como todos, Junsuk estava espantado com aquela resposta. Não imaginava que sua ex-noiva admitiria o fim do casamento com tanta naturalidade.

Yuri soltou todo o ar que estava prendendo desde que a pergunta foi lançada no ar, dissipando um pouco da apreensão que estava sentindo. Sabia bem que Aeri era capaz de tudo para levar as coisas para o seu lado, mas parecia que, pela primeira vez, o bom senso estava prevalecendo.

— E qual foi o motivo do rompimento do noivado, senhorita Im? — a pergunta soou no meio daquela confusão.

— Rompimento? — Aeri indagou. — Acho que vocês me entenderam errado.

E então, as conversas foram substituídas pelo silêncio.

— Eu disse que o casamento foi cancelado, não o noivado.

Taejoon derrubou seu microfone da mesa, e Junsuk ficou branco como um papel. Yuri teve uma crise de tosse, chamando a atenção dos que estavam por perto, e apertou os lábios um no outro, sentindo a frustração tomar conta de si. Como tinha sido tão ingênuo? É claro que Aeri não facilitaria as coisas.

— Nós cancelamos o casamento por uma questão prática — Aeri continuou fazendo todos se silenciarem para ouvi-la. — Como meu pai não estava se sentindo muito bem e eu tive que assumir o seu lugar, Junsuk e eu optamos por adiar a cerimônia, apenas para que eu pudesse me adaptar ao novo cargo. Achamos que seria prudente, já que esta empresa é a nossa prioridade.

Junsuk abaixou o microfone de Aeri com uma das mãos, impedindo-a de continuar falando.

— Você está louca, Aeri! — esbravejou rente à sua orelha.

— Você é que estava louco quando terminou comigo. — A morena sorriu, disfarçando para os jornalistas. — Ainda não entendeu que eu não vou parar até ter você de volta?

— Mas, Aeri... — O moreno tentou engolir a raiva presa na garganta. — Acabou, e eu não vou voltar para você. Pare com esse circo.

— Circo? Me desminta então, Junsuk. Quero ver você fazer papel de palhaço na frente de todos. Quero ver você dizer que tudo o que eu disse não é verdade, vou adorar assistir de camarote às ações despencarem novamente. Vou adorar você ser desacreditado como líder dessa empresa. Seu pai, ali... — apontou para Jihoo, que também parecia confuso como os outros — vai morrer de desgosto.

Junsuk congelou, sentindo seu coração afundar ao pensar na decepção que seria para o seu pai. Sabia bem que seu progenitor odiava escândalos e sempre foi muito reservado, para que o nome de sua família não caísse na boca dos maldosos.

Lentamente, afastou-se de Aeri, olhando com os cantos dos olhos para o seu pai, que mantinha os braços cruzados, enquanto esperava, ansioso, pela continuação da coletiva de imprensa.

Olhou para o fundo da sala, vendo Yuri apertar a gravata com uma das mãos, tentando não demonstrar todo o nervosismo que sentia. O loiro tinha a respiração curta, entrecortada, sentindo a boca secar cada vez mais. Seu coração batia rápido, e o silêncio de Junsuk o deixava cada vez mais agoniado. Com certeza, seu namorado não estava preparado para aquela situação, provavelmente não imaginava que algo assim pudesse acontecer. E por isso, Yuri estava preocupado com as atitudes de Han, rezando para que ele não fizesse aquilo que mais temia.

Junsuk olhou para o pai e depois para Taejoon, buscando por uma ajuda silenciosa e desesperada.

E então, Han soltou o microfone, voltando-o para a posição anterior.

Os braços de Yuri penderam ao lado do corpo, e ele olhou para cima, fechando os olhos em seguida, não acreditando no que estava acontecendo. Junsuk havia realmente cedido.

O CEO procurou por seu namorado, vendo-o passar as duas mãos nos cabelos, olhando de um lado para o outro, mas parecendo estar prestando atenção em mais nada. E quando seus olhares se encontraram, Junsuk pôde ver toda a decepção estampada no rosto de seu amado, que mal conseguiu sustentar o olhar, virando-se bruscamente e saindo daquele local. Aquele dia tinha acabado de ficar ainda pior.

— Bom, acho que por hoje é isso. A coletiva de imprensa está encerrada — Aeri anunciou, vitoriosa, no microfone.

Os jornalistas se agitaram novamente, cada um gritando uma pergunta, tentando arrancar mais informações daquele casal.

Os três, que estavam sentados à mesa, se levantaram, ignorando qualquer abordagem da mídia presente, mas antes de saírem dali, Aeri segurou uma das mãos de Junsuk e sorriu para as câmeras, acenando, enquanto os flashes eram disparados.

— Junsuk, onde você pensa que vai? — Taejoon o segurou pelo braço quando viu o amigo querer sair correndo.

— Eu preciso falar com Yuri! — O moreno estava um tanto desesperado.

— Não, agora não. — Taejoon fez um sinal com a cabeça em direção aos jornalistas. — Deixe que eu vou atrás dele. Acho que você tem outros problemas para tratar agora.

O chefe do departamento jurídico foi para uma direção, enquanto o CEO tomava o sentido oposto, indo atrás de Aeri, que já tinha deixado a sala.

Junsuk tentava furar o bloqueio dos jornalistas, que ainda tentavam falar com ele, indo atrás da mulher, que era igualmente seguida pela mídia.

Com a ajuda de seguranças, Aeri conseguiu entrar em um carro, que a aguardava na porta da entrada principal da empresa. Ela estava fora do alcance do CEO por enquanto.

Cada vez mais irritado, Han voltou para dentro, vendo que seu pai esperava o elevador, e correu até lá, a tempo de entrar com ele na cabine.

— Pai? — chamou, ofegante.

— Junsuk, meu filho. Eu queria dizer alguma coisa, mas simplesmente estou confuso demais. Queria lhe dizer que estou feliz por ter ouvido que o noivado não foi cancelado, mas sei que estaria me iludindo. Pela sua cara, consigo presumir que isso não passou de um teatro.

— Um teatro nada ensaiado. Aeri agiu sozinha, não era nem para ela estar nesta coletiva de imprensa. Eu apenas ia dar uma declaração pública, sem abrir para perguntas, mas parece que ela sempre quer chamar mais atenção do que todos.

— Pois é, meu filho. E parece que ela está conseguindo, não é mesmo?

Junsuk ficou sem palavras, afinal seu pai tinha toda a razão. Mesmo se esforçando para evitar, Aeri estava ganhando toda a atenção que queria. E hoje, mais uma vez, mostrou que não estava brincando.

— Pai, e-eu...

— Não precisa dizer nada. Se você não negou o que ela disse para os jornalistas, é porque tem algum motivo forte. E eu espero que seja forte o suficiente para manter a empresa estável. — Jihoo saiu do elevador na garagem. — Tem uma nova reunião da diretoria para acontecer em breve. Meu único conselho é que você se prepare, meu filho. Nenhum dos sócios vai facilitar para você.

— O Woobin. — Junsuk engoliu um pouco do ciúme. — Ele tem ajudado com algumas coisas, e...

— Não conte com ninguém, filho. No final, cada um só está interessado em defender o que é seu. Pense nisso.

E com isso, Jihoo soltou a porta do elevador, deixando Junsuk em um carrossel de emoções. O CEO apertou o botão de seu andar com força, chutando uma das paredes da cabine, fazendo-a chacoalhar. Sua vontade era gritar, colocar toda a frustração para fora. Sentia-se sufocado por todos os lados. Só queria poder abraçar Yuri novamente, sentir o perfume dos cabelos claros e a maciez da pele de seu corpo.

Porém, como se não bastasse a briga da manhã, ainda tinha a coletiva de imprensa. E Junsuk apertava os dedos em punho, sentindo o coração doer só de se lembrar da reação de Yuri ao escutar da boca da Aeri que o noivado não tinha sido cancelado.

Mais uma vez, Junsuk se sentia um covarde.

Mas não ficaria de braços cruzados como da outra vez, ele se redimiria pelos seus erros.

Saiu, como uma bala de canhão, de dentro do elevador, caminhando com pressa, enquanto tirava seu celular do bolso para ligar para Yuri. Ignorou todos os chamados de sua secretária e entrou em seu escritório, já com o aparelho no ouvido, mas antes que pudesse ouvir o primeiro toque da chamada, levou um susto com a presença de Im Wonshik dentro da sala.

— Não é possível! Será que não vou ter um segundo de paz nesse dia?! — Junsuk deixou escapar sua indignação.

— É um prazer te rever também, Han — Wonshik ironizou, de cara fechada.

— O que quer? Que eu saiba, você não trabalha mais aqui. — Junsuk continuava parado na porta de seu escritório.

— Seu moleque sem educação! — O pai de Aeri esbravejou. — Você merecia outra surra — ameaçou.

— Encoste outro dedo em mim e eu não respondo por minhas ações. Não vou me importar de sair algemado dessa empresa.

— Seu atrevido! Eu vim aqui em paz, tentar reestabelecer a boa convivência entre as nossas famílias, mas parece que você acordou com o pé esquerdo. E por respeito à minha filha, sua noiva, vou deixar essa conversa para outro dia.

— Noiva? — Junsuk riu de nervoso. — Essa loucura só pode ser contagiosa! — O CEO, sentindo a raiva explodir em seu peito, falava alto, sem se importar com as pessoas que estavam ouvindo. — Sua filha e você só podem estar fora do juízo perfeito. Em que mundo vocês estão vivendo? Eu já disse: a.c.a.b.o.u!

— Não foi isso que ouvi na coletiva de imprensa.

Junsuk cobriu o rosto com as mãos, tentando não perder os resquícios de paciência que tinham sobrado. Aquilo só poderia ser uma piada, aqueles dois só podiam estar vivendo em uma realidade paralela, ou aquele circo todo tinha o único objetivo de o enlouquecer.

— Saia. — Segurou a porta aberta com uma das mãos, enquanto a outra apontava para fora.

Wonshik resistiu, sustentando o olhar no de Junsuk.

— Eu disse: saia!

O pai de Aeri acabou cedendo e passou direto por Junsuk, sem sequer o olhar na cara.

O CEO bateu a porta com força, apoiando o topo da cabeça, com as duas mãos espalmadas na madeira, e em seguida, fechou os olhos, puxando o ar para dentro dos pulmões, tentando se acalmar. A vontade de gritar crescia a cada segundo.

Ficou ali, parado por alguns instantes, sentindo o coração voltar a bater no seu ritmo normal. E assim que sentiu seu sangue voltar a circular, sua mente vagou até Yuri.

Abriu os olhos assustados, lembrando-se de que aquele, sim, era um assunto importante e precisava ser resolvido naquele momento. Voltou a pegar o celular no bolso, ligando para o namorado imediatamente.

Chamou uma... duas... três... quatro... cinco vezes, até que caísse na caixa postal.

Sem nenhuma intenção de desistir, ligou novamente, obtendo o mesmo resultado de antes.

Junsuk jogou-se no sofá que havia no seu escritório, tentando, pela terceira vez, falar com Yuri, mas dessa vez, nem sequer chamou, a ligação foi direto para a caixa postal. Provavelmente, ele tinha desligado o celular.

O moreno recostou a cabeça no encosto de couro, suspirando, derrotado, mas seu coração quase saiu pela boca quando seu aparelho passou a vibrar em suas mãos.

Era Taejoon.

— Me dê uma boa notícia, por favor! — Foi a primeira coisa que disse ao atender.

— Kang foi para casa. — Taejoon ouviu o amigo soltar o ar preso. — Mas ele pediu para te avisar que não é para o procurar hoje.

— Como eu deixaria de procurá-lo depois de tudo isso que aconteceu? Eu preciso explicar que-

— Junsuk — Taejoon o interrompeu. — Dê um pouco de espaço, ele está chateado. Hyunji está com ele, Yuri está se distraindo, ajudando com as coisas da inauguração do restaurante no domingo. Se você for atrás dele, talvez as coisas só piorem.

— Não tem como piorar! Eu vou até o apartamento dele.

O CEO não deu tempo nem do amigo responder, encerrou a ligação e saiu de sua sala, correndo.

O minuto que se passou entre o último andar daquele edifício e a garagem parecia interminável. Junsuk mexia uma das pernas freneticamente, impaciente com a demora.

As portas da cabine mal se abriram e o moreno já estava em disparada, em direção ao seu carro.

Em alta velocidade, deixou para trás as dependências da empresa, ganhando as ruas de Seul, que já começavam a ser iluminadas pelos postes. Era uma sexta-feira, e a cidade começava a se agitar para o fim de semana, deixando o trânsito carregado.

Esquecendo-se do politicamente correto, Junsuk tentava chegar ao prédio de Yuri o mais rápido que podia, pegando rotas alternativas, ultrapassando pela direita e avançando alguns semáforos. Já não ligava para as buzinas que soavam ao seu redor nem para os insultos que outros motoristas lhe dirigiam.

Faltava menos de um quilômetro para alcançar o seu destino, quando percebeu seu carro balançar levemente. Junsuk diminuiu a velocidade, até que parou em um semáforo fechado, abriu a janela e colocou a cabeça para fora, descobrindo um pneu furado.

O moreno praguejou, soltou todos os palavrões que conhecia e, com o semáforo aberto, saiu do meio da rua, encostando seu carro próximo ao meio fio. Do lado de fora do veículo, observou o estrago feito. Não daria para continuar sem trocar o pneu.

— Caralho, devo ter acordado com os dois pés esquerdos hoje! Não é possível! — Junsuk chutou a roda da frente de seu carro, chamando a atenção dos que passavam na calçada.

Não trocaria naquele momento, tomaria tempo demais. Olhou ao redor, em busca de um táxi, mas não havia nenhum. Decidiu, então, ir a pé, já que não estava tão longe do seu destino.

No caminho, olhava para o chão, pensando no que diria quando estivesse em frente a Yuri. Como poderia justificar o seu silêncio ao ter o cancelamento do noivado desmentido em público?

Não conseguia explicar para si próprio por que não conseguiu dizer uma única palavra naquele momento. Tudo havia acontecido muito rápido e inesperadamente. Pressionado por todas aquelas pessoas ao seu redor, incluindo seu pai, achou que talvez pudesse ser uma solução rápida para a queda das ações.

Mas agora, sabia que tinha sido um grande erro. Compactuar com a encenação de Aeri foi uma atitude totalmente irresponsável. As coisas poderiam se acalmar das portas da empresa para fora, mas Junsuk sabia que tinha dado mais combustível para sua ex-noiva.

Como se não tivesse sentido a caminhada, o moreno parou em frente ao portão do prédio de Yuri. Não havia mais porteiro naquele horário, então teria que chamar Kang pelo interfone.

Tocou uma vez, esperando ser atendido, mas nenhuma voz saiu por aquele aparelho. Tentou mais algumas vezes, com intervalos cada vez mais curtos entre os toques, mas nada de Yuri o atender.

Sentindo todo o cansaço do dia tomar o seu corpo, Junsuk desistiu de chamar. Virou-se para a rua, que não era muito movimentada, sentou-se no meio fio e apoiou os cotovelos nos joelhos, segurando a cabeça com as duas mãos, puxando levemente os fios escuros entre os dedos.

Não sabia mais o que fazer naquele momento. Não queria ir para casa, só queria poder ver Yuri.

— *Junsuk?* — O moreno levantou a cabeça e olhou para os lados, tentando descobrir de onde vinha aquela voz tão conhecida.

— Yuri? — sussurrou, procurando por seu namorado.

— *Junsuk... o que está fazendo aqui?*

O moreno percebeu que a voz vinha do interfone do prédio e, então, levantou-se desajeitadamente, indo até mais perto para responder ao chamado.

— Onie, por favor, me deixe entrar.

— *Por que você estava sentado na calçada?*

Junsuk olhou para cima, notando que a janela da sala de Yuri era virada para aquele lado. Provavelmente ele tinha o visto dali.

— Por favor, vamos conversar.

— *Hoje não, Junsuk.*

— Yuri, eu-

— *Kotchu.* — Aquele apelido fez o moreno sentir uma pontada de esperança, que se dissipou no segundo seguinte: — *Vá para casa.*

— Não sem antes falar com você!

— *Não insista! Me dê um tempo... Acho que não consigo nem olhar para você hoje. Vá para casa.* — E então, o interfone ficou mudo.

49

Em seu apartamento, Junsuk vagava pela sala, ainda em seu roupão preto e felpudo, que vestira depois de um banho demorado. Já era sábado à noite, e ele ainda não tinha conseguido falar com Yuri.

Taejoon tinha passado algumas horas com o amigo, tentando distraí-lo da saudade que sentia de Kang. Os dois conversaram muito sobre tudo o que tinha acontecido, e o mais velho o havia aconselhado a ter um pouco de paciência. Lee sabia como tinha sido difícil para Junsuk aceitar a emboscada de Aeri durante a coletiva de imprensa, mas também via o lado de Yuri, que, mesmo sabendo que talvez aquela tivesse sido a única opção do CEO, ficou magoado.

Taejoon tentou convencer Junsuk que ele não precisava ficar tão preocupado, que quando chegasse o momento, eles teriam a chance de conversar, e que o moreno deveria ser apenas sincero, sem querer criar nenhuma explicação muito elaborada. Falar a verdade, abrir o coração, era a melhor forma de se redimir.

Han, observando o movimento da rua de uma das janelas da sala, suspirava de tempos em tempos, se sentindo vazio. Estava se esforçando ao máximo para não invadir o espaço de seu namorado, mas aquele silêncio o estava matando por dentro. Mandou algumas mensagens, tentou ligar algumas vezes e até mandou entregar um grande e belo buquê de astromélias e lírios brancos, mas não obteve nenhum retorno.

O jeito era amargurar uma espera sem previsão de término.

Voltou para o seu quarto no meio da madrugada, jogando o roupão que vestia sobre a poltrona e se deitando nu na cama espaçosa. Olhou mais uma vez para a tela do celular, na esperança de ter algum sinal de Yuri, mas apenas aquela foto tirada no Japão brilhou no cômodo escuro. E com a luz do aparelho, que aos poucos se esvaía, Junsuk adormeceu.

♣♦♠♥

O sol já estava no meio do céu quando Junsuk abriu os olhos. Sentou-se na cama, ainda sonolento por causa da noite de sono agitada. Durante as poucas horas que tinha conseguido dormir, foi acometido por pesadelos.

Esfregou o rosto com as mãos, tentando ficar mais desperto, pegou seu celular na mesa lateral e viu que passava do meio-dia. Havia algumas notificações de Taejoon, que diziam para ele dar uma olhada nas notícias do dia, mas antes que conseguisse, o nome de Aeri apareceu na tela, enquanto o aparelho vibrava freneticamente em suas mãos.

O moreno ignorou a ligação, jogando o celular no meio da roupa de cama bagunçada, e levantou-se lentamente, espreguiçando-se, tentando acordar o corpo ainda rígido.

Depois de se vestir, escovar os dentes e lavar o rosto, já se sentindo um pouco melhor, sentou-se no balcão da cozinha, junto a uma caneca grande de café e o seu notebook.

Enquanto sorvia o líquido escuro e amargo aos poucos, passou os olhos pelas dezenas de reportagens sobre a coletiva de imprensa do dia anterior:

CASAL DA NAÇÃO JUNTO À FRENTE DOS NEGÓCIOS

CASAL DESMENTE TÉRMINO DA RELAÇÃO

IM AERI E HAN JUNSUK CONFIRMAM A CONTINUAÇÃO DO NOIVADO

IM AERI É A MULHER MAIS JOVEM A CHEGAR EM ALTO CARGO

CONFIANÇA NA MAIOR EMPRESA DE TECNOLOGIA CRESCE

AÇÕES DA EMPRESA DOS HAN VOLTAM A DAR SINAIS DE CRESCIMENTO

Eram algumas das manchetes.

Junsuk bufou, sentindo-se pelo menos um pouco mais aliviado. Mesmo com toda aquela confusão, a empresa parecia ter saído ilesa de qualquer especulação. No fundo de seus pensamentos, torceu para que seu pai já tivesse visto os jornais do dia e, quem sabe, assim, poderia restabelecer a confiança entre eles.

O telefone fixo do apartamento soou alto, dispersando as divagações do jovem CEO. Este esticou o braço sobre o balcão até alcançar o aparelho, atendendo sem antes olhar a identificação da chamada.

— *Junsuk!* — a voz estridente soou do outro lado.

— Aeri... — O moreno esfregou as têmporas com as pontas dos dedos. — O que foi agora?

— *Estou te ligando há um tempão! Não atende mais o celular? Ou está me evitando?*

— Não é isso. — Junsuk balançou a cabeça afirmativamente, divergindo das palavras que saíam sem muita paciência de sua boca. — Eu... esqueci o celular no carro.

— *Ah... tá...* — Aeri pareceu convencida. — *Bom, estou te ligando porque hoje vai ser a inauguração daquele restaurante do tal Hyunji.*

— Nossa, eu tinha me esquecido!

— *O que seria de você sem mim, não é mesmo, Sukie?*

— Já te disse para não me chamar assim.

— *Enfim, eu também fui convidada. E como um presentinho de boa sorte, convidei alguns jornalistas e um dos membros da comissão julgadora do guia Michelin. Ele é amigo pessoal do meu pai e, por um acaso, estava livre neste domingo.*

Junsuk estranhou aquela atitude. Aeri não era o que poderíamos chamar de atenciosa quando o assunto não era ela mesma. Mas pelo que Yuri dizia e pelas vezes que experimentou, a comida de Hyunji era muito boa, e talvez a presença de um crítico gastronômico desse porte pudesse alavancar o restaurante rapidamente.

— Que bom, Aeri. Mas, afinal, o que você quer de mim?

— *Junsuk, meu amor, liguei para combinarmos o horário que você virá me buscar* — disse como se fosse a coisa mais óbvia do mundo.

— Você só pode estar brincando! — O moreno gargalhou. — Você pode ter armado aquele circo na sexta, mas não vou fazer parte disso. Você já teve o que quis, desmentiu o nosso rompimento, quando, incessantemente, venho dizendo que não vou voltar mais para você.

— *Ah, tá bom... que seja. Só achei que seria mais fácil chegarmos juntos, mas tudo bem. Boa sorte tentando explicar para os jornalistas a nossa chegada em momentos diferentes.* — Aeri deu uma risadinha debochada antes de encerrar a ligação.

Junsuk imediatamente discou os números que ainda estavam em sua memória e não precisou esperar muito para que a pessoa atendesse:

— Eu passo aí às 19 horas.

♣♦♠♥

Localizado próximo ao Lago Seokchon, com decoração típica e simples, o aconchegante restaurante de comida japonesa finalmente abriria as portas. Comandar a própria cozinha era um sonho antigo de Kang Hyunji, e com a ajuda de sua irmã, Kang Haneul, a inauguração era, agora, uma realidade.

A noite fria daquele domingo parecia perfeita para os pratos cozidos no vapor, chamados de *seiro mushi*, a especialidade da casa. Carnes e vegetais dispostos em bandejas de bambu, preparados na frente do cliente.

Yuri foi o primeiro a chegar. Adentrando o estabelecimento, encontrou Taejoon sentado a uma das mesas, observando Hyunji, que andava de um lado para o outro.

— Amor, você vai furar um buraco no chão. Acalme-se!

— Me acalmar?! Como é que você quer que eu me acalme uma hora dessas? — Hyunji começava a soar histérico.

— O que está acontecendo aqui? — Kang interrompeu o casal.

— Ah, Yuri, vai dar tudo errado! Essa inauguração vai ser um fracasso! — Os olhos de Hyunji estavam cheios de lágrimas.

Kang olhou, assustado, para Taejoon, enquanto era abraçado fortemente por seu primo mais velho, pedindo uma explicação para aquilo tudo.

— Os funcionários não apareceram... — contou, soltando um suspiro.

— Como assim, não apareceram?

— Yuri, eu contratei várias pessoas para me ajudarem nessa noite, entre garçons, ajudantes de cozinha, recepcionista e etc — Hyunji começou a explicar, ao largar o peso do corpo em uma das cadeiras. — Eles pareciam de confiança... eu estava pagando bem. — Bagunçou os cabelos, nervoso. — Era para todos estarem aqui meia hora atrás. Ninguém... ninguém apareceu ainda.

— E você tentou ligar para eles? — Yuri recebeu um olhar de desaprovação do primo por causa da pergunta tão óbvia.

— Tentamos ligar — Taejoon continuou. — Apenas um deles atendeu e disse que não estava se sentindo bem. Haneul saiu, para tentar encontrá-los ou conseguir outras pessoas para trabalharem de última hora.

Nesse momento, um casal entrou no restaurante. Hyunji se levantou imediatamente, ajeitando os cabelos e a roupa, acenando animadamente para os primeiros clientes da noite.

— Isso vai ser um desastre — murmurou para os outros dois. — Boa noite, sejam bem-vindos — cumprimentou o casal, enquanto ia em sua direção.

Yuri e Taejoon se entreolharam, ambos se perguntando internamente o que poderiam fazer naquela situação.

— Só espero que a irmã dele encontre alguém para trabalhar... logo. — Taejoon suspirou, levantando-se para juntar-se ao namorado, que já cumprimentava outras pessoas que começavam a chegar.

Kang foi andar pelo restaurante, observando cada detalhe que o primo havia escolhido para aquele tão esperado estabelecimento. A cada segundo, olhava para Hyunji, vendo o quanto ele ficava nervoso a cada pessoa que passava pela porta de entrada. Um fotógrafo e um jornalista também já estavam ali, registrando em imagens e palavras, as primeiras impressões sobre o local.

O primo tentava acomodar as pessoas nas mesas, dizendo-lhes, com um sorriso largo no rosto, que seriam atendidos o quanto antes. Mas assim que se virava, a felicidade aparente se esvaía.

Uma rajada de flashes chamou a atenção de Yuri novamente para a porta de entrada. Preocupado, aproximou-se do primo, vendo, em sua frente, Aeri e Junsuk entrarem no restaurante juntos.

O loiro apertou os lábios um no outro, sentindo seu estômago embrulhar levemente. Quis dar as costas para os recém-chegados, mas a mão grande de Hyunji o segurou pelas costas disfarçadamente, em um pedido silencioso para que ficasse ali com ele.

Junsuk, por sua vez, sentia seu coração dar pulos dentro do peito. Yuri estava tão bonito, como sempre. A roupa toda preta ajudava a destacar a jaqueta amarela que ele usava, os cabelos loiros, sempre tão bem penteados, pareciam ainda mais sedosos naquela noite, e o moreno podia jurar que sentia o perfume dos fios mesmo de longe.

Han notou que, em cima da mesa da recepção, havia um grande vaso, e nele estavam as flores que tinha mandado no dia anterior. Aquilo aqueceu um pouco seu coração, tomando aquilo como algum sinal de avanço, já que Yuri pelo menos não havia atirado o buquê pela janela.

— Boa noite, Hyunji. Boa noite, Yuri — cumprimentou timidamente, como se pisasse em ovos, para ver como seria a reação do outro.

— Han. — Yuri fez uma pequena reverência.

— Junsuk! — Hyunji tentou dissipar o clima estranho. — Que bom que veio! Aeri, fico feliz que tenha aceitado meu convite.

— Não perderia esse evento por nada, Hyunji. Inclusive, tenho uma pequena surpresa para você.

Aeri olhou para trás, aonde chegava um homem alto e magro, por volta de seus 40 anos de idade. Hyunji o reconheceu imediatamente: era Song KangHo, um dos maiores críticos gastronômicos da Coreia, tendo colaborado algumas vezes no Guia Michelin.

Hyunji apoiou um dos braços no ombro de Yuri, tendo a sensação de que desmaiaria naquele momento. Aquela inauguração estava se tornando um pesadelo.

— Song KangHo, quero que conheça Kang Hyunji. Ele é o chefe deste restaurante — Aeri os apresentou.

— Muito prazer, senhor Kang.

— O prazer é todo meu, senhor Song. — Hyunji fez uma reverência respeitosa. — É uma grande honra tê-lo em meu restaurante.

O crítico sorriu gentilmente, olhando ao redor, observando o local, deixando Hyunji ainda mais nervoso.

Aquilo era a receita perfeita do desastre: uma casa cheia, uma colherada de jornalistas, uma pitada de crítico gastronômico e nenhum funcionário para trabalhar.

— Bom, vamos nos sentar — Aeri sugeriu ao amigo de seu pai, Song KangHo, que foi na frente. — Hyunji, eu espero que a inauguração seja um sucesso e que nada dê errado.

Neste momento, Aeri desviou o olhar para Yuri, levantando as sobrancelhas, como se quisesse que o outro se lembrasse de algo. E Kang entendeu na hora o que ela queria dizer: aquela ameaça velada no elevador.

Como Yuri não tinha desconfiado antes? O sumiço dos funcionários sem motivo aparente era mais do que suspeito. Seria coincidência demais que todos eles tivessem ficado "doentes" no mesmo dia.

O loiro sentiu seu sangue ferver ao observar Aeri se dirigir a uma das mesas vazias, com um sorrisinho lateral nos lábios.

Yuri jamais imaginou que ela pudesse ir tão longe para atacá-lo, mas agora estava bem claro que todos que estivessem ao seu redor e de Junsuk poderiam ser prejudicados.

A morena sentou-se em uma das cadeiras, em frente ao crítico gastronômico, olhando, em seguida, para Junsuk, que ainda permanecia em pé, no mesmo lugar, dando a entender que não se juntaria àqueles dois, afastando-se dali e indo até a Taejoon.

— Yuri! — Seu nome soou alto na recepção do restaurante.

Kang se virou para ver quem era e deu de cara com um Yeonsu sorridente, seguido por dois outros homens elegantemente vestidos.

— Yeonsu! — Kang recebeu o amigo com um abraço. — Vejo que trouxe companhia. — Fez um sinal com a cabeça para os outros dois.

— Sim. — Sorriu. — Quero te apresentar meus namorados, Saem e Haebin.

— N-namorados? Você e eles... Os três? — questionou, um pouco sem jeito.

— Muito prazer, Kang. — Haebin esticou uma das mãos para cumprimentá-lo. — Yeonsu fala muito de você.

— Sim. — Saem também o cumprimentou. — Muito obrigado por tê-lo ajudado a conseguir o emprego de volta.

— Ah, imagina. Era o mínimo que eu poderia fazer. — Yuri sorriu, simpático.

— Bem-vindos. Por favor, fiquem à vontade — Hyunji cumprimentou o trio, animado.

Haebin e Saem foram na frente, escolhendo uma mesa no fundo do restaurante. Yeonsu, antes de se juntar a eles, sussurrou no ouvido de Yuri:

— O que acontece em Vegas fica em Vegas, caralho!

Os dois riram, confidentes, como amigos que agora eram. Yuri ainda deu um soquinho no ombro direito de Yeonsu, o incentivando a se sentar com seus namorados.

Nesse momento, Haneul entrou, correndo, no restaurante, ofegante. Para não chamar muita atenção, Hyunji e Yuri a puxaram para dentro da cozinha, onde poderiam conversar com mais privacidade.

— E então? — Hyunji perguntou, juntando as mãos na frente do peito.

— Nada... — Bufou, enxugando o suor do rosto com um guardanapo. — Encontrei apenas um deles em casa, mas ele nem sequer abriu a porta para mim. Disse que estava muito doente e que poderia ser contagioso. — Haneul pausou para tomar um copo de água oferecido por

Yuri. — Tentei ligar para empresas que terceirizam trabalho, mas hoje é domingo, e parece que ninguém mais está trabalhando. Eu sinto muito.

Hyunji perdeu a cor do rosto, apoiando-se na parede fria de azulejos brancos para não se render ao chão. Não havia mais como insistir, ele precisava tomar as providências necessárias e terminar com aquela noite logo de uma vez.

— Bom... não adianta ficar dando murro em ponta de faca. Vou até lá me desculpar com os clientes e dizer que, infelizmente, não os atenderemos hoje. — Hyunji enxugou os cantos dos olhos úmidos.

Antes que ele saísse, Yuri segurou o braço de Hyunji, impedindo-o de desistir de tudo. Seus primos tinham colocado todo o amor, esforço e dinheiro naquele empreendimento, e o loiro jamais permitiria que eles fossem prejudicados por sua causa.

— Esperem aqui, vamos fazer isso funcionar.

Os três saíram da cozinha, e Kang foi cochichar algo para Taejoon, que imediatamente se juntou ao namorado. Depois se apressou em chegar até a mesa em que Yeonsu e seus dois parceiros conversavam animadamente. O casal observava Yuri explicar algo para aqueles três, que não demoraram muito e se levantaram, acompanhando o loiro até onde os outros dois esperavam.

— Muito bem, é o seguinte — Kang começou a dar instruções. — Vamos fazer dessa inauguração um sucesso. Hyunji e Haneul, vocês obviamente irão comandar a cozinha, preparando os pratos. Taejoon, você será o responsável pela recepção dos clientes que chegarem. Acomode-os nas mesas e cuide dos pagamentos no final das refeições. Saem e Haebin vão trabalhar como ajudantes de cozinha. Vão lavar e cortar os ingredientes dos pratos e auxiliar os cozinheiros no que eles precisarem. Yeonsu e eu ficaremos no salão do restaurante, seremos os garçons da noite.

Todos ouviam atentamente, acenando, em concordância, com a cabeça. Yuri se posicionou como um verdadeiro líder, gerenciando os recursos humanos que havia conseguido de improviso.

— Não vamos mais perder tempo. Mãos à obra, pessoal!

E então, cada um tomou seu posto, com Haneul distribuindo aventais, para que todos protegessem suas roupas. Mas antes que o loiro pudesse se afastar para atender à primeira mesa, Hyunji o segurou pelo pulso, fazendo-o olhar para si:

— Yuri... — Uma lágrima solitária escorreu pelo rosto bonito. — Obrigado.

Kang sorriu e abraçou o primo com carinho, passando uma das mãos pelas suas costas, tentando passar toda a confiança que podia.

— Vai ser incrível, *hyung*! Agora, vá para a cozinha e faça a sua mágica!

Hyunji enxugou o rosto, sorrindo, um tanto aliviado, enquanto se afastava. Yuri apertou o avental em sua cintura, entregando uma caneta e um bloco de anotações para Yeonsu. Os dois se dividiram, cada um indo para uma direção em que ficavam as mesas, que já estavam quase todas ocupadas.

E assim, aos poucos, o restaurante começou a ganhar vida. O aroma delicado dos pratos tomou conta do restaurante, e tudo o que se podia ver eram os rostos satisfeitos a cada porção de comida que era levada à boca.

Junsuk observava toda a movimentação de Yuri pelo salão, impressionado com a forma como ele parecia tão confortável em uma posição que não era a sua de costume. Não precisou estar presente na conversa para entender o que seu namorado tinha feito, colocando seus amigos para ajudar seu primo, claramente, aflito.

Han ainda estava em pé, pois se recusava a se sentar na mesma mesa que Aeri. Poderiam ter vindo juntos para disfarçar, mas nada o obrigaria a ficar com ela o restante da noite. Tomando uma dose de whisky, ficava ao lado de Taejoon, quando este não estava atendendo os clientes. Não teve nenhuma oportunidade para ficar a sós com Yuri e conversar, mas os motivos para aquilo eram mais do que compreensíveis, então apenas se limitou a observar cada passo de seu amado.

— No que está pensando? — Lee interrompeu seus pensamentos.

— O quê? Ah... Só pensando no quanto ele é incrível. — Apontou discretamente para Yuri.

— Sim, ele está salvando esta inauguração. — Taejoon suspirou alto, encostando-se na parede.

— O que você tem? Por que está com essa cara?

— Não se lembra de que eu ia pedir o Hyunji em casamento hoje?

— É mesmo! — Junsuk tapou a boca com uma das mãos. — Eu tinha me esquecido! Me perdoa, minha cabeça anda muito atrapalhada.

— Eu sei, não se preocupe.

— Mas você desistiu?

— Olha o caos que está sendo esta noite! Foi quase tudo por água abaixo, Hyunji nunca esteve tão estressado desde que nos conhecemos. Não acredito que esse seja o momento mais adequado para esse pedido. Eu queria que fosse especial... — lamentou-se, apertando a caixinha de veludo vermelho entre os dedos longos.

— Não existe esse negócio de momento especial. Especial é o que você está prestes a fazer. Aposto que o Hyunji vai amar o pedido, independentemente de onde ou de quando ele for feito.

Taejoon olhou, surpreso, para o amigo. Não esperava receber uma resposta tão madura. Aquele menino guloso, que falava de boca cheia, parecia ter virado um homem.

— Tem razão, Sukie. — Deu alguns tapinhas nas costas de Junsuk.

Enquanto isso, Aeri se remexia, desconfortável, em sua cadeira, e olhava para as outras mesas, nas quais dezenas de clientes pareciam extremamente satisfeitos com a comida. As unhas longas tamborilavam no tampo de madeira, enquanto o amigo de seu pai degustava a entrada servida por Yeonsu. Yuri surgiu ao seu lado, carregando duas grandes bandejas de bambu, colocando-as no centro da mesa.

— Perdão pela demora. Espero que esteja do agrado de vocês. — O loiro fez uma reverência antes de se afastar.

— Está se achando o super-herói da noite, não é mesmo, Kang? — Aeri se dirigiu a Yuri, fazendo-o parar de andar.

— Não estou fazendo nada sozinho. Tenho a minha Liga da Justiça. — Indicou a cozinha com um aceno de cabeça. — E como dizia Clark Kent: "Há um super-herói em todos nós, só precisamos da coragem para colocar a capa". — Yuri sorriu sem mostrar os dentes. — Agora, os vilões... se escondem na sua covardia.

Aeri encheu os pulmões, prestes a explodir de raiva, mas antes que ela pudesse dizer mais alguma coisa, Hyunji surgiu atrás de Kang, sussurrando alguma coisa que ela não pôde ouvir.

Yuri colocou as mãos na cintura, olhando para os lados, como se estivesse tentando ter alguma ideia, até que seus olhos pousaram em alguém. Sem se dirigir novamente a Aeri, o loiro se apressou pelo salão do restaurante, até alcançar a pessoa que estava procurando.

Junsuk assustou-se quando Yuri tirou o copo de whisky de suas mãos, entregando-o para Taejoon, e ainda sem dizer nada, puxou o moreno pelo pulso, indo em direção à cozinha.

— Yuri, o que está acontecendo? — indagou, assim que ultrapassaram a porta vai e vem.

— Preciso da sua ajuda — respondeu, ainda de costas para Junsuk.

— Olhe para mim, Yuri.

Kang soltou o pulso do moreno, suspirando em seguida, como se tivesse se rendido ao pedido, e girou sobre os calcanhares, encarando os olhos escuros e profundos.

— Junsuk... você deve ter reparado que os funcionários do restaurante não vieram, e eu tive que tomar providências drásticas.

— Sim, eu percebi.

— Foi uma tentativa de sabotagem, e acho que nem preciso dizer quem causou tudo isso.

Junsuk parou um pouco para pensar. Quem poderia ter feito tamanha maldade com o Hyunji? E como se uma luz se acendesse, seu rosto tomou uma expressão de espanto.

— Ela não seria capaz. — Arregalou os olhos, vendo Yuri dar de ombros. — Isso não pode ficar assim... E-eu...

— Não faça nada, Kotchu... vai ser pior. Não vamos dar palco para ela. As coisas já foram resolvidas, a inauguração está indo bem... vamos apenas ignorá-la.

— Kotchu. — Junsuk suspirou.

— O-o quê? — Yuri não estava entendendo.

— Você me chamou de Kotchu... eu senti tanta falta.

— Ah, b-bom... sim. É q-que e-eu... — O loiro tentou disfarçar, coçando a nuca e olhando para os lados, mas as bochechas rosadas o denunciaram. — Enfim, preciso de mais uma pessoa para trabalhar.

— Ok, o que eu preciso fazer?

— Venha. — Yuri deu uma risadinha maldosa.

Os dois foram até um canto da cozinha, onde uma enorme pia de inox estava lotada de louças sujas, e Kang posicionou Junsuk em frente à torneira, colocando um avental no moreno, que ainda parecia perdido.

— Preciso de alguém que lave essa louça — disse ao terminar de dar o nó no avental.

— O-o quê? Lavar?!

— Isso! Sabe... esponja, detergente, água... — Yuri fez gestos, imitando alguém lavando um prato.

— Eu entendo o conceito, mas não tenho muita prática.

— Então, considere como um treinamento sem custos. — Yuri foi se afastando. — Ah, se quiser, tem um par de luvas de borracha para você não estragar as unhas. — Riu do bico que surgiu nos lábios de Junsuk.

Han alternou seu olhar entre a pia cheia de louças, o par de luvas amarelas, que estava em uma prateleira, e as suas unhas. Refez o trajeto mais umas duas vezes, até esticar o braço e alcançar a proteção para as suas mãos de pele delicada. Pegou o detergente com uma das mãos e a esponja com a outra, montando mentalmente um esquema logístico para aquele trabalho designado para si.

— Pense menos e trabalhe mais, Junsuk — a voz de Hyunji soou na cozinha, tirando o moreno de seus pensamentos. — Preciso de pratos limpos!

— Ah, sim, claro. — E então, Junsuk colocou a mão na massa, mais precisamente na louça suja. Concentrou-se o máximo que podia, pois não queria fazer nada errado e acabar quebrando alguma coisa. No fundo, ele queria deixar o seu Onie orgulhoso.

Kotchu.

A voz doce de Yuri ecoou nos seus pensamentos, e Junsuk sorriu.

♣♦♠♥

Algumas horas depois, o restaurante já estava praticamente vazio. Taejoon encerrava as contas das mesas dos últimos clientes presentes, enquanto Yeonsu e Yuri terminavam de recolher a louça usada. Na porta do restaurante, estavam Aeri e Song KangHo, que parecia estar esperando justamente pela pessoa que acabara de surgir da cozinha, enxugando as mãos no avental.

— Kang Hyunji! — o crítico gastronômico chamou. — Queria lhe dar os parabéns antes de ir embora. — Song apertou uma de suas mãos. — A comida estava realmente deliciosa! Você é um cozinheiro muito talentoso.

— Ah, nossa... Obrigado, senhor Song! Fico feliz que tenha tido uma boa refeição. Espero que volte qualquer dia desses, será uma honra.

— Pode apostar que eu virei. E vou fazer uma bela resenha sobre este lugar no meu blog gastronômico.

— Muito obrigado, senhor Song! Muito obrigado mesmo! — Hyunji fez uma reverência, despedindo-se.

Yuri juntou-se a Taejoon quando passou por ali, naquele momento, e não deixou de sorrir ao ver o primo radiante. No final, tudo havia dado certo.

— Avise o Junsuk que estou de saída. — Aeri cruzou os braços na frente do peito.

— Ele ainda está ocupado — Yuri retrucou. — Ainda tem muita louça para ele lavar.

— Lavar? Vocês colocaram o CEO da empresa mais importante do país para lavar pratos?!

— Não se preocupe. — Yuri se apoiou na vassoura que tinha em mãos. — Ninguém nunca perdeu as mãos por mexer com um pouco de água e sabão. Se quiser esperar por ele, fique à vontade. — Apontou para uma das cadeiras vazias.

Aeri bufou, jogando os cabelos longos para trás, olhou para o relógio que tinha em seu pulso esquerdo e, depois, esticou o pescoço, para ver se conseguia ver algum sinal de Junsuk. Enquanto ela tentava se decidir, Yeonsu, Saem e Haebin se juntaram ao grupo, todos a observando com cara de desprezo.

— Diga a ele que pegarei um táxi. — Tentou manter a pose altiva.

— Sim, senhorita. — Yuri fez um aceno com a mão. — Tenha uma boa noite. — Sorriu, sarcástico.

Aeri apertou os lábios um no outro, ficando com o rosto todo vermelho, e virou de costas para ir embora, mas ouviu seu nome ser chamado:

— Aeri. — Era a voz de Yuri. — Já avisei e vou dizer novamente... Não se meta com o meu *hyung*.

Aeri ouviu aquilo ainda sem se virar, sentindo os olhares dos seis lhe perfurarem as costas. Seus planos tinham falhado. Pagou uma grande quantidade de dinheiro para os funcionários de Hyunji, fazendo-os desaparecerem no dia da inauguração. Queria ver o caos ser instalado e, por isso, ainda chamou o amigo de seu pai, achando que uma crítica desfavorável daquele profissional pudesse enterrar o restaurante antes mesmo de começar. Ela tinha tudo orquestrado, mas Kang Yuri não dançava conforme a valsa. Sem conseguir se virar para encará-los, Aeri seguiu seu caminho, entrando no primeiro táxi que avistou.

Yuri soltou o ar preso nos pulmões, apoiando as costas na parede próxima a si. Finalmente, e aos trancos e barrancos, a noite havia terminado.

— Hyunji, preciso ir. Meu marido e as crianças estão me esperando. Acha que consegue terminar as coisas sozinho? — Haneul perguntou, preocupada.

— Claro, pode ir.

— E ele não vai ficar sozinho — Yuri acrescentou. — Ele tem o restante da Liga da Justiça para ajudá-lo.

Todos olharam para o loiro, sem entender do que ele estava falando, e Kang apenas deu de ombros, rindo sozinho de sua piada interna.

— Boa noite, pessoal. Obrigada por tudo. — Haneul fez uma reverência, despedindo-se dos demais.

Nesse momento, Junsuk surgiu da cozinha, um tanto descabelado, com as mangas da camisa dobradas até os cotovelos, tentando desamarrar o avental molhado de sua cintura.

— Não estou sentindo meus dedos... — reclamou. — Mas acho que está tudo lavado.

— Obrigado, Junsuk. — Hyunji foi até o moreno, dando-lhe um abraço. — Na verdade, preciso agradecer a todos vocês. Eu jamais teria conseguido isso sem ajuda. Vocês foram incríveis.

— Que nada! — Yeonsu retrucou. — Incrível estava a sua comida.

Hyunji sorriu, satisfeito. Seu grande sonho havia sido realizado. As portas de seu restaurante estavam, agora, abertas, e ele estava cercado de pessoas queridas. O sentimento de satisfação parecia inundar todo o corpo do cozinheiro, fazendo-o transbordar em forma de lágrimas, que agora escorriam pelo seu rosto.

— Vamos comemorar! — anunciou Yuri, que tinha ido até a cozinha e agora estava com uma garrafa de champanhe em mãos. — Acho que merecemos, depois dessa noite cheia de emoções. Hyunji, pegue as taças!

— Ah, não! — Junsuk protestou. — Ninguém mais vai sujar louça hoje!

As risadas ecoaram altas no restaurante.

— Não se preocupe, Junsuk — Hyunji o confortou, enquanto pousava as taças na mesa. — Eu mesmo lavo o que sobrar amanhã.

Um estalo foi ouvido, seguido do barulho da rolha acertando o teto do estabelecimento. Em seguida, Yuri serviu a bebida nas taças, e cada um pegou uma para si.

— Um brinde ao Hyunji e ao seu novo restaurante! — Kang celebrou.

— Esperem! — Taejoon gritou, assustando os que estavam à sua volta. — E-eu... gostaria de falar algumas palavras.

Junsuk entendeu na hora o que ele queria dizer: seu grande amigo de infância tinha encontrado o momento certo.

Taejoon parecia nervoso. Ele enxugava as mãos na lateral da calça e não conseguia manter o olhar fixo em nada. Hesitante, deu alguns passos até ficar em frente ao seu namorado, que, assim como os outros, estava curioso para saber o que tanto ele tinha para dizer.

— Hyunji... — Taejoon limpou a garganta antes de continuar. — Estou muito feliz de estar aqui, esta noite, com você. Mais feliz ainda por ter me deixado fazer parte desse seu sonho. Mais do que ninguém, desejo que você consiga realizar tudo o que quiser nesta vida. E gostaria que me permitisse estar ao seu lado para ver tudo isso de perto. — Suspirou, escolhendo as próximas palavras que usaria. — Meu amor, eu sei que pode não ser o momento mais perfeito, sei que talvez você gostaria que estivéssemos cercados de flores ou que estivéssemos menos suados, mas... aqui, na presença dos nossos amigos, eu gostaria que você me respondesse...

Taejoon, então, desceu um dos joelhos, até que este encostasse no chão, e Hyunji entreabriu os lábios com a surpresa, já entendendo o que estava prestes a acontecer. Largou a taça na mesa e deixou que sua mão fosse pega pelo seu namorado, que buscava algo em seu bolso do casaco.

— Hyunji... — Ele mostrou uma pequena caixa de veludo vermelho. — Você quer se casar comigo?

O cozinheiro cobriu a boca com uma das mãos, enquanto lágrimas escorriam sem controle nenhum. Yeonsu, Saem e Haebin se abraçaram, achando aquele momento a coisa mais linda e sincera do mundo.

Junsuk mantinha suas mãos nos bolsos da calça, sorrindo largamente, todo orgulhoso do seu *hyung*. Ele podia achar que aquele não era o lugar mais "apropriado", mas havia encontrado o momento perfeito.

— Sim, Taejoon. Eu aceito!

E então, gritos de comemoração tomaram conta daquele local. Taejoon se levantou, abraçando seu, agora, noivo fortemente pela cintura, fazendo-o levantar-se levemente do chão.

E ali, naquele momento único dos dois, olharam-se carinhosamente. Hyunji segurou o rosto de Taejoon com as mãos, fazendo carinho com os polegares na pele lisa, e com cuidado, puxou-o, até que seus lábios se encontrassem, selando aquele compromisso.

— E vivam os noivos! — Yuri celebrou novamente, fazendo com que todos se unissem em um grande abraço. Os sete, como se fossem uma família, abençoando aquela união.

Ao se separarem, Taejoon abriu a pequena caixa, tirando de dentro dela duas alianças douradas, tomou a mão de Hyunji e, um pouco sem jeito, colocou um dos anéis em seu dedo. Igualmente fez o outro, tendo, ainda, o cuidado de dar um selar no anel recém-colocado de seu noivo.

— Vamos brindar! — Junsuk levantou a sua taça.

— Aos noivos! Que eles sejam felizes para sempre! — Yuri completou.

E assim, todos pegaram as suas taças, erguendo-as, em homenagem ao casal.

A alegria havia contagiado a todos, que sorriam e bebiam, em comemoração a tudo o que tinha acontecido naquele dia. O sentimento de dever cumprido e alívio fazendo-os leves mais uma vez.

Yeonsu, Haebin e Saem se despediram pouco depois, prometendo que compareceriam a um jantar especial na casa de Hyunji.

Taejoon abraçou seu noivo por trás, pousando a cabeça em seu ombro, fazendo o outro perceber quão cansado ele estava.

— Bom... Acho que chega por hoje, não é mesmo? — Hyunji pousou a taça vazia em uma das mesas.

— Pode ir, *hyung*. Eu termino de fechar o restaurante para você.

— Vou aceitar, Yuri. Meus pés já não estão mais me aguentando. Nos falamos amanhã. — Hyunji abraçou o primo carinhosamente. — Obrigado mais uma vez. Você salvou a noite... — Os dois sorriram um para o outro. — E você, Junsuk, trate de deixar o meu menino na porta de casa. Não quero ele andando por aí, sozinho, a essa hora.

— *Hyung*! — Yuri protestou.

— Pode deixar. Eu não tinha a intenção de abandoná-lo.

— Não esperava menos de você, Junsuk.

Taejoon e Hyunji saíram do restaurante, caminhando de mãos dadas pela calçada já vazia.

Yuri se levantou da cadeira, dando as costas para Junsuk, juntou as taças que tinham sido usadas no brinde e fez menção de deixar o local, mas o moreno o segurou pelo pulso.

— Onie... — O loiro ainda não olhava para ele. — Precisamos conversar.

50

— Não podemos deixar isso para amanhã, Junsuk? — Yuri respondeu ainda, de costas para o moreno. — Estou tão cansado, queria apenas um banho quente e dormir.

— Coração... olhe para mim — o moreno pediu, soltando o pulso do outro. — Por favor.

Yuri suspirou, soltando todo o ar que tinha nos pulmões, tentando mexer os pés para a direção contrária. Tinha se preparado para aquele momento antes de ir até o restaurante, mas não esperava que o dia terminasse daquele jeito. Lidar com todos os problemas daquela inauguração tinha sido exaustivo, tanto físico quanto mentalmente, e uma DR agora só o deixaria ainda mais cansado.

Mas também não podia fugir. Seu coração, ainda que magoado, pedia para que ele ouvisse o outro. Percebia toda a aflição de Junsuk não apenas ao ouvir sua voz o chamando, mas também nos seus olhos, que o acompanharam por toda aquela noite. Como um bom advogado, sabia que toda história tinha dois lados, sendo eles opostos ou não.

Yuri pegou a garrafa de champanhe e virou o que restava em uma taça. Em seguida, esticando-se nas pontas dos pés, sentou-se no tampo da mesa, colocando os dois pés na cadeira logo à frente e apoiando os braços nas coxas, finalmente olhando para Junsuk.

O moreno desviou do olhar intenso, agora um pouco mais nervoso, tentando encontrar o melhor caminho para começar aquela conversa. Para ele era muito mais fácil presidir uma reunião com dezenas de fornecedores do que enfrentar aqueles olhos que transbordavam confiança.

— Yuri, sobre aquela manhã, no seu apartamento... eu queria te pedir desculpas. Jamais deveria ter olhado as mensagens do seu celular.

— Aquilo foi muito errado, Junsuk. Eu me senti invadido. Mesmo estando em um relacionamento, isso não te dá o direito de bisbilhotar as minhas coisas.

— Foi sem querer, eu juro! Aquelas mensagens foram aparecendo, uma atrás da outra, bem abaixo dos meus olhos. Foi mais forte do que eu. Quando vi, já tinha lido. Me perdoa, coração!

Junsuk tentou se aproximar do outro, mas Yuri empurrou a cadeira em que seus pés estavam apoiados, delimitando a distância, impedindo que ele chegasse mais perto.

— O pior nem foi isso. — Yuri abaixou a cabeça. — Eu até posso entender que você viu sem querer, mas não acredito que desconfiou de mim! Você duvidou da minha lealdade.

Junsuk apertou o encosto da cadeira que os separava com força, até os nós dos dedos ficarem esbranquiçados, e engoliu a saliva presa em sua garganta, sentindo o coração pulsar dolorosamente.

— Não duvido de você, Yuri! — a voz saiu trêmula. — Eu... eu só perdi a cabeça. Fiquei com ciúme. O que você queria que eu pensasse? As mensagens diziam que vocês estavam em contato, que sairiam juntos e se encontrariam "no lugar de sempre". Se fosse o contrário, como você reagiria?

— Aquelas mensagens estavam todas fora de contexto. — Yuri virou o rosto.

— Mas me diz... o que sentiria se fosse você no meu lugar?

— Está tentando virar o jogo contra mim?

— Não é isso... só estou tentando fazer você entender o porquê reagi daquela maneira. — Junsuk soltou a cadeira que ainda segurava. — Yuri... eu te amo tanto, que só de pensar em alguém tentando chegar perto de você, me deixa louco.

— Esse ciúme é totalmente irracional, Junsuk. Eu nunca te dei motivos para desconfiar da minha fidelidade. E mesmo tendo a minha consciência tranquila, me senti culpado. Conversei com Woobin, expliquei que estava saindo com outra pessoa e que não poderia corresponder aos seus sentimentos.

— E ele?

— Ele entendeu.

Junsuk suspirou, aliviado. Não queria que Yuri tivesse se sentido culpado por aquilo, mas não podia negar que ficou feliz por ele ter colocado um ponto final.

— Que bom. Eu já estava quase indo tirar satisfações com ele.

— E expor o nosso relacionamento para quem não precisa saber? — Yuri se irritou. — Você precisa aprender a controlar seus impulsos. Ao mesmo tempo que você aparenta ser totalmente racional, às vezes parece que deixa seu lado primitivo falar mais alto! Você tem que entender que, enquanto não pudermos assumir nosso namoro, outros homens e mulheres, eventualmente, poderão agir como o Woobin. E "tirar satisfações" com eles só vai me mostrar o quanto não confia em mim. Não é porque você já traiu que eu faria a mesma coisa!

Yuri se arrependeu de ter dito aquilo assim que as palavras escaparam de sua boca. Jogar na cara as falhas de uma pessoa não era nada legal. E aquela não tinha nem sido a primeira vez que havia feito isso com Junsuk. Sentiu seu estômago embrulhar de remorso quando viu o outro deixar os ombros penderem com a cabeça.

— Me desculpa... — Yuri pediu baixinho. — E-eu... eu não quis dizer isso. Só estou tentando dizer que jamais te trairia. — O loiro esfregou o rosto com as mãos, frustrado. — Meus pais me ensinaram que a confiança é um dos sentimentos mais importantes em um relacionamento, seja entre pais e filhos ou amantes. Quero que saiba que, se assumi um relacionamento com você, eu vou honrá-lo.

— Onie, eu não tenho muita experiência com o amor. E você bem sabe que o meu relacionamento com a Aeri era todo errado desde que começou. Mas traí-la nunca tinha passado pela minha cabeça... até conhecer você. — Junsuk percebeu o quanto aquilo afetava Yuri. O peso que ele próprio havia depositado em suas costas era praticamente palpável.

— Você não sabe o quanto isso ainda me perturba, Junsuk. — Yuri tomou um pequeno gole do champanhe, passando a mão no cabelo, jogando-o para trás. — Mesmo com todas as coisas que a Aeri fez até agora, ela não merecia ter sido enganada desse jeito. E mesmo que eu não soubesse que vocês estavam juntos, não consigo parar de me culpar por ter me envolvido com um homem comprometido.

— Você se arrepende? — O moreno ficou apreensivo.

Yuri encarou os olhos escuros à sua frente, apertando os lábios cheios um no outro, fazendo Junsuk ficar ainda mais nervoso. O ar do restaurante pareceu mais frio, e a sensação era de que o tempo havia parado. Mas Han sentiu a força das pernas falharem, e soltou um suspiro de alívio alto quando

Yuri balançou a cabeça de um lado para o outro, negando a pergunta que havia ficado no ar.

— E é isso que me perturba tanto! — Yuri bufou, frustrado. — Mesmo sendo totalmente errado, mesmo ela tendo prejudicado o Yeonsu e quase destruído o sonho do Hyunji... mesmo assim... eu não conseguiria abrir mão de tudo o que nós vivemos até agora. Eu poderia ter ido embora naquele momento em que a Aeri entrou no escritório e se sentou no seu colo. Poderia ter abandonado tudo e voltado para os Estados Unidos, onde eu tinha uma vida estável e confortável. — O loiro levou a mão até o peito, apertando a camisa entre os dedos. — Mas meu coração não deixou.

— Eu sinto muito por isso, Onie. Sinto muito por ter causado tudo isso. Você não merecia ter sido colocado nessa situação. — Junsuk sentiu os olhos se umedecerem.

— Não se martirize tanto. Também sou responsável por estar aqui nesse momento. — Yuri soltou o ar pelo nariz. — E agora a minha consciência pesa ainda mais, pois estou aqui discutindo o meu relacionamento com um cara que acabou de assumir que ainda está noivo.

— Onie... sobre a coletiva de imprensa... — O CEO limpou a garganta. — Aquilo foi uma emboscada. Não era para Aeri aparecer, muito menos se pronunciar depois do encerramento da entrevista.

Yuri continuava a olhar para ele, com o rosto sem expressão.

— Eu não estava preparado, jamais desconfiaria que ela desmentiria o cancelamento do noivado embaixo do meu nariz, na frente de toda aquela gente.

— Ah, Junsuk... — Yuri revirou os olhos. — É óbvio que ela faria isso apenas na presença de muita gente. Ela sabe que você jamais se colocaria em um escândalo público, principalmente na frente do seu pai. Ela sabia que ninguém a contestaria naquela situação.

— Não sei o que está acontecendo com ela, Yuri. Eu sei que Aeri sempre quis as coisas do jeito dela, mas nunca imaginei que pudesse jogar tão sujo assim. Não é possível que alguém faça isso apenas por ciúme.

— As pessoas fazem coisas inacreditáveis quando estão obcecadas, seja por algo ou por alguém. Nunca subestime a maldade e a ganância do ser humano.

— Yuri, admito que compactuei com essa farsa, mas foi porque era a única solução naquele momento. Eu não consegui pensar em mais nada. A empresa da minha família estava em risco.

Kang passou as mãos pelos cabelos loiros, jogando-os para trás e pousando as duas mãos em sua nuca. Sua cabeça dava voltas, tentando processar os sentimentos confusos.

— E é exatamente isso o que eu falei — Junsuk continuou. — Foi só uma cena. É tudo uma farsa.

— Se tudo foi só uma cena, por que você chegou aqui com ela? — Yuri o encarou, magoado, vendo o moreno suspirar de remorso.

Han não respondeu, só enfiou as mãos nos bolsos da calça, enquanto olhava para os próprios sapatos.

— Está vendo, Junsuk? — Yuri tomou o resto do champanhe de sua taça, colocando-a ao seu lado. — É esse o seu problema! — Junsuk levantou a cabeça para olhar o outro. — Você é facilmente manipulado.

— Manipulado?

— Sim! Não vê que você sempre se molda de acordo com as vontades de seu pai? Que você deixa a Aeri te fazer de gato e sapato por medo de ter o seu reino destruído? Você nem sequer está fazendo algo para impedir isso, está apenas desviando das pedras que são atiradas na sua direção. Você precisa tomar as rédeas da sua vida, Junsuk, ou vai perder tudo por causa desse medo de ser quem você é.

Han abaixou o olhar, tentando suportar o peso daquelas palavras; puxou uma cadeira e sentou-se nela, apoiando os cotovelos nas coxas, enquanto as mãos sustentavam a cabeça. Yuri estava certo novamente. Sem que se desse conta, estava tendo a vida manipulada pelas pessoas ao seu redor, tentando satisfazer os desejos alheios ao invés dos próprios. Aquela pose clichê de CEO era apenas uma armadura que escondia alguém de alma frágil.

O loiro sentiu uma pontada no coração ao ver seu amado parecendo tão desamparado. Queria ir até ele, afagar seus fios escuros e beijar-lhe a testa, mas Junsuk precisava ser confrontado. Uma pessoa precisava mostrar as rachaduras que havia na outra, para que ela mesma pudesse fazer o remendo, antes que alguém resolvesse demolir.

— Kotchu... — a voz de Yuri soou mais branda. — Você sabe que, se estou dizendo isso, é porque me importo com você.

— E será que eu mereço? Pois parece que sempre erro tentando fazer o certo. — Junsuk puxou os cabelos entre os dedos. — E eu erro tanto... principalmente com você, Yuri.

— Todos nós erramos... mas uma hora a gente precisa aprender com os erros.

O silêncio prevaleceu no restaurante. Os dois, sentados de frente um para o outro, mas a uma certa distância, refletiam sobre tudo o que tinha sido dito. Era óbvio o cansaço que invadia os dois corpos, mas ambos sabiam que ainda nada tinha sido resolvido.

— E como nós dois ficamos? Como vai ser daqui para a frente? — Junsuk perguntou, esfregando as mãos nas coxas, enquanto olhava para o chão.

— Me diga você, Kotchu.

— Yuri, para mim nada mudou. Eu te amo mais a cada segundo que passa. Quero continuar do jeito que estamos, quero que você continue sendo meu namorado.

Kang pendeu a cabeça para trás, girando os ombros para tentar relaxar os músculos tensos. Suspirou profundamente, antes de voltar para a mesma posição e olhar para Junsuk.

— Eu não tenho problemas em ter um relacionamento escondido. Não me importa se todo mundo sabe ou apenas nós dois. Mas me incomoda demais estarmos namorando enquanto o resto do mundo acha que você vai se casar com outra pessoa.

— Mas não vou me casar com ela. — Junsuk se levantou da cadeira. — Eu ainda não sei como, mas vou dar um jeito de colocar um ponto final nessa história de uma vez por todas. Não vou deixar que ela tire de mim as coisas mais importantes da minha vida: você e a empresa da minha família.

Han deu alguns passos para a frente, determinado, tirou a cadeira que separava os dois e, depois de um momento de hesitação, tomou Yuri entre seus braços.

— Eu ainda não sei como fazer isso, Onie, mas peço apenas que não me deixe. Fica comigo.

Junsuk circundava o corpo menor com firmeza, com medo de que Yuri se afastasse, e encostou a cabeça no ombro dele, aspirando profundamente o perfume que ainda persistia na pele.

Yuri retesou o corpo quando sentiu o outro se encaixar entre suas pernas, abraçando-o. Queria permanecer firme, mas seu corpo amoleceu quando o moreno sussurrou em seu ouvido:

— Me perdoa, Onie... Fica comigo.

Junsuk sentiu o loiro menos tenso. Lentamente, os braços de Yuri se moveram, até que as mãos tocassem o centro das costas do outro. Han aninhou-se ainda mais no vão entre o ombro e o pescoço de Kang, sentindo uma das mãos subir, até que os dedos pequenos se infiltrassem nos fios escuros.

O tempo parou novamente. Tudo era silêncio. Nem o barulho persistente de uma das lâmpadas, que estava começando a deixar Yuri irritado, importava mais.

Não se sabe o quanto se passou, mas foi tempo suficiente para que os corações de ambos parassem de bater em sincronia, para que a temperatura dos corpos se tornasse uma e para que sorrisos se formassem nos rostos de ambos.

Junsuk se sentiu aliviado por, finalmente, ter Yuri nos seus braços novamente. E o loiro decidiu que tentaria esquecer suas inseguranças, pois não queria abrir mão daquele homem que tanto amava.

Aos poucos e sem muita vontade, Han soltou o abraço apertado, afastando-se o suficiente, apenas para poder olhar novamente para o rosto daquele ser angelical. As mãos grandes tomaram o rosto de Yuri com delicadeza, com os polegares roçando levemente nas bochechas coradas. Trouxe o outro para mais perto, até que seus lábios encostassem na testa dele, plantando um beijo carinhoso e demorado.

— Eu te amo, Onie.

Kang suspirou, já começando a se entregar aos toques do mais alto, e fechou os olhos, sentindo os lábios finos se arrastarem pela sua pele, deixando mais um selar em um dos olhos e depois na ponta do nariz arrebitado.

— Eu te amo também, Kotchu.

Os dedos de uma das mãos de Junsuk deslizaram pela mandíbula marcada de Yuri, provocando arrepios na pele ansiosa por mais contato. O moreno segurou o queixo do outro entre o polegar e o indicador, fazendo-o abrir os olhos.

— Sei que foram poucos dias, mas eu senti tanto a sua falta. — Junsuk percorria os olhos por cada pedacinho do rosto de Yuri, como se quisesse matar a saudade que sentiu até aquele momento.

Yuri sorriu, até que seus olhos se fechassem, fazendo Han suspirar ainda mais apaixonadamente por aquele homem à sua frente.

— Também senti, Kotchu. E eu...

Kang nem conseguiu terminar de falar, pois Junsuk cobriu seus lábios fartos com os dele, segurando-o pela nuca.

Yuri envolveu a cintura modelada do outro com as mãos, apertando a carne sob a roupa de Junsuk, que, com o toque, instintivamente, puxou os lábios do loiro entre seus dentes, arrancando um gemido baixo seu.

No momento seguinte, as línguas já se tocavam, deixando ambos sentirem, mais uma vez, o gosto doce da paixão.

Entre o beijo intenso, Junsuk pousou as mãos nas pernas de Yuri, subindo perigosamente em direção à virilha, apertando entre os dedos as coxas fartas do outro.

A boca de Kang se desgrudou dos lábios do outro, descendo, aberta, pelo pescoço do moreno, até sugar com vontade a pele daquela região.

Em reflexo, Junsuk puxou-o para mais perto, cravando as unhas curtas em sua bunda, fazendo os membros se encostarem levemente.

Provocador do jeito que era, Kang não ajudou em nada, rebolando, fazendo o moreno soltar um gemido abafado.

Han suspendeu o corpo de Yuri da mesa, fazendo-o pousar os pés no chão. E enquanto as bocas se encontravam novamente, as mãos do maior subiram pela lateral do corpo do outro, infiltrando-se, sem pudor, por baixo da camisa de Yuri, sentindo a pele quente se arrepiar. Mas antes que pudesse ir mais longe, o loiro o empurrou levemente para trás, interrompendo os toques, que ficavam cada vez mais intensos.

— Aqui não, Kotchu... — Yuri arrumou as roupas, ajeitando o cabelo que tinha ficado um tanto bagunçado.

— Tem razão! Eu estava com tanta saudade, que meu corpo simplesmente perdeu o controle quando encostou no seu.

Yuri sorriu, aproximando-se novamente, afastando alguns fios escuros que caíam sobre a testa de Junsuk, e carinhosamente, selou os lábios do moreno, fazendo-o fechar os olhos, entorpecido com todas as sensações que Yuri lhe proporcionava.

— Me leva para casa? — pediu.

— Mas é claro, coração. — Junsuk deu um sorriso largo, tocando a ponta do nariz do loiro.

Os dois ajeitaram as cadeiras que haviam tirado do lugar e levaram as taças usadas, momentos atrás, para a cozinha. Yuri conferiu se tudo estava em ordem e se todas as luzes estavam apagadas, antes de trancar a porta principal do restaurante de seu primo.

Junsuk segurou delicadamente a mão de Yuri, entrelaçando os dedos, enquanto o conduzia até o seu carro, estacionado um pouco mais à frente. Destravou as portas e, antes que o loiro pudesse entrar, puxou-o novamente para si, encostando-o na lataria de seu Maserati preto, roubando mais um beijo de tirar o fôlego.

Quando o beijo foi quebrado, Yuri olhou para ambos os lados da rua, procurando testemunhas daquele ato impulsivo do namorado, e ficou totalmente corado, quando percebeu que um casal de senhores os observava do ponto de ônibus que ficava do outro lado da rua.

Junsuk sorriu maliciosamente para o loiro, deixando-o ali, envergonhado, enquanto dava a volta para entrar no lugar do motorista. Yuri rapidamente também entrou no veículo, e suspirou, aliviado, pelo fato das janelas terem películas escuras. Se não fosse por isso, com certeza o casal de idosos poderia enxergar seu rosto vermelho.

— Anda logo, Kotchu! — o loiro o apressou, como se o carro em movimento pudesse dissipar seu constrangimento.

Junsuk acelerou, mas não resistiu e deu duas pequenas buzinadas, ao passar pelo casal no ponto de ônibus, ganhando alguns tapas do homem ao seu lado, que ficava cada vez mais vermelho.

Pouco tempo depois, Han encostou seu carro em frente ao prédio em que Yuri morava, e o loiro, imediatamente, soltou o cinto, já se preparando para sair.

— Ei, não vai me chamar para subir? — Junsuk parecia surpreso.

— Hoje não, Kotchu. — Yuri deu dois tapinhas na coxa do outro.

— M-mas... eu achei que...

— Eu disse que estava cansado. E se você subir, nós dois sabemos que dormir seria a última coisa que faríamos.

— Poxa… prometo me comportar. Só me deixa dormir do seu lado. — Fez um biquinho. — Pode confiar!

— Eu não confio em mim, Junsuk. — Yuri riu. — Eu realmente preciso descansar, me perdoe. Amanhã vou viajar para a China.

— China? Como assim?

— É isso mesmo. Vou amanhã logo cedo. Preciso ir até o banco para onde as transferências de dinheiro da sua empresa foram feitas. Eu não consegui convencê-los, por telefone, a me mandarem uma cópia dos documentos que sumiram, então vou até lá pessoalmente.

— Eu vou com você.

— Não vai, não.

Junsuk franziu as sobrancelhas.

— Preciso que fique aqui e tome conta da Aeri. Não diga nada a ninguém, apenas Taejoon e Yeonsu sabem dessa viagem — Yuri pediu.

— Bom... Então, me deixe levá-lo no aeroporto, pelo menos?

— Não precisa, já combinei com o motorista.

Junsuk estava obviamente decepcionado, mas faria como seu amado queria.

— Vou sentir saudade... de novo.

— Eu também, meu amor. Mas eu volto em dois dias, vai passar rápido.

Yuri segurou o rosto do namorado com as duas mãos, puxando-o para um último beijo, encerrando aquela noite conturbada.

— Me avise quando chegar em casa.

— Aviso.

— Eu te amo, Kotchu.

— Também te amo, Onie.

E assim, sorrindo e mais leves do que quando acordaram naquele dia, os namorados se despediram. Yuri saiu do carro e foi em direção ao portão de seu prédio, desaparecendo de vista.

51

Yuri acordou mesmo antes de seu despertador tocar, e se sentindo um pouco mais disposto, se levantou da cama, animado, para se preparar para uma nova viagem.

De banho tomado e vestido elegantemente para a reunião marcada para aquele mesmo dia, com o presidente de um dos principais bancos da China, Yuri recolheu os últimos itens que precisaria, colocando-os na mala pré-arrumada, que estava em cima do sofá.

Ainda não sentia fome, então resolveu deixar para comer alguma coisa no aeroporto, enquanto aguardava o embarque.

O interfone tocou assim que o zíper da mala se fechou, anunciando a chegada do mesmo motorista que o havia levado na ocasião da viagem ao Japão.

Sem trocar muitas palavras durante o percurso, Kang aproveitou para se organizar para a reunião, revisando documentos que apresentaria e passando mentalmente suas falas para o presidente da instituição chinesa.

Mal havia se dado conta de que tinha chegado ao aeroporto, e se assustou com a sua porta sendo aberta pelo motorista, que dava passagem para que ele saísse do carro.

Puxando sua mala de rodinhas pelo chão liso do aeroporto, o loiro não teve dificuldades em achar rapidamente onde deveria fazer o seu *check-in*. Apresentou o passaporte à atendente simpática, que lhe entregou seu cartão de embarque assim que a bagagem foi despachada, e cruzou os dedos, torcendo para que, dessa vez, a mala não fosse extraviada.

Kang comprou um café com leite e o jornal do dia, caminhando, sem muita pressa, para a área de embarque. Mas antes que pudesse passar para aquela área reservada, ouviu seu nome ser chamado pelo saguão do aeroporto:

— Yuri!

Era Junsuk, que corria em sua direção, como uma criança atrás do carrinho de sorvetes. Ele parecia não se importar muito de estar chamando um pouco de atenção para si, enquanto Yuri queria se esconder atrás de alguma pilastra.

— Kotchu, o que está fazendo aqui?! — perguntou, indignado, assim que o outro o alcançou. — E que escândalo todo é esse?

— Ah... me desculpe por isso. — Junsuk coçou a nuca, meio sem graça. — Eu tentei ir direto para a empresa, mas não resisti. Tive que vir até aqui para te ver.

Yuri suspirou, baixando os ombros, rendido com o namorado tão adorável. Ele estava ali, vestido com um terno caro, mas ao invés de parecer um homem de negócios, parecia um adolescente apaixonado. As mãos nos bolsos, um sorrisinho nos lábios e os olhos brilhantes. Irresistível.

— Bom, agora que já me viu, vá para a empresa.

— O quê? Sem nenhum beijinho? — Junsuk arregalou os olhos.

— Você está maluco? Estamos no maior aeroporto do país, tem gente e câmeras por todos os lados. Você não é um anônimo qualquer, alguém pode te reconhecer.

— Poxa... mas eu vim até aqui... — Fez um biquinho.

— Ah... — Yuri bufou.

O loiro olhou para os dois lados, observando a movimentação do saguão, puxou Junsuk pela lapela, até que ambos estivessem escondidos atrás de uma coluna de sustentação do aeroporto, e ainda com muito receio, satisfez o desejo do namorado, selando os lábios do moreno brevemente.

— Mais um — o moreno pediu, ao abrir os olhos.

Yuri tentou se afastar, mas Junsuk o segurou pela nuca, beijando os lábios fartos mais uma vez.

— Controle-se, Kotchu. — Yuri empurrou o moreno levemente, tentando esconder o sorriso de satisfação. — Eu preciso entrar, meu embarque está próximo.

— Está bem... — Han se rendeu, ajeitando um pouco os cabelos e o nó da gravata. — Me deixe pelo menos entregar um presente.

— Presente?

Junsuk acenou com a cabeça, abrindo o lado esquerdo do paletó e tirando, de dentro do bolso interno, um lírio branco.

— Ah, Junsuk! É lindo! — Sorriu com a delicada surpresa. — Mas não vão me deixar passar com uma flor pelo embarque.

— E é por isso mesmo que ela é de plástico! — O moreno riu, entregando o lírio nas mãos do outro. — Assim, você poderá ficar com ela durante toda a viagem e se lembrar de mim cada vez que a ver.

— Não acredito que você pensou nisso! Muito esperto! — Yuri acariciou as pétalas da flor. — Obrigado, meu amor. Adorei.

— Que bom! Então, já que não vou ganhar mais nenhum beijo... boa viagem, Onie.

— Te recompenso na volta. — Yuri piscou.

Junsuk sorriu e deu as costas para o namorado, indo em direção à saída do aeroporto, mas sentiu seu braço ser segurado, impedindo que continuasse andando.

— Esqueci uma coisa — Yuri disse, despertando a curiosidade do moreno. — Me passa o telefone e o endereço do seu irmão. Estou pensando em fazer uma visitinha para ele.

— Yuri... tem certeza?

— Sim. — Estava decidido. — Depois da minha reunião com o presidente do banco, vou ter algum tempo livre, e gostaria de trocar algumas palavras com seu irmão.

Junsuk soltou o ar pelas narinas, ainda pensando se aquilo era uma boa ideia. Não falava com seu irmão desde o ano passado, e talvez fosse um pouco estranho que esse novo contato fosse feito por um auditor da empresa.

— Está bem. — O moreno tirou o celular do bolso, entrando em seus contatos e enviando a Yuri todos os dados que tinha de Junwoo. — Você deve saber o que está fazendo, então só me mantenha informado de tudo, por favor.

— Pode deixar — o loiro devolveu, checando se havia recebido a mensagem. — Te dou notícias sempre que possível. Não se preocupe.

Junsuk sorriu, um pouco sentido por ter de ficar mais alguns dias sem Yuri, e deu alguns passos para trás, acenando, enquanto o outro passava pelo portão de embarque. Depois, apressou-se para ir em direção ao carro, pois já estava um pouco atrasado para a reunião que havia marcado com Taejoon.

♣♦♠♥

Durante a noite, o moreno não conseguiu pegar no sono direito. Todas as coisas que Yuri havia dito ficaram passando pela sua cabeça. Ele sabia que, para não perder seu namorado, deveria começar a agir diferente e achar uma saída para toda a confusão que Aeri estava criando dentro e fora da empresa.

E em plena madrugada, entre os lençóis bagunçados de sua cama, teve uma ideia que poderia, temporariamente, afastar a ex-noiva das decisões da empresa. Sem levar em consideração o horário, enviou uma mensagem para Taejoon, marcando a reunião para as primeiras horas do expediente.

Na manhã seguinte, Junsuk estacionou seu Maserati na garagem do prédio e subiu até o último andar do elevador, dando de cara com seu amigo de infância quando as portas da cabine se abriram.

— Está atrasado! — Taejoon olhou para o relógio em seu pulso.

— Eu sei. Me desculpa, mas tive que fazer algo antes de vir para cá. — Ele saiu do elevador, andando até a sua sala, enquanto era acompanhado pelo advogado. — Yangi Mi — chamou a secretária quando passou por sua mesa. — Sabe se a senhorita Aeri já chegou?

— Ainda não, senhor. Ela deixou um recado, dizendo que estaria ocupada pela manhã e que viria para cá apenas na parte da tarde — respondeu prontamente.

— Ótimo. Me traga todos os documentos que foram pauta da última reunião da diretoria — ordenou, já entrando em sua sala. — Ah, e traga um café para nós também, por favor.

— Sim, senhor Han.

Enquanto Yangi Mi providenciava os pedidos de seu chefe, os dois amigos entraram no escritório do CEO, acomodando-se um de frente para o outro, na grande mesa de vidro.

— Como passou a noite, Taejoon? — Deu uma piscadinha para o outro, sorrindo maliciosamente.

— Bem, meu pequeno Sukie. Muito bem — Taejoon respondeu. Sorrindo também.

— Que bom! Você está com uma cara ótima.

— Pois é, mesmo tendo acordado assustado com uma mensagem de um amigo em plena madrugada.

— Me desculpe por isso. Peça desculpas para o Hyunji também — disse, envergonhado. — Mas é que era muito importante. Precisava falar com você assim que chegássemos aqui. Lembrei de algo que pode nos ajudar a ganhar algum tempo, afastando a Aeri do seu cargo.

Yangi Mi entrou na sala, levando uma pequena bandeja com duas xícaras de café e uma pasta embaixo de um dos braços. Colocou as bebidas sobre a mesa e entregou os documentos que tinham sido solicitados, saindo imediatamente depois, dando privacidade aos dois executivos.

Junsuk deu um gole na bebida amarga, abrindo, ao mesmo tempo, a pasta com os documentos da última reunião, e Taejoon ficou observando-o folhear os papéis com atenção, até que o amigo suspendeu uma das folhas no ar.

— Achei! — comemorou.

— Do que se trata, Junsuk? Não estou entendendo.

Han ficou ainda em silêncio, lendo com cuidado as letras miúdas do documento que tinha em mãos. Parecia estar procurando algo pouco óbvio, pois mal estava prestando atenção no que Taejoon dizia.

— Eu sabia! — Ele estendeu o documento para o amigo.

— Esta é a declaração de Wonshik autorizando a passagem de suas ações para a filha? O que tem demais nisso? — O advogado ainda não estava entendendo.

— Taejoon, olhe com atenção, segundo parágrafo.

— *Eu, Im Wonshik* — começou a ler o documento em voz alta —, *como sócio desta empresa e em posse de 20% das ações válidas, concedo a custódia destas para Im Aeri...* — Taejoon pausou, pensando nas últimas palavras que leu, e como se uma luz se acendesse, voltou seu olhar, surpreso, para Junsuk. — *Custódia!* — alarmou-se.

— Bingo! — Junsuk sorriu. — Entende agora o que eu quero dizer?

— Como é que não percebemos isso antes? Está claro, neste documento, que Im Wonshik apenas concedeu as ações temporariamente à filha. O processo de passar para o nome dela ainda não foi feito. — Taejoon se recostou na cadeira, lendo o papel mais uma vez, surpreso por terem se dado conta apenas agora.

— Foi um dia agitado. — Junsuk passou as mãos pelos cabelos. — Aeri chegou na reunião de surpresa, jogando todas aquelas acusações em cima de mim, Yuri e Yeonsu. Estávamos pressionados e não nos demos conta de que ela ainda não tinha posse das ações permanentemente. E pelo que eu saiba, eles ainda não entraram com o processo para que Aeri tenha as ações em definitivo.

— Bom... e o que você quer fazer com isso?

— Enquanto Wonshik não passar as ações para o nome dela, Aeri não pode exercer o cargo. — Sorriu para o amigo, satisfeito com sua descoberta.

— Genial! Mas, ainda assim, a família dela tem direitos sobre a empresa. Não ficarão afastados das decisões.

— Não importa. O que interessa é que vamos conseguir desarticular seja lá o que for que a Aeri esteja tramando. Mesmo que Wonshik volte a ocupar o seu lugar, pelo menos teremos algum tempo para pensar, assim como Yuri ganhará tempo para investigar mais a fundo.

— Muito bem. Vou fazer os trâmites necessários e avisar a todos que a Aeri está, temporariamente, afastada de suas funções.

— Queria só ver a cara dela quando souber — Junsuk disse entre os dentes. — Acha que pode nos fazer de bobos, mas não vai ser tão simples assim.

Taejoon sorriu, levantando-se para trabalhar naquela questão, despediu-se e saiu da sala, deixando Junsuk pensativo em sua mesa.

Aquilo seria apenas uma pequena distração. Provavelmente, Aeri estaria de volta em pouco tempo, e voltaria ainda mais vingativa.

Junsuk sentiu-se um pouco tonto, preocupado com os próximos passos que deveria dar, e recostou-se em sua cadeira de espaldar alto, fechando os olhos, tentando acalmar o coração acelerado por causa da adrenalina. Respirou fundo e voltou para a posição normal, tomando coragem para encarar o trabalho do dia. Concentrou-se e não viu as horas passarem. E em meio ao silêncio de sua sala, ouviu seu celular vibrar em cima da mesa. Pegou o aparelho em mãos e visualizou uma nova mensagem de Yuri:

Onie:
Junsuk, cheguei e já estou indo para o banco. A minha conexão com a internet não está boa, estou dependendo só do Wi-Fi. Então, não sei quando poderei mandar mensagem novamente. Está tudo bem, não se preocupe. Te amo.

O moreno imediatamente enviou uma mensagem de resposta, mas ela não foi visualizada. Yuri já deveria estar sem sinal, o jeito era esperar a próxima oportunidade.

♣♦♠♥

Junsuk almoçou no seu próprio escritório, pois não estava com vontade de sair e comer sozinho. Pediu um hambúrguer triplo, com muito queijo e bacon, acompanhado de batata frita e refrigerante. Podia não ser a melhor refeição a se fazer, mas decidiu que satisfaria seus desejos de comer porcarias.

Sem deixar nenhuma migalha para trás, jogou o lixo fora, lavou as mãos e escovou os dentes. Sentia um pouco de preguiça para retornar ao trabalho, mas suspirou fundo e voltou à sua mesa cheia de papéis. E quando retomou a escrita de um e-mail, a porta de sua sala foi aberta com força, fazendo um estrondo ao bater na parede:

— JUNSUK! — Aeri invadiu o escritório, aos berros. — QUE MERDA É ESSA? — Ela agitava uma folha de papel em uma das mãos.

— Ah, então você já recebeu a notificação — Han respondeu calmamente.

— QUE DIFERENÇA FAZ SE AS AÇÕES AINDA NÃO ESTÃO NO MEU NOME? AINDA ASSIM, EU ESTAVA RESPONDENDO POR ELAS E TENHO O DIREITO DE PARTICIPAR DA DIRETORIA!

— Em primeiro lugar, abaixe a voz. — O CEO fez um gesto com as mãos para que ela se acalmasse. — Teoricamente, nem a custódia você tem. O processo não foi continuado, e as ações ainda aparecem no nome de Im Wonshik. Então, quem tem algum direito de participar das decisões dessa empresa é o seu pai.

— Aposto que foi aquele auditorzinho de merda que fez isso, não foi? — retrucou, com os dentes cerrados.

— Se você está se referindo a Kang Yuri... — Junsuk disse, com uma expressão fechada. — Sugiro que use termos mais polidos para se dirigir à sua pessoa. E não, não foi ele quem fez isso. Eu mesmo achei essa brecha nesse seu plano de vingança descabido.

Aeri amassou o papel que tinha na mão, apertando os lábios para tentar conter a raiva que sentia.

— Você sabe que isso não vai levar mais do que alguns dias, não é mesmo? — Arremessou a bola de papel formada na direção de Junsuk.

— Não importa, só estou jogando do mesmo jeito que você.

— Muito bem, se é assim... — Aeri apoiou as mãos na mesa do CEO, inclinando o corpo até estar com o rosto próximo ao do moreno. — Escale os seus melhores jogadores.

— Os melhores já estão ao meu lado.

Aeri saiu, bufando, da sala, ainda se dando o trabalho de fechar a porta com força atrás de si.

Junsuk soltou o ar preso de seus pulmões, recostando-se em sua cadeira. Ficou satisfeito por ter, pelo menos temporariamente, tirado sua ex-noiva do caminho. Agora, precisavam correr contra o tempo e seguir com a investigação sobre o desvio de dinheiro, sem a intromissão dela.

O celular do CEO vibrou novamente em cima da mesa, com o nome de Yuri brilhando na tela:

Onie:
Junsuk, acabou a reunião. Tenho boas notícias. Agora, vou tentar ir atrás do seu irmão. Vou te ligar assim que voltar para o hotel, não deve demorar mais que algumas horas. Saudade. Te amo.

Han sorriu. Estava, finalmente, tendo um bom dia no trabalho. As coisas pareciam caminhar mais a seu favor, e seu coração se encheu de esperança.

♣♦♠♥

As horas passaram depressa. Junsuk estava tão cansado, que acabou cochilando em sua mesa.

Taejoon bateu na porta antes de entrar, vendo o amigo com a cabeça apoiada no tampo do móvel.

— Junsuk? — Taejoon chacoalhou o braço do outro.

— Hã? — Acordou, um pouco perdido. — Nossa, acabei dormindo. Que horas são?

— 21h.

— 21h?! — Junsuk se assustou e pegou, correndo, seu celular para conferir suas notificações, mas não havia nada.

— O que foi?

— Yuri... ainda não deu notícias... disse que iria atrás do meu irmão, mas que retornaria em algumas horas.

— Que horas foi isso?

— Acho que umas 15h30.

— Ah, não se preocupe. É mais cedo na China, ele deve estar jantando ou algo assim. Vá para casa, coma alguma coisa e descanse.

— Está bem — concordou. — Não aguento mais ficar aqui mesmo. Quer uma carona?

— Não, eu vim de carro.

Os dois amigos saíram juntos, até a garagem do prédio, despediram-se e cada um seguiu o seu caminho.

Junsuk não podia negar que estava preocupado. O que será que tinha acontecido no encontro de Yuri com seu irmão? Já tinha se passado muitas horas, e Junwoo não era uma pessoa de muita conversa.

O moreno chegou em casa em poucos minutos, mas fazia as coisas automaticamente, com a cabeça longe, imaginando onde Yuri estaria ou checando o celular por novas mensagens. Tomou um banho quente e preparou um lámen instantâneo, sempre com o aparelho em mãos, esperando qualquer sinal de seu amado. Mandava mensagens a cada minuto que passava, mas nenhuma era visualizada por Yuri.

Quando o relógio marcou meia-noite, Junsuk não aguentou mais, estava se consumindo em preocupação. Deixou de lado todas as diferenças que tinha com Junwoo e ligou para ele. Precisava de notícias de Yuri.

Iniciou a ligação, mas chamou diversas vezes, sem resposta, até cair.

O coração de Junsuk disparou, como se um alerta tivesse sido dado. Mandou uma mensagem para Taejoon, perguntando se ele ou Hyunji sabiam o nome do hotel em que Yuri se hospedaria. E enquanto esperava a resposta, se martirizava por não ter perguntado isso para o loiro antes dele viajar.

No minuto seguinte, a tela do celular do moreno brilhou.

Junsuk fez uma busca rápida na internet, encontrando o número do telefone do estabelecimento, ligando imediatamente. Esforçando-se para falar mandarim o mais claro possível, pediu para que a recepcionista ligasse para o quarto de Kang Yuri. A chamada foi colocada em espera, e pouco menos de um minuto depois, a funcionária do hotel informou que ninguém havia atendido.

Junsuk esfregou o rosto, já desesperado. Perguntou, também, se, por um acaso, aquele hóspede estava no hotel ou, de repente, no restaurante, mas a recepcionista informou que, segundo seus registros, Yuri havia saído após o almoço e não havia retornado ainda.

Encerrou aquela ligação, iniciando uma nova chamada, agora com Taejoon:

— *Hyung*! Preciso ir para Beijin! Yuri desapareceu.

52

Junsuk sempre ligava para Taejoon quando precisava. Seu amigo de infância estava sempre pronto para ouvi-lo e aconselhá-lo.

— *Como assim, desapareceu?*

— Já liguei para o hotel, para o meu irmão, mandei inúmeras mensagens, e nenhum sinal dele, *hyung*! Ele tentou entrar em contato com o Hyunji nessas últimas horas?

— *Acho que não, Junsuk. O que disseram no hotel?*

— Que ele havia saído logo após o almoço e não tinha retornado ainda. Yuri disse que tentaria se encontrar com Junwoo e, desde então, não deu mais notícias. E esse desgraçado do meu irmão também não atende o telefone.

— *Ok, Junsuk. Me escute. Acalme-se... não temos muito o que fazer neste momento. Não existem voos de madrugada para Beijin. De qualquer maneira, você precisaria esperar até amanhã de manhã. Talvez você esteja apenas se precipitando um pouco. Vá dormir... Aposto que Yuri entrará em contato em breve.*

— Até parece que você não me conhece, *hyung*. Como você acha que eu vou conseguir dormir enquanto não tenho notícias dele?

— *Eu sei que está nervoso e preocupado, mas racionalize. Vamos esperar amanhecer. Amanhã cedo vamos à empresa e discutimos o que podemos fazer. Se Yuri ainda não tiver feito contato, entramos em contato com a embaixada e compramos a sua passagem para a China.*

Taejoon ouviu um longo suspiro do outro lado da ligação, indicando que Junsuk estava cedendo aos seus conselhos.

— Está bem, *hyung*. Esteja bem cedo na empresa.

— *Estarei lá. E qualquer coisa me avise, ficarei atento ao celular.*

— Obrigado, Taejoon. Boa noite.

— *Boa noite, Sukie. Tente dormir.* — E então, a ligação foi encerrada.

Junsuk apoiou os cotovelos sobre o balcão da cozinha, encostando a testa no celular que ele tinha em mãos. O moreno tentava respirar profundamente, para acalmar um pouco o coração acelerado. Talvez realmente estivesse se precipitando. Talvez Yuri apenas estivesse sem acesso à internet ou seu celular estivesse sem bateria.

Voltou para o seu quarto, mas não quis se deitar na cama. Com o celular sempre em mãos, foi até a varanda daquele cômodo e sentou-se, ao relento, na poltrona que havia ali. A noite estava estrelada, e o moreno passou os olhos pelo céu iluminado, até encontrar um ponto específico. Era a Sirius, ou Kotchu, como foi batizada carinhosamente por Yuri e seu pai.

Junsuk fixou seu olhar no ponto luminoso, que se destacava entre as outras infinitas estrelas, e como em um filme, repassou todas as cenas que tinha vivido com Yuri, desde as primeiras palavras desajeitadas, trocadas em Las Vegas, até o último beijo no aeroporto. Sentiu o peito apertar quando se lembrou dos momentos em que fez Yuri sofrer, mas seu coração batia forte quando o via sorrir, até que seus olhos se fechassem por completo.

Junsuk olhou para Kotchu novamente e, apesar de agora ser chamado daquela mesma maneira, percebeu que, na verdade, a grande estrela de seu céu era Yuri.

♣♦♠♥

Junsuk acordou, assustado. Havia dormido na varanda de seu quarto. Procurou pelo celular entre as almofadas, esperando ter notícias de seu amado.

Nada.

Tentou mandar mais algumas mensagens, mas elas nem sequer chegavam até ele. Ligou também para seu irmão, mas obteve o mesmo resultado que da última vez.

Já passava das 7 horas da manhã. Junsuk correu para o banheiro para se preparar para sair, e em pouco mais de 20 minutos, estava entrando em seu carro na garagem, rumando, o mais rápido que podia, até a empresa.

Mal cumprimentou as pessoas que encontrava no caminho até a sua sala, passando por sua secretária, que tentou lhe dar um aviso, mas foi ignorada.

Ao abrir a porta de seu escritório, Junsuk deu de cara com seu pai, que o aguardava, sentado no sofá.

— Pai?!

— Bom dia, filho. — Jihoo tomou o restante do café de sua xícara. — Por que o espanto?

— Ah... — Junsuk passou a mão no rosto, recompondo-se da corrida até a sua sala. — Bom dia, me perdoe. É que eu tinha um assunto urgente para tratar com Taejoon. Não esperava que você viesse hoje aqui.

— Preciso avisar quando quiser visitar minha própria empresa?

— Não! Não foi isso o que eu quis dizer, apenas...

Nesse momento, foram ouvidos três toques na porta, que se abriu logo em seguida. Era Taejoon, que também não conseguiu esconder a surpresa de ver o senhor Han ali, àquela hora.

— Bom dia, senhores. Interrompo?

— De maneira alguma, Taejoon. Entre por favor — Jihoo o convidou educadamente. — Vamos aproveitar para conversarmos um pouco. Preciso que vocês me atualizem sobre o que anda acontecendo por aqui.

O advogado sorriu, um tanto constrangido, fechou a porta atrás de si e se sentou no estofado de couro.

— Pai, me desculpa, mas temos alguns assuntos importantes para resolver imediatamente.

— E que assuntos são esses?

— Bom... é que...

— São alguns problemas com funcionários, senhor. Estamos fazendo substituições no departamento de atendimento ao consumidor — Taejoon interrompeu. — Nada com que o senhor precise se desgastar.

— E por que você está tão alarmado com isso, Junsuk? Selecione melhor as suas prioridades — Jihoo repreendeu o filho. — E onde está o Yuri? Gostaria que ele me atualizasse sobre a questão do desvio de dinheiro.

— Yuri? — Junsuk olhou apreensivo para Taejoon. — Ele... ele viajou.

— Viajou? No meio da auditoria? — O senhor Han pareceu ficar aborrecido com aquilo.

— Não, não é isso que está pensando. Ele foi até a China, a trabalho, tentar recuperar os documentos que...

Junsuk, então, interrompeu a sua própria fala, e Taejoon suspirou, esfregando a testa, desacreditado.

— Que documentos são esses? — Jihoo questionou, perdido no assunto.

O CEO esfregou o rosto, soltando o ar pelas narinas com força. Tinha deixado escapar, talvez, a melhor pista do desvio de dinheiro, e com certeza, para a pessoa errada.

— Senhor, eu...

— Espere, Taejoon. Meu pai precisa saber.

— Saber do quê? Dá para abrir o jogo de uma vez? — Jihoo ficava cada vez mais irritado.

— Pai... encontramos alguns documentos, comprovantes de transações bancárias internacionais. São transferências feitas da nossa empresa para contas no exterior, principalmente uma conta específica na China.

— São pagamentos referentes a quê?

— Não tem uma identificação muito clara, Yuri estava trabalhando nesses papéis quando eles sumiram de seu escritório.

— Sumiram? — Jihoo arregalou os olhos.

— Sim, aparentemente foram roubados. Temos um suspeito, mas prefiro ter mais informações antes de contar para você.

— Mas quem foi o responsável por essas transações? Quem permitiu que o dinheiro saísse de nossas contas sem explicação, Junsuk?

O CEO olhou, apreensivo, para Taejoon, que parecia segurar a respiração por causa daquela situação tensa.

— Ande logo, Junsuk! — O senhor Han bateu o punho na mesa de centro.

— Pai... nós não sabemos ainda como, mas quem assinou as transferências foi o Junwoo. — Junsuk quase não conseguiu pronunciar o nome do irmão, que saiu de sua boca raspando dolorosamente pela sua garganta. Não sabia como o pai reagiria ao saber que seu filho mais velho estava roubando a própria família.

O silêncio reinou naquela sala. Taejoon olhava para os pés, não querendo fazer muito contato visual com os outros dois. Assim como seu amigo de infância, estava apavorado com aquilo. Junsuk mal respirava, sentia as batidas do coração ecoarem em seus ouvidos.

— Junwoo? — o pai do CEO disse com dificuldade, incrédulo. — Meu Junwoo?

— Sim, pai. Eu sinto muito...

O pai de Junsuk se levantou do sofá, um tanto desnorteado com a notícia. Poderia esperar qualquer outro nome ser dito, menos o de seu primogênito. Não era assim que havia criado os filhos. Ele pensava que todos os princípios éticos e morais tinham sido repassados aos dois.

— Onde estão esses documentos? Eu preciso ver com meus próprios olhos.

— Como eu disse, pai... Yuri foi até a China para conversar com o presidente do banco e tentar conseguir mais informações.

— Quando ele volta?

Aquilo fez o coração de Junsuk falhar uma batida, com toda a preocupação voltando a inundar o seu corpo.

— Eu não sei bem, pai. Faz algumas horas que Yuri não entra em contato. Na verdade, o assunto urgente que eu tinha para discutir com Taejoon era exatamente este. Kang não dá notícias desde que me disse que iria atrás de Junwoo. Já tentei ligar para ele, mas não me atende.

Jihoo perdeu a cor do rosto. Um pouco trêmulo, tirou o celular do bolso, discando alguns números e colocando o aparelho, em seguida, no ouvido.

Mais silêncio.

— Ele também não me atende — o senhor Han disse, ao ouvir a mensagem da caixa postal de seu filho. — Junsuk, eu... eu preciso ir para casa.

— O senhor está bem? — O CEO segurou no braço do pai, que, naquele momento, parecia alguns anos ainda mais velho. — Quer que eu te leve em casa?

— Não... não precisa, filho. Meu motorista está me esperando na garagem. Fique e tente achar Kang.

Junsuk acenou com a cabeça, agora também preocupado com seu pai. A notícia havia caído em seu colo como uma bomba, e ele sentia as dores da decepção de seu progenitor. Acompanhou seu pai até a porta, sem tirar os olhos dele até que sumisse de sua vista.

Voltou para dentro de sua sala, fechando a porta lentamente e apoiando a testa na madeira.

— Taejoon, ligue para a companhia aérea. Eu preciso encontrar o Yuri.

O advogado tirou o celular do bolso, ligando para o contato da agência que emitira as passagens aéreas para a empresa. Junsuk nem sequer ouvia a conversa de seu amigo no telefone, os pensamentos faziam barulho o suficiente para que não conseguisse prestar atenção em mais nada.

— Han — o outro chamou, fazendo-o desencostar-se da porta. — Temo que teremos que esperar um pouco mais. Me disseram que todos os vóos para Beijin foram cancelados por causa do mau tempo na cidade chinesa.

— Mas não é possível! — Junsuk urrou, chutando a porta à sua frente. — O que mais vai dar errado?

— Acalme-se, Junsuk. Sei que está frustrado, mas não adianta ficar assim. Vou entrar em contato com a embaixada da Coreia na China e ver o que pode ser feito. Eu sei que é fácil dizer, mas precisamos ter paciência. Tudo vai se resolver. Tente se ocupar com alguma coisa, talvez a pauta da próxima reunião de diretoria que está se aproximando.

Han jogou-se no sofá, já exausto do dia que mal havia começado. Estava aflito por não poder fazer nada.

— Está bem... estamos com as mãos amarradas. Por favor, me avise quando tiver algum retorno da embaixada.

— Sim, é claro. — Taejoon deu dois tapinhas no ombro do amigo, tentando reconfortá-lo, antes de sair da sala.

As horas passavam devagar. Junsuk tentava, ao máximo, se concentrar no trabalho, mas sua mente voava para longe de tempos em tempos. Ligou mais umas duas vezes, para ver se algum voo para Beijin tinha sido liberado, mas o único que ficou disponível estava lotado com os passageiros que tiveram os voos cancelados.

Normalmente, Junsuk apreciaria estar naquele silêncio, gostava quando nada o interrompia, mas naquele dia, a ausência de sons, com exceção de seus suspiros altos e constantes, o incomodava profundamente.

Recostou-se em sua cadeira, fechando os olhos e tentando relaxar um pouco, mas quando estava quase cochilando, seu celular vibrou alto em cima da mesa. Alarmado, quase derrubou o aparelho, tentando atendê-lo às pressas. Olhou a tela e não reconheceu o número que chamava, parecia ser uma ligação internacional.

— Alô?

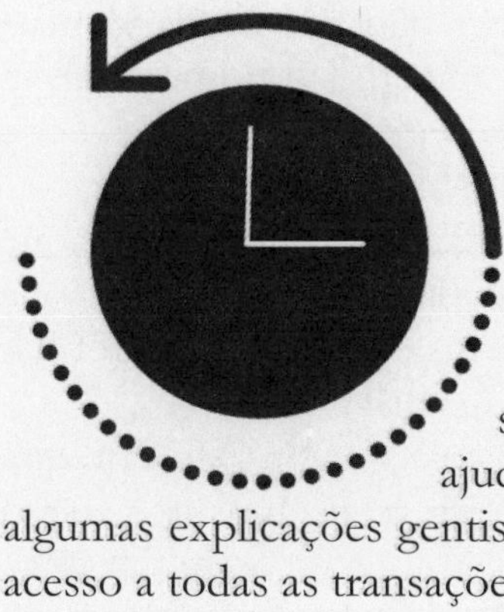

24 HORAS ANTES

Yuri saiu do banco com um sorriso de satisfação no rosto. A conversa com o presidente da instituição, a princípio, não tinha sido muito agradável. O homem sério e autoritário parecia não querer entender a situação, mostrando pouquíssimo interesse em ajudá-lo, mas Kang tinha o dom do discurso e, com algumas explicações gentis, conseguiu o que queria: a autorização para ter acesso a todas as transações bancárias feitas entre o banco e a empresa dos Han. Ainda não estava com os documentos em mãos, mas saiu de lá com um protocolo que garantia que eles seriam mandados para o seu endereço eletrônico.

Antes de sair caminhando pelas ruas do distrito de Xicheng, onde ficava a sede do banco, Yuri escreveu algumas mensagens rápidas para Junsuk, lhe informando sobre o sucesso da reunião.

Só de ver que Junsuk estava a postos, respondendo suas mensagens imediatamente, fez seu coração bater um pouco mais rápido. E mesmo com a crise que tiveram recentemente, Yuri começou a sentir saudade.

Depois de dizer para o namorado que tentaria se encontrar com Junwoo, Kang checou o endereço de seu apartamento, tentando memorizar o caminho que deveria percorrer. Decidiu ir caminhando, já que não parecia muito longe. Aproveitaria para conhecer um pouco o movimento da cidade.

Sentindo o estômago reclamar de fome, Yuri procurou por algo que pudesse comer, enquanto caminhava; passou por diversos estabelecimentos, tentando decidir o que queria experimentar.

Parou em uma espécie de lanchonete, mas parecia um local para pegar e levar, já que não havia lugar para se sentar. Com seu vocabulário muito limitado, Yuri tentou pedir algo para o atendente, e depois de muita mímica e risadas, saiu do local com uma espécie de sanduíche, que o loiro entendeu ser feito com carne de porco, chamado *ròujiamó*. Estava gostoso e serviria para que ele aguentasse até a hora do jantar.

Caminhou por pouco mais de meia hora, checando, vez ou outra, no mapa salvo no celular, se estava na rota certa. Parou em frente a um bonito prédio residencial e conferiu novamente a numeração, confirmando que aquele devia ser o prédio do irmão de Junsuk.

Tocou o interfone uma, duas vezes, até ser atendido por uma voz masculina. Mais uma vez, Yuri se martirizou por não ter estudado mais mandarim na universidade, quando teve a oportunidade. O homem falava muito depressa, e o loiro tinha que pedir várias vezes para ele repetir o que dizia.

Depois de algum tempo de conversa truncada, Kang entendeu que Junwoo não estava no prédio naquele momento. Tentou perguntar se ele sabia se demoraria muito para que voltasse, mas o senhor não quis revelar mais nada para ele, além de que não o via há alguns dias.

Yuri agradeceu pelas informações e se afastou do prédio. Infelizmente, não tinha conseguido falar com o irmão de Junsuk. O jeito era voltar para o hotel e descansar.

E então, o loiro se deu conta de que não havia salvado o mapa com o caminho de volta para o hotel. Sabia que seria mais uma longa caminhada, mas também não queria ter de entrar em um táxi e ficar longos minutos tentando explicar o seu destino para o motorista.

Decidiu que faria o caminho por onde veio, pois se lembrava bem de como ir do banco até o hotel em que estava hospedado.

Andou a passos lentos pelas ruas, pensando no que faria dali para a frente. Talvez tentasse visitar Junwoo novamente amanhã, antes de deixar o país. Sua intenção não era abrir o jogo de uma vez, queria sondar a atitude do irmão de Junsuk quando o assunto era a empresa. Talvez pudesse arrancar alguma intenção suspeita.

Yuri estava imerso em pensamentos, mal prestava atenção por onde passava. Quando se deu conta que já tinha caminhado tempo demais, olhou ao seu redor e não reconheceu onde estava.

Tinha certeza de que não tinha passado por aquela rua anteriormente. Tinha em mente que só havia caminhado por avenidas largas e movimentadas. Como é que teria parado em, aparentemente, um bairro residencial, com ruas estreitas e mal pavimentadas?

Tirou seu celular do bolso, na esperança de conseguir identificar o local onde estava, olhou ao redor e não viu nenhuma placa que pudesse lhe dizer o nome daquela rua. Também não havia nenhum sinal de wi-fi disponível. Talvez tivesse sido mais inteligente comprar um chip de alguma companhia chinesa assim que havia pousado no país.

Não tinha muito o que fazer, então voltou a andar, tentando encontrar algum caminho para uma rua mais movimentada.

Quanto mais andava, mais se perdia. Já não tinha noção para que sentido ia. Tentou pedir informações para as poucas pessoas que havia encontrado, mas nada tinha ajudado muito.

O sol estava se pondo, e a luz natural começava a se extinguir. As ruas estreitas ficavam ainda menos convidativas, e Yuri começou a ficar com medo. Virou à direita em uma das ruelas e, enquanto a percorria, percebeu que uma pessoa vinha em sentido contrário. Era um homem, vestido de preto e com uma jaqueta marrom. Vez ou outra, olhava para os lados, como se quisesse se certificar do que estava ao redor.

O coração de Yuri soltou um alerta, algo dizia para ele não seguir mais naquela direção. Deu meia volta e apressou os passos, mas parece que essa atitude não passou despercebida pelo outro homem. Kang percebeu que ele também havia apressado o passo, aproximando-se cada vez mais de si.

Olhou para trás e viu que a distância diminuía a cada segundo. Seu instinto de sobrevivência aflorou, e então, decidiu sair correndo dali.

Yuri virava aleatoriamente nas ruas escuras, mas seu perseguidor jamais o perdia de vista.

Correndo o máximo que podia, começou a sentir dor nas pernas, e por azar, não viu um buraco que estava coberto por água suja.

Seu pé direito afundou, espalhando o líquido escuro para os lados, fazendo-o perder o equilíbrio e cair no asfalto gasto. Conseguiu colocar os braços à frente, a tempo de não deixar que seu rosto batesse com força no chão.

Ainda não querendo se entregar, levantou-se e tentou correr, mas foi alcançado pelo homem estranho. Jogado contra a parede de uma casa, Yuri levantou os braços, rendido.

O rapaz aparentava ter cerca de 25 anos, era mais ou menos da altura de Yuri, com cabelos escuros. Ele falava baixo, querendo não chamar muita atenção, mas o loiro não conseguia distinguir nenhuma palavra do que ele dizia. Porém, não havia dúvida, era um assalto.

O homem, começando a ficar irritado pela falta de ação de Yuri, começou a vasculhar os seus bolsos. Kang nem se mexia, mas não deixou de observar os movimentos do outro. Ele parecia não estar armado.

Quando o bandido encontrou o seu celular no bolso de trás da calça, Yuri aproveitou a pequena distração dele, ao olhar para o aparelho, e o chutou entre as pernas com o máximo de força que conseguiu. Ao receber o golpe inesperado, o outro curvou o corpo, de dor, deixando o celular, que estava em sua mão, cair, estilhaçando a tela.

Yuri correu, contando com algum preparo físico que tinha, e virou à direita na próxima rua, mas logo percebeu que tinha sido uma péssima escolha. O local era ainda mais estreito, com muros de casas dos dois lados, e ainda por cima, era sem saída.

Gritou por socorro, mas algo lhe dizia que ninguém naquele lugar, mesmo que estivessem escutando seu chamado, o ajudaria. Yuri virou-se e avistou seu agressor vindo em sua direção. Não havia mais o que fazer, a não ser enfrentar a situação.

O rapaz mal-encarado parecia não ter pressa, aproximava-se a passos lentos, como se estivesse no controle. Yuri encostou-se em um dos muros, engolindo a saliva presa na garganta e sussurrando um "alguém me ajude" para si mesmo.

Não conseguiu fazer mais nada, pois assim que o bandido ficou em frente a ele, desferiu um soco em seu rosto.

Com a força do golpe, Yuri foi ao chão, sentindo a pele do rosto queimar e uma dor se alastrar pelo lado esquerdo. Desnorteado, ouvia o outro gritar consigo e podia claramente entender alguns palavrões. Sim, os palavrões em mandarim ele tinha aprendido.

Kang apoiou as mãos no chão e tentou se levantar, mas sentiu ser golpeado novamente, agora com um chute abaixo das costelas. Seu corpo sentiu a textura do asfalto novamente, e a visão ficou turva, por causa das lágrimas de dor, com o ar faltando em seus pulmões.

Achou que, se fosse acertado novamente, perderia os sentidos, mas não era a sua hora de morrer, não ali, no meio da sujeira da rua deserta.

Percebeu que o bandido parou de se mexer e, em seguida, ouviu uma sirene ao longe. Yuri ergueu a cabeça, conseguindo enxergar dois policiais, que corriam na direção deles.

O homem tentou pular um dos muros, mas foi agarrado pela jaqueta quando estava prestes a alcançar o outro lado. Um dos policiais o jogou contra o chão, dando voz de prisão, enquanto o algemava habilmente.

Depois de ser dominado, o outro policial foi até Yuri e fez algumas perguntas, mas tudo que o loiro conseguiu dizer foi:

— Sou coreano, não falo mandarim.

O policial falou algo em seu rádio e, depois, passou um dos braços de Yuri pelos seus ombros, dando suporte para que ele se levantasse do chão. Uma dor aguda se espalhou pelo lado direito de seu corpo, e o loiro sentiu sua visão escurecer.

♣♦♠♥

Ao abrir os olhos, Yuri percebeu que não estava mais jogado na rua. Aquele lugar parecia ser uma enfermaria de hospital. Cerca de 10 leitos estavam distribuídos simetricamente pela grande sala de paredes brancas, e enfermeiros e médicos passavam de um lado para o outro, anotando coisas nos prontuários ou levando medicação para os pacientes.

Kang ergueu um pouco o corpo, acomodando-se melhor no travesseiro. Logo depois, uma enfermeira aproximou-se, ao vê-lo desperto.

— O senhor se sente bem? — disse em coreano.

— Acho que sim. Onde estou?

— Está no Hospital Jishuitan. A polícia trouxe você desacordado.

— Por quanto tempo fiquei assim?

— Pouco mais de três horas — ela respondeu, sempre muito paciente. — Mesmo tendo chegado desacordado, seu estado não era grave. O senhor, provavelmente, desmaiou por causa da dor. Fizemos todos os exames possíveis, e parece que tudo está em ordem. Nada foi quebrado e nenhum dano aos órgãos foi detectado.

— Que alívio... — Yuri suspirou, relaxando um pouco mais o corpo.

— Demos alguns remédios, para que não sinta dor por um tempo. O médico já está vindo te dar alta. O senhor vai poder sair em alguns momentos.

— Muito obrigado, senhora... — Yuri pausou, procurando a identificação da enfermeira. — Senhora Son Yoojin. — Ela sorriu, simpática. — Você é coreana, então?

— Sim, estou aqui em Beijing há pouco mais de um ano.

— Finalmente encontrei alguém que eu consiga entender todas as palavras... — Os dois riram.

— Bom, aguarde mais alguns instantes. O médico já virá te dar alta.

Yuri acenou com a cabeça, acompanhando com os olhos a enfermeira, que se afastava.

Levantou-se da cama, sentindo um pouco de dor na lateral do corpo. Queria sair daquele lugar o quanto antes. Precisava dar notícias a Junsuk, que, a essa altura, já devia estar preocupado.

Revistou as suas roupas, que estavam em uma cadeira ao lado, procurando pelos seus pertences. Achou sua carteira, aparentemente com tudo dentro, mas seu celular não estava ali. Começou a se vestir, até que ouviu uma voz conhecida se aproximar. Era Yoojin novamente, mas agora acompanhada de um homem alto e grisalho: o médico, certamente.

— Senhor Kang — a enfermeira ia traduzindo as palavras ditas pelo médico. — Aqui está a receita para os remédios que deve tomar pelos próximos 3 dias. As dores devem diminuir com o passar do tempo. O senhor já está liberado. Basta assinar aqui, e o policial o acompanhará até a delegacia.

— Delegacia? — Yuri arregalou os olhos. — Como assim?

— Bom... — Yoojin se esforçava para passar as informações do médico corretamente. — O senhor foi vítima de um assalto. O bandido foi pego em flagrante, e o senhor precisa dar o seu depoimento.

Yuri suspirou, frustrado, fechando os olhos. Aquilo demoraria mais do que ele imaginava. Assinou os papéis do hospital e guardou a receita no bolso da calça, continuando a se vestir.

Dois policiais surgiram na enfermaria, prontos para o acompanhar até a delegacia.

O caminho até lá foi silencioso. Yuri tentou trocar algumas palavras com os policiais, mas eles não entendiam coreano, muito menos o mandarim que o loiro tentava dizer.

Assim que chegaram, Kang foi encaminhado para uma sala, que estava vazia naquele momento. O relógio de parede marcava meia-noite, e

Yuri já desconfiava que assistiria aos ponteiros darem muitas voltas, até poder sair daquele lugar.

♣♦♠♥

Yuri estava prestes a arrancar os próprios cabelos. Já estava naquela sala há, pelo menos, 3 horas, sem que nada acontecesse. Provavelmente nem havia delegado durante a noite, por isso ninguém fora tomar o seu depoimento até aquele momento.

Pediu, implorou para que o deixassem usar o telefone, mas ninguém parecia estar disposto a atendê-lo. Pelo menos haviam levado uma refeição para ele por volta das 2 da manhã. Estava faminto.

Às 6 horas da manhã, Yuri percebeu alguma movimentação dentro da delegacia. Parecia ser a troca de turnos, pois os policiais que estavam ali, durante a madrugada, estavam se despedindo, enquanto outros pareciam chegar para substituí-los.

Meia hora depois, um homem baixo, um tanto atarracado, aproximou-se. Pelo seu distintivo, ele devia ser o delegado. Fez algumas perguntas para Yuri e bufou, irritado, ao ver que ele não havia entendido nada. Chamou um outro rapaz, e o loiro entendeu algo como "vamos ter que esperar".

Kang explodiu, não queria esperar mais nenhum segundo.

— Eu exijo ser atendido agora! — gritou com os dois homens. — Eu não sou o ladrão, sou a vítima. Vocês estão me mantendo em cativeiro. Exijo ser tratado com mais respeito. Sou advogado e conheço meus direitos.

Os dois homens se entreolharam, sem entender o que ele dizia. Yuri ficou ainda mais irritado. Passou pelos dois, indo em direção à porta, andando apressadamente. Não prestaria mais nenhum depoimento, aquilo não valia um celular. Mas antes que conseguisse abrir a porta, um dos homens o segurou pelo pulso. Yuri puxou seu braço com força e, no movimento desajeitado, acabou acertando o rosto do outro ao se soltar. Mal teve tempo de se desculpar e teve o corpo jogado contra a parede pelo delegado, sendo algemado em seguida.

♣♦♠♥

— *Alô?* — Yuri pôde finalmente ouvir a voz que tanto sentia falta.

— Junsuk...

— *Yuri! Onde você está? Eu estava morrendo de preocupação.*

— Me escute, Junsuk. Eu tenho pouco tempo. Em primeiro lugar, está tudo bem comigo. Eu fui assaltado e...

— *Assaltado?!*

— Por favor, Kotchu, não me interrompa. Eu tenho apenas dois minutos de ligação.

— *Coração, o que está acontecendo?*

— Resumindo: fui assaltado quando estava voltando da casa do seu irmão. O cara roubou meu celular, mas eu reagi. Ele me perseguiu e acabei apanhando. — Yuri podia ouvir a respiração de Junsuk se alterar do outro lado da ligação. — Minha sorte é que uma viatura estava passando pelo local, e eu fui socorrido. Levaram o cara preso. Tive que vir até a delegacia dar meu depoimento, mas aconteceram alguns imprevistos, e eu acabei sendo preso por desacato à autoridade.

— *Yuri, o que você fez?*

— Te explico depois. Bom, sendo advogado, eu poderia defender a minha causa, mas a barreira da língua está dificultando. Eu preciso que você encontre um advogado para mim, alguém que fale coreano e mandarim. Talvez Taejoon saiba de alguém. Esta é a única ligação que poderei fazer, então preste atenção: estou na delegacia do distrito de Xicheng. Peça para o Hyunji a cópia da chave do meu apartamento. No armário do quarto, dentro da primeira gaveta, está uma pasta com documentos. Entre eles há uma cópia do meu passaporte. Repasse para o advogado. Não comente isso com ninguém, além do Taejoon, por favor, nem mesmo com Hyunji.

— *Onie... o que está acontecendo? Estou assustado. Vou até aí para te ver.*

— Não! Junsuk, por mais que eu queira te ver, não é o momento certo. Eu preciso de um advogado o quanto antes.

— *Está bem. Vou providenciar tudo. Me prometa que vai se cuidar.*

— Eu prometo.

E nada mais foi dito, a ligação ficou muda. Junsuk não sabia se Yuri havia desligado ou se tinham cortado a chamada. O CEO levantou-se rápido de sua mesa, correu em direção à sala de Taejoon e, sem nem bater na porta, entrou em seu escritório, assustando o amigo, que estava no meio de uma ligação.

— *Hyung*, Yuri ligou.

— E ele está bem? — Taejoon dispensou rapidamente a pessoa com quem falava ao telefone.

— Aparentemente sim, mas está com problemas. Precisamos mandar um advogado que fale mandarim e coreano até a delegacia do distrito de Xicheng. Yuri foi preso por desacato.

— Minha nossa! — Taejoon levantou-se da mesa, passando uma das mãos pelo rosto, pensando em alguém que atenderia aos requisitos. — Junsuk! Eu tenho a pessoa perfeita.

E então, os dois amigos se dividiram nas tarefas: o mais velho foi procurar o advogado, enquanto Han ia pegar a cópia do passaporte de Yuri. Precisavam agir rápido, nenhum dos dois queria que Kang ficasse um minuto a mais do que o necessário preso.

♣♦♠♥

Yuri estava sentado no chão da cela que dividia com mais uma pessoa. Era provisória, dentro da própria delegacia. Abraçava os próprios joelhos, encostando a cabeça nas pernas, enquanto inspirava e expirava profundamente, tentando se acalmar. Confiava em Junsuk, mas sabia que demoraria até o socorro chegar.

Assustou-se com o policial batendo uma chave nas grades da cela. Ele cautelosamente abriu a porta e gesticulou para Yuri, como se quisesse que ele o acompanhasse.

O loiro caminhou pelo corredor, sendo seguido de muito perto pelo policial. Este indicou uma sala à direita, em que havia uma mesa de metal e duas cadeiras de madeira, com a tinta descascando, uma em frente à outra.

O guarda gesticulou para Yuri novamente, e ele entendeu que deveria se sentar. Em seguida, saiu da sala, trancando a porta pela qual haviam entrado.

Yuri já estava tentando articular algum discurso, caso tentassem interrogá-lo sem a presença de um advogado. Mas alguns minutos depois, uma outra porta se abriu, e um homem entrou:

— Kang Yuri? — ele perguntou, ainda parado perto da porta.

— Sim, sou eu.

Ele deu alguns passos à frente, puxando a cadeira e sentando-se.

— Muito prazer. Sou Alec Zheng, seu advogado.

53

O rapaz alto e bem-vestido estendeu a mão direita para cumprimentá-lo.

Yuri ficou imóvel por alguns segundos, apenas observando a bela figura à sua frente. Alec Zheng era uma das pessoas mais bonitas que Kang já tinha visto nos últimos tempos. Os ombros largos, o cabelo penteado para o lado e um sorriso galanteador nos lábios faziam daquele homem uma visão dos deuses.

Yuri sacudiu a cabeça, espantando os devaneios, ao perceber que a mão de Alec ainda estava no ar, esperando por alguma reação. Ele mal podia acreditar no que estava ouvindo. Sabia que a ajuda viria, mas não imaginava que pudesse chegar tão rápido.

— Muito prazer, e obrigado por vir tão rápido. — Levantou-se da cadeira, apertando a mão do outro com firmeza.

— Pode-se dizer que foi um pouco de sorte. Taejoon me ligou e, por um acaso, eu estava na cidade, dando uma consultoria para um cliente antigo. Vim assim que pude.

— Sabia que Taejoon conseguiria! — Yuri disse mais para si mesmo do que para Alec, soltando o ar dos pulmões, de alívio.

— Você trabalha para Han Junsuk, correto?

— Sim, estou fazendo uma auditoria para a sua empresa. É por isso que vim para a China.

— E ele é alguma coisa sua?

— Como assim? — Yuri arregalou os olhos.

— Desculpa a intromissão, mas quando Taejoon me ligou, alguém estava com ele, no momento, e não parava de falar. Taejoon mal conseguia me explicar o que estava acontecendo. A cada meia dúzia de palavras, ele dizia: "Espera, Junsuk. Estou falando com ele", "Calma, Junsuk. Eu já entendi, já sei o que tenho que dizer". Ele parecia realmente preocupado com você, digamos até que meio desesperado.

— Ah... sério? — Yuri sentiu as orelhas esquentarem. — Junsuk é... é um chefe bem atencioso. — Virou a cabeça para o lado, tentando evitar contato visual com o advogado.

— Atencioso... sim, sim. — Zheng não pareceu convencido.

— Você e Taejoon são amigos? — mudou de assunto.

— Sim, fizemos algumas matérias juntos na universidade e éramos da equipe de natação. Bom... mas vamos ao que interessa. Acredito que você não queira perder mais tempo nesse lugar.

— Pode ter certeza, quero voltar para casa o quanto antes.

— Muito bem, conte-me tudo. Preciso saber de todos os detalhes do que aconteceu.

Yuri narrou tudo o que havia acontecido nas últimas horas, tentando não se esquecer de nenhum detalhe. Alec tirou um pequeno bloco de notas e uma caneta do bolso de seu paletó, e vez ou outra, fazia algumas anotações. O advogado permanecia sério, recostado na cadeira, sem demonstrar nenhuma emoção em seu rosto, prestando muita atenção em tudo o que era dito.

— Bom... — Yuri apoiou as duas mãos na mesa fria de metal. — Acho que isso é tudo.

Alec continuou impassível, parecendo pensar em algo, quando apertou os lábios um no outro. Yuri já ia protestar, querendo alguma resposta do seu novo advogado, quando percebeu um leve tremor nos ombros do outro. O movimento foi ficando cada vez mais evidente, e segundos depois, Zheng começou a rir.

Primeiro, uma risada contida, sem mostrar os dentes, como se estivesse tentando não agir daquela maneira, depois tudo pareceu forte demais para ele, que irrompeu em uma gargalhada que ecoou alto dentro da pequena sala.

Yuri arregalou os olhos. Definitivamente, essa não era a reação que ele estava esperando. Ficou observando o outro rir, tentando entender do que ele havia achado tanta graça.

— Perdão, Kang, eu não consegui me segurar. Não é por nada, mas é que a história toda daria uma ótima fanfic.

— Fanfic?

— Deixa para lá... não é nada demais. — Zheng secou a umidade dos olhos. — Cara... que azar da porra, hein?

Yuri achou graça do jeito espontâneo e despretensioso de seu advogado. Geralmente, os profissionais dessa área eram sempre muito sérios e, algumas vezes, um pouco mais arrogantes do que o necessário, mas Alec parecia ser diferente.

— Nem me fale. Acho que gastei toda a minha sorte em Las Vegas. — Yuri se recostou na cadeira, relaxando um pouco o corpo.

— Adoraria conhecer Vegas. Você esteve lá recentemente? — perguntou, interessado.

— Sim. Uma longa história... daria uma outra longa fanfic. — Yuri suspirou. — Bom... mas vamos ao que interessa, Zheng?

— Me chame de Alec, acho que não precisamos de tantas formalidades. — Yuri concordou com a cabeça. — Bom, faremos o seguinte: provavelmente, você ainda vai ter que depor contra o assaltante. Vou entrar com uma reclamação sobre a sua custódia inadequada. Você foi a vítima aqui, estava apenas tentando colaborar com o seu depoimento. O mínimo que eles deveriam ter feito era chamar um tradutor imediatamente.

— Acho que dei azar com o horário também... Que tradutor sairia de casa para ir até uma delegacia no meio da madrugada, por causa de um roubo de celular?

— Sim, pode ser. Mas, mesmo assim, foi errado. Porém, parece um caso simples. Só preciso elaborar uma boa justificativa para a sua reação, explicar tudo o que aconteceu, e acredito que, em pouco tempo, consigo te tirar daqui. Você tem antecedentes criminais?

— Eu tenho cara de alguém que descumpre a lei? — Yuri cruzou os braços na frente do peito.

— Com essa cara de anjo, já deve ter roubado muitos corações por aí. — Alec piscou para o loiro.

Yuri riu, achando aquela reunião engraçada, apesar do local e das circunstâncias em que acontecia.

— Não vou negar. — O loiro passou a mão pelos cabelos, fazendo charme. — Mas fora isso, tenho a ficha limpa.

— Ótimo, mais fácil ainda. Vou tentar fazer você sair dessa sem que isso fique registrado na sua ficha criminal.

— Certo, mas não faça nada por trás das leis. Prefiro ter a ficha suja à consciência pesada por ter burlado alguma coisa.

— E eu tenho cara de quem faz esse tipo de coisa? — Alec fechou a cara.

O clima ficou tenso, com o advogado sustentando o olhar pesado em cima de Yuri, que se sentiu um pouco mal por ter dado a entender que ele faria algo fora da lei. Mas Zheng apertou os lábios um no outro novamente, e ele e Yuri caíram na risada.

— Só me tira daqui, cara.

— Seu desejo é uma ordem. Vou fazer a minha mágica. Aguarde aqui, não vá a lugar nenhum.

Agora foi a vez de Yuri fechar a cara, ganhando outra piscadinha de Zheng, que saía da sala.

A porta se abriu atrás de Yuri, e por ela passou o mesmo guarda que o havia deixado ali. O loiro foi levado de volta à cela, agora em companhia de mais 2 pessoas. Sentou-se no banco de cimento e encostou a cabeça na parede logo atrás, fechando os olhos e torcendo para que tudo melhorasse dali para a frente.

♣♦♠♥

— Kang Yuri — um guarda corpulento chamou, enquanto abria a grade da cela, e fez um gesto com a cabeça, indicando para que Yuri o seguisse.

Sempre na frente e sem olhar para o loiro, os dois seguiram pelo mesmo corredor de antes, mas agora saíram por uma porta diferente, que dava no hall de entrada da delegacia. Em pé e de braços cruzados, Alec o aguardava.

— KANG! — Zheng disse alto, chamando a atenção de todos na delegacia. — Estamos quase lá. Tiraram a queixa contra você, não está mais sendo acusado de desacato à autoridade. Sua ficha continuará tão pura quanto o seu sorriso.

Yuri riu pelo nariz. Aquele cara não perdia nenhuma oportunidade de flerte.

— Obrigado, Alec. E agora, o que vai acontecer?

— A parte mais emocionante. — Zheng bateu uma palma na outra. — Você vai entrar naquela sala, dar seu depoimento e fazer o reconhecimento do assaltante. Não se preocupe, o tradutor oficial estará na sala com você.

— Mal posso esperar... — Yuri zombou.

O guarda encaminhou o loiro para a sala de depoimento, na qual o delegado e o tradutor o esperavam, sentados ao redor de uma mesa redonda. Yuri deu seu depoimento, contando cada detalhe desde que viu o rapaz indo em sua direção na rua. Não demorou mais do que 10 minutos, e eles já estavam seguindo para um outro cômodo. Ali havia uma grande janela, que dava a visão para uma outra sala.

— Pronto, Kang Yuri? — o tradutor perguntou, com o olhar atento do delegado ao seu lado.

— Sim, quando quiserem.

Um homem entrou na sala, de cabeça baixa e mãos algemadas.

— Você reconhece este homem como o assaltante, senhor Kang? — ouviu o tradutor repetir, após o delegado.

— Sim.

— Tem certeza?

— Sem dúvida alguma.

O delegado fez um gesto com a cabeça, então parecia que aquilo era o suficiente. Os três voltaram para a recepção da delegacia, encontrando novamente o advogado, que agora cochilava, sentado em um daqueles bancos desconfortáveis.

— Está liberado, senhor Kang. Aqui estão seus pertences.

Yuri recebeu seu celular quebrado de volta, assim como sua carteira. O loiro agradeceu e sentou-se ao lado de Alec, que ressonava baixinho.

— Não estou te pagando para dormir em serviço, Zheng!

O outro acordou, assustado, quase caindo do banco.

— Dormindo? Quem está dormindo aqui? — disse, brincalhão.

— Vamos, seu trabalho está encerrado. Podemos ir embora! — Yuri anunciou, aliviado.

— Ótimo, estou morrendo de fome. — Alec se levantou, ajeitando a roupa um tanto amassada.

— Você está de carro?

Zheng confirmou com um aceno.

— Poderia me dar uma carona até o hotel?

— Não precisava nem pedir. Não ia correr o risco de te deixar perdido pela cidade de novo.

Alec deu um soquinho no braço de Yuri, que se encolheu um pouco, por causa da dor no corpo, mas disfarçou para que o outro não percebesse.

Os dois caminharam para fora da delegacia. Já era noite, e Yuri teve a sensação de que tinha viajado no tempo. Aquelas horas detido pareceram um sonho perturbador, mas que finalmente havia terminado. Só queria voltar o quanto antes para a Coreia e rever seus amigos, Hyunji, e claro, Junsuk.

— Alec, será que eu poderia usar o seu celular? — foi a primeira coisa que disse ao colocar os pés na rua.

— Claro, fique à vontade. Aquele é o meu carro. — Apontou para um Mercedes branco, estacionado um pouco mais à frente. — Fico te esperando lá.

Zheng se retirou, dando a privacidade que Yuri provavelmente queria. O loiro aguardou que ele se afastasse um pouco, digitando os números de Junsuk assim que encontrou o aplicativo para fazer uma chamada por voz.

— Kotchu... — a voz de Yuri quase não saiu ao ouvir a voz do outro.

— *Yuri? É você, Onie?*

— Sim, sou eu. — Suspirou. — Estou livre, Junsuk. Alec fez um ótimo trabalho.

— *Ah, Onie... Eu fiquei tão preocupado. Queria ter ido até aí, mas parece que tudo estava conspirando contra mim. Me perdoa.*

— Não tem problema, coração. Está tudo bem agora. Logo chego aí. E por falar nisso, você poderia reservar uma passagem para mim no próximo voo para Seul?

— *Claro, agora mesmo. Te ligo no hotel para passar o horário do voo.*

— Obrigado. E por favor, agradeça ao Taejoon. Pelo jeito, todos os amigos dele são bem competentes no que fazem.

— *Eu falo para ele. Mas me diz uma coisa? Como é esse tal Alec? Ele é legal? Ele te tratou bem? Ele é... bonito?*

— Bonito? Bonito como o Jaewoo? — Yuri ouviu o outro dar uma engasgada do outro lado da linha. — Não, ele não é bonito... Ele é um pecado! — Yuri riu quando ouviu Junsuk soltar alguns palavrões do outro lado. — Além de competentes, os amigos do Taejoon são bem-apessoados.

— *Eu vou fingir que não fiquei com ciúme disso.*

— Assim espero... — Pausou. — Junsuk?

— *Sim, Onie?*

— Você sabe que eu só tenho olhos para você, não sabe? — Yuri não podia ver, mas pelo silêncio, sabia que Junsuk estava sorrindo do outro lado da linha. — Bom, me ligue quando souber alguma coisa sobre o voo. Qualquer coisa, ligue neste número, por enquanto ele é o único contato móvel que tenho aqui. E vá para casa, descansar, aposto que ainda está no escritório.

— *Sim, ainda estou aqui. Mas já posso ir embora, agora que falei com você. Onie, por favor, cuide-se aí. Acho que já tivemos emoções demais com essa sua viagem.*

— Pode deixar, não se preocupe.

— *Você disse isso da última vez...*

Yuri riu, imaginando o namorado fazendo um biquinho emburrado.

— Até mais tarde, Junsuk.

— *Até, meu Yuri. Te amo.*

— Te amo também.

Yuri encerrou a chamada, já se sentindo mais animado depois de conversar um pouco com seu amado. Foi em direção ao carro de Alec e entrou assim que ouviu a porta ser destravada.

— Aqui está. — Yuri passou o celular para o outro. — Obrigado.

— De nada. Acalmou o seu chefe? — Zheng ergueu uma das sobrancelhas.

— Não é muito da sua conta, mas... sim, ele está mais calmo. — Riu.

— Que bom. Ele não precisa se preocupar, você está a salvo comigo. — Bateu a mão espalmada no peito.

— Será que a sorte voltou para o meu lado? — Yuri riu, enquanto colocava o cinto de segurança.

— Eu sou o próprio trevo de quatro folhas, meu bem. — Piscou para o loiro. — Agora, vamos. Estou faminto! O que você gostaria de comer?

— Comer? Achei que você ia me deixar no hotel.

— Sim, eu vou. Mas aposto que você também está com fome.

— Bom... — Yuri pensou um pouco. — Está bem. Estou realmente com fome. E se eu for para o hotel, não vou ter energia para sair novamente.

— Ótimo! Vou te levar no meu restaurante preferido!

Yuri sorriu, em resposta à animação de Alec. Definitivamente, ele era uma pessoa muito agradável, o loiro se sentia confortável com a sua presença.

Pouco tempo depois, os dois entraram por uma pequena porta, mas que dava para um grande salão. O local era bem simples, sem nenhuma sofisticação, mas Yuri adorou o clima daquele lugar, cheio de gente comendo animadamente. O cheiro da comida tomava conta do local, e um pequeno palco transformava alguns clientes mais corajosos em *idols* improvisados. Alec levou Yuri até o balcão, onde, logo acima, ficava um painel com o cardápio em exposição.

— O que vai querer? — Zheng virou-se para o loiro.

— Não tenho a menor ideia. Não entendo nenhuma palavra que está escrita aí. Pode escolher por mim.

— Ok, então. Vamos ver...

Alec passou os olhos pelo painel e, sem muita demora, fez o pedido para o rapaz que aguardava atrás do balcão. Em seguida, o advogado pagou antes mesmo de Yuri tentar pegar a carteira do bolso.

— É por minha conta! — disse, animado.

Os dois foram se sentar a uma pequena mesa ao fundo do restaurante. Yuri estava concentrado no palco, no qual que os clientes se revezavam, quando a comida chegou.

— Uau, parece ótimo! — o loiro exclamou, sentindo o estômago roncar.

— Espero que goste! Este é o frango *Gong Bao*, feito com amendoim, gengibre, pimenta e alho. — Alec apresentava os pratos conforme Yuri se servia. — Este é o *Mapo tofu*, cozido com pasta de feijão e pimenta. E aquele é o *Chow Mein*, um macarrão frito com carne e legumes.

— Está uma delícia! — Yuri disse, já com a boca cheia, ganhando um sorriso de satisfação de Alec, que também encheu seu prato com a comida.

Os dois comeram, conversando sobre amenidades e descobrindo mais coisas um do outro. Yuri contou como foram seus estudos em Harvard, e Alec narrou as suas conquistas na equipe de natação, ao lado de Taejoon. A noite estava sendo agradável, e Yuri agradeceu por aquela viagem poder acabar dessa forma.

Depois de comerem o último pedacinho de frango do prato, Zheng se levantou da cadeira, tirando o paletó e o deixando sobre o encosto da cadeira.

— Vamos, Kang! — Esfregou uma mão na outra. — Vamos cantar algo no karaokê!

— Você só pode estar brincando! — Yuri gargalhou. — Nem pensar.

— Ah, deixa de ser chato. Aposto que eles têm músicas coreanas também!

— Não, deixa quieto. Eu não levo jeito para esse tipo de exposição.

— E você acha que alguém aqui leva? — Alec apontou para o salão, fazendo Yuri rir.

— Vá você, prometo te aplaudir no final.

— Está bem... — Alec deixou os ombros caírem, deixando Yuri com remorso, mas no segundo seguinte, ele estava animado novamente, indo em direção ao palco, como se fosse uma criança indo em direção ao carrinho de sorvetes.

Zheng passou os olhos em uma lista e fez o pedido da música para a mulher que controlava o karaokê. Depois que a última pessoa terminou a canção, Alec subiu no palco, pegando o microfone das mãos do outro.

— Essa é para você, Yuri — disse em coreano.

A música começou, e o loiro a reconheceu de imediato. Era um hit de um grupo feminino coreano. Alec cantava bem, e o mais divertido era vê-lo fazer toda a coreografia.

Yuri sentia a dor em seu abdômen aumentar, de tanto que ria da performance do outro, que parecia se divertir e adorar toda a atenção que estava chamando no restaurante.

Pouco depois do refrão, Alec começou a dizer algo em mandarim. Apenas entendeu seu nome ser citado no meio das frases na outra língua, mas teve uma boa noção do que ele tinha dito quando todo o restaurante se virou na sua direção e passou a gritar:

— Yuri! Yuri! Yuri!

Alec acenava do palco, chamando o loiro para se juntar a ele. Kang queria se esconder de baixo da mesa, mas já tinha sido exposto o suficiente para fingir que não era o "Yuri". Ele tinha duas opções: ou saía correndo ou subia no palco. Alternou o olhar entre este e a porta de saída. Suspirou.

— Ah, foda-se... — Levantou-se e juntou-se a Alec.

O restaurante aplaudiu, acompanhando, agora, a performance dos dois. A princípio, Yuri ficou tímido, cantando um pouco sem graça, olhando para os pés, mas foi ganhando confiança e, antes que a música terminasse, já estava seguindo os movimentos da coreografia, ao lado de Alec.

A música terminou, e os dois foram aclamados pelos demais clientes e funcionários do restaurante. Devolveram os microfones e foram para os seus lugares, fazendo reverência para as pessoas, que continuavam os aplaudindo.

— Ah, vai negar que foi divertido? — Alec se jogou na cadeira, rindo.

— Sim. Confesso... foi divertido — Yuri respondeu, enxugando o suor com um guardanapo. — Fiquei impressionado, você tem talento. Deveria virar um *idol*.

— Digo o mesmo de você. Se saiu muito bem, mesmo tendo levado uns chutes na noite anterior.

— Nem me fala... tenho certeza de que vou me arrepender mais tarde. — O loiro pousou a mão na altura das costelas, massageando o local contundido. — Podemos ir agora?

— Sim, vamos.

Os dois saíram do restaurante, e Yuri não conseguia parar de rir do outro, que acenava e mandava beijos para as pessoas do local.

♣♦♠♥

Assim que entrou no saguão do hotel, Kang foi até a recepcionista, perguntando se havia algum recado para ele, e ela lhe entregou um pequeno bilhete, no qual dizia:

HONG KONG AIRLINES
FLIGHT EK262
8AM

Yuri agradeceu, subiu para o seu quarto, tomou um banho demorado de banheira e, depois, se deitou na cama, enrolado no roupão felpudo. Estava exausto, adormeceu pensando em sua viagem de volta para casa.

♣♦♠♥

Junsuk alternava seu olhar impaciente entre o seu relógio de pulso e o painel do aeroporto. O voo EK262 já havia aterrissado, e Yuri devia aparecer a qualquer momento.

O portão de desembarque se abriu, e dezenas de pessoas começaram a sair por ele. Junsuk desviava das pessoas que entravam em seu campo de visão, até que avistou a cabeleira farta e dourada de Yuri. Seus pés pareceram grudar no chão quando a silhueta elegante de Kang abriu espaço entre as pessoas. O coração de Junsuk disparou ao ver o namorado todo vestido de preto, com jaqueta de couro e óculos de sol. Não deixava nada a desejar para nenhum modelo internacional. Queria correr e abraçá-lo, mas sabia que naquele lugar não seria o melhor momento.

Yuri abriu um lindo sorriso quando avistou Junsuk o esperando, acelerou o passo minimamente e parou em sua frente, em uma distância segura. Olharam-se por longos segundos, contendo-se para não se renderem nos braços um do outro no meio daquela multidão de transeuntes.

— Oi, Yuri.

— Olá, Junsuk.

— Fez boa viagem? — O moreno coçou a nuca, em uma tentativa de deixar as mãos ocupadas.

— Sim, foi tranquila.

— Então, vamos?

Yuri concordou, com um gesto com a cabeça, e os dois caminharam pelo aeroporto, lado a lado, sem trocar muitas palavras. Na verdade, nenhum dos dois queria se expressar em palavras, apenas queriam sentir um ao outro.

Junsuk colocou a mala de Yuri dentro do porta-malas, mas antes que entrassem no carro, puxou o loiro para trás de uma das colunas do estacionamento, abraçando-o fortemente.

— Nem adianta pedir, eu não vou te soltar — Junsuk declarou, afundando o rosto na curva do pescoço perfumado do outro.

Yuri não se importou, também estava com saudade. Envolveu os ombros do outro, retribuindo o abraço cheio de carinho.

Junsuk soltou o corpo menor, levando as duas mãos para o rosto angelical de seu namorado, afagou as bochechas com os polegares e o puxou delicadamente para um selar demorado.

Yuri suspirou e entreabriu os lábios fartos, para que o outro aprofundasse mais o beijo. As mãos pequenas subiram pelo peitoral forte do moreno, agarrando um pouco do tecido entre os dedos, quando Junsuk tomou sua boca com a língua quente. Perdeu todo o controle do seu corpo, soltando um gemido baixo de satisfação.

O beijo foi encerrado com muito custo, mas ambos sabiam que teria mais tempo depois.

— Não vejo a hora de chegar em casa... — Yuri quebrou o silêncio depois que o carro passou a se movimentar.

— Se não se importa, não vou te levar para a sua casa. — Yuri franziu o cenho, confuso. — Vamos para a minha casa. Não quero te deixar sozinho, vou cuidar de você.

— Mas eu estou bem, Kotchu. Não precisa de tudo isso. Pensei até em ir trabalhar.

— Nem pense nisso. Você vai descansar um pouco. Já cuidei de tudo, não se preocupe. Me deixa fazer isso por você, já que não consegui ir até Beijing para te ajudar.

Yuri sorriu, acalentado pela atitude do namorado.

— Está bem. — Fez um carinho na mão direita de Junsuk, que estava pousada em sua perna.

♣♦♠♥

Os portões da garagem se abriram assim que o Maserati de Junsuk se aproximou.

Yuri já estava admirado só com a fachada daquele edifício. Com um design moderno, era alto, provavelmente com uns 20 andares.

Os dois saíram do carro. Junsuk estava em posse da mala de Yuri, enquanto esperavam pelo elevador.

Dentro da cabine totalmente espelhada, o moreno apertou o botão do último andar, assim como Yuri já estava prevendo. Pelo que conhecia dos gostos extravagantes do namorado, ele provavelmente moraria na cobertura.

Ao chegar ao vigésimo andar, deram de cara com um hall pequeno, e apenas uma porta estava disposta naquele local. Junsuk destravou a porta por um mecanismo eletrônico, que fazia reconhecimento digital. E quando o moreno deu passagem para Yuri entrar, este ficou ainda mais boquiaberto. O apartamento era praticamente um vão livre, no estilo dos lofts nova-iorquinos, sem paredes ou divisórias, e o pé direito era duplo, dando a sensação de mais amplitude ainda. A decoração era impecável, assim como a limpeza do local. As paredes eram de tijolos aparentes, e os móveis e objetos de decoração eram de muito bom gosto. Uma escada de metal dava acesso ao mezanino, no qual deviam ficar os cômodos mais privativos.

— Yuri! — a voz de Hyunji ecoou no apartamento. — Que bom te ver são e salvo! Você deixou todos nós preocupados. — Ele chacoalhava o loiro pelos ombros.

— Desculpa, *hyung*... — O primo de Yuri, agora, o abraçou com carinho, passando as mãos pelas costas gentilmente. — O que está fazendo aqui?

— Venha, vou te mostrar. — Hyunji virou-se, chamando o loiro com o dedo indicador.

Um pouco mais adiante, era possível ver a cozinha estilo americana, com um grande balcão de granito negro. Sentado em um dos bancos altos, estava Taejoon, que parecia bem concentrado, cortando uma cebola.

— Yuri! — exclamou quando percebeu o grupo se aproximar. — Bom te ver de novo.

— Bom te ver também, Taejoon. — O loiro sentiu um cheiro bom sair das panelas. — Nossa, você está cozinhando, Hyunji?

— Sim! Junsuk me contratou para encher a geladeira de comida saudável para você. Enquanto ele trabalha, eu vou ficar aqui cuidando e te alimentando o dia todo.

— Gente, assim vou ficar mal-acostumado.

— Você merece um pouco de mimos. — Junsuk deu um beijo na bochecha de Yuri.

— Quer comer alguma coisa antes de descansar? — Hyunji perguntou, enquanto mexia o conteúdo de uma das panelas.

— Não, obrigado, *hyung*. Eu comi no avião.

— Está bem! Então, descanse até a hora do almoço. Pode deixar que eu te chamo.

— Vem, Yuri. — Junsuk puxou o loiro suavemente pelo pulso. — Vou te levar até meu quarto.

— Junsuk! — Taejoon chamou quando os dois já estavam se afastando. — Não temos muito tempo. A reunião com os novos clientes começa em meia hora. Não se atrase. — Piscou para o amigo.

Taejoon não conseguiu ouvir, mas sabia que Junsuk havia soltado meia dúzia de palavrões. Na verdade, tinham tempo suficiente, só disse aquilo para provocá-lo.

A escada de metal levava até um corredor, no qual era possível visualizar quase todo o andar de baixo. No final, havia apenas um quarto, todo decorado em tons de cinza e detalhes em madeira. Aquele definitivamente era a cara de Junsuk: moderno e muito elegante.

— Meu amor, pode ficar à vontade. O quarto é todo seu.

Han foi até Yuri e o abraçou, sentindo de novo o calor daquele corpo que tanto gostava. Apertou-o um pouco mais, mas sentiu o loiro estremecer levemente dentro de seus braços.

— O que foi? — perguntou, preocupado.

— Não é nada... — Yuri colocou uma das mãos sobre as costelas. — É só que ainda sinto um pouco de dor onde me bateram.

— Deixa eu ver? — Junsuk voltou a se aproximar, segurando a bainha da blusa de Yuri.

Com a ajuda dele, o loiro despiu o torso, e Junsuk pode ver claramente o hematoma causado pelos chutes. Sentiu o coração se apertar, desejou estar no lugar dele para poupá-lo de sentir dor. Segurou em sua mão e o conduziu até a cama, fazendo-o deitar-se. Afastou-se até a estante que estava próxima e começou a procurar por algo em uma caixa.

— O que está fazendo? — Yuri questionou, curioso.

— Vou te mimar mais um pouco antes de sair para o trabalho. — Finalmente achou o que procurava: um tubo de pomada.

Junsuk sentou-se na beirada da cama, espalhando um pouco do conteúdo do tubo em suas mãos, e com delicadeza e sem fazer muita pressão, passou o creme na região dos hematomas, massageando até que o produto fosse absorvido.

— Vai ajudar a melhorar essas marcas.

— Obrigado, Junsuk — agradeceu-lhe, sorrindo. — Acabou? — Alarmou-se quando percebeu que o namorado já estava se levantando.

— Acho que sim. — O moreno riu. — A não ser que você tenha mais contusões... — Levantou uma das sobrancelhas.

— Bom... sabe... acho que tá doendo um pouco aqui também. — Yuri apontou para o outro lado de seu corpo.

— É mesmo? — Colocou as mãos na cintura, bancando o difícil. — Não estou vendo nenhum hematoma aí.

— É que... não chegou a formar, mas está doendo. — Yuri fez um biquinho.

Junsuk riu de modo nasalado. Yuri era adorável. E aquele diabo conseguiria qualquer coisa com aquela carinha.

O moreno passou mais um pouco de pomada nas mãos, voltando a se sentar na beirada da cama. Não negaria, passar as mãos novamente por aquele corpo não seria nenhum sacrifício.

— Pronto, agora preciso ir. — Junsuk se levantou, ajudando Yuri a entrar debaixo das cobertas. — Mas eu volto mais tarde. *E aí, meu bem, vou cuidar de você a noite toda.*

— Mal posso esperar. — Yuri mordeu o lábio inferior.

Junsuk beijou a boca do loiro docemente, deixando um selar em sua testa alva depois.

— Descanse. Eu te amo, Onie.

— Também te amo, Kotchu.

54

Junsuk passou o dia assinando contratos, revisando relatórios e participando de reuniões com diferentes departamentos da empresa. Apesar da aparente calmaria, o CEO ainda estava apreensivo com os próximos dias. O silêncio de Aeri e seu pai era preocupante, e a forma como Seojoon o estava tratando era muito estranha.

Uma reunião do alto escalão da empresa aconteceria em breve, e Junsuk temia que ela seguisse pelos mesmos caminhos da anterior. A empresa havia estagnado: não estava mais perdendo dinheiro, mas os lucros estavam longe de serem ideais. Han precisaria apresentar uma nova estratégia para alavancar os negócios, ou sua liderança seria questionada mais uma vez.

O CEO suspirou, aliviado, quando entregou o último documento assinado do dia para a sua secretária. Já estava escuro, e tudo o que queria era poder voltar para a sua casa e para o seu Yuri. Pegou seus pertences e apressou o passo até a garagem, mandando uma mensagem para Yuri, avisando que estava a caminho.

Estacionou seu Maserati e entrou na cabine do elevador, sentindo o coração acelerar a cada andar superado. Abriu a porta e percebeu o apartamento quase totalmente escuro. Fechou a porta atrás de si e deixou suas coisas em uma poltrona que ficava ali por perto.

Olhou ao redor e viu a mesa arrumada para o jantar. A louça branca estava sobre jogos americanos de linho, e taças de cristal para água e champanhe também estavam simetricamente alinhadas. Os pendentes acima do móvel estavam acesos, ajudando na iluminação, assim como pequenas velas.

Junsuk se virou para o lado oposto da cozinha, encontrando Yuri deitado no sofá, adormecido. O abajur aceso da mesa auxiliar deixava aquele homem, todo vestido de branco, parecendo um anjo reluzente.

O moreno se aproximou silenciosamente, observando os fios dourados espalhados pela almofada escura, os lábios carnudos entreabertos, que o deixavam com a expressão levemente infantil. Em sua mão, estava um livro. Provavelmente, ele havia adormecido enquanto lia.

Com cuidado, Junsuk tirou o livro de sua mão, mas o movimento gentil não passou despercebido por Yuri, que abriu os olhos docemente, encontrando os do moreno.

— Junsuk, você chegou. — Yuri sentou-se no sofá. — Acabei dormindo enquanto te esperava, me desculpa.

— Meu amor, não se preocupe. — Han tirou uma mecha de cabelo que cobria seus olhos. — Eu que peço desculpas pela demora. — Beijou os lábios do outro, ganhando um belo sorriso como resposta. — Vejo que teremos um jantar especial aqui? — Apontou com a cabeça para a cozinha.

— Sim, vamos. Hyunji que deixou toda a comida pronta. Tentei ajudar, mas ele não deixou.

— Acho bom. Você está aqui apenas para descansar. Vou subir e tomar uma ducha rápida, para tirar esse ranço do escritório, pode ser?

— Claro, assim eu vou colocando a comida na mesa.

Junsuk deu mais um beijo no seu amado, antes de subir para o seu quarto. Apressou-se no banho, pois não queria deixar Yuri sozinho nem mais um minuto sequer, vestiu uma calça jeans clara e uma camiseta preta, e não se deu o trabalho de colocar nenhum sapato. Gostava de ficar descalço quando estava em casa.

Desceu as escadas correndo, encontrando Yuri de costas para ele, servindo os pratos que estavam sobre a mesa. Aproximou-se, sem fazer barulho, abraçando o loiro pela cintura, fazendo-o dar um pequeno pulo por causa do susto.

— Kotchu, não faça isso — o repreendeu.

— Me desculpa, não era a minha intenção. — Junsuk deu um beijo na base do pescoço do outro. — Humm, que cheiro bom.

— Sim! Hyunji fez risoto de camarão.

— Eu me referia ao seu cheiro, Onie. — O moreno passou o nariz pelo pescoço de Yuri, sentindo novamente o perfume inconfundível daquele homem.

Yuri sentiu um arrepio descer pela espinha. Fechou os olhos e instintivamente se recostou no peito do moreno, fazendo carinho em sua nuca, enquanto ganhava pequenos selares atrás de sua orelha. Junsuk apertou mais o abraço, feliz por tê-lo em seus braços novamente.

— Espero que não se importe, mas peguei uma garrafa de champanhe na sua adega — Yuri disse ao se soltar do abraço.

— É claro que não! Você pode pegar o que quiser. Além do mais, hoje é dia de celebrar!

— Celebrar? — Yuri deu um sorriso ladino. — O que vamos celebrar?

— Oras... — Junsuk se aproximou novamente, com a mão esquerda segurando o rosto do outro. — Vamos comemorar a sua volta em segurança... — A mão do moreno desceu pelo peitoral de Yuri, até alcançar o cós de sua calça. — E a sua primeira noite na minha cama.

Yuri não conseguiu esconder o sorriso malicioso. Sentia a região da virilha esquentar toda vez que Junsuk se insinuava para ele. Os dedos pequenos trilharam um caminho sobre as veias dos braços do moreno, subindo provocantemente, até agarrarem um punhado de tecido da camiseta negra, na altura do colarinho, e o puxarem para um beijo.

Junsuk suspirou com o contato dos lábios fartos nos seus, enquanto a língua macia e atrevida passeava por entre os dentes, tocando com desejo o interior de sua boca. A mão, que ainda segurava o cós da calça de Yuri, entrou por baixo do tecido claro que cobria o corpo do outro, sentindo a pele quente e firme do loiro estremecer sob seu toque.

— Você pode abrir a garrafa para mim? — Yuri quebrou o beijo, empurrando Junsuk levemente para trás.

— Você gosta de me torturar, não é Onie? — grunhiu, enquanto observava o loiro dar a volta no balcão da cozinha e pegar a garrafa de champanhe que estava no freezer.

— Ainda nem comecei, coração... — Piscou, entregando a garrafa para o outro.

Junsuk sorriu. Ficava impressionado como Yuri podia passar de um anjo cândido para um demônio sedutor em apenas um segundo. E eram nessas duas facetas que o moreno gostava de se entregar: ser levado ao céu, com apenas um sorriso, e jogado no inferno pelos contornos do corpo de Yuri.

A rolha da garrafa subiu alto, caindo em algum canto da casa, e o loiro segurou as duas taças, para que Junsuk as enchesse, entregando uma delas para o moreno em seguida.

— Um brinde? — Yuri sugeriu, levantando a taça.

— A nós, meu amor. Que nossa noite seja especial e que nada nos atrapalhe.

As taças tilintaram no ar, e os dois tomaram um pouco do líquido borbulhante, sem nunca desviar o olhar um do outro.

— Vamos comer, está esfriando — Yuri ofereceu, puxando uma das cadeiras para que Junsuk se sentasse ao seu lado.

Os dois começaram a comer, inicialmente em silêncio, apreciando o sabor delicado da comida preparada por Hyunji com tanto capricho. Porém, depois, Junsuk quis saber mais sobre a viagem de seu namorado à China, e Yuri não o poupou dos detalhes. Contou sobre a reunião com o presidente do banco, seu passeio pelas ruas, enquanto procurava pelo apartamento do Junwoo, e claro, sua aventura na delegacia.

Yuri mal conseguia contar o episódio do karaokê com Alec, pois ria só de pensar nas cenas naquele restaurante. Junsuk tentou não demonstrar, mas no fundo, teve que segurar uma pontada de ciúme de Alec se divertindo com seu namorado. Porém, ao mesmo tempo, ficou aliviado de Taejoon ter conseguido alguém tão legal para cuidar de seu precioso.

O casal deixou os pratos limpos, assim como a garrafa de champanhe vazia, levantou-se e, de uma maneira pouco cuidadosa, ajeitou a louça usada na pia.

Junsuk puxou Yuri pela mão, levando-o até o sofá grande e confortável. Os dois sentaram-se nas almofadas, enquanto o loiro passava as pernas sobre as coxas do outro, apoiando a lateral do corpo no encosto do sofá.

— Sente-se melhor, Onie? Ainda está sentindo dor? — Junsuk perguntou, subindo a mão carinhosamente pela perna de Yuri.

— Sim, estou bem. Tomei um remédio que alivia a dor por algum tempo.

— Que bom. — O moreno o puxou mais para si, fazendo-o apoiar o torso em seu peito.

Junsuk enlaçou o corpo menor entre os braços, sentindo o perfume suave que vinha dos cabelos dourados. Yuri levantou um pouco o rosto e, fitando o moreno em seus olhos, passou os dedos pela face do outro, indo do canto dos lábios, passando pelas bochechas, até a nuca, apertando a região de leve, fazendo Junsuk suspirar.

Yuri aproveitou a posição e puxou Junsuk para um beijo. Os lábios se tocaram com delicadeza, apenas como se estivessem experimentando pela primeira vez, mas então, Junsuk sentiu a ponta da língua de Yuri passar pelo seu lábio inferior, fazendo seu corpo se acender praticamente de imediato.

Agora, o beijo, antes inocente, transformava-se em paixão incandescente. Junsuk colou sua boca na do outro, invadindo-a com a sua língua ávida por mais. Yuri agarrou-se aos cabelos negros, tomando para si o controle dos movimentos. E depois que Junsuk sentiu seus lábios serem chupados com força, puxou o corpo de Yuri, fazendo-o sentar-se em seu colo, com uma perna de cada lado de seu corpo, que fervia.

Junsuk subiu as mãos grandes pelas costas de Yuri, por baixo de sua blusa, sentindo a pele do outro esquentar por onde passava. O loiro soltou um gemido baixo quando as unhas curtas de Junsuk trilharam o caminho de volta pelo seu corpo, até que os dedos longos alcançaram a sua bunda, apertando-a com propriedade.

Yuri jogou a cabeça para trás quando o moreno o puxou mais em direção à sua virilha, fazendo-o sentir o quanto já estava necessitado por ele. Junsuk aproveitou o pescoço exposto para passear os lábios na pele perfumada da região, e beijou toda a linha da mandíbula bem definida de Yuri, percebendo o quanto o outro estava entregue aos seus toques.

Junsuk puxou a blusa de Yuri para cima, tirando-a completamente de seu corpo e jogando-a para trás, antes de tomar os lábios do outro com luxúria. O loiro circulou o quadril devagar, mas com intensidade, arrancando um arfar de Junsuk, que ficou abafado entre os beijos.

Yuri afastou-se apenas o suficiente para poder tirar a camiseta de Junsuk, que foi fazer companhia à sua no chão, atrás do sofá, e tomou alguns segundos, somente para olhar o homem abaixo de si. Os cabelos negros desarranjados, os lábios entreabertos, com a respiração levemente descompassada. Os olhos de Yuri desceram para o torso de Junsuk, admirando cada detalhe do peitoral e abdômen bem-construídos.

O loiro desceu as mãos pelo corpo dele, sentindo os músculos rígidos sob seus dedos. Circulou os mamilos com os polegares, fazendo o outro fechar os olhos brevemente. Yuri salivou, querendo provar daquele corpo magnífico que estava sob suas mãos. Levou a boca até o pescoço do moreno, arrastando os dentes pela pele, até chegar à base, na qual deixou um leve chupão. A língua passeou pelo mesmo trajeto, enquanto ele se esfregava indecentemente no colo de Junsuk.

Quando a língua de Yuri, sem aviso algum, circulou um dos mamilos, o moreno cravou os dedos nas coxas fortes do outro, arrastando as mãos do joelho até bem próximo à virilha, fazendo surgir um sorriso de satisfação no rosto do loiro, que amava quando mexia intensamente com ele.

Yuri saiu de seu colo, deixando-o na expectativa do que viria a seguir. Ajoelhou-se entre as penas dele, olhando-o com luxúria, e abriu o botão da calça jeans do moreno, descendo o zíper sem pressa alguma. Da mesma forma, segurou as laterais da peça de roupa, puxando-a para baixo, e perdeu-se, por alguns momentos, ao se deparar com aquelas coxas desenhadas. Os dedos pequenos acompanharam aquelas curvas perigosas, até alcançarem a boxer escura, que escorregou facilmente para fora do corpo alheio.

Yuri mordeu os lábios, contendo a água na boca ao ver o falo ereto exposto, apoiou-se nos joelhos do moreno e levantou-se, afastando-se minimamente, apenas para tirar o restante da sua roupa.

Sempre muito performático nessas horas, o advogado passou uma mão pelos cabelos, segurando os fios dourados entre os dedos, enquanto a outra descia sensualmente pelo abdômen, até encontrar o cós da calça. Junsuk sentiu o pênis pulsar quando Yuri acariciou o próprio membro por cima do tecido branco e justo, mostrando o quanto também o desejava. Em um movimento rápido, mas preciso, Yuri livrou-se das duas peças restantes de uma vez só, exibindo o corpo esbelto e bem-definido.

Junsuk se desencostou do sofá e esticou o braço o suficiente para agarrar o pulso do loiro e puxá-lo de volta para o seu colo. O moreno correu as mãos fortes pelo corpo de Yuri, passando pelas coxas, subindo pelas costas e voltando, até agarrar a bunda farta do outro, puxando-o mais para perto, fazendo seus membros se encostarem.

Yuri agarrou-se à nuca de Junsuk, juntando sua testa na do outro, movendo o quadril para a frente e para trás, estimulando os membros eretos um no outro.

Junsuk correu o polegar pelos lábios carnudos de Yuri, que passou a ponta da língua sensualmente pelo dedo. O moreno trocou o polegar pelo dedo do meio, introduzindo-o com cuidado na boca do outro, que o chupou com vontade, fazendo-o gemer com aquele gesto.

Com o dedo cheio de saliva, Junsuk levou-o até a entrada de Yuri, que se contraiu ao toque suave. O loiro parou os movimentos do quadril, abrindo mais as pernas e empinando a bunda. Fechou os olhos e jogou a cabeça para trás quando sentiu ser invadido, com cuidado e sem pressa.

Junsuk beijou o pescoço de Yuri, esperando que ele se acostumasse com o seu dedo. O moreno passou a língua por um dos mamilos do loiro e, quando sentiu o outro relaxar um pouco, aproveitou para acrescentar mais um dedo dentro dele.

Yuri cravou as unhas nos ombros de Junsuk ao sentir seu interior ser alargado, com uma dor aguda se espalhando pela região. Com muito carinho, Junsuk moveu minimamente os dedos, estudando as feições de Yuri, a fim de não o machucar.

O loiro apoiou a cabeça no ombro de Junsuk, tentando respirar profundamente, relaxando o corpo e cedendo cada vez mais o seu peso nos dedos dentro de si.

Um pouco mais confiante, o moreno passou a movimentar sua mão, sentindo Yuri se agarrar cada vez mais a si.

— Junsuk-ah — gemeu baixinho em seu ouvido. — Quero você.

O moreno sentiu os pelos se arrepiarem. Tirou os dedos de dentro do namorado e, agarrando-se fortemente à bunda macia de Yuri, levantou-o levemente de seu colo, apenas para encaixar seu pênis entre as suas nádegas. Yuri voltou a rebolar, sentindo a ponta do falo de Junsuk roçar a sua entrada.

— Onie... — Junsuk suspirava de prazer com aquele homem em cima de si. — Tenho lubrificante lá em cima.

O loiro parou o movimento dos quadris e, segurando o namorado pela nuca, olhou dentro de seus olhos, cheio de luxúria, com um sorriso malicioso surgindo no canto dos lábios.

— Não precisa... Eu aguento. — Yuri deu uma piscadinha.

Os dois riram com a lembrança e com a memória daquele dia. Yuri desceu do colo de Junsuk, ficando novamente entre as pernas fortes do outro, segurou o pênis pela base e, sem mais demora, enfiou tudo o que conseguiu dentro da boca, fazendo Junsuk arquear as costas e soltar um "Puta que pariu!" bem sonoro.

Yuri sugava com gosto, movimentando a cabeça para cima e para baixo, em um ritmo moderado, mas intenso. Quando trabalhava com mais afinco na cabeça, masturbava o restante com uma de suas mãos, fazendo Junsuk fechar os olhos com força para não gozar tão rápido. O loiro deixava a saliva escorrer, lubrificando o pau volumoso do namorado tanto quanto podia.

Yuri interrompeu o boquete, ganhando um murmúrio de insatisfação do outro. Mas antes que ele pudesse reclamar, subiu novamente em seu colo, encaixando um joelho de cada lado, rentes ao corpo dele. O próprio Yuri direcionou o pênis de Junsuk para dentro de si, respirando profundamente a cada centímetro que entrava, e o moreno o segurou pela cintura, deixando que ele ditasse o seu ritmo.

Junsuk gemeu quando se sentiu totalmente dentro de Yuri, com as nádegas tocando seus testículos, enquanto os dedos do loiro deixavam marcas nos braços do moreno.

Yuri envolveu os braços ao redor do pescoço de Junsuk, ganhando deste um beijo profundo e cheio de cumplicidade, e aos poucos, começou a se movimentar. Primeiro, para a frente e para trás, e depois de já estar acostumado com o volume dentro de si, passou a subir e a descer, enviando ondas de prazer intenso para ambos.

O loiro apoiou os pés sobre o sofá e, assim, conseguiu se sentar com mais rapidez, subindo até o pênis de Junsuk quase sair e, depois, deixando seu peso ajudar na descida com força.

Junsuk já sentia a pele do loiro úmida, por causa do suor de esforço para lhe dar prazer. Os cabelos acompanhavam os movimentos intensos, enquanto os lábios carnudos ficavam presos entre os dentes.

O moreno abraçou a cintura de Yuri, fazendo-o parar de se mover, e saiu de dentro de seu namorado, posicionando-o quase no mesmo lugar. Com os joelhos apoiados no sofá novamente, o loiro relaxou os braços no encosto, empinando a bunda arrebitada para Junsuk, que já se encaixava por trás.

Penetrou-o de uma vez só, sem dó desta vez, arrancando um pequeno grito de surpresa daqueles lábios maltratados pelos próprios dentes. Com um dos pés apoiado no assento do sofá, Junsuk o penetrava repetidamente, com força, fazendo seus corpos se chocarem e sons obscenos ecoarem pelo apartamento amplo.

— *Junsuk* — a voz saiu entrecortada. — Me toque, por favor.

O moreno, sem cessar os movimentos, levou uma das mãos até o membro negligenciado de Yuri e apertou a base, aproveitando para acariciar os testículos. Yuri sentia as pernas tremerem, prestes a desabarem sob o peso do corpo.

Junsuk subiu a mão, até tocar a cabeça avermelhada, sentindo o pré-gozo escorrer entre seus dedos; começou a masturbar Yuri, com as estocadas ajudando a empurrar o corpo do loiro contra a sua mão.

Já não havia mais razão ali, apenas sensação, prazer, êxtase, que foi posto para fora, em jatos curtos, sujando o estofado de couro.

Yuri pendeu o corpo para a frente, apoiando o peito no encosto, estremecendo por causa do ápice alcançado. Junsuk estocou mais algumas vezes e sentiu seu baixo abdome fervilhar. E em um último movimento firme, enterrou-se completamente dentro de Yuri, despejando-se com um gemido longo e gutural.

Junsuk relaxou o corpo, apoiando-se nas costas de Yuri, que também tentava recuperar o fôlego. Aos poucos, retirou-se de dentro dele, enquanto beijava levemente as costas de seu amado.

— Você está bem, Onie? — perguntou, enquanto Yuri se virava de frente para ele.

— Melhor do que nunca, Kotchu — respondeu, sorrindo, com as bochechas rosadas, por causa do esforço recente, e os cabelos bagunçados e úmidos caindo pela testa.

— Venha, precisamos de um banho. — Ofereceu a mão, para ajudá-lo a sair do sofá.

— Fizemos uma pequena bagunça no seu sofá. — Yuri apontou para as almofadas manchadas.

— Não faz mal. Só mostra que ele foi finalmente inaugurado com sucesso. — O moreno riu, mas ganhou uma cotovelada leve na altura das costelas, pois Yuri sabia exatamente do que ele estava falando. — Ah... foi só uma piadinha.

— Ha-ha! — Yuri cruzou os braços, fazendo um bico, mas não conseguiu conter o riso que escapou em seguida.

— Vem, vou te dar um banho. — Yuri se deixou ser levado por Junsuk, que o guiava delicadamente pela mão.

Os dois entraram no box, e Yuri deu um grito quando o outro ligou o chuveiro sem aviso. O moreno o abraçou, protegendo-o da água fria até que ela esquentasse.

O casal tomou banho praticamente sem se desencostar, um ajudando o outro a lavar os vestígios do sexo recente. As bocas mal se separavam, e as mãos percorriam caminhos sinuosos, provocando a libido de cada um.

Yuri secou Junsuk com carinho, passando a toalha felpuda pela pele úmida, e aproveitou para observar, mais uma vez, cada pedacinho de mau caminho que era o seu namorado. Sorria para si mesmo ao pensar que aquilo tudo era seu... quer dizer... *quase tudo.*

Sentiu um calor se espalhar pelo corpo e enrubesceu com as imagens que sua cabeça estava criando naquele momento. Junsuk se afastou para ir até a pia, para arrumar os cabelos despenteados, dando, assim, ainda mais material para a imaginação de Yuri quando ficou de costas para ele. O loiro foi até ele, encostando-se em suas costas e abraçando-o pela cintura.

— Junsuk... — sussurrou em seu ouvido. — Quero mais... — revelou, enquanto se esfregava lentamente no traseiro do outro.

O moreno sorriu, vendo no espelho o reflexo do namorado atrás de si, com um sorriso malicioso e os olhos cheios de desejo.

— O que meu amor quiser, meu amor terá. — Junsuk se virou dentro do abraço de Yuri, ficando em frente a ele, com os braços ao redor do pescoço do loiro, fazendo carinho na nuca.

— Então, vem. Tenho planos para o resto da noite. — Yuri passou a língua pela boca de Junsuk, puxando-o, em seguida, para fora do banheiro.

A cama foi logo ocupada pelos dois, com os lençóis finos se desarranjando por baixo deles. Yuri sentou-se na barriga de Junsuk, beijando cada pedacinho de pele que estava ao alcance de seus lábios. Junsuk suspirava e se contorcia, tentando roçar mais no outro, que fazia seu corpo ferver em tão pouco tempo.

Yuri prendeu os pulsos do moreno acima de sua cabeça, beijando sua boca vorazmente, enquanto rebolava sobre o membro já tão desperto do outro.

Junsuk virou-se na cama, tomando o posto de Yuri, e posicionou-se entre as pernas do outro, passeando os lábios desde o torso até a sua virilha. A língua quente percorreu todo o falo ereto no loiro, fazendo-o gemer baixinho.

O moreno chupou a cabeça rosada e úmida devagar, sem pressa, saboreando o gosto de seu amado, totalmente entregue em suas mãos. Yuri soltou algumas palavras ininteligíveis quando o outro engoliu praticamente todo o seu comprimento.

Junsuk foi até onde conseguiu, sentindo o pênis tocar a sua garganta, causando um leve desconforto. Respirou profundamente pelo nariz e fez o caminho inverso, chupando com vigor cada centímetro que, agora, saía de sua boca.

Yuri segurou os cabelos negros, ditando o ritmo que queria que Junsuk empregasse. Dolorosamente lento no início, acelerando a cada investida, até que o moreno já não estivesse mais se movimentando, e sim o outro, que fodia a boca do namorado com vontade.

Yuri gemia, extasiado com o prazer que estava sentindo. Ficou um pouco irritado consigo mesmo por ter de interromper aquele boquete, mas ou parava, ou gozaria antes do que estava planejando.

Virou o corpo de Junsuk no colchão, fazendo-o ficar de bruços, e sentado sobre as pernas do moreno, Yuri passeou suas mãos pelas costas fortes do outro, sentindo a pele se arrepiar com os toques.

Yuri beijou toda a linha da coluna de Junsuk, desde a base do pescoço até o cóccix, e posicionou um travesseiro embaixo do outro, deixando-o, confortavelmente, com a bunda empinada. Os lábios carnudos tocaram aquela pele delicada, fazendo Junsuk tremer de antecipação.

Cheio de ousadia, Yuri passou a língua entre as bandas, arrancando um gemido rouco do moreno. Os dedos curtos do loiro apertaram a região com vontade, afastando cada um dos lados, expondo a entrada pouco explorada de Junsuk.

Passou a ponta da língua, sentindo-o contrair-se com o toque tão íntimo. O músculo úmido, agora, explorava o ânus do moreno, vez ou outra o penetrando. Junsuk apertou os lençóis entre os dedos, sentindo um misto de prazer e apreensão, abafando seus gemidos no travesseiro.

Yuri se afastou minimamente, apenas para alcançar o lubrificante, estrategicamente deixado próximo à cabeceira da cama, cobriu dois dedos com o gel e derramou um pouco mais entre as nádegas de Junsuk. O primeiro dedo escorregou para dentro, ficando parado até que o moreno parecesse confortável. Yuri sorriu, satisfeito, quando viu Junsuk começar a rebolar em seu dedo, mostrando que queria mais.

Começou a se movimentar com cuidado, prestando atenção em cada expressão do corpo de seu amado. Adicionou mais um dedo, ganhando confiança com os gemidos crescentes que ecoavam pelo quarto pouco iluminado.

O loiro tirou os dedos de dentro de Junsuk, virando seu corpo para ficar com as costas apoiadas no colchão. O membro do moreno já pingava de tesão, o que fez com que Yuri prendesse o lábio inferior entre os dentes, cada vez mais louco por aquele corpo magnífico. Beijou os lábios de Junsuk com carinho, aprofundando o beijo aos poucos, enquanto o masturbava devagar.

— Amor, se doer, se não estiver se sentindo confortável... por favor, me avisa — disse ao pé do ouvido do moreno.

— Não se preocupe. — Junsuk encarou os olhos brilhantes do outro. — Pode vir, eu aguento. — Sorriu de modo travesso, fazendo Yuri rir com a referência.

O loiro alcançou novamente o tubo do lubrificante, cobrindo seu membro com uma quantidade generosa, e encaixou-se entre as pernas de Junsuk, abrindo-as e levantando-as, para que ficasse mais bem-posicionado. Guiou seu membro pulsante até a entrada do moreno, empurrando levemente, apenas para testar o quanto cedia à sua investida. Abaixou o corpo, deixando seus rostos bem próximos, as respirações se misturando uma à outra.

Sem nunca desviar o olhar um do outro, Yuri penetrou Junsuk, empurrando, com cuidado, todo o seu comprimento para dentro, e apoiou uma mão de cada lado do rosto do moreno, que lutava para não demonstrar que sentia um pouco de dor.

Junsuk envolveu o corpo do outro com as pernas, relaxando o seu e dando permissão para que ele se movesse. Yuri beijou o moreno enquanto começava a estocar, sentindo as paredes do outro cederem cada vez mais e a expressão dura no rosto de Junsuk suavizar.

Yuri fechou os olhos, tentando se controlar para não gozar. A sensação de estar dentro de Junsuk era melhor do que ele poderia imaginar. E quando ouviu gemidos baixos escaparam dos lábios do namorado, não resistiu e acelerou os movimentos.

Subiu o corpo, segurando cada uma das pernas de Junsuk, empurrando-se para dentro cada vez com mais força. Não conseguia nem gemer, o prazer tomava conta de todo o seu corpo, e ele esperava que o outro estivesse se sentindo da mesma maneira.

Com suor escorrendo nas costas, Yuri saiu de dentro do namorado, que, como se tivesse saído de um transe, sentiu o vazio entre as pernas.

— De quatro, coração — ordenou.

E como um bom garoto obediente, Junsuk apoiou os joelhos e as mãos na cama, expondo-se como nunca para Yuri.

Um pouco mais de lubrificante foi adicionado, antes do loiro voltar com tudo para dentro, arrancando um grito longo e manhoso de Junsuk. Com as mãos segurando firmemente a cintura do outro, Yuri estocava com habilidade, chocando seu corpo contra o traseiro do namorado.

Quando Junsuk soltou o peso do corpo no colchão, deixando apenas a bunda para cima, Yuri soube que havia achado o ponto certo e, repetidamente, surrou a próstata do moreno, que agora gemia sem pudores.

Yuri sentia seu ápice chegando. A vontade de continuar era grande, mas a vontade de gozar dentro de Junsuk era ainda maior. Diminuiu a força e aumentou a velocidade, sentindo seu membro ser deliciosamente envolvido.

E em pouco tempo, com um gemido alto, Yuri desmanchou-se dentro do namorado. A porra preencheu o interior de Junsuk, enquanto o loiro continuava se movimentando, para prolongar o prazer ao máximo.

Yuri cessou as investidas, retirando-se com cuidado. Junsuk ainda estava na mesma posição, com as pernas tremendo levemente e as juntas dos dedos das mãos quase brancas, de tanto apertar os lençóis.

— Vem aqui, Kotchu — Yuri chamou, indicando para que ele se recostasse na cabeceira da cama.

Aconchegado entre os travesseiros, Junsuk assistiu a Yuri engatinhar sobre suas pernas, deixando um beijo sensual nos lábios do moreno. A boca, agora, tomava outro rumo, percorrendo o pescoço, os mamilos, descendo até chegar no membro pulsante. O loiro tomou-o entre seus dedos, e os lábios encontraram a cabeça avermelhada.

Junsuk jogou a cabeça para trás quando sentiu ser engolido por aquela boca maravilhosa. Aquela experiência estava sendo tão intensa, que ele estava a ponto de gozar.

E com um pouco mais do calor dos lábios de Yuri, Junsuk atingiu seu ápice, agarrando-se aos cabelos dourados, jorrando o líquido quente dentro da boca do outro, que o recebeu sem protestar, engolindo cada gota que saía.

Yuri sentou-se ao lado de Junsuk, puxando-o para apoiar-se em seu peito, enquanto os dois tentavam normalizar a respiração descompassada, arrebatados pelo prazer intenso.

— Você está bem, Kotchu? — Yuri beijou os cabelos do outro.

— Estou ótimo... — Suspirou.

— E... o que você achou? Foi bom? — perguntou, apreensivo.

— Não sei...

O loiro assustou-se com a resposta e afastou-se um pouco de Junsuk, para olhar em seus olhos.

— Acho que teremos que experimentar mais vezes. — Ele piscou para Yuri, que sorriu, aliviado.

— Eu te amo, Kotchu. — Aconchegou o namorado novamente em seu peito.

— Também te amo, meu Onie. — Junsuk puxou a coberta sobre eles. — Boa noite.

— Boa noite.

Yuri beijou a testa de Junsuk, e ambos se entregaram ao cansaço e ao sono que invadiu a madrugada.

55

Yuri e Junsuk acordaram tarde, sem pressa de assumir qualquer compromisso. Estavam descansados, depois de passarem a noite nos braços um do outro. Tomaram banho e, juntos, prepararam um café da manhã simples, mas substancial, para repor as energias gastas na noite anterior.

Han também havia feito uma pequena surpresa, encomendando um buquê de lírios brancos e amarelos, que foi entregue logo que se levantaram da cama. As flores foram acomodadas em um vaso longo e transparente, ornamentando o balcão da cozinha de estilo americano.

Entre beijos e abraços, aquela manhã parecia comercial de margarina.

— Vou me trocar, coração — Yuri anunciou, depois que terminaram de arrumar a cozinha. — Acho que você também deveria.

— Ah, não... — Junsuk fez bico. — Quero passar o dia todo aqui com você. — Abraçou o loiro pela cintura.

— Eu queria também, Kotchu, mas estamos no meio de uma tempestade na sua empresa. Tempo é dinheiro, meu caro. E tem dinheiro escorrendo por canos sujos.

— Está bem — resmungou. — Mas antes...

Junsuk suspendeu o corpo de Yuri, colocando-o sentado no balcão da cozinha, ficando entre suas pernas. O loiro envolveu seu pescoço com os braços, e as bocas não tardaram a se encontrar. Um beijo lento, cheio de ternura. E assim, sem se darem conta, perdidos no mundinho deles, o trinco destravou e a porta se abriu de repente:

— MAS QUE PORRA É ESSA?

O casal se assustou com o grito que vinha da porta, mas o susto ficou ainda maior quando reconheceram a pessoa que havia acabado de entrar.

— Aeri? — Junsuk se afastou de Yuri, que desceu do balcão da cozinha. — Eu é que pergunto: "Que porra é essa"? Como é que você entrou aqui?!

— EU TENHO O CÓDIGO DA PORTA, ESQUECEU? ESQUECEU QUE EU ENTRAVA E SAÍA DAQUI A HORA QUE EU QUISESSE? ESQUECEU QUE AINDA TENHO COISAS MINHAS NO SEU ARMÁRIO, JUNSUK? — Aeri gritava a plenos pulmões, com o rosto ficando vermelho a cada palavra que saía de sua boca e a cada passo que dava em direção ao casal. O que ela via pela frente ia ao chão.

— Aeri, acho que você esqueceu o significado da palavra limite ou privacidade. — Junsuk apontou o indicador para ela, dando alguns passos para trás, tentando aumentar a distância entre eles.

— EU ACHO QUE VOCÊ ESQUECEU O SIGNIFICADO DE DECÊNCIA E PUDOR! — esbravejou, atirando o livro que Yuri estava lendo, na noite anterior, em direção a eles. — Eu não imaginava que meu futuro marido era uma aberração!

— Aberração?

— Sim, Junsuk! Aberração! Ou você acha que isso... — Apontou para ele e para Yuri. — É algo normal? Você está doente, perdeu totalmente a noção do ridículo. Esse aí está te iludindo, confundindo a sua cabeça! Você não é assim!

— Esse aqui tem nome, senhorita Im! — Yuri cruzou os braços na frente do peito, colocando-se entre os dois. — E a iludida aqui é você. É você que ainda acha que tem algum controle sobre Junsuk.

— Você ainda tem coragem de se dirigir a mim?

Im avançou mais alguns passos em direção a Yuri, como uma leoa que avista a sua presa, mas antes que o alcançasse, Junsuk a parou, segurando-a pelos ombros.

— Saia daqui! Saia dessa casa!

— Aeri, pare!

— Você... Sukie... — Ela encarou os olhos negros tão próximos de si, voltando a falar, com a voz embargada por causa do choro de raiva.

— Já te disse para não me chamar assim — Junsuk disse friamente.

— Você trouxe um amante para dentro de casa! — Aeri empurrou-o, soltando-se e enxugando as lágrimas com o dorso das mãos.

— Amante?! — Yuri exclamou.

— Você enlouqueceu, Aeri? Que história é essa de amante? Você está louca! Quantas vezes vou ter que repetir que nós não temos mais nada? Nada, entendeu? Nosso noivado acabou.

— NÃO! — Aeri cobriu as orelhas com as mãos. — Pare de dizer isso. Se tivesse mesmo acabado, você teria me desmentido na frente de todos aqueles jornalistas na coletiva de imprensa!

— Aquilo foi uma emboscada, e você sabe muito bem disso! Você se aproveitou da situação, me colocando em uma posição complicada. Pode ter negado na frente da mídia, mas nada mudou em relação ao nosso rompimento.

— Você não tem vergonha, *Junsuk*? — pronunciou o nome ironicamente, já que ele não gostava do apelido pelo qual ela o chamava. — Não tem vergonha de foder com um empregado seu? De contratar alguém só para ser a sua puta de luxo?

— Chega, Aeri. Meça suas palavras antes de se dirigir a mim — Yuri se manifestou. — Você não tem o direito de me ofender desse jeito. — O rosto do loiro esquentou de raiva, mas seus olhos se encheram de lágrimas, lembrando que havia escutado a mesma coisa de Jaechin no Japão. Era doloroso ouvir que as pessoas achavam que ele era apenas uma fonte de sexo para Junsuk. Aeri não tinha culpa, mas ele também não. Assim que soube que o outro era comprometido, não deu nem um passo sequer antes que tudo estivesse terminado entre eles. Nunca quis e nunca se prestaria ao papel de amante.

— Ah, vai me dizer que estou mentindo? — Im debochou. — Vai me dizer que esse relacionamento dentro da nossa empresa nasceu de um encontro puro e casual? Que vocês se apaixonaram assim que você colocou os pés no escritório de Junsuk? — Bateu uma palma na outra, entrelaçando os dedos das mãos.

— Não devo explicações a você, mas só para deixar bem claro, minha atuação na empresa dos Han é puramente profissional, entendeu? Eu sou uma pessoa séria e comprometida com o meu trabalho.

— Profissional? Você acha que estar sentado no balcão da cozinha, com seu chefe entre as pernas, é ser profissional? — Aeri colocou as mãos na cintura.

— Em primeiro lugar, Junsuk não é meu chefe. — Yuri sentia seu sangue ferver. — Em segundo lugar, se eu soubesse que ele era comprometido, jamais o teria deixado se aproximar de mim em Las Vegas.

Nesse momento, o apartamento caiu no silêncio. Os três presentes ouviam apenas o nome "Las Vegas" ecoar dentro deles, provocando sensações diversas em cada um.

Junsuk empalideceu, e Yuri esfregou o rosto com as mãos, olhando para o alto, lamentando profundamente toda aquela situação. Mas Aeri ficou, de repente, estranhamente serena.

Passando uma das mãos pelos longos cabelos castanhos, ela respirou profundamente, aproximando-se lentamente de Junsuk. Ao ficar de frente e a uma curta distância de seu ex, Im encarou os olhos apreensivos do moreno e, em um movimento rápido, juntou todas as suas forças e acertou um tapa certeiro do lado esquerdo do rosto de Junsuk, deixando a marca dos dedos e um arranhão provocado por um anel.

O moreno deu um passo para trás, sentindo a dor do tapa e a ardência do pequeno ferimento em sua pele. Junsuk não teve reação, pois, no fundo, sabia que merecia aquilo. Havia envolvido duas pessoas inocentes em uma situação complicada e injusta.

— Eu sabia... — Aeri disse entre os dentes. — Minha intuição sempre me falou que a presença desse aí era sujeira. — Fixou seu olhar em Yuri, sentindo asco da figura ao seu lado. — Meu coração falava, mas eu custava a acreditar que seria trocada por um homem. E falar isso, em voz alta, só me dá ainda mais nojo. — Aeri engoliu a saliva que parecia cimento, rasgando por dentro, da mesma forma que sentia seu coração ser despedaçado. Lágrimas grossas começaram a verter dos olhos amendoados, enquanto seus punhos estavam cerrados, como se quisesse conter, nas palmas das mãos, todo o ódio que sentia naquele momento.

— Aeri... — Yuri aproximou-se um pouco dela. — Eu sinto...

— CALA A BOCA! — O loiro recuou com o grito. — Seu oportunista! Não pense que vou cair no seu discurso de cão arrependido. Você pode ter entrado nessa história enganado, mas continuou compactuando com essa traição depois que aceitou o trabalho na empresa. Vocês dois me fizeram de palhaça na frente de todos! E isso não vai ficar assim — ameaçou.

— Aeri, acalme-se... Eu.. — Junsuk tentou apaziguar.

— Você! — Apontou o dedo para o ex. — Você terminou comigo por telefone enquanto estava no Japão. Devia estar com esse aí na cama, os dois rindo de mim.

— Não foi nada disso — Yuri tentou se explicar. — Nós...

— CHEGA! — Aeri pegou o vaso de cristal, que enfeitava o balcão da cozinha, e o arremessou no chão, amassando as flores delicadas e fazendo milhares de cacos brilhantes se espalharem pelo apartamento. — Eu não quero ouvir mais nada! Nada que vocês falarem vai mudar alguma coisa. Nada vai mudar o fato de que você, Junsuk, é um mau caráter, traidor. A empresa não deveria nunca ter ido parar nas suas mãos, você não merece. Seu pai vai morrer de desgosto!

Junsuk calou-se, sentindo no peito a dor de ser tocado em seu ponto fraco. As coisas sempre se misturavam em sua cabeça. A vida pessoal não deveria atrapalhar em nada a sua carreira, mas certamente seu pai ficaria extremamente desapontado com as suas atitudes. Ele não aceitaria facilmente que ele havia traído a ex-futura esposa. O jovem CEO também ficava apreensivo ao pensar na reação de seu pai, quando soubesse que trocou seu casamento "perfeito" por um relacionamento com um homem, e isso o perturbava com mais frequência do que ele gostaria.

— Isso não acaba aqui, Junsuk. — Im ofegava. — Vamos ver quem tem controle sobre quem! E você... — Virou-se para Yuri. — Não sei nem se consigo sentir pena de você, se sujeitando a ficar em segundo plano. Se ele quisesse algo com você, já teria te assumido. Mas pelo jeito, para ele ainda é muito mais confortável fazer o resto do mundo acreditar que ainda está noivo. Abra os olhos, Kang. Junsuk não liga para ninguém, a não ser para si mesmo. — Aeri virou as costas, pisando firme no seu caminho para fora do apartamento, deixando para trás a porta aberta e o casal sem chão.

Entrou correndo no elevador, que ainda estava parado no andar, apertando o botão da garagem, com força, diversas vezes, como se aquilo pudesse a tirar dali mais rapidamente. A porta da cabine se fechou, e Aeri se viu sozinha. Seu coração batia freneticamente, e a respiração encurtada a fazia ficar um pouco zonza.

E enquanto o elevador descia, a morena viu sua imagem no espelho: os cabelos, tão bem cuidados, estavam desgrenhados, a maquiagem, sempre impecável, estava borrada pelas lágrimas, que ainda escorriam de seus olhos. Bateu as duas mãos espalmadas no espelho, encarando o seu reflexo perturbado. Sentia-se suja e humilhada. Seu orgulho ferido escorria junto às gotas salgadas de amargura. Aqueles dois pagariam muito caro por isso. Colocaria seu plano em prática mais cedo do que o esperado, e os dois parariam na palma de sua mão.

Ela saiu correndo quando as portas se abriram novamente, buscando seu carro estacionado para sair dali. Queria algo que pudesse aliviar um pouco a raiva que sentia. Precisava pôr para fora todos aqueles sentimentos conturbados, antes que explodisse. Precisava descontar toda a sua frustração em alguém... ou em algo. E então, seus olhos pousaram no reluzente Maserati de Junsuk, estacionado a poucos passos de onde estava. A lataria escura e imaculada afrontava a ira de Aeri.

Olhou para os lados e avistou, em um canto da garagem, um amontoado de equipamentos esportivos, provavelmente de algum outro morador do prédio. Aeri foi até lá, encontrando, de imediato, o que julgou ser mais do que útil: um taco de beisebol.

Voltou para perto do carro de Junsuk com o objeto de madeira maciça em mãos, dando uma volta ao redor do veículo, escolhendo seu primeiro alvo. Hesitante, suspendeu o taco sobre a cabeça e deixou o peso ser levado pela gravidade, atingindo o capô do Masserati. A lataria afundou levemente, um estrago muito pequeno comparado ao que Junsuk havia feito com ela. Dessa vez, segurou o taco com as duas mãos, apertando com força a base do objeto, tomou um impulso e, agora com mais força, atingiu uma das lanternas frontais, que se estilhaçou.

Aquilo foi a fagulha que a explosão interna de Aeri precisava. Colocando-se atrás do Maserati, destruiu mais uma das lanternas, adorando o som do estrago que fazia.

Aeri ria e chorava ao mesmo tempo, e a cada golpe que dava, sua adrenalina aumentava e seu sangue parecia correr uma pequena maratona dentro de si.

Quando acertou a janela do lado do motorista, o alarme do carro disparou, mas a morena não se intimidou, continuando a sua destruição, quebrando cada um dos vidros e deixando um rastro fundo na lataria. Seus braços já estavam cansados, mas nada a faria parar.

Com um último golpe, arrancou um dos retrovisores, que voou pela garagem, quase atingindo o porteiro, que apareceu no local naquele momento. Aeri cambaleou, deixando o taco cair de suas mãos, sentindo seus joelhos fraquejarem até que estivessem em contato com o chão.

— Senhorita Im! O que aconteceu? — O porteiro correu em sua direção. — A senhorita está bem? Deixe-me ajudá-la. — Tentou levantá-la.

— Tire as mãos de mim! — Empurrou o funcionário prestativo. — Eu não preciso de ajuda! Eu não preciso de ninguém!

Aeri se levantou, limpando os joelhos empoeirados com as mãos, enxugou as lágrimas e ajeitou o cabelo e as roupas, voltando a andar normalmente em direção ao seu carro.

O porteiro ficou sem reação, vendo-a cantar os pneus dentro da garagem e sair do prédio. Olhou ao seu redor e viu a destruição do belo Maserati.

O alarme ainda soava alto, então correu para a portaria e ligou para o apartamento da cobertura.

♣♦♠♥

Yuri e Junsuk observaram Aeri sair do apartamento, ambos sem reação para tudo o que tinha acabado de acontecer. Tudo estava indo tão bem, até que aquela porta havia sido invadida.

Han olhou para seu namorado com os olhos arregalados, pedindo socorro silenciosamente. Seu coração estava disparado, e parecia que desmaiaria a qualquer momento.

— Kotchu... — Yuri tentou se aproximar do outro. — Você está... ai! — O loiro levantou um dos pés, visualizando um caco de vidro enterrado no seu calcanhar. — Porra!

— Yuri, você está descalço. — Junsuk pareceu despertar do choque ao ver o outro machucado. — Fique onde está.

Andou a passos largos, evitando os cacos pelo chão, subiu correndo a escada e, pouco depois, voltou com um par de chinelos e uma caixa branca de primeiros socorros.

Yuri calçou o pé que não havia sido machucado e teve a ajuda de Han para ir até o sofá, segurando-se em seu ombro para não precisar apoiar o outro pé no chão.

Com cuidado, Junsuk usou uma pinça para tirar o caco de vidro do calcanhar de Yuri, que mantinha o olhar fixo em outra direção, evitando ver o machucado. O corte era pouco profundo, então quase não sangrou. O moreno limpou a ferida e passou um pouco de spray antisséptico, o que causou um pequeno gemido de dor no outro. O ferimento foi coberto por um curativo, e Junsuk deixou um breve selar em seu pé, colocando-o no chão com delicadeza.

— Obrigado, coração. — Yuri tocou o rosto do namorado. — E você, está bem?

Junsuk deu um pequeno aceno com a cabeça, olhando ao seu redor, observando todos os objetos caídos ou quebrados pelo assoalho do apartamento.

— Se isso fosse o único estrago.

— Que cara de derrota é essa? — Yuri puxou o rosto do outro pelo queixo, fazendo-o olhar em seus olhos. — Você não pode se dar por vencido agora.

— Onie, eu não sei o que pode acontecer a partir de agora. — Junsuk passou a mão pelo rosto. — Aeri vai fazer da nossa vida um inferno. Ela não vai descansar até conseguir me destruir, e o meu pai...

— E você vai ficar aí sentado, esperando ela fazer isso? — Yuri se levantou do sofá. — Vai deixar ela acabar com tudo por causa de um ciúme doentio?

— Não estou dizendo que ficarei de braços cruzados, mas é uma situação complicada. O meu pai...

— Você é o CEO! Se realmente quer provar para o senhor Han que é plenamente capaz de gerir os negócios da família, então precisa começar a se impor. E acho que você vai ter que começar justamente pelo seu pai.

— Mas a Aeri...

— A Aeri é uma pedra no caminho e não o caminho em si. É claro que sei que ela ainda vai causar mais tumulto, ainda mais depois de hoje. — Yuri bufou, passando as mãos pelos cabelos. — Mas precisamos agir, e rápido. Vamos, precisamos chegar logo à empresa.

Os dois iam em direção ao quarto para se aprontarem para o trabalho, mas o interfone os interrompeu.

— Sim? — Junsuk atendeu ao chamado.

— *Senhor Han, aqui é Shin Soseong, da portaria. Preciso que o senhor venha até a garagem.*

— Aconteceu alguma coisa?

— *É melhor o senhor ver com os próprios olhos.*

Junsuk desligou o interfone e correu para o elevador, sendo seguido de perto por Yuri. Assim que as portas da cabine se abriram, os dois deram de cara com o porteiro. Ele claramente estava assustado e, nas mãos, segurava o retrovisor do carro, que fora arrancado por Aeri.

— O que houve, senhor Shin?

— Senhor Han... eu... — O porteiro deu um passo para o lado, dando a visão do Maserati destruído.

Junsuk sentiu as pernas tremerem ao se deparar com a cena. Deu alguns passos para a frente e viu seu carro de 200 mil dólares em frangalhos.

O porteiro, sem saber muito o que fazer, esticou os braços, entregando o retrovisor que estava em seu poder. Junsuk segurou a peça arrancada, vendo o seu reflexo no espelho trincado. Os dedos longos apertaram aquele pedaço de seu carro, agora inútil, até que as juntas estivessem sem cor. Seu sangue subiu, e com um grito desesperado, lançou o retrovisor na direção do carro, que bateu em uma das janelas quebradas, fazendo o restante do vidro estilhaçado ir ao chão.

Yuri segurou o braço do namorado, tentando fazê-lo se acalmar, mas Junsuk se soltou do aperto, chutando a porta do lado do passageiro, fazendo a marca de seu pé se juntar às outras feitas pelo taco.

— Senhor Han, eu sinto muito. Eu vim correndo assim que ouvi o alarme do carro disparar, mas quando cheguei aqui, a senhorita Im já havia feito todo o estrago — o porteiro se desculpou.

— Não se preocupe... Senhor Shin? — Yuri quis confirmar o sobrenome do funcionário. — Você fez o que pôde, muito obrigado.

O senhor fez uma reverência curta.

— Senhor Han, quer que eu chame a polícia?

— Não! — O moreno assustou os outros dois, ganhando um olhar de reprovação de Yuri. — Perdão... — Acalmou-se. — Não será necessário, senhor Shin, eu vou acionar o seguro. Está tudo bem. Obrigado pelo seu trabalho, pode voltar para a portaria.

Shin Soseong fez outra reverência, afastando-se do casal e voltando ao seu posto.

— Essa mulher está fora de controle.

— Acho que já tivemos evidências o suficiente para provar isso. — Yuri deu uma volta ao redor do Maserati. — Isso aqui não é normal, Junsuk.

— Isso aqui é tudo por causa do "amor" que ela sente por mim?

— O amor causa danos irreparáveis mesmo, mas isso aqui é tudo, menos amor. Vamos, Kotchu. — Yuri pegou a mão do namorado. — Precisamos ir.

— Estou assustado, Yuri.

— Também estou... mas não podemos deixar o medo nos paralisar. Não podemos deixar que ela tenha controle sobre a situação. Ela pode estar dando as cartas agora, mas a gente vai virar esse jogo.

— Aquela empresa está toda contra mim. Não acredito que alguém ficará do meu lado, depois que Aeri jogar a merda toda no ventilador.

— Não diga isso. Você tem o Taejoon, Yeonsu... e tem a mim. Não vou te deixar sozinho nisso. Estarei ao seu lado.

Junsuk sorriu, beijando a testa de Yuri carinhosamente. Às vezes, pensava que não merecia ter alguém como ele. Yuri se doava tanto, enquanto ele apenas o colocava em confusão.

— Vamos. — Junsuk abraçou o namorado pelos ombros. — Precisamos chegar à empresa o quanto antes. Melhor encarar o furacão logo de uma vez.

Os dois seguiram de volta para o apartamento, trocaram-se rapidamente e chamaram um táxi para levá-los até a empresa.

Tudo ainda parecia calmo. Os funcionários andavam de um lado para o outro, entretidos com suas tarefas, e nenhum jornalista estava na porta, esperando por esclarecimentos. Yang Mi trabalhava em sua mesa, sorridente como sempre, e Yeonsu acenou para o casal de longe, de onde tomava um café com outros funcionários. Junsuk estava levemente aliviado por não ter que lidar com nada muito tenso já na sua entrada na empresa.

Yuri caminhou, ao lado do moreno, pelo largo e longo corredor que dava para o seu escritório, mas quando estavam quase no destino, Junsuk congelou, chamando a atenção do loiro, que estava vendo mensagens em seu celular; alguns passos adiante, estava Taejoon, e ao seu lado, uma figura estranhamente familiar:

— Junwoo?

56

— Junwoo? — Sua voz quase não saiu.

— Irmãozinho, achei que não o veria hoje. — Junwoo deu alguns passos em direção ao casal que caminhava pelo corredor.

— O que está fazendo aqui? — Junsuk perguntou hostilmente.

— Bom dia para você também — respondeu ironicamente. — Este deve ser Kang Yuri, eu suponho. — Voltou sua atenção para o loiro, observando-o de cima a baixo.

— Sim, eu...

— Como sabe o nome dele? — interrompeu.

— Nosso pai me contou sobre o auditor contratado. Imaginei que ele estaria andando com você para cima e para baixo aqui na empresa.

— "Nosso pai" te contou? — Junsuk cruzou os braços na frente do peito. — Desde quando conversa com ele? E desde quando está na Coreia?

— Para quê tanta hostilidade, Junsuk? Pelo jeito, ainda continua o mesmo filhinho malcriado do papai.

— Oras, seu... — Avançou na direção do irmão.

— Para, Junsuk. — Yuri segurou o moreno pelo pulso, puxando-o para trás. — Muito prazer, Junwoo. Eu sou Kang Yuri, auditor desta empresa, assim como você mesmo disse. — O loiro estendeu a mão para cumprimentá-lo.

— Muito prazer, Kang. — Segurou firmemente a mão de Yuri. — Espero que o meu irmãozinho o esteja tratando bem. Ele nunca teve bons modos.

Junsuk avançou novamente, mas Yuri o bloqueou com o corpo, ficando em sua frente.

— Sim, todos aqui são bastante atenciosos. — Yuri sorriu para o irmão de Junsuk. — Bom, acredito que vocês estejam querendo conversar a sós.

— Eu não tenho nada para falar com esse aí... — Han interrompeu novamente.

Neste momento, Taejoon se aproximou do pequeno grupo, ficando entre os irmãos.

— Senhores, acho melhor sairmos do corredor. Estão chamando mais atenção do que o necessário. — Taejoon abriu a porta da sala de Junsuk, sinalizando para que entrassem.

Junwoo foi o primeiro a entrar e ficou parado no meio da sala, esperando que os outros três, que continuavam na porta, tomassem alguma posição.

— Não mencione nada ainda sobre as assinaturas dele naquelas transferências. Vamos ver quais são as intenções dele aqui. Não vamos entregar o ouro de mão beijada. — Yuri deu um empurrãozinho nas costas de Junsuk, o incentivando a entrar para falar com seu irmão.

— Espera! — O CEO se virou. — Vocês não vão entrar comigo?

Taejoon e Yuri se entreolharam e, depois, balançaram a cabeça de um lado para o outro.

— Isso é assunto de família, Han — Taejoon falou baixinho, puxando a porta do escritório para fechá-la.

Junsuk suspirou, virando-se para o irmão, tentando arrumar um pouco de paciência para encarar a figura que não via há tanto tempo.

— Chega de drama, Junsuk — o irmão disse, sentando-se no sofá. — E então, como estão as coisas por aqui?

— Você só pode estar brincando... — O CEO jogou-se na poltrona que ficava em frente ao irmão.

— Cadê os honoríficos? O que aconteceu com o "*hyung*"?

— Honoríficos? Você praticamente abandonou essa família. Por que eu deveria te chamar de *hyung*?

— Está bem, Sukie... — O irmão mais velho revirou os olhos.

— Há quanto tempo você está na Coreia?

— Uns dois ou três dias.

— E por que veio?

— Nossa, estou sendo interrogado? Qual foi o crime que eu cometi?

— Olha, chega de enrolação — Junsuk respondeu, irritado. — Eu não tenho tempo para perder com você, tenho uma reunião de diretoria para preparar. Se quer dizer alguma coisa, fala logo.

Junwoo ficou sério, encarando o irmão, enquanto tamborilava os dedos no apoio de braço do sofá.

— Você pode não acreditar, mas me interesso pelos negócios da família ainda.

— Você está certo, eu não acredito — retrucou friamente. — Na verdade, pensando melhor, nisso até posso acreditar. Afinal, você trocou a nossa família por uma porcentagem das ações da empresa.

— Chega, Junsuk. — O mais velho se levantou. — Eu estou pouco me lixando para o que pensa de mim. Você querendo ou não, ainda sou seu irmão, e Jihoo e Sojin continuam sendo meus pais.

— Você sabe o quanto eles ficaram tristes quando você foi embora para a China?! Sabe quantas noites nossa mãe chorou de saudade? Sabe o quanto o nosso pai se fechou ainda mais, depois que não recebeu mais ligações suas?! — Junsuk gritou, também se levantando. — É claro que não sabe... — Fechou os dedos da mão com força. — Você foi embora sem se importar com nada! NADA!

— Cale-se! — Junwoo interrompeu. — Você é que não sabe de nada! Não imagina a pressão que eu sofria dentro dessa família. Nunca quis seguir os passos do meu pai, mas ele nunca entendeu isso, nunca deu ouvidos aos meus pedidos de seguir uma carreira diferente. Isso aqui não é para mim, Junsuk! Eu não fui feito para comandar uma empresa.

— Pressão? Você acha que foi o único que sofreu pressão da família? O que acha que eu sinto ao ser a segunda opção do meu pai? Qual é o peso que acha que carrego sendo o CEO desse lugar? Você não sabe o que é pressão. Simplesmente fugiu de tudo.

Junwoo engoliu em seco, desviando o olhar para a grande janela do escritório. Junsuk ofegava levemente, sentindo o rosto quente de raiva.

— Bom... — O irmão mais velho deu alguns passos em direção à porta. — Acho que essa conversa não vai chegar a lugar algum. Vou almoçar com o papai. Nos vemos na reunião de diretoria.

A porta se fechou com um estalo, e Junsuk permaneceu no mesmo lugar, no centro de sua sala, com os pensamentos correndo loucamente por sua mente, o coração acelerado e aquele grito de raiva preso na garganta. Não moveu nem um músculo sequer, apenas continuou encarando a porta fechada.

Foi despertado do transe quando dois toques soaram na madeira, a maçaneta girou devagar e um rosto bastante familiar apareceu em uma pequena fresta.

— Junsuk?

— Ah, que bom que é você... — O moreno suspirou, aliviado. — Entre, Yuri.

Kang entrou no escritório, trancando a porta com cuidado atrás de si, foi até o namorado, que havia se jogado no sofá, e sentou-se ao seu lado.

— Não entendi muito do que foi dito, mas vocês claramente estavam gritando um com o outro. Dava para ouvir lá da minha sala.

Junsuk soltou o ar pelas narinas e deitou a cabeça no peito de Yuri, sentindo o calor e o conforto que o corpo do outro sempre lhe oferecia. Os dedos curtos de Kang percorreram as madeixas escuras, fazendo carinho, tentando acalentar o coração agitado do namorado.

— O que ele veio fazer aqui? — Junsuk resmungou. — Não basta ser uma sombra na família, agora aparece justamente em um momento tão delicado. Coincidência não deve ser.

— Ele não disse nada?

— Apenas que está na Coreia há alguns dias.

— Então, ele já não estava na China quando fui atrás dele.

— Pelo jeito, não. — Junsuk desencostou-se de Yuri. — Ele foi almoçar com meu pai, como se nada tivesse acontecido, como se não estivesse ausente por tanto tempo. Além de tudo, vai participar da reunião da diretoria.

— Kotchu, entendo sua frustração. Mas do pouco que sei, acho que devemos tomar o máximo de cuidado com ele. Não tem como não achar esquisita essa aparição nesse momento. Você não mencionou nada sobre as assinaturas, não é?

— Não, fiz como me pediu. Não disse nada.

— Que bom. O que eu ainda não entendo é porque Aeri roubou os documentos com as assinaturas do seu irmão. Isso só me faz desconfiar cada vez mais que ela ou o pai, ou talvez os dois estejam envolvidos no desvio.

— Você acha que eles estão tramando algo em conjunto com Junwoo?

— Qual outro mótivo para ela roubar documentos que nem sequer mencionam o nome dela ou de Wonshik?

— Sim, isso é mesmo muito estranho. Meu irmão nem conhece a Aeri pessoalmente. Ele já não estava mais aqui quanto tudo entre nós aconteceu. Acredito que ele deve ter visto apenas pela mídia.

— Vou ficar de olho nisso. — Yuri apertou os lábios um no outro. — Ah! Eu também vim aqui para te dizer que recebi os documentos do banco da China.

— Sério?

— Sim, já estou com todos eles em mãos. Acho até que tem alguns contratos que eu ainda não tinha visto. Alguns com datas mais recentes.

— Então, o dinheiro continua saindo...

— Eu ainda vou fazer as contas, mas acho que sim. Precisamos saber se ele desconfia que nós descobrimos esses documentos com as assinaturas dele.

— Poucas pessoas sabem sobre isso. Acho que somente eu, você, meu pai, Taejoon, Yeonsu, Woobin e Aeri, é claro.

— Sem contar o seu pai, algum deles tem contato com seu irmão?

— Que eu saiba, não.

— Bom... vamos ficar de olho. Vou continuar examinando aqueles documentos. Vou pedir para o Yeonsu me ajudar com isso.

— Está bem. Preciso me preparar um pouco mais para a reunião.

— Vou te deixar sozinho, então, não quero te atrapalhar. — Yuri levantou-se do sofá, mas foi puxado novamente, agora se sentando no colo de Junsuk.

— Onie... — O moreno segurou o rosto do namorado com carinho. — Só queria dizer que a noite passada foi ótima.

Yuri sorriu, satisfeito por ter dado uma noite a ele para ser lembrada. Com certeza, todas aquelas cenas também ficariam guardadas consigo.

— Fico feliz que tenha gostado. — Yuri selou os lábios de Junsuk.

Os dois se encararam em silêncio, apenas apreciando a proximidade daquele momento. O CEO passou o polegar sobre a pele macia de Yuri, agradecendo ao universo por poder tocar naquele ser iluminado. Com cuidado, puxou Yuri novamente para si, juntando as bocas em um beijo mais intenso. Os lábios entreabertos passearam uns sobre os outros, provocando um arrepio em ambos os corpos. Yuri se debruçou um pouco mais sobre Junsuk, segurando-o pela nuca, aprofundando o ósculo.

— Seu beijo me faz esquecer de tudo, até mesmo de quem eu sou... — Junsuk declarou quando as bocas se separaram.

— Eu quero é que meu beijo faça você ser quem realmente é, Kotchu. — Yuri sorriu ternamente.

Junsuk colou sua testa na de Yuri, sorrindo também, com o coração mais tranquilo e disposto.

— Agora, vamos ao trabalho — Kang anunciou, levantando-se novamente. — Nos vemos mais tarde.

— Está bem. Vamos lá.

♣♦♠♥

Junsuk passou o resto da manhã e o começo da tarde trancafiado em seu escritório. Almoçou em meio aos contratos e planilhas para revisar, mas foi interrompido diversas vezes por Seojoon, que naquele dia resolveu o importunar mais do que nunca. Seu sócio minoritário entrava em sua sala a cada meia hora, questionando coisas que Junsuk estava planejando falar apenas na reunião, com todos presentes. Sojoon insistia que o CEO precisava ser mais transparente em relação à auditoria, que tudo parecia estar indo devagar e que Kang Yuri ainda não tinha apresentado nenhum resultado significativo. Insinuou até mesmo que o auditor era inútil naquele momento.

Junsuk respirava fundo, contando mentalmente até dez, para não mandar Seojoon para o quinto dos infernos. E estava à beira de puxá-lo pelo colarinho quando ele mencionou a falta de Aeri na empresa. Aquele nome o irritava, ainda mais depois daquela manhã perturbadora em seu apartamento. Só de lembrar, Junsuk sentia seu sangue ferver.

Faltava pouco mais de meia hora para a reunião começar, e o jovem CEO juntava todos os documentos que precisaria para encarar uma diretoria desconfiada.

— Senhor, Han? — Yang Mi colocou apenas a cabeça para dentro da sala, depois de ter batido à porta.

— Sim? O que foi?

— O senhor Im Wonshik e a senhorita Aeri estão aqui e desejam falar com o senhor.

Junsuk travou o maxilar. Aquela não era hora de ter uma reunião particular com essa família desequilibrada.

— Diga que nos veremos daqui a pouco. — Junsuk voltou os olhos para os papéis em sua frente.

— Eles insistem, senhor... — a secretária sussurrou.

O CEO bufou, esfregando as têmporas para aliviar a dor de cabeça, que já estava sentindo há algumas horas.

— Está bem. Mande-os entrar.

Yang Mi abriu a porta, agora para dar espaço para pai e filha entrarem no escritório. Wonshik tinha o semblante sério e pouco convidativo, sendo seguido por Aeri, que possuía um sorrisinho debochado nos lábios pintados de vermelho.

— Espero que seja realmente importante, a reunião começa em poucos minutos — Junsuk disse friamente, apontando para as cadeiras em sua frente, para que eles se sentassem.

— Não se preocupe — o senhor Im se pronunciou. — Não tomaremos muito do seu precioso tempo. — Os dois se sentaram calmamente. — Só queria dizer que a sua tentativa de afastar e impedir que a Aeri exercesse sua autoridade como guardiã das minhas ações foi totalmente inaceitável.

— Não fiz nada demais. Se Aeri tinha apenas a guarda das ações, ela não poderia opinar como sócia.

— Pois bem. — Wonshik cruzou os braços na frente do peito. — Se vamos colocar nesses termos, venho aqui para informar-lhe que acabei de passar 50% das minhas ações para o nome de Aeri.

Junsuk não conseguiu esconder a sua surpresa com aquela notícia, o que causou um sorriso ainda maior por parte de sua ex-noiva.

— Como assim?

— É isso mesmo o que você ouviu. Agora você não tem mais um sócio. Aeri tem a mesma porcentagem de ações que eu. Porcentagem passada de forma legal e juridicamente irrefutável. Como a porcentagem de cada um de nós ainda é superior a dos demais sócios, Aeri e eu agora temos mais poder de voto dentro da empresa.

— Quero ver os documentos legais desse processo.

— Aqui está. — Aeri colocou os papéis na frente de Junsuk. — Veja com seus próprios olhos. Agora não há mais nada que você possa fazer para me tirar daqui.

O CEO passou os olhos pelo documento, sentindo seu coração acelerar a cada frase que lia. Aquilo realmente estava acontecendo. Agora eles eram dois, pai e filha, unidos contra ele.

— Bom... — Wonshik prosseguiu ao ver que o outro não reagiria. — Acho que não temos mais nada para falar. — Os Im se levantaram, prontos para deixarem a sala. — Ah... só mais uma coisa. Aeri me contou tudo o que aconteceu hoje. Só vou dizer para você se preparar, pois o que fez para a minha família vai voltar em dobro para você.

Junsuk engoliu em seco, sentindo o peso do "me contou tudo". Sabia muito bem a que ele se referia e tinha certeza de que eles dariam um jeito de fazer com que todos soubessem também.

Quando a porta se fechou, o CEO sentiu as mãos suarem e um calafrio percorrer todo o seu corpo. Achou que fosse desmaiar, mas o telefone tocou, fazendo-o voltar a si:

— *Junsuk?* — a voz soou no aparelho.

— Sim, Taejoon? — Junsuk conseguiu falar, reconhecendo a voz de seu amigo do outro lado.

— *Está tudo pronto para a reunião, pode descer. Todos já estão aqui.*

— Ah... sim. Claro. Estou indo.

— *Junsuk...*

— Sim?

— *Seu pai e seu irmão estão aqui também.*

Han sentiu seu coração disparar.

— Ah... está bem. Já estou descendo.

Junsuk se apressou, juntou todos os documentos que precisaria e foi em direção à sala de reuniões. Sua mão suava e tremia levemente. Fazia tempo que não se sentia tão nervoso para encarar a diretoria de sua própria empresa. Sabia que teria de lidar com a já costumeira má vontade de Seojoon, a cara de paisagem de seus diretores, com exceção de Taejoon, e claro, a presença perigosa da família Im. Mas algo além o deixava ainda mais apreensivo: seu pai.

Quando entrou na sala de reuniões, percebeu que era o último que faltava. Todos já estavam presentes, incluindo Yuri, que mesmo tentando disfarçar, demonstrava algum nervosismo, principalmente por estar sentado em frente a Aeri e seu pai.

— Boa tarde, senhores e senhora — Junsuk iniciou a reunião. — Vamos dar prosseguimento à nossa reunião de diretoria mensal. Acredito que vocês devem ter percebido presenças ilustres hoje. Além de meu pai, meu irmão Junwoo também participará conosco.

— Han! — Wonshik interrompeu. — Só para esclarecer para aqueles que ainda não sabem, eu passei, legalmente, metade das minhas ações para minha filha. Assim, a partir de agora, ambos teremos poder de voto na empresa.

— Ah... — Junsuk bufou. — Sim. É claro. Que bom que já está esclarecido. Enfim... trouxe algumas planilhas demonstrativas sobre a situação da empresa nas últimas semanas. — O CEO apontou para a projeção no telão que ficava no fundo da sala. — Como podem observar, desde a última coletiva de imprensa que demos, para acalmar os nervos causados por boatos que surgiram na mídia.

— Uh-hum... — Aeri limpou a garganta, chamando a atenção de todos.

— Pois não, senhorita Aeri? — Junsuk perguntou entre os dentes. — Deseja acrescentar algo ao que eu nem disse ainda?

— Ah, eu? — Fingiu-se de desentendida. — Não, nada.

— Que bom. — Junsuk ajeitou a gravata impacientemente. — Bom, como eu dizia... desde a coletiva de imprensa, as ações da empresa se estabilizaram novamente. Mas com isso, infelizmente, nosso crescimento também estacionou. A equipe de marketing e vendas tem trabalhado incansavelmente para vendermos novos projetos e recuperar a boa imagem que tínhamos no mercado corporativo.

— Quer dizer que a empresa não está lucrando nenhum centavo? — Junwoo se manifestou pela primeira vez.

— Não é bem assim, Junwoo — Taejoon respondeu ao ver que o CEO parecia querer explodir com a pergunta do irmão. — A empresa continua funcionando como sempre, pagando todos os seus fornecedores e funcionários. A saúde financeira está restabelecida, mesmo com o grande desvio de dinheiro que foi identificado pela auditoria.

— Então, o desvio de dinheiro parou? — Woobin perguntou da ponta da mesa de reuniões, olhando, esperançoso, para Yuri.

— Bom... — Kang alternou seu olhar entre Junsuk, seu irmão e Aeri. — Acho que não é o melhor momento para discutirmos isso. As investigações ainda estão em curso, e não quero colocar o carro na frente dos bois. Prefiro ter todos os dados concretos para apresentar para os senhores.

— Isso soa mais como uma desculpa de quem ainda não tem ideia do que está acontecendo — Wonshik debochou. — Você já está trabalhando nisso há algum tempo, e nada ainda foi apresentado. Você pelo menos tem ideia do que está fazendo?

— Senhor Im... — Yuri respirou fundo. — Sei que todos vocês têm o direito de saber sobre o meu processo de investigação aqui dentro da empresa. Mas tudo vem tomando um rumo muito delicado, envolvendo problemas internos.

— O que quer dizer com problemas internos, Kang? — Seojoon interveio. — Está insinuando que o desvio foi feito por alguém de dentro da empresa?

Todos os presentes se entreolharam, agitados, mas pouco surpresos. Não seria estranho que um desvio de dinheiro tão grande fosse trabalho interno, com envolvimento de pessoas ligadas a altos cargos na empresa. Junsuk percebeu o desconforto do pai, que se remexeu na cadeira e tomou um gole de água, para tentar se recompor. Sabia que ele estava sofrendo com a possibilidade de ser o próprio filho o responsável pelo roubo.

— Não estou acusando ninguém... *ainda* — reiterou Kang. — Só gostaria que vocês me dessem um voto de confiança e um pouco mais de tempo para concluir minhas suspeitas.

— Mais tempo para que mais dinheiro seja desviado? — Seojoon continuou.

— Chega! — Junsuk bateu a mão na mesa. — Não estamos aqui para interrogar o senhor Kang. Deixem-no fazer o seu trabalho.

— Muito conveniente, não é mesmo? — Aeri tamborilou as unhas compridas na mesa.

— O que quer dizer com isso? — Junsuk se irritou.

— Deixar Kang Yuri trabalhando como se não tivéssemos pressa em resolver esse assunto... assim, você poderia passar mais tempo com o auditor, não é mesmo, Han? Talvez algumas reuniões de emergência no seu apartamento? Quem sabe, viagens a dois às custas da empresa?

— Senhorita Im, o que está insinuando? — o senhor Han Jihoo se manifestou, pela primeira vez, na reunião.

— Senhor Han... o que o senhor acharia se seu filho caçula estivesse se relacionando com...

— AERI! — Junsuk se exaltou, assustando todos dentro da sala. — CHEGA!

— Quem você pensa que é para gritar com a minha filha desse jeito? — Wonshik bateu a mão espalmada na mesa.

— Não é hora de comentar sobre a minha vida, estamos em reunião.

— E como você quer que a gente não comente sobre a sua vida, se as escolhas que está tomando estão afetando a empresa diretamente? — Aeri cruzou os braços.

Taejoon olhou, assustado, para Yuri, que também sentia seu coração acelerado com o rumo que aquela conversa estava seguindo. Aparentemente, Aeri estava disposta a jogar tudo para o alto e revelar o relacionamento entre o CEO e seu auditor. O que mais intrigava o loiro era aonde ela queria chegar com tudo aquilo.

— Senhorita Im... — Jihoo falou, com a voz já meio falha por causa da apreensão. — O que quer dizer com escolhas que estão afetando a empresa?

— Bom...

— Cale-se, Aeri! — Junsuk se levantou, cada vez mais vermelho de raiva.

— Como ousa me mandar calar a boca?! — Im se levantou também. — Estamos aqui para discutir assuntos pertinentes à empresa. E como eu disse, suas atitudes estão comprometendo o desempenho de todos aqui. Já cansei de ficar calada. Não posso mais ficar aqui, ouvindo você tentar justificar todas as falhas que, claramente, são suas. Está cada vez mais evidente que você é completamente incapaz de exercer a liderança dessa empresa. Estamos perdendo significativas parcerias internacionais, novos compradores estão simplesmente desaparecendo, a mídia especula, o tempo todo, sobre a instabilidade das ações, e você nem sequer tem provas sobre o tal desvio de dinheiro.

— Você não pode me culpar por tudo isso! — Junsuk encarou a ex-noiva. — Nada disso é culpa minha.

— VOCÊ É O CEO! É O RESPONSÁVEL, SIM, POR TUDO O QUE ACONTECE AQUI! — Aeri respondia aos berros. — E eu sei bem quando tudo começou a desandar! Pensando bem, Junsuk... — Aeri amansou um pouco. — A culpa realmente não é só sua.

Houve um burburinho pela sala, todos cochichando sobre o que a senhorita Im falava. A tensão era palpável, e nenhum par de olhos se desgrudava dos dois protagonistas daquela cena.

— A culpa é toda de Kang Yuri! — Aeri apontou para o auditor, que sentiu seu coração afundar ao virar o centro de toda a confusão de uma hora para outra. — O senhor sabia, senhor Han? Sabia que seu filho anda transando com o auditor?

Nesse momento, Junsuk se jogou em sua cadeira, esfregando o rosto, desacreditado do que tinha acabado de sair da boca de Aeri. Não imaginava que ela chegaria tão baixo.

O desconforto era geral dentro daquela sala. Os que ainda não sabiam pareciam realmente chocados, enquanto os demais estavam um tanto desesperados com a revelação em momento tão inapropriado.

O pai de Junsuk perdeu a cor do rosto, sentiu-se zonzo e pediu para que seu filho mais velho pegasse mais um copo de água para si.

— Aeri, acho que não é hora de...

— Eu não terminei, Taejoon! — Im interrompeu o advogado. — Desde que Junsuk começou esse relacionamento imundo que tudo começou a desandar por aqui. Todas as más decisões tomadas e a falta de capacidade de manter a empresa no topo foram causadas por Kang Yuri. Ele tirou o foco dele para as coisas importantes, deixando-o totalmente iludido com essa pouca vergonha! Está mais do que claro que ele não tem mais condições de liderar essa empresa. Eu, como uma das sócias, estou decepcionada com esta gestão. E como medida extrema e imediata, solicito a substituição do CEO.

Junsuk sentiu seu coração querer sair pela boca. Ou ele estava louco, ou Aeri tinha acabado de sugerir que saísse do cargo. Os demais estavam sem reação, chocados com a proposta da nova sócia.

— Eu concordo! — Seojoon foi o único a se manifestar, esboçando um pequeno sorriso nos lábios. — Junsuk não está mais apto para o cargo.

— Vocês não podem fazer isso! Qual é a base legal para me tirarem deste cargo?! — O CEO começava a se desesperar. — Sempre me dediquei de corpo e alma a essa empresa, que minha família construiu com muito esforço, e vou continuar exatamente onde estou!

— Você, agora, está dividindo a sua atenção, Han — Wonshik debochou.

— Não, eu não estou! Minha única prioridade é esta empresa!

Junsuk não percebeu, mas Yuri se afundou um pouco em sua cadeira, apertando os lábios um no outro, atordoado com o que tinha acabado de escutar.

— Isto aqui não é uma ditadura, Junsuk — Junwoo se dirigiu ao irmão. — O seu cargo é decidido pela diretoria, e se ela estiver de comum acordo, você pode, sim, ser destituído.

— Cale-se, seu filho da puta! Você não tem que opinar em nada aqui! Nem sabe o que acontece aqui dentro! — O CEO ofegava. — Você não tem moral para dizer nada!

— Moral? — Junwoo riu. — Acho que quem está sem moral aqui é você, sendo exposto desse jeito em público.

Nesse momento, o irmão mais velho de Junsuk sentiu seu braço ser agarrado e, olhando para a sua direita, viu seu pai, que apoiava a palma da mão direita sobre o peito. Jihoo parecia ter dificuldades para respirar, e ao tentar se levantar da cadeira, perdeu as forças das pernas e caiu no chão.

Junsuk correu ao redor da mesa, agachando-se ao lado do pai, que apertava a camisa entre os dedos.

— Pai? Pai, o que foi? — Junsuk pegou-o nos braços. — Fala comigo, pai! Chamem uma ambulância!

57

Junsuk foi com seu pai na ambulância, enquanto avisava sua mãe do ocorrido. O diagnóstico preliminar era de uma parada cardíaca. Os paramédicos passaram o caminho todo, até o hospital, fazendo massagem cardíaca no senhor Han, tentando estabilizar os batimentos.

Aquilo era assustador. Junsuk nunca havia sentido tanto medo quanto naquele momento. Ver seu pai, aquele que mais admirava, tão fragilizado era o pior pesadelo que ele poderia ter.

Assim que a ambulância estacionou em frente ao pronto-socorro, as portas foram abertas pela equipe, que já aguardava a chegada do paciente. Sobre a maca, Han Jihoo foi levado às pressas para dentro do hospital, deixando Junsuk para trás, desolado por não poder acompanhar mais o pai. Agora, tudo estava nas mãos dos médicos.

Sentado no corredor, na companhia de sua mãe, esperava por notícias, lutando contra o remorso que o havia arrebatado. O momento em que Aeri contava sobre seu relacionamento com Yuri e a sua solicitação, para que ele fosse tirado do cargo, eram repassados, como um filme, em sua mente. E aquilo que ele mais temia tinha acontecido: havia decepcionado seu pai.

Junsuk ficava se perguntando o que poderia ter feito diferente para que nada daquilo tivesse acontecido. Talvez, se ele tivesse desmentido o noivado naquela coletiva de imprensa, ou, quem sabe, tivesse feito algo para que Aeri não conseguisse as ações do pai, nada daquilo teria acontecido. Segurava-se firmemente na mão de Sojin, que fazia um carinho sobre a de seu filho. Ambos, visivelmente abalados, tentavam manter os pensamentos positivos sobre o estado de saúde do patriarca da família.

— Os senhores são da família de Han Jihoo? — A voz do médico assustou o moreno, que se levantou imediatamente da cadeira.

— Sim, ele é meu pai.

— Bom, felizmente conseguimos estabilizar o ritmo cardíaco de seu pai, e a princípio, parece não ter havido grandes sequelas. Mas ele ainda está sob efeito de forte medicação, e só poderemos avaliar melhor o quadro quando acordar.

— Isso pode demorar? — Sojin perguntou.

— Não podemos precisar. Pode levar apenas um ou dois dias, mas cada caso é diferente. Vamos aguardar pacientemente, enquanto monitoramos todos os sinais vitais.

Junsuk sentiu os joelhos fraquejarem e voltou a se sentar ao lado da mãe, depois de ouvir aquela notícia. Seu coração batia violentamente, e mesmo que estivesse um tanto aliviado, lágrimas começaram a escorrer pela primeira vez naquele dia.

— Ele vai para um quarto daqui a alguns minutos, assim vocês poderão vê-lo.

— Obrigada, doutor — Sojin respondeu.

A mãe de Junsuk passou o braço ao redor do filho, esfregando a mão na lateral de seu braço, enquanto a outra enxugava as lágrimas grossas que corriam pelo seu rosto.

— Calma, filho. Vai ficar tudo bem, seu pai é forte. Você não ouviu o que o doutor disse? Provavelmente não terá nenhuma sequela.

— Eu não consigo parar de pensar que tudo isso foi minha culpa. — Soluçava baixinho no ombro da mãe. — Eu fiz tudo errado...

— Não diga isso, Junsuk. Você não fez nada de errado. Não fique se culpando dessa maneira, você fez o que achou que deveria ser feito. Essas coisas acontecem... Seu pai mesmo já passou por situações bem complicadas com a empresa. Antes de você nascer, ele quase foi à falência.

O filho parou para ouvir o que a mãe contava.

— Quase perdemos nossa casa, aquela em que nasceu e passou a infância, você se lembra?

Junsuk acenou afirmativamente com a cabeça.

— Então, foi nessa época que seu pai perdeu boa parte dos cabelos. As vendas caíram muito com a crise que o país enfrentava, e Jihoo teve que demitir boa parte dos funcionários. Ele ficou arrasado, mas não desistiu. Aquela empresa era o grande propósito da vida dele, então lutou bravamente. Conseguiu que Im Wonshik entrasse com um grande capital, tornando-se o maior dos sócios. Dali para a frente, as coisas começaram a melhorar, e seu pai fechou um contrato bilionário com uma empresa estrangeira. E foi aí que tudo decolou e chegamos aonde chegamos.

— Eu não sabia que a empresa tinha quase falido. Meu pai nunca mencionou isso pra mim.

— Ele nunca mais falou sobre isso. — Sojin sorriu ternamente. — Ele preferiu deixar os tempos difíceis para trás e só pensar no futuro. É por isso que cobra tanto de você. No fundo, tem medo de passarmos por tudo isso de novo.

— Ele deveria ter me contado...

— Ele deveria, meu amor, mas só quis te proteger, de certa maneira. O peso de ser o CEO ficaria ainda mais difícil de ser carregado. Mas, olha, seu pai e eu confiamos muito em você, caso contrário, você nunca teria assumido um cargo de tanta responsabilidade.

— Mas ele vivia me ameaçando, dizendo que tiraria o cargo de mim... Eu sempre achei que ele não me achava capaz.

— Não diga isso. Seu pai pode ter um jeito muito duro de lidar com você, mas ele nunca achou que não teria condições de fazer o trabalho. Sei que é uma forma bem pouco ortodoxa de se criar um filho, mas ele não queria que você tivesse autoconfiança em excesso, o ego inflado. Às vezes, o medo e a insegurança nos fazem ficar mais alertas, com o pé no chão.

— Com certeza, os pedagogos e os psicólogos condenariam esse método... — Junsuk riu, tristonho.

— Os pais erram tentando acertar, meu filho... Me perdoe por tudo isso. Eu deveria ter impedido seu pai de agir dessa maneira.

— Não, mãe, não diga isso. Não tem que pedir perdão por nada. Você sempre foi incrível, a melhor mãe do mundo. — Junsuk segurou as duas mãos de Sojin, que, agora, também chorava. — Eu amo você e amo meu pai também.

— Sabe, filho... tenho tanto orgulho do homem que você se tornou. Principalmente depois que conheceu certa pessoa.

Junsuk ficou tenso de repente, desviando do olhar de sua mãe, e Sojin riu com a reação do filho, tocando delicadamente o seu queixo com os dedos, trazendo-o de volta, para encará-la.

— Não fique assim. Sei que está preocupado com a reação dos demais, agora que todos sabem sobre você e Kang Yuri.

— Meu pai... ele nunca vai aceitar isso.

— Não seja tão pessimista. Daremos um jeito nisso, eu vou te apoiar. Tudo o que quero é que você seja feliz, meu amor, independentemente de com quem seja. Mas quero que me prometa uma coisa.

— O quê?

— Que você vai começar a pensar mais em você e menos nos outros. Precisa parar de colocar a sua felicidade em segundo plano.

— Não sei se consigo.

— Então, me prometa que vai tentar pelo menos.

Junsuk olhou para a mãe, que sorria como sempre, e de repente, notou o quanto ela tinha envelhecido. A pele já não era mais tão viçosa, mas os olhos ainda carregavam o mesmo brilho de quando ela o olhava brincar, sendo feliz.

— Vou tentar, mãe.

— Ótimo! — Sojin se levantou, oferecendo sua mão para que Junsuk segurasse. — Venha, vamos descobrir em qual quarto seu pai vai ficar.

♣♦♠♥

Yuri estava parado em frente à porta já há alguns minutos, segurando nas mãos um vaso com Anêmonas. Queria entrar, mas seu corpo não obedecia aos seus comandos. Encarando o número 301 daquele quarto de hospital, ponderava sobre como deveria agir com Junsuk. Queria se mostrar forte, como sempre, mas a verdade é que, naquele momento, estava apavorado. Era sempre muito seguro dos passos que dava, mas depois que tudo veio abaixo, sentia como se seus pés estivessem afundando na areia.

— Vamos, Yuri! — Deu um tapinha no próprio rosto. — Coragem!

Respirou fundo, passou a mão pelos cabelos claros e deu três toques na porta, ouvindo uma voz conhecida dizer "entre".

Kang entrou no quarto, fechando a porta atrás de si. O local estava pouco iluminado, apenas com algumas lâmpadas acesas, de cor amarelada, diminuindo a frieza peculiar dos hospitais. Ao lado da cama em que o senhor Han estava deitado, ligado a aparelhos que monitoravam seus sinais vitais, Junsuk estava sentado em uma poltrona, com os antebraços apoiados nas coxas e as mãos entrelaçadas, claramente cansado e tristonho.

— Kotchu? — Yuri chamou baixinho, ganhando a atenção do namorado.

— Onie! — Levantou-se imediatamente, indo abraçá-lo fortemente pela cintura.

Yuri devolveu o abraço, passando seus braços ao redor dos ombros do outro, afagando as costas com a palma da mão.

— Como ele está? — indagou, esticando um dos braços para pousar o vaso na mesa que havia por ali.

— Felizmente, está bem. Os médicos disseram que ele não corre perigo, mas que ainda não sabem quais sequelas podem ter ficado. Preferiram deixá-lo em coma induzido, para que se recupere mais rápido.

— Que bom! — Yuri suspirou, aliviado. — Fico feliz. Tudo vai ficar bem, Junsuk. — Kang sentiu o namorado tensionar o corpo dentro de seus braços. Evidentemente, ele não estava confiante sobre o "tudo vai ficar bem".

— Yuri... o que nós...

— Você já comeu? — interrompeu-o, não era o momento de conversarem sobre aquilo. Nenhum dos dois estava preparado para isso.

— Ainda não.

— Então, vamos até o restaurante do hospital, você precisa se alimentar.

— Não posso deixar meu pai sozinho. Minha mãe foi até em casa, buscar algumas coisas, e eu prometi que ficaria aqui com ele.

— Sim, claro — Yuri compreendeu. — Vamos fazer o seguinte, então: eu fico aqui com ele.

— O quê?

— Isso mesmo que você ouviu. Eu fico aqui e, se algo acontecer, te aviso imediatamente. Vá comer e não se preocupe.

— Está bem. — Junsuk sorriu. — Prometo não demorar.

— Não tenha pressa. Ficarei aqui até você voltar. Mas, por favor, não coma besteiras. Faça uma refeição decente.

— Pode deixar. — Junsuk deu um selinho rápido em Yuri, que instintivamente olhou para a cama do senhor Han, como se quisesse conferir que ele não tinha visto aquilo.

O CEO deixou o quarto, enquanto Kang olhava ao redor do ambiente. Foi até o banheiro e voltou com um copo de água, que foi despejada com delicadeza no vaso que havia deixado na mesa. Virou-se, encarando Han Jihoo adormecido, e aproximou-se devagar, esfregando as mãos uma na outra, tentando controlar a apreensão. Parou ao lado da cama, observando o rosto do patriarca da família, que parecia ter envelhecido alguns anos desde que a reunião acabara de forma caótica.

— Senhor Han... — a voz saiu falha. — Aqui é Kang Yuri. Vou ficar com o senhor enquanto seu filho janta. — Olhou para os lados, procurando testemunhas para aquela cena. — Eu sinto muito por tudo o que aconteceu hoje, certamente não foi o que o senhor esperava. Mas gostaria de lhe pedir que não fique bravo com Junsuk. Ele tem se dedicado muito à empresa, nunca faria nada para a prejudicar. Sei que, depois disso, o senhor não vai ter a mesma confiança em mim e que, provavelmente, não vai querer me ver por perto. Mas vou cumprir o meu contrato, nem que seja a última coisa que eu faça para vocês, vou descobrir quem anda roubando o dinheiro da empresa.

— Yuri?

O loiro se assustou com a voz. Virou-se devagar e viu Sojin parada na porta do quarto. Seu rosto enrubesceu na hora, pensando no quanto ela devia ter ouvido daquele monólogo. A senhora Han fechou a porta e deu alguns passos, indo em direção à mesa em que Kang havia deixado o vaso.

— Anêmonas? — perguntou, sem olhar para Yuri, tocando delicadamente nas pétalas. — Você que trouxe?

— Sim, senhora. Achei que poderiam trazer um pouquinho de cor para este lugar — respondeu timidamente.

— São lindas! Muito obrigada. — Sojin sorriu, agora olhando para o loiro. — Sabe o que elas significam?

— Sim... elas simbolizam persistência e perseverança. Minha mãe sempre presenteava pessoas enfermas e debilitadas com essas flores. Achei apropriado para o momento.

Sojin aproximou-se de Yuri, olhando-o carinhosamente, mesmo que tivessem se encontrado apenas uma vez.

— Você é realmente precioso, Kang. — A mãe de Junsuk tocou o rosto do outro. — Obrigada.

— Por que está me agradecendo, senhora?

— Me chame de Sojin. — Yuri concordou com a cabeça. — Obrigada por devolver o sorriso do meu filho.

— Ah... — O loiro sentiu as orelhas esquentarem. — Eu... eu não fiz nada.

— Fez sim, querido. Você derreteu aquele coração gelado que ele tinha. — Sojin piscou um dos olhos, ganhando um sorriso bonito de Yuri.

— Sojin, minha cabeça está quase explodindo, de tanto pensar em saídas para esta confusão. Parece que cada vez que as coisas vão começar a entrar nos eixos, alguém vem e coloca fogo em tudo.

— Esse alguém se chama Aeri, não é mesmo?

— Não queria dar nome aos bois, mas é isso mesmo.

— Yuri... — Sojin suspirou. — Junsuk e você não devem sentir culpa por nada que aconteceu. A verdadeira culpada de toda essa confusão é Im Aeri. No começo do relacionamento dela com meu filho, realmente achei que poderia dar certo. Ela parecia gostar dele e fazia de tudo para agradá-lo. Mas com o passar dos dias, eu comecei a sentir uma energia diferente vindo dela. Não sei... mas meu sexto sentido de mãe me dizia que tinha algo errado com aquela garota.

Yuri escutava atentamente.

— Um dia, ela me ligou. Isso nunca tinha acontecido antes. Entre uma conversa sem pé nem cabeça, ela me pediu o telefone de Junwoo. — Kang arregalou os olhos. — Achei estranho, mas ela desconversou quando perguntei o motivo daquele pedido.

— O que a senhora fez? Passou o contato dele?

— Sim.

A cabeça de Yuri começava a girar com a informação, tentando conectar os pontos e entender por que motivos Aeri pediria o contato do irmão do Junsuk sem explicar o porquê.

— Mas... — Sojin interrompeu os pensamentos do loiro. — Eu passei o número errado.

Yuri congelou no lugar, e os dois se encararam por alguns instantes, até que caíram na risada.

— Genial, Sojin! — Kang batia palmas, mas sem fazer barulho.

— Sei que isso não a impediria de conseguir o telefone dele com outra pessoa, mas eu não confiava nela. Não ia passar o contato do meu filho assim, do nada, sem motivo. O instinto materno gritou naquela hora, e achei que era melhor proteger Junwoo daquela maluca.

— Bom, mas essa informação que a senhora me deu é muito valiosa. Mesmo passando o contato errado, Aeri queria, por algum motivo, falar com seu filho mais velho. E juntando isso com o restante das minhas investigações, posso direcionar o meu olhar para uma coisa que vem chamando a minha atenção.

— É mesmo? O quê?

— Desculpa, Sojin, melhor não te envolver nessa sujeira. — Yuri abaixou a cabeça.

— Eu entendo, querido. Não precisa me dizer nada. Tenho certeza de que você achará o caminho certo.

Neste momento, a porta do quarto se abriu, e quem entrou, dessa vez, foi o filho mais velho dos Han. Junwoo não parecia estar muito preocupado, o semblante sereno e os passos lentos não condiziam com alguém em busca de notícias do pai adoecido.

— Boa noite, mãe. — Deu um beijo na testa de Sojin. — Kang, não imaginava ver você por aqui.

— Você ainda vai me ver em muitos lugares, Junwoo.

— Corajoso — desdenhou. — Achei que, depois daquela cena ridícula na reunião, você se esconderia.

— Não tenho motivos para me esconder. — Yuri fechou a cara. — Não mais.

A porta foi aberta novamente, e agora um médico entrou, segurando um prontuário nas mãos.

— Boa noite, senhores. Vim dar uma olhada no senhor Han.

— Fique à vontade, doutor — Sojin respondeu.

O médico aproximou-se da cama, anotou os números que as máquinas mostravam e checou a temperatura, a pressão e os batimentos cardíacos do paciente. Ajustou a medicação, que era aplicada por meio de uma bolsa de soro, e abriu com delicadeza as pálpebras de Jihoo, verificando, com a ajuda de uma pequena lanterna, os reflexos dos olhos.

— Tudo parece bem — concluiu. — Vamos começar a tirá-lo do coma induzido amanhã, provavelmente.

— Que notícia boa, doutor! — Sojin sorriu, apertando uma mão na outra. — Muito obrigada.

— Imagina. — Sorriu de volta. — Preciso, agora, que algum familiar assine o prontuário.

— Pode deixar que eu assino. — Junwoo pegou o relatório antes que sua mãe o alcançasse.

O filho mais velho devolveu para o médico o prontuário, que foi colocado em um suporte próximo à cama do paciente, e enquanto Junwoo ia ao banheiro, Yuri, discretamente, aproximou-se do documento e tirou uma foto daquela folha assinada pelo filho mais velho de Jihoo.

— Sojin, agora que vocês estão aqui, vou atrás de Junsuk.

— Está bem. Muito obrigada pela visita e pelas flores.

Yuri fez uma reverência respeitosa, mas antes que pudesse sair do quarto, Junsuk apareceu, assim que seu irmão saiu do banheiro. Os dois trocaram olhares ríspidos, e era possível ver o peito do caçula subir e descer rapidamente.

— Não esperava te encontrar aqui.

— Como não? Aquele deitado ali não é meu pai? — Junwoo apontou para Jihoo com a cabeça.

— Você não tem vergonha, não?

— Vergonha? Por que teria? Eu não fiz nada. Quem tinha que estar com vergonha aqui era você, que se prestou àquele papel ridículo na reunião da diretoria.

— Ridículo?! — Junsuk exaltou-se. — Você não sabe de nada. Não sabe o quanto a Aeri está fazendo da minha vida um inferno. — Deu alguns passos para a frente, mas foi segurado pelo pulso por Yuri.

— Ela só está defendendo o que é dela, irmãozinho. E você deveria estar fazendo o mesmo.

— Cale a boca, você não sabe o que está dizendo. Sumiu por anos e, agora, vem dar palpite no meu trabalho!

— Alguém precisa fazer isso, porque parece que você não sabe o que está fazendo.

Aquilo foi demais para Junsuk. Soltou seu pulso, que era segurado por Yuri, e avançou em direção ao seu irmão. Junwoo não teve tempo de reagir quando o punho pesado de seu irmão atingiu o lado esquerdo de seu rosto, e sentindo o chão frio do quarto do hospital, levou uma das mãos até o rosto, vendo que o nariz sangrava levemente.

— Aqui não! — Sojin exclamou, antes que Junsuk fizesse mais alguma coisa. — Estamos em um hospital, o pai de vocês está naquela cama! Tenham o mínimo de respeito.

A matriarca dos Han ajudou seu filho a se levantar do chão, dando-lhe um lenço para que ele limpasse o sangue do nariz.

— Sojin, vou levar Junsuk para casa. — Yuri estava desconcertado com a cena.

— Sim, Kang, por favor, ele precisa descansar. Cuide dele para mim, ligo se alguma novidade aparecer.

— Por favor, não hesite em me ligar.

Yuri arrastou Junsuk para fora do quarto e para fora do hospital. Pararam por alguns instantes, assim que sentiram o ar frio da noite. O loiro pegou a mão direita do outro e olhou para a pele ferida pelo golpe desferido há pouco.

— Me perdoe por isso... — Junsuk balbuciou. — Eu perdi a cabeça.

— Foi pouco.

— O que disse? — Han pareceu confuso.

— Esse soco foi pouco, ele merecia mais.

Os dois se olharam e trocaram um sorriso cúmplice.

— Dói? — Yuri perguntou.

— Não foi nada.

Junsuk, de repente, puxou o outro pela cintura, abraçando-o com força.

— Kotchu... pare! — Yuri olhava para os lados.

— Não! Eu não me importo mais, Onie. — Junsuk soltou o abraço e segurou o rosto do outro com as duas mãos. — Tudo está desmoronando. Eu preciso disso aqui inteiro, ou não vou aguentar. — Han puxou o rosto de Yuri contra si, colando as bocas em um beijo um tanto desajeitado.

O loiro podia sentir toda a intensidade daquele ato, sentindo a necessidade do outro de se sentir reconfortado. Hesitando a princípio, mas cedendo aos poucos, Yuri enlaçou a cintura de Junsuk, trazendo, agora, seu corpo para mais perto, devolvendo o carinho que recebia.

Naquele momento, nada mais importava. Eles precisavam daquilo, um do outro, apenas.

58

Yuri levou Junsuk para o seu apartamento, já que ainda não tinham tido tempo para arrumar a bagunça que Aeri havia causado na casa do CEO. O loiro tentou distrair o namorado do jeito que podia, mas Junsuk constantemente se perdia em meio aos pensamentos.

A noite foi agitada, ambos não conseguiram dormir direito, porque Han ficava conferindo seu celular de hora em hora, em busca de notícias do pai. Já era quase de manhã quando o cansaço venceu a preocupação, deixando o casal adormecer profundamente, com Yuri abraçado fortemente às costas de Junsuk e a mão pequena segurada pela maior, pousada na altura do coração.

No meio da manhã, o celular de Junsuk começou a vibrar na mesa lateral, até que caiu no chão, fazendo barulho e os acordando:

— *Filho?* — a voz de Sojin soou cansada.

— Mãe, aconteceu alguma coisa? — Junsuk se alarmou.

— *Seu pai acordou.*

Han sentiu seu coração acelerar, em uma mistura de alegria, alívio e apreensão. Estava feliz por seu pai estar se recuperando, mas os acontecimentos do outro dia ainda estavam vivos dentro de si, causando-lhe um pouco de náusea.

— E como ele está? — questionou, enquanto Yuri tentava se manter acordado.

— *Está tudo bem. Ele ainda está um pouco confuso, perdido, por estar acordando em uma cama de hospital. Mas os médicos passaram aqui e fizeram uma avaliação rápida, antes de mandá-lo para exames específicos. Aparentemente, está tudo correndo como o previsto.*

— Que bom, mãe. Chego aí o mais rápido que puder.

— *Não, filho. Descanse mais um pouco.*

— Mãe, dá para perceber pela sua voz o quanto está cansada. Vamos trocar de lugar. Eu fico aí, com o meu pai, e a senhora vai para casa, dormir um pouco.

— *Mas...*

— Sem, "mas". Logo eu chego aí.

Junsuk desligou o celular, percebendo, agora, que Yuri já estava sentado ao seu lado, na beirada da cama. Estava com os cabelos dourados bagunçados e o rosto inchado, por causa da noite mal dormida, mas era a criatura mais adorável do mundo.

— Bom dia, Onie. — Deu um beijo em sua bochecha.

— Bom dia, Kotchu. — Yuri coçou um dos olhos, tentando espantar o sono, que ainda incomodava. — Como está o seu pai?

— Ele acordou... — Junsuk soou um tanto apreensivo. — Parece que está bem. Eu vou para o hospital, trocar de lugar com a minha mãe.

— Está bem, vá. Eu vou para o escritório daqui a pouco, preciso andar depressa com a investigação. Depois dessa reunião, todos já devem estar com um pé atrás comigo.

— Yuri... Você sabe que confio no seu trabalho, não é?

— Eu sei, mas os outros não. E agora, vai começar a guerra, Junsuk. Já querem te tirar do cargo, os olhos estão todos voltados para mim, o cerco está se fechando.

— Preciso pensar em alguma coisa rapidamente. Não vou deixar que assuntos pessoais consigam me derrubar do cargo, vou me reunir com Taejoon e ver o que podemos fazer. O que você acha?

— Quantas pessoas podem votar em uma deliberação da empresa?

Han parou para pensar um pouco, contando nos dedos quem tem poder de voto.

— São 8 ao todo: Lee Woobin, Park Daeshin, Oh Seojoon, Im Wonshik, Im Aeri, Han Junwoo, meu pai e eu. Para algo ser aprovado, precisa de 5 votos favoráveis.

— Nesse caso, estamos empatados? Porque seu pai, você, seu irmão e Lee Woobin votariam por você ficar no cargo.

— Não acredito que meu irmão votaria em mim. E depois de tudo o que aconteceu, talvez meu pai queira que eu saia do cargo de CEO. — Junsuk suspirou. — Acha mesmo que Woobin votaria a meu favor?

— Sim, acredito que sim. E Park Daeshin?

— Não sei dizer, ele anda muito com Seojoon, que, com certeza, votaria pela minha saída.

— Você precisa conversar com Daeshin, então. Precisa trazer mais pessoas para o seu lado. E sei que as coisas na sua família estão complicadas, mas precisamos que seu pai e seu irmão se mantenham ao seu lado.

— Você está certo. Vou para o hospital, e se meu pai estiver em condições, tento conversar com ele e descobrir se vai ficar ao meu lado. Vou pedir uma reunião urgente com Daeshin também.

— Maravilha! — Yuri abraçou o namorado. — É assim que deve ser. Precisamos tomar atitudes certeiras! — O loiro segurou o rosto do outro com as duas mãos. — Junsuk... nós não podemos deixar a Aeri vencer essa batalha.

— Meu amor... — Deu um selinho em Yuri. — O que seria de mim sem você?

— Ah, Junsuk. Provavelmente, a esta altura do campeonato, sem mim, você estaria casado com a Aeri. — Yuri se levantou da cama.

— E eu seria a pessoa mais infeliz desse mundo. — Junsuk foi atrás dele, abraçando-o por trás. — Você me salvou de uma vida sem sentido ao lado dela.

— Junsuk... — Yuri desfez o abraço, ficando em frente ao namorado. — Me ajude a fazer isso tudo valer a pena. Eu me doo 100% nesse relacionamento e preciso que você se esforce também. Sei que, até o momento, eu disse que seria melhor que tudo ficasse escondido, principalmente por causa da Aeri. Mas agora, tanto ela quanto os outros da empresa já sabem.

— Onie, mas eu te amo — disse, um tanto incomodado.

— Para um relacionamento dar certo, precisa mais do que amor, Junsuk. Precisa de comprometimento de ambas as partes.

— Yuri... — Han pegou umas das mãos do namorado, olhando no fundo dos olhos dele. — Eu sei que pisei na bola muitas vezes, mas estou aprendendo com os meus erros. Vou fazer isso dar certo, prometo.

— Está bem, Kotchu. Vamos construir uma nova fase daqui para a frente.

— Sim, sem mais tropeços. — Junsuk sorriu, dando um beijo na palma da mão de Yuri.

— Nós precisamos ter cuidado. Olha só tudo o que a Aeri já fez. Eu tenho receio de que ainda tenha mais coisas por vir, não duvido de mais nada. Ela é perigosa.

— Vamos tomar cuidado. Ficaremos de olho nela.

— Não me surpreenderia se ela aparecesse no hospital.

— Vou pedir para a direção do hospital suspender as visitas para o meu pai, deixando apenas que um acompanhante fique com ele.

— Acho melhor. Seu pai ainda está debilitado, e ela não mediria esforços para fazer outro escândalo público.

— Não vou permitir. — Beijou a testa de Yuri demoradamente. — Vou tomar um banho rápido e sair.

— Está bem. Vou fazer algo para comer, você quer alguma coisa?

— Um café já é o suficiente.

— Como é que você pode ter esse corpo se alimentando tão mal? — Yuri fez uma careta.

— Tenho uma boa genética! — Junsuk gritou, já dentro do banheiro.

— Olha só o que eu tenho que ouvir a essa hora... — Yuri deu risada.

Kang foi para a cozinha. Ao contrário de seu namorado, ele, sim, precisava comer alguma coisa. Faria um pouco a mais porque, no final das contas, tinha certeza de que Junsuk iria querer também.

Abriu a geladeira e deu-se conta de que precisava fazer compras. Gostava de ter a geladeira farta, mas a falta de tempo e a viagem para China deixaram seu estoque de comida limitado. Achou um pequeno pote com um pouco de Kimchi, que Hyunji tinha feito para ele, e pegou uma porção de tofu, que faria grelhado. Enquanto preparava o queijo de soja, colocou o arroz na panela elétrica e esquentou a água, para preparar um chá verde, ignorando o pedido de um café preto do namorado. Não era muito, mas seria o suficiente para mantê-los alimentados por algum tempo.

Junsuk saiu do quarto, já sentindo o aroma do tofu, que Yuri estava finalizando com um pouco de molho de soja e gergelim tostado. O moreno se surpreendeu com a mesa posta para dois e a pequena refeição servida, que fumegava.

— Uau! Quanto tempo eu fiquei lá dentro?

— Isso não é nada, tudo simples, mas feito com carinho. Sente-se e coma, antes de ir. E isso é uma ordem.

— Sim, senhor. — O CEO bateu continência, arrancando um belo sorriso de seu amado; deu um beijo longo em Yuri, antes de se sentar à mesa, imediatamente se servindo do que estava sobre ela.

O casal aproveitou a refeição, esquecendo-se, por alguns minutos, dos problemas que os esperavam da porta para fora.

— Obrigado, meu amor. Estava uma delícia. Estou indo para o hospital, se precisar de algo é só me ligar.

— Está bem. Mande um "alô" para o seu pai. — Yuri pensou um pouco. — Quer dizer, melhor não. Apenas dê um abraço em sua mãe por mim.

— Até mais, Onie. — Junsuk beijou a testa do loiro.

— Até, Kotchu. Ah... — interrompeu a saída do namorado. — Da próxima vez, a louça é por sua conta. Sei que você tem experiência na função. — Piscou.

— Sim, amor, pode deixar. Me desculpe por não ajudar.

— Por hoje, passa.

Junsuk mandou um beijo de longe e saiu do apartamento, apressado. Estava ansioso para ver o estado de saúde de seu pai.

Enquanto esperava o táxi, ligou para Daeshin, pedindo que ele o encontrasse na empresa mais tarde.

Quando Yuri terminou de ajeitar as coisas na sua pequena cozinha, pegou o seu celular para fazer uma ligação. A chamada estava quase caindo na caixa postal quando foi atendida.

— *Alô?*

— Yeonsu? — Yuri estranhou a voz.

— *Quem é?*

— Kang Yuri.

— *Ah, olá, Yuri. Aqui quem fala é Saem* — a voz soava animadamente do outro lado.

— Saem, quanto tempo! Não nos vimos desde a inauguração do restaurante do meu primo.

— *Pois é, Kang! Saudade de jantar uma cobra venenosa. E você?*

Yuri gargalhou.

— Ah, Saem... a cobra está mais venenosa do que nunca.

— *Pois se ela tentar alguma coisa com o meu docinho de novo, ela vai comer capim pela raiz.* — Os dois gargalharam. — *Olha, Yuri, eu falo sério. Se precisar de alguma ajuda com esse encosto, me avise. Hae e eu faremos o que tivermos ao nosso alcance.*

— Obrigado, Saem. De verdade. Mas me diz uma coisa... cadê o Yeonsu?

— *Haebin e ele estão na cozinha, tentando preparar o café da manhã. Eu nem me atrevo a ir, porque sou um zero à esquerda na cozinha.*

— Entendi. Será que eu poderia falar com o Yeonsu? É meio urgente.

— *Claro, querido. Vou levar o celular até ele.*

Yuri aguardou alguns segundos, até que uma voz diferente soou do outro lado da linha:

— *Pode falar, Kang!*

— Yeonsu, preciso de um favor. Sei que você está ocupado, mas quando puder ir até a empresa, eu queria que fizesse uma coisa para mim.

— *Ah, claro! Espera... O quê?* — Yeonsu parecia falar com outra pessoa. — *Yuri, Hae está dizendo "oi".*

Yuri riu quando ouviu o outro namorado do amigo gritando para ele.

— Diga "oi" para ele também. Precisamos marcar um novo jantar... mais tranquilo da próxima vez.

— *Com certeza! Bom... o que você precisa que eu faça?*

— Então... vou te mandar por e-mail alguns arquivos que consegui na China. Quero que você os imprima e separe todos os contratos de câmbio assinados pelos membros da diretoria nos últimos 15 dias. Consegue providenciar isso para mim?

— *Sim, claro, sem problemas. Vou só terminar de comer aqui e vou para lá.*

— Ótimo! Te encontro em breve, então.

— *Está bem. Até mais.*

A ligação foi encerrada no mesmo momento em que a campainha do apartamento soou.

— Junsuk deve ter esquecido alguma coisa.

Deixou o celular na mesa e foi ver o que era. Nem sequer verificou o olho mágico e já foi abrindo a porta, dando de cara com Im Aeri. A morena, sempre bem-vestida e maquiada, estava ali, parada em sua porta, sorrindo, como se estivesse visitando um amigo próximo.

— Aeri... — Bufou. — Por que eu não estou surpreso? — Balançou a cabeça de um lado para o outro.

— Bom dia, Kang.

— Posso saber como você descobriu onde eu moro?

— Ah, Yuri... — A morena pendeu a cabeça para o lado. — Você ainda não entendeu que consigo tudo o que quero?

— Quase tudo, não é mesmo? — debochou da mesma forma que ela, tombando a cabeça para o mesmo lado. — O coração de um certo CEO...

— Veremos — Aeri respondeu, sem se abalar. — Posso entrar, ou Junsuk está aí na sua cama?

— Aposto um dedo da mão que você sabe muito bem que Junsuk não está mais aqui. Deve ter ficado escondida, esperando que ele saísse, para vir bater na minha porta. E eu estou de saída, preciso ir trabalhar. — Yuri tentou fechar a porta, mas a morena segurou.

— Não seja assim, tenho uma proposta para fazer.

— Eu não negocio com terroristas. — Fechou a cara, já sem paciência.

— Terrorista? Ah, Yuri, achei que você era um advogado mais inteligente.

Kang soltou a porta, vendo que não conseguiria desviar daquela situação.

— Obrigada — Aeri disse ao ter a permissão para entrar no apartamento. — Hum... pequeno — murmurou ao passar o olho pelo imóvel.

— Moro sozinho, não preciso de mais espaço do que isso — respondeu, respirando fundo, tentando permanecer calmo.

— Bom... — Aeri se sentou no sofá, sendo seguida por Yuri. — Não preciso mencionar que as coisas estão ficando complicadas, não é mesmo?

O loiro riu sem humor nenhum.

— E acho que tanto você quanto Junsuk estão ficando meio exaustos com tudo, não? — continuou.

— Exausto não é bem a palavra... digamos que seja mais frustrado.

— Frustrado? — Riu. —Transar com um homem comprometido, fingir estar investigando um suposto desvio de dinheiro para ficar ao lado do amante, esconder um relacionamento sujo com seu superior... E você me diz que está frustrado?

— Aeri... — Yuri passou a mão pelos cabelos. — Primeiro que a sua lista está completamente equivocada. E eu não estou aqui para discutir isso.

— Ah, Kang. Não seja hipócrita! Você não passa de um interesseiro. Assuma que está com Junsuk só porque ele é rico!

— Olha aqui... — Yuri se levantou. — Você está na minha casa, te deixei entrar porque você supostamente tem algo para me propor. Se vai ficar me ofendendo, peço que se retire. Eu não tenho tempo para ficar te ouvindo se lamentar pela ficção que sua mente doente criou. Não tenho mais nada para conversar com você.

— Está bem. — Revirou os olhos. — Vou direto ao ponto. — Colocou uma mecha de cabelo atrás da orelha. — O que eu vim propor a você é que se afaste permanentemente da empresa.

Yuri piscou os olhos algumas vezes, tentando processar se aquilo era sério ou uma piada. Aeri permanecia impassível, aguardando uma resposta daquele em sua frente.

— Espera... — O loiro chacoalhou a cabeça, incrédulo. — A sua proposta é que eu saia da empresa? Que abandone a investigação do desvio de dinheiro? É isso mesmo?

— A grosso modo, sim, mas não é só isso. Veja bem, Kang... é óbvio o rumo que a diretoria da empresa está tomando. É bem provável que Junsuk seja destituído de seu tão precioso cargo. Tenho múltiplos interesses nesta empresa, os recursos da minha família estão ali, e não estou disposta a abrir mão de ser a esposa do CEO. Eu quero poder dentro e fora da empresa.

— Aeri, você não consegue entender que Junsuk não te ama? Que ele não te quer mais como esposa? Para quê ficar insistindo nisso? Você nunca ouviu a frase: "O passado é uma roupa que não nos serve mais"? A fila anda, Junsuk não é o único bonitão milionário do mundo. Por que querer viver um relacionamento que não passa de uma fachada?

— Não vejo passado nenhum nessa história, Junsuk está apenas enfeitiçado por você, Yuri. Ele não conhece nada sobre o amor, está apostando as fichas em um relacionamento que pode ser passageiro. Vocês se conhecem há tão pouco tempo, quem garante que ele não vai perder o interesse em você? Lembra do que eu te disse? Junsuk não liga para nada, a não ser para si mesmo.

— Pois você está muito enganada. Junsuk pode não ter uma vasta experiência em relacionamentos, mas ele já é adulto e sabe bem diferenciar seus sentimentos. Você pode não acreditar, mas nós nos amamos de verdade.

— Pare de se iludir. Você sabe muito bem o quanto ele é manipulável. Ele vai te largar na primeira oportunidade que tiver, vai se cansar de você, ou vai te deixar de lado assim que se ver em um beco sem saída. Ou vai me dizer que ele não ficou balançado por estar sendo ameaçado de perder o cargo por causa desse escândalo? A vida dele é aquele lugar, ele nunca vai abrir mão. E se você o ama tanto assim, vai deixar que desmorone e perca tudo o que ele sonhou na vida? Só pelo capricho de tê-lo para si?

— Isso não é um capricho! — Yuri se enfureceu. — Você acha que eu queria estar nessa situação? Que estou adorando estar no meio disso? Que dou pulinhos de alegria por ter que lidar com uma pessoa tóxica como você, que não sabe o momento de se retirar? Não me venha falar de destruição de sonhos... você é a primeira a fazer isso. É suja e prejudica pessoas inocentes para poder ter os SEUS caprichos realizados.

— Olha, Yuri... Quero apenas que você se retire de cena. Suma de nossas vidas. Pense o quanto vai ser melhor não ter você aqui! Ele pode ficar com o seu tão amado cargo, pois farei com que a votação seja favorável a ele. Os problemas familiares de Junsuk vão sumir, o pai dele vai voltar a confiar no filho, a empresa vai voltar a crescer, sem os rumores de um relacionamento que surgiu de uma traição, e ainda mais entre dois homens. Pense bem, Kang. Você só está atrapalhando tudo. Saia e tudo se resolverá. Você não quer ver Junsuk feliz?

— É claro que quero vê-lo feliz. Mas pelo jeito, nossas noções de felicidade são bem diferentes. Você não está levando em consideração o quanto Junsuk mudou. Ele não é mais a mesma pessoa que te pediu em casamento.

— Ah, Kang, não estou aqui para discutir conceitos. A realidade é esta: saia da empresa e Junsuk fica no cargo.

— E você acha que ele vai concordar com isso? Acha que simplesmente vai dar de ombros se eu disser que estou abandonando o trabalho?

— Simples: não diga nada a ele. Junsuk não tem que concordar. Apenas suma de nossas vidas.

— E se eu não fizer isso?

— As consequências vão além das financeiras, Yuri.

— O que quer dizer?

— O que eu fiz até agora será pouco perto do que posso fazer. Você não sabe até onde posso chegar.

— Vai fazer o quê? Me matar?

— Não, não vou me sujar com o seu sangue imundo! Mas posso fazer a sua vida e a do Junsuk um inferno.

— Mais? — Yuri abriu os braços, indignado.

— Tudo que fiz até agora foi só um aperitivo. Vocês não terão paz, até que tudo esteja no chão. E eu posso estender essa minha influência para outras pessoas, além do casalzinho apaixonado. O pai de Junsuk já está tão vulnerável mesmo...

— Você está louca!

— Fique no meu caminho, e o seu precioso primo também vai fazer parte da nossa festinha. — Sorriu, maléfica.

— Deixe o Hyunji fora disso! Não vou permitir que você prejudique ou machuque ele.

— Ah, Yuri... A lista pode ser tão grande... Hyunji, Junsuk, os pais dele, aquele trisal medonho do Yeonsu. Mas de uma coisa você pode ter certeza: não tocarei em um só fio de cabelo seu, vou querer assistir de camarote a você definhar de remorso por estar fazendo seus amigos padecerem.

Yuri estava incrédulo com o que estava ouvindo. Sabia muito bem que Aeri não era flor que se cheirasse, mas aquilo tudo era medonho.

— Você é doente, Aeri. — Yuri se distanciou. — Eu sinto nojo de você. Não é possível que queira se rebaixar dessa maneira por causa de um status social.

— Cada um persegue o sonho que quiser. Tenho fortes razões para querer seguir em frente com tudo isso, e não vai ser você que vai me impedir.

— Eu sei quais são as suas razões, Aeri — Yuri disse, sério. — E se depender de mim, quem vai acabar no chão é você. Não brinco em serviço. Em todos esses anos trabalhando, nunca perdi nem um caso sequer. E ao contrário do que você pensa, eu sou completamente capaz de trabalhar enquanto transo com meu "superior". — Fez as aspas com as mãos.

— Eu vou te dar alguns dias para pensar — Aeri disse entre os dentes, com as orelhas começando a queimar. — Diga algo desta conversa para alguém e as retaliações serão imediatas. — Levantou-se do sofá, indo em direção à porta.

— Você acha que me intimida, mas posso te ler como se fosse um livro aberto. Você se acha esperta, mas é mais previsível do que pensa. O seu atrevimento de vir até aqui, na minha casa, me ameaçar é impressionante. Sua batata está assando, Aeri. — Apontou um dos dedos para a morena. — Posso ir ao chão, mas te arrasto comigo, antes que você encoste um dedo no Junsuk, no Hyunji ou em qualquer outro inocente.

Aeri apertou os lábios um no outro, sentindo a raiva explodir em seu peito, mas não disse mais nada, apenas virou as costas e saiu do apartamento, fechando a porta quase sem fazer ruídos.

Yuri se sentiu zonzo, seu estômago revirava, e sentia as mãos transpirarem. Deixou o peso do corpo ceder, com os joelhos indo de encontro ao chão, e apertou as cerdas do tapete felpudo entre os dedos com força, até as juntas ficarem esbranquiçadas.

Aquilo tudo era cansativo demais. Sentia como se sua energia tivesse sido sugada, e a aura tóxica de Aeri ainda pairava por seu apartamento. Mas não se deixaria vencer daquela maneira. Estava perto de onde queria chegar, mas precisaria agir rápido.

Levantou-se e correu para se preparar para a guerra. Tinha que ir até a empresa, Yeonsu o esperava.

59

Yuri apressou-se para chegar. Teve sorte ao ver um táxi parado em frente ao seu apartamento, assim que colocou os pés na rua, e o trânsito também colaborou para a sua rápida chegada ao prédio.

Simpático como sempre, cumprimentava todas as pessoas que passavam por ele.

Pegou o elevador e foi direto para a sala de Yeonsu, encontrando-o entre pilhas de papéis.

— Olá, Yuri! — Deu o seu adorável sorriso largo. — Estou quase terminando.

— Oi, Yeonsu. Obrigado novamente pela ajuda. Eu levaria pelo menos o dobro do tempo tentando reunir esses documentos.

— Não se preocupe, faço questão de te ajudar. Olha... — Apontou para os papéis à sua direita. — Esses são os documentos mais recentes, deixei todos aí. Você vai encontrar contratos, comprovantes de transferências, compras diversas, tudo relacionado a verbas despendidas a terceiros. Estão ordenados por data, do mais recente para o mais antigo.

— Perfeito, Yeonsu! Ótimo trabalho — Yuri exclamou, animado, folheando os documentos. — E os outros que pedi?

— Aqui estão. — Yeonsu passou uma pasta para o loiro. — Achei que te entregar os originais seria melhor.

— Você não vai ter problemas com isso? — perguntou, preocupado se prejudicaria o amigo.

— Não se preocupe, todos estão digitalizados. Eles seriam descartados com o tempo. Espero que sejam úteis na sua investigação.

— Serão! — Yuri animou-se. — Se for realmente o que eu estou pensando...

— Posso saber o que é? — Yeonsu estava curioso.

— Desculpa, *hyung*... prefiro manter o sigilo — respondeu, pesaroso.

— Tudo bem, eu entendo. — Deixou os ombros caírem. — Vou ficar torcendo aqui para que tudo dê certo.

— Obrigado! — Yuri sorriu para o outro. — Prometo que você será um dos primeiros a saber quando tudo se confirmar, ok?

— Está bem. — Sorriu. — Fico no aguardo, dedinhos cruzados.

— Bom... — Kang reuniu todos os papéis. — Vou para a minha sala.

— Se precisar de mais alguma coisa, estarei aqui até o final do dia.

Yuri acenou com a cabeça, despedindo-se de Yeonsu, e foi para o seu escritório, passando por Yang Mi, que se levantou e sorriu, cumprimentando-o com uma reverência. Sentou-se em frente à sua mesa, espalhando os documentos que tinha colhido há pouco, e em seu notebook, fez anotações variadas, apenas para registrar os pensamentos que surgiam. Analisava com cuidado cada um daqueles inúmeros papéis, separando-os em categorias, de acordo com suas suspeitas.

Já era tarde da noite quando Yuri se deu conta do horário. Não havia comido nada desde o desjejum com Junsuk, e seu estômago agora reclamava da privação de comida. Pensou em descer e buscar algo para comer, mas alguém bateu à sua porta, antes que se levantasse da cadeira.

— Entre — autorizou.

— Oi, Onie! — Junsuk apareceu sorridente ao abrir a porta. — Trouxe comida! — Mostrou, orgulhoso, a sacola de papel em mãos.

— Kotchu, que surpresa boa! Você chegou bem na hora, eu já ia sair para comer alguma coisa. — Levantou-se e foi até o namorado, fechando a porta do escritório e selando brevemente os seus lábios. — Estou morrendo de fome! O que você trouxe?

— Sei que você gosta de comida saudável, mas só encontrei uma lanchonete aberta no caminho. Acabei comprando hambúrgueres. — O moreno sorria largamente.

— Ah, que pena, não é mesmo? — Yuri brincou. — Aposto que você ficou muito chateado. — Piscou para Junsuk, que já desembrulhava os sanduíches, usando uma mesa que havia no escritório, de apoio.

— Só hoje, vai? — Fez biquinho, arrancando uma risada gostosa de Yuri.

— Está bem. Eu estava com vontade de comer algo bem calórico mesmo. Preciso de uma dose extra de endorfina para continuar trabalhando, ou eu vou acabar dormindo em cima dos documentos. —

Pegou um dos hambúrgueres, que, aliás, estavam com uma cara ótima, dando um beijo na bochecha do namorado.

— E como está indo? Algum progresso? — Junsuk mordeu o seu lanche.

— Sim, estou chegando a algum lugar. — Yuri sentou-se no sofá, com o hambúrguer nas mãos. — Mas preciso de mais tempo. Por isso, vou dormir por aqui mesmo.

— Como assim? Você vai dormir aqui, no escritório?

— Já vim até preparado, se quer saber. Desconfiei que ia precisar de muito tempo aqui, então já trouxe minhas coisas de higiene e uma muda de roupa. — Apontou para a mochila pousada na poltrona.

— Mas vai ser desconfortável... eu te levo para casa e depois te trago amanhã, bem cedo. Já estou com um carro reserva do seguro.

— Não precisa, Kotchu. Perda de tempo.

— Mas...

— Não se preocupe, já fiz isso inúmeras vezes para diversos clientes. Não vai ser a primeira vez que passo a noite trabalhando. E eu estou aqui para isso, Junsuk, tenho um contrato para cumprir.

— Está bem, mas me ligue se precisar de alguma coisa.

— Pode deixar. — Yuri limpou os lábios com o guardanapo. — E seu pai, como está?

— Felizmente está muito bem. Os exames deram normais, e ele está respondendo bem à medicação. Parece que já vão dar alta para ele amanhã!

— É sério? Que maravilha, foi bem rápido. Fico feliz.

— Yuri, ainda não falei nada com ele. Preferi dar um tempo a mais para se recompor. Ter uma conversa dessas dentro de um hospital ia deixar as coisas ainda mais desagradáveis. Mas se ele tiver alta amanhã, eu o chamarei para tentar resolver tudo isso.

— Está bem, acho que vai ser bom para vocês. Não vai dar mais para evitar essa conversa.

— Sim, não adianta mais fugir. — Junsuk suspirou, jogando a embalagem de seu hambúrguer, já finalizado, no lixo. — Bom, queria muito ficar mais aqui com você, mas vou voltar para o hospital, tenho que passar a noite lá, no lugar da minha mãe. Volto aqui para te ver amanhã, ok?

— Está bem, Kotchu. Não se preocupe, nos vemos amanhã. Obrigado pela comida.

Os dois se despediram com um abraço carinhoso e um beijo reconfortante, dando a ambos um pouco de energia para seguir em frente.

Junsuk deixou a empresa, enquanto Yuri voltava para a sua mesa de trabalho, focando novamente na investigação.

As horas passavam depressa, mas Yuri não parava, mesmo já sentindo um pouco de cansaço. Já havia começado a preparar seu dossiê, no qual as peças daquele intrincado quebra-cabeças começavam a fazer algum sentido. Mas mesmo as evidências apontando para o mesmo caminho, ele precisava de um parecer técnico para provar as suas suposições. Apenas a sua opinião não seria o suficiente como prova.

Entretanto, agora era preciso parar, precisava dormir um pouco, ou sua cabeça explodiria. Já passava das 4 horas da manhã, e o seu corpo estava exausto e dolorido. Tomou um chá, preparado ali mesmo, no escritório, escovou os dentes e deitou-se na *chaise* que havia na sala. Não era a mesma coisa que uma cama, mas era confortável o suficiente para que ele pudesse descansar por algumas horas.

♣♦♠♥

Yuri foi despertado pelo celular às 7h30, levantando-se com algum custo, por causa do cansaço ainda presente. Protegeu os olhos do sol, que brilhava intensamente dentro da sala, e foi até o banheiro se preparar para mais horas de trabalho.

Pouco depois, Yang Mi, gentilmente, trouxe café e um croissant, assim que chegou ao escritório, dando a Yuri a energia que faltava para encarar os documentos novamente.

Depois de algumas horas, inúmeras planilhas, gráficos e análises, ele havia organizado tudo o que precisava. Agora faltava apenas a pessoa certa para confirmar suas teorias. Pegou o celular, buscando o contato, ligando assim que visualizou quem ele procurava:

— *Alô?* — A chamada foi atendida depois de alguns toques.

— Ara?

— *Ela mesma, quem fala?*

— Kang Yuri. Não reconhece mais a minha voz?

— *Yuyu?!* — exclamou do outro lado da ligação.

— Nossa, faz tempo que ninguém me chama assim. — Yuri deu risada.

— *Nem acredito que estou falando com você. Por onde você anda? Está sumido! Nunca mais te encontrei lá no Bellagio. Desistiu de trabalhar para os figurões de Vegas?*

— Na verdade, voltei para a Coreia.

— *É sério isso?* — Soou desconfiada. — *Você disse que nunca mais voltaria para esse lugar. Aconteceu alguma coisa?*

— A vida dá voltas... — Suspirou. — As circunstâncias me trouxeram de volta. Te conto tudo um dia desses.

— *Quero saber de cada detalhe! Você está me devendo uma visita, precisa conhecer meu novo apartamento.*

— Prometo te ver assim que der.

— *Mas me diga: a que devo a honra de sua ligação?*

— Preciso dos seus serviços novamente. Estou trabalhando em uma auditoria e tenho alguns documentos que gostaria que você analisasse. Já tenho uma suspeita forte, mas quero que faça um parecer técnico.

— *Hum, está bem. É para quando?*

— É meio urgente... teria como você me dar prioridade?

— *Ah, Yuyu. O que eu não faço por você, não é mesmo?*

— Você é a melhor, Ara!

— *Eu sei.* — Os dois gargalharam. — *Mas você sabe bem, só trabalho com originais. Nada de mandar tudo em PDF por e-mail, isso estraga toda a magia.*

— Sim, eu sei. Tenho os originais comigo, vou mandar por uma transportadora, para chegar até você o mais rápido possível.

— *Está bem, fico aguardando.*

— Obrigado, Ara.

— *De nada, meu bem. Se cuida, tá?*

— Você também.

Yuri desligou, sentindo um tanto de saudade de sua amiga da faculdade. Eram muito companheiros durante o curso de Direito em Harvard e, mesmo depois de formados, ainda mantinham contato. Kang prestava serviços para a empresa que ela abriu depois de fazer a sua especialização, e sempre que precisava, indicava Kim Ara para os clientes dos cassinos de Vegas. Ela era a melhor profissional da área, Yuri não confiaria aqueles documentos a mais ninguém.

O loiro organizou tudo metodicamente, colocando em um grosso envelope timbrado da empresa. Imprimiu as etiquetas de identificação, colando-as com cuidado, e pensou em pedir para Yangi Mi despachar, mas achou que a burocracia interna poderia atrasar o envio. Decidiu ele mesmo ir até a transportadora, para garantir que aquilo seguisse seu caminho o mais depressa possível. Colocou todos os seus pertences na mochila e deixou sua sala. Quando saiu no corredor, encontrou Yeonsu apressado, indo em direção aos elevadores.

— Yeonsu! Está tudo bem?

— Ah, Yuri. Sim... Não... quer dizer, acho que sim. Saem e Haebin acabaram de me ligar. Parece que eles tiveram um pequeno acidente de carro. Alguma coisa com o pneu...

— Eles estão bem? — Yuri arregalou os olhos.

— Sim, estão, não se machucaram. Mas parece que Hae perdeu o controle do carro e acabou batendo em um poste. Sorte que os *airbags* foram acionados — o gerente de vendas contava, enquanto apertava o botão do elevador repetidamente, mesmo sabendo que aquilo não o faria chegar mais rápido. — O estranho é que o carro tinha acabado de sair da revisão. Tudo estava em ordem.

— Nossa, estranho mesmo. Talvez tenha sido um prego ou alguma coisa na rua.

— Sim, pode ser. Eles estão esperando o guincho chegar, então vou até lá buscá-los.

A porta do elevador se abriu, mas havia lugar apenas para mais uma pessoa na cabine.

— Vá, Yeonsu. Eu espero pelo próximo.

— Obrigado, Kang.

— Me avise se precisar de alguma coisa.

— Está bem. Até mais — Yeonsu conseguiu dizer antes das portas se fecharem.

Yuri olhou para o relógio, batendo um dos pés no chão repetidamente, em um claro sinal de ansiedade. Não aguentou esperar o outro elevador chegar e decidiu descer pela escada. Quando estava no meio de seu percurso, seu celular vibrou no bolso da calça, fazendo-o parar de descer os degraus para atender a ligação.

— Hyunji?

— *Oi, Yuri! Estou atrapalhando?*

— Não, pode falar. Está tudo bem?

— *Sim, está tudo bem. Acho que sim... na verdade.*

— O que foi?

— *Estou tentando falar com o Taejoon, mas ele não atende o celular. Você poderia ver se ele está na sala dele?*

— Hyunji, acabei de sair da minha sala. Estou de saída do prédio, na verdade.

— *Ah, tudo bem. Se você o encontrar em algum momento, diga que preciso falar com ele* — a voz de Hyunji vacilava levemente, como se estivesse nervoso.

— Você está precisando de alguma coisa? Posso ajudar?

— *Yuri... eu... é que acabei de receber um aviso da vigilância sanitária. Eles estão dizendo que vão fazer uma inspeção amanhã, por causa de uma denúncia que fizeram contra o restaurante.*

— Denúncia? Como assim? Por que denunciariam seu restaurante?

— *Eu realmente não sei. A denúncia foi anônima, mas foi algo relacionado ao mau cheiro vindo da cozinha.*

— Mau cheiro? O cheiro da sua cozinha é o melhor do mundo!

— *Eu não sei, Yuri... não estou entendendo isso. Tomo sempre tanto cuidado com a higiene desse lugar e com todos os itens perecíveis que entram aqui. Preciso cumprir uma série de exigências até amanhã, ou posso levar uma multa. Ou, no pior dos casos, eles fecham o restaurante.*

— Essa não... — Yuri esfregou a testa, preocupado. — Preciso resolver uma coisa agora, mas depois eu posso passar aí para te ajudar.

— *Não, não precisa. Eu até já chamei mais dois funcionários para me ajudarem hoje. Quero falar com o Taejoon, para ver se ele pode estar aqui comigo na hora da inspeção. É sempre bom ter um advogado por perto.*

— Você tem razão, precisa estar amparado legalmente. Tem muita gente que comete abusos por aí só porque as pessoas não entendem bem como a lei funciona. Se Taejoon não puder, me avise que vou no lugar dele.

— *Obrigado, primo.* — Yuri ouviu o outro suspirar. — *Você sempre me salvando.*

— Imagina! Família é para isso mesmo. Me mantenha informado, ok?

— *Está bem, pode deixar. Até mais.*

— Até.

Yuri colocou o celular de volta no bolso, sentindo-se extremamente desconfortável por saber que seu primo estava sendo pressionado daquela maneira. Sabia muito bem que não havia nada de errado com o restaurante dele. Aquela denúncia só poderia ter sido feita por alguém de maldade.

E então, Yuri parou, congelou no meio do lance de escada, o qual já tinha perdido a conta de qual era. Seu coração começou a disparar, e ele sabia que não era por causa do esforço físico. Sua mente borbulhava, e de repente, o incidente com os namorados do Yeonsu veio à tona.

— Um acidente e uma denúncia... — balbuciou para si mesmo.

Coincidências? Yuri não acreditava em coincidências. A conversa que teve com Aeri estava claramente conectada com aqueles acontecimentos. Ela estava agindo.

Tirou o celular novamente do bolso e tentou ligar para Taejoon, mas caiu na caixa postal. Tentou um segundo número, que era do celular corporativo da empresa, usado apenas para o trabalho. A chamada estava quase caindo quando foi atendida.

— Taejoon?

— *Oi, Yuri. Está tudo bem?* — O noivo de Hyunji percebeu o nervosismo na voz do outro.

— Onde você está?

— *Estou em casa, por quê?*

— Te liguei no celular pessoal, mas você não atendeu.

— *Esqueci dentro do carro, acredita?*

— Ah, tá.

— *Algum problema, Yuri?*

— Hyunji... — Pensou no que ia dizer. — Ele precisa falar com você, é sobre o restaurante. Ligue para ele assim que puder, é importante.

— *Está bem, vou ligar agora.*

— Taejoon... Você vai sair de casa?

— *Sim, estava me preparando para ir para a empresa.*

— Você vem de carro?

— *Sim, vou com o meu carro.*

— Você poderia vir de táxi hoje?

— *Yuri, está tudo bem?*

— Taejoon... eu... — Queria contar sobre as suas suspeitas para o amigo, mas ficou com medo das ameaças de Aeri sobre falar isso com alguém. — Está tudo bem. Só faça o que estou pedindo: não venha de carro, pegue um táxi.

— *Mas...*

— Não posso te dizer agora. Só faça isso... por mim... ok? Por favor.

— *Bom... está bem. Irei de táxi.*

— Obrigado. — Sentiu-se um pouco mais aliviado. — Nos vemos mais tarde.

— *Ok, até mais tarde.*

Yuri se sentou no degrau, passando uma das mãos pelos fios dourados, olhando, assustado, para a tela escura de seu celular. Será que mais alguém também estava tendo algum "incidente" naquele dia? Aeri já estaria dando avisos sobre as ameaças que tinha prometido cumprir?

— Junsuk...

Um desespero bateu de repente, e Yuri saiu em disparada, descendo os degraus com pressa, pulando um ou outro para vencer os lances de escada que ainda faltavam. Ela estava falando sério. Não que Yuri tivesse duvidado da capacidade, mas no fundo, achava que ainda tinha algum tempo para pensar em uma saída. Aeri tinha dito que daria alguns dias para ele pensar na proposta, mas pelo jeito, ela estava forçando uma resposta adiantada.

Chegou, ofegante, ao térreo, sentindo os joelhos reclamarem do impacto sofrido na descida. Puxou a porta da saída de emergência para passar para o hall da empresa, mas voltou a fechá-la quando viu, um pouco mais à sua frente, Junsuk... ao lado de Aeri.

Yuri abriu uma pequena fresta da porta para vê-los novamente. Ele estava longe o bastante para não ser visto, mas perto o suficiente para ouvir o que falavam.

— Junsuk, que bom que te encontrei aqui — foi o que Yuri conseguiu ouvir primeiro.

— O que você quer, Aeri? — o CEO respondeu, seco.

— Quero saber como está o seu pai — disse cinicamente.

— Meu pai está bem, se recuperando do infarto que teve por sua causa.

— Minha causa? — Aeri apontou para si mesma. — Não, Junsuk... o culpado todo aqui é você. Será que ainda não entendeu isso?

Han apertou os lábios um no outro, cerrando os punhos com força. Em seguida, respirou uma vez, profundamente, e deu as costas para ela, tentando seguir o seu caminho de antes.

— Espera! — Ela segurou o braço do outro, impedindo-o de continuar. — Preciso falar com você.

— Sobre o quê? — Bufou. — Estou com pressa, tenho coisas importantes para resolver.

— Isso também é importante — disse, já um tanto irritada. — Não vai levar mais do que alguns minutos. Podemos ir até a sua sala?

— Não! Fale o que tem para dizer aqui e agora.

Yuri ouvia tudo atentamente, com o coração na boca, mas um tanto orgulhoso da última fala de Junsuk.

— Está bem... — Aeri torceu a boca, contrariada. — É o seguinte: tenho uma proposta para fazer. Sabemos que a empresa chegou a um beco sem saída, que tudo está indo por água abaixo, estamos prestes a termos o CEO substituído. — Junsuk ajeitou a gravata, incomodado. — Nós sabemos bem o que levou tudo isso a essa situação e o que poderia ajudar, e muito, na solução desses problemas todos. — Aeri fez uma pausa.

— Pare de enrolar.

— Calma... — Aeri ajeitou os cabelos longos, respirando longamente, antes de dizer: — Volte para mim.

— Não vou entrar nesse assunto novamente. — Junsuk deu as costas, mas foi interrompido pela ex-noiva.

— Escute até o final. — Han se virou para ela. — Já sei toda essa baboseira de "Eu amo o Yuri". E quer saber? Foda-se isso tudo! Nós dois sabemos que o líder de uma empresa como essa não pode assumir um relacionamento com outro homem, não nesse país. E eu estou disposta a me sacrificar em nome desse amor.

— O que quer dizer com isso? — O CEO estava confuso.

— Que volte para mim, que reatamos o nosso noivado, mesmo você estando com Yuri.

Junsuk congelou no lugar. Não era aquilo que ele estava esperando ouvir da boca de sua ex-noiva obsessiva, que, no outro dia, havia quebrado seu carro caríssimo em pedaços.

— Aeri...

— Junsuk... quero ser sua esposa, quero continuar o legado que a sua família, tão tradicional, ergueu. Eu realmente não me importo se esse casamento for apenas de fachada e se você continuar fodendo seu empregadinho pelas minhas costas.

— Não fale assim dele!

— Pense bem, Sukie. — Sorriu. — Você garante um casamento de fachada, que a sociedade coreana vai aplaudir de pé, os negócios vão voltar a crescer, você recuperará a confiança de seu pai e vai ser o homem de negócios poderoso que sempre quis ser. E tudo isso sem deixar de ver aquele tingido.

Yuri começava a perder o ar, então ajoelhou-se, para poder continuar ouvindo aquela conversa e ver qual era o rumo que ela tomaria. Aeri estava jogando sujo com todos, a obsessão pelo poder tinha atingido um limite doentio. Ela estava sugerindo que ele se tornasse um amante. Como uma mulher como ela se submeteria a isso por causa de poder e status social?

— Vamos lá... — ela insistiu. — O que acha? Não seria uma boa solução para toda essa confusão? Você fica com o cargo, faz as pazes com seu pai, mantém as aparências para o mundo e, ainda assim, poderá ficar com o Yuri.

— Aeri...

Junsuk pausou, como se estivesse pensando, e essa pausa fez o coração de Yuri se apertar atrás da porta da saída de incêndio. Suas mãos suavam e tremiam levemente, e um calor estranho subiu pelo seu corpo, fazendo todos os seus músculos se contraírem, como uma reação de alerta de perigo.

— Realmente... — Han falou finalmente. — Parece uma boa ideia.

O coração de Yuri se afundou.

— Talvez isso resolvesse os problemas que estou passando — continuou.

Kang não conseguiu ouvir mais e fechou a porta, apoiando, agora, as duas mãos no chão. Seu coração estava prestes a explodir. Era muita coisa acontecendo em apenas alguns minutos, desde que saiu de sua sala em direção à transportadora. Yeonsu... Hyunji... todos corriam perigo. E agora, Junsuk parecia ceder às loucuras de Aeri. Aquilo era demais, era pesado demais para carregar.

Yuri apoiou as costas na parede, tentando controlar a respiração descompassada, e segurou a camisa entre os dedos, procurando um pouco de senso para poder pensar, sem querer deixar que a emoção se sobrepusesse, mas estava difícil. Seu instinto de sobrevivência gritava, a adrenalina era produzida pelo seu corpo em ritmo acelerado.

Sem conseguir ficar mais naquele lugar, sem conseguir se ver no meio daquela situação, Yuri fugiu.

A porta, que separava a escada de emergência e o hall de entrada, fechou bruscamente, chamando a atenção de Junsuk e Aeri. Os dois olharam para aquela direção, mas como nada mais acontecia, retomaram o diálogo.

— Que bom, Junsuk. Finalmente você abriu os olhos. — Aeri sorriu. — A proposta é realmente irrecusável.

— Aí é que você se engana. — O CEO levantou uma das sobrancelhas.

— Como? — O sorriso dos lábios com batom vermelho morreu.

— A sua proposta parece uma boa ideia... — Colocou uma das mãos no bolso da calça. — Nesse seu mundo fantasioso que você mesma criou.

— E-eu... — Aeri perdeu a cor do rosto, confusa com a repentina mudança de reação de Junsuk.

— Talvez essa loucura toda faça sentido para você, para o seu pai e para toda essa sociedade doente. Talvez essa fosse a solução mais fácil para o seu ex-noivo, sedento por poder e validação da família, mas esse homem não existe mais.

— Ah, Junsuk... vai me dizer que...

— Eu mudei? Sim... É clichê, mas é verdade. — Han se aproximou mais de Aeri. — Eu cansei de ser fantoche, cansei de viver a vida dos outros. Quero viver a porra da minha própria vida, ao lado daqueles que eu amo, apenas. Chega de ser manipulado, ainda mais por você.

— Junsuk, você...

— Chega, Aeri. — O moreno passou a mão no rosto, irritado. — Eu já falei essa frase para você tantas vezes, mas essa vai ser a última: chega!

E assim, Junsuk deu as costas para Im, entrando no elevador que acabara de abrir as portas naquele andar.

60

Enquanto subia até o último andar do prédio, o CEO encostou a testa em uma das paredes do elevador, fechando os olhos com força e puxando o ar em abundância pelas narinas, tentando acalmar o coração. Ele estava irritado e frustrado por toda aquela situação. Aparentemente, Aeri jamais desistiria de entrar em seu caminho, mas Junsuk estava cansado e decidido a enfrentar os obstáculos para, finalmente, ser feliz.

Felicidade. Uma palavra com um novo significado para o jovem empresário. Antes de conhecer Yuri, Junsuk era feliz, ou pelo menos achava que aquilo era felicidade. Ser bem-sucedido, rico, bonito e invejado trazia conforto e realização. Poder era o que importava, amor era apenas uma bobagem que se via em filmes e dramas.

Mas aquela esbarrada nos corredores do Bellagio transformou tudo ao seu redor.

Os olhos brilhantes, o sorriso arrebatador e o rosto esculpido pelos anjos fizeram acordar um lado adormecido em seu peito. O coração, antes tão bem controlado, havia perdido o seu ritmo compassado. O sangue pareceu ganhar nova fluidez, acordando e aguçando todos os sentidos de Junsuk. Ao lado de Yuri, ele se sentia vivo, e aquela sensação era a melhor que ele já tinha experienciado. Já tinha errado demais até aquele momento, e por isso, faria de tudo para que pudesse ter aquilo para sempre. O concreto frio daquela empresa não teria o mesmo valor sem o calor dos braços de seu amado.

Junsuk se desencostou quando sentiu o elevador desacelerar. Ajeitou o cabelo e a gravata antes de sair, andando com a confiança que sempre exibia nos corredores da empresa.

Foi direto para a sala de Yuri, que ficava bem próximo à sua, deu dois toques na porta e a abriu, encontrando o lugar vazio. Chamou pelo namorado, mas não obtendo resposta, voltou a fechar a porta.

— Yang Mi — chamou a atenção de sua secretária. — Sabe onde está Kang Yuri?

— Bom dia, senhor Han. — A moça se levantou, fazendo uma reverência. — Ele saiu há poucos minutos.

— Ele disse aonde ia?

— Não, senhor. Saiu com pressa e com um envelope nas mãos.

— Está bem, obrigado.

Junsuk tirou o celular do bolso para ligar para o namorado, enquanto se dirigia para a sua sala, mas uma voz o fez parar no meio do ato:

— Han!

— Daeshin?

— Você queria me ver? — perguntou seriamente.

— Sim, precisamos conversar. — Junsuk colocou o celular de volta no bolso da calça. — Por favor, entre. — Indicou a porta aberta de sua sala.

Entraram no espaçoso escritório e se sentaram no confortável conjunto estofado, um em frente ao outro. Em poucos instantes, Yang Mi pousou duas xícaras de café na mesa de centro, fechando a porta logo após, dando privacidade aos dois.

— Qual é a urgência, Han?

— Bom, gostaria de falar sobre a próxima reunião da diretoria. — Deu um gole no café fumegante. — Não tive a oportunidade de conversar com todos os sócios depois da última.

— E você acha que tem muito a dizer depois daquilo tudo?

— É claro que eu tenho. Não me deixaram explicar nada, a Aeri atropelou tudo.

— Digamos que ela tinha fortes motivações para não deixar você falar. Aquela exposição foi uma vergonha.

— Vergonha? — Han começava a se irritar. — Foi tudo uma armação, você não consegue ver isso?

— Então, é mentira que Kang e você têm um caso? — Levantou uma sobrancelha.

— Nós... — Pausou por alguns segundos, pensando no que diria. — Isso é realmente importante?

— Junsuk... — Daeshin suspirou. — Você deveria saber que nunca se mistura amor e negócios. E não digo isso só pelo Kang, mas pela Aeri também. Eu não estou nem um pouco preocupado com quem você leva para a cama, mas me preocupa você trazer isso para dentro da empresa.

— Daeshin, nunca foi minha intenção prejudicar a empresa. Eu tinha todo um plano para que os negócios decolassem, com a junção das ações da minha família com as da família Im. Jamais esperaria que as coisas saíssem desse jeito. — Junsuk suspirou, jogando as costas contra o encosto do sofá.

— E onde entra o Kang nesse seu plano?

— Eu sempre planejei tudo nessa vida, mas Yuri foi o melhor acaso que já me aconteceu. E mesmo tudo virando um caos, não me arrependo de ter me envolvido com ele.

— Espero que você não se arrependa depois que perder o seu cargo de CEO.

— Daeshin... olha, te chamei aqui justamente por causa disso. Pode parecer que eu esteja desesperado, correndo atrás das pessoas que vão votar na próxima reunião... mas a verdade é essa mesma, estou desesperado.

O sócio de Junsuk se surpreendeu com aquela resposta. Jamais pensaria que o grande CEO revelaria sua fragilidade daquela maneira.

— Junsuk, eu...

— Daeshin, me escute — Han o interrompeu. — Te chamei para esta conversa porque sei que você é um homem sensato. Trabalhamos juntos há tanto tempo. Você conhece a minha dedicação a essa empresa, conhece todo o empenho e o esforço da minha família para manter tudo isso erguido. Não deixe uma fofoca se sobrepor a tudo.

— Fofoca? Han, isso deixou de ser uma fofoca a partir do momento que seu pai teve um infarto na sala de reuniões. Seojoon me disse que...

— Esqueça o que Seojoon disse! Eu nem quero saber o que ele anda falando de mim pelas costas. Sei bem o posicionamento dele e sei que ele me quer fora do cargo, mas te peço que olhe bem os dois lados. Queria te pedir um voto de confiança. Posso contornar tudo isso.

— Junsuk... — Daeshin pausou, esfregando uma das mãos no rosto. — Acredito na sua força de vontade e acredito que, mais do que ninguém, quer que tudo isso fique para trás. Mas as coisas estão apertadas, e as decisões precisam ser tomadas com cuidado. Além de tudo, ainda estamos enfrentando um grande problema de desvio de dinheiro.

— Yuri já está resolvendo isso. Saberemos o que está acontecendo em breve.

— Woobin está apostando todas as fichas nele — revelou, surpreendendo Junsuk. — E nessa altura do campeonato... essa é a minha única opção também.

— Daeshin, me ajude a ficar no cargo e vou resolver tudo isso. Prometo.

O sócio de Han se levantou.

— Junsuk, pare de prometer as coisas — disse seriamente. — Apenas comece a agir como o CEO que você quer ser. Eu vou pensar.

— Obrigado, Daeshin. Muito obrigado.

— Junsuk... não é só a sua empresa que está em jogo. — Abriu a porta do escritório. — É o emprego e a vida de muita gente envolvida aqui.

— Eu sei. Mais do que ninguém, sei a responsabilidade que carrego aqui.

Daeshin saiu da sala, deixando Junsuk apreensivo. Será que ele havia sido persuasivo o suficiente? Agora teria que esperar, saberia o resultado em pouco tempo.

Ele balançou a cabeça, dispersando aquelas preocupações que nublavam a sua mente, tirou seu celular novamente do bolso e ligou para Yuri. Ouviu diversos toques, até que a chamada caiu na caixa postal. Tentou mais umas duas vezes, obtendo o mesmo resultado. Então, mandou uma mensagem para o namorado, pedindo que ligasse para ele assim que possível.

Nesse momento, Taejoon entrou na sala, já que a porta havia sido deixada aberta pelo sócio de Junsuk.

— Sukie... — chamou o amigo, que ainda observava a tela do celular na mão. — Tudo bem?

— Ah, Taejoon. — Voltou a guardar o aparelho no bolso. — Sim, está tudo bem.

— E o seu pai?

— Melhor. Devem dar alta a qualquer momento.

— Ah, que bom. — Taejoon sentou-se no sofá. — Deixe-me fazer uma pergunta: você falou com o Yuri hoje?

— Ainda não. Cheguei aqui na empresa e ele tinha saído. Também não atende o telefone. Por quê?

— Bom... nada. — Taejoon coçou a nuca. — É que recebi uma ligação muito estranha dele hoje.

— Estranha como?

— Ele me perguntou como eu viria aqui para a empresa, e quando eu disse que seria com o meu carro, ele praticamente implorou para que eu pegasse um táxi.

— Que estranho. — Junsuk franziu a testa. — Ele não explicou o porquê?

— Não... só disse para que eu fizesse isso. Ele parecia muito aflito, na verdade.

— Não entendo por que ele não me disse nada antes de sair. Talvez estivesse com pressa.

— Ele deve dar notícias em breve — Taejoon tentou tranquilizá-lo, sem ter tanta convicção do que estava dizendo.

Junsuk pegou seu celular novamente, na intenção de tentar falar com Yuri, mas uma ligação apareceu no mesmo momento.

— Mãe? — Han atendeu.

— *Filho, boas notícias: seu pai teve alta, estamos indo para casa.*

— Ah, que bom! Quer que eu busque vocês?

— *Não, seu irmão está aqui. Ele vai nos levar.*

— Junwoo está aí, então. — O caçula fechou a cara. — Está bem, vejo vocês mais tarde.

— *Filho...* — a voz de Sojin se modificou. — *Seu pai... ele quer falar com você.* — Junsuk engoliu em seco. — *Venha jantar em casa, mas sozinho.*

— Está bem, mãe. Estarei aí para o jantar.

Taejoon levantou-se e foi até o amigo, dando-lhe dois tapinhas no ombro.

— Estarei na minha sala se precisar.

— Obrigado, Taejoon. — Han deu um sorriso fraco.

Estava sozinho em sua sala novamente.

Olhou ao redor, observando todos os detalhes daquele lugar. Quando ocupou o cargo de CEO, Junsuk reformou o escritório, escolhendo cada item de decoração e mobiliário, gastando mais tempo e dinheiro do que deveria. Tinha construído o seu castelo, do jeito que sempre sonhou desde menino.

Sentou-se em sua cadeira giratória de espaldar alto, atrás da grande mesa de vidro, espalmando as mãos sobre o tampo. Eram dias decisivos. Precisava se preparar não só para a conversa com o seu pai, mas também para a reunião mais importante da sua vida. Concentrou-se ao máximo no trabalho, sem ver as horas passarem. Atendeu telefonemas, assinou contratos e respondeu diversos e-mails, muitos de Seojoon, questionando cada grande transação realizada pela empresa.

Nesse meio tempo, tentou falar novamente com Yuri, mas ele continuava sem atender as ligações ou responder às suas mensagens. Da última vez que isso aconteceu, Kang tinha ido parar na cadeia. Seu coração começou a disparar só com a lembrança.

Levantou-se, decidido a procurar o namorado, mas quando estava prestes a sair de sua sala, seu celular tocou. Era sua mãe novamente.

— *Filho, que horas você chega?*

Junsuk se deu um tapa no rosto.

— Mãe... é... estou indo. Fiquei preso em uma reunião — deu uma desculpa, pois não queria dizer que tinha esquecido. — Chego aí em menos de meia hora.

Han apressou-se, indo em direção à casa dos pais, com as mãos suando de nervoso no volante do carro. Estacionou em frente à porta de entrada da grande mansão, sendo recebido por um dos empregados de seu pai. Sentindo o cheiro típico da comida de sua mãe, foi direto para a cozinha, onde a encontrou cozinhando, com o auxílio da governanta da casa.

— Cheguei, mãe. — Beijou a testa de Sojin. — Perdão pela demora.

— Não tem problema, filho. O jantar ainda não está pronto. Enquanto isso... — A mãe de Junsuk hesitou. — Seu pai está te esperando na sala. Ele quer conversar com você agora.

— Está bem, mãe. — O caçula dos Han suspirou. — Vou lá falar com ele.

— Filho... — a voz de Sojin interrompeu a saída do filho da cozinha.

— Sim?

— Lembre-se do que eu te disse lá no hospital. Pense um pouco mais em você e menos nos outros. Siga o seu coração.

Junsuk acenou com a cabeça e sorriu, indo encontrar seu pai em seguida.

Jihoo estava sentado confortavelmente no grande sofá da sala de estar e, com as pernas cruzadas, como sempre ficava, lia o caderno de economia do jornal do dia. Ao seu lado, Junwoo mexia no celular, parecendo bastante entediado.

— Pai? — Junsuk chamou baixinho.

— Filho. — Jihoo fechou o jornal, colocando-o na mesa de centro. — Sente-se. — Apontou para a poltrona ao seu lado.

Junsuk olhou para o irmão, apertando os lábios um no outro, extremamente aborrecido por ele estar ali.

— Como você está, pai? Está se sentindo bem? — Tentou parecer menos amargo.

— Sim, Junsuk. Até parece que nada aconteceu. Devem ser os remédios.

— Fico feliz que já esteja em casa, pai. Fiquei muito preocupado. — Junsuk se recostou na poltrona, tentando relaxar na presença intimidadora do pai.

— Eu também, filho. Na verdade, ainda estou.

— Pai, podemos conversar sozinhos? — Olhou com desdém para o irmão.

— Ele é seu irmão, Junsuk. Não fale como se ele fosse um estranho.

— Para mim, é.

— Olha aqui, Junsuk. — Junwoo levantou as sobrancelhas. — Pouco importa o que você acha de mim. Nada muda o fato de que sou da família, tenho o mesmo sangue que você.

— Mas esse sangue deve ter talhado aí nas suas veias. Você some, não dá notícias para o que chama de "família" e, agora, aparece do nada, como se nada tivesse acontecido. Não acha esquisito, pai? — perguntou para o patriarca, sem mesmo olhar para ele.

— Esquisito é o que está acontecendo naquela empresa, irmãozinho.

— Não seja hipócrita, não me venha falar sobre a empresa. Você não sabe de nada! — Junsuk começou a se exaltar. — Ou melhor... — Cruzou os braços. — Talvez deva saber mais do que deveria, não?

— Do que está falando? — O irmão mais velho se levantou.

— Pare de fingir, Junwoo! — Junsuk avançou, agarrando o irmão pelo pulso. — Você sabe muito bem do que estou falando. Ou o soco que eu te dei no hospital te fez perder a memória?

— Me larga, seu descontrolado! — o mais velho gritou. — Fique longe de mim!

— Está com medo, é? — Junsuk ameaçou. — Pois deveria ter mesmo.

— Chega! Parem os dois! — Jihoo bradou com os filhos. — Controle-se, Junsuk!

— Me controlar? — Ficou indignado. — O senhor, ainda por cima, vai defendê-lo? Mesmo sabendo que ele está nos roubando?!

— Roubando? Você pirou!

— Ah... — Junsuk colocou as mãos na cintura. — Vai negar que assinou um monte de transferências de altos valores para uma conta na China?!

— Transferências? — Junwoo franziu o cenho.

— Pare de mentir, *hyung* — pronunciou aquilo com o máximo de deboche que conseguiu. — Vai dizer que aquelas assinaturas não são suas?

— Mas que assi-...

— Chega! — Jihoo interrompeu a discussão novamente. — Falaremos disso depois. Junwo, por favor, deixe-nos a sós.

— Mas, pai... ele está me acusando de...

— Vá! Estou mandando!

Junwoo calou-se, bufando, e lentamente, afastou-se dos outros dois, deixando a sala de estar sob vigilância dos olhos de Junsuk, que flamejavam de raiva.

— Sente-se, Junsuk — ordenou ao filho caçula, que obedeceu imediatamente.

— Pai, eu...

— Cale-se! Te chamei aqui para conversarmos sobre o que aconteceu na última reunião da diretoria. Sobre você estar sendo ameaçado de perder o cargo e todo esse negócio com o Kang. — Jihoo fez uma cara de desprezo.

Junsuk abaixou a cabeça, respirando fundo para poder se acalmar, e passou as mãos pelos cabelos, puxando-os para trás. Jihoo também se sentou, voltando à sua postura inicial, com as pernas cruzadas e o rosto sem expressão. Ficaram alguns momentos em silêncio, para que a atmosfera tão tensa fosse um pouco dissipada.

Jihoo suspirou profundamente antes de começar a falar:

— Está tudo bem, meu filho.

— Está? — Junsuk riu, sem acreditar.

— Sim... — Jihoo limpou a garganta. — Eu... — ele parecia ter dificuldade em continuar a sentença. — Refleti muito sobre tudo o que aconteceu. Quero que saiba que entendo as atitudes que você tomou.

— Entende? — Junsuk ficava cada vez mais confuso.

— Eu sei que te pressionei demais a vida toda. Coloquei nas suas costas, desde cedo, uma responsabilidade que não deveria ser sua até o momento propício. Conversei muito com sua mãe também.

— Pai...

— Entendo que toda essa loucura que você fez foi, de alguma maneira, uma forma de protesto, de rebeldia, querendo me atacar por ter feito tão mal a você. Por isso, quero que me perdoe.

Junsuk arregalou os olhos, não estava acreditando nas palavras que saíam da boca de seu pai. Ele nunca, na vida, tinha abaixado a guarda e reconhecido alguma falha sua. Talvez aquilo fosse responsabilidade de sua mãe, que tinha prometido que falaria com Jihoo sobre a situação.

— Pai... não tem o que perdoar — disse, sincero. — Eu sei que suas intenções eram as melhores. Você só queria o bem da nossa família. Eu entendo.

— Obrigado, filho.

Parecia que um grande peso tinha sido tirado das costas de Junsuk. Seu coração, há tanto tempo, não se sentia leve daquela maneira. Não esperava que o pai reagiria daquela forma e que até pediria desculpas pelas próprias atitudes.

— Então... — Jihoo voltou a falar. — Já que esclarecemos essas coisas e concordamos que tudo o que você fez foi um ato de rebeldia, podemos colocar as coisas no lugar. — Sua postura era impassível. — Eu estou disposto a esquecer toda a vergonha que passamos naquela reunião. Vamos consertar tudo isso.

— Vergonha?

— Sim, Junsuk. Vamos dar um jeito de abafar esse escândalo de você ter tido um caso com um homem.

— Escândalo? — O jovem CEO se engasgou com a palavra. — Eu...

— Não precisa mais disso, Junsuk. Você não precisa ter esse tipo de relação suja apenas para me atingir. Eu já aprendi a lição, acabei de sair do hospital por causa disso.

— Suja? Eu achei que...

— Achou o quê? Que eu iria aceitar essa abominação? Que eu iria aceitar que você se deita com um homem, Junsuk? Isso não vai acontecer na família Han.

— Você ainda acha que a Aeri é a mulher ideal? Aquela louca?

— Ok, Junsuk, não precisa ser a Aeri. Vamos arranjar outra esposa para você. Enquanto isso, vamos deixar que Kang trabalhe fora da empresa, sem que precise estar lá o tempo todo. Ele pode mandar os resultados pelo Taejoon, e a gente analisa na reunião da diretoria. Assim, deve ficar mais fácil para você deixar de se encontrar com ele e esquecer essa pouca vergonha.

— Eu...

— Quanto aos sócios e diretores querendo te tirar do cargo... vou dar um jeito nisso. Podemos fazer um jantar aqui em casa, para acertarmos os votos com aqueles que são contra você, e...

— Mas eu...

— Vou falar com Seojoon primeiro. Acho que ele será o mais difícil.

— PARA! — Junsuk gritou, assustando seu pai. — Me deixa falar!

Jihoo fechou a cara com a entonação de seu filho, mas ficou em silêncio, esperando para ouvir o que Junsuk tinha a dizer.

— Pai... eu entendi tudo errado — lamentou-se. — Achei que finalmente você estaria do meu lado, se importando com o que sinto e com o que quero para a minha vida. Mas pelo jeito, me enganei. — Sentiu um nó se formar na garganta. — Eu não quero que me arrume outra esposa. Não quero mais você controlando a minha vida. Não quero mais ser só um fantoche nas suas mãos.

— Junsuk!

— Eu só quero ser feliz, pai. Só quero poder amar quem eu amo de verdade.

— Filho, para com isso. O que você sabe sobre o amor? Você mal conhece esse rapaz. Quanto tempo faz que vocês estão... nisso?

— Que diferença isso faz? Amor não se cronometra, pai. Não importa se são apenas dias, meses ou anos. O que importa é o sentimento.

— Não diga bobagens, Junsuk. Amor não dá lucro. Nós precisamos enfrentar essa crise racionalmente, ou vão nos derrubar.

— Não! — Levantou-se. — Não vão "nos" derrubar. Vão derrubar a mim... E o primeiro que está fazendo isso é você.

— Junsuk, eu...

— Chega! Eu não aguento mais... — Uma lágrima grossa escorreu pelo lado direito do rosto. — Sei que a pressão no mundo corporativo é grande e consigo aguentar isso. Mas não consigo aguentar mais isso vindo de você.

Um silêncio tomou conta da sala, e Sojin apareceu, apressada, apreensiva com o aumento de volume das vozes, que agora eram ouvidas da cozinha.

— Então... — Jihoo quebrou o silêncio. — Acho que você realmente não é o mais indicado para o cargo de CEO.

Agora, o peso que Junsuk tinha sentido fora de suas costas tinha voltado em dobro. Seu coração havia sido partido ao meio ao ouvir aquelas palavras de seu pai. Ele poderia recuar, pedir perdão de joelhos e prometer que seria o filho dos sonhos dele, que daria um jeito nas coisas e que tudo ficaria bem. Mas ele não ficaria.

— Eu amo você, pai... amo você, mãe. — Olhou para Sojin, que observava tudo de longe. — Mas eu também amo Kang Yuri. E se você acha que esse homem, que ama outro homem e que quer ser feliz, não é indicado para ser um CEO, então tudo bem. Eu já não me importo mais.

— Junsuk, não quero que você se arrependa depois.

— Eu já me arrependi de tantas coisas, pai... Quero fazer as coisas do meu jeito agora.

Jihoo não disse mais nada, apenas voltou a ler o jornal que havia sido pousado na mesa de centro. Junsuk enxugou as lágrimas que havia derrubado e saiu de sua presença.

— Filho... — Sojin chamou baixinho quando Junsuk passou por ela, fazendo-o parar ao seu lado, e deslizou os dedos carinhosamente pelos cabelos do filho, fazendo-o fechar os olhos, segurando a tristeza no peito. Ela segurou o rosto de Junsuk com as duas mãos, fazendo-o olhar para ela.

Sojin sorria, como se estivesse orgulhosa, e o caçula percebeu isso de imediato. Ele a abraçou fortemente, encostando sua cabeça em seu peito largo. Os dois se separaram, sem dizer nenhuma palavra. Aqueles olhares, sorrisos e abraços já diziam tudo.

Antes de sair com o carro, conferiu seu celular mais uma vez, para ver se tinha notícias do Yuri. Nada ainda. Resolveu ir até o apartamento dele, aquilo estava estranho demais.

Deixando o carro estacionado próximo ao edifício, não teve muita dificuldade em entrar, já que tinha sido reconhecido pelo porteiro. Pegou o elevador e tomou um grande susto, quando viu que a porta do apartamento de Yuri estava entreaberta. Será que tinham assaltado o lugar?

Junsuk se aproximou cautelosamente, abrindo um pouco mais a porta, o suficiente para observar o interior do apartamento. Tudo parecia muito quieto, até que viu um homem parado na cozinha. Tinha certeza de que não era Yuri, pois ele parecia ser mais alto e com os ombros mais largos.

— Quem é você? — Han se encheu de coragem, escancarando a porta, assustando o outro.

— Junsuk? — a voz que chamava por seu nome não era muito estranha. — O que faz aqui?

— Jaewoo? — O moreno levou uma das mãos ao peito, aliviado ao reconhecer o corretor de imóveis.

— Que surpresa em te ver! — Abriu um grande sorriso.

— Eu digo o mesmo. — Fechou um pouco a cara. — O que está fazendo no apartamento do Yuri? E onde ele está?

— Nossa, Junsuk, nem parece que fomos um pouco mais do que corretor e cliente.

— Isso é passado, Jaewoo. Onde está o Yuri? — Ficava cada vez mais impaciente.

— Na verdade... eu não sei. — Deu de ombros.

— Como assim, não sabe? E o que está fazendo aqui dentro?

— Bom, recebi, mais cedo, uma ligação do Kang, dizendo que queria encerrar o seu contrato de aluguel. Não quis me dar mais nenhuma explicação, apenas disse que deixaria a chave na portaria e que mandasse o valor que ele deveria pagar pela quebra de contrato.

— Encerrar? Ele se mudou? — Junsuk sentiu uma leve tontura.

— Sim... — Jaewoo olhou ao redor. — Pelo que parece, sim. Bom... preciso ir.

— Será que eu poderia ficar mais um pouco? Eu... acho que deixei algumas coisas aqui e quero levar embora — Han mentiu, sentando-se no sofá, sentindo uma grande pressão no peito.

— Você? Por que deixaria algo aqui no apartamento do Kang?

— Eu... eu vinha aqui de vez em quando.

— Ah... sim... entendi. — Jaewoo balançou a cabeça. — Kang é um cara de sorte mesmo. Bom, deixe a chave na portaria quando sair, ok?

— Sim, está bem.

— Me liga, quem sabe tomamos uma cerveja algum dia desses. — Jaewoo piscou para Junsuk.

Han nem sequer respondeu, estava perdido em pensamentos antes mesmo de Jaewoo autorizar a sua permanência. Eram muitas perguntas girando em sua cabeça.

Por quê?

Para onde ele foi?

Por que não me avisou?

Nada daquilo fazia sentido. Tinha estado com Yuri na noite anterior, e tudo parecia bem. Como ele havia sumido de repente? Se mudado? E nem sequer avisou sobre o que estava acontecendo.

Junsuk se levantou e andou pelo apartamento, buscando pistas do porquê daquele abandono tão repentino. Entrou no quarto e viu a cama feita. A porta do armário estava aberta e nada havia em seu interior. Mas havia uma peça de roupa no chão, próximo à cama. Era uma camisa, e Junsuk a reconheceu no mesmo instante. Era a que ele havia dado de presente para Yuri, em substituição àquela que ele tinha rasgado em Vegas. Pegou a peça do chão e levou-a até o nariz, sentindo o perfume suave que Yuri sempre exalava. Junsuk estava confuso, perdido. Nada do que tinha acontecido naquele dia fazia sentido.

Olhou mais uma vez ao redor, enquanto caminhava pelo pequeno apartamento, apagou as luzes e girou a chave na fechadura, trancando a porta.

61

Junsuk olhava para o teto de seu quarto. Jogado de costas na sua cama, já era o quinto dia que passava praticamente em claro. Sua mente trabalhava o tempo todo, freneticamente, e o sono só chegava quando seu corpo já não aguentava mais o cansaço.

Tudo tinha acontecido em um curto intervalo de tempo, apenas alguns dias, mas ele sentia como se meses tivessem se passado. Perdeu as contas de quantas vezes revisou os últimos dias mentalmente, tentando encontrar motivos para que Yuri o deixasse daquela maneira, sem nenhuma palavra.

Ele queria muito contar para o outro sobre as conversas que teve com Aeri e com o seu pai. Provavelmente, Yuri ficaria orgulhoso. Ele tinha feito aquilo tudo pensando nos dois.

Juntou forças, levantou-se da cama, indo até a varanda de seu quarto, e segurou firmemente na grade de proteção, olhando para o horizonte. Um tanto perdido, não sabia que rumo dar à vida. Antes de Yuri, a empresa de sua família era a sua prioridade. Depois daquela noite em Vegas, tudo parecia ter ganhado vida. Mas agora, sem Yuri e prestes a perder o cargo de CEO, Han só conseguia sentir um grande vazio em seu peito. Queria apenas sair pelas ruas, vagando por Seul, gritando o nome de seu amado.

— YURI! — o grito preso na garganta ecoou na madrugada. — Yuri... — Agora mais como um sussurro, para si mesmo. — Onde você está, meu amor?

Junsuk deu alguns passos para trás, até se encostar na poltrona e deixar o corpo cair no estofado. E continuou ali, na varanda, vendo as cores do céu mudarem de um azul profundo para um claro, as luzes da cidade se apagarem aos poucos, dando lugar ao sol, que apontava no horizonte.

O jovem CEO só saiu daquela posição quando escutou seu celular tocar lá no quarto.

— Alô?

— *Sukie, sou eu* — Taejoon falou, do outro lado da linha. — *Está pronto?*

— Pronto? Para quê?

— *Ah, Junsuk! A reunião! Hoje é a reunião da diretoria, não se lembra?*

— Ah! — Han esfregou a mão na testa. — É mesmo. Sim, eu me lembro. Chego em uma hora, ok?

— *Está bem. Nos vemos em breve.*

Junsuk apressou-se para ficar pronto. Tomou banho, vestiu-se elegantemente com um terno cinza, camisa branca e gravata bordô, e obrigou-se a comer um pouco antes de sair, já que a última refeição tinha sido feita há muito tempo.

A Mercedes estacionada na garagem, que usaria para ir até o escritório, ainda era um carro provisório fornecido pelo seguro. Junsuk ainda não tinha tido tempo nem cabeça para procurar por um novo veículo, em substituição àquele destruído por Aeri.

E enquanto o elevador subia todos os andares daquele prédio tão conhecido para si, Junsuk repensava o discurso que daria em frente aos demais sócios da empresa, talvez o último como o CEO.

Tempos atrás, provavelmente, estaria desesperado com a possibilidade de perder o cargo com que sonhou a vida toda, mas agora, parecia que nada daquilo importava mais. Ainda assim, não queria desistir de tudo. Precisava fazer aquilo pela família, pelo seu pai e por si.

Assim que as portas do elevador se abriram, Junsuk viu Taejoon parado no corredor, e estranhamente, Hyunji saía do escritório que Yuri costumava usar.

— Hyunji! — gritou para o noivo de seu melhor amigo, correndo em sua direção. — Tem notícias do Yuri? — perguntou assim que ficou frente a frente com ele.

— Junsuk...

— Por favor, Hyunji! Me fale onde ele está! — implorou.

— Me perdoe, Junsuk, eu também não sei para onde ele foi. Tudo o que ele me disse, muito brevemente, foi que precisava se afastar pelo bem de todos, principalmente o seu.

— Isso não faz sentido. Como sumir desse jeito me beneficiaria? Hyunji, ele não abandonou somente a mim, mas também a empresa. Estou prestes a entrar em uma reunião, na qual, supostamente, ele deveria apresentar os resultados da sua investigação. E agora, eu não tenho nada.

— Eu sinto muito, Junsuk. — Hyunji afagou o braço do CEO. — Não sei o que dizer.

O moreno passou uma das mãos pelos cabelos, puxando os fios escuros com força para trás, e puxou o ar profundamente, soltando, em seguida, em um longo suspiro, parecendo quase um lamento.

— Estamos todos preocupados, Junsuk — Taejoon disse carinhosamente para o amigo. — Nós vamos encontrá-lo, daremos um jeito nisso.

Han não disse nada, apenas balançou a cabeça levemente, concordando. O que o assustava de verdade era, mesmo depois de encontrá-lo, descobrir que Yuri havia desistido do relacionamento, decidido que não valia a pena passar por tudo aquilo para ficar com ele.

— Bom... — Hyunji disse — vou indo, tenho que fazer compras para o restaurante. Até mais. — O chefe de cozinha beijou brevemente a bochecha de Taejoon e abraçou Junsuk, dando-lhe o sorriso mais encorajador que conseguiu naquele momento.

Enquanto Hyunji deixava as dependências da empresa, Yeonsu apareceu, apressado, na direção oposta.

— Junsuk! Taejoon! — chamou. — Tudo pronto para a reunião, estão apenas aguardando vocês.

Os dois amigos se olharam, e Taejoon deu dois tapinhas nas costas do CEO, encorajando-o a seguir em frente.

— Vamos, Sukie.

— Isso vai ser um desastre!

— Pare com isso, vai dar tudo certo.

— Como isso pode dar certo? Yuri me abandonou e abandonou a auditoria também. Estou entrando nessa sala sem nada para dizer.

— Ah, Junsuk! — Taejoon deu um tapinha na cabeça do amigo. — Até parece que você não conhece o Yuri. Será que não aprendeu nada nesse tempo que esteve com ele?

— Do que você está falando?

Taejoon colocou uma das mãos no bolso do paletó e tirou-a, com algo dentro do punho cerrado.

— Chegou a hora, Han Junsuk. — Sorriu.

O chefe do departamento jurídico abriu os dedos lentamente, revelando um *pen drive* no centro da palma da mão.

— O que é isso? — O CEO alternou o olhar entre o pequeno objeto e Taejoon.

— Vamos descobrir. — Taejoon saiu andando na frente, entrando primeiro na sala de reuniões.

Todos já estavam presentes. Da esquerda para a direita, ao redor da grande mesa de reuniões, estavam Kim Yeonsu, Lee Woobin, Park Daeshin, Oh Seojoon, Im Wonshik, Im Aeri, Han Junwoo, Han Jihoo e Lee Taejoon. Junsuk ocupou o lugar de destaque costumeiro na mesa, sentando-se sob o olhar atento dos participantes da reunião.

Aeri, ao lado do pai sisudo, tinha o costumeiro sorriso irônico nos lábios, como se estivesse pronta para destilar seu veneno a qualquer momento. Em silêncio, parecendo cansado e um pouco debilitado, estava o pai de Junsuk, ao lado do filho mais velho, que estava distraído, mexendo no celular, como se naquela reunião não estivessem coisas importantes em jogo.

— Bom... — Junsuk engoliu a saliva com dificuldade, tentando iniciar sua fala. — Bem-vindos à reunião da diretoria. Hoje tínhamos em pauta dois assuntos importantes para o rumo desta empresa: os resultados da auditoria e a votação, proposta por Im Aeri, para a minha permanência no cargo de CEO.

— E onde está o auditor? — perguntou Seojoon. — Onde está Kang Yuri?

— Então... — Junsuk pausou, sentindo o coração pesar, pensando em alguma desculpa para dar naquele momento difícil.

— Kang Yuri não pôde comparecer a esta reunião por causa de um compromisso inadiável — Taejoon interrompeu, gerando um burburinho de comentários entre os presentes.

— Achei que esta empresa era prioridade para ele. — Seojoon tamborilou os dedos na mesa. — Que compromisso foi esse?

Junsuk olhou para Taejoon, um tanto desesperado, sem saber o que o amigo tinha inventado para justificar a ausência de Yuri naquela reunião.

— Isso só interessa a ele — respondeu o advogado.

— Mas como é que saberemos os resultados da auditoria sem ter o auditor presente? — Daeshin perguntou, cruzando os braços.

— Por que não estou surpresa com esse sumiço? — indagou sarcasticamente Aeri. — Deve estar com vergonha de aparecer depois de não ter encontrado nada. — Estava sorrindo, vitoriosa, como se já esperasse que Yuri não estaria ali. — Tudo isso foi só um desperdício de tempo e dinheiro.

— Não se preocupem — Taejoon respondeu, levantando-se. — Yuri não pôde estar presente, mas mandou toda a sua análise aqui. — Mostrou o *pen drive* entre os dedos. — Yeonsu, por favor, abra o arquivo no projetor.

— É pra já. — O gerente de vendas se apressou.

Todos, incluindo Junsuk, estavam surpresos com aquilo. O CEO mal conseguia pensar no que poderia estar naquele *pen drive* e quais eram as intenções de Yuri com aquilo tudo.

A grande tela se iluminou na parede oposta a Junsuk. Todos ali presentes, viraram suas cadeiras na mesma direção, curiosos para saber o que apareceria em seguida.

Era um vídeo. De repente, a imagem formada pôde ser reconhecida. Era Kang Yuri, sempre estonteante e elegantemente vestido. Seu terno preto contrastava com a camisa alva e os cabelos dourados, bem penteados.

O coração de Junsuk deu um salto dentro do peito. Uma mistura de alegria, por ver aquele que era sua razão de viver, e uma tristeza sem medidas, por ele estar presente somente por vídeo.

O silêncio na sala era total, ninguém nem sequer ousava respirar mais alto. Havia uma grande tensão naquele lugar, em que cada um criava diferentes expectativas para o que viria a seguir.

A voz de Kang Yuri preencheu a sala de reuniões:

"Bom dia, senhora e senhores. Primeiramente, por motivos de força maior, peço desculpas pela minha ausência no dia de hoje. Porém, como sempre me comprometi com o contrato que firmei com esta empresa, estou aqui, mesmo que virtualmente, para apresentar as conclusões da auditoria.

Como todos sabem, durante alguns meses, percebeu-se um déficit de mais de 5 bilhões de wons das contas da empresa. Inicialmente, com a ajuda de Kim Yeonsu, rastreamos todas as transações realizadas nos últimos meses. A primeira coisa que chamou a atenção foram as transferências bancárias de grandes valores para contas internacionais. Identifiquei cerca de 48 contratos de câmbio, autorizados internamente.

Sabemos que, pela política da empresa, esse tipo de coisa só é feita depois da autorização de alguém com alto cargo, seja o CEO, algum outro sócio ou um membro da diretoria. Vocês devem se lembrar que, em uma das nossas primeiras reuniões, levantou-se a hipótese de que Kim Yeonsu estaria por trás do desvio, já que ele teria assinado algumas autorizações no lugar de Junsuk, que, por sua vez, estava ocupado demais com os preparativos de seu casamento com a senhorita Aeri."

Yuri dizia cada palavra bem articuladamente, sem mudanças de expressão no rosto ou qualquer demonstração de emoções. Era como se ele nunca estivesse envolvido com ninguém ali, como se tivesse sempre observado tudo de longe.

Junsuk sentia uma leve tontura, estava nervoso, com as mãos suando e o coração batendo freneticamente dentro do peito. Então, era isso. Yuri estava ali, prestes a revelar tudo o que tinha encontrado.

"Mesmo achando pouco provável que ele estivesse envolvido, conferi todos os contratos que Yeonsu assinou no lugar de Junsuk. Conferi cada dado, cada conta para qual o dinheiro tinha sido destinado. Não encontrei nada que evidenciasse alguma irregularidade e, por isso mesmo, ele voltou ao cargo, depois de ter sido afastado injustamente.

Recebi de Lee Woobin — acredito que agora eu possa dizer isso abertamente — uma pasta com diversos documentos. Ele os recuperou de um incêndio 'acidental' ocorrido na empresa, no qual parte da documentação arquivada e não digitalizada foi perdida permanentemente. Analisei cada um deles e um fato me chamou a atenção: uma assinatura recorrente."

Todos na sala de reunião se remexeram na cadeira, e alguns murmúrios curiosos puderam ser ouvidos. A tensão e a expectativa estavam em alta naquele momento.

"Não posso negar que fiquei muito surpreso ao ver que documentos comprovando altas transações para contas internacionais estavam sendo assinados por uma das pessoas menos ativas na empresa: Han Junwoo."

— O quê?! — exclamou o primogênito dos Han. — Eu nunca assinei nada disso.

— Silêncio! — Junsuk bateu a mão na mesa. — Vamos escutar até o final, não interrompam.

"Os documentos terem sido assinados por Han Junwoo não é de todo estranho. Como sócio da empresa, mesmo que com uma porcentagem pequena, ele teria como fazer essas transações. Além disso, a maior parte do dinheiro estava sendo enviada para uma conta em Beijin, na China, local onde ele reside.

O grande problema que tive, durante essa investigação, é que esses documentos cedidos por Woobin foram roubados da minha sala. Após a viagem para Tóquio, na qual resultou, felizmente, na desistência da compra da empresa de Nam Jacchin, percebi que a pasta, que estava guardada no meu escritório, havia sumido. Até então, não desconfiei que seria um risco deixá-la dentro da empresa sem a segurança devida.

Mas depois de uma reunião com o presidente do banco chinês, consegui acesso aos documentos novamente. Então, pude comprovar que o dinheiro estava sendo enviado a uma conta em nome de uma empresa chamada Songjiang, teoricamente uma empresa voltada para o desenvolvimento de programas para lojas de varejo.

Com a ajuda de um colega, Alec Zheng, descobrimos que no endereço em que a empresa era registrada não funcionava nenhuma empresa de software, mas, sim, uma pequena venda de verduras e legumes. Zheng conversou com o senhor, dono desse comércio, e descobriu que ele ganhava uma quantia mensal para enviar a correspondência, que chegava da tal empresa, para um outro endereço.

Muitas coisas apontavam para Han Junwoo. A sua súbita aparição e interesse na empresa, depois de muito tempo sem contato, bem no momento em que investigávamos o desvio de dinheiro e logo após o desaparecimento da pasta com os documentos assinados por ele, é, no mínimo, estranha.

Mas eu ainda não estava satisfeito, precisava de provas concretas do seu envolvimento nos crimes de desvio. Algo ainda não se encaixava. O roubo da pasta tinha sido feito por alguém dentro da empresa. Naquele dia, Junwoo ainda não estava na Coreia. Então, havia um cúmplice. Ou melhor, uma cúmplice.

E por causa de coisas que aconteceram ao meu redor, enquanto eu estava na empresa, comecei a desconfiar da senhorita Im Aeri."

— Era só o que faltava! — bradou Im Wonshik. — Esse cara agora vai acusar a minha filha? Ela nem trabalhava aqui quando esse dinheiro começou a sumir!

— Wonshik, por favor — Taejoon o conteve. — Ele ainda não a acusou de nada, apenas disse que desconfiou. Vamos ouvir o que Kang tem a dizer.

"Em uma ocasião, Aeri disse ao Yeonsu que não voltaríamos a ver aqueles documentos, no momento em que o flagrou mexendo em seu escritório. Ficou evidente que ela estava se referindo à pasta desaparecida da minha sala. Mas a questão era: como ela sabia que estava comigo e por que ela roubou, sendo que as assinaturas não eram dela?

Consegui, com o departamento de segurança, imagens do hall de entrada da empresa. Como vocês podem observar, na noite em que a pasta sumiu, Aeri foi flagrada entrando no prédio."

Ao lado da imagem de Yuri, apareceu uma nova tela, na qual era possível assistir ao trecho da filmagem da segurança. O relógio no canto do vídeo marcava 23h37. Uma mulher, que batia com as características da Aeri, andava calmamente pelo hall, indo em direção aos elevadores. Quinze minutos depois, a mesma câmera mostra a mulher saindo da empresa, sem nada nas mãos.

— Você só pode estar brincando, Kang! — bradou Aeri, mesmo que Yuri não pudesse ouvi-la naquele momento. — Mesmo que fosse eu, a imagem é bem clara: essa pessoa saiu da empresa sem nada nas mãos.

— Era você sim! — Apontou Yeonsu. — Eu estava aqui na empresa, naquele dia, e vi quando você chegou.

"Vocês devem estar se perguntando como eu poderia provar que foi a Aeri que pegou os documentos da minha sala. E confesso que, além do testemunho de um funcionário, até ontem eu não podia provar nada. Mas Yeonsu fez um trabalho incrível

de detetive. Ele supôs que Aeri tentaria eliminar os documentos de alguma maneira, então começou uma busca por algum vestígio.

Digamos que foi um trabalho bem sujo, já que Yeonsu revirou o lixo da empresa durante alguns dias seguidos. E por um milagre, ele encontrou uma sacola com diversos documentos que tinham sido passados pela fragmentadora de papel.

Pacientemente, ele montou um complexo quebra-cabeça, mas conseguiu me entregar, ontem, um documento completo."

Yuri levantou uma folha de papel, uma cópia de uma folha cortada em tiras e remendada.

— Junsuk... — Yeonsu sussurrou para o CEO. — Só consegui fazer duas até agora. — O gerente passou as folhas de papel remendadas com durex.

"Coincidentemente, o documento era exatamente igual a um daqueles que consegui na China. Uma transferência bancária de cerca de 42 milhões de wons, assinada por Han Junwoo.

A minha primeira hipótese era que Aeri e Junwoo estavam trabalhando em conjunto, mas havia uma coisa que não se encaixava perfeitamente: as assinaturas dele. Ao primeiro olhar, todas pareciam idênticas, mas depois de olhar por horas essa documentação, comecei a notar algumas inconsistências: havia algumas variações na maneira de escrever. Às vezes, nos documentos mais antigos, as assinaturas pareciam um pouco tremidas, como se quem estivesse assinando hesitasse.

Então, mandei esses documentos bancários, junto a dois exemplos da assinatura real de Han Junwoo. Uma delas de atas de reuniões e a outra do prontuário médico de Jihoo. Todos esses dados foram analisados pela Kim Ara, especialista em falsificação nos Estados Unidos, e ela comprovou que as assinaturas eram falsas, não correspondiam à assinatura real de Junwoo. E junto a tudo isso, também enviei uma ata de reunião que constava a assinatura da Aeri, e Ara apontou evidências de que os documentos teriam sido assinados por ela, já que havia similaridades na grafia de algumas letras.

E ela foi um pouco além disso.

Aparentemente, a ata da reunião foi assinada com o mesmo tipo de caneta utilizada em grande parte dos documentos coletados. Ara, analisando a composição da tinta, acredita que possivelmente é uma caneta tinteiro de alta qualidade."

Nesse momento, todos se viraram para Aeri, e foi possível notar uma caneta prateada em cima da mesa, junto ao seu celular, com o símbolo da Montblanc, a marca mais famosa e mais cara de canetas do mundo.

"Portanto, juntando essas informações, e com o fato de que descobri que a correspondência da empresa fantasma da China era enviada para um endereço registrado no nome de uma pessoa daqui de dentro, eu não tenho mais dúvidas.

Vocês poderão analisar pessoalmente no dossiê que preparei com todos os documentos, vídeos e pareceres de especialistas que a pessoa que estava desviando recursos da empresa era Im Aeri. Também no dossiê, inclui uma proposta de reestruturação dos processos da empresa. Acho que seria importante adotar outras medidas para que situações como essa não ocorram mais.

Agora, falando fora deste caso, mas como um conselho, instruí Lee Taejoon a iniciar uma investigação sobre a empresa de Nam Jaechin, que me pareceu um laranja em um esquema fraudulento de aberturas de negócios, no qual há indícios de envolvimento de Oh Seojoon e Im Wonshik, que foi a pessoa que sugeriu a compra da empresa japonesa.

Terminando a minha fala, gostaria de dizer para o senhor Han Jihoo que, assim como prometido, cumpri o meu dever. Desejo grande crescimento para a empresa e que o senhor reconheça o valor das pessoas que trabalham verdadeiramente para manter tudo isso em pé.

Bom, agora declaro encerrado o meu contrato firmado com esta empresa. Estou, oficialmente, desligado."

O vídeo terminou com a imagem congelada de Kang Yuri, e o silêncio na sala de reuniões chegava a ser perturbador.

Junsuk sentia seu coração querer sair do peito.

Então, era isso. Yuri havia descoberto o esquema de desvio de dinheiro. Ele não havia o abandonado por completo. Kang, havia salvado a reunião.

Uma risada escandalosa preencheu a sala de repente.

— Vocês deveriam ver a cara de vocês! — Wonshik dizia enquanto ria. — Vocês realmente estão acreditando nessa palhaçada toda? — Apontou para a imagem de Yuri na parede.

— Me pareceu bastante convincente, senhor Im — Woobin foi o primeiro a se manifestar. — Eu fui o primeiro a notar as estranhas assinaturas de Junwoo nos documentos. Como uma pessoa que nem trabalhava na empresa poderia estar assinando transferências?

— Vocês estão caindo direitinho no jogo de Kang Yuri. Não conseguem enxergar que ele está querendo prejudicar a minha filha só porque ela era a noiva dele?! — Wonshik se levantou da cadeira, apontando o dedo para os presentes. — Ela nem sequer trabalhava aqui quando isso começou.

— Bom, não podemos negar o fato de que ela tinha fácil acesso à empresa sendo filha do sócio e noiva do CEO — Yeonsu ponderou.

— Com a displicência de Junsuk, qualquer um poderia ter feito isso — Seojoon entrou na conversa. — Fica ainda mais clara a incompetência dele como CEO.

— Você está desviando do assunto. E sugiro medir as palavras, já que vai se tornar objeto de investigação — Taejoon interferiu. — Vamos discutir a questão do Junsuk em seguida, estamos falando sobre o roubo do dinheiro. — O advogado folheou as páginas impressas do dossiê feito por Yuri rapidamente, enquanto o vídeo era passado. — Junsuk, quando você ficou noivo de Aeri?

— O que isso tem a ver? — Wonshik questionou.

— Não me lembro bem... — Junsuk arregalou os olhos. — Acho que foi no final de dezembro.

— Como podem ver aqui. — Taejoon apontou para o papel. — A primeira transferência foi feita na primeira semana de janeiro, ou seja, logo após o anúncio do noivado. Todos aqui sabem muito bem que Aeri andava livremente pela empresa desde que assumiu o relacionamento com Junsuk. Ela poderia muito bem ter se infiltrado nos assuntos da empresa.

— Bem pensado — Junsuk concordou. — Aeri sempre ficava me esperando aqui dentro, mas jamais pensei que ela se interessasse por algo daqui.

— Quero ver essas assinaturas! — Wonshik esbravejou, pedindo que Taejoon lhe passasse o dossiê. — E por que não podem ser do Junwoo? Ele, com uma porcentagem tão pequena da empresa, poderia estar querendo tirar mais dinheiro para si próprio.

— Ah, não! — O filho mais velho dos Han se manifestou. — São minhas o caralho! Eu não tenho nada a ver com isso! Jamais roubaria a minha própria família. Posso não me interessar pelos negócios, mas nunca prejudicaria o meu pai.

— A própria especialista em falsificação já explicou, Wonshik — Taejoon interveio. — As assinaturas não são do Junwoo.

— Chega de negar, Wonshik! — Woobin bateu na mesa. — Já está comprovado, foi a Aeri.

— Vocês não vão conseguir incriminar a minha filha, eu...

A fala de Wonshik foi interrompida por alguém que começou a rir e a bater palmas compassadamente.

— Ah, pena que chegamos ao fim.

Aeri, que até o momento não tinha dito nada, parecia se divertir com a discussão ao seu redor. Não parecia estar abalada ou assustada por ter sido desmascarada na frente de todos.

— Ora, ora, ora. — Ela se levantou da cadeira. — Eu quase consegui... — Começou a andar pela sala calmamente. — Era tudo tão fácil. Estava me divertindo tanto. E, olha, não esperava que o tão renomado advogado Kang Yuri demoraria tanto assim para descobrir tudo isso. Achei que ele fosse mais esperto, ou seria eu mais inteligente? — perguntou retoricamente.

— Filha, você!

— Chega, pai. — Fez sinal com uma das mãos para Wonshik. — Já falou demais. Agora é a minha vez. Era o plano perfeito. Eu estava acima de qualquer suspeita. Filha do sócio, noiva do CEO... Quem desconfiaria? Aparentemente, sem motivos, usando o nome de Junwoo, que pouco se importava com o que acontecia por aqui, as chances de ser descoberta eram tão pequenas. Ainda mais sob a direção de Junsuk, que se preocupa mais em lamber o chão que o pai pisa do que construir a sua própria carreira.

— Mas, Aeri... por quê? — Wonshik interrompeu, incrédulo.

— Por quê? Porque eu quis! Porque eu podia! Porque sou uma mulher inteligente! Você acha o quê, papai? Que eu estava feliz do jeito que você me criava? Que iria me contentar em só me casar com um homem rico? — começou a se exaltar. — Para quê? Para um dia, aquele ali... — Apontou para Junsuk. — Me deixar ou me fazer a mulher mais infeliz desse mundo? E eu nem precisei me casar... ele me traiu na primeira oportunidade que teve. — Riu, aumentando cada vez mais seu tom de voz. — Eu queria mais, muito mais, do que só ser a esposinha desse CEO.

— Aeri...

— Cala a boca, Junsuk. Você é um canalha! Não me surpreende que tenha sido largado por Kang Yuri. Ele foi bem esperto. Caiu fora antes que sofresse na sua mão.

Ninguém na sala conseguia nem se mexer. Yeonsu olhava a cena com os olhos arregalados, enquanto Taejoon apertava os braços da cadeira, preocupado com a atitude agressiva de Aeri.

— Ah, Kang Yuri... — Bufou, aproximando-se da cadeira de Junsuk. — Ele tinha que estragar tudo! Eu ia mais longe... muito mais longe! Ia destruir tudo! — Abriu os braços. — Ia esperar tudo ruir e assumir este posto que deveria ser meu e de mais ninguém! — Apoiou as mãos no encosto da cadeira do CEO.

Aeri continuou seu caminho lentamente pela sala de reuniões, agora indo em direção à sua cadeira, e colocou a mão dentro de sua bolsa, voltando com uma arma em punho:

— Taejoon, chame a polícia! — Junsuk gritou ao ver que Aeri estava armada.

— Ninguém se mexe! — ela berrou, apontando a arma para Taejoon. — Ninguém vai encostar as mãos em mim.

— Como você acha que vai conseguir escapar disso, Aeri? — Junsuk tentou parecer o mais calmo possível. — Já está enterrada até o pescoço. São inúmeras as provas contra você. Abaixe essa arma! Não piore a situação.

— Filha... não faça isso. — Im Wonshik tentou se aproximar da filha, mas permaneceu no lugar ao receber um olhar de reprovação.

— Eu disse para o Yuri! — Abaixou a arma lentamente. — Eu disse para ele se afastar! Avisei que não mediria esforços para chegar aonde queria. E ele achava que eu estava fazendo tudo isso por você, Junsuk... — Riu pelo nariz. — Tolinho.

— Aeri... — O CEO parou de falar quando viu a arma subir e ser apontada para o seu peito.

— Ele quase fez o que eu mandei. Se afastou, mas não largou o osso. — Aeri engatilhou a arma. — Era para ter sido mais fácil para todos, Junsuk. Eu disse a ele que seria capaz de muito mais, que não tinha medo de machucar aqueles que ele ama. Mas parece que não me levou muito a sério! — esbravejou, com lágrimas de ódio escorrendo pelo rosto.

— Aeri, é melhor você se entregar! — Junsuk pediu mais uma vez.

Seu rosto estava vermelho, e a respiração ofegante entregava toda a sua perturbação. A mão que segurava a arma agora tremia levemente.

— Jamais! — enfureceu-se, com algumas lágrimas surgindo em seus olhos. — Im Aeri jamais abaixa a cabeça! Tudo isso por culpa de Kang Yuri! — Com um grito alto e estridente, virou-se bruscamente para a parede do projetor e atirou. A bala acertou o centro da imagem congelada de Yuri.

O estrondo ensurdecedor fez com que todos na sala se abaixassem, jogando-se no chão, para se protegerem de outros possíveis disparos.

No reflexo, Junsuk se atirou sobre a Aeri, cobrindo o corpo menor com o seu, imobilizando o punho que ainda segurava a arma. Nessa mesma hora, Yang Mi abriu as grandes portas que selavam a sala de reuniões, e por elas, passaram 3 policiais apressados.

— Senhor! — A secretária estava assustada. — Ouvi gritos pedindo que chamassem a polícia.

— Muito bem, Yang Mi. — Junsuk se levantou do chão depois que Aeri havia sido imobilizada. — Obrigado.

— Tirem as mãos de mim! — Aeri tentava se debater. — Vocês não podem fazer isso! Eu sou rica! Poderosa! Me larguem!

— A senhorita está presa por porte ilegal de arma e tentativa de lesão corporal — um dos policiais anunciou. — E pelo que imagino, não vão ser os únicos motivos da sua detenção.

— É isso mesmo, senhor. — Taejoon se aproximou um pouco. — Uma denúncia já foi feita. Ela está sendo acusada de roubo, desvio de dinheiro, formação de quadrilha, falsificação ideológica e destruição de patrimônio privado.

— Destruição de patrimônio? — Wonshik questionou.

— Sim, temos o vídeo da segurança do prédio em que Junsuk mora, no qual mostra claramente a senhorita Im destruindo o carro dele com um taco de *baseball*.

— Aeri... — Seu pai olhou, desolado, para ela. — Por quê?

— Não me venha com essa cara de decepção! Você é tão podre quanto eu. Faça alguma coisa e me tire daqui! — gritou com o próprio pai.

— Chega, Aeri! — Junsuk interveio. — Acabou. Podem levá-la! — pediu aos policiais.

— Não! — Ela continuava gritando pelos corredores enquanto era levada. — Me soltem! Vocês não sabem com quem estão lidando! Tirem as mãos de mim! Papai, me ajuda!

Junsuk sentiu a força das pernas falharem e precisou se apoiar na parede para não cair. Sabia que aquela reunião não seria fácil, mas nada poderia prepará-lo para tudo aquilo.

No segundo seguinte, uma onda de apreensão tomou conta de si, e correu para junto de Jihoo, que permanecia sentado em seu lugar.

— Pai! — Junsuk se ajoelhou ao seu lado. — O senhor está bem?

— Sim, meu filho — respondeu, com o rosto um tanto pálido. — Não se preocupe.

— Junwoo, leve o papai para casa — pediu o caçula. — Vou resolver as coisas por aqui e encontro com vocês mais tarde.

— Está bem, Junsuk. Pode deixar comigo. Eu... — Pausou, olhando para o irmão. — Eu sinto muito por tudo isso.

Os dois se retiraram, e o CEO voltou a sua atenção para os demais presentes. Enquanto Taejoon conversava com Yeonsu em um dos cantos, Woobin e Daeshin foram em sua direção.

— Junsuk! Que loucura foi essa? — Woobin exclamou.

— Não sei nem o que dizer... — Passou a mão pela boca. — Onde estão Wonshik e Seojoon?

— Wonshik saiu correndo enquanto você falava com seu pai — Daeshin respondeu. — Seojoon aproveitou a oportunidade e saiu de fininho.

— Pouco importa. — Junsuk deu de ombros. — Eles não irão muito longe. Terão que responder a essas acusações de Kang, mais cedo ou mais tarde.

— Acha mesmo que eles estão envolvidos nessa sujeira? — Woobin perguntou.

— Depois de hoje, não duvido de mais nada.

— Junsuk! — Taejoon se aproximou. — Eu vou até a delegacia ver o andamento das denúncias contra a Aeri. Vou também verificar se Seojoon e Wonshik serão intimados a depor.

— Está bem, ótimo. Muito obrigado, Taejoon... — Junsuk pausou. — Você sabia de tudo?

— Tudo é muita coisa. Eu sabia que Yuri explodiria esse lugar com aquele *pen drive*. Só não achei que seria quase que literalmente.

— Bom, acho que está encerrada a reunião da diretoria. — Yeonsu riu, sem graça, coçando a nuca.

— Sim, claro — disse Daeshin. — Não há mais nada a fazer aqui hoje. Acho que todos estão de acordo que tudo fique como está e que Junsuk permaneça no cargo, já que quem protocolou o pedido de destituição de cargo foi a Aeri.

— Concordo — completou Woobin. — Vamos esperar a poeira baixar. Mas tenho certeza de que Junsuk dará um jeito em tudo. Obrigado por trazer Kang Yuri para esta investigação.

O CEO apenas acenou afirmativamente com a cabeça. Deveria estar aliviado, mas na verdade, sua cabeça girava com tanta informação. Olhou ao redor e observou a cena de guerra instaurada: algumas cadeiras viradas, papéis jogados pelo chão e pedaços de gesso da parede atingida pelo tiro. A imagem de Yuri ainda estava projetada, e aquilo fez o coração de Junsuk se afundar no peito.

O desvio de dinheiro havia sido resolvido, assim como Kang sempre prometeu, mas Junsuk se sentia ainda mais vazio depois daquilo tudo. Ainda estava só, sem o seu Oniguiri.

Deixou a sala de reuniões, caminhando lentamente pelo longo corredor que levaria até o seu escritório, mas parou um pouco antes, observando a sala que Yuri usava com a porta entreaberta.

Fechou a porta atrás de si, observando aquele cômodo que havia sido preparado para o auditor.

Junsuk poderia estar delirando, mas achou que estava sentindo o perfume de Yuri. E então, algo chamou a sua atenção: em cima da mesa, havia uma caixa.

Ele deu a volta no móvel e sentou-se na cadeira em frente àquele objeto. Era uma caixa retangular, de cor escura e acabamento fino. Han sentiu um frio descer pela espinha, ao tocar naquilo, e por alguns momentos, ficou se perguntando de quem era, porque estava ali e se ele deveria abrir.

Tomado pela curiosidade, delicadamente puxou a tampa da caixa com as duas mãos e, imediatamente, reconheceu o seu conteúdo. Com os olhos tomados por lágrimas, tirou da caixa, com cuidado, um lírio branco. Era aquele mesmo lírio que ele havia dado a Yuri no dia em que ele embarcou para China.

E seu coração se apertou ainda mais, com as lágrimas escorrendo livremente pelo rosto, quando notou algo preso ao caule da flor. Era uma pequena argola.

Junsuk segurou-a com cuidado, como se fosse a joia mais preciosa do mundo. Era aquela mesma argola que ele havia colocado no dedo de Yuri em Las Vegas.

Sim, era a aliança daquele casamento improvisado.

— Ele guardou...

Junsuk chorou. Chorou de saudade. Chorou de cansaço. Chorou, arrependido de tantas coisas. Aquilo era tudo o que havia sobrado?

Segurando os dois objetos tão especiais na mão, Junsuk pediu aos céus que trouxessem seu amado de volta. Não saberia o que fazer sem ter Yuri ao seu lado novamente.

E em meio às lágrimas, reparou em mais uma coisa dentro da caixa à sua frente: um pequeno cartão. Pegou o papel de cor amarelada, que tinha aquela face em branco, mas ao virá-lo, Junsuk pôde ler claramente:

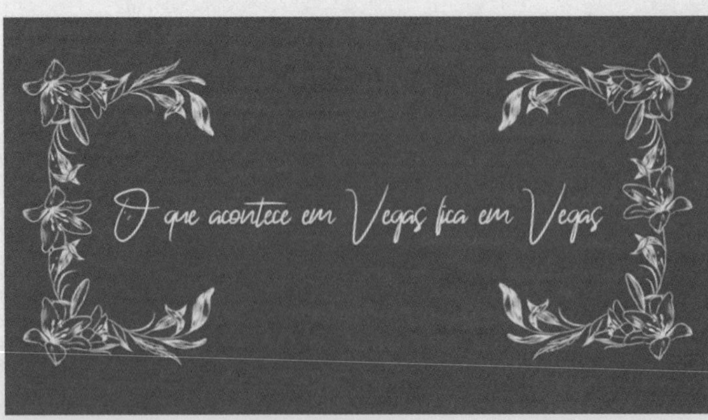

62

A frase escrita com uma bela caligrafia fez o corpo de Junsuk se enrijecer. O pequeno cartão amarelado tremia levemente entre os dedos longos do CEO, enquanto ele lia e relia a curta frase. Tudo tinha parado ao seu redor. Nada era escutado, além das batidas vigorosas de seu coração, fazendo as suas orelhas latejarem no mesmo ritmo.

As lágrimas de Junsuk cessaram, deixando apenas um rastro molhado em suas bochechas coradas. Seu cérebro tentava processar não só aquele cartão, mas tudo o que tinha vivido nos últimos tempos. Voltou lá, naquele dia, quando entrava pelas portas do grande cassino, na companhia de Yeonsu e Taejoon, os três cheios de expectativas de boa diversão.

A atmosfera sensual do Bellagio impregnava os sentidos rapidamente, e Junsuk quase conseguiu sentir novamente o arrepio na espinha quando vislumbrou aquele cara de cabelos dourados, sentado no balcão do bar, alheio à toda luxúria que o cercava. Nada, até aquele momento, o tinha atraído daquela maneira. Nenhum homem e nenhuma mulher haviam despertado seu interesse tão rapidamente.

Misterioso, sereno e sexy. Sim, era Kang Yuri.

Junsuk tinha a certeza de que havia tirado a sorte grande. Quais eram as chances de ganhar a noite daquele homem apostando em uma máquina caça-níquel?

Tentou vislumbrar como seria a sua vida se aquela máquina não tivesse dado aquela combinação. Como seria se cada um deles tivesse tomado rumos diferentes naquela noite? Nada que Junsuk conseguisse pensar valeria a pena. Toda a perspectiva do futuro sem Yuri não fazia o menor sentido agora.

Pousou o cartão em cima da mesa, junto ao lírio e à pequena argola, afrouxou um pouco a gravata e recostou-se na cadeira. Depois, jogou a cabeça para trás e fechou os olhos, sentindo o cansaço tomar conta de seu corpo. Puxou o ar com força para dentro, tentando se recompor. Em seguida, respirou profundamente mais uma vez, tentando relaxar os músculos já tão tensionados. Até que, na terceira vez, arregalou os olhos de repente.

Sentou-se na ponta da cadeira, em um sobressalto, pegou o pequeno cartão novamente e leu mais uma vez a frase: *O que acontece em Vegas fica em Vegas.*

— O que acontece em... — sussurrou, olhando para o nada.

No segundo seguinte, Junsuk levantou-se, quase derrubando a cadeira atrás de si com o movimento brusco. Com pressa, guardou todos os objetos na caixa preta e saiu correndo daquele lugar que havia sido o escritório de Yuri.

Agora em sua sala, Junsuk sentou-se em frente ao seu computador e começou a digitar rapidamente. Fazia pequenas pausas apenas para pensar no que precisava escrever. Poucos minutos depois, o documento impresso estava em suas mãos, em papel timbrado. Releu algumas vezes, para se certificar de que não havia nenhum erro, antes de tirar uma caneta do bolso do paletó para assinar. Pegou seu celular sobre a mesa e ligou para Taejoon, que atendeu no segundo toque:

— *Junsuk?*

— Sim, Taejoon, sou eu. Preciso que você assine um documento assim que voltar aqui na empresa.

— *Documento?*

— Sim, uma procuração. Depois te explico melhor. Vou deixar o documento com a Yang Mi.

— *Está bem, como quiser.*

— E como estão as coisas aí? Você está na delegacia?

— *Estou, mas não consegui fazer muita coisa ainda. Aeri foi levada para uma cela provisória enquanto o delegado analisa o mandado de prisão.*

— Será que ela vai conseguir responder em liberdade? — Junsuk perguntou, preocupado.

— *Não sei dizer. Existe a possibilidade, já que ela é ré primária, mas posso tentar alegar alguma coisa, para mantê-la o máximo de tempo por aqui. E olha...* —

Pausou, e Junsuk pôde ouvir vozes ao fundo da ligação. — *Talvez eu nem precise fazer nada. Estou escutando daqui os gritos dela.*

— Vai acabar sendo levada para um hospital psiquiátrico. — Riu levemente.

— *Não duvido, Junsuk. Ela está muito perturbada.*

— Bom, ela não é mais problema meu. Agora a polícia que dê conta dela. Eu preciso ir, me dê notícias mais tarde, ok?

— *Tudo bem, até mais.*

Junsuk escreveu um recado em um post-it amarelo, grudando-o no documento que havia redigido há pouco, tomou em mãos a caixa preta deixada por Yuri e saiu de seu escritório.

— Yang Mi — chamou sua secretária, que estava em sua mesa. — Por favor, entregue este documento para o Taejoon assinar quando o vir. E aqui, neste bilhete, tem mais uma tarefa que preciso que você faça. Me mande uma mensagem assim que tudo estiver pronto.

— Sim, senhor Han. Pode deixar.

— Obrigado. — Junsuk foi se retirando, mas parou por um momento, virando-se para ela novamente. — Yang Mi... muito obrigado por todo esse tempo de serviço. Você faz um ótimo trabalho. — Sorriu.

— É um prazer trabalhar aqui, senhor. — A secretária retribuiu o sorriso, achando um tanto estranho o elogio repentino.

Junsuk andou apressadamente pelo corredor, até entrar no elevador já parado naquele andar. Hesitou, por alguns segundos, antes de apertar o botão que o levaria até a garagem. Sentiu um frio na espinha, mas não tinha outro jeito. Aquele era o único caminho possível.

As portas da cabine se abriram, e Han deu de cara com um sorridente Yeonsu.

— Junsuk! — ele disse animadamente. — Já está de saída? Quer ir jantar conosco? — convidou, apontando para as duas pessoas que o acompanhavam.

— Saem! Haebin! — Han fez uma pequena reverência. — Que bom vê-los. Está tudo bem com vocês? Aquele acidente de carro no outro dia...

— Ah, não se preocupe, Junsuk. — Saem sorriu. — Foi só um susto.

— E que susto! — completou Haebin. — Achei que estava em uma montanha-russa descontrolada.

— Que exagero, Hae. — Saem gargalhou. — Mas você realmente gritou como se estivesse em uma.

Junsuk sorriu com o trisal à sua frente. Os três pareciam leves e felizes.

— Bom... — O CEO bateu uma palma na outra. — Eu preciso ir. Yeonsu! — Virou-se para o gerente de vendas. — Preciso que você dê um apoio extra para o Taejoon, ok?

— Apoio? — devolveu, confuso.

— Sim... ele vai precisar. — Deu dois tapinhas no ombro do amigo. — Saem, Haebin, jantamos um outro dia, está bem?

— Claro, a gente combina. — Haebin deu uma piscadinha.

Junsuk fez uma nova reverência e saiu em direção ao seu carro. Tirou a gravata e o paletó, jogando-os no banco de trás do veículo, e pousou, com cuidado, a caixa preta que carregava no banco do passageiro, ao seu lado. Segurando firmemente no volante, Junsuk deixou as dependências da empresa, rumando para a casa de seus pais.

Deixou o carro em frente à grande porta principal da mansão dos Han, jogando de longe as chaves, para que o segurança pudesse estacionar para ele. Quem abriu a porta foi a sua própria mãe, que havia visto o carro do filho entrar pelo portão.

— Mãe! — Junsuk abraçou-a.

— Filho, o que foi tudo isso que aconteceu hoje?

— Ah, mãe... tanta coisa... — Junsuk beijou a testa da senhora. — Mas não se preocupe, tudo já foi resolvido. Yuri nos salvou.

— Sim, foi o que ouvi. — Sojin suspirou. — Que bom que ele cruzou o seu caminho, não é mesmo, filho?

— Sim, mãe. — Junsuk sorriu. — Foi pura sorte mesmo.

— Ou destino. — Sojin piscou um dos olhos. — Mas e agora?

— Agora chegou a minha vez de agir, mãe. Onde estão Junwoo e meu pai?

— Seu pai está no escritório e seu irmão deve estar por lá também.

— Vou falar com eles.

— Junsuk. — Sojin segurou seu pulso antes que ele saísse de perto. — Chega de brigas.

— Não, mãe, não teremos mais brigas. Venha, quero que você também escute o que tenho a dizer.

Sojin soltou o filho e seguiu com ele em direção ao escritório. Junsuk deu três toques na porta e esperou alguma resposta.

— Entre!

O caçula da família entrou no cômodo ao ouvir a voz do pai. Ele estava sentado em sua poltrona, tomando uma xícara de chá. Junwoo estava deitado no sofá e levantou-se quando viu o irmão.

— Vou deixar vocês a sós.

— Fique — o caçula pediu. — O que tenho para falar diz respeito a todos nós.

O mais velho voltou a se sentar, sendo acompanhado por Junsuk, e Sojin puxou uma cadeira para se sentar ao lado do marido.

— Pai, como o senhor está se sentindo?

— Pelo jeito, Junsuk, meu coração é bem forte. Tem aguentado muitas pancadas.

— Eu sinto muito por isso.

— E como as coisas vão ficar agora? — Jihoo perguntou.

— Eu... realmente não sei, pai — Junsuk respondeu calmamente. — Woobin e Daeshin disseram para eu permanecer no cargo, já que tudo tinha sido esclarecido por Yuri. Mas... — Pausou. — Eu vim aqui para dizer para vocês dois que estou deixando uma procuração para que Taejoon assuma o meu cargo interinamente.

— O quê?! — os três exclamaram ao mesmo tempo.

— É isso mesmo. Acabei de deixar uma procuração para que Taejoon cuide da empresa no meu lugar, enquanto a diretoria decide o que fazer com o meu cargo.

Junsuk disse tudo sem hesitar e sem arrependimentos. Ficou até surpreso consigo mesmo, jamais imaginou abrir mão do seu maior sonho.

— Mas, filho... — Jihoo tentou intervir.

— Sem "mas", pai, já está feito. Vim aqui apenas para comunicar vocês da minha decisão. Não sei se meu afastamento é definitivo ou não, mas nesse momento, eu preciso desse tempo. Preciso correr atrás do que quero e tentar consertar todos os erros que cometi desde o dia em que conheci Yuri.

— Quer dizer que você vai...

— Sim, mãe, eu vou atrás de Yuri — disse com convicção.

— Junsuk, você só pode estar louco. Nem sabe se ele quer que você vá atrás dele. Ele sumiu sem dizer nada, deve estar é fugindo de você — Junwoo falou com seriedade.

— Isso é um problema meu — respondeu rispidamente. — Por que você não fica no meu lugar, então? Seria mais fácil.

— Você sabe muito bem que essa vida não é para mim.

— Então, pare de julgar a vida que quero para mim.

Junwoo calou-se, sentindo o peso daquelas palavras sobre si.

— Junsuk, eu não acredito que você está... — Jihoo foi se levantar, mas Sojin o segurou, fazendo-o sentar-se novamente.

— Chega de brigas, querido. Não lembra do que conversamos? — A matriarca segurou a mão de seu marido. — Precisamos deixar o Junsuk seguir as suas vontades.

— Junsuk... — Jihoo parecia lutar contra sentimentos conflitantes dentro de si. — Eu não sei se consigo aceitar essa situação, pelo menos não agora.

— Não tem problema, pai, eu já desisti de ter a sua aprovação. Já foi importante para mim um dia, mas não é mais. — Levantou-se. — Eu amo todos vocês, e é por isso que estou desfazendo as minhas amarras.

— Você vai virar as costas para a sua família? — Jihoo perguntou, amargo.

— Não, pai, isso aqui não é um adeus. Apenas estou indo em busca da parte que me falta. — Sem dizer mais nada, Junsuk se retirou. Havia dito tudo o que precisava e agora se sentia mais leve do que nunca.

Assim que entrou em seu carro para voltar para casa, sentiu seu celular vibrar no bolso:

— *Senhor Han, aqui é a Yang Mi. O senhor pode falar agora?*

— Olá, Yang Mi, pode falar.

— *Taejoon pegou o documento comigo, mas disse que ainda quer falar com você antes de assinar.*

— Imaginei que ele iria fazer isso. Tudo bem, ligo para ele daqui a pouco. E quanto à outra tarefa que te passei?

— *Está tudo certo, senhor, sua passagem para Las Vegas está comprada. O voo sai bem cedo amanhã. Mandei todos os detalhes para o seu e-mail, assim como a reserva no hotel do Cassino Bellagio.*

— Muito obrigado, Yang Mi. Peça para o motorista me buscar em casa.

— *Está bem, senhor. Ah!* — Lembrou-se de algo. — *A encomenda que o senhor pediu também já foi providenciada. Vou pedir para o motorista entregar amanhã, quando for te levar para o aeroporto.*

— Perfeito!

— *Algo mais, senhor?*

— Não, é só isso.

— *Ok, então. Boa noite, senhor.*

Junsuk devolveu o celular ao bolso, acelerando seu carro para fora da casa dos pais. Sentia-se confiante e voltaria a apostar todas as suas fichas em Vegas novamente.

Agora em seu apartamento, Junsuk apressou-se para arrumar sua mala. Separou algumas peças de roupas, itens para higiene, documentos e tudo mais que seria necessário para uma viagem internacional. Por cima de tudo, colocou a caixa preta que Yuri lhe deixou. Abriu-a novamente, observando o lírio branco e a pequena argola já tão oxidada.

Seus olhos se encheram de lágrimas ao se lembrar do momento em que aquele pedacinho de metal barato foi colocado em um dos dedos de Yuri. Quem diria que aquele momento tão impulsivo se tornaria tão significativo.

Pegou o cartão novamente, lendo-o pela milésima vez. Era isso, seu coração dizia que sim. Aquele não era um final, mas um convite para o reencontro.

Junsuk adormeceu no sofá da sala, já pronto para a viagem e com a mala ao seu lado. Acordou com o interfone tocando, anunciando a chegada de seu motorista.

O carro estava estacionado na porta do edifício, e o homem, todo vestido de preto, aguardava seu passageiro já com a porta aberta. Junsuk fez uma reverência, e antes que entrasse no veículo, o rapaz estendeu a sua mão, entregando uma pequena sacola.

O jovem ex-CEO estava impaciente, não prestava atenção em quase nada. A viagem longa parecia ainda maior e interminável. Só queria pousar e voltar aos corredores cheios de turistas do grande cassino.

Um táxi amarelo o levou até a porta daquele imponente edifício pela segunda vez. Junsuk sentia as mãos suarem só de olhar para as janelas do último andar.

Sentiu o poder do ar-condicionado assim que colocou os pés na recepção do hotel, e olhou ao seu redor, buscando sempre encontrar os olhos daquele que amava.

Fez o *check-in* e subiu para o seu quarto no vigésimo primeiro andar. O cômodo era muito parecido com o que tinha estado na vez passada, talvez um pouco maior. As cortinas das grandes janelas estavam abertas e mostravam todo o colorido da cidade do pecado, acesa em todo seu esplendor, em mais uma noite quente.

Junsuk sentiu o cansaço da viagem pesar, mas não podia deixar ser vencido. Correu para o chuveiro e tomou uma ducha bem fria, acordando novamente todos os músculos do corpo.

Vestiu-se exatamente como naquela noite: todo de preto, com calça de couro justa, camisa com decote pronunciado e um blazer. Quem sabe aquela roupa trouxesse alguma sorte novamente.

Saiu do seu quarto em busca de Yuri. Não sabia bem por onde começar, mas achou que o procurar em seu quarto poderia ser uma boa ideia. Seria bem mais fácil se a recepcionista pudesse dizer se ele estava hospedado ali, mas a política do cassino não permitia esse tipo de informações a qualquer um.

Junsuk pegou o elevador até o 36º andar e percorreu o grande corredor, até parar em frente à última porta. Lembrava-se bem do momento em que pegou Yuri no colo, antes de partirem para a melhor noite de suas vidas.

Nervoso, Junsuk hesitou em bater.

— Será que ele está aqui? — perguntou a si mesmo. — Bom, que eu me lembre, ele costumava ficar sempre no mesmo quarto.

Respirou profundamente e tomou coragem para dar duas batidas à porta. Depois de poucos segundos, ouviu alguém responder alguma coisa, mas não conseguiu entender ou reconhecer a voz.

Passos se aproximaram do outro lado, e uma figura feminina apareceu quando a porta foi aberta.

— Pois não? — a bela mulher perguntou, com o cenho franzido.

— Ah, bom... é... boa noite. — Junsuk coçou a nuca. — Eu estou procurando por Kang Yuri.

— Kang Yuri? Não... não o conheço. Tem certeza de que é esse o número do quarto?

— Bom... acho que não. Devo ter me confundido. Perdão. — Junsuk deu alguns passos para trás, acenando, envergonhado. — Desculpa incomodar, tenha uma boa noite.

Junsuk se afastou com pressa, olhando para os dois lados do corredor, observando as portas, que se seguiam uma ao lado da outra. Provavelmente, bater de porta em porta não seria uma boa ideia.

Com a primeira tentativa frustrada de encontrar Yuri, Junsuk pegou o elevador novamente, indo para o saguão do hotel.

Centenas de turistas passavam de um lado para o outro, rindo, tirando fotos e com as mãos cheias de sacolas.

Foi em direção à boate em que Yuri e ele haviam curtido parte da noite e o loiro parecia ser bastante conhecido pelos funcionários.

O lugar estava cheio, e a pista estava tomada por pessoas dançando ao som de um DJ. Seria uma tarefa bem difícil encontrar Yuri ali no meio.

Deu várias voltas pela boate, com o olhar bem atento a todas as pessoas que passavam por ele, e subiu as escadas que davam acesso ao mezanino, no qual ele poderia ter uma visão melhor daquele lugar.

Foi quando Junsuk avistou uma pessoa sentada no bar, com cabelos dourados e uma taça de champanhe nas mãos, e correu escada abaixo, com o coração acelerado.

— Yuri! — Pegou em seu braço, mas soltou assim que ele virou o rosto para si.

— Yuri? — o rapaz perguntou. Não era Kang.

Junsuk bufou, irritado.

— Não sou essa pessoa, mas por você, posso ser quem você quiser essa noite. — O rapaz passou os dedos pelo braço de Junsuk.

— Ah... não, obrigado. — E se afastou rapidamente.

Desnorteado e sem rumo, Junsuk saiu da boate e vagou pelos corredores do cassino, passando por lojas de presente, mesas de blackjack, roletas e máquinas caça-níqueis.

Nem sinal de Yuri.

Já mais desanimado, Junsuk andava aleatoriamente pelas dependências do cassino. Tirou o pequeno cartão do bolso e leu-o mais uma vez: *O que acontece em Vegas fica em Vegas.* Junsuk tinha certeza de que era um convite, mas como o encontraria naquele lugar tão grande e com tantas pessoas? Ou será que ele não estava realmente ali o esperando?

Seu caminho o levou até aquele grande jardim interno do Bellagio. Junsuk havia esquecido o quanto aquele lugar era bonito. Passou por dentro dele, observando todos os cantos preenchidos por flores coloridas.

Tudo ali lembrava Yuri.

Ele parou em frente a uma grande árvore. No topo, havia uma casa feita de madeira. Era impressionante como tudo aquilo estava dentro de um prédio.

Deu alguns passos para trás, para poder observar melhor as pipas coloridas que pendiam dos galhos da árvore, mas esbarrou em alguém.

— Me descul-

E então, seus olhos encontraram os dele, e o mundo parou de girar pela segunda vez.

WELCOME
to fabulous
LAS VEGAS
NEVADA

63

Yuri estava sentado em um dos bancos do jardim que ficava dentro do Bellagio. Desde que havia chegado a Las Vegas, ele passava todo o seu tempo livre ali, seu local preferido da cidade. Estar entre as flores, ainda mais agora, trazia-lhe inúmeras memórias.

Imerso em pensamentos, Kang lembrou-se daquele momento na escada de emergência da empresa, em que ouviu Junsuk concordar em voltar para Aeri. Só com a lembrança, o sangue borbulhou em suas veias, e Yuri apertou o tecido da calça branca entre os dedos.

A proposta para que Junsuk ficasse com ela e Yuri ao mesmo tempo era simplesmente inaceitável. Kang, até então, não duvidava do amor do outro, mas jamais se submeteria a esse papel, o do amante, mesmo a "oficial" sendo apenas de fachada.

E aquilo tinha sido o estopim para ele. Já havia aguentado inúmeras provações e tinha aceitado diversos escorregões de Junsuk. Tinha sido compreensivo até então, mas seu limite foi atingido.

Além disso, não era só por ter ouvido da boca de seu amado que ele cederia às exigências da sua ex-noiva, mas por perceber, também, que Aeri não tinha limites. Não era só mais uma garota mimada tentando realizar os seus caprichos, e sim, uma mulher inteligente, vingativa e inescrupulosa. Todos ali estavam em perigo.

Yuri fugiu, desesperado por saber que a sua presença era uma ameaça a todos ao seu redor. Fugiu por causa da dor que sentiu ao ouvir aquela conversa. Sabia que, se continuasse ali, Aeri cumpriria todas as suas promessas. Ela já estava agindo, e a partir dali, tudo ficaria mais perigoso.

Yuri jamais se perdoaria se algo ruim acontecesse com qualquer pessoa ligada a ele.

Quando chegou ao seu apartamento, foi jogando tudo o que tinha no armário em uma mala grande, ao mesmo tempo que ligava para a companhia aérea para reservar uma passagem para Las Vegas. Sim, voltaria para "casa", de onde, talvez, nunca deveria ter saído.

Yuri parou por um momento, quando a próxima peça de roupa a ser colocada na mala era a camisa que Junsuk havia dado, idêntica àquela que foi rasgada na noite em que passaram juntos no cassino. E com ela em mãos, rompeu em prantos.

Kang estava perdido, era uma das poucas vezes que não sabia direito o que fazer. Sentia todo o peso dos últimos acontecimentos caírem sobre seus ombros, fazendo-o sentar-se no chão do quarto, abraçando os joelhos próximos ao peito.

As lágrimas corriam fartamente, e ele sentia dor ao relembrar as palavras saindo da boca de Junsuk quando este aceitou a proposta de Aeri, sentia medo pelos amigos e por Hyunji, que agora corriam perigo por causa dele. Não era justo.

Seria bem mais fácil se pudesse simplesmente voltar para Vegas e fingir que nada daquilo estava acontecendo, mas além de tudo, a auditoria ainda estava pendente. Havia prometido para a família Han e para Woobin que esclareceria o caso do desvio de dinheiro. Muita gente da empresa estava contando com ele.

— Calma, Yuri. — Levantou-se do chão, enxugando as lágrimas que escorriam pelo seu rosto. — Pense! — gritou consigo mesmo.

Kang correu os olhos pelo quarto, pensando em como poderia agir dali para a frente. Só fugir não resolveria todos os seus problemas. Seu olhar pousou sobre a mesa de cabeceira, na qual estavam os documentos que enviaria para Ara. Estava absorto, em meio aos pensamentos, quando se assustou com o celular vibrando em cima da cama. Era uma mensagem de Alec:

Alec Zheng:
Kang, você tinha razão. Encontrei as provas.

E aquilo lhe mostrou quais seriam seus novos passos. Sumiria sem explicação nenhuma, para que Aeri achasse que ele tinha acatado às suas ameaças, mas concluiria a investigação em Vegas, à distância, com a ajuda de Ara e Zheng.

Já seriam dois problemas resolvidos. Faltava apenas mais um: Junsuk, e este parecia ser o mais difícil de resolver.

Yuri jogou-se de costas na cama macia, soltando o ar com força pelo nariz. As coisas ao redor de Junsuk e ele estavam complicadas. Lutar por esse relacionamento estava ficando cada vez mais difícil.

O loiro tinha consciência da sua própria capacidade de resiliência, mas tinha dúvidas se Han conseguiria passar por cima de tantos obstáculos por ele. Tantas coisas em jogo: família, negócios, a sociedade, Aeri... Mas era hora de tomar atitudes e decisões drásticas. Os dois não poderiam ficar daquele jeito o resto da vida. E Yuri, por mais que colocasse Junsuk entre suas prioridades, também precisava pensar um pouco em si mesmo.

Sentou-se na cama de supetão. Uma ideia surgia.

Foi até a sua cômoda e tirou, de dentro de uma das gavetas, uma caixa em que guardava seus acessórios. Esvaziou-a, colocando todos os seus brincos e anéis em um saquinho de tecido, mas antes, separou a pequena argola, que já foi dourada e que foi testemunha daquela noite em Vegas. Com cuidado, amarrou-a no caule do lírio de plástico que Junsuk havia dado, pegou um cartão e escreveu da maneira mais firme que suas mãos trêmulas permitiam: *O que acontece em Vegas fica em Vegas.*

Pronto. Era isso. Yuri deixaria para trás uma mensagem para Junsuk, deixando em suas mãos o destino daquele relacionamento. Já estava cansado e precisava que o outro tomasse uma decisão definitiva.

Pegou seu celular em cima da cama para fazer uma ligação, enquanto terminava de colocar o que podia dentro de sua mala.

— Jaewoo? — chamou quando a ligação foi atendida. — Aqui é Kang Yuri. Tive algumas mudanças de planos e preciso entregar o apartamento. Você poderia me mandar por e-mail o encerramento do contrato e o valor que precisarei pagar? — Fez uma pausa enquanto ouvia a resposta. — Não aconteceu nada — mentiu. — Apenas preciso sair da cidade por conta de um novo trabalho. Vou deixar as chaves na portaria.

Apressou-se para ir embora, pegando tudo o que era seu e deixando o apartamento para trás.

Em seu caminho para o aeroporto, ainda passou no apartamento do Hyunji, deixando a caixa com o lírio e a aliança na portaria, com instruções para que o primo desse um jeito para que Junsuk a encontrasse.

Era isso. A sorte estava lançada.

Agora, era hora de rever a cidade do pecado.

E era ali que ele estava, quase que em um transe, relembrando tudo o que havia acontecido. Fechou os olhos, suspirando profundamente, sentindo o perfume das flores ao seu redor. Quem o visse de longe, poderia facilmente confundir Yuri com um anjo. Todo de branco, contrastando fortemente com o colorido daquele ambiente.

O celular vibrando em seu bolso o fez recobrar a consciência. Era uma mensagem da administração do cassino, pedindo alguns documentos que estavam em sua posse.

Levantou-se do banco do jardim, andando por um dos corredores, enquanto digitava a resposta. O aparelho caiu no chão quando sentiu que esbarrou em alguém.

— Me descul-

E então, seus olhos encontraram os dele, e o mundo parou de girar pela segunda vez.

Os segundos de silêncio a seguir pareceram durar horas. Os olhos de ambos estavam fixos um no outro, e Junsuk mal piscava, com medo daquela imagem ser apenas um sonho. E ele não queria acordar.

O peito de Yuri subia e descia rapidamente, evidenciando o seu esforço para respirar. Sentia sua pele esquentar e a adrenalina correr pelas veias.

— Onie... — Han sussurrou, tocando no rosto do outro delicadamente com as pontas dos dedos, como se fosse uma miragem. — É você mesmo? — Uma lágrima escorreu pela bochecha.

— Kotchu, eu...

Sem deixar a frase ser completada, o moreno deu um passo à frente e envolveu os braços ao redor do corpo de Yuri, segurando-o com força. Em reflexo, Yuri enlaçou a cintura de Junsuk, em um impulso incontrolável de sentir o calor do outro. Han passou o nariz pelo topo da cabeça do loiro, sentindo o perfume delicado que aqueles fios bem cuidados sempre exalavam. Ah, como sentiu falta daquilo.

Yuri sentiu-se tonto, inebriado com o cheiro daquele homem que o segurava firmemente. Seu coração parecia querer sair pela boca, a emoção tomando conta de cada um dos seus sentidos. Mas ele precisava se recompor, a emoção já tinha falado alto demais desde que eles se conheceram. Era preciso dar espaço para a razão agora.

— Junsuk... — chamou, desfazendo o abraço apertado. — Eu... realmente duvidei se te encontraria novamente.

O coração de Han pareceu pular algumas batidas com aquela quebra de contato, e o semblante sereno, mas sério, de Yuri o fez ficar preocupado.

— Por que, Yuri? Por que você foi embora sem dizer nada?

— Eu precisei... eu não consegui. — Yuri desviou o olhar. — Não depois de escutar aquilo tudo.

— Escutar? — retrucou, confuso. — Escutar o quê?

— Você e Aeri conversando no hall da empresa. Você aceitando a proposta dela de manter um relacionamento de fachada, mesmo estando comigo.

— Você ouviu a conversa? Como? Onde você estava?

— Eu estava descendo pelas escadas quando vi vocês conversando. Estava distante, mas perto o suficiente para escutar o que vocês diziam. Eu entrei em pânico, porque ela estava ameaçando a todos — contava, um tanto aflito. — Ver que ela estava disposta a machucar as pessoas que eu amo e ver você ceder às chantagens dela foram demais para mim.

— Espera Yuri, eu não estou entendendo. Como assim machucar pessoas? Do que você está falando?

— Aeri... — Abaixou-se para pegar seu celular caído no chão, colocando-o no bolso. — Ela foi até o meu apartamento, antes da reunião da diretoria acontecer, e me ameaçou, dizendo que seria capaz de machucar as pessoas ao meu redor se eu não sumisse. — Yuri passou as mãos pelos cabelos, tentando controlar a raiva que voltava a sentir. — E ela já estava dando sinais de que não estava brincando. De alguma maneira, adulterou os freios do carro do Saem e do Haebin e mandou um fiscal sanitário para o restaurante do Hyunji. Eram mensagens, Junsuk. Ela estava me mostrando o quanto eu estava os colocando em perigo. E depois você... — Passou a mão pelo rosto. — Eu não aguentaria se...

— Calma... — Junsuk abraçou-o. — Calma, está tudo bem. Eu não sabia que ela estava indo tão longe. — Sentiu o sangue esquentar. — Você deveria ter me contado, nós a enfrentaríamos juntos.

— Nós? — enfureceu-se de repente. — Até aquele momento, só eu estava enfrentando a Aeri. Estava sozinho, tentando manter um castelo de cartas prestes a desmoronar, e você só se preocupava com o seu pai e aquela maldita empresa! — Parou para respirar um pouco, ofegante. — Eu sei que aquilo tudo é o seu sonho, o esforço da sua família e tudo mais. Mas porra, Junsuk! Eu estava assustado... estava no limite... e você... aceitou a proposta... — Olhou para cima, tentando afastar a umidade que surgia em seus olhos.

— Não, Yuri! — Junsuk se desesperou. — Parece que você não escutou a conversa toda. Eu disse que aquilo tudo fazia sentido, mas só no mundinho fantasioso dela.

— O quê? — o loiro devolveu, voltando a encarar os olhos escuros de Junsuk.

— Yuri, eu jamais voltaria para ela! — Han abriu os braços, indignado. — Eu também já estava no meu limite. As coisas estavam saindo de controle, mas a minha única certeza era você.

— Junsuk, saiba que eu jamais aceitaria isso. Eu jamais me submeteria ao papel de amante.

— Eu sei, meu amor. — Han se aproximou, segurando o rosto de Yuri com as duas mãos. — Eu sei. E jamais pediria que fizesse algo assim.

Kang suspirou, sentindo seu corpo relaxar um pouco com aquelas palavras. A sombra daquela traição estava presente desde que havia aceitado trabalhar na empresa dos Han, e Yuri lutava constantemente para que ela se esvaísse.

— Ah, Yuri... — Junsuk suspirou. — Eu te devo tantas desculpas... tantas que nem sei por onde começar. — Encostou a sua testa na do outro. — Sinto muito por tudo que te causei. Sei que esse tempo na Coreia não foi nada fácil. Não deveria ter te envolvido em toda essa confusão, que era só minha. Eu fui tão imaturo, tão inseguro. — O moreno se afastou, parecia estar decepcionado consigo mesmo. — Não te tratei da forma que você merecia, tive medo e deixei todas as minhas fraquezas falarem mais alto. Eu sinto muito, meu amor. Eu sinto tanto...

Kang fechou os olhos, tentando absorver toda aquela conversa. Por dias, alimentou a história que ouviu pela metade, e agora, perceber que tudo não passava de um engano era um alívio.

— Me perdoa? — Junsuk pediu.

Yuri se aproximou, levando a mão até o rosto do outro, tirando alguns fios de cabelo que pendiam sobre seus olhos. As pontas dos dedos tocaram a pele macia, descendo, em um carinho lento, até a linha marcada da mandíbula, e então, o loiro o abraçou, envolvendo o corpo maior entre seus braços.

— Está tudo bem, Kotchu... — sussurrou ao pé do ouvido.

— Ah... — Junsuk abraçou Yuri de volta. — Devo ter feito algo muito bom em outra vida para que você aparecesse nessa.

E assim ficaram abraçados um ao outro, sentindo o peso dos problemas ser tirado de cima dos ombros de ambos.

— Aquele bilhete... — Junsuk voltou a falar. — O lírio, a aliança... eu... achei que você tivesse me abandonado, que tivesse desistido de tudo. Achei que tivesse te perdido para sempre. Mas... não podia ser isso. Aquele não podia ser o nosso fim. E então, algo despertou dentro de mim.

Finalmente entendi a sua mensagem. Nosso amor aconteceu em Vegas, então era em Vegas que ele deveria continuar.

— Fiquei com medo de que você pudesse não entender, mas no fundo, algo me dizia para confiar — Yuri confessou.

— Por favor, não faça mais isso. Nunca mais me mande nenhum enigma. — Fez uma cara emburrada. — Eu sou lerdo, poderia não ter entendido.

Yuri gargalhou, tomando as mãos de Junsuk nas suas, apertando-as carinhosamente.

— Sei que corri um risco, mas foi necessário. Essa era a prova que precisava, de que eu era uma de suas prioridades.

— Você sempre será, coração. — Junsuk abriu um belo sorriso.

— Mas, Kotchu...

— Ah, como senti falta desse apelido! — Junsuk exclamou em alto e bom som, chamando a atenção das pessoas ao seu redor. — Desculpa... pode falar, Onie.

— Mas e a Aeri? E a empresa? Seu pai?

— Bom... — Ele suspirou. — Aeri está na cadeia, graças à sua investigação impecável. — Yuri sorriu, orgulhoso. — Quanto à empresa... deixei uma procuração para que Taejoon fique no meu lugar, por enquanto, até eles decidirem quem fica no comando definitivamente.

— Não acredito que você abriu mão! — Yuri ficou surpreso.

— Aquilo ali sempre foi meu sonho de criança. Mas sonhos mudam.

— Seu pai, ele...

— Ele vai ter que aceitar. — Junsuk deu de ombros. — Já não me importo mais. O que me importa agora está aqui, bem na minha frente.

Então, Junsuk desceu um dos joelhos, até que tocasse o chão, e tirou, do bolso de seu blazer, a pequena argola que prendia as flores do buquê daquele dia tão marcante para ambos.

Os lábios de Yuri se entreabriram, em total surpresa. A familiaridade daquela cena era, ao mesmo tempo, dolorosa e emocionante. Seu coração batia tão forte e rápido, que ele receava desmaiar ali mesmo.

— Yuri, você aceita se casar comigo? — Junsuk segurou a mão esquerda do loiro, olhando em seus olhos, em busca da resposta que rondava sua cabeça nos últimos tempos.

Kang enrijeceu o corpo de repente, como se um alerta tivesse acendido dentro de si, apertou os dedos de Junsuk, que seguravam a sua mão, e o fez se levantar.

— Vem comigo.

Junsuk estava confuso, ainda segurando a aliança na mão, enquanto era puxado pela outra. Yuri andava rápido, atravessando o grande jardim do Bellagio.

Pouco tempo depois, adentraram o grande salão de apostas do cassino. A iluminação mais quente e mais baixa dava ao lugar um ar totalmente diferente daquele do jardim. A leveza das cores e perfumes das flores foram substituídas pelo glamour, ganância e luxúria que envolvem os jogos de aposta em Las Vegas.

Passando entre as mesas de blackjack, roletas e dados, Yuri parou em frente a uma máquina caça-níquel, e Junsuk teve a impressão de que era a mesma máquina que eles haviam apostado naquela noite que passaram juntos.

— Bom, Junsuk... — Yuri falou finalmente. — Vamos tornar as coisas mais emocionantes.

— Como assim?

— Nossa história começou aqui. — Apontou para a máquina caça-níquel. — E acho que é aqui que devemos decidir o nosso futuro.

— Você quer apostar o nosso casamento?

Yuri fez sinal positivo com a cabeça.

— Você vai deixar que uma máquina decida se vamos ficar juntos a partir de agora? — Junsuk estava apavorado.

— A minha primeira resposta a você foi dada por esta máquina. E eu quero que ela também seja a última a decidir a sua proposta.

Yuri tirou uma moeda do bolso, mostrando-a para Junsuk, convidando-o a seguir em frente.

— Sente-se com sorte? — perguntou, confiante.

— Yuri...

Junsuk recusou-se a pegar a moeda, mas Kang mantinha-se firme na proposta, segurando a moeda entre seus dedos.

— É isso ou nada — disse as palavras finais.

Han engoliu em seco, pegando a moeda com as mãos trêmulas. A sorte estava ao lado deles naquela primeira noite, mas será que ela sorriria para eles novamente?

Virou-se de frente para a máquina caça-níquel, observando todas aquelas cores chamativas, que atraíam tanto, os apaixonados pelos jogos de azar. Colocou a moeda, ouvindo o barulho dela deslizando para dentro, sentindo um arrepio em sua espinha acompanhar o caminho do objeto. Puxou o ar com força pelas narinas, prendendo-o nos pulmões quando puxou a alavanca da máquina.

O visor começou a girar rapidamente, e as figuras enfileiradas se alternaram aleatoriamente, criando uma expectativa insuportável em Junsuk. Olhou de canto de olho para Yuri, que parecia impassível.

A máquina desacelerou, e uma a uma, as figuras foram reveladas.

— O quê? — Junsuk arregalou os olhos. — Não! — Chacoalhou a máquina, tentando reverter o resultado. — Não, por favor! Não!

— É, Junsuk... — Yuri colocou uma das mãos no ombro do outro. — Pelo jeito, a sorte te abandonou.

Kang não parecia nem um pouco abalado com a situação, o que deixou Junsuk em uma mistura de tristeza e indignação. Não era possível que isso terminaria daquele jeito, com a resposta dada por uma máquina programada para não perder.

— Yuri... olha...

— Já dizia aquele ditado, meu caro. Azar no jogo...?

— Sorte no amor? — Junsuk completou, confuso. — Espera... o quê? Mas você disse que...

Yuri sorriu, tirando de seu bolso a pequena argola dourada, e segurando a mão esquerda de Junsuk, dobrou um dos joelhos, até que ele encostasse no chão.

O moreno se engasgou com aquela cena totalmente inesperada. Já não sabia mais o que estava acontecendo.

— Junsuk... — o loiro começou. — A máquina deu a resposta, a resposta para a sua pergunta. Mas agora, sou eu que quero saber... você quer se casar comigo?

Os lábios de Han se entreabriram. Seu coração batia forte, e ele sentiu suas pernas perderem a força. Ficou sem reação, alternando o olhar entre Yuri e a aliança que ele segurava entre os dedos.

— Podemos apostar novamente, se você quiser — Yuri propôs, vendo que ele não reagia.

— O quê? — Han recobrou a consciência ao ouvir aquela pergunta. — Jamais! Eu quem faço o meu futuro. Nunca mais vou deixar que algo ou alguém decida as coisas por mim — respondeu, confiante. — Eu aceito, Onie.

Yuri, então, levantou-se e, ainda segurando a mão esquerda de Junsuk, empurrou gentilmente a aliança em seu dedo anelar.

— Agora somos só nós dois, Onie. — Han abraçou a cintura do loiro. Depois, se inclinou, tentando alcançar os lábios de Yuri, mas este colocou a mão antes que sua boca o tocasse.

— Ainda não! — protestou. — Só depois do sim.

— O quê?

— Vem!

Novamente, Yuri saiu, puxando Junsuk pelo braço, atravessando o grande salão de apostas. Mesmo confuso, o moreno deixou-se ser levado, afinal o que importava para ele era estar indo na mesma direção que seu amado.

Parecia que já haviam atravessado todo o cassino, até que entraram em um corredor largo, adornado por inúmeros vasos de flores. Yuri parou em frente a uma grande porta de madeira, com puxadores de metal dourados. Kang colocou o ouvido na porta, tentando escutar o que acontecia por trás. Uma música suave tocava ao longe, e era possível ouvir alguém falar.

— Yuri, o que está fazendo? — Junsuk sussurrou no ouvido do loiro.

— Acho que já está terminando.

— Terminando o quê, Yuri? — Han não estava entendendo nada.

Então, de repente, a porta se abriu, fazendo Kang se afastar rapidamente, para que não caísse. De dentro, saía um casal. Eles riam e se beijavam sob uma chuva de arroz, que era jogado por outras duas pessoas que vinham atrás. E Junsuk pôde ver claramente onde estavam agora: era a mesma capela em que eles haviam se casado naquele dia.

Sim, aconteceria de novo.

Um homem de terno cinza, com cravo branco na lapela, surgiu depois que o casal passou.

— Senhor! — Yuri chamou a sua atenção. — O senhor é o reverendo da capela?

— Sim, meu jovem.

— Vocês já estão fechando, não é mesmo?

— Este foi o último casamento do dia.

— Ah... — Yuri olhou, decepcionado, para Junsuk.

Ele apagou as luzes da capela e começou a fechar as grandes portas de madeira.

— Senhor... — Junsuk o interrompeu. — Sei que já está tarde, mas o senhor não poderia realizar mais uma cerimônia?

— Rapaz, já fiz mais de 10 casamentos hoje, e temos um limite de horário para funcionar.

— Por favor, o senhor não abriria uma exceção para nós? — O reverendo olhou, desconfiado. — Eu vim de tão longe! Saí da Coreia atrás do homem da minha vida, depois de ter enfrentado a minha família e deixado o cargo que sempre sonhei.

— Da Coreia? — Surpreendeu-se.

— Por favor? — Junsuk juntou as palmas das mãos, implorando.

O reverendo olhou para aquele homem em sua frente e depois para Yuri, que estava alguns passos atrás.

— Ah... — Suspirou. — Está bem. Vou fazer mais este casamento. Mas vai ter que ser breve... — Junsuk balançava a cabeça, concordando. — E sem música, a organista já foi embora.

— Não tem problema, senhor — Yuri pronunciou-se. — Só queremos fechar esse capítulo da nossa história.

— Muito bem, vamos lá.

O reverendo abriu as portas novamente, acendendo a luz e indo em direção ao pequeno altar.

— Pronto? — Junsuk virou-se para Yuri.

— Bem... — Olhou ao seu redor, procurando por algo. — Acho que... Ali está! — exclamou, animado, indo em direção a um dos grandes vasos daquele corredor e arrancando um lírio branco que havia no meio do arranjo. — Agora, sim, estou pronto. — Sorriu, satisfeito.

Junsuk correu em direção ao reverendo, posicionando-se ao seu lado. Assim que ajeitou um pouco os cabelos e a roupa, virou-se para a porta, aguardando a entrada da estrela principal de seu céu.

Yuri respirou profundamente, inflando as bochechas, antes de dar os primeiros passos no tapete vermelho. Não havia ninguém para testemunhar aquela cerimônia, mas ele tinha a certeza de que seus pais estavam olhando por ele.

Han colocou uma mão no peito, tentando parar seu coração de se acelerar ao ver aquele ser angelical ir em sua direção. Não parecia nem real, tamanha beleza que ele exibia de forma tão natural.

O silêncio reinava na capela, sem a música tão costumeira em cerimônias de casamento. Mas nada poderia deixar aquele momento improvisado mais precioso do que aquelas duas almas se encontrando novamente.

Junsuk beijou a testa de Yuri assim que ele se posicionou à sua frente. Era sutil, mas podia ver o lírio tremer entre as mãos do loiro.

— Bom... — o reverendo iniciou. — Estamos aqui, esta noite, para celebrar a união de dois corações apaixonados. Quais os nomes de vocês? — sussurrou.

— Yuri.

— Junsuk.

— O casamento não é só um voto de compromisso entre duas pessoas, é a vontade que essas duas pessoas sentem de estarem presentes uma na vida da outra. O casamento não é uma prisão, e sim a liberdade de amar de peito aberto. O casamento traz responsabilidades, não só de fidelidade ou financeira, mas também a responsabilidade do respeito ao sentimento do outro. Junsuk, é de livre e espontânea vontade que você aceita Yuri como seu companheiro em matrimônio?

— Sim — respondeu.

— Yuri, é de livre e espontânea vontade que você aceita Junsuk como seu companheiro em matrimônio?

— Sim.

— Assim sendo, por favor, deem-se as mãos e preparem-se para receber o símbolo dessa união: as alianças.

Yuri arregalou os olhos. Pela segunda vez, estavam passando pela mesma situação. Agora só tinha um único lírio nas mãos, sem nenhuma argola para usarem de improviso.

Junsuk riu, chamando a atenção de Yuri para si. Ele, ao contrário do loiro, não parecia constrangido com a cena: abriu um dos lados de seu blazer, tirando do seu bolso interno uma pequena caixinha de veludo. O queixo de Yuri pendeu ao ver duas belas alianças reluzentes.

— Você.... — Não tinha nem palavras para terminar a frase.

— Não vim até aqui para brincadeiras, Kang.

E então, Junsuk tirou-as da caixa, entregando uma para Yuri e ficando com a outra.

— Onie, nesta noite, com esta aliança, quero firmar o compromisso de que estou me entregando por completo a você. Que daqui para a frente, possamos trilhar um novo caminho, sem que o medo do julgamento se coloque entre nós. — Junsuk deslizou a aliança pelo dedo de Yuri, beijando-a em seguida.

— Kotchu. — Yuri suspirou, pegando na mão esquerda do moreno e posicionando a aliança na ponta de seu dedo anelar. — Nossa trajetória foi cheia de tropeços. Começou de uma forma tão errada, mas estarmos aqui, neste momento, só mostra quão certa é esta união. Estou aqui, de coração leve, sem culpa, te aceitando como meu para sempre. — O loiro terminou de colocar o anel, que se juntou à pequena argola da primeira cerimônia deles.

— Então — o reverendo continuou —, é com grande alegria que eu os declaro marido e... marido. Pode beijar o noivo.

Junsuk não esperou nem mais um segundo, enlaçando a cintura de Yuri e trazendo-o para junto de seu corpo, enquanto o loiro passava os braços pelos ombros dele.

Por breves segundos, olharam nos olhos um do outro, totalmente entregues àquele momento tão esperado.

E os lábios finalmente se encontraram, celebrando a união. Um beijo intenso, cheio de saudade. Não havia mais mentira nem empecilhos para aquele amor.

— Uhum... — Ouviu-se o reverendo limpar a garganta, interrompendo o beijo que parecia não ter mais fim. — Rapazes, eu preciso fechar a capela.

— Ah, sim! — Yuri riu. — Perdão, já estamos de saída.

Os dois caminharam pelo corredor forrado pelo tapete vermelho, abraçados e mais felizes do que nunca.

Já fora da capela, no corredor decorado do Bellagio, Junsuk puxou Yuri para mais um beijo apaixonado. Queria mais daqueles lábios fartos que tanto amava. E Kang nem sequer protestou, apenas correspondeu ao beijo quente, segurando o moreno firmemente pela nuca, enquanto as línguas se encontravam com vontade.

Com algum esforço, separaram os lábios, mas permaneceram com as testas uma contra a outra.

— Eu te amo, Onie — sussurrou junto aos lábios de Yuri.

— Eu também te amo, Kotchu. — Abriu o sorriso mais lindo que Junsuk já havia visto.

E foi assim que aquele capítulo se encerrou, com uma nova oportunidade para aquele casal que fora tão atormentado.

— Junsuk...

— Sim, coração?

— E agora? — perguntou, provocativo, puxando a lapela do blazer de Han.

— Agora? — Junsuk selou os lábios do outro. — Agora nós vamos para a lua de mel.

FIM

AGRADECIMENTOS

Quem imaginaria que uma fanfic escrita despretensiosamente, em uma plataforma online, pudesse ganhar um espacinho em uma prateleira de alguém? Esse sonho só foi possível graças a tantas pessoas que me acompanharam nesta recente jornada como escritora.

Dizer "obrigada" às vezes me parece tão pouco para expressar o que sinto neste momento, mas gostaria, em primeiro lugar, de agradecer à Editora Euphoria, que está tornando o sonho de tantos autores realidade. Um ato de coragem e determinação louvável ao dar oportunidade em um meio tão difícil de entrar.

Obrigada, Manu, amiga de longa data, por me ajudar a escolher o nome de cada personagem.

Em especial, quero agradecer à Olivia, amiga querida, que me deu tanto apoio no processo de escrita de Las Vegas, sendo a minha grande conselheira em cada rumo que a história tomava. Segurou a minha mão nos momentos de fraqueza, comemorou cada conquista comigo e me incentivou até o último capítulo.

E claro, não poderia deixar de agradecer a cada leitor que deu uma oportunidade a Las Vegas. Era em vocês que eu buscava forças para continuar em frente. E entre tantos, quero agradecer a Jhoyce, uma das primeiras leitoras, que fez tanto por mim e pela história. É por causa de vocês que este livro se tornou realidade.

Obrigada a todos que caminharam por mais de três anos ao meu lado, acompanhando cada passo que os personagens davam.

Ana K.

Produzido em Rio de Janeiro, RJ
www.editoraeuphoria.com.br